А. И. ГЕРЦЕН

[俄] 赫尔岑—著 项星耀—译

БЫЛОЕ И ДУМЫ

往事与随想

下

四川人民出版社

目　录

第六卷
英　国 （1852—1864）

第七卷

自由俄罗斯印刷所和《警钟》

第八卷

断 片（1865—1868）

第六卷

英 国

（1852—1864）

第一章

伦敦的雾

1852 年 8 月 25 日拂晓，我走过潮湿的跳板，踏上了英国的海岸。当我眺望它那污秽的苍白峭壁时，压根儿没有想到，我得在这儿度过漫长的岁月之后，才会离开这些白垩质巉岩。

我离开意大利时百感交集的情绪这时还完全控制着我，我的心灵疮痍满目，只觉得接连不断的打击来得那么快，那么凶猛，一切使我感到迷惘，不能清楚地看到我该做些什么。仿佛我必须用双手重新摸索熟悉的真理，才能对早已知道或应该知道的事物，再度燃起信心。

我违背了自己的逻辑，忘记了当代人在观点和行动上的差距，他们开头讲得多么响亮，到实现自己的纲领时要求又多么低，他们的愿望那么善良，他们的力量却那么脆弱。

不必要的会见，没有结果的探索，徒劳无益、艰难曲折的谈话，持续了两个月，我始终还在等待……等待着什么。但是我讲求实际的个性不能老是停留在这梦幻的世界中，我逐渐看到，我要修建的大厦缺乏坚实的基础，它是必然要倒塌的。

我感到委屈，我的自尊心受到了凌辱，我对自己生气。那圣物遭到亵渎的悲痛，那为琐事忙乱的一年，使我心如刀割，我感到了可怕的、难以表达的疲倦……我多么需要靠在朋友的胸前，向她诉说一切，她是不会申斥和指责我的，因为我的不幸就是她的不幸；然而我的周围茫茫一片，越来越显得空虚，我没有一个亲人……一个朋友……不过也许这样更好。

我本来只打算在伦敦待一个月，但我逐渐发现，我根本没有地方可去，也没有地方要去。如果要过这样的隐士生活，那么找不到比伦敦更合适的地方了。

决定留下后，我开始为自己在远离闹市的地区找了一所住宅，那是在摄政王公园以北，离樱草丘不远的地方。

孩子们还在巴黎，只有萨沙跟我在一起。住宅按照当地的格式分成三层，整个中间一层是既冷又不舒适的大客厅。我把它改成了书房。房东是雕塑师，在这屋里堆满了各种雕像和模型……露拉·蒙蒂兹[①]的胸像与维多利亚女王一起出现在我的眼前。

在我们迁居后的第二天或第三天，我已把包裹打开，安顿好了；早上我走进这间屋子，坐在大沙发上，在万籁俱寂中过了两个钟头，没有任何人打扰，多年以来我第一次感到了自由。这自由没有使我觉得轻松，但是在窗口远眺，我还是很愉快，从弥漫的大雾中，我隐隐看到了公园内郁郁葱葱的树木，我为它们带来的安宁感谢它们。

现在整个早上我都独自孤零零地坐着，往往什么也不做，甚至

---

① 蒙蒂兹（1818—1861），西班牙女舞蹈家，以美貌著称，与许多王公贵族有暧昧关系，以致在欧洲声名狼藉，后移居美国。

也不看书，有时萨沙会走进屋子，但对我的静坐并无妨碍。豪格与我住在一起，不是绝对必要，他不会在用膳前找我，我们是在六至七时之间用膳的。在这种闲适生活中，我回顾着一件件往事，思考着每一句话和每一封信，每一个人和我自己。我看到，我有时这儿错了，有时那儿错了，我看到了我的脆弱，摇摆，行动上的犹豫，别人对我的影响。在这种清理过程中，内心逐渐出现了一种转变……有些痛苦的时刻，眼泪不止一次流下面颊；但也有不同的时刻，那不是欢乐，而是勇敢的时刻；我感到了身上的力量，我对谁也不再存有希望，但是对自己的希望加强了，我变得不再依靠任何人。

空虚包围了我，使我坚强了，它给了我静心思考的时间；我与人们疏远了，那就是不再寻求彻底的了解。我并不回避任何人，但是对人们已不感兴趣。我看到，我与人们没有真正深刻的联系。我是陌生人中间的陌生人，我对一些人的同情比对另一些人多些，但是与任何人都没有打成一片。这在以前也是一样的，只是没有引起我的注意，我总是沉浸在自己的思想中。今天化装舞会结束了，多米诺斗篷①脱下了，桂冠从头上摘下了，面具从脸上拿掉了，我看到了另一些面貌，不是我预先想象的面貌。我怎么办呢？我对许多人的爱减少了，因为我了解得多了，我可以不在脸上流露这一点，但是我不能不感觉到这一点，然而正如我说过的，这些发现没有使我丧失勇气，宁可说还加强了它。

对于这种转变，伦敦的生活是非常有利的。世界上没有一个城市比伦敦更能使人养成离群索居、安于孤独的习惯。它的生活方

---

① 化装舞会上穿的带面具、头巾的外衣。

式，距离，气候，那种使个人消失不见的稠密人口，以及缺乏大陆上的娱乐活动，都有助于这种状况的形成。谁能够独自生活，他就不怕伦敦的寂寞。这儿的生活正如这儿的空气，对脆弱的人，不健康的人，想在自身之外寻求友谊、同情和关怀的人，是有害的。在这里，精神的肺必须像身体的肺一样坚强，足以从烟雾弥漫的空气中吸取氧气。群众为了活命要为必不可少的面包奋斗，商人要忙于积累财富，所有的人都得为工作奔走忙碌；然而神经质的理想主义性格却喜欢过热闹的生活，头脑懒散，无所用心，这样的人在这儿会寂寞得要死，陷入绝望之中。

孤零零地在伦敦街头漫步时，在铺石块的小胡同中，在令人窒息的走廊上，有时白茫茫的浓雾会使你看不到一步远的地方，以致撞在迎面跑来的黑影上——这是我常有的事。

我散步的时候通常是在晚上，我的儿子上床以后；我几乎从来不上任何人家串门；我读报，在酒店里观察那个不熟悉的民族，在泰晤士河的桥上伫立。

一边是议会大厦的钟乳石建筑隐隐耸峙在眼前，又随时准备消失在夜幕中，另一边是圣保罗大教堂顶上倒置的大碗①……路灯……两旁无穷无尽的路灯。一个吃饱的城市已经睡了，另一个饥饿的城市还没有醒来，街上空空荡荡，只听得到提了灯的警察那匀称的脚步声。我时常坐在那儿眺望，于是心头又觉得平静和安宁了。正是由于这一切，我爱这个骇人的蚁垤，那里每天夜里有十万人不知道可以躺在哪儿，警察往往发现儿童和妇女就饿死在大饭店旁边，因为付不出两英镑就别想在那儿吃到一顿饭。

---

① 指教堂的圆顶。

但是这样的转变不论来得多么快，不可能一下子完成，尤其是到了四十岁的年纪。当我可以跟这些新思想和谐相处时，已过了不少日子。我决定要工作以后，好久还是什么也没做，或者没有做我希望做的事。

我到伦敦来是想寻找自己的法庭^①，这是正当的，合理的。直到今天我经过反复思考，依然相信这一点。说真的，我们可以要求谁来主持公道，说明真相，揭露谎言呢？

我们不能要求敌人的法庭来做到这一点，它是按照另一些原则，我们所不承认的另一种法律进行审判的。

我们可以自行处理一切，这是毫无疑问的。自行处理就是靠自己的力量收回被强制剥夺的权利，实行公平的解决。报仇正如感恩一样，是人类单纯的、正直的感情。但是不论报复还是自行处置，都无助于说明事实真相，而有时说明真相正是一个人的主要目的，也许对他说来，让事实水落石出比报复更重要。

我的错误不在于这个主要方面，而在于次要方面，因为要有自己的法庭，首先要有自己的人。但我的人在哪里呢？……

以前在俄国我有过自己的人。但是在国外，我与他们的联系被切断了，现在必须恢复这种联系——我要向他们谈论压在我心头的一切。他们不会收到我的信，但是书籍可以送到他们手中。那么，不能写信，就印书吧，于是我一天天着手写《往事与随想》，同时开始筹建俄罗斯印刷所了。

---

① 指要求西欧民主界对黑尔韦格实行道德制裁，判定他在赫尔岑的家庭问题上犯了罪。伦敦当时是欧洲各国流亡者集中的地方，因此赫尔岑要到伦敦来向他们提出申诉，本章开头提到的各种会见、谈话，都是为了这个目的。这当然只是赫尔岑的幻想，不久他便知道这是不可能实现的，因而放弃了这个想法，着手其他更有意义的工作了。

第二章　山　峰

欧洲中央委员会^①——马志尼——赖德律－洛兰——科苏特

上一期《北极星》^②付印时，我考虑了好久，在我伦敦时期的回忆录中，什么应该发表，什么最好等到另一时期。大部分被我推迟了，现在我又从其中选出一些片段予以印行。

发生了什么变化呢？1859和1860年^③拓宽了我们的视野。个人和党派的面貌更清楚了，有的坚强不屈，有的销声匿迹。这两年中，我们不仅停止了一切评论，而且屏声静气，怀着紧张的心情密切注视着我们所关心的那些人；他们有时消失在战争的硝烟中，有时又鲜明地显现在我们的眼前，转瞬之间变得那么高大，然后又迅速地隐没在烟雾中。到了现在，烟雾消散了，心情轻松了，我们所

① 有关欧洲中央委员会的内容，在1866年赫尔岑编定《往事与随想》第五卷时，已被删节后移入该卷第四十章。

② 指1859年出版的《北极星》第五集，当时本章的内容只发表了一小部分，至于这段前言则写于1861年。

③ 这两年中，意大利民族解放运动出现了新的高潮，基本上统一了意大利，但胜利的成果为撒丁王国所攫取，建立了以撒丁王国为核心的意大利王国，而不是意大利共和国，罗马教皇、奥地利和法国也仍控制着一部分地区。

珍爱的那些人也安然无恙!

但是在这硝烟之外,在阴影中,在没有战争的呐喊声,没有胜利的欢呼声,也没有桂冠的地方,有一个人像巨人一般屹立着。

他遭到了所有各种政治力量——受骗的群众,粗野的神父,胆怯的资产者和皮埃蒙特的一切败类的诅咒,反动阵营的一切报刊,从罗马教皇和法国皇帝的《总汇通报》到加富尔[①]的自由派阉党和伦敦钱币兑换商的大太监《泰晤士报》(它每次提到马志尼的名字,总要加上一些恶毒的咒骂),都在对他造谣中伤。然而他不仅……"在普遍的误解中巍然不动"[②]……而且怀着愉快和兴奋的心情祝福一切朋友和敌人,只要他们是在实行他的思想和他的计划,[③]尽管人们像对待亚巴顿[④]一样对待他:

> 那些被你在暗中拯救的人们
>
> 对着你神圣的白发肆意诅咒……

……但站在他旁边的不是库图佐夫[⑤],而是加里波第。意大利以自己的英雄,自己的解放者为代表,没有与马志尼分开。加里波第怎么能不把自己的半顶桂冠献给他呢?为什么不承认他们一直在

---

① 加富尔 (1810—1861),意大利政治家,资产阶级君主立宪派领袖,意大利王国的第一任首相。这里所谓"阉党"指他的御用报刊。

② 这行诗与下面引用的两行诗均出自普希金的《统帅》一诗。

③ 马志尼是坚定的共和主义者,他对 1860 年建立的意大利王国是不满的,因而也遭到了自己人的误解和攻击,但他认为这毕竟是在民族解放的道路上跨前了一大步,因而对敌视他的人也同样表示感谢。

④ 《圣经》中的魔王,见《启示录》第九章第十一节。

⑤ 在 1812 年的卫国战争中,巴克莱·德托利被免职后,由库图佐夫继任俄军统帅,但他执行的仍是巴克莱·德托利的战略方针。

手挽着手前进？为什么被废除的罗马三执政之一^①不坚持自己的权利？为什么他自己要求不要再提起他，为什么像孩子一般纯洁的人民领袖要保持沉默，讳言分裂呢？^②

两人都有比他们本人，比他们的名字，比他们的荣誉更贵重的东西，那就是意大利！

今天这卑劣的世界并不了解他们。它没有足够的容量，不能容纳这些伟大的人物；它的账册也计算不清这笔收支账目！

加里波第变得更像"高尔奈利·内波斯书中的人物"^③；他在自己的小田庄上显得那么庄严伟大，那么朴实浑厚，那么纯洁高贵，像荷马笔下的人物，又像古希腊的雕像。在他这里没有美好的词句，华丽的服饰，狡诈的手段——在史诗中不需要这一切，而当史诗结束，日常生活开始时，国王便遣走了他，^④像打发一个已把他送达目的地的车夫一样，连酒钱也不用给，这使国王有些不好意思，因为他的忘恩负义甚至超过了奥地利。^⑤不过加里波第没有生气，只是笑了笑，带了口袋中的五十个斯库多^⑥，离开了他所征服的国家

---

① 马志尼是在 1849 年革命高潮中建立的罗马共和国三执政的首席执政。

② 加里波第是在马志尼的影响下成长的，但在 1859 至 1860 年的革命高潮中，拒绝了马志尼直接建立意大利共和国的意见，对撒丁王国采取了妥协态度，而马志尼没有坚持自己的主张，随即离开了意大利。

③ 见《北极星》第五集。——作者注
　按：赫尔岑对加里波第的论述原载 1859 年的《北极星》第五集，后来由作者移入本书第五卷第三十七章，这句话即引自该章。

④ 加里波第率领红衫军于 1860 年解放了意大利整个南部地区，但撒丁王国掌握了领导权，在它的安排下，建立了意大利王国，加里波第被迫退休，红衫军亦被解散。1860 年 11 月，加里波第谢绝了国王维克多·厄马努埃尔的赏赐，回到他在卡普雷拉岛的小田庄上躬耕为生。

⑤ 指 1849 年俄国帮助奥地利政府镇压了匈牙利的革命运动，可是在克里米亚战争中，奥地利却与英法结成联盟，拒绝支援俄国。

⑥ 当时意大利的一种银币。

和宫殿，听凭大臣们审查他的账目，指责他糟蹋了一张熊皮。让他们去高兴吧，伟大的事业一半完成了——只要意大利获得统一，赶走白狗子①就成了。

加里波第也有难过的时刻。他崇拜人民，还像崇拜大仲马一样崇拜维克多·厄马努埃尔②；国王不能礼贤下士使他痛心。国王也知道这一点，为了讨好他，把自己打的野鸡，自己花园里种的花，派人送给他，写给他的便条总是十分亲切，署名是："永远是你的朋友的维克多"。

对于马志尼，人是不存在的，存在的只是事业，而且只有一个事业，他自己也只是为它而存在，为它而"生活和行动"。不论国王送给他多少野鸡和鲜花，他不会碰一下。但他会马上不仅与这个他认为善良、但无聊的人，而且与他的小塔列朗③合作，而他根本不认为这个小塔列朗善良，也不认为他正直。马志尼是禁欲主义者，意大利解放运动的卡尔文和普罗奇达④。他片面，头脑里永远只有一个思想，永远警戒着，准备着；他怀着不屈不挠、坚韧不拔的意志把分散的、目的不明确的人们团结在一起，形成了一个坚强的组织；在十多次的失败之后，他仍在召唤加里波第和他的军队，仍要唤起半自由的意大利对祖国统一的永不停息的、誓死不渝的希望——马志尼是永远不睡的；不论白天还是黑夜，不论钓鱼还是打猎，躺在床上还是起床之后，加里波第和他的同

---

① 指奥地利军队，它采用白色军服。在意大利，奥地利是主要的外国侵略势力。
② 加里波第十分敬重大仲马，在后者游历意大利期间，把他待如上宾。加里波第也十分敬爱撒丁国王维克多·厄马努埃尔，认为他是意大利民族独立的保卫者。
③ 指撒丁王国的首相加富尔（塔列朗是法国著名政治家）。
④ 中世纪西西里人民反抗法国侵略的英雄。

伴们始终能看到马志尼那只瘦瘦的、忧伤的手指着罗马，要他们到那儿去！

我在已发表的一些片段中，抽掉了关于马志尼的几页，那是很不好的；删了它们，他的形象就不完整、不鲜明了，我不敢触及的正是 1854 年他与加里波第的争论和我与他的分歧。我这么做是出于礼貌，但这种礼貌对马志尼是毫不足道的。这样的人用不着隐瞒什么，用不着别人原谅什么！

从那不勒斯回来后[①]，他写了一张便条给我；我赶去看他。我见到他时心里有些紧张，我以为他会很伤心，会为自己的爱感到委屈，他的情况带有很大的悲剧性；我确实发现他的面貌显得老了，然而精神却年轻了，他像往常一样，伸开双臂拥抱着我，一边说道："那么，这终于实现了！……"他的目光显得兴奋，他的声音有些哆嗦。

整个晚上他跟我谈着进军西西里前夕的情形，[②]他与维克多·厄马努埃尔的关系，然后又谈到了那不勒斯。他怀着兴奋和爱谈到了加里波第的胜利和他的丰功伟绩，对他充满着友谊，但同时也为他的轻信骂他，说他不善于识别人。

我听着，想从他的话中找到一个音符，一个声音，说明他的自尊心受到了伤害，但没有找到；他伤心，但这是母亲被她所爱的儿子暂时抛弃之后的伤心，她知道儿子会回来，不仅如此，还知道儿子很幸福，这已足以抵消她的一切悲痛！

---

① 马志尼直接建立共和国的主张被加里波第拒绝后，便于 1860 年 11 月离开那不勒斯，于 12 月下旬回到了伦敦。

② 加里波第解放整个南部意大利的行动，是从进军西西里开始的，然后他从西西里渡过麦西那海峡，向那不勒斯进军，完成了这次行动。

马志尼满怀着希望，对加里波第比任何时候更亲切。他笑着告诉我，那不勒斯的群众受到加富尔的奸细的挑拨，包围了他的家，大喊："处死马志尼！"除了其他，他们相信他是"波旁王朝的共和党人"。他说："这时在我家里除了几个意大利人，还有一个俄国青年，他感到奇怪，怎么我们还继续谈天。我安慰他道：'别害怕，他们不会杀死我，他们只是叫叫罢了！'"

是的，这样的人是用不着别人原谅什么的！

1861 年 1 月 31 日

我一到伦敦，立刻去找马志尼，这不仅因为他对我的家庭所遭遇的不幸，给予了最温暖、最热烈的同情，也因为他的朋友们交给了我一个特殊任务，要我与他面谈。梅迪契，皮扎卡尼，梅佐卡帕，科森兹，贝尔塔尼等人，对伦敦发出的指示不满意。[①]他们声称马志尼不了解新的情况，抱怨革命的大臣们为了巴结他，附和了他的错误思想，即起义的时机已经成熟，只等他一声令下便可开始行动。他们希望在领导机构内部实行改组，大大加强党的军事方面，由这方面的行家，而不是由律师和新闻记者来主持这工作。为此他们要求马志尼起用乌鲁阿[②]那样的天才军事家，他曾在老佩佩[③]身边作战，现在遭到冷落，心中很不满意。

他们委托我向马志尼转达这一切，一部分是由于他们知道他信

---

① 当时马志尼在伦敦领导着一个意大利民族运动委员会，它的方针主要是在意大利发动各种起义。这引起了热那亚的这些人的不满。

② 乌鲁阿（1810—1891），意大利军人，1848 至 1849 年革命高潮中参加过保卫威尼斯共和国的战斗。

③ 佩佩（1782—1855），意大利将军。1848 年指挥威尼斯共和国的保卫战，对奥地利展开了英勇斗争。

任我，一部分也由于我与意大利的任何派别无关，可以不受约束。

马志尼把我当老朋友一样接待。最后谈话转到了他的朋友委托我办的事。他起先听得很仔细，虽然并不掩饰他对反对他的人非常不满；但是当我从一般的谈论转入细节和人员问题时，他突然打断了我的话：

"情况完全不是这样，那些话没有一句是切合实际的！"

"然而，"我说，"我离开热那亚还不到一个半月，在意大利我住了两年，没有外出，我可以证实，我代表您的朋友讲的话许多是真实的。"

"您这么说，正因为您是住在热那亚。热那亚算得什么？您在那儿能听到什么？只是一部分流亡分子的意见。我知道他们这么想，我也知道他们错了。热那亚是一个很重要的城市，但这只是一个点，可我了解整个意大利；我知道从阿布鲁齐到福拉尔贝格每个地方的要求。我们那些热那亚的朋友脱离了整个意大利半岛，他们不可能判断它的要求，它的社会情绪。"

我又作了两三次尝试，但他已有所戒备，开始生气了，回答得很不耐烦……我怀着忧郁的心情，不再开口；以前我还没有看到他这么不耐烦。

"我非常感谢您，"他想了一下说道，"我应该知道我的朋友们的想法，我准备斟酌他们的每一个意见，考虑他们的每一个要求，但是否同意，这是另一回事；我不仅在良心和上帝面前，而且在意大利人民面前负有重大责任。"

我的使命没有完成。

马志尼那时已在考虑 1853 年 2 月 3 日的计划①；事情对他说来已经决定，但他的朋友们并不赞成。

"您认识赖德律－洛兰和科苏特吗？"

"不认识。"

"您希望认识他们吗？"

"很希望。"

"您应该见见他们，我给您写几个字介绍一下。您可以把您离开意大利前看到的情形讲给他们听听。"他拿起笔写了便条，继续道："赖德律－洛兰是世界上最温和的人，但也是彻头彻尾的法国人，他坚决相信，没有法国的革命，欧洲就不能前进一步，法国人是打头阵的！……可是现在法国的先锋作用在哪儿？其实，以前推动法国的思想也来自意大利或英国。您会看到，革命的新时代将从意大利开始！您认为怎么样？"

"我向您承认，我不认为这样。"

"怎么，"他笑道，"那得从斯拉夫民族开始？"

"我没有这么讲。赖德律－洛兰的信心根据什么，我不知道，但是我认为，只要法国还处在目前我们看到的那种意志消沉的状态，欧洲的任何革命都是不可能的。"

"这么说，您也依然相信法国的权威地位？"

"它的地理位置，它的庞大军队，以及俄国、奥地利和普鲁士对它的天然支持，都决定了它的这种地位。"②

"法国睡着了，我们会唤醒它。"

---

① 指 1853 年 2 月的米兰起义。

② 这次谈话是在 1852 年秋季。——作者注

我只得说："但愿上帝保佑，您的话能如愿以偿！"

我们两人谁正确，那时加里波第已经指出了。我在另一个地方谈到过我和他在西印度码头，在他的美洲轮船"共和号"上的会见。

当时我们在他那儿用早餐，在座的有奥尔西尼、豪格和我。加里波第谈到了他和马志尼的伟大友谊，同时坦率地说明了他对1853年2月3日事件的意见（这是在1854年春季），随即又表示，各派力量必须联合成一个战斗的集体才成。

那天晚上我们汇集在一家人家，加里波第并不愉快，马志尼从口袋里掏出《人民意大利报》，指给他看一篇文章。加里波第看过后，说道：

"对，文章很大胆，但也是非常有害的；我不妨老实说，为了这样的文章，记者或作者应该受到严厉的惩处。目前我们只有一支军队——撒丁王国的军队，有人却在这种时候不遗余力地挑动我们和皮埃蒙特之间的不和！这种轻率和不必要的鲁莽态度简直与犯罪没有两样。"

马志尼为报纸辩护，加里波第更气愤了。

当我们离开轮船时，他曾说，夜里回码头太晚了，他得住在旅馆里，我请他别上旅馆，可以到我家中过夜，加里波第答应了。

他和马志尼谈话后，便被一群什么也不怕的妇女大军团团围住了，只得采取迂回曲折、以退为进的策略，才突出重围，走到我身边，凑在我耳朵上说道：

"您要待到几点钟？"

"马上就走也可以。"

"那就劳驾走吧。"

我们走了，在街上他对我说：

"我很遗憾，非常遗憾，培波①这么执迷不悟，尽管他的愿望非常高尚，非常纯洁。刚才我简直不能忍耐，他在煽动自己的学生跟皮埃蒙特作对，还自以为得计。您想，如果那位国王干脆投向反动派一边，那么在意大利自由的呼声就会沉寂了，连最后的支持者也没有了。共和，共和！我从来就是共和主义者，一辈子都是，然而现在的问题不在于共和。对意大利的群众，我比马志尼了解得清楚，我跟他们在一起，过着他们的生活。马志尼了解有教养的意大利，可以左右它的知识阶级；但是要赶走奥地利人和教皇，你不能靠他们组织军队。对于群众，对于意大利人民，只有一面旗子：统一祖国，驱逐外国人！要达到这个目的，就必须对意大利唯一强大的王国采取合作态度，不论它是出于什么动机；它希望站在意大利一边，又感到害怕，我们就应该团结它，不是推开它，侮辱它。万一那位年轻人②相信，他跟奥地利大公比跟我们更接近，那么，意大利的发展便得推迟一代，甚至两代了。"

第二天是星期日，他跟我的儿子一起出外散步，在卡尔德西③那里给他拍了一张银版照片送给我，然后在我家用午餐。

午餐时，马志尼派来的一个意大利人叫我出去，他从早上起就在找加里波第，我请他一起用膳。

意大利人似乎希望与他单独谈话，我建议他们到我的书房去。

"我没有什么秘密，而且这儿也没有外人。"加里波第说。

---

① 朱泽培的爱称。——作者注（按：朱泽培是马志尼的名字。）
② 即撒丁国王维克多·厄马努埃尔，当时他才三十多岁。
③ 伦敦的照相师。银版照相法是当时流行的一种新照相法，由法国物理学家达盖尔所发明。

在谈话中间，加里波第把我们回家时对我讲的话重复了两遍。

他在目标上与马志尼是完全一致的，但在实际上、方法上与他有分歧。加里波第更了解群众，这一点我深信不疑。马志尼像中世纪的隐修士，深刻理解生活的一个方面，但对其他方面只是靠想象；他主要生活在思想和热情中，不是生活在日常世界中。他从青年时代到头发花白，接触的是烧炭党组织，是受迫害的共和主义者和自由主义作家；他与希腊的秘密团体和西班牙的激进主义派保持着联系，与真正的革命者卡芬雅克①和假冒的革命者罗马里诺②一起策划阴谋，与瑞士人詹姆斯·法齐、波兰的民主主义者、摩尔多－瓦拉几亚人一起进行秘密活动……柯纳尔斯基③是带着他的祝福，兴奋地走出他的书斋，前往俄国英勇牺牲的。这一切确实如此，但是跟人民，跟这"上帝律法的唯一解释者"，跟人数众多的老百姓，那民族的底层，那田野上耕耘的农民，那卡拉布里亚④的原始牧民，那码头工人和船夫们，他却从来没有联系。可是加里波第不仅在意大利，在任何地方都与人民生活在一起，他了解他们的力量和弱点，忧郁和欢乐；在战场上，在波涛汹涌的大海上，他都了解他们；他可以成为贝姆⑤一类的传奇人物，人们信任他超过了

---

① 指路易·戈德弗洛瓦·卡芬雅克，他是巴黎六月起义的镇压者路易·欧仁·卡芬雅克之兄，但两人的道路不同。

② 罗马里诺（1792—1849），意大利将军。1834年接受马志尼的指示，进军萨伏依，因指挥不力，以失败告终，因而受到指责。

③ 波兰民族解放运动的参加者。

④ 意大利南部地区。

⑤ 贝姆（1795—1850），波兰军官，1830至1831年参加波兰起义，成为波兰民族解放运动的领导人之一。1848至1849年匈牙利革命期间在科苏特麾下服役，指挥匈牙利革命军保卫特兰西瓦尼亚地区，以作战英勇著称。

信任他们的领导人圣朱泽培①。

只有马志尼不相信他。

加里波第临走时说：

"我走了，心情很沉重：我的劝告对他不起作用，在时间到来以前，他还会采取他的行动！"

加里波第猜对了，在不到一年的时间里，他又发动了几次不成功的起义；在皮埃蒙特，奥尔西尼被宪兵逮住时，手中几乎还拿着武器；在罗马，起义的领导中心之一被破获，我谈到过的②那个惊人的组织崩溃了③。惊慌失措的政府加强了警察统治，那不勒斯国王，那个残暴成性的懦夫，重又展开了血腥镇压。

这时加里波第忍耐不住了，发表了那封著名的信。他说："这些不幸的起义，只有疯子或意大利事业的敌人才可能参加。"

也许，这封信不该发表。马志尼感到沮丧，不幸，加里波第带给了他沉重的打击……但是有一点毫无疑问：他的信与他对我讲的和当我面讲的话，是完全一致的。

第二天我去拜访赖德律－洛兰，他热情地接待了我。他那高大端庄的形象从各部分看不一定好，但给人的总的印象却富有吸引力。这应该是一个"乐观而随和的老好人"，尽管额上的皱纹和斑白的头发都说明，烦恼在他身上不是没有留下痕迹。他把自己的生命和自己的财产都献给了革命，可是舆论对他却毫不姑息。他在4

---

① 即马志尼。

② 见《北极星》第五集。——作者注

③ 马志尼于 1853 至 1854 年成立了"行动社"，发动了一系列冒险活动。奥尔西尼在皮埃蒙特领导的起义刚开始便遭到了镇压。罗马的起义则使"行动社"罗马委员会的成员几乎全部被捕。

月和 5 月扮演了离奇而暧昧的角色，在 6 月扮演了软弱的角色，这使一部分红色人物离开了他，而蓝色人物也并没有因此接近他。[①]他的名字曾经作为革命的象征，在农民的嘴上流传，只是遭到了歪曲[②]，现在还有人提起他，但已少得多了。在伦敦，他这一派也逐渐销声匿迹，尤其是当费利克斯·皮亚在伦敦展开活动以后。[③]

在沙发上舒舒服服坐下之后，赖德律－洛兰开始向我高谈阔论了。

"革命只能从法国向周围辐射，"他说，"很清楚，不论你们属于哪个国家，你们必须首先帮助我们，这也是为了你们自己的事业。革命只能从巴黎输出。我非常清楚，我们的朋友马志尼不认为这样——他陶醉在自己的爱国主义中。意大利有奥地利骑在它的脖子上，有拿破仑的军队驻在罗马，它能做什么？我们需要巴黎，巴黎——这便是罗马，华沙，匈牙利，西西里；幸好巴黎已做好了充分准备（请别听错），充分准备！革命已经完成，这像白天一样清楚。我现在考虑的不是这一点，我考虑的是这以后的事，是怎么避免以前的错误……"

---

① 法国 1848 年二月革命后的临时政府，由以拉马丁为首的资产阶级共和派和以赖德律－洛兰为首的小资产阶级民主派组成，拉马丁逐步投靠右翼保王势力，而赖德律－洛兰逐步退让，最后出现了镇压六月起义的行动。这里便是指赖德律－洛兰在这段时期中的表现。"红色人物"指社会主义革命派，"蓝色人物"指资产阶级共和派。

② 边远地区的农民喜欢"洛兰公爵"，遗憾的只是他跟那个女人拉马丁搞在一起，被她控制了。她把公爵带上了邪路，他本人其实还是关心人民大众的。——作者注
按：所谓"那个女人拉马丁"，即临时政府首脑拉马丁。

③ 费利克斯·皮亚也是小资产阶级民主派革命家，1848 至 1849 年的革命失败后，他流亡到伦敦，成立了以他为首的"革命公社"，对法兰西第二帝国展开了坚决的斗争，但同时也反对无产阶级社会主义运动。

他这么谈了半个来小时，突然想起他不是一个人，也不是在向群众发表演说，于是马上刹车，用最友好的口吻对我说道：

"您瞧，我跟您的意见是完全一致的。"

我没有开口。赖德律－洛兰继续道：

"至于革命的具体实现，那是由于我们缺少经费才推迟的。这场斗争拖延了多年，我们的财力枯竭了。目前只要我们手边有十万法郎——是的，微不足道的十万法郎，后天或者大后天，巴黎就能爆发革命。"

"但这是怎么回事，"我终于问道，"这么富裕的民族，做好了起义的充分准备，却找不到十万或者五十万法郎？"

赖德律－洛兰有些脸红，但毫不踌躇地答道：

"对不起，对不起，您讲的是理论上的假设，可是我现在跟您谈的是事实，简单的事实。"

这我并不了解。

我告别时，赖德律－洛兰按照英国习惯送我到楼梯口，再一次向我伸出了巨人般的大手，说道：

"我希望这不是最后一次，我永远欢迎您的光临……那么，再见。"

"在巴黎吧？"我回答。

"怎么在巴黎？"

"您刚才要我相信，革命已近在眼前，我确实不知道，我是不是还能在这儿见到您。"

他有些困惑地看看我，因此我赶紧又说：

"最低限度，我真心希望这样——关于这一点，您想必不致怀疑。"

"要不，您就不会到这儿来了。"主人说，我们分手了。

科苏特是我第二次拜访时才初次见面的。情形是这样：我到达时，在会客室迎接我的是一位军人，他穿着半匈牙利式军装，通知我道，总督大人^① 今天不会客。

"这是马志尼的信。"

"我马上转呈，请稍候。"他向我指了指烟斗，又指了指椅子。过了两三分钟，他回来了。

"总督大人非常抱歉，今天不能与您见面，他正在赶写一封美国信件^②……不过如果您肯稍候的话，他还是很高兴会见您的。"

"他的信很快写完吗？"

"至少到五点钟。"

我看了看表——现在是一点半。

"哦，要等三个半小时，这不成。"

"那么您过后再来，好吗？"

"我住的地方离诺丁山至少三英里。不过，"我又说，"我没有什么急事要找总督先生。"

"那么总督大人非常抱歉。"

"这是我的通信地址。"

过了一星期，一天晚上一位瘦长的、留着长唇髭的先生来看我，他是匈牙利的上校，夏季与我在卢加诺见过面。

"是总督要我来找您的，您没有去看他，他感到很不安。"

"啊，很对不起。不过我已留下了地址，只要我知道时间，我

---

① 科苏特于 1848 年匈牙利革命期间任国防委员会主席，议会又选举他为"总督"。
② 科苏特在匈牙利革命失败后，应邀访问美国，受到了热烈欢迎，回到欧洲后他才定居伦敦，与马志尼等组织欧洲革命委员会。

一定会立即前去拜见科苏特……"接着我又询问似的说道:"哦,是不是应该说,立即去拜见总督先生?"

"拜见老头子,老头子,"上校笑道,"我们在自己人中间都称他'老头子'。他就是这么一个人!……全世界都找不到这么聪明的头脑,过去也没有……"上校诚心诚意地唱起了对科苏特的赞歌。

"很好,明天两点钟我一定专程拜访。"

"这不成,明天是星期三,明天上午老头子只接见我们自己人,我们匈牙利人。"

我忍不住笑了,上校也笑了。

"那么你们的老头子什么时候喝茶呢?"

"晚上八时。"

"那就请转告他,我明晚八时前来拜访,如果不成,请您写张条子通知我一声。"

"他一定很高兴——我会在接待室恭候大驾。"

这次我刚一按铃,长条子上校便来迎接我了,另一个矮个子上校当即把我带进了科苏特的书房。

我发现科苏特正在一张大桌子后伏案工作;他穿一件黑丝绒军上衣,戴一顶黑便帽,样子比他所有的画像,所有的半身雕像,都英俊得多;他年轻时应该是一个漂亮的小伙子,那若有所思的脸,那富于幻想的神色,必然对妇女具有极大的吸引力。他的容貌与马志尼、萨斐、奥尔西尼的不同,缺乏那种端正匀称的古典风格,然而那忧郁柔和的目光不仅流露出强大的智慧,而且让人看到他有一颗感情深厚的心,也许正因为这样,对我们这些北国的居民说来,他显得更加亲切。他那沉浸在深思中的微笑,那有些兴奋的谈话方式,必然能赢得别人的好感。他谈吐不俗,虽然不论讲法语、德语或英语，同样都带有浓厚的地方口音。他从不推敲词句，也不依靠陈词滥调；他与你一起思想，仔细听取每一句话，在心中作出自己的考虑，这些考虑几乎总与众不同，因为他不像别人，从不拘泥任何理论或党派观念。也许从他提出论点和反驳的方式，可以看出他像律师，然而他所谈的一切都是严肃认真，经过周密思考的。

1848 年前科苏特大多在本国从事实际工作，这使他养成了实事求是的作风。他清楚地知道，处理世界上的事务，不可能像乌鸦那样采取直线飞行的方式，事实很少会遵循简单的逻辑规律发展，它往往迂回曲折，有时还会节外生枝，背离原来的途径。这也是科苏特与马志尼不同的一个原因，一方面，在行动的热烈程度上，科苏特不如马志尼，另一方面，马志尼那种不断尝试，不惜冒险的做法，也是科苏特从来不会采取的。

马志尼是狂热分子，在意大利革命问题上，他绝对相信自己的想法，从来不允许别人批评它，他无时无刻不像离弦的箭一样在奔向它。他对环境考虑得越少，他的行动也越坚决和简捷，思想也越单纯。

赖德律－洛兰的革命理想主义也并不复杂，这可以从他在国民议会的演说和在公安委员会采取的措施中看得清清楚楚。但科苏特从匈牙利带来的不是一般的革命传统观念，不是社会理论的启示录程式，而是他潜心研究过的自己的国家的抗议——这是一块新的国土，无论就它的需要，它的原始而自由的体制，还是它那些中世纪式的形态而言，都是人们所不了解的。与自己的同志们相比，科苏特是一名专家。

法国的流亡者喜欢一刀切，用自己的尺衡量一切，这个不幸的习惯使他们大肆攻击科苏特，说他在马赛声称他同情社会主义思想，可是到了伦敦，他又从市政大厦的阳台上，对英国的议会制度表示深刻的敬意。①

科苏特是完全正确的。那是在他离开君士坦丁堡后的旅途中，也就是在1848年后到来的那个可歌可泣的黑暗年代中。北美的轮船从奥地利和俄国伸向他的魔爪下救出了他，豪迈地载着这位逃亡者驶往一个共和国，中途停靠在另一个共和国的港口。在这个共和国里，法国警察专政当局的命令已在等待着他，它不准这位流亡者踏上未来的帝国的土地。要是在今天，一切便会这么办；但在当时还不是所有的法国人都已屈服，工人群众纷纷拥向轮船停靠的码头，向科苏特欢呼，非常自然，科苏特与他们谈到了社会主义。但背景在改变。轮船经过一片自由的国土时，它要求另一个国土的流亡者在自己这儿做客。科苏特当着全体群众的面，感谢英国人的接待，并不掩饰自己对这个国家的生活方式的敬意，因为它才使这种接待变得可能。在这两个场合，他都是完全真诚的；他根本不是代表某种政治力量，他可以一面同情法国的工人，一面赞赏英国的宪政体制，不必非得成为保王主义者或者背叛共和主义不可。科苏特了解这一点，他知道他在英国只能对各个革命组织采取超然态度，既不作格鲁克派，也不作皮契尼派②，跟赖德律-洛兰和跟路易·勃朗保持同等的距离。但他与马志尼和沃尔采尔具有共同的基础，他们的国境是毗邻的③，他们的斗争是一致的，几乎有着相同的命运，

---

① 1851年科苏特坐船前往美国时，在法国马赛与当地的工人群众见了面，然后前往伦敦，受到了英国人民的热情接待。

② 格鲁克（1714—1787），德国重要歌剧作曲家，主张革新歌剧创作。皮契尼（1728—1800），意大利歌剧作曲家，保卫西洋正宗歌剧传统的那不勒斯乐派的重要成员，与格鲁克展开过激烈论争。

③ 指当时奥地利帝国和意大利的国境，匈牙利属于奥地利帝国。

因此他首先接近的是他们。

但是马志尼和沃尔采尔早已像西班牙人说的法国化①了。科苏特一边靠近他们，一边保持着一定的距离；值得注意的是，随着匈牙利发生起义的希望变得日益渺茫，他对他们的让步也日益增多了。

从我与马志尼和赖德律－洛兰的谈话可以看出，马志尼在等待意大利成为革命的推动力；一般说来，他对法国非常不满，但不能因此断言，我认为他"法国化"是错误的。在这件事上，一方面他的爱国主义精神在起作用，它与各民族团结和世界共和国的思想不能完全协调；另一方面，法国在 1848 年没有为意大利做什么，而在 1849 年却竭尽全力压迫意大利，这使他感到愤恨。然而对当代法国的不满，并不表示他没有感染它的精神；法国革命思想穿着共同的制服，具有自己的仪式和信条；在这个范围内，人们可以成为独特的政治自由主义者，也可以成为激进的民主主义者，可以不爱法国，却盼望自己的祖国成为法国式的国家。这一切只是变奏，个别现象，它们的代数方程式还是相同的。

科苏特与我的谈话一开始就带有严肃的性质，他的目光和语言中包含的忧伤比愉快多；很清楚，他并不相信明天就会发生革命。东南欧的情况，他了如指掌，还从叶卡捷琳娜二世与土耳其政府缔结的条约②中引用了一些条文，这使我感到惊讶。

"在我们起义的时候，你们给我们造成了多大的危害，也给你们自己造成了多大的危害③，"他说，"俄国支持奥地利——这是狭

---

① 原文是西班牙文。

② 指 1774 年俄国与土耳其缔结的和约"凯纳甲湖条约"，它为俄国向东南欧的扩张奠定了基础。

③ 1848 年匈牙利爆发革命后，势如破竹。1849 年沙皇尼古拉一世出兵协助奥地利镇压革命，使匈牙利独立政府腹背受敌，因而失败。

隘的、反斯拉夫民族的政策。理所当然，奥地利不会向俄国说一声‘谢谢’，难道你们以为，它不明白尼古拉不是帮助它，只是帮助一般的专制政权吗？”

至于俄国的社会状况，比起政治和军事方面来，他了解得少得多。这并不奇怪，我们自己的官员也有不少人对这方面一无所知，只了解一些皮毛，那些个别的、偶然的、毫无内在联系的现象。他以为国家农民是按代役制缴纳赋税的，还向我询问了农村公社和地主的权力。我把我所知道的告诉了他。

离开科苏特后，我问自己，除了对匈牙利民族独立的热爱，他与他的同志们有什么共同之点。马志尼幻想由意大利来解放全人类，赖德律－洛兰却希望在巴黎为它赢得解放，然后向全世界发布严格的指示，推行自由体制。科苏特恐怕并不关心全人类的问题，他对里斯本是不是很快会宣布共和，的黎波里的总督是否会成为统一而不可分割的的黎波里共和国中一位普通的公民，似乎相当冷淡。

这差别一开始就引起了我的注意，后来又在一系列事件中表现出来。马志尼和赖德律－洛兰作为不顾实际条件的人，每隔两三个月总要努力作一次革命尝试：马志尼是发动起义，赖德律－洛兰是派遣代理人。马志尼的朋友们死在奥地利和教皇的监狱中，赖德律－洛兰的使者则死在朗贝萨和卡宴[1]；但是他们出于盲目信仰的狂热症，继续派遣自己的以撒[2]去作牺牲。科苏特从不作这种尝试；利别尼[3] 用刀刺伤了奥地利皇帝，但他与科苏特没有联系。

----

[1] 法国苦役犯的流放地，朗贝萨在阿尔及利亚，卡宴在法属圭亚那。

[2] 《圣经》人物，以色列人的祖先亚伯拉罕之子，上帝命亚伯拉罕把以撒作牺牲献祭，亚伯拉罕毫不犹豫，准备了火和木柴，见《创世记》第二十二章。

[3] 利别尼是一个普通的匈牙利人，于 1853 年 2 月 18 日用匕首刺伤了奥地利皇帝弗兰西斯－约瑟夫一世，但没刺中要害，几天后利别尼即被处死。

毫无疑问，科苏特来到伦敦时是怀着更强烈的希望的，而且不能不承认，他也有理由为自己感到陶醉。不妨回顾一下他远渡重洋前往美国的庄严行列，那一路上受到的热烈欢迎；在美国，各地互相争论，要取得首先接待他、把他请进自己的城市的光荣。拥有两百万居民的高傲的伦敦城守候在铁路上，等待他的光临；市长的马车作好了迎接他的准备，市参议员、各部门的官员和国会议员簇拥着他，从人山人海的群众中穿过，大家高声欢呼，抛着帽子。当他与市长一起出现在市政大厦的阳台上时，迎接他的是雷鸣般的"乌拉"声，这是尼古拉不论靠威灵顿的保佑、靠纳尔逊的铜像①，还是靠赛马场上的翩翩风度，都无法赢得的巨大荣誉。

当拿破仑在温莎宫参加女王的宴会②，在伦敦市区与资产阶级举杯言欢的时候，傲慢的英国贵族跑回自己的领地去了，现在他们却忘记了自己的尊严，坐了形形色色的马车，要来一睹著名鼓动家的丰采；高级官员也纷纷前来会见这位流亡者。《泰晤士报》皱起了眉头，但是在群众的欢呼声中吓坏了，于是开始咒骂拿破仑，想借此弥补自己的错误。

科苏特从美国回来时充满了希望，这是毫不奇怪的。但是在伦敦住了一两年，看到大陆的历史正在朝什么方向发展，而在英国的土地上热情也冷却了，于是科苏特明白，起义已不可能，英国也不是革命的可靠的同盟者。

只有一次他重又燃起了希望，在英国人民面前再度鼓吹从前的事业，这就是克里米亚战争开始的时候。

---

① 尼古拉一世于 1844 年 6 月访问伦敦时，捐款为英国民族英雄纳尔逊海军上将和威灵顿公爵建立纪念像。

② 拿破仑三世于 1855 年 4 月访问英国，维多利亚女王在温莎宫设宴招待他。

他改变了离群索居的生活，与沃尔采尔，也就是与民主的波兰，手携着手站在一起，那时波兰向联盟国①要求的只是发出号召，同意波兰冒险举行起义。毫无疑问，对于波兰，这是一个伟大的时刻——机不可失，时不再来。如果重建波兰得到承认，那么匈牙利还有什么问题呢？正因为如此，科苏特出席了1854年11月29日波兰人的大会，要求发言。也正因为如此，会后他与沃尔采尔一起访问了英国各大城市，为波兰进行广泛的宣传。科苏特当时发表的演说，无论就内容或形式讲，都是非常出色的。但这一次他没有在英国引起轰动；尽管人民仍纷纷拥进会场，为雄辩家的才能大声喝彩，准备捐款，然而运动未能更进一步，演说也未能在其他人士，在那些可以影响议会，或者迫使政府改变路线的人士中间，引起同样的反应。1854年过去了，1855年到了，尼古拉死了，波兰没有前进一步，战争局限在克里米亚沿海一带；波兰民族的振兴毫无指望；奥地利成了卡在联盟国咽喉的一块骨头。何况大家盼望和平，主要的目的已经达到——非军人出身的拿破仑获得了军人的荣誉。

　　科苏特重又退出了舞台。他在《阿特拉斯报》上的文章，他在爱丁堡和曼彻斯特就奥地利和罗马教皇的协议发表的演讲②，只能认为是个别现象。科苏特未能挽救自己的财产，也未能挽救妻子的财产。他过惯了匈牙利达官贵人的豪华生活，到了国外不得不挣钱养活自己；他这么做了，也从不隐瞒这一点。

　　他的家庭带有一种高贵而沉静的气氛，显然，它经历过一些重大的事件，它们扩大了每个人的胸襟。直到今天，科苏特的身边依

---

① 指克里米亚战争中的英法联盟。

② 奥地利为了取得教皇的支持，于1855年8月与教皇缔结了协议。

然保留着一些忠实的信徒，他们起先组成了他的朝廷，现在只是他的朋友。

他走过了一条不平坦的道路，近来他显著衰老了，冷落的处境使他忧心如焚。

头两年我们很少见面，后来偶然的机会使我们在怀特岛相遇，这地方不仅是英国，也是全欧洲最优美的风景区之一。我与他一起住在文特诺镇大约有一个月，这是在1855年。

在他离开前，我们一起参加孩子们的节日活动，科苏特的两个儿子很漂亮，很可爱，他们与我的孩子们一起跳舞……科苏特站在门口，忧郁地望着他们，然后含笑指着我的儿子，对我说道：

"现在年轻的一代长大了，可以接替我们了。"

"我们能看到那一天吗？"

"这正是我在想的。不过目前让他们跳舞吧。"他又说，目光变得更忧郁了。

我觉得，这一次我们思考的是同一个问题。

可是父亲们能看到吗？能看到什么呢？那个革命的时代，我们在90年代①逐渐暗淡的夕阳照射下所向往的那个时代，自由主义的法国和年轻的意大利，马志尼和赖德律－洛兰所追求的那个时代，不是已成为明日黄花，这些人不是正在成为往事的忧伤的代表，在他们的周围已涌现出另一些问题，另一种生活吗？他们的信仰，他们的语言，他们的行动，他们的目标——这一切对我们既是亲切的，又是陌生的……在节日安静的早上，教堂的钟声和礼拜声依然能激动我们的心灵，但是我们已经没有信念了！

---

① 指18世纪90年代法国资产阶级革命高潮时期。

这是伤心的真实情况——它们往往使人痛苦，烦恼，不敢面对它们，有时看到了也不愿讲。是的，这有什么必要？要知道，这从某种意义上说只是一种癖好，一种病态。"但这是真实，赤裸裸的真实，唯一的真实！"话是这么说，然而我们的生活能容纳这样的真实吗？它不会损害它，像过强的酸性物质一样腐蚀容器的四壁吗？对它的爱好难道不是一种可怕的疾病，徒然使怀有这种爱好的人受到严厉的惩罚？

一年前，在一个我难忘的日子里，这思想给我的感触特别强烈。

那是沃尔采尔去世的一天，我在简陋的小房间里等待着雕塑师，老人已在这儿结束了他痛苦的一生。一个老女仆站在一边，用一支淌油的黄蜡烛头照着用大被单覆盖着的消瘦的尸体。他像约伯①一样经历了重重苦难，现在安息了，嘴唇上露着笑，信念已从失去光泽的眼睛中消失，另一个与他同样的狂热分子——马志尼给他合上了眼皮。

我爱这个老人，也可怜他，从未把我头脑中想过的全部真实情况告诉他。我不想扰乱他正在熄灭的生命，他不知道这些已经够痛苦的了。他需要临终祈祷，不是真实情况。因此当马志尼在他垂死的耳边小声述说誓言和信念的时候，他是那么高兴！

---

① 《圣经》人物，上帝为了考验他，使他历尽了苦难，见《约伯记》。

第三章　伦敦的流亡者

德国人和法国人——派别——雨果——费利克斯·皮亚——路易·勃朗和阿尔芒·巴尔贝斯——《论自由》

> 我们坐在巴比伦的河边啼哭……
>
> 　　　　　　　　　　　《诗篇》[①]

　　如果有人想从旁观者的角度，就 1848 年后汇集在伦敦的政治流亡者和放逐者的内部状况写一本书，他会给当代人的历史增添多么悲惨的一页。多少苦难的经历，多少贫困的日子和眼泪……生活又多么空虚，多么狭隘，头脑变得多么迟钝，多么一筹莫展，对现实多么不能理解，又多么固执己见，自以为是，沉浸在浅薄的自尊心中……

　　一方面，这是一些单纯的人，他们凭本能和心灵了解革命事业，为它作出了人所能作出的最大牺牲，甘愿过贫困的生活，他们构成了人数不多的志士仁人。另一方面，也有些人在拙劣的伪装下

---

① 《旧约全书·诗篇》第一百三十七篇，这是"被掳于巴比伦者之哀歌"。

野心勃勃，对他们说来，革命是当官，是取得社会地位的手段，他们没有达到目的，于是逃亡到了国外；另外还有各种狂热分子，形形色色的偏执狂患者，心理变态的精神病人。正是由于这种神经质的、畸形发展的、受过刺激的心理状态，通灵活动在流亡者中风行一时；几乎所有的人，从维克多·雨果和赖德律－洛兰，到奎里柯·菲洛潘蒂①，都在搞降灵术……菲洛潘蒂走得更远，他甚至知道一千年前人们所做的一切……

然而与此同时，一步也没有前进。他们正如凡尔赛宫的大钟，时针始终指在一点——国王驾崩的时刻……他们本身也像凡尔赛的时钟，从路易十五②去世后，就忘了上发条。他们只是指向一件事，一个重大事件的终点。他们谈的是这件事，想的是这件事，一切都归结为这件事。过了五六个月，过了两三年，遇到的依然是那些人，那些集团，这是可怕的——争论的仍是那些问题，参加的仍是那些人，发出的仍是那些指责，只是被贫困和匮乏的生活刻在额上的皱纹多了几条，礼服和大衣破旧了，白发增多了，这一切使人变得衰老了，瘦弱了，忧郁了……然而谈的还是那些谈过千百遍的话！

革命在他们那里还是像 90 年代一样，仅仅是社会生活的形而上学观念，然而当时那种对斗争的天真热情，那种曾经赋予最贫瘠的普遍概念以鲜明色彩，赋予干巴巴的政治理论以血肉的热情，他们却没有，也不可能有了——当时那些普遍观念和抽象概念还是令人兴奋的新闻，新的发现。在 18 世纪末年，人们第一次不是在书

---

① 菲洛潘蒂（1812—1894），意大利革命家，1849 年任罗马共和国三人执政府的秘书，革命失败后流亡国外。

② 似应为路易十六，1789 年被推翻的国王。

本上，而是在现实中，开始摆脱神学世界那宿命的、神秘的、令人窒息的传统，试图把不以意志为转移的、自发形成的整个公民生活方式建立在自觉的、意识的基础上。创立理性国家的尝试，正如创立理性宗教的尝试一样，在 1793 年谱写了一篇雄伟壮丽的史诗，它取得了成果，然而在后来的六十年中，经过风吹雨打，已变得百孔千疮。我们这些巨人的继承者却没有看到这一点。他们像阿索斯山①上的隐修士墨守成规，我行我素，讲的仍是金口约翰②时代的话，过的仍是早已被土耳其统治者逼进绝境的生活，而土耳其统治者本身也已接近末日……然而他们还是在某一些日子集会，纪念某一些事件，举行同样的仪式，念同样的祷告。

流亡者面临的另一阻力，在于他们相互之间的对立排斥，这严重地削弱了内部的活动和各种出自善良意愿的工作。他们没有客观的目标，所有各派都顽固地死守着自己的看法，前进似乎就意味着退让，甚至背叛；既然站在这面旗帜下，就应该永远站在它下面，哪怕时代已经不同，旗帜的颜色也已不像原来那么鲜明，仍必须坚持到底。

这样过了几年，周围的一切不知不觉都变了。原来有雪堆的地方生出了青草，原来的矮树丛变成了森林，原来的森林却只剩下一片树桩……但他们什么也没看到。有的大门已经倒塌、堵塞了，可是他们还在敲门，新的缺口形成了，光线正从那儿一缕缕射入屋

---

① 在希腊北部，被希腊正教会称为"圣山"，从 9 世纪起成为正教会隐修士的居住地，有隐修院二十余所。但在 15 世纪，土耳其侵占了这地区，对基督教实行迫害，使圣山区的隐修院濒临绝境。

② 圣约翰·克里索斯托（约 347—407），古代基督教希腊教父，曾任君士坦丁堡大主教，以善于传教著称，因而被称为"金口约翰"。

内，但他们却望着另一个方向。

在各国流亡者和英国人之间形成的关系，足以提供惊人的事实，说明各民族是具有化学亲和力的。

英国的生活起先使德国人眼花缭乱，手足失措，后来便吞没了他们，或者不如说把他们变成了不大像样的英国人。一个德国人一旦从事某种职业，他大多会马上剃掉胡子，把衬衫的领圈竖到耳朵旁边，说"yes"而不说"ja"①，在什么也不需要说的时候便说"well"。过了两年，他便用英文写信和便条，完全生活在英国人的圈子中了。德国人从来不想与英国人平起平坐，而是像我们的商人见了官员，我们的官员见了世袭贵族一样。

德国人虽然接受了英国的生活方式，实际上并没有成为英国人，只是装得像他们，也就是在某些方面不再像德国人。英国人对外国人的态度，正如在其他一切场合那样不可捉摸；一旦来了个外国人，他们便趋之若鹜，像见到一个喜剧演员或杂技演员似的，不让人得到一刻安宁，但几乎从不掩饰自己的优越感，甚至在一定程度上还对他有些厌恶。如果外来者保持自己的服饰，自己的发式，自己的帽子，英国人便不痛快，对他冷嘲热讽，但慢慢习惯之后，也就承认这是一种独立的人。如果外国人一开始便吓坏了，尽量模仿英国人的举止，那么英国人不会尊重他，还会摆出大英帝国臣民的架子，不把他放在眼里。在这一点上，有时很难掌握分寸，恰到好处，既不偏左，也不偏右，因此可想而知，那些毫无心计的德国人，那些有时过于亲昵和巴结，有时又过于拘谨，过于老实，无缘无故便会伤心落泪，没人撩拨便会大发脾气的德国人，他们的结果

---

① 德文：是。

会怎样。

如果德国人把英国人看作同一种族中较高的一类，觉得自己比他们低一等，那么决不能因此认为，法国人，尤其是法国流亡者的态度便聪明一些。正如德国人不分青红皂白崇拜英国的一切，法国人却不分青红皂白否定英国的一切，仇视英国的一切。不言而喻，这会造成非常可笑的荒谬结果。

首先，法国人不能原谅英国人不讲法国话，其次，法国人把"查林克鲁斯"称作"沙兰克鲁"，或者把"莱斯特斯夸尔"说成"莱赛斯特斯快尔"①，把英国人弄得莫名其妙。还有，法国人不明白，为什么英国的正餐要吃两大块肉和鱼，却不吃五小块焖肉、油饼或野味等等，他们的胃觉得受不了。还有，法国人不能容忍酒店的"奴役"，因为它们在礼拜日一律打烊，全体人民只得在对上帝的祈祷中度过枯燥的一天，尽管法国人一星期中每天都在过歌颂拿破仑的枯燥生活。还有，英国人的整个作风，不论好的坏的，都叫法国人看不顺眼。英国人也以同样的态度回敬他们，但是看到他们的衣服式样却羡慕不止，竭力模仿，以致弄得不伦不类。

这一切对于研究比较生理学，都是非常重要的，我讲它们完全不是为了好玩。正如我们看到的，德国人虽然认为自己与英国人属于同一种族，但是至少从公民角度看，他比英国人低一等，因此应该服从他。法国人属于另一种族，但区别又不如土耳其人与中国人那么大，可以不予理会，因此他仇恨英国人，尤其因为两个民族都盲目自信，认为自己代表了世界上最优秀的民族。德国人尽管在内

---

① "查林克鲁斯"和"莱斯特斯夸尔"（莱斯特广场）是伦敦的两个重要地名，法国人按照法文的发音方式把它们说成了"沙兰克鲁"等。

心也相信这一点，特别是在理论的领域，但却不好意思说出口。

法国人实际上在各方面都与英国人对立；英国人是穴居动物，喜欢独自生活，固执而倔强；法国人是群居动物，鲁莽大胆，但容易驾驭。这就形成了两种平行的发展，以英吉利海峡为界线。法国人总是冲在前面，对一切都要过问，对所有的人都要教训几句，对所有的事都要议论一番；英国人却听其自然，根本不屑过问别人的事，觉得与其教育别人，不如自己学习，只是他没有时间，他得上店里做生意。

英国的生活方式有两大基石：个人独立和种族传统，这在法国人眼里几乎是不存在的。英国人的生硬作风常常使法国人不能容忍，这确实叫人讨厌，也损害了伦敦的生活，但是法国人没有看到它背后隐藏的严峻威力，正是它使这个民族能够捍卫自己的权利，也没有看到那种执拗精神，正是由于这种精神，尽管你一旦取得英国人的欢心，几乎可以随意摆布他，却不能使他成为奴隶，以致穿上了绣金边的仆人制服还沾沾自喜，戴上了锁链却认为这像桂冠一样光荣。

地方自治和分散主义，那种可以各行其是、互不干涉的世界，对法国人是陌生的，不可理解的，因此不论他在英国住了多久，他并不了解它的政治和社会生活，它的法律和诉讼程序。英国法律中互不协调的多种多样的判例，使他感到困惑，仿佛走进了黑暗的树林，根本看不到树林中高大雄伟的栎树，也看不到正是在这种千姿百态中包含着它的诗意、美感和意义。一部小小的法律全书就像一个小巧玲珑的园林，大自然不能与它相比，那里有的只是沙砾小径和修剪整齐的树木，园丁则像警察一样守卫在每一条林荫道上。

还是莎士比亚与拉辛的问题。

两个人喝醉了酒，在酒店里打架，警察却若无其事，站在一边观看，像一个欣赏斗鸡的旁观者，法国人见了这情景便怒不可遏，不明白警察为什么如此心安理得，不把打架的人送进拘留所。他不知道，只有当警察不具备父母的权力，他的干预仅限于被动行事，也就是在当事人要他行动以前绝不行动的时候，个人的自由才有保证。每个穷人在走进自己黑暗、阴冷、潮湿的小屋子，关上门后，都能相信自己是安全的，这可以改变人的观念。当然，得到严格保障和全力防卫的个人权利，有时难免成为罪犯的避风港，这也无可奈何。与其使每个正直的人在自己家里像贼一样发抖，不如让机灵的贼逃脱惩罚还好得多。在我来到英国以前，每逢警察光顾我的住所，我便心惊胆战，不知又出了什么事，从精神上作好了提防敌人的准备。在英国，警察来到门口或走进门口，只能增加安全感。

1855 年，泽西岛总督利用岛上特殊的非法状态，为费·皮亚致女王的信，对《人》周报发动了迫害，他不敢按照法律程序解决这事，却命令为杂志提出抗议的维·雨果和其他流亡者离开泽西岛；这时，健全的理智和一切反对这事的报刊都告诉他们，总督越出了职权，他们应该留下，向法庭控告他，《每日新闻》等报刊还答应负担诉讼费用。但这么做旷日持久，况且谈何容易："仿佛对政府起诉也能胜诉似的"。他们只是又发表了一份严厉的抗议书，向总督提出了历史的裁判问题，便自豪地退往了格恩济岛。①

---

① 泽西岛属英国，但靠近法国，成为法国流亡者的聚居地。1855 年，法国流亡者在该岛出版的《人》周报发表了费利克斯·皮亚致英国维多利亚女王的公开信，抗议她在这年 8 月对法国拿破仑三世的访问。泽西岛总督企图迫使《人》停刊，把三个编辑驱逐出境。以雨果为首的三十五个法国流亡者随即提出了抗议，泽西岛总督又命令这三十五人离境。于是所有居住在该岛的法国流亡者在再次提出抗议后，全部转移到了邻近的格恩济岛。《每日新闻》等都是英国报刊，它们反映了英国人对这件事的不同态度。

我要举一个例子，说明法国人对英国习俗的理解。一天晚上，一个流亡者来找我，在大骂一通英国和英国人之后，他告诉了我下面这件"不成体统"的事。

那天早上，法国的流亡者埋葬了一位同志。应该说，在沉闷无聊的流亡生活中，一位伙伴的葬礼几乎跟节日差不多，成了发表演说，高举旗子，进行集会和上街游行的理由，这时谁在谁不在一目了然，因此民主主义流亡者总是全体参加，无一例外。一个英国牧师拿了祈祷书来到墓地。我的朋友对他说，死者不是基督徒，不需要他的祈祷。牧师与所有的英国牧师一样，是个书呆子和伪君子，装出一副谦恭的姿态和英国民族特有的冷漠神情回答道，也许死者不需要他的祈祷，但这是他的职责，他必须用他的祷告恭送每一位死者走进最后的住所。于是发生了争论，最后法国人都冒火了，大声叫嚷，固执的牧师便去叫警察。

"瞧，您还说这个讨厌的国家有什么神圣的自由呢！"我的朋友（他在这场戏中扮演了仅次于死者和牧师的主要角色）附带说道。

"那么，这些为迷信势力服务的愚昧工具怎么办呢？"我问。

"来了四个警察，其中一个像是头头，他问道：'刚才跟牧师顶牛的是谁呀？'我当即走到了前面，"我的朋友说，他正跟我一起用膳，脸上的神色与莱奥尼达斯①即将去会见上帝的时候差不多，"我说：'这是我，先生。'——我当然不会称他'公民'②。那个警

---

① 公元前 5 世纪的斯巴达王，以英勇善战著称。公元前 480 年他率军与波斯王泽克西斯的大军展开激战，与三百名随身卫士奋战至最后一息。

② 我的红色朋友跟警察谈话时，故意称他"先生"，免得玷污"公民"这称号，为了说明这一点，我不妨再讲一件事。在索荷区和莱斯特广场之间一条阴暗、贫苦、肮脏的小街上，通常聚集着一部分不太富裕的流亡者，一个红色酒商在这儿开了一家小小的药铺。一天我经过那儿，走进店堂想买一点镇痛剂。老板坐

察装出一副神气活现的样子对我说道：'请您告诉大家，不要起哄，把你们的同志埋葬以后，便各自回家。如果你们要闹事，我只得命令把你们统统赶走。'我看看他，用尽全力提高嗓音喊道：'民主主义和社会主义共和国万岁！'"

我几乎忍不住发笑，问他道：

"那么那个'警察头子'怎么样呢？"

"他什么办法也没有，"法国朋友得意而骄傲地说，"他向他的部下使了个眼色，又道：'好吧，你们干你们的，干你们的！'然后站在一边，安静地等待着。他们完全清楚，他们要对付的不是英国的老百姓……他们的嗅觉很灵敏！"

那位身强力壮、严肃认真、也许还喝了点酒的警察，心里自然不会毫无反应。但我的朋友根本没有想到，他哪怕跑到白金汉宫的围墙外面，对着女王的窗口大声嚷嚷，他也可以安然无事，不致惹出丝毫麻烦。更值得注意的是，无论我的朋友，还是参与这事的所有其他法国人，都没有想到，这场事故要是发生在法国，他们早被送往卡宴或朗贝萨的监狱了。哪怕他们想起这一点，他们的回答也是现成的："算了，这种丑恶现象是暂时的……不是正常的！"

可是什么时候他们才能获得正常的自由呢？

在柜台里，他生得高高的，容貌粗犷，眉毛浓浓的，皱在一起，鼻子大大的，嘴稍微歪在一边。这是1794年法国外省典型的恐怖分子，只是把胡子剃掉了。我说："给我六便士拉斯帕伊止痛水，先生。"他正在给一个小姑娘称草药，对我的话毫不理睬，于是我只得站在那儿，欣赏这位科洛·德布瓦的表演，等他用火漆慢慢粘牢纸包的角，写上字。最后总算完了，他这才操起相当严厉的口气问我道："您要什么？""六便士拉斯帕伊止痛水，先生。"我又说了一遍。他露出凶恶的脸色，看了看我，又从头到脚打量着我，用傲慢而浓重的嗓音说道："请您称我公民！"——作者注

德布瓦（1749—1796），法国著名喜剧演员，后成为激进派革命家，救国委员会委员，巴黎下层阶级中有影响的鼓动家。

法国的流亡者与其他各国的流亡者一样，把一切争执，一切党派成见带到了国外，原封不动地保留着。可是外国对他们并不友好，也毫不掩饰它之所以维护避难权，并非为了寻找这权利的人，只是出于对自己的尊重，这种暗淡的处境使他们的神经受不了。

何况与人们的隔绝状态，生活习惯的改变，行动上的限制，与亲人的分离，贫穷，都使他们闷闷不乐，不能容忍，在一切事情上怨气冲天。于是人与人之间的冲突更激烈了，对过去的错误的责备也更无情了。派性变本加厉，连老朋友也断绝了来往，见面不打招呼……

这里有实践上、理论上的分歧和其他各种争执……但是除了思想方面还有人事方面，除了旗号还有个人的名义，除了热情还有嫉妒，除了真诚的追求还有幼稚的自尊心。

曾经表现在尽力而为的马丁·路德和贯彻到底的托马斯·闵采尔①之间的对抗，是像子叶一样潜伏在每粒谷物中的；合乎逻辑的发展和一切党派的分化，必然导致它的最终暴露。我们在三个没有成功的格拉古②（即把格拉古·巴贝夫也算在里边）身上，以及取得辉煌成功的形形色色的苏拉③和苏洛克④身上，同样看到这种情形。可能实现的只有对角线，只有折中道路、平均数和中间路线，因此不论等级、财富、观点都得符合中庸之道。从天主教同盟和胡格诺

---

① 闵采尔（约1490—1525），德国宗教改革运动中最激进的思想家和改革家，农民战争的领导人。马丁·路德一派在宗教改革运动中是比较稳健的，因此闵采尔虽然支持他们的活动，但认为他们不够彻底。
② 指曾任古罗马护民官的格拉古兄弟和法国革命家格拉古·巴贝夫。
③ 苏拉（公元前138—前78），古罗马贵族将领，公元前88年取得罗马共和国的最高职务，任执政官。
④ 苏洛克（1782—1867），奴隶出身的政治家，在驱逐法国殖民者后于1847年任海地总统。

派的对立中出现了亨利四世①，从斯图亚特王朝和克伦威尔的对立中出现了奥伦治公爵威廉②，从革命和正统派③的对立中出现了路易－菲力普。在他之后，对抗在温和的共和派与激进的共和派之间产生；温和的共和派称为民主主义共和派，激进的共和派称为社会主义共和派；从它们的冲突中，第二帝国乘机崛起，但各派依然相持不下。

不肯妥协的极端分子进了卡宴、朗贝萨和贝尔岛的监狱，还有一部分逃亡到法国国外，大多在英国。

他们到了伦敦刚喘过气来，眼睛刚习惯于从雾中辨别事物，旧的争论便随着流亡者的变得特别烦躁，随着伦敦气候的阴郁沉闷，重又复活了。

理所当然，卢森堡委员会主席④是流亡伦敦的社会主义者中间的主要人物。他作为劳动组织及平均主义工人团体的代表，受到工人的爱戴；他在生活上严格要求自己，在观点上具有无可指责的纯洁性；他不断地工作，谦逊朴实，善于讲话，而且平易近人，深得人心，既勇敢又谨慎，具有影响群众的一切能力。

另一方面，赖德律－洛兰代表了1793年的信仰传统，对于他，共和与民主这两个词可以囊括一切：饥饿者的温饱，劳动的权利，波兰的解放，尼古拉的覆灭，民族的团结，教皇的垮台。在他的身

---

① 天主教同盟是法国北方信奉天主教的贵族所组织，与新教胡格诺派对立，势均力敌，相持不下，法王亨利四世先是信奉新教，为胡格诺派领袖，建立波旁王朝后，为摆脱政治困境，宣布天主教为法国国教，但允许胡格诺派有信教自由。
② 荷兰奥伦治公爵威廉于1689年"光荣革命"中继承英国王位，称威廉三世。
③ 指拥护法国波旁王朝的君主派。
④ 指空想社会主义者路易·勃朗，他于二月革命后任"政府劳动委员会"主席，这委员会设在卢森堡宫，因而也称为"卢森堡委员会"。

边工人不多，他的合唱队主要由自由职业者组成，也就是律师、记者、教师、俱乐部会员等。

这两派的不同是明显的，因此我始终不能明白，马志尼和路易·勃朗怎么会用个人的冲突来解释他们的最终决裂。分裂潜伏在他们的观点的最深处，在他们的任务中。他们不可能一起前进，但是也许不必让争论公开化。

社会主义道路和意大利的事业之间的不同，毋宁说是步骤和程度的问题。在意大利，国家独立应该先走一步，然后才谈得上经济制度。我们对1831年的波兰和1848年的匈牙利也是这么看的。但是在这件事上是用不着争论的，这不如说只是工作的阶段划分问题，不是彼此排斥的问题。社会主义理论妨碍马志尼集中全力从事直接的行动，妨碍对于意大利必不可少的军事组织工作；他为此生气，却没有考虑到，这种活动对法国人只能是有害无益的。他陶醉在冒险和意大利的血泊中，还写了一本带侮辱性的、不必要的小册子，攻击社会主义者，尤其是路易·勃朗。在这书中，他还顺便攻击了其他人，例如称蒲鲁东为"魔鬼"……蒲鲁东想答复他，但只限于在下一本小册子中称马志尼为"天使长"。我曾两次半开玩笑地对马志尼说：

"不要玩火，否则惹怒了这些勇士，不弄到遍体鳞伤您是很难脱身的。"

伦敦的社会主义者对他也以牙还牙，同样激烈，还进行了不必要的人身攻击，使用了粗暴的言语。

另一种对立，那是理由比较充足的，便是法国人之间两种革命思潮的对立。一切试图调和形式的共和主义和社会主义共和主义的努力，都没有成功，只是使让步的缺乏诚意和论争的不可调和变得更为明显。它们之间隔着一条鸿沟，于是一个灵敏的杂技演员在沟上架起了一块木板，站在板上宣布自己登上了皇帝的宝座。

宣布帝制像一股电流打在流亡者的心上，使他们惊呆了。

病人的脸上露出了悲哀、沮丧的神色，他们相信，没有拐棍再也站不起来了。心灰意懒和隐藏的绝望，笼罩了这一派和那一派。严肃的论争开始失去光彩，走上了人身攻击、相互指责和埋怨的道路。

两年中，法国的两大阵营还保持着进攻的姿态：一派在纪念 2 月 24 日，另一派在纪念七月的日子①。但是到了克里米亚战争爆发，拿破仑三世和维多利亚女王的庄严行列出现在伦敦街头时，流亡者的软弱无力已昭然若揭。伦敦警察总监罗伯特·梅因证实了这一点。拿破仑访英期间，他略施小计，防止了流亡者们的一切示威活动，事后保守分子为此向他表示感谢时，他答道："你们完全不必感谢我，应该感谢赖德律－洛兰和路易·勃朗。"

这个时期还出现了更明显的迹象，说明他们的活动已接近尾声，那就是这两大派又分裂成了各个小宗派，而且并无重要的原因，只是为了个人的名誉或地位。

这些派别的组成，正如我们为了安置一个闲散的大官僚便得设立一个内阁职位或重要部门一样，或者像作曲家有时必须为格里西②或拉布拉凯③在歌剧中安排一个角色，不是因为必须有这些角色，只是因为必须让格里西或拉布拉凯登上舞台……

---

① 指 1848 年的二月革命和 1830 年的七月革命。
② 格里西（1811—1869），意大利女歌唱家。
③ 拉布拉凯（1794—1858），意大利著名男低音歌唱家。

政变①后过了一年半，费利克斯·皮亚从瑞士来到了伦敦。这个勇敢的新闻记者是由于一场官司出名的②，这场官司已被他写成一本枯燥的喜剧《第欧根尼》，剧中那些味同嚼蜡、毫无风趣的警句却赢得了法国人的欢心，后来他的《捡破烂的》在圣马丁门剧院上演又使他名重一时③，当时我已为它写过一篇文章。④费·皮亚是最后一届制宪议会议员，属于"山岳派"，不知怎么在议会中还与蒲鲁东打过架⑤，后来曾参加1849年6月13日的抗议活动——由于这件事他不得不秘密离开法国⑥。像我一样，他也是用摩尔达维亚的护照潜逃到日内瓦的，在那儿他穿着摩尔人的服装上街——大概是为了引人注目。后来他迁居洛桑，有了一批人数不多的崇拜者，这些流亡的法国人把他的俏皮话当作吗哪⑦，从他的思想中捡取牙慧。他作为瑞士一个州的头面人物，当然不甘心沦落为伦敦某个党派的成员。但是要想作大人物的候补人选，必须拥有自己的党派，于是

① 指1851年12月2日路易·波拿巴的政变。
② 指皮亚与法国作家朱尔·雅南的诉讼。他本是雅南的助手，后来撰文攻击雅南的反动立场，因而被雅南起诉，涉讼公堂，皮亚被判处六个月的监禁。
③ 皮亚的剧本《巴黎的捡破烂的》于1847年在巴黎圣马丁门剧院上演。该剧以强烈的革命激情引起了观众的热烈反应。
④ 有一次我曾问皮亚："您给《捡破烂的》加上了一个幸福的结局，这就把戏搞糟了，也损害了戏的思想内容和艺术上的完整，不知您为什么这么做？"他答道："因为如果老人和姑娘最后只是得到凄凉的命运，那么巴黎人就会对我不满，下一次演出时谁也不会来看了。"——作者注
按:1847年赫尔岑到达巴黎后，也观看了《捡破烂的》的演出，并在《法意书简》第三信中谈论了这戏，并谈到了与皮亚的谈话。
⑤ 蒲鲁东称皮亚为"民主派中的贵族"，两人在议会走廊中相遇时发生口角，以致打架，后来还举行了决斗。
⑥ 1849年6月13日法国"山岳派"发动示威，抗议路易·波拿巴出兵镇压意大利革命，遭到镇压，赖德律-洛兰和皮亚等因而逃亡国外。
⑦ 《圣经》中以色列人经过旷野时上帝赐予的食物。

他的朋友们和崇拜者替他解决了难题——他们从其他党派中独立出来，自称为"伦敦革命公社"。

"革命公社"应该代表民主阵营中最革命的一派，社会主义中的共产主义一派。他们认为自己已随时做好准备，并与"玛丽安娜"①保持了最密切的联系，是丧失信心的国家中布朗基②的最忠实的代表。

阴沉的布朗基，那个迂阔严峻的读书人，革命的理论家，禁欲主义者，被多年的监狱生活弄得形容枯槁的人，现在却以费·皮亚的面目出现在伦敦，变得容光焕发，还给阴暗的思想涂上了一层鲜红的色彩，开始在英国的巴黎公社中逗人发笑了。费·皮亚写信给女王，写信给瓦莱夫斯基③（他被称为"前流亡者"和"前波兰人"），还写信给其他王公贵人，这些信都妙语横生，非常有趣，但他与布朗基有什么共同点，我实在无从明白。一般说来，他的特点在哪里，他与其他人，例如与路易·勃朗，有什么不同，普通的眼睛恐怕很难识别。

对维克多·雨果的泽西派也可以这么说。

维克多·雨果从来不是真正意义上的政治活动家。他的诗人气质太重，幻想对他的作用太大，使他不可能成为政治家。当然，我这么说毫无贬低他的意思。他既是社会主义艺术家，又歌颂战争的

---

① 1851年路易·波拿巴政变后，法国国内成立的秘密革命组织以"玛丽安娜"为名，它的目的为推翻拿破仑政权，重建共和制度。

② 布朗基（1805—1881），法国最坚强的革命家，1871年被选为巴黎公社主席。

③ 瓦莱夫斯基（1810—1868），伯爵，拿破仑一世与其波兰情妇瓦莱夫斯基伯爵夫人的私生子，曾参加1831年的波兰起义，后由波兰革命组织派往伦敦，起义失败后即定居伦敦。在拿破仑三世时期，他促成了英法合作，皮亚的信对他作了讽刺和揭露。

荣誉，共和派的崩溃，中世纪的浪漫主义和白百合花①，既是子爵又是公民，既是奥尔良王朝的贵族院议员，又是 12 月 2 日的鼓动家②——这是个五光十色的伟大人物，但不是政党领袖，尽管他对两代人发生了巨大的影响。谁读了《一个死囚的末日》能不对死刑问题加以深思？那具有透纳③风格的鲜明而强烈的、可怕而奇异的色彩，那种社会溃疡、贫穷和堕落的罪恶的画面，谁看了会不产生类似良心谴责的痛苦呢？

　　二月革命使雨果大吃一惊，他感到奇怪，不能理解，他落后了，犯了许多错误，一直站在反动的立场上，直到反动派超越了他，才使他不能容忍。戏剧审查制度和罗马事件④引起了他的愤怒，他在制宪议会的讲台上发出了响彻整个法国的讲话。⑤成功和掌声吸引了他，使他越走越远。最后到了 1851 年 12 月 2 日，他完全站起来了。在刺刀和上膛的枪支面前，他号召人民举行起义，冒着被枪杀的危险向政变发出了抗议；到了什么也不能做的时候，他离开了法国。他像一头狂怒的狮子，退到了泽西岛，喘息甫定便向皇帝本人投出了自己的《小拿破仑》，然后又发表了《惩罚集》。不论波拿巴的爪牙们怎么想方设法，要使老诗人与新皇朝妥协，都没有办到。他说："如果法国的流亡者还有十个人，我仍要与他们在一起；如果剩了三个人，我依然在他们中间，如果只剩了一个人，那么这

----

① 法国波旁王朝的纹章。
② 雨果在早年是保王主义者，又歌颂过拿破仑的战功；他为七月革命欢呼，但又拥护七月王朝，主张君主立宪制，反对共和制，支持路易－菲力普，因而被授予子爵称号，成为贵族院议员，直到二月革命后他才坚定地站在民主主义立场上，1851 年后成为反对路易·波拿巴的激烈的共和派战士。
③ 透纳（1775—1851），英国浪漫派画家。
④ 指 1849 年法国对罗马革命的武装干涉。
⑤ 二月革命后雨果被选为制宪议会议员。

个流亡者就是我。在法国成为自由的法国以前，我决不回国。"

雨果从泽西岛退往格恩济岛，这在他的朋友和他本人看来，似乎都具有重要的政治意义，其实这次撤退只能获得相反的意义。事情是这样的：费·皮亚写了致维多利亚女王的信（那是在她访问拿破仑法国之后①），在会上朗读了信，又寄往《人》编辑部。在泽西岛出钱发行《人》的是斯文托斯拉夫斯基②，他当时在伦敦。他与费·皮亚来看我，临走时把我叫到一边说，他认识的一位律师告诉他，这封信很可能会使刊物遭到控告，因为泽西岛是殖民地，可是皮亚一定要在《人》上发表。斯文托斯拉夫斯基犹豫不决，想听听我的意见。

"那就不要登吧。"

"我也这么想，不过麻烦的是他会以为我害怕了。"

"既然情况是这样，可能损失几千法郎，怎么能叫人不害怕呢？"

"您说得对，我不能这么办，也不应这么办。"

斯文托斯拉夫斯基尽管作出了明智的选择，回到泽西后还是把信发表了。

于是传来了消息：内阁准备采取措施。英国人感到生气，因为皮亚对女王的口气不够尊敬。这些传闻的第一个后果便是皮亚不再住在家里，他怕为了发表一篇文章在英国也会遭到抄家，以致半夜被抓走！其实政府根本不想诉诸法律手段，只是示意泽西岛总督或

---

① 英国维多利亚女王于 1855 年 8 月访问法国，皮亚的信便是针对这事提出了抗议。信先是在伦敦纪念第一次法国革命的大会上宣读，然后寄往《人》发表。

② 波兰民族解放运动的活动家，在英国拥有一家印刷所，赫尔岑有些作品也在他那儿印行。

者他们称作省长的官员采取行动，那位总督便利用殖民地当局享有的非法权力，命令斯文托斯拉夫斯基离开泽西岛。斯文托斯拉夫斯基与十位法国人一起提出了抗议，其中包括雨果。于是泽西岛的"拿破仑警长"便命令所有的抗议者离开该岛。这时他们应该置命令于不顾，继续留在岛上，让警察光临，把他们强行拘捕后驱逐出境，这样就可以把这问题向法庭提出控诉。英国人便是向法国人这么建议的。英国的诉讼费大到荒谬的程度，但是《每日新闻》和其他自由派报纸的发行人，答应为此筹集一笔必要的钱，聘请能够胜任的辩护律师。但法国人不喜欢走法律道路，认为它既麻烦又漫长，结果昂起了高傲的头，离开了泽西岛，还带走了斯文托斯拉夫斯基和泰莱基[①]。

　　警察向雨果宣读命令是特别庄严的。一位警官来到他的寓所打算宣读命令时，雨果把自己的儿子们叫来，与他一起坐下，又向警官指指椅子，等大家坐定之后（像俄国的家长出门旅行以前一样），他站起来说道："警官先生，我们现在是在书写历史的一页。请宣读您的文件吧。"警察本来以为会被赶出大门，不料事情如此轻而易举，雨果当即签了字保证离开，因此警察出门时对法国人的彬彬有礼（甚至请他坐在椅上）还啧啧赞赏。雨果走了，其他人也与他一起离开了泽西岛。他们大多只退到了格恩济岛，只有一部分人去了伦敦。在这件事上他们输了，驱逐出境的命令不折不扣地执行了。[②]

　　我们已经说过，真正的派别只有两个，那就是形式的共和主

---

① 泰莱基（1821—1892），匈牙利伯爵，政治活动家，曾参加匈牙利革命军队作战，1849 年流亡至英国。

② 这里写到的事，前面已略有提到。这是由于这些片段系陆续写成，又陆续发表，最后才汇集成篇的。

义派和强硬的社会主义派——赖德律－洛兰和路易·勃朗。关于后者还没有谈过，可是在所有的法国流亡者中，他几乎是我最熟悉的人。

不能说路易·勃朗的观点是不确定的，它的各个方面都像用刀凿的一样鲜明。在流亡中，路易·勃朗收集了大量具体材料（在他所关心的方面，即法国第一次革命的研究方面），似乎在潜心进行思考，但实际上他的观点与他写《十年史》和《劳动组织》的时期相比，并未前进一步。沉积和固定在他头脑中的，仍是从年轻时起便激动他的那些思想。

在路易·勃朗矮小的身体中，蕴藏着勇敢无畏、坚强不屈的精神，他非常活跃，个性倔强，带有雕塑一般鲜明的特点，同时又完全是个法国人。犀利的眼睛和敏捷的行动，使他既灵活多变又沉着老练的外表显得优美动人。他给人的印象似乎是在最小的体积中包含着最大的容量，如果把他与他的对立面赖德律－洛兰相比，那么后者的庞大体积像一个吹了气的孩子，一个大型的洋娃娃，或者在放大镜下看到的小木偶。他们两人都可以当之无愧地走进格列佛的游记。

路易·勃朗，这是一种巨大的力量和非常罕见的性格，他善于控制自己，具有无比的克制力，不论在激昂慷慨的公开演说中，还是在友好的谈话中，从来不会由于辩论而忘其所以，脸上总是含着微笑……然而也从来不会向对方屈服。他能言善辩，尽管讲话滔滔不绝，像个法国人，但从不说一句多余的话，像个科西嘉人。

他关心的只是法国，知道的也只是法国，"除它以外"什么也不在他的话下。世界大事，科学发明，地震和洪水，只有在涉及法国时他才给予恰如其分的注意。与他谈话，听了他那些隽永含蓄的发言，那些趣味无穷的故事，你很容易了解法国人的思想方式，尤其因为他谈话时总是温和得体，富有教养，从不锋芒毕露，令人不快，也不会出现讽刺性的沉默——那种盛气凌人、有时显得幼稚可笑的傲慢作风，正是我们与现代法国人交往时感到不能忍受的。

我与路易·勃朗比较熟悉以后，他内心的安详自如留给了我深刻的印象。在他心里，似乎一切都有条不紊，已经解决，那里什么问题也不会出现，除了在次要的枝节方面。他一切都考虑到了，对他说来一切都很清楚，正如一个知道自己正确无误的人那样，他精神上毫无牵挂。对自己的个别错误，对朋友们的失策，他都善意地予以承认，因此在理论上他没有什么会受到良心的谴责。1848 年的共和遭到破坏之后，他对自己心安理得，跟摩西的上帝创造世界之后一样。他的思想灵活只表现在日常事务和细节上，在总体上他是像日本人一样从不变化的。对他接受的原则，他怀着坚定不移的信念，尽管理性的冷风有时也会吹到它那里，它还是坚定地屹立在它的精神支柱上，但他从未测量过这些支柱的强度，因为他对它们一向深信不疑。这种头脑的宗教性质，这种从未感受过怀疑的痛苦的气质，仿佛在他周围筑起了一道万里长城，任何疑惑，任何新的思想，都无法穿越这道城墙。①

---

① 这一切，除了几处补充和修正以外，都是十年前写的。我应该承认，最近的一些事使我对路易·勃朗的看法有了一部分改变。他确实向前走了一步，对于老雅各宾派的信徒而言，可想而知，这是使他付出了一定代价的。

在墨西哥战争的高潮中，路易·勃朗对我说："怎么办，我国国旗的荣誉给玷污了。"这是纯粹站在法国的立场上，与全人类观念背道而驰的。显然，这使路易·勃朗感到痛苦。过了一年，雨果在布鲁塞尔为《悲惨世界》的出版举行宴会时，路易·勃朗在席间发表演说道："当一个民族的一般荣誉观念与军事荣誉观念不能统一的时候，这个民族是不幸的。"这已是一百八十度的转变。它就是这次战争开始时流露的思想。路易·勃朗在《时报》上发表了一些有力的、打中要害的、他喜欢谈大道理，也许已经反反复复谈了许多年，从未想到任何人可能提出反驳，他自己也从未对它们产生过疑问，认为这是天经地义的真理，例如："人的一生是履行重大的社会责任；一个人应该不断为社会牺牲自己……"等等。我有时便跟他开玩笑，打断了他的话，突然问道：

"这是为什么？"

"怎么为什么？要知道，人生的全部目的，全部任务，便是为社会造福。"

"如果大家只是牺牲，却没有一个人可以享受，这样的社会是不可能存在的。"

"这是玩弄词句。"

"野蛮人的概念混乱。"我笑道。

有一次他说道："对精神的唯物主义观念，我怎么也想不通。精神和物质终究是不同的，它们紧密联系在一起，几乎无从分开，但它们依然不是同一个东西……"看到这种论证毫无意义，他突然接着道："您瞧，我现在闭上眼睛，想象我的弟弟，我就能看到他的容貌，听到他的声音，那么这个形象的物质状态在哪里呢？"

起先我以为他是开玩笑，但看到他那么一本正经，我便说道：他弟弟的形象这时藏在那个称作头脑的照相机中，离开了这个照相

说理透彻的文章，它们引起了《世纪报》和《民族舆论》报的威胁，差点把路易·勃朗说成了奥地利的奸细——要不是他的正直已当之无愧地获得举世公认，他们真会那么讲。

法国人要前进一步是不容易的。——作者注

按：墨西哥战争（1861—1867）是法国联合英国和西班牙，企图消灭那里的共和派政府而发动的一次武装干涉，最后以失败告终。《悲惨世界》出版于1862年，雨果于这年9月在布鲁塞尔举行了庆祝宴会。《世纪报》和《民族舆论》都是法国的自由派报纸。

设备，夏尔·勃朗①的肖像便不可能出现……

"这完全是另一回事，我弟弟的肖像并没有作为物质存在于我的头脑中。"

"您怎么知道？"

"那您怎么知道？"

"我根据推理。"

"哦，附带说一下，这使我想起了一件非常可笑的事……"

这时他照例会谈到狄德罗或唐森夫人②的故事，它们非常有趣，但与我们的谈话毫无关系。

作为马克西米利安·罗伯斯庇尔的接班人，路易·勃朗是卢梭的崇拜者，对伏尔泰保持着冷淡的态度。在《十年史》中，他按照《圣经》的讲法，把一切社会活动家分为两大阵营：右边是友爱的绵羊，左边是嫉妒和自私的山羊③。连蒙田那样的利己主义者也没有获得宽恕，遭到了严厉的抨击。在这种分类法中，路易·勃朗是铁面无情的，他把理财家劳④大胆地列为友爱的绵羊，这对于那位勇敢的苏格兰人一定是连做梦也没有想到的。

1856 年，巴尔贝斯⑤从海牙来到了伦敦。路易·勃朗带他来看我。我十分同情这位受难者，他的一生几乎是在监狱中度过的。⑥

---

① 夏尔·勃朗（1813—1882），路易·勃朗的弟弟。

② 唐森夫人（1682—1749），法国女作家，社交界的知名人士，巴黎著名沙龙的主人。

③ 见《马太福音》第二十五章第三十一至四十六节：上帝"好像牧羊的分别绵羊山羊一般，把绵羊安置在右边，山羊在左边……"

④ 约翰·劳（1671—1729），苏格兰货币改革家。

⑤ 法国小资产阶级革命家。

⑥ 巴尔贝斯是布朗基的追随者，曾与布朗基一起领导"家族社"和"四季社"，1839 年被捕后判处终身监禁，1848 年二月革命后出狱，这年 5 月 15 日又因组织示威游行，再度被捕，1854 年获释后流亡国外，1855 年到达伦敦。

以前我只见过他一次——在哪儿？在 1848 年 5 月 15 日巴黎市政厅的窗口，国民自卫军冲进去逮捕他以前几分钟。[1]

我请他们下一天来吃饭，他们来了，我们一直谈到了深夜。

他们回忆着 1848 年坐到深夜，我送他们出门后，独自回到屋里，无限的忧郁笼罩了我的心，我坐在写字台后准备啼哭……

我感到了一个儿子外出多年后回到父亲家中时的感觉。他看到，屋里一切都暗淡了，破旧了，父亲老了，虽然他自己还没有意识到这一点，但儿子清楚地看到了；这一切使他觉得窒息，他发现死亡已经临近，他想掩饰，然而会面带给他的只是伤心，不是愉快和快乐。

巴尔贝斯，路易·勃朗！是的，这都是老朋友，意气风发的青年时代值得尊敬的朋友。《十年史》，贵族院对巴尔贝斯的控告，这一切早已深入我们的头脑、我们的心灵，与我们结下了不解之缘，只是现在他们才来到我的眼前。

他们最凶恶的敌人也从来不敢怀疑路易·勃朗不可收买的坦荡胸怀，或者污蔑巴尔贝斯英勇不屈的忠诚精神。两人光明磊落，大家了解他们的一切方面，他们的生活是公开的，他们的大门永远敞开着。我们看到其中一人当过政府的官员，另一人直到上断头台前半小时才被赦免。[2] 行刑前的夜里，巴尔贝斯没有睡，要了些纸，开始书写，这些纸保存下来了，我读过它们，其中有法国人的理想

---

[1] 那些秩序的保卫者这一天如何残暴，可以从一件事中看到：国民自卫军在林荫道上逮捕了路易·勃朗，但他是根本不应该被逮捕的，因此警察命令立即释放他。国民自卫军的一个士兵看到这情形，立即又拦住他，抓住他的一根手指，用指甲掐进他的肉里，扭断了他最末一个指关节。——作者注

[2] 路易·勃朗在二月革命后参加过临时政府的工作。巴尔贝斯于 1839 年被捕后本来判处死刑，后改为终身监禁。

主义，虔诚的憧憬，但没有一点软弱的影子，他的精神没有屈服，没有消沉；他怀着明确的意识，准备在断头台上慷慨就义，直到狱卒的手使劲打门时，他还在安静地写着。他亲自对我说："这时天已经亮了，我等待着行刑"，但是来的不是刽子手，而是他的妹妹，她扑到了他的颈上。她瞒着他，向路易－菲力普请求减轻刑罚，得到了批准，深怕来不及，便连夜坐驿车赶到了狱中。

几年以后，路易－菲力普的囚犯成了社会的荣誉，欢呼的群众砸断了他的锁链，在庄严的行列中把他送回巴黎。[①] 巴尔贝斯坚强的心没有被摧毁，他第一个为卢昂的屠杀[②] 向临时政府发出谴责。他周围的反动势力增强了，挽救共和国只能靠英勇不屈的行动，在5月15日巴尔贝斯做了赖德律－洛兰和路易·勃朗都不敢做的事，科西迪耶尔[③] 吓坏了！政变没有成功，巴尔贝斯成了共和国的囚犯，重又进了监狱。他在布尔日与在贵族院一样，把以前向罪恶的老头子帕基耶[④] 讲的话，又向资产阶级的法学家们讲了一遍："我不承认你们是法官，你们是我的敌人，我是你们的俘虏，你们要把我怎么办，悉听尊便，但是要作我的法官，我不承认。"于是终身监禁的沉重铁门又在他后面关上了。

他的出狱是偶然的，他自己也没有料到。拿破仑露出嘲笑，把他赶出了监狱，因为他读到了巴尔贝斯在克里米亚战争时期写的一封信[⑤]，在信上他突然迸发了高卢民族的沙文主义，谈到了法国的军

---

① 1848 年二月革命爆发时，巴尔贝斯关在尼姆的监狱中。
② 1848 年 4 月卢昂工人举行示威，抗议制宪议会的选举，遭到了政府的血腥镇压。
③ 二月革命后巴黎的警察局长。
④ 帕基耶（1767—1862），法国法学家，波旁王朝复辟时期任司法大臣，1821 年任贵族院议长，曾主持对共和派的审讯。
⑤ 指 1854 年 5 月巴尔贝斯写给乔治·桑的信。

事荣誉。巴尔贝斯先是跑到西班牙，颟顸无知的西班牙政府感到害怕，把他驱逐出境。他转移到荷兰，在那儿找到了安静而孤独的避风港。

于是现在这位英雄和受难者便跟二月共和的主要活动家之一，跟第一个社会主义国务家，一起回顾和探讨那些在急风暴雨中度过的光辉日子了！

可是难熬的忧郁压在我的心头，我感到不幸，因为我清楚地看到，他们也是属于另一个十年的历史的，这部历史已经结束，翻到最后一页了！

它不仅对他们个人，而且对全体流亡者，对现在的一切政治派别而言，都结束了。在这活跃而喧闹的十年、甚至五年前，他们才离开河床，消失在沙砾中，以为自己还能流往海洋。现在他们不再有"共和国"那样可以唤起全体人民的词语，也不再有《马赛曲》那样可以使每颗心灵跳动的歌曲了。甚至他们的敌人也不再那么显赫，那么高不可攀；王室的古老封建特权瓦解了，不必再与它们作艰苦的斗争，国王的头颅已从断头台上滚下，整个王朝的体制也随之崩溃了。现在哪怕处死拿破仑，也不会成为另一个 1 月 21 日[①]，哪怕把马扎斯监狱[②]夷为平地，也不能与攻打巴士底狱同日而语了！那时在隆隆的雷声和闪闪的电光中，人们看到了新的前景，那建立在理性之上的国家的前景，那肃清黑暗的中世纪奴役制度的前景。然而从那时以后，事实证明革命无力扫除一切旧事物，理性也不能成为建立国家的基础。政治改革正如宗教改革一样，已名存实亡，变成了玩弄辞藻的清谈，只是靠一些人的软弱和另一些人的虚

① 1793 年 1 月 21 日，法王路易十六被处死的日子。
② 拿破仑三世在巴黎建造的监狱。

伪在装潢门面。《马赛曲》依然是神圣的国歌，但正如《上帝是可靠的堡垒》①一样，属于过去的时代，它们的声音现在仍能唤起许多庄严的形象，但它们只是出现在麦克白眼前的一个个幽灵②——都是国王，但都已死了。

旧时代的背影还没有消失，新时代的脚步声刚在远处出现，我们正处在两个时代的交替时期，在后继者到来以前，警察以维护社会秩序为名掌握了大权。这时谈不到什么法律，这是必要的过渡阶段，历史上的不法时期，刑讯和监狱的天下，疫病流行时期的一种检疫措施。新秩序同时兼有君主制的一切压迫和雅各宾派的一切暴行，它的防务不是建立在思想上，也不是建立在传统偏见上，而是建立在恐怖和无知上。在一些人害怕时，另一些人就可以端起刺刀，占据要职。第一个砸断锁链的人，也许便可以占有主要的位置。不过他自己也会马上变成警察。

这使我想起 2 月 24 日晚上，科西迪耶尔拿着手枪走进巴黎警察总局的情形。他坐到刚逃走的德莱塞尔③的座位上，把秘书叫来，对他说，他已被任命为警察局长，命令他把公文拿来。秘书像对德莱塞尔一样露出恭敬的笑容，恭敬地鞠躬，然后去取公文了；公文照样运转，什么也没改变，不同的只是德莱塞尔的晚餐变成了科西迪耶尔的晚餐。

许多人知道进入警察总局的口令，但不了解历史发展的口令。时机到来时，他们便照亚历山大一世那样行事④。他们希望旧秩序受

① 由马丁·路德作词的新教赞美歌。
② 见莎士比亚的悲剧《麦克白》第四幕第一场。
③ 1848 年二月革命前巴黎的警察局长。
④ 指亚历山大在他父亲保罗一世被害身亡后便登上了皇位。

到打击，但不是致命的打击；他们中间没有贝尼格先和祖博夫 ①。

正因为这样，如果他们重又走进竞技场，他们会对人们的忘恩负义感到痛心；让他们这么想吧，让他们认为这只是忘恩负义吧。这是伤心的思想，但比其他许多思想还轻松一些。

其实他们最好不再涉足那儿，还是向我们和我们的孩子们谈谈他们过去的伟大事业吧。不必对这劝告生气，生活在改变，不变的也成了历史的遗迹。他们留下了自己的足印，正如后来的人也会留下足印一样，但新的浪潮也会滚滚向前，超过他们，然后所有的一切：足印……活着的和遗留的——全都消失在赦免一切、忘却一切的永恒中！

许多人听了我这些话，便生我的气。一位非常可敬的先生对我说："从您这些话看来，您只是一个无动于衷的旁观者。"

可是我到欧洲来不是为了隔岸观火。我是被形势所逼才变成旁观者的。我曾经百般忍耐，但终于筋疲力尽了。

五年中我没有见到一张明朗的脸，听到一声单纯的笑，遇到一道理解的目光。我的周围尽是医生和病理解剖员。医生总在试图治病，解剖员总在指着尸体向他们证明，他们错了，于是我终于也拿起了解剖刀；也许由于我缺乏经验，我割得太深了。

我不是作为旁观者说那些话的，我不是为了谴责；我讲是因为我心里有不能不讲的话，因为对真理的普遍不理解使我不能忍耐。我比别人清醒得早一些，这并不能使我感到轻松。只有最浅薄的庸医才会望着垂死的病人，发出沾沾自喜的微笑，说道："瞧，我说过他拖不过晚上，现在不是吗？"

_____

① 参与杀害保罗一世的两个俄国将军。

58

那么为什么我要忍受一切？

1856 年，全体德国流亡者中最优秀的人物卡尔·舒尔茨[1]从威斯康星来到欧洲。他去了德国回来时对我说，大陆的精神空虚令他吃惊。我把我的《西方小品》用德语念给他听，他不能接受我的结论，仿佛这是人们既害怕又不愿相信的魅影。

"像您这么了解当代欧洲的人，就应该离开它。"他对我说。

"您正是这么做的。"我说。

"为什么您不这么做？"

"非常简单，从前有一个正直的德国人曾怀着独立的自豪感回答我道：'我在士瓦本有自己的国王'，现在我也可以这么说：'我在俄罗斯有自己的人民！'"

从流亡者的上层走进他们的中间阶层，我们发现，这里的人大多是在崇高的热情和动听的词句驱使下来到国外的。他们为这些话牺牲了自己，那是他们的音乐，然而他们从来没有明确理解它们的意义。他们热爱它们，相信它们，就像天主教徒并不理解拉丁文，却热爱和相信拉丁祈祷文一样。下面这些话是无可非议的，大家都能接受："全世界的友爱是世界共和国的基础"，"废除雇佣劳动制度，各民族团结万岁！"但是，脸红吧，有的人仅仅为了这些话走上了街垒，而法国人一旦上了街垒，他是不会临阵脱逃的。

一个从拉马克[2]的葬仪起参加过一切起义的人对我说："您瞧，

---

[1] 舒尔茨（1829—1906），德国政治活动家，因参加 1848 年的革命被捕，越狱后于 1852 年赴美国威斯康星州参加反奴运动，1869 年起任美国参议员，后任内政部长。

[2] 法国反对七月王朝的将军。1832 年 6 月他去世后，他的葬仪盛况空前，成了共和派的群众示威活动。

对于我，共和制不是一种统治方式，这是宗教，只有在它成为宗教的时候，那才是真正的共和国。"我补充道："也只有宗教与共和精神一致的时候，才是真正的宗教。"他答道："一点不错！"他很满意，因为我把他的意思阐述得更透彻了。

流亡者中的群众成了呈现在领导人眼前的一种公开的、永恒的良心谴责。在那些人身上，他们的缺点得到了扩大的、可笑的反映，就像巴黎的时装出现在俄国偏远的小城镇上。

所有这一切包含着多少幼稚的行为。台前的朗诵之后便是各种戏剧表演。

国民议会古色古香的帷幔和隆重的场面，以威严的诗意征服了法国人的思想，例如，在共和国的名义下，它的热情拥护者带来的不是内部的改革，而是联盟节①，战争的鼓声和悲凉的警报声。当人民在自由之树②周围欢庆公民精神的胜利时，却传来了祖国在危险中，要人民起来保卫它的号召③；当姑娘们穿着洁白的衣衫，在爱国歌曲的伴奏下翩翩起舞时，戴着弗利基亚帽的法兰西却声称要解救各个民族，推翻各个国王，向外派出了大批军队！④

在各国的、尤其是法国的流亡者中，处在毫无作为的底层的，大多属于资产阶级，这就决定了他们的立场。市民阶级的标记和痕迹，正如教会学校在学生们身上留下的神学印记，是很难根除的。

---

① 1790年7月14日法国大革命一周年时，各个城市的国民自卫军在巴黎的战神广场集会，宣布成立联盟，向"爱国的国王"宣誓效忠，国王路易十六也在这里宣布效忠宪法，这便是所谓"联盟节"。

② 法国大革命后，于1790年在巴黎和全国各地种下了一批所谓"自由之树"，象征革命的胜利，每逢节日便在树上遍插彩旗等，表示庆贺。

③ 由于外国反动势力对法国革命的武装干涉，1792年7月11日国民议会宣布"祖国在危险中"，号召全国人民拿起武器，保卫祖国。

④ 指法国热月政变后的对外侵略战争。

当然，其中本身是商人、店主或老板的并不多，这些人之落到这个地步是无意识的，他们大多是在 12 月 2 日之后才被驱逐，只因为他们没有想到，他们还肩负着修改宪法的神圣义务。[①] 他们尤其显得可怜是因为他们的地位十分尴尬，他们稀里糊涂地走进了红色群众中，而这些群众在国内本来与他们毫无瓜葛，只能引起他们的恐惧。现在出于民族的劣根性，他们却指望扮演比实际激进得多的角色；可是他们不习惯革命的词句，往往陷入奥尔良派的歧途，使新伙伴们大吃一惊。理所当然，他们都希望回国，要不是为了荣誉，这现代法国人唯一强大的精神支柱，他们会不惜为此提出申请的。

在他们上面的一个阶层，那是流亡者的警卫部队：律师，记者，作家和一些军人。

这部分人的参加革命大多是为了提高自己的社会地位，但是随着革命高潮的迅速低落，他们被送上了英国的海滩。另一些人由于无私地陶醉在俱乐部生活和宣传鼓动中，被漂亮的革命辞藻带到了伦敦，有的是有意识的，不过无意识的多出一倍。这些人中不少是忠诚而高尚的，但有才能的不多；他们只是凭一时意气投入了革命，就像一个人听到救命声，便凭着自己的勇气跳进河中救人，忘记了水有多深，也忘记了自己不会游泳。

不幸的是，这些孩子的山羊胡须已有些发白，高卢族圆锥形脑瓜上的头发也有些秃了。站在他们旁边的是各种类型的工人，这些人严肃得多，他们主要不是靠外在的条件，而是靠精神和共同的兴趣结合在一起的。

命运本身把他们推上了革命的道路，贫穷和觉悟又使他们变成

---

① 指路易·波拿巴为修改宪法、建立帝制而发动政变。

了脚踏实地的社会主义者；因此他们的思想比较实际，决心也比较大。这些人吃得了苦，不怕失去尊严，总是默默忍受一切——这给了他们不可动摇的力量。他们不是带着美好的词句，而是带着满腔的热情和憎恨渡过英吉利海峡的。他们受压迫的地位使他们避免了资产阶级的自负心理，他们知道，他们没有时间读书，但他们希望学习，而资产阶级尽管并不比他们知道得多，却认为自己的知识已相当渊博。

他们从小受到欺凌，因此对压迫他们的不正义的社会充满仇恨。确实，在许多人那里，城市生活的腐蚀作用和贪得无厌的风气，使这种仇恨变成了羡慕。他们没有意识到，这是一方面向往资产阶级，另一方面又反对它，正如我们一方面憎恨幸运的竞争者，另一方面又巴不得取而代之，或者对他们的享乐生活进行报复。

但是憎恨也好，羡慕也好，一些人想得到幸福也好，另一些人想报复也好，两者在西欧未来的运动中都会构成可怕的力量。他们会站在运动的最前列。在他们长期劳动的肌肉、阴森可怕的勇气和咄咄逼人的复仇意志面前，保守派和雄辩家能做什么？在工人的号召下，乡村的蝗虫漫山遍野出现时，其他的市民又能做什么？农民战争已被人们遗忘，最后一批流亡的农民得上溯到南特敕令①撤销的时候，而旺代②也在硝烟中沉默了。现在多亏12月2日，我们又亲眼看到了穿木底鞋的流亡者③。

① 1598年法王亨利四世在南特地方颁布的法令，对宗教信仰给予了充分的自由，允许新教徒和天主教徒享有平等的公民权利。但到1685年，路易十四撤销了南特敕令，剥夺了新教徒的宗教自由权，因而胡格诺教徒纷纷逃亡到英美等国。
② 法国西部的农业区，18世纪末至19世纪初不断发生农民叛乱，均遭到残酷镇压，1832年后才逐渐平息。
③ 指农民中的流亡者，因法国农民当时穿木底鞋。

政变之后，在法国南部，从比利牛斯山到阿尔卑斯山的乡村中，居民纷纷抬起了头，似乎在问："我们的时间到了吗？"但是起义一开始就遭到了大批军警的镇压，接着又来了军法委员会，宪兵和警察成群结队，在大大小小的村庄和道路上进行搜捕。农民的圣殿——家庭和住宅，受到了警察的蹂躏；当局要求妻子告发丈夫，儿子告发父亲，亲属一句模棱两可的话，乡丁一句告密的话，就可以把一家之主的父亲，白发苍苍的老人，青年和妇女，关进监狱。审判粗枝大叶，成批进行，除了个别的人偶然获释以外，统统被送往朗贝萨或卡宴。漏网的便自行逃往西班牙和萨伏依，或从瓦尔桥越境出走。[①]

我不太了解农民的情形。在伦敦时，我见过几个乘小船从卡宴逃亡的人；这是一次置生死于不顾的大胆行动，它比一本书更能说明他们的性格。他们几乎都是从比利牛斯山来的。这完全是另一种人，肩膀宽阔，身材高大，面貌粗犷，毫无法国城里人那种身材瘦长、没精打采的样子，那种贫血的、胡子稀稀拉拉的外表。家庭的毁灭和卡宴的监狱教育了他们。他们大多很少说话；一个四十来岁的大力士式人物，大部分时间都一声不吭，有一次对我说："我们总有一天还要回去，我们要与他们算账！"他们看不惯其他流亡者，对他们的集会和演说也不感兴趣……过了三个星期，他们来与我告别："我们不想过游手好闲的生活，而且这里太枯燥，我们要去西班牙的桑坦德省，那里答应给我们工作——当伐木工。"我又

---

① 在瓦尔和德拉吉尼昂发生暴乱时期，我住在尼斯。两个卷进起义中的农民逃到了边界的瓦尔河边。宪兵追上了他们，向一个人开枪，打伤了他的腿，这人倒下了，另一个人拼命逃跑。宪兵想把受伤的人捆在马上，但又怕放走了另一个，便对准受伤者的头部开了一枪，以为他死了，然后去追赶另一个。但那个被打破头颅的农民后来没有死。——作者注

看了一眼这些未来伐木工那严峻英勇的外表，那肌肉发达的胳臂，心想："但愿他们的斧头只用来砍栗树和栎树，那就好了。"

在城市工人胸中翻腾起伏的那种吞噬一切的、桀骜不驯的力量，我接触得比较多。①

这是一种原始的自发力量，它在黑暗中蠢动，多亏人力的控制和它自身的蒙昧无知才没有成为脱缰的野马，但一有机会，仍会奔腾而出，形成一股摧毁一切的怒火，带来恐怖和混乱；但是在我们谈到这些方面以前，先得再谈一下法国革命的最后一批圣殿骑士②和经典人物——民主资产阶级中从文化教育界流亡的共和派人士：记者，律师，医生，索邦③的教授等等，他们与路易 – 菲力普斗争了十年，后来又参加了 1848 年的事件，不论在国内还是在流亡中都忠于自己的信念。

他们中间不乏聪明机智的人，怀着热烈的信念准备献出一切的人，但是头脑清醒，能够像自然科学家研究自然现象，或者病理学家研究疾病那样，研究自己的地位和问题的人，却几乎一个也没有。他们容易悲观失望，往往不把任何人和任何事放在眼里，喜欢作些无用的指责，发些无用的牢骚，他们可以过清贫的生活，重视气节，不怕吃苦，却不善于分析研究……或者，他们可以对胜利充满信心，却不懂得方式方法，不知道明确的实际目标。他们满足于旗号、标语、大道理……喜欢谈劳动的权利，消灭赤贫状态，共和国和秩序！各民族的友爱和团结！……至于这些目标怎么达到，怎么实现——这无关紧要。只要取得政权，其余一切都可以靠法令，

---

① 见下章关于工人巴泰勒米的两件案子。——作者注
② 十字军中的一个组织，主要由法国骑士组成，这里是借用。
③ 索邦神学院是巴黎大学的核心，这里泛指一般大学。

靠公民投票迎刃而解。如果不服从，那么，"战士们，前进，拿起武器！齐步走……拼刺前进！"这是恐怖的宗教——政变、集权主义和军事干预的宗教，渗透在卡马尼奥拉服①和工作衣的每一个窟窿中的精神。尽管某些带有奥尔良派典雅气质的书呆子提出了抗议，要求在射击中发扬英国绅士作风，他们也置之不顾。

恐怖由于它突如其来的可怕性，由于它猝不及防的大规模报复性，它是雄伟的，但是喜爱它，毫无必要地推行它，这是我们从反动派那里学来的奇怪的错误。公安委员会给我的印象，始终是我在巴黎医学校街夏里埃②店中的体验：四周都是不祥的明晃晃的钢刀——弯刃的、直刃的、剪刀形的、锯子形的……武器是安全的保证，但也是杀人的手段。成功才能证明行动的正确。恐怖政策在这一点上却是不能自豪的。它靠它的全部外科手术无法挽救共和国。试问，处死丹东，处死埃贝尔③，得到了什么结果？它们只是加速了热月的疯狂症——在这场病痛中，共和国衰老了。人们讲的还是那些呓语，而且变本加厉，斯巴达的精神，拉丁的箴言，达维德④设计的古罗马服装，流行一时，终于有一天，在巴黎圣母院全体高级教士举行的隆重典礼中，大家唱的已不是"人民的幸福"，而是"保护皇上"了。⑤

---

① 法国第一次资产阶级革命时期流行的一种短上衣。

② 巴黎的一个外科医疗器械商。

③ 埃贝尔（1757—1794），法国大革命时期雅各宾派的领导人之一，因反对罗伯斯庇尔，于 1794 年 7 月与丹东等一起被送上断头台，这大大削弱了雅各宾派的力量，导致了热月政变的胜利。

④ 达维德（1748—1825），法国新古典主义画家，雅各宾派革命家，曾为法国革命后举行的典礼设计了一套具有古罗马风格的服饰。

⑤ 1804 年 12 月拿破仑一世在巴黎圣母院举行加冕典礼，"保护皇上"是当时的祈祷词。"人民的幸福"是古罗马为共和制确定的一个基本原则。

恐怖主义者不是一些普通的人，他们那严峻粗犷的形象出现在18世纪的第五幕中，给人留下了深刻的印象，而且只要人类还没有丧失记忆力，他们的名字会永远留在历史上。但是今天的法国共和主义者不是这么看他们，而是把他们当作榜样，竭力在理论上鼓吹流血斗争，并希望在行动上付诸实施。

他们仿照圣茹斯特①，从教科书和拉丁古籍中撷拾片言只语，拼凑成恐怖的警句，他们歌颂罗伯斯庇尔冷漠残忍的雄辩词语，不允许人们把自己的英雄与其他凡人等量齐观。谁谈到这些人，要是不加上几句崇敬的称呼，那些对我们说来只有等到"长眠地下"之后才能得到的谀词，便会被指责为叛徒、变节者和奸细。

不过有时我也会遇见一些怪人，他们甚至脱离了人们走惯的共同道路。

但是哪怕到了这一步，法国人仍会咬紧嚼子，带着与流行的思想意识不同的观念，继续向前奔驰，以致越出限度，连给予他们这种思想的人也会吃惊得退避三舍。

1854年，科尔德罗依②医生从西班牙寄给我一本小册子，同时还写了一封信。

对现代法国和它最近的革命者发出的抗议，我还从未听到过有这么激烈的。这是法国对轻而易举强加在它身上的政变的回答。他对这个民族的理智、力量和"血统"产生了怀疑；他号召哥萨克来

_____

① 圣茹斯特曾在国民议会中宣称："法国大革命的航船只有通过鲜红的血海才能到达彼岸。"

② 科尔德罗依（1825—1862），法国医生，参加过1848年的革命，属于共和派的极左翼，后流亡国外，从事新闻工作。他在那本小册子中，撷拾了傅立叶、蒲鲁东、奥古斯特·孔德等的言论，构成了一种极端混乱的思想，因此遭到了赫尔岑的批评。

"矫正蜕化堕落的民众"。他在给我的信上说，他在我的文章中看到了"同样的观点"，这才写信给我。我回答他道，靠改变血统并不能矫正什么。我把我的《论俄国革命思想的发展》① 寄了一本给他。

科尔德罗依马上写了回信，他说，他把全部希望寄托在尼古拉的军队上，它一定会干净、彻底、毫不留情地消灭那腐朽、衰老的文化，这种文化已不可能脱胎换骨，重新振兴，也不可能自行消亡。

我还保存着他的一封信，现附在后面：

亚·赫尔岑先生：

您好！

首先，蒙您惠赠论述革命思想在俄国发展的大作，我得向您表示感谢。我已读过此书，但非常遗憾，我不能把它留在身边。

我这么说只是想向您表示，我对它从内容到形式都多么重视，我认为，凡是能为世界革命发挥力量的人，读一下这本书都是有益的，尤其是那些认为革命只能从圣安东区② 开始的法国人。

既然蒙您关心，寄来了您的书，亲爱的先生，请允许我在向您表示感激之余，谈谈我对它的看法，这不是因为我认为自己的意见有多大价值，只是为了向您证明，我对您的书是读得相当仔细的。

这是一本十分优秀的著作，体系严谨，有独到的见解，它包含着深刻感人的力量，严肃认真的研究，毫不掩饰的真理，有些地方还非常激动人心。它像斯拉夫民族一样朝气蓬勃，充满力量；读者会清楚地感到，这些热情洋溢的文字决非出自巴黎人，出自困守书

---

① 赫尔岑的一本重要著作，写于 1850 年，1851 年首先用法文和德文出版，俄文版直至 1861 年才在莫斯科秘密印行。

② 巴黎的工人居住区。

斋的学者或德国市侩的笔下，也不是共和宪政主义者或温和的社会主义理论家写得出的；它的作者只能是哥萨克（您不会怕这称呼，是吗？），极端无政府主义者，乌托邦主义者，或者对 19 世纪的一切采取最大胆的否定和肯定立场的诗人。法国革命者中敢于这么讲的人不多。

尤其是关于未来的人种改良问题，我觉得您的书中（特别是引言部分）有许多地方与我的观点是接近的。虽然在这一点上，您的结论还讲得不够精确，照我看，您是把革命成功的希望寄托在各斯拉夫民族民主联盟的建立上，您认为，这将给欧洲以普遍的推动力。当然，我们的目的都是为了让整个欧洲大陆在民主主义和社会主义的形式中获得新生，在这一点上我们之间并无分歧。但是我认为，现代文明将通过专制主义予以消灭。我觉得，我们的全部分歧便在于此。

是的，我坚持这些观点，尽管有人把它们称作不幸的误解，我还是坚持我的看法，因为每天的事实都越来越使我相信下面各点是正确的：

一、力量对我们这个小宇宙具有不可低估的意义；

二、在时间和空间的范围内研究革命事件的发展，使人深信，思想只是证明革命的必要性，而完成革命始终要靠力量；

三、观念不能完成流血和破坏的工作；

四、从迅速、准确、可能的观点看，专制主义比民主主义更能摧毁整个世界；

五、俄国沙皇的军队比斯拉夫民主主义法朗吉更具有迅速行动的能力；

六、在欧洲，只有俄国在专制政权的统治下还相当巩固，私有主和党派利益造成的裂痕还相当小，能够构成强大的力量，作为楔子、木棍、大刀、佩剑，对西方执行死刑，一举解决全部问题，等等，等等。

请告诉我，还有哪一种力量足以行使同样的功能；请告诉我，哪里有一支民主主义的军队已做好充分准备，随时可以向各个民族，向自己的弟兄发动进攻，可以一眼不眨地烧杀破坏，可以毫不动摇地消灭一切？除非那时我才会改变我的主张。

现在我只是想向您精确地说明问题，因此我唯一要提出的只限于彻底消灭西方文化的途径这一点。我没有必要向您说明，我们对过去和未来的估价是一致的。我们的分歧只在于现在。您能够正确地评价彼得一世的革命作用，为什么您不承认另一个人，也就是尼古拉或别的继承者，也可能发挥这样的作用？在东方，您还看到谁的手更有力，更强大，更足以掌握胜利的民族的一切力量呢？在斯拉夫民主派找到自己的口号，把混乱隐秘的愿望表达清楚以前，沙皇已彻底改造了欧洲。文明民族的命运掌握在它自己手里，只要它愿意这么做。难道不是由于它的声音比一般响一些，世界便因而怕它吗？我向您承认，这力量使我震惊，我不能明白，怎么还要指望寻找别的力量。革命者也同样感到专政对于破坏是必要的，因此他们也希望在新的革命胜利后实行专政。我觉得，他们关于这手段的必要性的认识并没有错误，问题只在于他们扮演的角色，他们提出的原则，他们拥有的力量，不适宜担当这项任务。至于我，我认为不如把这种掘墓人的讨厌角色留给专制政权去担任。

这封信已经写得太长了。我只是想向您准确说明我们的争论之点。我深深感到我们现在有必要当面交谈，一个小时比一千封信效力更大。我不会放弃这希望，直到它实现的一天才是我的愿望终止的一天。我想，我与革命者、劳动者、学者和英勇无畏的人，始终能找到共同的语言。

谈到九三年革命传统中的聋子（或者哑巴），那么我非常担心，您永远无法把他们变成国际革命家和自由的人。要使他们成为私有权、劳动权、交换和契约的保护人，可能性更小。须知他们梦寐以求的还是军队或警察中的委员职务，或者身围漂亮的红腰带的人民代表的肥缺。正如拉伯雷所说的，漂亮的花束，漂亮的绶带，华丽的上衣和精致的裤子等等。我们的大部分革命者心里想的便是这些。

大人并不比孩子聪明一些，但比他们虚伪得多。他们把领子扣得紧紧的，戴着勋章，便认为自己是大人物。孩子们玩士兵游戏，比人们歌颂的伟大君主和庄严的政论家更加认真。

当然，我得请您原谅，我并不认识您，便冒昧写信给您。

我特别要请您原谅的是我对您的大作提出了自己的意见，它的唯一优点只是它的真诚。根据我自己的印象，我认为，这是对带给我巨大欢乐的礼物所表示的最真诚的感激。不过我觉得，我们的流放者地位，我们的共同志趣，使我们两人都不必拘泥于虚伪的礼节和庸俗的客套。

最后，我可以把我的意见概括为两句话：明天的暴政和破坏是沙皇的任务，后天的思想和秩序是国际社会主义者（其中包括斯拉夫人，同样也包括日耳曼人和拉丁族人）的任务。

亲爱的先生，请相信我对您的深刻敬意和同情。

欧内斯特·科尔德罗依

5 月 27 日于桑坦德 ①

---

① 赫尔岑于 6 月 7 日（1854 年）写了复信，驳斥了这封信中许多混乱的观点，指出尼古拉一世"与斯拉夫民族毫无共同之点"，西欧也不仅是那些"糟糕的革命家"。

又，《人》已发表了您给林顿先生①的信，我希望您能把它们编成单行本出版。还有，您是否能告诉我，普希金，莱蒙托夫，尤其是科利佐夫的作品，有没有法文译本？您谈到他们的话，引起了我对他们的浓厚兴趣。

向您转交此信的人是我的朋友 L·夏尔，他与我们一样也是流亡者，《我的流亡生活》②便是献给他的。

增补

约翰·斯图亚特·穆勒和他的《论自由》

由于我对欧洲抱着悲观态度，毫不畏惧、毫不怜悯地直接说出了这一点，因而惹了不少麻烦。我的《马利尼街来信》③在《现代人》上发表以后，一部分朋友和仇人流露了不耐烦和愤怒的情绪，表示反对……可是历史好像故意要与他们作对，西欧发生的每一件事都使形势变得更黑暗，更沉闷了，不论帕拉多尔④的深奥文章，蒙塔朗贝尔⑤的天主教自由派小册子，还是用普鲁士亲王代替普鲁士国王⑥，都没法转移寻找真理的眼睛。我国有些人却不想知道这一切，他们自然要对不客气的揭露者大动肝火了。

---

① 英国木刻家。
② 科尔德罗依的自传性作品。
③《法意书简》的第一部分（1—4 信）1847 年曾以《马利尼街来信》的名称在《现代人》上发表，马利尼街是当时赫尔岑在巴黎的住处。
④ 帕拉多尔（1829—1870），法国记者，政治活动家。
⑤ 蒙塔朗贝尔（1810—1870），法国政治家及历史学家，著有《十九世纪天主教的利益》等书。
⑥ 普鲁士国王腓特烈·威廉四世在欧洲的革命形势下惊慌失措，后来终于精神失常，从 1858 年起由其弟威廉亲王担任摄政王。

我们需要欧洲作为理想，作为谴责，作为美好的范例，如果它不是这样，就得把它想象成这样。难道18世纪那些天真的自由思想家（其中包括伏尔泰和罗伯斯庇尔）没有说过，尽管灵魂不灭并无其事，但为了使人们有所畏惧，正直行事，仍必须宣传这一点？我们在历史上也看到，大臣们有时不得不隐瞒国王病重或突然死亡的事实，以尸体或疯子的名义进行统治，不久前普鲁士便是这么做的。

靠谎言做救星，这也许是无可非议的，但不是所有的谎言都能发挥这样的作用。

然而指责并不能使我灰心，值得欣慰的是，我所谈的那些思想在这里虽然也没有得到较好的待遇，但它们仍是客观真理，即那是与个人的意见，甚至教育和改变风气等等的良好意愿完全无关的。凡是本身真实的一切，或迟或早总会显现或暴露，正如歌德所说，"总会大白于天下"①。

对我的意见感到不满的原因之一，从人种学的观点看是可以理解的，因为除了我的意见破坏了已经形成的思想和已经定型的观念，对我的怨恨还由于我是自己人，说真的，为什么我要突然信口雌黄，而且还是针对前辈，又是如此的前辈呢？

在我们新的一代中存在着奇怪的混合物，它像钟摆一样是由两种完全对立的因素焊接而成，一方面，推动它的是一种铁铸的、骨质的、毫不迁就的自尊心，目空一切的自大狂和吹毛求疵的狭隘胸怀；另一方面却是垂头丧气的消沉心理，对俄国的不信任，过早地衰老现象。这是三十年奴役的自然结果，它以另一种形态保存了长

---

① 引自歌德的诗《纺线女》。

官的厚颜无耻，老爷的粗鲁无礼，部下的低首下心和纳税居民的谄媚奉承。

在我们文化界的长官对我的斥责声中，时间在不断流逝，终于过去了整整十年。在1849年觉得新鲜的许多事，在1859年成了老生常谈，当初认为乖僻反常的怪论成了社会的普遍看法，而许多永恒的、不可动摇的真理随着当年的衣服式样一起过时了。

严肃的头脑开始在欧洲严肃地看待事物。他们人数不多，这只是证实了我对西方的意见，但他们走得很快，我完全记得，托·卡莱尔①和善良的艾尔索普②（就是那个在奥尔西尼案件中受到株连的人）曾为我对英国政治形态残留的一点信心发出过讥笑。如今却出现了一本比我讲过的一切都走得更远的书。"让那些在我们之前讲出我们的警句的人见鬼去吧"③，可是我们得感谢那些在我们之后以自己的权威证实了我们的话，以自己的天才清楚而有力地表达了我们表达得软弱无力的意思的人。

我讲的那本书不是蒲鲁东，也不是皮埃尔·勒鲁或其他社会主义者和愤激的流亡者写的，完全不是，那是一位著名的政治经济学家写的，他不久前还在东印度公司工作，三个月前才由于斯坦利勋爵④的推荐，在政府担任了一个职务。这个人享有巨大的、当之无愧的声望，在英国，托利党人不屑读他的书，辉格党人仇视他的书，但在欧洲大陆，凡是除了报纸和小册子还读点什么的人（除了

---

① 卡莱尔（1795—1881），英国著名作家、历史学家和哲学家。

② 艾尔索普（1795—1882），英国政治活动家和政论家。1858年初奥尔西尼行刺拿破仑三世的计划是在英国制定的，案发后奥尔西尼在英国的一些友人受到了牵连。

③ 原文为拉丁文，系古罗马学者多纳图斯的一句名言。

④ 斯坦利·德比伯爵（1799—1866），英国政治家，保守党领袖，曾三度出任首相，为英国议会改革和废除奴隶制度作出过贡献。

社会主义者）大多读过他的书。

这个人便是约翰·斯图亚特·穆勒①。

一个月以前，他出版了一本奇怪的书，为思想、言论和人身的自由仗义执言②。我说"奇怪"是因为两个世纪以前弥尔顿发表过一本同样的书③，现在就在这个地方人们又必须为自由大声疾呼了。要知道，像穆勒这样的人是不可能为了娱乐而写书的；他的书中从头到尾贯穿着深刻的忧虑，这不是感伤情绪，而是英勇的、谴责的、塔西佗④的声音。他之所以要讲，是因为恶已日趋严重。弥尔顿捍卫言论自由，反对政府的干预，反对暴力，他的话雄辩有力，光明正大。斯图亚特·穆勒的敌人完全不同，他捍卫自由不是针对文明的政府，而是针对社会，针对当前的习俗，针对无动于衷的冷漠风气，针对狭隘浅薄的偏见，针对"庸俗的势力"。

这不是叶卡捷琳娜时代愤愤不平的老廷臣，由于得不到勋章而对年轻一代牢骚满腹，由于多棱宫而看不惯冬宫⑤的那种人。不，这是一个精力饱满的人，一个熟悉国家事务，深刻地思考过各种理论，习惯于安详地观察世界的人，他作为英国人，也作为思想家，终于不能忍耐，不怕引起涅瓦河边西方文明记录员和莫斯科西方图书推销员的愤怒，发出了呐喊："我们正在沉入水底！"

人性、爱好、风度的不断降低，趣味的空虚，精力的衰退，使

---

① 英国功利主义哲学家。

② 指穆勒的《论自由》。

③ 指 1644 年弥尔顿发表的小册子《论出版自由》，这是他为言论自由所作的一次呼吁。

④ 塔西佗（约 56—约 120），古罗马历史学家。

⑤ 多棱宫在莫斯科克里姆林宫内，建于 15 世纪；冬宫在彼得堡，建于 18 世纪中叶，是俄国实行改革后的产物。

他不寒而栗；他注视着世界，清楚地看到，一切怎样在变得渺小，鄙陋，平凡，腐朽，也许更"合乎常规"但也更庸俗了。他在英国看到（正如托克维尔①在法国看到的一样），人正在变成集群性的统一模式，于是严肃地摇摇头，向他的同时代人喊道："停下，想一想，你们知道你们在走向哪里吗？看看吧，精神在没落！"

但是他为什么要唤醒熟睡的人，他想给他们指点什么途径，什么出路呢？他像从前施洗者约翰一样发出了警告②，劝人悔改；可是这否定的杠杆第二次不一定能发挥作用。斯图亚特·穆勒谴责他的同时代人，正如塔西佗谴责他的同时代人一样；然而他靠这个无法制止他们，就像塔西佗也无法制止一样。不仅几句悲戚的指责不能解决精神堕落的问题，恐怕世界上任何堤坝对此也无济于事。

他说："另一种朝气蓬勃的人创造了从前的英国，也只有具备这另一种气质的人才能从堕落中拯救它。"

但是人性的没落，朝气的缺乏，只是一种病理现象，承认这一点固然是找到出路的非常重要的一步，但它本身还不是出路。斯图亚特·穆勒斥责病人，让他想起健康的祖先；这种奇怪的治疗方法不见得合理有效。

如果人们用远古的鱼龙来谴责蜥蜴，那会怎样呢？难道它生得小，另一个生得大，是它的过错吗？穆勒看到周围的人道德上的堕落和精神上的平庸，不禁忧心忡忡，像童话中的巨人那样大声疾呼道："这片土地上的人还活着吗？"

为什么他要呼唤他？为了对他说，他是强大的祖先的蜕化的后裔，因此他应该变得像祖先一样。

---

① 法国历史学家，这里是指他的重要著作《旧制度与大革命》。
② 关于施洗者约翰在旷野传道的事，见《马太福音》第三章。

这为了什么？——没有回答。

罗伯特·欧文向人们不断号召了七十年也毫无成效；但他是号召他们去做什么。不论这个什么是乌托邦，是幻想或是真理，这点现在与我们无关，重要的是他的号召是有一定目的的；可是穆勒是用克伦威尔和清教徒时代严峻的、具有伦勃朗式强烈线条的历史人物，吓唬他的同时代人，希望那些一辈子守在秤杆和尺子旁边的店主们，按照某种诗意的要求，从某种心灵的操练中脱胎换骨，变成英雄！

我们也可以提出法国国民议会①中雄伟、威严的人物，把他们与法国过去、未来、现在的奸细和杂货店老板放在一起加以比较，像哈姆雷特一样说道：

> 瞧这儿，瞧这幅画像，还有这个……
> 太阳神的鬈发，天神的前额，
> 眼睛像战神一样威风凛凛……
> 现在你再瞧这一个，
> 这是你现在的丈夫……②

这非常公正，然而更令人无法接受——难道人们会为了要像克伦威尔一样过庄严而枯燥的生活，或者像丹东一样视死如归地走上断头台，便甘愿抛弃现在庸俗而舒适的生活方式吗？

他们之所以能轻易做到这一点，是因为他们怀着热烈的信

---

① 指 18 世纪末年法国第一次革命时期的国民议会。
② 见莎士比亚的悲剧《哈姆雷特》第三幕第四场，这是哈姆雷特把死去的父亲与现在的国王、他的继父作比较时讲的一段话。

念——坚定不移的信念。

当年天主教便是这种坚定不移的信念，后来是新教，文艺复兴时代的科学，18 世纪的革命。

这神圣的偏执狂，这"伟大的未知数"，我们文明时代的斯芬克斯之谜，而今在哪里，那强大的思想，那热烈的信念，那强烈的憧憬，又在哪里？只有它们才能像锻炼钢铁一样锻炼体魄，使心灵达到不屈不挠的坚强程度，既不感到痛苦，也不感到贫困，泰然自若地走上断头台和木柴垛。

请看看周围，有什么能振奋精神，唤起人民，推动群众的？是主张圣母无原罪成胎论的教皇的宗教①，还是主张在安息日戒酒的没有教皇的宗教②？是只论数量的普选制泛神论，还是君主制偶像崇拜论，是迷信共和制，还是迷信议会改革③？……什么也不成，这一切都褪色了，陈旧了，像从前奥林匹斯山上的众神那样走下了天空，给在各各他升起的新的竞争者所取代了④。

然而不幸的是，我们那些陈旧的偶像还没有接替者，最低限度穆勒没有指出它们。

他知道它们还是不知道，这很难说。

一方面，这位英国天才反对抽象的概括和大胆的逻辑推理，他凭自己的怀疑主义感觉到，纯粹的逻辑结论正如纯数学规律一样，不考虑生存条件是无法应用的。另一方面，他习惯于在物质上和精

---

① 指罗马天主教，教皇庇护九世于 1854 年公布"圣母无原罪成胎谕"。

② 指基督教新教，新教大多主张严守戒律，尤其是清教徒及其所属各派。

③ 指英国的议会改革运动。

④ 各各他是耶稣受难的地方，见《马太福音》第二十七章，这里是指基督教的兴起，取代了古代的宗教。

神上扣紧大衣的全部纽扣，竖起领圈，借以防止潮湿的风和严峻的偏激思想。在穆勒的那本书中，我们看到了这方面的例子。他使出了非常巧妙的两三拳，便把摇摇欲坠的基督教道德打倒在地上，可是全书中一句也没有提到基督教本身。[1]

穆勒没有提供任何出路，只是突然宣称："各民族的发展似乎有个极限，到达极限以后，它便停止前进，变成了中国[2]。"

这大致在什么时候呢？

他答道，这是在这时候，即个性开始泯灭，消失在群体中的时候，一切服从公认的习惯的时候，善和恶的观念与符合不符合公认的观念合而为一的时候。习惯的压力阻止了发展——发展按其本身说，便是从一般向更好的阶段前进。整个历史即由这种斗争组成，如果人类的大部分不再有历史，这便是由于它的生存已完全从属于习惯。

现在应该看一下，我们的作者怎样认识文明世界的现状。他说，尽管我们的时代具有智力上的优势，一切还是在走向平庸，个人正隐没在群众中。这种集体的平庸状态仇视一切出类拔萃的、个性鲜明的、与众不同的事物，它要求一切符合平均水平。由于在中间剖面上，人的才智不多，愿望也不多，因此集体的平庸正如泥泞的沼泽，一方面明知一切的希望都在于泅出这片地带，另一方面又

---

[1] "基督教道德具有全部的反动性质，它大多只是为了反对异端而已。它的理想与其说是正面的，不如说是反面的，与其说是积极的，不如说是消极的。它主要是宣传克制恶，而不是实行善。对肉欲的畏惧发展为禁欲主义。天堂的奖励和地狱的惩罚，使最优良的行为带上了纯粹利己主义的性质，在这方面，基督教观念大大低于古代的观念。在我们关于社会义务的混乱见解中，最好的部分来源于希腊和罗马。一切英勇的和高尚的观念，以及荣誉观念本身，都来自我们的世俗教育，不是来自宗教教育——宗教教育只是宣扬盲目服从，把它看作最高道德。"——约·斯·穆勒。——作者注

[2] 这是按照当时西方流行的错误观念，把中国看作长期停滞的社会。

通过对新一代的教育（它也同样处在软弱无力的平庸状态）企图防止不同寻常的人破坏现存的秩序。行为的道德基础主要在于任何人得像别人一样生活："想做别人不做的事的人，尤其是女人，必然倒霉，但是不想做大家都做的事的人，也必然倒霉。"对这种道德是不需要智慧，也不需要特殊意志的，人们只关心自己的私事，有时为了消遣，也参与一下公益活动（慈善游戏），然而依然是循规蹈矩的、庸俗的人。

力量和权势属于这个环境，政府本身是否强大，也取决于它在多大程度上充当这个主宰一切的环境的工具，能不能理解它的要求。

这个掌握生杀大权的环境是怎么回事呢？"在美国，一切白人都属于这个天地，在英国，中等阶层构成了占统治地位的力量。"①

穆勒在东方民族僵死的停滞状态和当代资产阶级国家之间，找到了一个区别。我觉得，这正是他端出的一杯苦艾酒中最苦的一滴。他说，与亚洲落后的平静状态相反，现代欧洲人是生活在徒劳无益的不安定状态中，生活在毫无意义的变化中："我们排斥独特性，但并不排斥变化，只是任何变化必须是所有的人都这么做。我们可以抛弃父辈们独特的衣衫，一年两三次改变服装的式样，但必须大家都这么改变，这不是出于要求美观或舒适，而是为改变而改变！"

如果人不能摆脱这席卷而来的漩涡，这令人窒息的沼泽，那么"欧洲尽管有自己光辉的历史和自己的基督教，它还是会变成中国的"。

这样，我们又回到了原来的问题面前。根据什么理由唤醒沉睡的人，为什么要让被鄙视的个人，那越来越卑劣的个人，振奋精

---

① 读者不妨想一下，我在"西方小品"中关于这点说过的话，见1856年《北极星》。——作者注

　按：指第五卷第三十八章"西方小品"第二集，它最早发表于1856年的《北极星》。

神，对自己现在的生活，那拥有铁路、电报、报纸和廉价产品的生活感到不满？

人们不肯采取行动是因为没有充足的理由。他们要拥护谁，拥护什么，或者反对什么呢？缺乏坚强的活动家不是原因，是结果。达到一定的点和线之后，希望改进现状和保持现状之间的斗争，一般说来结果总是对保持现状这边有利的，因为这时（在我们看来）人民中占优势的、活跃的、具有历史作用的部分，已获得基本符合他们要求的那种生活方式；这是某种满足状态，饱和点；一切进入了平衡状态，静止状态，以后便永远这么继续下去——直到发生大的变故、革新或破坏。"永恒不变"是不需要花大力气，也不需要勇猛的战士的——不论他们是怎么一种人，总是多余的，在和平时期用不着将领。

我们不必找遥远的中国，只要看看身边，看看西方那个最稳定的国家，那个已开始生长白发的欧洲国家——荷兰，这里，那些伟大的国务活动家，伟大的美术家，高雅的神学家，勇敢的航海家如今在哪里呢？还要他们做什么呢？难道它由于没有他们，由于生活平静，社会安定，便不幸福吗？它会指给你看它那些建立在干涸的洼地上的含笑的乡村，它那整洁的城市，那整齐的花园，那舒适恬静的生活，它的自由，说道："我的伟大人民为我取得了这自由，我的航海家留给了我这份财富，我的伟大艺术家美化了我的住宅和教堂，我觉得一切都很好，你们还希望我怎样呢？与政府展开尖锐的斗争？然而难道它压迫人民吗？我们现在已觉得自由太多了，比法国任何时候更多了。"

但从这生活能得到什么呢？

得到什么？然而一般说来，生活能给予我们什么？再说，难道

在荷兰没有个人的风流韵事、矛盾冲突和流言蜚语？难道在荷兰人
们不恋爱，不哭，不笑，不唱歌，不喝酒，不在每个村庄跳舞跳到
天亮？何况还不应忘记，一方面，他们享有教育、科学和艺术的一
切果实，另一方面，他们有无数的事要做：商业上的运算筹划，家
务上的辛苦操劳，按照规格和自己的榜样教育孩子；一个荷兰人还
没得到充分的休息，转眼之间已被装进油漆一新的棺材，抬进了
"上帝的田园"，于是儿子又被套上商业大车，开始另一轮永不停止
的奔波，否则店铺就得关门大吉。

如果没有第二个波拿巴的弟弟①再来干扰，生活可以这么进行
一千年。

让我丢开这些兄长，谈谈小兄弟们。

我们没有足够的事实，但可以假设各类动物按照它们现有的形
态看，那是经历了漫长的变化，在一系列改善和进化中迂回曲折地
形成的最后结果。这过程是一点一滴地进行的，包括骨骼和肌肉，
大脑沟回和神经纤维的发展。

原始动物代表了这部创世记的英雄时代，巨人和勇士的时代，
它们逐渐变小，与新的环境取得平衡，一旦达到相当适宜和稳定
的形态，便开始按照这个形态不断重复，以致《奥德赛》中尤利
西斯②的狗与我们今天所有的狗毫无不同。不仅如此，政治或社会
的动物不仅以群居为特色，而且像蚂蚁和蜜蜂一样有一定的组织方
式，但是谁能说它们一开始就会建造自己的蚁垤或蜂窝呢？我完全

---

① 拿破仑一世的弟弟路易·波拿巴于1806年被拿破仑封为荷兰国王，从属于拿破
仑帝国。

② 罗马神话中称奥德修斯为尤利西斯。《奥德赛》中讲到，奥德修斯从特洛伊回来
时，他的狗阿尔戈斯看到他，高兴得死了。

不这么想。那是经过无数世代的演变和死亡之后，中国式的蚁垤才终于形成和巩固的。

我想以此说明，如果某个民族达到了外在的社会体制与自身的需要互相协调的状态，那么在这些需要改变以前，对它说来，任何前进、战斗、叛乱，以及与众不同的人物，都失去内在的必要性了。

安静地蛰居在群体中，蜂窝内——这是保持已取得的成果的首要条件之一。

穆勒所谈的世界，还没有达到这种完全平静的状态。它在经历了所有的革命和震荡之后还不能稳定，不能安静，无数的渣滓浮到了面上，一切浑浊不清，既不像中国瓷器那么纯净，也不像荷兰麻布那么洁白。在这里还有许多不成熟的、畸形的、甚至病态的东西，从这方面看，它确实还得在自己的道路上再前进一步。它需要的不是精力充沛的人，不是与众不同的激情，而是使现状的公正合理得到承认。英国人必须不再短斤缺两，法国人必须不再给各种警察当帮手，这不仅是为了体面，也是为了生活方式的稳定。

按照穆勒的说法，那时英国便可能变成中国（当然是在更完美的形式中），同时保存自己的一切商业活动，一切自由，改进自己的法律制度，那就是随着遵守法律的习惯的形成（这是比一切法庭和刑罚更能扼杀意志的）减少法律的强制性。这时法国便可能走上波斯生活的美丽的军事道路，因为文明的中央集权政治授予执政者的权力已为它扫除了一切障碍；为了补偿失去的各种个人权利，它对邻国展开了光辉的征伐，把其他民族束缚到了中央专制政权的命运上……这时它的雇佣兵面貌便更符合亚洲的类型，不再是欧洲的类型了。

为了防止叫喊和咒骂，我得赶紧声明，这儿谈的根本不是我的愿望，甚至也不是我的观点。我的工作纯粹属于逻辑方面，我只是想详细阐明穆勒表达得简单扼要的结论，从他的个体的微分中找到历史的积分。

因此，问题不在于预言英国将得到中国的命运是否谦恭有礼（何况这不是我的预言，这是他的），预言法国将变成波斯是否过于粗鲁。虽然说句公道话，我不明白，为什么侮辱中国和波斯就无可非议。其实真正重要的问题穆勒并未触及，那就是：是否存在一种新生力量足以更新旧的血液，是否有一种幼苗或健康的嫩芽可以使枯萎的青草起死回生？这个问题实质上也就是：人民是否甘愿最终被利用，为了给新的中国和新的波斯的土壤施加肥料，担当起没有出路的笨重劳动，在愚昧和饥饿中度过一生；是否允许像彩票赌博一样，为了鼓舞和引诱其他人，便让一个人一本万利，发大财，从被吃者变成吃人者？

这个问题得用事实来回答——靠理论是解决不了的。

如果人民被征服，新的中国和新的波斯便不可避免。

但是如果人民胜利了，那么社会主义变革也是不可避免的！

不论贵族怎么耸肩膀，资产阶级怎么咬牙切齿，难道这不也是可以形成那个坚定不移的信念的思想吗？

人民意识到了这一点；从前认为现存的一切都是合法的，或者至少都是正义的那种幼稚的信念，已经没有了；有的只是在力量面前的畏惧，并且不能把个人的痛苦提高到普遍的规律上来认识；但是盲目的信仰已不再存在。在法国，正当中产阶级陶醉在胜利和权力中，以共和国的名义给自己封官晋爵，与马拉斯特①一起坐在凡

_____

① 当时制宪议会议长，1848 年宪法的制订者。

尔赛宫中路易十五的安乐椅上发号施令的时候，人民威严地宣布了自己的抗议①；人民看到自己仍被关在门外，仍然无衣无食，于是在失望中起义了；这起义是草率的，没有任何决定，没有计划，没有领导人，没有武器，但是并不缺乏英勇果敢的战士，正因为这样，它迫使对方召来了卡芬雅克那样凶残而嗜血的秃鹫。

人民被击溃了。波斯的可能性上升了，从那时起一直在上升。

英国工人会怎样提出自己的社会问题，我不知道，但是他们像水牛一样顽强。他们在数量上占有优势，但力量不在他们这边。数量丝毫不能证明什么。三四个正规的哥萨克兵和两三个警备队员便可以把五百个囚犯从莫斯科一直押送到西伯利亚。

如果英国的人民也遭到迎头痛击，像德国在农民战争中一样，像法国在 6 月的日子里一样，那么英国离斯图亚特·穆勒所预言的中国就不远了。向它的转变会不知不觉，正如我们所说的，既没有丧失任何权利，也没削弱任何自由，因为削弱的只是运用这些权利和这种自由的能力！

胆怯的人们和敏感的人们说，这是不可能的。这再好没有了，我也但愿能同意他们的话，但我看不到理由何在。没有出路的悲剧正在于那个可以拯救民族，使欧洲获得新生的思想，对统治阶级是不利的，对它有利的（如果它彻底而勇敢的话）只是一个实行美国式奴隶制度的国家！②

---

① 指 1848 年 6 月的巴黎工人起义。

② 对约·斯·穆勒的书的这篇分析，系录自《北极星》第五集，它出版于 5 月 1 日。——作者注

第四章

两件案子

统治吧，英国！ [1]

1. 决斗 [2]

1853 年，著名的共产主义者维利希 [3] 介绍我认识了一位巴黎工人巴泰勒米。他的名字我已听到过，那是由于六月事件的审问和对他的判决，最后也由于他从贝尔岛的潜逃。

他还年轻，个子不高，但体格强壮结实，漆黑卷曲的头发赋予了他一种南方人的气息；他的脸上有些麻点，但显得漂亮而粗犷。不断的斗争培养了他不屈不挠的意志和克制自己的能力。巴泰勒米是我曾经遇见过的性格最完整的人中的一个。他没有进过学校，他的书本知识是从自学得到的，但他是个优秀的机械师——我顺便提

---

[1] 英国国歌中的歌词。

[2] 这故事与登载在《北极星》第六集上的片断有关。——作者注

　　按：这里的所谓片断指第三章的片断。

[3] 德国革命者。

一下，六月的街垒上最坚强的战士大多是机械师、司机、工程师和铁路员工。

他一生的思想，他的全部生活热情，具有斯巴达克斯的色彩，那便是不倦地渴望工人阶级起来反对中等阶级。他的这个思想是与消灭资产阶级的强烈愿望不可分割的。

这个人对我说来无异是向我阐明了1793和1794年的恐怖时代，那些九月的日子①，那种使最亲密的派别互相仇杀的憎恨；在他的身上，我具体地看到了对血的渴望怎样可以与另一些场合表现的人道主义，甚至温柔体贴，结合在一起，看到了一个人怎样可以像圣茹斯特那样把几十个人送上断头台，却毫不感到良心的谴责。

巴泰勒米说："不能让革命第十次从我们手里给偷走，必须从家里，从自己的亲人中把最凶恶的敌人处死。在柜台后面，在办公室内，我们经常发现这样的人——必须从自己的阵营中消灭他们！"在他的黑名单上几乎包括所有的流亡者：维克多·雨果，马志尼，维克多·舍尔歇②，科苏特。得到他宽恕的人很少，我记得，其中有路易·勃朗。

他心中特别仇恨的人是赖德律-洛兰。当巴泰勒米谈到"这资产阶级的独裁者"时，他的肌肉便会在那张活跃而激烈、同时又非常冷静而坚定的脸上不断抽搐。

他善于辞令，这种才能今天已越来越少了。夸夸其谈的演说家在巴黎，特别在英国，多得不可胜数。神父，律师，议员，推销丸

---

① 指1793年9月4、5日，巴黎工人、贫民和手工业者，手拿武器走上街头示威抗议的事，它推动革命政府采取了一些强有力的措施，从而形成了革命高潮。
② 舍尔歇（1804—1893），法国记者和政治家，1848年革命后任制宪议会议员，海军部次长。路易-拿破仑发动政变后流亡在英国。

药和廉价铅笔的商贩，世俗和教会雇用的在公园演讲的人——他们都具有异乎寻常的口才，但是能在室内跟人谈话的却不多。

巴泰勒米的逻辑是片面的，它总是针对着一点，像焊接吹管喷出的火焰。他讲话从容不迫，既不提高声音，也不挥动胳臂，他的句子和挑选的词语都很准确，干净利落，完全摆脱了当代法语中三个可诅咒的缺陷：革命口号，律师和法官的腔调，以及店员的放肆口气。

这个工人是在锻造和轧制铁条的沉闷车间里，在巴黎拥挤的小街上，在小酒店和锻铁炉、监狱和苦役劳动中间长大的，他怎么学会准确掌握分寸、恰到好处、轻重得当、优美动听的讲话方式的呢？法国资产阶级已丧失了这些优点。在咬文嚼字、侈谈革命词句的风气中，他又怎么能保持语言的自然本色呢？

这确实令人费解。

看来工场的空气大概比别处新鲜一些。不过他的一生是这样的。

他还不到二十岁，便卷进了路易·菲力普时代的政治骚乱中。宪兵叫住他，由于他大声讲了一句什么，宪兵朝他脸上揍了一拳。治安警察揪住了他，他挣脱了，但别的什么也不能干。那一拳打醒了一只老虎。到了第二天，巴泰勒米已以朝气蓬勃、年轻乐观的青年工人的面貌出现在人群中了。

应该指出，巴泰勒米被抓住后，警察释放他是因为发现他并未犯什么罪。但是谁也不想理会他所受到的侮辱。"为什么在骚乱中他要到街上乱跑！何况现在到哪儿去找这个宪兵！"

于是事情发生了。巴泰勒米买了一支手枪，上了子弹，在那一带转悠。转了一天，两天，他突然看到那个宪兵站在拐角上。他背转身子，扣上了扳机。

"你认识我吗？"他问宪兵。

"怎么不呢。"

"那么你记得你做了什么？……"

"得啦，走开，别跟我纠缠。"宪兵说。

"可我得送你上天。"巴泰勒米说，开了枪。

宪兵倒在地上，巴泰勒米走了。宪兵受了致命伤，但当场没有死。

巴泰勒米以简单的杀人罪被判了刑。谁也不想考虑他受到的侮辱有多大，尤其是根据法国人的观念，工人不可能要求决斗，也不可能提出起诉。巴泰勒米被判服苦役。这是在工场和监狱之外，他进入的第三所学校。二月革命后，克雷米厄①任司法部长，重新审理案件时，巴泰勒米获得了释放。

6月的日子到了。巴泰勒米成了布朗基的热烈追随者，投身到运动中。在英勇保卫街垒时他被捕了，被送进了牢房。胜利者枪决了一批人，另一些人则关在杜伊勒里宫的地窖中，还有一些被送往要塞，那里也人满为患，有时为了腾出地方不得不枪毙一些人。

巴泰勒米没有死；在法庭上他根本没想为自己辩护，但利用被告席，把它变成了谴责国民自卫军的讲坛。我们得感谢他使我们了解了秩序保卫者大开杀戒的许多细节，这些勾当大多是暗中干的，有的还是关起门来干的。审判长几次命令他住口，最后打断了他的话，判了他苦役，我记得刑期是十五年或二十年（关于六月事件的审讯我手边没有材料）。

巴泰勒米和其他人一起被送往贝尔岛。

---

① 克雷米厄（1796—1880），法国政治家，犹太人领袖，参加了 1848 年的革命。

过了两年，他从那儿越狱到了伦敦；他提出了一个计划，打算再回那里，帮助六个犯人逃跑。他需要一小笔钱（六七千法郎），讲定以后，他便穿上神父的服装，拿着祈祷书前往巴黎和贝尔岛安排了一切，然后再回到伦敦取钱。我听说，计划之所以没有执行，是因为对要不要搭救布朗基还有争论。巴尔贝斯一派和其他人宁可让几个朋友待在狱中，也不愿搭救一个敌人。

巴泰勒米去了瑞士。他与一切党派分道扬镳，割断了联系；赖德律－洛兰一派更成了他的冤家对头，但对自己一派他也并不友好。他太尖刻，锋芒毕露，他的偏激观点使领导人不快，也叫胆小的人害怕。在瑞士，他专心致志研究武器。他发明了一种特殊结构的手枪，一边打枪，一边子弹自动上膛，这样，手枪就能接连不断向同一目标射击。他打算用这种手枪暗杀拿破仑，但巴泰勒米的狂热性情两次挽救了波拿巴，使他从一个决心不比奥尔西尼差的人手下逃脱了性命。

在赖德律－洛兰一派中，有一个剽悍的人，这便是喜欢决斗、到处游荡、天不怕地不怕的库尔涅①。

库尔涅是一种特殊类型的人，这种人在波兰的地主和俄国的军官，特别是退伍后住在乡下的骑兵少尉中，常常可以见到。属于这类人的有丹尼斯·达维多夫②和他的"酒友"布尔佐夫③，"骷髅头"加加林④和连斯基的决斗证人扎列茨基⑤。他们也以庸俗的形态出现

---

① 库尔涅（1808—1852），1848 年法国革命的参加者，属于小资产阶级民主派，1851 年政变后流亡在伦敦。

② 俄国诗人和将领。

③ 布尔佐夫（死于 1813 年），俄国骠骑兵军官，达维多夫的战友。

④ 加加林（1787—1863），俄国军人，公爵，骑兵军官。"骷髅头"是死亡的象征。

⑤ 普希金的长诗《叶夫根尼·奥涅金》中的人物。

在普鲁士的"容克贵族"和奥地利的军营伙伴中。英国没有这种人，但在法国他们却如鱼得水，而且鱼鳞洗得干干净净，显得光亮平滑。这些人勇敢，但冒冒失失，不顾死活，没有头脑，目光非常短浅。他们一辈子只是靠回忆两三件往事在过活，在这些事件中他们曾出生入死，割下了某某人的耳朵，或者屹立在枪林弹雨中。有时他们还先给自己编造了一套英勇行为，然后才真的实行，以便证实自己的大话。他们隐隐意识到，这种好斗精神便是他们的力量所在，也是他们可以夸耀的唯一乐趣，而夸口对他们是比性命更重要的。然而他们往往是很好的朋友，尤其在兴高采烈的谈天中，在还没有发生口角的时候；为了朋友，他们可以拔刀相助，但一般说来，他们有的大多是匹夫之勇，不是崇高的公民精神。

这些人游手好闲，把生活也当作了狂热的赌博，他们是一切冒险活动的"浪斯开涅"①，尤其是如果可以因此而穿上绣金的将军制服，名利双收，领取十字勋章的话；这以后他们又可以安静几年，把光阴消磨在弹子房和咖啡馆中。至于是在斯特拉斯堡帮助拿破仑②，还是在布卢瓦帮助贝里公爵夫人③，或者在圣安东区帮助革命的共和派，这在他们眼中都一样。对他们和整个法国说来，勇敢和成功便是一切。

库尔涅的初露头角是在法国与葡萄牙的冲突中④，那时他在军

①　15 至 16 世纪的德国雇佣兵，后成为赌徒或赌博爱好者的代称。
②　路易·波拿巴在流亡时期为了夺取王位，曾于 1836 年 10 月试图在斯特拉斯堡发动叛乱，推翻当时的国王路易－菲力普，没有成功。
③　贝里公爵夫人（1798—1870），法王查理十世之子贝里公爵之妻。1830 年查理十世被推翻时，她为自己的儿子尚博尔伯爵争取王位未成，逃亡国外，1832 年又乔装进入国内，在旺代发动叛乱，结果被捕，获释后流亡国外。
④　指 1831 年法国舰队驶进葡萄牙领海，侵入塔古斯河一事。

舰上服役，与几个伙伴偷偷登上了葡萄牙的护航舰，制服了全体水兵，占领了军舰。这件事规定了、也总结了库尔涅未来的生活。整个法国都在谈论这个年轻的准尉，但是他没能再前进一步，他一生的功绩便是从接舷战开始，也以接舷战结束，因此可以说，他在这次战斗中已经阵亡了。后来他被海军开除了。死一般的沉寂统治着欧洲，库尔涅百无聊赖，最后终于忍耐不住，开始自己作战了。据他说，他决斗过二十来次，我们想，那大概是十次，但这已经够了，可以说明他不是一个严肃的人。

我不知道他怎么会成为红色共和分子。在法国的流亡者中，他没有起过特殊的作用。关于他有各种传说，例如在比利时，一个警察想逮捕他，他把他揍了一顿逃走了；其余大多也是这类勾当。他认为自己是"全法国最好的剑客之一"。

巴泰勒米那可怕的勇敢，是按照他自己的逻辑，在无法约束的自尊心的驱使下形成的，它与库尔涅那目空一切的勇敢遭遇之后，必然产生不幸的后果。他们彼此嫉恨。不过既然属于不同的圈子，敌对的派别，他们本可以一辈子避不见面。但一些热心朋友却火上加油，促成了他们的对立。

巴泰勒米对库尔涅的仇恨一部分是由于别人托库尔涅从法国带给他的信，他始终未曾收到。很可能在这件事上库尔涅是无辜的；但不久又传来一些谣言。巴泰勒米在瑞士认识了一个女演员，她是意大利人，后来他与她同居了。库尔涅说："多么可惜，这个社会主义者中的社会主义者居然要靠一个女戏子养活他。"巴泰勒米的朋友们马上写信告诉了他这事。他收到信后，立刻丢下设计武器的工作和女演员，风驰电掣般赶到了伦敦。

我已经说过，他认识维利希。维利希是心地纯洁、非常善良的普鲁士炮兵军官，他转向革命，成了共产主义者。在黑克尔①领导起义时期，他率领炮兵部队为人民战斗，当一切都给打败之后，他流亡到了英国。到达伦敦时他身无分文，试图教授数学和德语，但运气不佳。于是他丢下教科书，忘记了从前的军衔，英勇地当了工人。他与几个朋友合伙办了个制刷子的工场，但得不到人们的支持。维利希没有丧失在德国再度举行起义和改善自己命运的希望，然而希望并未实现，他只得带着条顿共和国的理想去了纽约，在那儿的政府里谋得了一个土地测量员的职务。

维利希明白，跟库尔涅打交道是不容易的，因此自愿担任中间人进行调停。巴泰勒米完全信任维利希，把事情交给了他。维利希去找库尔涅，他那坚定沉着的声调对"第一剑客"发生了作用，库尔涅说明了书信问题。维利希又问他："您是否相信，巴泰勒米是靠女演员生活的？"库尔涅答道："我只是在重复我听到的话，对此我表示遗憾。"

"这完全够了，"维利希说，"那么请您把您讲的话写在纸上交给我，这样我就可以非常满意地回去了。"

"好吧。"库尔涅说，拿起了笔。

"那么您是打算向巴泰勒米这家伙认错了。"另一个流亡者插嘴道，这人是在谈话快结束时才进屋的。

"怎么是认错？您认为这是认错吗？"

"这是一个正直的人听信了谣言，对此表示遗憾的意思。"维利希说。

"不，"库尔涅说，放下了笔，"这我办不到。"

---

① 德国革命家，1848 年 4 月巴登起义的组织者之一。

"您刚才不是这么说的吗？"

"不，不，请您原谅，但我不能这么做。请转告巴泰勒米：'我这么说是因为我要这么说。'"

"好极了！"另一个流亡者喊道。

"亲爱的先生，您得为未来的不幸承担全部责任。"维利希对他说，走出了屋子。

这是在傍晚；他在见到巴泰勒米以前先来找我。他忧心忡忡，在屋里踱来踱去，一边说道："现在决斗不可避免了！这太不幸了，那个流亡者突然闯了进来。"

我想："现在已无法挽回，理性在疯狂的感情面前沉默了；何况法国人的血一旦燃烧，加上各派力量和各个合唱队之间的仇恨，灾祸便再也无法避免！……"

过了一天，我早上走过蓓尔美尔街，看到维利希匆匆忙忙不知要上哪儿，我喊住了他。他脸色苍白，神情紧张，转身向我走来。

"怎么样？"

"当场打死了。"

"谁？"

"库尔涅。我现在去找路易·勃朗，请教他该怎么办？"

"巴泰勒米在哪儿？"

"他和他的一个决斗助手，还有库尔涅的两个决斗助手，都关进了监狱，只有一个助手没有被捕。根据英国的法律，巴泰勒米可能判处绞刑。"

维利希坐上公共马车走了。我独自在街上站了一会儿，然后转身回家。

过了两小时，维利希来了。当然，路易·勃朗对这件事采取了积极关心的态度，想先找几个著名的律师商量一下。看来最好的办法是不让法院的侦查员知道，谁是开枪的，谁是证人。要做到这一点，就得双方的口供一致。大家相信，在决斗案件中，英国法庭不会使用警察的狡诈手段。

必须把这一点通知库尔涅的朋友们，但维利希的熟人中谁也不愿去找他们，也不愿去找赖德律－洛兰，因此维利希要我找一下马志尼。

我去时发现他正在大发脾气。

"您大概是为这件谋杀案来的吧？"他说。

我看了看他，故意停了一会儿才说：

"为巴泰勒米的案件。"

"您认识他，袒护他，这一切都很好，尽管我不明白……但是库尔涅，不幸的库尔涅，他也有朋友和同志……"

"这些人大概不会说他是暴徒，尽管他参加过二十来次决斗，因为打死的不是他。"

"现在不是谈这点的时候。"

"我是在回答您的话。"

"怎么，现在是要从绞刑架上搭救他吗？"

"像巴泰勒米那样在6月的街垒上战斗过的人如果被绞死了，我想，谁也不应该感到特别高兴。何况问题不在于他一个人，还涉及库尔涅的两个助手呢。"

"他不会被绞死的。"

"这很难说。"一个年轻的英国激进主义者插嘴道，他显得漠不关心，头发的式样有些像耶稣；他一直没有开口，对马志尼的话只是用头，用雪茄的烟，用难以捉摸的复合元音表示赞同，这种复合元音把五六个元音压缩在一起，构成了一个混合音。

"您好像对此毫不介意似的？"

"我们爱好并尊重法律。"

"也许正因为这样，"我说，但尽量使自己保持温和的口气，"各国的人大多尊重英国，但并不爱英国人。"

"呃哦？"激进主义者问道，不过也许是答复。

"问题在哪里？"马志尼打断了他的话。

我告诉了他。

"他们自己已考虑到这一点，并且得出了相同的结论。"

巴泰勒米的案件是非常有意思的。英国人和法国人的性格很少表现得这么鲜明，在这么针锋相对、便于比较的场合出现。

从决斗的地点起，一切都显得很荒谬：那是在温莎附近进行的，他们为此必须从王国中心的边界坐几十英里火车（当时火车只通到温莎）才能赶到这里，而当时人们一般都在边界附近决斗，那里随时可以找到大小船只，逃之夭夭。再说，选择温莎，这本身就不够明智。它是王宫所在地，维多利亚女王心爱的住处，当然警备森严。据我看，选择这个地点非常简单，只是因为法国人对伦敦的郊区只知道里士满和温莎两个地方。

助手们为了防备万一，随身携带了锋利的决斗用轻剑，虽然他们知道决斗得用手枪进行。库尔涅倒下后，除了一个助手单独离开，因而平安到达比利时以外，其余的人都是一起走的，而且没有忘记随身带走轻剑。他们还未到达伦敦的滑铁卢车站，警察局已接到电报，据称"这四人留有胡须和唇髭，戴着大檐帽，讲法语，轻剑用布包着"。根据这些特点，警察不用搜寻，他们一下火车就给逮捕了。

这一切怎么会这样？看来用不着我们来教导法国人如何躲避警察。就凶恶、机灵、不道德和办事认真、不知疲倦而言，法国的警察在全世界可说首屈一指。在路易－菲力普时期，搜索者和被搜索者玩尽了各种手段，作过各种较量，每一步行动都得仔细考虑（现在这已没有必要，警察像俄国人那样有了必胜的把握）；今天离路易－菲力普的时代还不远，那么，像巴泰勒米那么聪明的人，像库尔涅的助手那么经验丰富的人，怎么会这么粗心大意呢？

原因只有一个：完全不了解英国和英国的法律。他们听说，没有逮捕证不能逮捕任何人；他们还听说有所谓《人身保护法》[①]，根据这法令，只要律师提出要求，就得把人释放；因此他们认为不妨回家换身衣服，然后前往比利时，到了第二天早上，被愚弄的警察（他们必然拿着警棍，像法国小说中描写的那样）来找他们时，已经人去楼空，只得骂道："该死的家伙！"尽管警察其实并不拿警棍，英国人也不骂"该死的！"

这些人被捕后，关在萨里郡的监狱里。探望开始了，来的有夫人们，被杀死的库尔涅的朋友们。当然，警察马上了解到了事实真相，不过这不能说是他们的功绩，支持和反对巴泰勒米或库尔涅的人，都在酒楼饭店里大声嚷嚷，把决斗的详情细节透露无遗，自然还穿插了一些根本没有的事和不可能有的事。但是警察不愿公开承认了解这一切，因此当一些探望者要求会见助手"巴罗内"，另一些人要求会见巴泰勒米的助手时，警官直截了当地对他们说："先生们，我们根本不知道，他们中间谁是助手，谁是罪犯，情况还没

---

① 英国于 1679 年颁布的法令，其中规定没有法庭拘捕令不得捕人等。

有全部调查清楚，还是请你们直接说明要会见的人的姓名吧。"这是第一堂课！

最后，巡回法庭到了萨里，指定了开庭的日期，高等法院首席法官坎贝尔将就法国人库尔涅被不知何人杀害致死一案审讯与凶杀案有关的人员。

我当时住在樱草丘附近；在 2 月一个阴冷多雾的早晨七时，我出门走进摄政王公园，然后穿过它前去搭乘火车。

这一天的情形非常清楚地留在我的记忆中。从大雾弥漫的公园，公园里懒洋洋地在水中游动的白天鹅，以及笼罩在水面的微红的黄色烟雾，直到午夜之后很久，我与一位律师坐在摄政王街伟利饭店中喝香槟酒，为英国的富强干杯，一切都历历在目。

我以前从未见过英国的法庭；在中世纪的背景上展开的喜剧场面，令人想起的主要的是意大利的滑稽歌剧，不是庄严的传统，但是在这一天这可以撇开不谈。

将近十点钟，在坎贝尔勋爵寓居的旅馆门口，化装舞会的第一批扮演者出场了，那是拿着两只大喇叭的传令官，他们宣布，坎贝尔勋爵将于十时整公开审问某某案件。我们便拥向法庭门口，它只有几步远。这时坎贝尔勋爵本人正坐了金碧辉煌的马车经过广场，勋爵戴的假发又大又漂亮，只比他的车夫的差一些，车夫的假发上还戴了一顶三角形小帽。马车后面跟着二十来个步行的律师和辩护士，他们提起了长袍，没戴帽子，只戴羊毛假发，它们仿佛是特地做得尽量不像人的头发似的。在法庭门口，我简直好像不是要旁听首席法官坎贝尔对巴泰勒米的审问，而是来到了上帝审问库尔涅的法庭上。

大门口挤了不少人，警察从里边驱赶他们，后面的人却以超人的力量向前拥挤，人们在前后夹攻中动弹不得，无法前进一步，但后排的人越来越多，于是警察摆开阵势，手挽着手一起向前驱赶，我被前排的人挤得喘不出气，可是背后那些英勇的进攻者却毫不退让，我们被推着，挤着，终于突然发觉，已经被抛到了离门口十来步远的街上。

要不是一个认识的律师帮忙，我们根本进不了法庭，那儿已挤得水泄不通，但他领我们从一扇专用的门进入了大厅；最后我们总算坐下，一边擦汗，一边检查表和钱等等有没有丢失。

令人费解的是：没有一个地方的人口比伦敦更多，更稠密，更骇人听闻，可是英国人偏偏在任何场合都不肯排队，宁可发挥顽强的拼搏精神，向前挤上两个小时，哪怕压坏了身体的某一部位也在所不惜。我已多次领教过剧场门口的拥挤情况，如果大家遵守秩序一个一个进去，大概半小时就走完了，但是由于他们一下子拥向门口，许多前排的人便被挤到了门的右边和左边，弄得他们火冒三丈，拼命从两侧向缓缓移动的中间部分挤压，尽管这对他们本人并无好处，但多少为他们肋部受到的痛楚报了仇。

有人在敲门。一位穿着假面舞会服装的先生喝道："外面是谁？"门外边答道："法官。"于是门开了，坎贝尔穿着皮大氅和女人睡衣似的大褂走进了屋子；他向四面鞠了躬，宣布审问开始。

对巴泰勒米案的看法，法庭，也就是坎贝尔，早已胸有成竹，它自始至终是明确的，尽管法国人千方百计要打乱他的思想，把他引入歧途，他还是坚持不渝。发生了一次决斗。一个人被打死了。双方都是法国人，都是流亡者，对荣誉抱着与我们不同的观念。难于弄清他们中间谁是对的，谁有罪。一个来自街垒，另一个好斗成性。我们不能让这事不受到惩罚，但不应该运用英国法律的全部力量来打击外国人，何况他们都是纯洁的人，虽然愚蠢，但行为是高尚的。因此，谁是凶手，我们不想追究，说不定凶手是那个已经逃到比利时的人。对现在的被告，我们要指责的是他们参与了这件事，我们要求陪审团作出裁决：他们在杀人事件中是否有罪？如果陪审团裁决有罪，他们在我们手中，我们可以判处他们最轻的刑罚，了结这件案子。如果陪审团裁定他们无罪，那么上帝保佑他们，他们可以无罪开释。

这对双方的法国人都像一把锋利的刀子！

支持库尔涅的一方希望利用这个机会，让巴泰勒米身败名裂，得不到法庭的好感，因此虽不直接指名道姓，却把他当作杀害库尔涅的凶手加以指责。

巴泰勒米的几个朋友和他本人则尽量想使库尔涅和他的伙伴们出丑，声誉扫地，因为在警察侦查期间发现了一个奇怪的细节。决斗用的手枪是向一个制枪工匠租的，决斗后手枪便送还了工匠。一支手枪中还装着弹药。审案开始时，工匠呈交的手枪证实，子弹和火药下多了一块破布，因此手枪无法射击。

决斗的情形是这样：库尔涅向巴泰勒米开了一枪，没有打中。巴泰勒米的雷管正常地打响了，但没有射出子弹；他换了一个雷管，情形还是照旧。这时巴泰勒米丢下手枪，向库尔涅提议用轻剑决斗。库尔涅不同意，大家决定再打一次枪，但巴泰勒米要求换一支枪，库尔涅当即同意了。巴泰勒米拿到手枪，开了一枪，库尔涅应声倒地。

由此看来，还给制枪工匠的那支装有弹药的枪，便是巴泰勒米原先使用过的。那块破布从哪儿来的呢？手枪是库尔涅的朋友帕迪冈经手借的，此人参加过《人民之声报》的工作，在六月事件中受了重伤，成了残疾。①

如果能够证明破布是故意塞在里边的，也就是对方蓄意杀死巴泰勒米，那么巴泰勒米的敌人们就会蒙受耻辱，永远抬不起头。

对于这个结果，巴泰勒米当然求之不得，哪怕为此判十年苦役或流放他也情愿。

在侦查中发现，从手枪中取出的破布确实属于帕迪冈，那是从他擦漆皮靴的布条上扯下的。帕迪冈说，他用那块布绕在铅笔上擦枪，也许转动时破布掉了一块在枪膛里，但是巴泰勒米的朋友们质问他，为什么破布是整齐的椭圆形，为什么没有折叠的皱纹？

巴泰勒米的对方准备了一大批证人，要替巴罗内和他的伙伴们辩护。

他们的策略是：巴罗内一边的辩护律师向他们询问库尔涅及其他人从前的经历，他们便趁机竭力歌颂这些人，但对巴泰勒米和他的助手则保持沉默。他们认为，本国人和"同一政治主张者"的普遍沉默，就足以在坎贝尔和旁听者眼中，大大抬高一方和降低另一

---

① 帕迪冈在六月事件中被捕后，关在杜伊勒里宫的地下室。那里关的人多达五千，其中有霍乱病患者，也有受伤和垂危的人。当政府派科尔梅宁视察那儿的情况时，他和医生一开门，便闻到一股触鼻的臭气，吓得倒退了一步。但禁止关在里边的犯人靠近气窗口。帕迪冈闷得几乎喘不出气，仰起了头，想吸口空气，这事给国民自卫军的哨兵看到了，便吆喝他走开，否则就要开枪。帕迪冈拖延了一下，那位可敬的资产者马上对准他开了一枪，子弹打穿了他的一部分面颊和下颌，他倒下了。晚上，一部分犯人被送往堡垒，其中包括受伤的帕迪冈，他被捆住了胳臂。这时卡卢塞尔广场上发生了著名的骚乱，国民自卫军惊慌失措，开始互相混战；受伤的帕迪冈筋疲力尽，倒在地上，结果他就被丢在警卫室里。他的手还给捆着，他只得仰天躺在那儿，把伤口的血咽下肚里。最后，一个技术学校学生发现了他，便大骂那些人野蛮残忍，强迫他们把病人送进了医院。我记得我在《法意书简》中讲过这件事……但不妨重复一下，免得人们忘记巴黎那些有教养的资产者是什么货色。——作者注
科尔梅宁（1788—1868），法国法学家。1848 年制宪议会的副议长。

方的威信。搜罗证人需要花钱，何况巴泰勒米没有这么多朋友可以听他指挥，要他们讲什么便讲什么。

库尔涅的朋友们在侦查中已表演过这种沉默的雄辩术。

侦查员问一个被捕的证人巴罗内，他是否知道库尔涅是谁杀死的，或者他怀疑是谁？巴罗内答道，任何威胁，任何刑罚都不能迫使他说出杀死库尔涅的人，尽管死者是他最好的朋友；"哪怕我得戴上铁链在密不通风的牢房里待十年，我也不说。"

律师冷冷地打断了他的话："这是您的权利，不过您的话说明您知道罪犯是谁。"

他们认为靠这一切便能骗过……骗过谁？骗过坎贝尔勋爵。我希望补充一下他的肖像，以便说明这种企图异常荒谬。坎贝尔勋爵老了，他是在法官的位置上头发变白、皮肤变皱的，哪怕念最可怕的证词，他那带一点苏格兰口音的声调也很平静，哪怕最复杂的案情，他也可以分析得有条不紊，现在巴黎几个夸夸其谈的俱乐部成员却想欺骗他……坎贝尔勋爵从来不会提高嗓音，从来不生气，也从来不笑，在最可笑或最激动的时刻也只是擤一下鼻子……坎贝尔勋爵生着爱唠叨的老太婆的脸，可是你仔细一瞧，就会清楚地看到某种变形现象，那种使小红帽姑娘[1]大吃一惊的变化：原来这根本不是老奶奶，只是一只戴着假发、穿着女人的睡衣和镶皮边披风的狼。

然而勋爵大人毫不含糊地回敬了他们。

关于破布进行了长时间的辩论，帕迪冈也作了说明，于是巴罗

---

[1] 法国著名童话作家佩罗的童话《小红帽》中的人物。这个小姑娘有一天给她的老奶奶送食物，在路上遇到了一只狼，狼得知一切后，便赶在前面，把老奶奶吃了，自己变作老奶奶，等小红帽一到，也把小红帽吃了，后来她的父亲杀死了狼，老奶奶和小红帽又从狼腹中跳出来活了。

内的辩护人开始向证人提问。

首先出场的是一个老流亡者，巴尔贝斯和布朗基的朋友。他先是有些不大愿意似的拿起《圣经》，然后做了个手势，表示这是无可奈何的；宣誓后，他伸直了脖子。

"您认识库尔涅很久了吗？"一个辩护人问。

"公民们，"流亡者用法语答道，"从青年时代起，我就抱定宗旨，把自己的一生献给了自由和平等的神圣事业……"他这么往下讲。

但辩护律师制止了他，对翻译说道："看来证人没有理解问题，请您用法语译给他听。"

接着是另一个证人。五六个法国人，有的胡子长得可以浸到酒杯里，有的秃顶，有的头发又浓又密，式样有些像尼古拉，还留着长长的唇髭，也有的头发一直披到肩上，围着红领巾，他们一个接一个用不同的方式叙述着同一类话："库尔涅这个人优点超过品德，而品德可以与优点匹敌，他是流亡者中的佼佼者，他这一派的荣誉，他的死使他的妻子悲痛欲绝，可以安慰他的朋友们的也只是巴罗内和其他同志依然健在。"

"您认识巴泰勒米吗？"

"认识，他是法国的流亡者……我们见过面，但对他一无所知。"说到这里，证人便按照法国人的方式咂咂嘴巴。

"某某证人……"辩护律师又说。

"好啦，"坎贝尔老奶奶操起温和同情的声调开口了，"不必再麻烦他们了，这么多人为死者库尔涅和被告巴罗内作证，我们认为是不必要的，也是有害的，我们没有说死者和被告是坏人，因而必须郑重其事地证明他们品德高尚，行为端正。再说，库尔涅死了，我们完全不必过问他的一切，我们要审理的只是他被杀这件事，唯有与这罪行有关的一切对我们才是重要的。关于被告，我们同样认为他是一位非常正派的先生，我们也不需要了解他过去生活中的事件。从我来说，我对巴罗内先生的品行没有任何怀疑。"

"那么，老奶奶，你为什么要生这么一对狡猾而含笑的眼睛呢？"

"这是因为我的官职使我不能用嘴巴嘲笑你们，因此只得用眼睛嘲笑。"

理所当然，这以后，那些头发朝下梳的，头发朝上梳的，穿军装的，围七色彩虹颈巾的证人，统统给打发走了，不必再听取他们的证词。

这样一来，案件的审理就加快了。

一个辩护士向陪审员们提出，被告都是外国人，全不理解英国的法律，因此有权得到一切宽容，然后又道："陪审员先生们，请各位想想，巴罗内先生对英国法律一无所知，以致对'您可知道是谁杀死了库尔涅？'这问题，回答说，哪怕把他锁上铁链，在牢房里关上十年，他也不愿讲出这人的姓名。各位看到，巴罗内先生对英国还抱着某种中世纪的观念，他可能认为，他的沉默会使他因而被锁上铁链，在监狱里蹲上十年。我希望，"他忍不住笑了笑，又道，"这件导致巴罗内先生失去几个月自由的不幸事件，可以使他相信，从中世纪以来，英国的监狱已有所改进，不致比其他某些国家差。我们要向被告们证明，我们的法庭也是公正的，符合人道的。"等等。

陪审员一半是外国人，他们认为被告"有罪"。

这时，坎贝尔转向被告，提醒他们，英国的法律是严厉的，还提醒他们，外国人一旦踏上英国的国土，便享有与英国人同等的权利，因此在法律面前也必须承担同样的责任。接着他谈到了风土人情的不同，最后说道，按照法律对他们毫无保留地作出严厉的惩罚，他认为是不公正的，因此他判处他们两个月的监禁。・・・・・・

听众、人民、律师和我们，大家都很满意，因为大家都在等待严厉的惩罚，认为最低限度会判徒刑三至四年。

谁不满意呢？

被告们。

我走到巴泰勒米面前，他闷闷不乐地与我握了手，说道：

"帕迪冈依然清白无辜，巴罗内……"他耸耸肩膀。

我走出大厅，遇到了我认识的律师，他跟巴罗内在一起。

"我宁可判一年徒刑，"巴罗内说，"也不愿跟这个坏蛋巴泰勒米关在一起。"

审问是在晚上十时左右结束的。我们到达火车站时，在月台上看到了一群群法国人和英国人，都在吵吵闹闹大声议论这案件。大部分法国人对判决是满意的，虽然也感到，这对海峡彼岸的人说来算不得是胜利。在车厢内，法国人唱起了《马赛曲》。

"先生们，"我说，"公正先于一切；这一次让我们唱《统治吧，英国》！"

于是响起了《统治吧，英国》的歌声！

2. 巴泰勒米

过了两年……巴泰勒米又站在坎贝尔勋爵面前了，这一次，严峻的老人戴了一顶黑毡帽，对他作出了另一种判决。

那是 1854 年，巴泰勒米与大家已越来越疏远，不知在忙什么，他很少露面，似乎在暗中筹备什么——与他住在一起的人也不比别人知道得多。我和他难得见面；他一向十分同情和信任我，但也没谈过什么特别的事。

突然传来了消息，说巴泰勒米犯了双重杀人罪[1]：他先是杀死了一个不知姓名的小商人，继而又杀死了企图逮捕他的警察。原因和线索都没有。在法庭上，巴泰勒米守口如瓶，在新门监狱也默不作声。他一开始就承认杀死了警察，为此他可能被判处死刑，因此他只限于承认这一点，似乎表示他为这事已有权上绞刑架，不必再提前一件凶杀案了。

这里谈的情况是我们后来逐渐知道的。巴泰勒米打算去荷兰，换了旅行装束，一只口袋里揣着经过签证的护照，另一只口袋里装着手枪，同伴是一个跟他住在一起的女人。晚上九时，巴泰勒米去找一个开汽水厂的英国人；他敲了门，女用人带他进屋，主人在会客室接见了他，然后又与他一起走进了卧室。

女用人听到他们的谈话越来越响，终于变成了咒骂，随后主人开了门，把巴泰勒米推出房间，这时巴泰勒米从口袋里掏出手枪，向他开了枪。商人倒下死了。巴泰勒米夺门而走——那个法国女人吓坏了，早已溜之大吉，因此没事。警察听到枪声，在街上拦住巴泰勒米，他便用手枪恐吓他，警察不放他走。巴泰勒米开了枪，这一次应该说他并不想打死警察，只是吓唬他一下，但是他一只手还没挣脱，已用另一只手开了枪，以致距离这么近，警察受了致命伤。巴泰勒米赶紧逃跑，但几个警察已一拥而上，他被捕了。

巴泰勒米的仇人并不掩饰幸灾乐祸的心情，说这完全是强盗行

---

① 这次杀人事件于 1854 年 10 月 8 日发生在伦敦。

径，巴泰勒米是企图抢劫。但是那个英国人其实并不富裕。如果不是完全疯了，很难想象一个人会在伦敦公然抢劫，何况是在人口稠密的居住区，在一个认识他的人家，晚上九时，又带着一个女人；这一切说明他决不是为了抢劫一百来镑钱（在被害者的柜子里只找到这么多钱）。

这以前几个月，巴泰勒米办了一个作坊，制造彩色玻璃，用特殊的方法在玻璃上绘制图案、阿拉伯花纹和题词等。他得为此付六十镑专利费，还缺十五镑，便向我告贷，后来准时归还了。很清楚，那件事包含着比普通抢劫更重要的原因……巴泰勒米的思想状况，他的情绪，他的偏执狂，一切都照旧。他去荷兰只是为了要从那里前往巴黎——这是许多人都知道的。

在这次流血事件面前，几乎只有三四个人肯好好思考一下，其余的人都在吃惊之余拼命攻击巴泰勒米。在英国被处以绞刑不是一件体面的事，与一个杀人犯有过关系也是丢脸的；最亲近的朋友离开了他……

我那时住在特威克南。一天晚上回到家中，两个流亡者在等我。他们说："我们找您是为了向您保证，我们丝毫没有参与巴泰勒米干的这件可怕的事——我们与他有过共同的活动，因为一个人总得与别人一起干点什么。现在人们会说……会以为……"

"难道两位是专为这事从伦敦来到特威克南的吗？！"我问。

"我们非常重视您的意见。"

"算了，先生们，我自己也认识巴泰勒米，而且比两位更坏，因为我与他虽然没有共同的活动，但还没打算与他绝交。我不了解这案子，审问和判决是坎贝尔勋爵的事，我感到痛心的是这么年轻充沛的力量，这样的人才，这个在艰苦的斗争和生活环境中成长的人，正当年富力强的时候，却不得不在刽子手的屠刀下结束自己的一生。"

他在狱中的表现使英国人震惊；他泰然自若，十分平静，悲伤但并不绝望，坚定但并不狂妄。他知道，对他说来，一切都完了，然而他以毫不动摇的镇静态度听完了对他的判决，正如从前坚定地、镇静地站在街垒上，站在枪林弹雨中一样。

他给自己的父亲和心爱的姑娘写了信。我看到了他给父亲的信，信上没有一句空话，非常朴实自然，他只是简单地安慰了父亲，仿佛这不是在谈他自己。

一个天主教神父为了履行职责，到狱中探望他，这个聪明而慈祥的人极其同情他，甚至向帕默斯顿①请求改变处分，但帕默斯顿拒绝了。神父与巴泰勒米的谈话是平静的，双方都充满了人道精神。巴泰勒米写信给他道："非常非常感谢您那些仁慈的话，那对我的安慰。如果我可以成为您的信徒（当然，只有您可能使我成为信徒），但是有什么办法……我没有宗教信仰！"在他死后，神父写信给我认识的一位夫人②道："这个不幸的巴泰勒米是个多么好的人啊，如果他可以活下去，他的心是有权得到上帝的恩典的。现在我为他的灵魂祈祷！"

《泰晤士报》怀着恶意谈到了巴泰勒米对郡长的嘲笑，正因为这样，我得在这里谈谈这件事。

在行刑前几小时，一位郡长得知巴泰勒米拒绝临终忏悔，认为

---

① 英国著名政治领袖。

② 这位夫人是当时流亡在英国的德国女作家迈森布格。她写有回忆录，其中详细谈到了巴泰勒米事件，据说那个与巴泰勒米住在一起、最后逃走的法国女人，是法国政府的间谍，她窃走了巴泰勒米的许多重要文件，她的任务是暗杀流亡在外的法国革命家。

自己有责任帮助他走上拯救之路，开始向他喋喋不休地说教，把英国的廉价传道书和街头免费赠阅的小册子上讲的一切，统统搬给他听，弄得巴泰勒米厌烦透了。这位戴着金链子的使徒看到这一点，便装出道貌岸然的样子说道："想一想吧，年轻人，再过几个小时，您就不是回答我，而是要回答上帝了。"

"那么，"巴泰勒米问他道，"上帝会讲法语吗？……否则我就无法回答他……"

郡长气得脸色发白，所有的郡长、市长和市参议员坐在豪华的客厅中听到这事，也都气得脸色发白，又是叹气，又是冷笑，最后，这事便出现在《泰晤士报》的大幅版面上。

但是不仅郡长的使徒式说教干扰了巴泰勒米，使他不能按照自己的要求，在严肃的、精神高昂的状态中死去——这是每个人临终时天然会有的愿望。

判决宣读后，巴泰勒米向一个朋友提出，如果死是不可避免的，那么他宁可在没有目击者的情况下安静地死在狱中，不愿在广场上当着众人的面死在刽子手的手下。"这再容易不过，明后天我就给你拿些士的宁来。"一个人还不够，两个人作了这担保。这时他已关进死刑牢房，受到严密监视，尽管这样，过了几天朋友们还是给他弄到了士的宁，藏在内衣中交给了他，然后等在外面，看他是否发现。最后看见他找到了……

其中一个怕负责任，怕因此遭到怀疑，想暂时离开英国。他向我借几镑路费，我答应了。还有比这更简单的吗？但我要讲这件无关紧要的小事是为了说明，法国人的一切秘密意图是怎么暴露的，他们怎么喜欢小题大做，为了一件简单的事，把许多局外人牵涉进去。

每逢星期日晚上，我家中总有几个客人——波兰人，意大利人，还有其他各国的流亡者。这天在座的还有几位妇女。我们很迟才吃饭，已经八点钟。到了九点，来了一个很熟的朋友。他是经常来的，因此他的出现没引起我的注意，但他的全部脸色都清楚地表示："我现在不讲！"以致客人们互相使了个眼色。

　　"您想吃点什么或者喝杯酒吗？"我问。

　　"不。"客人说，坐在椅上，好像心头的秘密压得他有些喘不出气似的。

　　饭后，他当着大家的面把我叫到另一间屋里，对我说，巴泰勒米弄到了毒药（这对我已不是新闻），然后转告我，离开的人要向我借些钱。

　　"完全可以。现在要吗？"我问，"我马上去取。"

　　"不，今天我在特威克南过夜，明天早上我还会与您见面。我想这是不用说的，希望您不要把这事告诉任何人……"

　　我笑了笑。

　　当我重又回到餐室时，一个年轻姑娘问我："他一定是谈巴泰勒米吧？"

　　第二天早上八时，弗朗索瓦进来通报道，一个他以前没见过的法国人要求立即见我。

　　这就是巴泰勒米的朋友，那个希望偷偷离开的人。他在花园里等我，我披上大衣前去见他。这是一个满面病容、非常消瘦的黑头发法国人（后来我知道，他在贝尔岛关过几年，最后在伦敦几乎是名副其实地饿死的）。他穿一件破大衣，那是谁也不会注意的，但帽子是旅行用的，脖子上还围了一条大大的旅行围巾，它们在莫斯科，在巴黎或那不勒斯，都必然会引起别人的注意。

"出了什么事？"

"某某人来找过您吗？"

"他现在还在这儿。"

"他讲过钱的事吗？"

"一切已讲定——钱准备好了。"

"真的，我非常感谢您。"

"您什么时候动身？"

"今天……或者明天。"

谈话结束时我们共同的朋友赶来了。旅客走后，只剩了我们两人，我便问他：

"您说，他为什么要来？"

"来拿钱。"

"可是您会把钱交给他。"

"不错，但他希望跟您见见面，他问过我，您是否乐意见他，我能怎么说呢？"

"毫无疑问，我很乐意见他。只是我不知道，他选择的时间是否合适。"

"难道您不方便吗？"

"不，我只是担心他不方便——警察会发现他的行踪……"

幸好没发生什么事。他走后，一个朋友有些怀疑他们弄到的毒药，经过再三考虑，决定把剩下的一点给他的狗吃。过了一天，狗还活着，又过了一天，狗依然活着，这时他急了，马上赶到新门监狱，设法见到了巴泰勒米（隔着铁丝网），找个机会偷偷对他说：

"你拿到了？"

"是的，是的。"

"不过，告诉你，我很怀疑。你最好别吃它了，我已用狗作过试验，一点作用也没有！"

巴泰勒米垂下了脑袋，然后又抬起头，噙着眼泪说道：

"唉，你们为什么要捉弄我！"

"我们另外给你搞一些。"

"不必了，"巴泰勒米回答，"一切听凭命运的安排吧。"

从这时起他开始为死作准备，不再想到毒药；他写了一篇回忆录，这是打算留给那个朋友的（就是那个逃离伦敦的人），但他死后，人们没有把它交给他。

1 月 19 日星期六，我们得悉了神父会见帕默斯顿遭到拒绝的事。

接着便是那个心情沉痛的星期日……晚上，一小群客人闷闷不乐地走了。只剩了我一人。我上床睡下，立刻又惊醒了。那么，再过七小时，六小时，五小时，那个充满活力的热情的年轻人，那个还非常强壮的人，就要被带到广场上处死了，毫不怜悯地处死了，对他的死既没有人高兴，也没有人愤恨，只有一些人表现了虚伪的同情！……教堂的钟楼开始打七点钟。现在，队列出发了，卡尔克拉夫特[1] 也到场了……可怜的巴泰勒米，他那钢铁般的意志这时还管用吗？我的牙齿在打战。

上午十一点钟，多芒热[2] 来了。

"结束了吗？"我问。

"结束了。"

"您去了？"

---

① 伦敦的刽子手。
② 在赫尔岑家当家庭教师的法国人。

"去了。"

其余《泰晤士报》上都有了。①

---

① 针对《泰晤士报》的文章，鲁神父发表了《杀人犯巴泰勒米》一文：

《泰晤士报》编辑先生：

我刚读过今天的贵报，它记载了不幸的巴泰勒米最后几分钟的情形，对此我还可以补充不少细节，指出许多奇怪的错误。但是，编辑先生，您明白，我作为天主教的神父和罪犯的忏悔师，在这些事上必须保持沉默。

因此我决定不再触及报上就这位不幸者的最后时刻所登载的一切（我也确实曾拒绝回答各种倾向的报纸向我提出的一切问题），但是我不能对涉及我的指责保持沉默，这种指责是通过可怜的犯人的嘴巧妙地表达的，仿佛他说过，我"相当有教养，没有用宗教问题去麻烦他"。

我不知道，巴泰勒米是否真的说过这样的话，或者这是在什么时候说的。如果这里讲的是我对他的头三次访问，那么他讲的是实情。我非常了解这个人，因此我不想在取得他的信任以前，一开始就跟他讨论宗教问题，否则我势必与在我以前拜访过他的每一位天主教神父遭到同一命运，他会不想再见到我。但是从第四次访问开始，宗教成了我们经常谈论的题目。为了证明这一点，我愿意指出我们之间一次生动的谈话，这是在一个星期日的晚上进行的，它涉及永罚问题，这是我们的教理，或者不如说，也是他的教理，一个经常使他苦恼的问题。他与伏尔泰一样，不愿相信"那位在我们一生的日子里赐予了那么多恩惠的上帝，会在这些日子结束的时候，让我们受到永罚的痛苦"。

我还可以引用一些话，这是他在走上绞刑架前一刻钟向我提出的，但是由于这些话除了我自己的叙述以外没有其他证明，我宁可引用下面这封信，那是在他就刑的当天早上六时，也就是根据您的记者的话，他正在蒙头大睡的时候写的：

"亲爱的神父先生：在我的心停止跳动以前，我觉得必须向您表示感谢，因为在我生命的最后日子中，您出于福音的仁慈精神，给予了我温情的关怀。如果我的转变是可能的，那么这完全应归功于您；我对您说过：'我什么都不相信！'请您相信，我的不相信完全不是出于骄傲所造成的对抗的结果；我根据您的仁慈的劝导，真心在做一切可能做的事。不幸，信心始终没有在我身上出现，而命中注定的时刻却已迫在眉睫……再过两小时，我就可以了解死亡的秘密了。如果我错了，如果等待着我的未来可以证明您是对的，那么，尽管有这人间的审问，我不怕站在上帝面前，他以他无限的仁慈当然会宽恕我在这世上所犯的罪孽。

"是的，我希望分享您的信仰，因为我明白，在宗教中找到避难所的人，临终之时，能从对来世的憧憬中汲取力量，可是像我这样只相信永恒的消亡的人，到了最后的时刻，只能从哲学思考（它也可能是虚假的）和人的勇气中汲取力量。

"再一次感谢您，再见！

埃·巴泰勒米

1855 年 1 月 22 日晨 6 时于新门监狱

据《泰晤士报》记载，一切准备完毕后，他要那个曾与他通信的姑娘的信，大概信里有她的一绺头发，或别的纪念品；刽子手向他走去时，他把信握在手中……当协助执行绞刑的人从绞刑架上解下他的尸体时，发现他僵硬的手指仍把它握得紧紧的。《泰晤士报》说："人类的正义胜利了！"我想，是的，连魔鬼也可以满足了！

到此可以搁笔了。但是我希望我的故事正如生活一样，在巨人的足迹旁边，也会留下……驴和猪的蹄印。

巴泰勒米被捕时，他没有足够的钱请律师，而且他也不想请。这时有一个还没有名气的律师赫林自愿为他辩护，很清楚，这是为了使自己成名。他的辩护很不得力——但是不应忘记，任务是非常艰巨的：巴泰勒米始终保持沉默，不让赫林接触到主要问题。然而不管怎么说，赫林出了力气，花了时间，忙了一阵。当刑期确定

"又，请您向克利福德先生转达我对他的感谢。"

对这封信，我还得讲几句话：可怜的巴泰勒米是在自己欺骗自己，或者不如说，是想欺骗我，他讲的那几句话只是向人的骄傲情绪所作的最后让步。但是毫无疑问，如果这信再迟一小时写，这些话就不致出现了。不，巴泰勒米不是作为一个没有信仰的人死去的，他委托我在他死的时候宣布，他宽恕了他的一切敌人，还要求我待在他的身边，直到他生命的最后一息。如果说我与他保持着一定的距离，始终站在绞刑架的最下面一级上，那么当局是明白这原因的。归根结底，我按照宗教精神履行了我不幸的同胞的最后意志。他与我诀别的时候向我露出的表情是我终生难忘的，那无异是说："请您祈祷吧，祈祷吧，祈祷吧！"我全心全意地为他热烈祈祷，希望那个宣称他出生时是天主教徒，死时也希望是天主教徒的人，真的在最后的时刻体验到了那种无法用言语形容的悔改心情，这悔改将净化他的灵魂，为他打通往永生的大门。

编辑先生，请接受我最深刻的敬意。

鲁神父
1 月 24 日于卡多根教堂
——作者注

按：鲁神父即正文中提到的那个法国神父，这封信发表于 1855 年 1 月 25 日的《泰晤士报》。信中提到的克利福德先生是英国上议院议员。

后，赫林到监狱告别。巴泰勒米很感动，向他道谢，顺便对他说：

"我什么也没有，无法为您的劳动酬谢您……我只能说一句感谢……我愿意至少留点什么给您作纪念，但我没有一件东西可以留给您。除非是我的大衣？"

"那我真太感谢了，我本来想问您要呢。"

"这使我很高兴，"巴泰勒米说，"但是它已经破了……"

"哦，我不想穿它……坦白对您说，我已为它找到了买主，价钱很不错。"

"谁会要买它？"巴泰勒米惊奇地问。

"有人需要，杜莎夫人①……她的特种陈列馆。"

巴泰勒米吃了一惊。

他被带往刑场时突然想起这事，对郡长说道：

"啊，我完全忘记提出了，我希望无论如何不要把我的大衣交给赫林！"

---

① 杜莎夫人（1761—1851），原为法国人，后定居英国，创办了著名的杜莎夫人蜡像陈列馆，其中有一个馆专门陈列江洋大盗和犯罪的蜡像，据说有的是根据死人面模复制的，形态逼真。

第五章

"无罪"

"……西蒙·贝尔纳医师[1]昨天在自己的寓所中因奥尔西尼的案件被捕了……"

必须在英国生活过几年，才能理解这类新闻多么惊人……多么叫人一时不敢相信……仿佛心中升起了一种身在大陆的感觉！……

英国常常会出现周期性的恐怖局面，在这些惶惶不安的日子里，谁不小心就会遭殃。一般说来，恐怖是冷酷无情，谈不到恻隐之心的，但有一个好处，那就是它很快就会过去；一旦时过境迁便什么事也没有，它也竭力要让大家忘记发生过的一切。

不要以为，谨慎小心的胆怯情绪和自我保存的不安心理是英国人性格的先天因素。这是过分富裕，把全部思想和热情都用在聚敛财产上的结果。胆怯是由资产阶级和市民阶层注入英国血液的，他们把病态的惊悸传染给了官方世界，这个世界在代议制国家里总是

---

[1] 贝尔纳（1817—1862），法国医生，参加过 1848 年巴黎的革命运动，后流亡在英国，1858 年 2 月因奥尔西尼案被逮捕——法国指控奥尔西尼行刺拿破仑三世的炸弹是由贝尔纳在英国组织制造的。

尽量适应社会风气——有产者的选票和金钱。他们构成了占统治地位的阶层，一旦遇到意外事故，便惶惶不可终日，不顾廉耻，公然表现出无能为力、无计可施的怯懦心理，甚至不想像法国人那样玩弄辞藻，用这块褪色的花哨薄绸做遮羞布。

这时必须善于等待，一旦资本恢复清醒的头脑，为了利润安静下来，一切便会重新走上轨道。

那位大皇帝得悉，奥尔西尼是在英国制作他的炸弹的，于是龙颜大怒，逮捕贝尔纳便是为了平息他的怒气。然而奴颜婢膝的让步通常只是招致不满，皇帝非但没有表示感谢，反而提高了威胁的调子，法国报纸上的战争叫嚣越来越带有火药味。资本吓得脸色煞白，晕头转向，仿佛法国的军舰即将开进英国，红色的军裤、红色的炮弹、红色的云雾即将在英国出现，银行即将成为法军的夜总会，记入历史的耻辱的一页："法国人曾在此跳舞！"怎么办？不仅出卖和消灭西蒙·贝尔纳医生，哪怕要英国铲平和消灭圣贝尔纳山峰①，它也打算照办，只要太平无事，红军裤和黑胡子的可怕魅影不致光临英国，同盟者②脸上的怒火重又被仁慈所代替。

英国最好的气象观察站是帕默斯顿，他能最准确地反映中产阶级的气温，把"惊人的危机"转变成"阴谋法案"③。这法案如果获得通过，那么每个大使馆只要坚持己见，绝不让步，就可以把与它们的政府为敌的人送进监狱，或者押上轮船，遣送回国。

---

① 阿尔卑斯山的高峰，通常译为圣伯尔纳山。
② 指拿破仑三世。在克里米亚战争中，英法两国曾结成同盟，其后拿破仑三世曾两次访问英国，维多利亚女王也访问了法国。
③ 防止阴谋活动的法案，正式名称是《密谋暗杀法案》，由帕默斯顿勋爵（当时任首相）于 1858 年 2 月 9 日向议会提出，2 月 19 日遭到否决。

幸好英伦三岛的气温不是每个阶层统一的，我们立刻会看到，英国的财富分配极具匠心，它使极大部分英国人不必为资本操心。如果在英国所有的人无一不是资本家，"阴谋法案"肯定获得通过，西蒙·贝尔纳便得走上绞刑台……或者被送往卡宴。

在"阴谋法案"和它几乎必然可望通过的传说中，盎格鲁－撒克逊传统的独立感情震动起来了；它为自己古老的庇护权感到惋惜，在历史上，从胡格诺教徒到1793年的天主教徒[①]，从伏尔泰和保利[②]到查理十世[③]和路易－菲力普[④]，谁没有在这里得到过庇护？英国人对外国人，尤其是流亡者，并无特别的好感，认为这都是些穷小子，而贫穷是不可饶恕的罪恶，可是英国不能放弃自己的庇护权，它是不可侵犯的，正如集会权和出版自由一样不可侵犯。

帕默斯顿在提出"阴谋法案"时，自以为有充分把握，相信不列颠精神已经没落；他考虑到了一个方面，那强大有力的方面，但忘记了另一方面，那人数众多的方面。

在法案表决前几天，伦敦街头贴满了通告：为反对新法案组成的委员会，号召市民在下一个星期日前往海德公园举行集会，委员会将在会上提出致女王的请愿书。请愿书要求女王宣布帕默斯顿和他的同伙为背叛祖国的人，把他们提交法庭审判；如果法案获得通过，它要求女王按照法律授予她的权力，拒绝批准这法案。由于届时公园中的人数将非常多，委员会不可能当众演说，因此它将把请

---

① 指 1793 年法国革命高潮中逃亡的天主教徒。
② 保利（1725—1807），意大利政治家和爱国者，曾领导科西嘉人反对热那亚的统治。科西嘉被法军占领后，保利逃亡英国，在伦敦住了二十年。
③ 法国复辟时期的国王，1830 年七月革命爆发后，逃亡到英国。
④ 法国二月革命后，路易－菲力普逃亡到英国隐居。

愿书的各节用电报符号公布，供群众讨论。

这时谣言很多，据说工人要在星期六集会，年轻人正从英国各地赶来，千千万万愤怒的群众坐了火车在向伦敦汇集。根据上述情况，参加大会的可能达到二十万人。警察对这事怎么办呢？这是合法的集会，群众没有携带武器，他们的目的只是向女王递交请愿书，调动军队对付他们是不可能的，如果要这么做，必须符合《叛乱法》^①的规定；因此最好未雨绸缪，使大会停止举行。这样，到了星期五，米尔纳－吉布森^②便在议会上慷慨陈词，攻击帕默斯顿的法案。帕默斯顿对胜利有绝对的把握，只是笑笑，等待表决。但未来的群众大会发生了影响，帕默斯顿的一部分支持者倒向了另一边，米尔纳－吉布森获得了超过三十票的多数；帕默斯顿以为点票点错了，提出了质问，又要求发言，但什么也讲不出，只是在惊慌失措中勉强装出笑容，说了几句语无伦次的话便重新坐下，听凭对方发出震耳欲聋的掌声。

群众大会不必举行了，人们没有理由再从曼彻斯特、布里斯托尔、泰恩河畔纽卡斯尔等地赶来……"阴谋法案"宣告失败，帕默斯顿和他的同僚也下台了^③。

谈吐文雅、顽固保守的德比^④内阁（它既具有迪斯累利^⑤的犹

---

① 英国于 1689 年颁布的法令，它规定必须宣布国家处于紧急状态时才可调动军队维持秩序。

② 米尔纳－吉布森（1806—1884），英国自由主义政治家，对欧洲的革命运动采取同情态度。

③ 帕默斯顿内阁于 1858 年 2 月底辞职。

④ 德比（1799—1869），英国政治家，保守党领袖，曾三次出任首相，这里是指1858 年德比的第二次组阁。

⑤ 迪斯累利（1804—1881），英国政治家，在 1858 年的德比内阁中任财政大臣，他的父母是犹太人。

太色彩，又保持着卡斯尔雷①时期的外交手腕）取代了帕默斯顿内阁。

星期日三点多钟，我特地去拜访了米尔纳－吉布森夫人；我要向她表示祝贺，她住在海德公园附近。通告撕掉了；一些人胸前背后挂着印制的通知，通知说，由于法案已被否决，内阁已经下台，群众大会取消了。尽管这样，既然邀请过二十万群众，可想而知，公园中不可能没有人。到处聚集着密密麻麻的人群，演说者站在椅子或桌子上大声疾呼，听众也比平时情绪激昂。几个警察在那儿巡逻，态度像小姑娘那么文静温和。一群群孩子扯开喉咙，大唱"黄鼠狼一下子逃走了！"②一个瘦长的法国人，留着小胡子，戴一顶破毡帽，正好经过，突然一个人指指他，喊道："瞧，法国奸细！……"孩子们马上向他扑去。奸细吓坏了，正想抱头鼠窜，已被打倒在地，再也无法逃走。孩子们把他在地上拖着，一边发出胜利的呐喊："法国奸细，把他丢进蛇湖③！"到了湖边，孩子们把他浸在水中（这是在2月），然后提出水面，丢在岸上，一边大笑，一边吹着口哨走了。法国人浑身湿漉漉的，身子直哆嗦，在沙地上打滚，对着公园门口大喊："车夫！车夫！"

想不到屠格涅夫笔下那"淹死法国佬"的著名的一幕④，在五十年后的海德公园又重演了。

审问贝尔纳以前，出现了这场普里斯尼茨⑤风格的序幕，这足

---

① 卡斯尔雷（1769—1822），英国外交家，1812至1822年任外交大臣。
② 当时在伦敦流行的一首民歌中的词句，曾配以乐曲，成为一种舞蹈的名称。
③ 海德公园中一个著名湖泊，因其形状似蛇，故名。
④ 屠格涅夫在短篇小说《小地主奥夫相尼科夫》中曾写到在1812年卫国战争时期，农民差点把一个法军俘虏丢在冰窟窿中淹死，见《猎人笔记》。
⑤ 普里斯尼茨（1790—1851），法国著名医生，水疗法的创始人。

以说明人民的愤怒如何强烈。英国人民真的义愤填膺，从侮辱中拯救了自己的祖国；如果斯图亚特·穆勒所说的"雄厚的庸俗势力"得逞，这侮辱便难以避免。

英国只有在最大限度地保持自己的权利和自由的时候，才是伟大的，令人满意的，这些权利和自由并非千篇一律，都穿着中世纪的服装和清教徒的大褂，它们使生活拥有值得自豪的独立地位，毫不动摇地相信自己的行为符合法律条文。

英国人民凭本能所理解的东西，德比却像帕默斯顿一样不能理解。德比所关心的主要是安定资本的情绪，为生气的同盟者作出一切可能的让步；他要向他证明，没有"阴谋法案"，他也可以创造奇迹。他的过分热心使他犯了两个错误。

帕默斯顿内阁要求审问贝尔纳，责备他犯了轻罪①，即行为有失检点，做了错事，总之，他的罪不致受到严重的惩罚，至多三年徒刑。因此不论是陪审员和律师还是公众，都不会太关心这件案子，尽管它的结果可能对贝尔纳是不利的。德比却要求按重罪，按刑事罪犯惩处贝尔纳，这使法官在陪审员对他作出有罪裁决时可以判处他绞刑。这是不能允许的，何况在犯人受审期间扩大他的犯罪性质，也完全违背英国人的法律观念。

在奥尔西尼行刺后，帕默斯顿惊慌失措，竟然对一本毫无害处的小书大做文章，这本书是一个名叫亚当斯的人写的，它讨论的是在什么情况下刺杀暴君是可以允许的，在什么情况下是不允许的。帕默斯顿下令把这本书的出版者特鲁勒夫送交法庭审问。

---

① 英国刑法中有重罪和轻罪之分，但两者并无明确界线，一般说来，对社会危害不大的为轻罪，刑期不会超过一至三年，重罪则可判处死刑、放逐等。

独立的新闻界对这件迎合大陆的事自然愤愤不平。迫害这本小册子是毫无意义的，英国没有暴君，而在法国没有人会知道这本用英文写的书，何况比这等而下之的东西每天也在英国印行。

德比凭自己托利党人和赛马老手的习惯，希望不致掉队，最好还能超过帕默斯顿。费利克斯·皮亚以革命公社的名义写了一份宣言，替奥尔西尼辩护，但没有人肯印行。一个波兰流亡者霍尔热夫斯基[①] 把自己的书店名字印上了皮亚的小册子。德比命令没收小册子，逮捕霍尔热夫斯基。

盎格鲁－撒克逊人的血，凡是它的铁质还没有被黄金取代的，在这新的侮辱面前都沸腾了；所有的报刊——苏格兰的，爱尔兰的，当然也包括英格兰的（除了两三家靠津贴维持的报纸），都认为这种压制言论的做法是侵犯出版自由的非法行为，质问政府这么做神志是否完全清醒，有没有发疯？

对贝尔纳的审问便是在政府的迫害引起强烈反应的有利气氛中，在老贝利[②] 开始的，正如我们当时在《警钟》上所说的，这是英国"司法界的滑铁卢之战"。

我自始至终注视着贝尔纳的案子，老贝利每次开庭我都出席了（只有一次迟到了两小时），对此我并不后悔。巴泰勒米的第一次审问和贝尔纳的案件，非常清楚地说明，在司法方面，英国比法国成熟得多。

为了给贝尔纳定罪，法国政府和英国内阁使尽了浑身解数，这案件使两国政府耗资达三万英镑，也就是七十五万法郎。一大批法

---

① 此人在伦敦开了一个书店，帮助波兰的流亡者。
② 指伦敦的中央刑事法庭，它位在老贝利街，因此通常被称为"老贝利"。

国间谍住在伦敦，为了传达一句话，来往于伦敦和巴黎之间，为了随时做好一切准备，还把家属、医生、车夫、狱卒、妇女、孩子等等都叫来了，所有这些人都住在豪华的饭店里，每天得领取一英镑（相当于二十五法郎）生活费。恺撒吓坏了，迦太基人也吓坏了！[1]所有这一切，行动迟缓的英国人也无不知道，他们都皱起了眉头；审问期间，孩子们在干草市场和考文垂街看到法国奸细，便朝他们吹口哨，扔烂泥，英国警察不止一次出面搭救他们。

埃德温·詹姆斯[2]的辩护，便是建立在这种对政治奸细和他们在伦敦反客为主的无礼行径的憎恨上。他对英国暗探的嘲弄是难以想象的。我不知道，苏格兰院子街[3]和法国政府用什么办法，才能补偿詹姆斯迫使他们忍受的痛苦。

有一个叫罗杰斯的人证明，在莱斯特广场的俱乐部里，贝尔纳曾怎样谈到拿破仑面临着死亡的危险。

"您当时在场吗？"詹姆斯问。

"在。"

"那么您也关心政治？"

"不。"

"那您为什么要上政治俱乐部？"

"由于职务上的需要。"

"我不明白这是什么职务。"

"我是在理查·迈因爵士[4]手下办事。"

---

① 恺撒指拿破仑三世，迦太基人指英国的执政者。

② 伦敦的律师。

③ 伦敦刑事警察厅的所在地。也译作"苏格兰场"。

④ 伦敦警察局局长。——作者注

"啊……那么您得到过什么指示吗？"

"是的。"

"什么指示？"

"要我听他讲些什么，然后向首长汇报。"

"您为此领取了薪金？"

"是的。"

"这么看来，您是暗探，是吗？您早应该向我说明这一点。"

英国王家法律顾问菲茨罗伊·凯利站了起来，向坎贝尔勋爵（他是奉命审问贝尔纳的四大法官之一）提出，要求他制止律师用粗鲁的名称称呼证人。坎贝尔保持一贯的冷静态度，请詹姆斯不要侮辱证人。詹姆斯抗议道，他根本不想侮辱证人，他说，暗探是普通的英文字，是对他的职务的说明。坎贝尔请他相信，最好使用别的字。律师拿出了对开本词典，念了"暗探"这词的定义："暗探是警察雇用的人，任务是窃听……"然后又道，罗杰斯刚才说，他是从理查·迈因爵士（这时他用头指指理查·迈因本人）那里领取薪金，并把他在俱乐部中听到的话报告上级的。因此他请勋爵原谅，他无法使用别的名称，接着转向那个坏蛋（这时整个法庭内的人都在看他，他第二次擦掉了脸上渗出的汗）问道：

"暗探罗杰斯，您大概也从法国政府领取薪金吧？"

受尽折磨的罗杰斯发怒了，回答道，他从来不替任何专制政权服务。

埃德温·詹姆斯转向旁听者，在哄堂大笑声中继续道：

"我们的暗探罗杰斯拥护代议制政府。"

在向搜查贝尔纳的文件的警察查询时，詹姆斯问他，他是与谁一起进屋的？（女仆已在证词中提到，他不是一个人去的。）

"与我的舅父。"

"您的舅父是做什么的？"

"公共马车的管理员。"

"他为什么要跟您一起进屋？"

"他请求我带他去，因为他从未见过逮捕犯人或搜查文件。"

"那么您的舅父是出于好奇心。顺便说一下，您在贝尔纳医生家发现了奥尔西尼的信，那是用意大利文写的，可是您弄到了它的译文，这是您的舅父替您翻译的吗？"

"不，这信是尤比尼奇[①]翻译的。"

"他是英国人？"

"英国人。"

"我从未听到过英国人有这样的姓。那么，尤比尼奇先生是写文章的？"

"翻译是他的职务。"

"这么说，您这位朋友与罗杰斯暗探一样，可能也在理查·迈因爵士手下办事？"他又用头指指理查爵士。

"一点不错。"

"您早应该这么讲。"

对法国暗探，他无法这么盘问，但是他们也吃足了他的苦头。

我感到特别有趣的是，他要一个证人出来证明（这人是法国人或比利时人，一家饭店的老板）的问题其实并无重要意义，可是他却突然停顿了一下，转向坎贝尔勋爵道："我想向证人提出的问题属于这类性质，那就是他可能不便当着法国警探们的面回答，因此

[①] 大概是这个名字。——作者注

我要求您请他们暂时退庭。"

"庭丁，带法国警探们退庭。"坎贝尔说。

身穿绸大褂、手拿木棍的庭丁，把十多个留着大胡子和古怪的唇髭，佩戴金链子和宝石戒指的法国人，带出了挤得满满的大厅。单单是在勉强克制的笑声中被迫退场这一点，对他们已是一大惩罚了。

大家都已知道这案件，我不必再细谈。

询问过全体证人以后，公诉人和辩护士发了言。坎贝尔先是念了全部证词，然后毫无表情地作了总结。

他的讲话长达两小时。

"他的胸膛和肺部怎么受得了？……"我对一个警察说。

警察露出自豪的神色，把鼻烟匣送到我面前，答道：

"这对他算得了什么！在审问帕尔默①时，他讲了六个半小时也毫不在乎呢，他就是这么一个人！"

英国人的身体素质是惊人的。他们怎么会蕴藏着这么充沛的精力，维持这么长的时间，这实在是个谜。我们俄国人简直不能想象这种活动能力和工作精神，尤其是在三个上层阶级中。例如，坎贝尔是在上午十时整到达老贝利的，然后不间断地主持审问，直到两点。在两点钟，法官们退庭休息一刻钟或二十分钟，然后重新开始审问，直到五点或五点半。坎贝尔还亲手笔录全部证词。当天晚上他又得出席上议院的会议，照例得发表冗长的演说，演说中照例会引用一些毫无必要的拉丁文词句，尽管他的发音连贺拉斯本人听了

---

① 帕尔默是英国医生，因涉嫌毒死了一个朋友，于 1856 年被处死。此案由于案情复杂，曾轰动一时。

也不会知道这就是自己的诗句。

格莱斯顿①在两次主持财政部工作的间隙时期，大约一年半，写出了对荷马作品的注解。

永远年轻的帕默斯顿时常骑了马来来往往，出席晚会和宴会，到处殷勤有礼，到处高谈阔论，不知疲倦，在考试和发奖的大会上，他使人觉得他学识渊博，在宴会的演说中，他又使人觉得他思想开明，充满民族自豪感和高尚的同情心。帕默斯顿主持内阁的同时，还在一定程度上控制着其他各种机构，包括议会在内！

这种旺盛的精力和热烈的工作习惯，是英国体质、教养和气候的一大秘密。英国人读书很慢，很少，很迟，从很小的时候起就喝葡萄酒和雪利酒，食量大，因此身体强大结实。他们不做学校的体操，那种德国式体育锻炼，但他们骑了马跳越障碍和篱垣，驾驭各种马匹，划各种船只，在拳击中打得使人眼花缭乱，目不暇接。同时，他们的生活按部就班，有条不紊，从出生的某一天起，便沿着某一条轨道，走向某一个终点，很少出现感情的波澜。英国人失去自己的财产比法国人得到自己的财产更平静，从不大叫大喊；他开枪自杀像法国人前往日内瓦或布鲁塞尔旅行一样简单。

一个老英国人为了向法国人说明英国人和法国人性格的不同，这么说道："您瞧，你们是热烈地吃你们的冷牛肉，我们却是冷静地吃我们的热牛排。"这就是他们能活到八十高龄的缘故……

……在我继续谈这件案子以前，我还得说明一下，那位警察为什么请我吸鼻烟。审问的第一天，我坐在速记员的长凳上，贝尔纳被带进被告席时扫了一眼挤得水泄不通的大厅，没有找到一个熟

---

① 格莱斯顿（1809—1898），英国著名政治家，自由党领袖，多次出任首相和大臣，但终生坚持研究古典著作，他的巨著《荷马和荷马时代研究》出版于 1858 年。

人；他垂下视线，向附近打量，遇到了我的目光，朝我稍微点了点头，似乎在问，我是否愿意承认与他认识，我站起身，向他友好地弯了弯腰。这是在审问开始前的一刹那，也就是大厅中鸦雀无声的时刻之一，这时连衣服的窸窣声也能听到，一点细小的动作也能发觉。桑德斯，伦敦警察局侦缉处的负责人之一，小声向手下的一个人说了句什么，大概是吩咐他监视我，因为他用手指向一个侦探简单地指了指我，这以后这个侦探便一直盯住了我。对那位长官的另眼相看，我简直无法表达我的感激之情。在法官休息时，我离开了一刻钟，到一家小酒店喝一杯啤酒，回到大厅已找不到座位，那个警察便向我点点头，给了我一个座位。另一个警察在门口拦住我，那人向他做了个手势，他便放我入内了。还有一次我把帽子放在窗台上忘记了，拥挤的人群使我与它完全隔绝，当我想起时，已不可能再去取它，我正抬头张望，感到束手无策，那个警察马上叫我放心：

"您大概在找帽子吧，我会替您拿来。"

这以后就不难理解，为什么他的同事会请我吸火红色的苏格兰鼻烟了。

与侦探的友好交往不仅在当时，甚至以后也对我大有好处。一天，我在特鲁布南店里买了一本书坐上公共马车，把书忘在车上，下了车才想起，马车已经驶走。我赶到城里，向马车站打听，我的侦探来了，扬手向我招呼。

"看到您很高兴，也许您能告诉我，怎样才可以尽快找到我的书。"

"公共马车是什么名字？"

"这样的名字。"

“什么时候？”

“就是刚才。”

“这不费吹灰之力，我们找去。”过了一刻钟，书已回到我手中。

菲茨罗伊·凯利用干巴巴的声调，愤怒的表情，宣读了起诉书；坎贝尔念了证词，陪审员们退庭了。

我走到律师席，问一个辩护士，他觉得案子会怎样？

“情况不妙，”他说，“我几乎相信，陪审员的裁决必然对他不利。”

“太糟了。难道他……？”

“不，我并不认为这么严重，”辩护士打断了我的话，“不过他大概会被放逐，一切都取决于法官。”

法庭里相当嘈杂，到处是大笑声，讲话声，咳嗽声。一个市参议员取下自己的表链拿给夫人们看，表链粗粗的，从一双手递到另一双手。“它不会被什么人偷走吗？”我心里想。过了两小时，铃声响了，坎贝尔重又走上法官席，后面是波洛克，一个衰弱的瘦瘦的老人，他担任过夏洛特王后 ① 的律师；最后，另外两个法官也坐下了。庭丁报告道，陪审团已经取得一致意见。

“请陪审员们上庭！”坎贝尔说。

死一般的沉寂降临了，我向周围看看，人们的脸色变了，显得更苍白，更紧张，眼睛睁得大大的，妇女们在哆嗦。在这片沉寂中，在这黑压压的人群面前，照例的几句问话和宣誓都变得异常庄严。贝尔纳把两手合抱在胸前，安详地站着，脸色比平时苍白一些

---

① 夏洛特（1768—1821），英王乔治四世的妻子，与丈夫不和，曾提出诉讼。

（在整个审问过程中，他的态度都很平静）。

坎贝尔用轻轻的、清晰的声音问道：

"陪审员已取得一致意见，选出一人代表陪审员发言了吧，他是谁？"

选出的是城区的一个不太富裕的成衣师。

他宣誓以后，坎贝尔站直身子对他说，法庭等待着陪审员的裁决；这时我的心在收缩，呼吸也几乎停止了。

"……在上帝和被告面前……我们宣布，被控参与1月12日对拿破仑的行刺事件，犯了杀人罪的医生西蒙·贝尔纳，"他提高了嗓音，继续道："无罪！"

沉默持续了几秒钟，然后出现了一阵起伏不定的喘息声，接着是疯狂的叫喊声，响亮的鼓掌声，雷鸣一般的欢呼声……女士们在挥手帕，律师们跳上了自己的座位，男人们涨红了脸，眼泪淌下了脸颊，人们用战栗的声音在呐喊："乌拉，乌拉！"过了两分钟，法官们对这种喧闹表示了不满，命令庭丁恢复肃静，两三个人无能为力地挥动着短棍，张开了嘴巴，但吵闹声没有停止，也没减少。坎贝尔退出法庭，他的同事们跟在他后面。谁也没有注意他们，呼喊和喧闹声继续着。陪审员们胜利了。

我走到被告席祝贺贝尔纳，想与他握手，但不论他怎么俯下身子，我怎么伸直胳臂，我的手还是够不到他的手。两个穿大褂戴假发的陌生律师突然对我说："站在那儿，等一下！"不等我回答，他们便抓住我把我举了起来，使我可以与他握手。

喊声刚才平静一些，突然一股声浪扑向墙壁，排山倒海似的冲进了所有的窗户和门口，这是从楼梯上，从过道里发出的呐喊声，然后它又像潮水一般退却，接着再度高涨，不断扩大、泛滥、终于汇集成了一片嗡嗡不绝的欢呼的浪潮，这是人民的声音。

坎贝尔又走上审判席，宣布贝尔纳无罪开释，然后在"法官同僚们"的簇拥下离开了法庭。我也走了。这是那种罕见的时刻之一，这时人们对群众感到依依不舍，感到亲切可爱……这次裁决，这种欢乐，抵消了英国的多少过错啊！

我走出大门，街上挤满了人。

一个运煤工人刚从旁边的胡同出来，看了看人群，问道：

"结束了？"

"是的。"

"怎么样？"

"无罪。"

运煤工人放下煤车的缰绳，摘下大帽檐朝后的皮帽把它抛到空中，用疯狂的声音大喊："乌拉，乌拉！"群众又一次发出了欢呼。

这时，陪审员们在警察的护卫下，从老贝利门口出来了。人们纷纷摘下帽子迎接他们，不断发出赞美的呼喊。不用警察给他们开路，人群自动让开了。陪审员们向舰队街的饭店走去，群众跟在后面，人越聚越多，他们经过时，不断有人欢呼，挥帽子。

这是在五点多钟，到了七点钟，曼彻斯特、纽卡斯尔、利物浦等地都得到了消息，工人捧着鲜花走上了街头，向居民们报告喜讯：贝尔纳已获得自由。这消息是他们的熟人用电报通知他们的；从四点起人们已等在电报局里了。

英国就是这样庆祝自己的自由所获得的新胜利！

帕默斯顿为阴谋法案下了台，德比内阁又在贝尔纳一案中败北，这样，政府策划的反对两本小册子的诉讼已变得难以成立。如果贝尔纳被定了罪，判了绞刑或流放二十年，社会舆论仍保持平静的话，那么为了使牺牲功德圆满，把两三个出版界的以撒①送上祭台就不费吹灰之力了。法国间谍已磨刀霍霍，准备向其他小册子，包括马志尼的《公开信》②，开刀了。

但是贝尔纳被无罪释放了，不仅如此，陪审员们受到的热烈欢呼，老贝利的兴奋场面，全英国的欢乐浪潮，都不是成功的预兆。小册子的案件移交给了高等法院。

这是想给被告定罪的最后一次尝试。老贝利的陪审员看来并不可靠，城区的居民对自己的权利寸步不让，传统上就带有反对派色彩，自然不能信任；高等法院的陪审员却来自伦敦西区，大部分是富裕的商人，他们严格维护社会秩序，遵守赢利的传统精神。但是在成衣师的裁决之后，对这个陪审团看来也不容乐观。

何况伦敦和全国的新闻界，除了几份官办报纸以外，不分党派，一致反对侵犯出版自由的诉讼案件。人们召开了大会，组成了委员会，并开始募集捐款，万一政府得手，出版人被判了刑，可以支付罚金和诉讼费用；他们还起草了抗议信和请愿书。

案件一天天变得难办和棘手了。法国穿上茜红色大灯笼裤，稍稍歪戴着军帽③，从海峡对岸虎视眈眈地注视着这件卫护它的君主的案件将如何结束。贝尔纳的无罪释放深深激怒了它，它从剑鞘中拔出了双锋宝剑，像小班长④那么骂骂咧咧的。

心情变得更沉重，

---

① 指牺牲品，出自《圣经》。
② 指马志尼于 1858 年发表的《致路易－拿破仑的公开信》。
③ 法军步兵的装束。
④ 小班长是拿破仑一世的绰号。

烦恼也加深了……①

　　资本露出苍白的银色的脸望着政府，政府像镜子一样反映出资本的恐慌。但是这一切都不在坎贝尔的话下，司法权威不受尘世的制约。它只知道，违反出版自由的案件，背离了整个民族精神，严厉的判决只能使他们大失人心，引起强烈的抗议。他们的唯一办法便是判处微不足道的惩罚：一文钱的罚款，或者一天的监禁……可是法国歪戴着军帽，势必把这样的判决当作是对它的人身侮辱。

　　何况万一陪审团裁决特鲁勒夫和霍尔热夫斯基无罪，那就更糟，政府势必为此承担全部责任：它为什么不命令伦敦市长或警察局，从秘密警察，至少从"秩序之友"中挑选陪审员……到那时，接着便是：

　　　　鼓手们！鼓手们！他们已从远处发出警报……

　　这种进退两难的处境，女王的内阁和法官们了如指掌，也许，如果在英国可以实行英国人所说的"苦迭打"，法国人所说的"政变"②，他们也愿意如法炮制，然而那位工于心计、实力雄厚、无懈可击、既年轻又老练的帕默斯顿的前车之鉴记忆犹新……

　　　　天呀，作个成熟的国家的君主，
　　　　这个任务多么繁重！③

① 引自奥加辽夫的诗篇《乡村更夫》(1840)。
② 指拿破仑三世的政变，即实行专制统治。
③ 根据《聪明误》第一幕第十场的台词改写。

开庭的日子到了。

前一天，我们的博特金①特地到高等法院找了一个警察，给了他五先令，要他明天带他入内。博特金得意扬扬，搓搓手，他以为我们一定找不到座位，或者会被拦在门外。有一点他没有估计到，高等法院根本没有门，只有一个大拱道。我比坎贝尔早到一个钟头，那时人还不多，我找了一个很好的座位。过了二十分钟，我看到博特金来了，他东张西望，有些心神不定。

"你要找谁？"

"老弟，找我的警察。"

"你找他干吗？"

"他答应给我座位的。"

"算了，现在你要找一百个座位也不难。"

"我上了警察的当。"博特金笑道。

"他没有骗你，这儿有的是位子呢。"

警察当然没有露面。

霍尔热夫斯基与特鲁勒夫正在进行热烈的争论，他们的辩护士也参加了，最后，霍尔热夫斯基向我转过身来，递了一封信给我，说道：

"您认为这封信怎么样？"

信是特鲁勒夫写给他的律师的：他向他埋怨说他被捕了，又说他出版那本小册子时压根儿没有想到拿破仑，今后他也不打算出版这样的书了；信后署了名字。特鲁勒夫站在旁边。

我没有什么意见可对特鲁勒夫提出，只是用几句废话搪塞了一

---

① 俄国评论家。

下。但霍尔热夫斯基对我说道：

"他们要我也照这样子写一封信，这不成，我宁可坐牢也不在这种信上签名。"

"肃静！"庭丁喊道。坎贝尔勋爵升堂了。等一切仪式结束，陪审员宣誓之后，菲茨罗伊·凯利起立，向坎贝尔说，他受政府委托宣布一件事，然后开始道："政府鉴于特鲁勒夫已在信中作了如此这般的表示，并考虑到了如此这般的情况，因而决定撤销起诉。"

坎贝尔转身向陪审员们说道："出版那本议论刺杀暴君的小册子的人是有罪的，这一点毫无疑问；英国法律赋予人民以充分的出版自由，但是也握有充分的权力惩办敢于煽动这种可怕罪行的人，等等。但是政府考虑到如此这般的种种情形，决定撤销起诉，因此，如果诸位陪审员同意，我准备停止审问；但如果陪审员不同意，我仍将继续开庭。"

陪审员肚子饿了，又急于办自己的事，因此没有走出陪审席，便彼此转身商量了一下，正如预期的一样回答道，他们也同意停止审问。

于是坎贝尔通知特鲁勒夫，审问取消了，他可以走了。这时连一个鼓掌的人也没有，只听到一片笑声。

休息时间到了。这时博特金突然想起他还没有喝茶，便到附近的饭店去了。我特别写到这一点，因为这是俄国人牢不可破的习惯。英国人吃得很多，而且脂肪不少；德国人也吃得很多，但脂肪很少；法国人吃得不多，但吃得津津有味；英国人要喝不少啤酒，还有别的酒；德国人也喝啤酒，只是除了啤酒不喝别的酒；但不论英国人、法国人还是德国人，都不像俄国人那样得完全服从肠胃的习惯。这习惯束缚了他们的手脚。少吃一顿饭……这不成……宁可把工作推迟一天，宁可错过与朋友见面的机会。博特金为了喝茶，不仅付了两个先令，还错过了下面这场好戏。

轮到审问霍尔热夫斯基时，菲茨罗伊·凯利又站起来宣称，他受政府委托要宣布一件事。我竖起了耳朵。他还能提出什么理由？霍尔热夫斯基没有写信。

凯利说道："被告斯坦尼斯拉斯·热尔夫……夫尔热……霍热夫……"他停了一下，又道："这简直叫人受不了！在被告席中的外国先生……尽管他确实有罪，出版和发行了费·皮亚的小册子，但政府考虑到他是外国人，不了解有关的英国法律，又系初犯，因此决定不予起诉。"

同样的喜剧又搬演了一次。坎贝尔征求陪审员们的意见。陪审员们立即同意释放霍尔热夫斯基。

法国人也并不满意这件事。他们指望演出一场色彩斑斓的戏剧，声讨暴君，保卫"人民的事业"，为了这个事业，特鲁勒夫和霍尔热夫斯基也许会被判处罚金，关进监狱，但是监狱，十年徒刑……这比起人民群众再度揭竿而起，推翻一切暴君和他们的追随者的统治，又算得了什么……伟大的开端已在 1789 年出现，它是不可动摇的，法国的自由便得牢固地建立在那上面……从流放中诞生！

被邻居吓坏了的政府，在英国的自由这块坚硬的岩石上第二次碰了钉子，只得低声下气地退却了——出版自由还能获得更光辉的胜利吗？

第六章

我打算在明年初出版《往事与随想》的第四册和第五册。[①] 我不知道,它们能否像前三册,以及发表在《北极星》上的片断那样,赢得充满同情的反应。目前我决定在《警钟》的篇幅允许时,把尚未发表的各章陆续刊登一部分,首先我选取了谈伦敦的波兰流亡者的部分。

这一章(第五册第四章)[②] 动笔于 1857 年,我记得一直写到了 1858 年。它贫乏,内容不足。我重读时,作了些文字上的修改,笔记的实质方面未能重写——我记下的回忆与那些事件一样,都是属于过去的。在它和现在之间横亘着 1863 年和 1864 年,这两年发生了骇人的灾难,也揭示了骇人的真理。[③]

现在需要的不是在巴黎慈祥的老人墓前献上一束友谊的鲜花[④],

---

① 赫尔岑生前编印的《往事与随想》单行本一至三册,于 1861 至 1862 年在伦敦出版,包括本书的一至四卷,以及后来未编入本书的一些零星作品。第四册于 1867 年在日内瓦出版,包括除《家庭悲剧》以外的第五卷全部内容;第五册未出版。

② 即本章,当初赫尔岑计划把它编为第五册(即第六卷)第四章。

③ 1863 至 1864 年波兰又爆发了大规模的起义,遭到了沙皇政府的残酷镇压。

④ 1830 至 1831 年波兰起义的战士阿洛休斯·别尔纳茨基(1778—1855)死后葬在巴黎。

也不是在海格特墓园中伤心啼哭①，现在的问题不是一个人的死亡，而是整个民族在被推进坟墓。它的命运应该引起的只是一种悲痛——理解的悲痛，而我们可以给予它的只是一种礼物——沉默的礼物。波兰最近的事件还将激励许多诗人，许多艺术家，它的影响会存在很久，像哈姆雷特父亲的阴魂一样号召哈姆雷特起来复仇，不让他得到平静……我们离这些事件还太近。淌过鲜血的受伤的手还提不起画笔和雕刻刀，它们还在哆嗦。

我那时给这一章写的题目是"波兰的流亡者"，其实应该把它称作"沃尔采尔传奇"，但是从另一方面看，他的特点，他的经历诗一般体现了波兰流亡者的生活，他可以说是他们的最高典型。这是一种完美的、纯洁的、热烈的、神圣的性格，充满着无限的忠诚、不屈不挠的意志和伟大的偏执精神，对它说来，无所谓牺牲，无所谓工作的利益，除了事业没有别的生活。沃尔采尔属于殉难者和使徒的伟大家族，革命事业的宣传者和捍卫者的行列，他永远站在各种十字架的旁边，一切解放运动的前面……

在卢加诺，我重读了我的关于沃尔采尔的故事，这完全是偶然的。那儿住着一位坚强的老人②，他也属于我刚才谈的那个惊人的家族，我与他一起回忆了故世的沃尔采尔。这人七十多岁了，从我上次见到他以后他老多了，但依然是意大利事业的不知疲倦的工作者，我十年前所认识的那个马志尼的狂热战友。作为阿尔卑斯山那边血亲复仇的象征，意大利解放事业中久经风霜的磐石，他一直生

---

① 沃尔采尔死后葬在伦敦海格特墓园。
② 据说这是指一个名叫夸德里奥（1800—1876）的意大利人，马志尼最亲密的战友之一，意大利民族解放运动的坚强战士。

活在斗争中，不仅看到自己的理想实现了一半①，而且看到了新的苦难的日子，准备再像从前一样投入生死存亡的斗争，他从未向任何人让步，从未背弃过自己的信条。他像沃尔采尔一样贫穷，也像沃尔采尔一样不把贫穷放在心上。这些人大多半途赍志而殁，有的死在战火中，有的死在病榻上，但是一切成就都来自他们。我们清扫道路，我们提出问题，我们锯断腐朽的柱子，我们把酵母投入心灵；他们率领群众冲锋陷阵，他们阵亡或者战胜……加里波第首先就是这么一个人，他不是思想家，不是政治家，他是爱、信仰和希望。

沃尔采尔的命运是最富于悲剧性的。他的第五幕还在继续，那是在他死后结束的。他与大多数在通往"福地"②的道路上中途倒下的人不同，不适用谈论他们的那句话："可惜他没有活到这一天！"他死得正是时候，如果他活到了 1865 年，那他会怎样呢？

我很高兴，在卢加诺，我又鲜明地想起了沃尔采尔；卢加诺，这是我所珍爱的地方，我爱它那群山环抱的温暖的湖泊，那永远令人激动的气氛……1852 年那骇人的打击之后，我住在那里……那儿有一个石雕的女人，她用双手支着头，在绝望的忧郁中注视着前方，永远在啼泣……这便是意大利，当时维拉③用刀塑造了她——难道她不也是现在的波兰吗？

1865 年 8 月 17 日于图恩

---

① 意大利于 1861 年基本上实现了全部统一，但怎样从君主立宪制走向共和制还是一个问题。

② 《圣经》中上帝所许诺的地方，见《出埃及记》第十二章第二十五节。

③ 维拉的出色雕像在奇安尼公园中，俄国人，尤其是妇女，不妨前去看看。——作者注

维拉（1822—1891），意大利雕刻家，民族解放运动的参加者。

波兰的流亡者

阿洛休斯·别尔纳茨基——斯坦尼斯拉夫·沃尔采尔——
1854 至 1856 年的宣传活动——沃尔采尔之死

> 我看到了新的苦难和新的受难者！
>
> 《地狱篇》[4]

　　另一些不幸，另一些受难者等待着我们。我们是生活在昨天的战场上——周围尽是医院、伤员、俘虏和垂死的人。波兰人的流亡史比所有的人古老，他们受的折磨也比别人大，但他们顽强地生活着。离开国境时，波兰人与丹东相反[5]，心中怀着自己的祖国，他们没有低下头，却高傲地、森严地带着它走向世界各地。欧洲露出敬意，在英勇的战士的庄严行列面前敞开了大门。人民向他们致意问候，国王扭转了脸，不闻不问，让他们通过，佯装没有看见。他们的脚步声一时间惊醒了欧洲，它流出了眼泪，表示了同情，资助和

----

④ 引自但丁的《神曲·地狱篇》第六歌。
⑤ 据说丹东于 1791 年逃亡伦敦时，曾垂头丧气，不想再回法国。

鼓舞了他们。①波兰流亡者，这民族独立的义士的忧伤形象，始终留在人民的记忆中。在异国的二十年中，他们的信念没有削弱，在一切危急的时刻，在为自由而斗争的日子里，波兰人总是闻风而动，首先响应，正如沃尔采尔和老达拉什在1848年向法国临时政府所说的一样。

但是拉马丁的政府不需要他们，也根本没有想到他们。哪怕名副其实的共和主义者想起波兰，也只是为了在1848年5月15日利用它的名义发出战争和起义的虚伪叫嚣②。大家明白这出戏是假的，但是从那时起，法国的资产阶级已把波兰（波兰只是供它任意玩弄的一张牌，正如意大利之于英国一样）撇在一边。巴黎不再有人谈论"被蹂躏的华沙"，只有关于波尼亚托夫斯基③的传说，还与波拿巴的其他故事一起在人民中流传，在民间木板画上还能看到这位将

---

① 巴·达拉什医生给我讲过一件他亲身经历的事。他作为医学院的学生参加了1831年的起义。华沙陷落后，他所在的队伍撤出波兰，分成小分队越过边境前往法国。每到一个城市或乡村，男女老少都走到大路上招呼逃亡者进屋休息，给他们提供住房，往往还把自己的床铺让给他们。在一个小镇上，一位主妇发现他的烟袋破了（我记得是这样），拿去缝补。第二天出发后，达拉什在烟袋里发现了别的东西，原来是两枚金币小心地缝在袋子上。达拉什没有一文钱，还是跑回那家人家，把钱交还主妇。主妇起先不承认，说她什么也不知道，后来便哭了，要求达拉什收下钱。应该知道，在德国的小城镇中，两个金币对并不富裕的妇女意味着什么。也许这还是扑满的功劳，是一个个克里泽和芬尼，一个个良币和劣币在几年中积累而成的……现在，绸衣服和花布衫，以及漂亮的围巾，都甭想啦！在这种行为面前，他感动得跪了下来！——作者注

达拉什（1809—1871），波兰革命者，1830至1831年起义的参加者，后流亡在国外。下面提到的老达拉什是他的父亲。

② 1848年5月15日巴黎的工人和手工业者举行示威游行，反对制宪议会的各种反动措施，示威中提出的口号有援助波兰民族解放运动等。

③ 波尼亚托夫斯基（1762—1813），波兰爱国者和军人，为争取波兰民族的解放，参加了拿破仑军队对俄国的进攻，并被拿破仑任命为华沙公国总司令，1813年随拿破仑军队撤退时，在德国埃尔斯特河淹死。

军戴着波兰军帽，骑着马在河中淹死。

从 1849 年开始，波兰流亡者经历了一段消沉苦闷的时期。这段时期在苦难重重中一直延续到克里米亚战争和尼古拉的去世。他们看不到一点真正的希望，找不到一点生活的力量。克拉辛斯基[①]所预言的启示时代似乎到来了。流亡者与祖国切断了联系，被丢在河对岸，像树木无法汲取新鲜的树液一样萎谢了，干枯了，在自己的人民眼中成了外国人，可是在他们所居住的国家中也仍然是外国人。这些国家在一定程度上同情他们，但是他们的不幸时间太长了，人们心中的善良感情从来不能维持这么长的时间。何况波兰问题首先是民族问题，只在表现形式上，也就是在反对外国压迫者这一点上才具有革命意义。

流亡者向前看，同样也向后看，他们总是期待着复兴，仿佛在过去除了独立，还有什么值得复兴的东西，可是独立本身并不包含别的什么，这只是一个否定的概念[②]。难道还有比俄国更独立的国家吗？对复杂的、难以设想的未来社会组织方式，波兰从未提出过新的观念，它想到的只是自己的历史权利，以及按照互相帮助的正义要求帮助别国人民的意愿。为独立而斗争，这永远能赢得热烈的同情，但不可能成为其他民族本身的事业。只有在本质上不属于民族的事，才是人们普遍关心的，例如，天主教和新教问题，革命和反动问题，经济发展和社会主义问题。

---

① 波兰浪漫主义诗人，他于 1848 年发表的《未来的赞美诗》用神秘主义宗教观点描绘了世界末日到来时的波兰。

②"独立"原文是不受约束之意，因此说这是个否定的概念。

1847 年，我认识了波兰民主主义领导中心[1]的人。那时领导中心设在凡尔赛，根据我的了解，它里边最活跃的分子是维索茨基[2]。我与他们不可能特别接近。他们希望从我口中听到的，是符合他们的愿望和他们的假设的话，不是我所了解的事实。他们想知道的消息是哪里在组织暴动，准备摧毁俄国的国家机器，总是问我叶尔莫洛夫[3]参加没有……可是我能告诉他们的，只是当时青年中的激进主义思潮，格拉诺夫斯基的宣传，别林斯基的巨大影响，当时在文学界和社会上斗争的两派，即西欧派和斯拉夫派在社会观点上的差异。然而这在他们看来不是重要的。

他们有丰富的过去，我们却怀着伟大的希望；他们的胸口布满了刀伤，而我们只是在锻炼身体，要为未来的刀伤做好准备。我们在他们面前，就好像后备军人在久经沙场的老将面前。波兰人是神秘主义者，我们是现实主义者。吸引他们的是朦胧的神秘世界，在那里一切都模模糊糊，像影子一般浮动，人们可以把它想象得无限深远，无限高大，因为什么也看不清楚。他们可以生活在这种半睡眠状态，不需要分析，不需要冷静的研究，不需要锲而不舍的怀疑。在他们的心灵深处，正如一个人在军营中一样，只能看到我们所不熟悉的中世纪的反光，或者他们可以在困难和疲倦的时刻跪在面前祈祷的十字架。在克拉辛斯基的诗篇中，《圣母痛苦经》[4]取代了民族的赞歌，它不是把我们引向生命的胜利，而是引向死亡的胜利，引向最后审判的一天……我们不想在信仰中变得更愚昧，便得

---

① 波兰民主派的领导机构，成立于 1832 年，对波兰民族解放运动起过重要作用。
② 波兰民族解放运动的领导人之一。
③ 俄国 1812 年卫国战争中的英雄。
④ 天主教悼念圣母的赞美歌。

在怀疑中变得更聪明。

在拿破仑的时代之后，神秘主义思潮已愈演愈烈。密茨凯维奇，托维扬斯基，甚至数学家弗龙斯基，所有的人都在帮助弥赛亚救世主义的发展。从前有天主教徒和百科全书派，但是没有神秘主义者。受过 18 世纪熏陶的老人，与神智学的幻想是无缘的。古典传统的锤炼给人们带来了伟大的世纪，它像大马士革钢一样永不磨损。我还见到过两三个百科全书派的波兰老人。

在巴黎的昂坦大道，从 1831 年起住着阿洛休斯·别尔纳茨基伯爵，他担任过波兰议会的使节，在革命时期是财政总长，当亚历山大一世 1814 年在波兰实行自由主义政策时，别尔纳茨基还担任过一个省的贵族领袖，在沙皇面前代表自己的阶级。①

从 1831 年起他迁居巴黎，他的财产已全部被查抄，他便住在我提到的昂坦大道上那幢小小的寓所中。每天早上，他穿一身深棕色衣服出外散步，然后读读报纸，到了晚上便穿上金纽扣的青燕尾服，到别人家中消磨时间。1847 年我便是在那儿认识他的。他的住房相当旧了，女房东想把它翻造。别尔纳茨基给她写了一封信，使那个法国女人非常感动（事情涉及钱的问题时，这是非常不容易的），她赶去与他商量，答应他迁往别处只是暂时的。房屋修好后，她仍以原价租给了别尔纳茨基。他看到油漆一新的漂亮楼梯，新的壁纸，新的窗框和家具，有些惭愧，但还是服从了命运的安排。

老人对一切事都从容不迫，心地光明磊落，正直高尚，他崇拜华盛顿，又是奥康内尔②的朋友。他是真正的百科全书派，宣传合

---

① 革命时期指 1830 至 1831 年起义时期。1814 年亚历山大一世为了缓和民族矛盾，允许波兰实行一定程度的自治。

② 英国著名政治家。

理的利己主义，终生过着自我牺牲的生活，抛弃了一切，从家庭、财富到祖国和社会地位，从未流露过特别的惋惜，也从未发出过怨言。

法国警察没有打扰他，甚至还很尊敬他，知道他当过总长和大使；巴黎的警察总监真的认为波兰议会的使节与教皇的使节是相同的。在流亡者中，大家知道这事，因此朋友和同胞们不断找他帮忙，要他为他们说情。别尔纳茨基从不推辞，到了警察局总是客客气气，恭维备至，弄得警官们终于厌烦了，只得让步，以便摆脱他。二月革命完全平定后，气氛变了，不论笑容、眼泪、恭维和满头白发，都不再发生作用，但正在这时，仿佛命运故意与他作对，一个波兰将军的遗孀来到了巴黎，这位将军是在匈牙利战争[1]中阵亡的，他的遗孀生活非常困难。别尔纳茨基为她向警察局申请补助。他们虽然大声称呼他"最尊贵的使节先生"，还是断然拒绝了他的要求。老人只得找卡利埃[2]本人，卡利埃为了摆脱他的纠缠，同时也为了侮辱他，向他指出，补助只给予1831年流亡的人，还说："如果您如此关心这位夫人，不妨由您提出申请，要求发给您困难补助费，这样我们可以每月给您二十法郎，至于您把钱给谁，这悉听尊便！"

卡利埃让他钻了空子。别尔纳茨基只当局长的话是真的，马上表示同意，还再三道谢。从此老头儿每个月上警察局一次，坐在前厅恭候一两个小时，领到二十法郎后便把钱送交那位寡妇。

别尔纳茨基早已过了七十岁，但身体保养得很好，喜欢与朋友

---

① 指1848年的匈牙利革命。
② 当时巴黎的警察局长。

一起吃饭，晚上要一直坐到两点钟，有时还喝一两杯葡萄酒。一天很迟了，大约已经三点钟，我与他一起回家，路上得经过勒佩勒蒂埃街。歌剧院灯火辉煌，一些戴了丑角面具、穿着宽大衣衫的人裹紧了围巾正在入场，龙骑兵和警察挤满了过道。我以为别尔纳茨基会拒绝，故意逗他：

"机会难得，我们进去瞧瞧，怎么样？"

"太好了，"他答道，"我已有十五年没参加化装舞会了。"

"别尔纳茨基，"我与他一边挤进过道，一边开玩笑道，"您什么时候才老啊？"

"教养良好的人年纪会大，"他笑笑答道，"但永远不会老！"

他终生保持着这样的性格，最后，作为一个修养良好的人，在安静的气氛中悄悄告别了生活：他早上觉得身体不舒服，晚上便死了。

别尔纳茨基死的时候我已在伦敦。我到达那里不久便开始与一个人接近，他留给了我宝贵的记忆，他的棺木也是由我和别人一起抬进海格特墓园的，这便是沃尔采尔。在那时跟我来往的所有波兰人中，他是我最喜欢的，或许也是与我们的对立情绪最少的。这不是说他喜欢俄国人，但是他对事物总是抱着合情合理的态度，因此全盘否定和狭隘的仇恨心理与他是无缘的。我与他最早谈起建立俄文印刷所的事。听完我的话，这位病人很兴奋，拿起纸和铅笔，开始计算费用，估计需要多少铅字等等。他推测了主要的订户，还介绍我认识了切尔涅茨基[1]，我们以后合作得很好。

当他拿到第一张校样时，兴奋得喊道："我的天，我的天！自

---

[1] 波兰流亡者，后来负责自由俄罗斯印刷所的工作。

由俄罗斯印刷所在伦敦诞生了……这一张纸，一张沾满油污的纸，勾销了我心头多少不愉快的回忆啊！"[1]

这以后，他时常把消瘦的手搭在我的肩上，说道："我们应该合作，我们走的是同一条路，干的是同一件事……"

1853 年 11 月 29 日波兰起义纪念日，沃尔采尔在汉诺威公寓召开了大会，我在会上发了言。我讲完后，沃尔采尔在热烈的掌声中拥抱了我，噙着眼泪与我亲吻。

"沃尔采尔和您刚才在讲台上给了我很深的印象，"一个意大利人（纳尼伯爵）临走时对我说，"我觉得，那个瘦弱、高尚、头上已白发苍苍的老人，拥抱着您强壮结实的身体，似乎是波兰和俄国的缩影。"

"我得补充一句，"我说，"沃尔采尔向我伸出手，拥抱了我，这是他以波兰的名义宽恕了俄国。"

确实，我们可以一起前进，但事实不是这样。

沃尔采尔不是一个人……不过我们首先要谈的还是他。

沃尔采尔出生时，他的父亲（立陶宛一个富裕的贵族，与埃斯泰尔哈泽家和波托茨基家[2]，也许还有别的大家族，都有亲戚关系）通知了五个庄园的管家，要他们带着自己年轻的妻子都来参加斯坦尼斯拉夫小伯爵的洗礼，以便终生记住老爷为这件大喜事给予他们的款待。这是在 1800 年[3]。伯爵给了儿子最光辉的多方面的教育。沃尔采尔是数学家，语文学家，熟悉五六国的文学，早年就获得了渊博的知识，同时又是一个富家公子，属于 1815 至 1830 年（也就

---

[1] 见切尔涅茨基编的文集《伦敦自由俄罗斯印刷所的十年》第 8 页。——作者注
[2] 埃斯泰尔哈泽是马扎尔民族的贵族世家，波托茨基是波兰的贵族世家。
[3] 沃尔采尔出生于 1799 年。

是没落的波兰几个最兴旺的时期之一）波兰社会的最上层。沃尔采尔很早就结了婚，但是直到 1831 年起义爆发时，才开始"真正的"生活。这时，沃尔采尔抛开了一切，把整个身心投入了政治运动。起义遭到了镇压，华沙陷落了。斯坦尼斯拉夫伯爵与其他人一样丢下家庭和财产逃出了国境。

他的妻子不仅没有跟他一起走，而且断绝了与他的一切关系，因而得到宽恕，保留了一部分财产。他们有两个孩子，一男一女；我们将会看到，她怎样教育他们，但首先，她是教育他们忘记自己的父亲。

这时期，沃尔采尔经过奥地利到了巴黎，开始了无限期的流亡生涯，身无分文。但什么也不能使他动摇，他像别尔纳茨基一样过着隐修士节衣缩食的日子，热烈地开展使徒式的宣传活动，这工作他一直干了二十五年，直到他在阴暗的猎人街上一幢简陋的公寓中潮湿的底层房间里停止呼吸为止。

改组领导波兰革命运动的政党，加强宣传工作，团结一切流亡者，准备新的起义，为此而从早到晚奔走鼓吹，为此而生活，这便是沃尔采尔一生的主题，他从未离开它一步，一切都从属于它。为了这个目标，他结识了法国的一切革命活动家，从戈德弗洛瓦·卡芬雅克[①]到赖德律－洛兰；也为了这个目的，他成了共济会员，与马志尼的拥护者，后来又与马志尼本人建立了密切联系。沃尔采尔坚定地、公开地举起了波兰的革命旗帜，与恰尔托雷斯基[②]一派对

---

① 法国共和主义革命家，六月起义的刽子手欧仁·卡芬雅克的胞兄。

② 恰尔托雷斯基（1770—1861），波兰贵族政治家，18 世纪在波兰掌权的立陶宛皇室后裔。1830 年起义的领导人之一，1831 年流亡巴黎，被称为"流亡的波兰国王"。

抗。他相信，起义是葬送在贵族手中的，把古老的地主阶级看作波兰解放事业的敌人，要建立纯粹的民主主义新波兰。

沃尔采尔是正确的。

波兰的大贵族真诚地忠于自己的事业，但在许多方面与我们时代的要求背道而驰。他们的眼睛看到的始终是旧的波兰，不是新的波兰，他们的理想便是恢复旧的波兰，它建立在回忆上，也同样建立在主观愿望上。单单以天主教为立国之本这一点，就足以使波兰停留在落后状态，加上骑士的盔甲，它就再也不能前进一步了。沃尔采尔与马志尼合作，是为了把波兰的事业与全欧洲的共和主义和民主主义运动结合在一起。很清楚，他必须在波兰的小地主、城市居民和工人中寻找基础。起义只能从这些阶级中发动。贵族可以参加运动，农民可以吸收，但领导权永远不能掌握在他们手中。

也许，沃尔采尔应该受到责备，因为他要走的是西欧革命已走过、但走不通的老路，把这条路看成了唯一的拯救之路；但是他一旦选择了这条路，便坚决地走到底。客观情况证明他是完全正确的。在波兰，真正的革命力量，如果不是沃尔采尔经常面向的那些阶层，那些在1831年和60年代之间成长和壮大的阶层，那么它还在哪里？

不论我们对革命和革命的途径在看法上存在什么分歧，但不可否认，革命的一切成果是由社会的中等阶层和城市工人取得的。没有城市爱国力量，马志尼能做什么？加里波第又能做什么？要知道，波兰问题纯粹是爱国主义问题，沃尔采尔本人最关心的也只是民族独立问题，不是社会变革问题。

二月革命前的一年半中，使沉睡的欧洲惊醒的几次震动是：克拉科夫事件[①]，梅罗斯拉夫斯基案件[②]，然后是分离主义者联盟的战争[③]和意大利的"复兴运动"[④]。奥地利以帝国的大屠杀回答了起义，尼古拉拿不属于他的克拉科夫酬谢了它，但是平静没有恢复。路易－菲力普在二月革命中下台了，波兰人烧毁了他的宝座。沃尔采尔带领波兰民主派向临时政府提出了波兰问题。拉马丁用冷淡的外交辞令接见了他。共和国与帝国不同，重视的是和平。

希望的时刻一眨眼便过去了，波兰错过了机会，整个西欧也错过了机会；帕斯克维奇[⑤]报告尼古拉，匈牙利已匍匐在他的脚下。

匈牙利陷落之后，已没有什么可等待了。沃尔采尔不得不离开巴黎，迁移到了伦敦。

1852年末，我在伦敦见到他时，他是欧洲委员会[⑥]的成员。他敲着所有的门，写信，在报刊上发表文章，继续工作和希望，劝说和请求，然而除了这一切，他还得吃饭，于是他开始教数学、绘图、甚至法语。他咳嗽，气喘，为了挣两个先令，至多半个克朗，得从伦敦的一头跑到另一头。然而他还得把一部分收入分给自己的同志们。

---

① 1846年克拉科夫地区发生农民起义，该地区按照1815年的维也纳决议，由奥、普、俄三国共同保护，因此奥地利出兵镇压了起义，把它并入加利西亚。

② 梅罗斯拉夫斯基（1814—1878），波兰爱国者，1830年起义的参加者。1845年计划在波兹南举行起义，因而被捕，受到审问，1848年柏林起义后获释。

③ 分离主义者联盟系瑞士天主教各邦的组织，1847年发动叛乱，被联邦政府镇压。

④ 意大利40年代的民族解放运动称为"复兴运动"（以资产阶级自由派的刊物《复兴运动》为喉舌）。

⑤ 镇压匈牙利革命的俄国将军。

⑥ 马志尼，科苏特，赖德律－洛兰，阿诺尔德·卢格，布勒蒂亚努和沃尔采尔。——作者注
布勒蒂亚努（1821—1891），罗马尼亚政治家，曾在布加勒斯特参加1848年革命，后流亡巴黎及伦敦。

他没有灰心，但身体搞坏了。伦敦的气候（潮湿，煤灰，见不到阳光）对他的肺病是不利的。沃尔采尔逐渐衰弱，但还是坚持着。这样，他活到了克里米亚战争，但我几乎想说，他不能，也不应该活过这次战争。他和科苏特一起前往英国各地巡回演讲时曾对我说："如果波兰现在不能有所作为，一切便都完了，即使不是永远完了，也得经过很长很长的时期才能翻身，我最好还是闭上眼睛。"在各个主要城市的群众大会上，科苏特和沃尔采尔赢得了热烈的掌声，募集到不多的一些钱，但也仅此而已。英国议会和政府十分清楚，人民的浪潮什么时候只是表面上轰轰烈烈，什么时候才真的构成威胁。强大稳定的内阁由于提出了"阴谋法案"，便在海德公园群众大会的阴影中垮了台。但科苏特和沃尔采尔召集的群众大会，目的是要促使议会和政府承认波兰的权利，向波兰的解放事业表示同情，它们没有明确的目的，也没有力量。保守派作出的可怕回答是无法反驳的："在波兰一切都平安无事。"现在要政府做的不是承认既成事实，而是发出号召，鼓动革命，唤醒波兰。英国的社会舆论还不能走得这么远。何况大家希望的是尽快结束这场刚刚开始的战争，它的代价太昂贵，实际上毫无益处。

在群众大会之间，沃尔采尔不时返回伦敦。他太聪明了，不可能不明白事情毫无指望，他显然老得多了，心情抑郁，火气很大；他展开了狂热的活动，像垂危的病人在寻找一切医疗方法，怀着不祥的预兆和顽强的意志，重又回到伯明翰或利物浦，从讲坛上为波兰发出悲歌。他在我心头引起了深深的哀痛。但是他怎么会相信英国会拯救波兰，拿破仑的法国会号召革命呢？他怎么会对那个允许俄国进军匈牙利，允许法国进军罗马的欧洲寄予希望呢？难道马志尼和科苏特在伦敦的存在本身，还没有响亮地提醒他，它已经堕落了吗？

……大约就在这时，在年轻的波兰流亡者中间长期蕴积的对中央领导机构的不满，开始发出了声音。沃尔采尔愣住了——他没有料到这个打击，然而它的出现是十分自然的。

聚集在沃尔采尔身边的一小群人，根本达不到他的水平。沃尔采尔明白这一点，但与这个合唱队相处惯了，不免处在它的影响下。他以为是他在领导他们，可是他们作为合唱队，站在他的后面，却要把他推向他们想去的地方。唯有沃尔采尔达到了他可以自由呼吸，感到心情舒畅的高度，他的合唱队却行使着小市民亲族的任务，拼命在把他向下拉，要把他拉进流亡者中卑污庸俗、争名夺利的圈子。早衰的老人在这个圈子中，不仅身体上的气喘医不好，还得了精神上的气喘。

这些人不理解我提出的联合①的重大意义。他们把这看作给他们的事业涂上一层新的色彩的手段：陈词滥调的不断反复，爱国主义的老生常谈，公式主义的回忆往事——他们已觉得这一切索然无味，有些厌倦了。与俄国人的联合提供了新的兴趣。此外，他们指望依靠俄国人的宣传，使自己濒临绝境的事业重振声威。

我与波兰民主主义领导中心的成员之间，一开始就没有取得真正的理解。他们对俄国的一切都持怀疑态度，因此要我写一份"信仰声明"之类的东西予以公开发表。我写了《波兰人宽恕我们》，他们要求在措辞上做些修改，我照办了，尽管我根本不同意这些意见。作为对我的文章的答复，莱·津科维奇②写了一份对俄国人的

---

① 波兰与俄国联合起来，共同反对沙皇专制统治的斗争。
② 津科维奇 (1803—1871)，波兰革命家，于1852年被选入波兰民主主义领导中心。

呼吁书，把原稿送给我看。它毫无新意，还是几句老话，搬弄一些过去的事，加上一些天主教的调子。把它译成俄文以前，我向沃尔采尔指出原稿的荒谬之处。沃尔采尔同意我的看法，请我晚上向领导中心的成员们说明这一点。

这时便出现了特利索坦和瓦迪乌丝的不朽场面[①]——正是我所批评的那些地方，他们却认为是拯救波兰所必不可少的。至于天主教的用语，他们说，不论他们个人的信仰如何，他们希望与人民站在一起，而人民热爱自己受迫害的母亲——天主教会。

沃尔采尔支持我。但是他刚开始发言，他的同志们便大叫大喊。沃尔采尔被烟味熏得不断咳嗽，什么也讲不成。他答应我会后与他们谈一下，坚持作重要修改。过了一星期，《波兰民主者》[②]出版了，呼吁书照登不误，没有改一个字，我拒绝把它译成俄文。沃尔采尔对我说，他也对这件事感到奇怪。我向他指出："您觉得奇怪，这还不够，您为什么不制止它发表？"

我已看得很清楚，对沃尔采尔说来，问题迟早会变成这样：或者与领导中心当时的成员分手，与我保持密切联系，或者与我分手，照旧与自己的"革命未成年人"待在一起。沃尔采尔选择了后者，我为此感到忧伤，但从未埋怨他，也没对他生气。

现在我得谈到那些令人痛心的枝节问题了。在我建立印刷所的时候，一切是这么决定的：全部印刷开支（纸张、排工、房租、薪金等等）由我负担。领导中心按照他们运送波兰小册子的路线运送我的俄文书报。我免费供应他们负责输送的一切，我认为，我已承

---

① 这是莫里哀的喜剧《女学究》中的场面：两个女学究在谈话中互相恭维，但接触到具体问题时，便互相挑剔和指责，终于大吵一场。

② 波兰民主派流亡者的机关报。

担了大部分责任，但是结果他们认为这还不够。

领导中心为它自己的事，主要是为了募捐，决定向波兰派遣密使。它甚至要求他前往基辅，可能的话还上莫斯科，以便在俄国人中进行宣传，因此要我写几封信。我拒绝了——怕给朋友们惹来麻烦。他出发前三天的晚上，我在街上遇到了津科维奇，他当即问我：

"您为派遣密使出多少钱——指您本人？"

我觉得这问题有些奇怪，但我知道他们的拮据状况，因此说，我愿意出十镑（二百五十法郎）。

"怎么，您这是开玩笑不是？"津科维奇问，皱起了眉头，"他至少需要六十镑，可是我们还缺四十镑。这件事不能就此罢休，我跟大伙商量一下再来找您。"

真的，第二天，他与沃尔采尔，还有领导中心的两个人来了。这一次，津科维奇干脆指责我不愿为派遣密使提供足够的资助，尽管我同意把俄文书刊交给他带去。

"对不起，"我答道，"你们决定派遣密使，你们认为这是必要的，那么费用也应该由你们负担。沃尔采尔在这里，让他来提醒你们当初讲定的条件。"

"废话少说！难道您不知道我们现在身无分文？"

这种口气终于使我感到厌恶。

"您好像没有读过《死魂灵》，"我说，"要不，我得请您想一想诺兹德廖夫，他给乞乞科夫看他的领地时说，边界这边是他的，边界那边也是他的。[1]这与我们现在的情形十分相似——我们分摊了

———

[1] 见果戈理的《死魂灵》第四章。

工作和负担，可是您却要把这两部分全都算在我的账上。"

这位身材瘦小、脾气很大的立陶宛人克制不住了，开始大声嚷嚷什么荣誉等等，讲了不少毫无意义、毫不客气的话，最后问我：

"那么您希望怎样？"

"很简单，请您不要把我当作专管掏钱的大老板，也不要像一个德国人在他的小册子中称呼我的那样，把我当成民主派的银行经理。你们对我的财产考虑得太多，对我本人又考虑得太少……你们错了……"

"等一下，等一下……"立陶宛人气得脸色发白，急忙说。

"我不能让这谈话再继续下去了。"沃尔采尔终于站起来讲话了，他一直愁眉不展地坐在墙角边。"否则我只得走开。赫尔岑先生，您是对的，但是请您考虑一下我们的处境：密使必须派遣，可是钱却没有。"

我打断了他的话。

"如果这样，应该先问我一下，我可以做些什么，但不应强迫我做什么，这种粗暴的方式叫我讨厌。我可以付钱，这纯粹是为了您，至于你们，先生们，请注意，这是最后一次。"

我把钱交给了沃尔采尔，大家便闷闷不乐地分手了。

在我们的圈子里，关于财务问题通常是怎么办的，我还可以举一个例子。

1852 年我到达伦敦后，与马志尼谈到意大利党内资金短缺时，我告诉他，在热那亚，我曾劝他的同志们对各人的收入实行征税，无家的人征百分之十，有家的少征一些。

"这大家都会同意，"马志尼说，"但真正付款的恐怕很少。"

"等他们感到不好意思的时候就会付了。我早已想为意大利事业贡献一点力量，它对我就像祖国一样亲切，因此我愿意从收入中拿出百分之十，一次付清。这大约有两百镑，现在先付一百四十镑，还有六十镑暂时欠着。"

1853年初，马志尼走了。他离开不久，便有两个身强力壮的流亡者来找我，一个穿着皮领圈的大氅，因为他十年前到过彼得堡，另一个虽然没有皮领圈，但留着灰白的唇髭和军人气概的大胡子。他们是赖德律－洛兰派来的，想知道我是否打算捐一笔钱给欧洲委员会。我承认我没有这打算。

过了几天，沃尔采尔又向我提出了同样的问题。

"赖德律－洛兰怎么会有这想法的？"

"这也难怪，您给了马志尼捐款。"

"但这正是我不能再给别人提供捐款的理由。"

"据我知道，您还留着六十镑吧？"

"这是答应给马志尼的。"

"反正一样。"

"我不认为一样。"

……过了一星期，我收到了马佐莱尼①的信，他通知我，他得悉我不知道该把留在我处的六十镑交给谁，为此他要求我把钱交给他，他是马志尼在伦敦的代表。

确实，马佐莱尼是马志尼的秘书。这人天生是当官的，一位官僚，他那副大臣的架势和外交官的作风叫我觉得可笑。

记得1853年2月3日米兰起义的电讯在报上登出后，我便找马佐莱尼，向他打听消息。马佐莱尼要我稍候，过了一会儿，他带

———————

① 意大利革命家，马志尼的部下。

着忧虑而兴奋的脸色拿着一些文件，与布勒蒂亚努一起出来了——他与后者正在进行重要的谈话。

"我找您是想了解些消息。"

"没有消息，我也是从《泰晤士报》知道这事的，我随时在等待着紧急电报。"

又来了两个人。马佐莱尼很得意，因此皱紧眉头，抱怨工作太忙。后来他谈得起劲，才透露了一点消息，还作了解释。

"您这是怎么知道的？"我问他。

"这……这，当然是我的想象。"马佐莱尼答道，有些含糊其辞。

"明天早上我再来找您……"

"如果今天有什么消息，我会通知您。"

"那太感谢您了——七点和九点之间我在伟利饭店。"

马佐莱尼没有忘记。七点多钟，我在伟利饭店用膳，一个我见过两次的意大利人进来了，走到我跟前，向周围打量了一下，等仆欧去取什么时，他对我说，马佐莱尼要他转告我，什么电报也没有，然后便走了。

……在收到这位革命的御前大臣来信后，我回信与他开玩笑道，他不必替我担心，以为我在伦敦举目无亲，无依无靠，以致不知该把那六十镑钱交给谁——没有马志尼的信，我不打算把它交给任何人。

马佐莱尼回了一封长信，字里行间显得有些怒意，但既不致损害发信者的尊严，又可以对收信者发生讥刺作用，同时又不致越出官场礼节所许可的范围。

这些交涉之后还没过一星期，一天早上，艾米莉亚·霍克斯[1]来找我了，她是对马志尼最忠诚的妇女之一，也是与他十分接近的朋友；她通知我，伦巴第的起义失败了，马志尼还隐藏在那儿，要立即汇钱给他，可是没有钱。

"我这儿有，"我对她说，"这是著名的六十镑，但别忘了通知御前大臣马佐莱尼，还有赖德律－洛兰（如果遇到他的话），告诉他们，我没有把这一千五百法郎丢在欧洲委员会的无底洞中，这事还是做得不坏的。"

为了防止我们俄国人从我讲的故事中得出具有民族特色的结论，我得声明，从没有人私自动用过这些募集到的钱。[2] 要是在我们俄国，它会落进个人的腰包，可是在这儿，它只是消失了，好像有人就着蜡烛把钞票销毁了，连数目也没记下。

至于那位密使，他去了又回来，什么也没干成。战争越来越近……终于开始了。流亡者们很不满——年轻人责怪沃尔采尔的同

---

① 一个英国律师的女儿，曾担任马志尼的翻译和秘书。

② 意大利流亡者是没有任何嫌疑的。法国流亡者中却发生过一件有趣的事。在巴泰勒米的决斗事件中，我谈到过一个叫巴罗内的人，他根据赖德律－洛兰的指示募集过一些钱，把它们花光了。这以后，返回伦敦毫无指望了，于是他要求准许他留在马赛。比约答复道，巴罗内作为政治人物并无危险，可以留下，但是他对他的政党的不忠诚行为说明他不是一个可靠的人；这样，他拒绝了他的要求。

在这方面德国人也是光明磊落的。我记得，他们在美国和曼彻斯特募集了两万法郎，把它存在伦敦一家银行中，并公推金克尔、卢格和奥斯卡·雷亨巴赫伯爵三人共同管理。这是三个誓不两立的仇人，他们马上意识到，他们保管的这笔钱隐藏着使他们互相争吵的根源，因此当即订立了取款的条件：没有三人的一致同意，银行不得支付任何数目的钱。一张支票，哪怕一个人，甚至两个人签了字，第三个人不同意，还是没用。不论德国的流亡者组织怎么设法，始终不能做到三人一致。这样，这笔钱至今仍存在银行里没有动——也许得等将来条顿共和国成立以后交给它了。——作者注

雷亨巴赫（1815—1893），德国民主主义者，参加过1848年的革命，后流亡在英国。

志们无能，懒惰，只想谋取私利，把波兰的大事丢在一边，政治热情衰退。他们的不满发展到了明显的埋怨，大家议论纷纷，打算要求领导中心的成员作出说明，向它公开表示自己的不信任。他们之所以还没有这么做，只是由于尊敬和爱戴沃尔采尔。我通过切尔涅茨基尽力劝阻，但领导中心的错误接连不断，最后必然使任何人都忍耐不住。

1854年11月又召开了纪念波兰起义的大会，但与去年相比，情绪已一落千丈。英国的一位议员乔舒亚·沃尔姆斯利①被推选担任主席——波兰人已把自己的事业放在英国人的保护下。为了防止过于革命的词句，沃尔采尔向与会者打了招呼，我也收到了类似这样的信："您知道，我们要在29日召开大会，今年我们不便像去年那样邀请您在会上发表几句鼓舞我们的话：战争以及与英国的接近，使我们的大会不得不采取另一种调子。不论赫尔岑、赖德律－洛兰还是皮安乔尼，都不打算发表演说，发言的大多是英国人，我们中间只有科苏特一人讲话，阐述一下我们的立场……"我回信道："要我在大会上保持缄默的邀请收到了，它使我感到很轻松，单凭这一点它已值得大大欢迎。"

但是与英国人的接近并未如愿以偿，让步没有取得效果，甚至捐款也寥寥无几。乔·沃尔姆斯利说，他愿意出钱，但不想在募捐册上署名，他作为议员，不便正式参与募捐活动，它的目的尚未得到政府认可。

这一切，还有其他一些事，包括我不得在大会上发言的规定，

①沃尔姆斯利（1794—1871），英国自由派政治家，支持各国的民主运动。当时由于克里米亚战争的爆发，波兰人希望依靠英、法与俄国对抗，因此竭力争取英国的同情。

使年轻人的不满达到了极点，他们已在传阅一份抗议书。很不凑巧，正在这时，我的俄文印刷所得迁移地点。原来的房子是津科维奇以自己的名义租的，它与波兰印刷所合在一起，现在津科维奇债台高筑，法院的执行官已来过两次，印刷所随时可能与其他家私一起被没收，抵充债务。我委托切尔涅茨基负责搬迁，但津科维奇反对，不愿交出铅字和什物。我写了一封不客气的信给他。

沃尔采尔看到我的信，第二天抱病来了，他很伤心，是特地到特威克南找我的。

"我们内部正在闹矛盾的时候，您却要搬走印刷所，这无异是逼我们走上绝路。"

"请您相信，这丝毫不包含任何政治原因，也不是由于争吵或示威，事情很简单：我担心查抄津科维奇的全部什物。您能不能向我担保，不致发生这类事？只要您保证，我可以把印刷所留下。"

"他的事很复杂——这是真的。"

"那您怎么能指望我把我唯一的武器拿来冒险呢？哪怕以后我能重新购置这些东西，单单时间的损失就多么大？您知道，它的建立是不容易的……"

沃尔采尔沉默了。

"我可以为您这么办：我写一封信，说明由于业务上的需要，我不得不迁移印刷所，但这不仅不表示我们的分裂，而且相反，这使我们可以有两个印刷所，而不是一个。您只要愿意，这封信随时可以公开发表，或者给任何人看。"

我真的按照这意思写了信，是写给扎皮茨基①的，他是领导中

---

① 扎皮茨基（1810—1871），波兰革命家，流亡在伦敦。

心一个不出头露面的人物，负责它的日常事务。

沃尔采尔留下吃饭。饭后，我请他在特威克南过夜，晚上我们两人一起坐在壁炉前面。他非常忧郁，清楚地意识到自己犯了多大的错误，一切让步没有带来任何结果，只是导致了内部的分裂，他与科苏特从事的宣传活动也毫无结果，这是一幅阴暗的图画，而它的背景便是波兰国内死一般的平静。

彼·泰勒[1]吩咐公寓的老板娘每月把账单寄给他，包括房租、伙食、洗衣费等等，由他结算，但从未当面付过钱给沃尔采尔。

1856年秋，大家劝沃尔采尔住到尼斯去，开头先在日内瓦湖畔的温暖地带居住一个时期。我听说后，主动提出路费由我负担。他接受了，这使我们重又接近了，我们又时常见面。但他迟迟没有动身，这时伦敦的冬季开始了，气候变得潮湿，大雾弥漫，令人窒息，空中永远湿湿的，刮起了可怕的东北风。我催他快走，但他对迁移，对活动，已养成了一种本能的畏惧心理；他怕孤独，我建议他带几个人一起上日内瓦，到了那儿，我可以把他介绍给卡尔·福格特……他一切都接受，一切都同意，但什么也没做。他住的底层是地下室，几乎终年不见阳光，他又有气喘病，那里空气不流通，煤烟味很重，这样，他的身体日益衰弱了。

他要走已经太迟，我提议在布朗普顿肺病疗养院为他租一间舒适的房间。

"这好是好……但是不成。算了，它离这儿太远了。"

---

[1] 泰勒（1819—1891），英国激进派政治活动家，马志尼的朋友，英国"意大利之友社"的主席。朋友们（其中包括赫尔岑）资助沃尔采尔的钱，均由泰勒经手，但这事是瞒着沃尔采尔本人的。

“这有什么关系？”

“扎皮茨基住在这儿，我们的一切活动都在这儿，他每天早上得向我汇报一天的工作！……”

这种自我牺牲精神几乎已到疯狂的边缘。

“他们准备向我们提出一份抗议书，您大概听到过吧？”沃尔采尔问我。

“听到过。”

“这就是我年老以后获得的报答……活到这一天真没意思……”他忧郁地摇摇斑白的头。

“我看您的话不一定对，沃尔采尔。大家一向爱戴和尊重您，这件事之所以直到今天才发生，只是因为怕您伤心。您知道，他们不满的不是您，让您的同志们自己负责吧。”

“永远不成，不成！我们一切都是一起干的，我们应该共同负责。”

“您救不了他们……”

“半小时前您不是还在讲罗素①背叛了自己的同事们吗？”

这是晚上。我站的地方离壁炉稍远，沃尔采尔坐在炉边，脸对着炉火，他病容满面，在红红的火光照射下更显得憔悴不堪，饱经忧患——那消瘦的面颊上老泪纵横……在难以忍受的沉默中几分钟过去了……他站了起来，我陪他走进卧室，园子里高大的树木在簌簌作响，沃尔采尔推开窗说道：

“站在这里，我尽管有不幸的肺部，我的生命可以延长一倍。”

我握住他的双手。

---

① 罗素（1792—1878），英国政治家，辉格党领袖，曾两度担任首相。1855 年在阿伯丁内阁中担任外交大臣时，违反内阁共同负责的成规，单独提出辞职，导致阿伯丁内阁的下台。

"沃尔采尔，"我对他说，"住在我家中吧，我可以分一间屋子给您，谁也不会来打扰您，您爱做什么就做什么；如果您想单独用早饭，单独用午饭都成；您可以安心休息一两个月……不致受到不断的干扰，以便让精神得到恢复，我是作为朋友，作为您的兄弟劝您的！"

"谢谢您，我全心全意感激您；我愿意马上接受您的劝告，但是在目前的状况下这简直不可能……一方面是战争，另一方面，我们的人会以为我抛弃了他们。不，每个人都必须背着自己的十字架走到最后一天。"

"好啦，至少目前安静地睡吧。"我对他说，勉强笑了笑。已经没有法子救他了！

……战争临近尾声，尼古拉死了，新的俄罗斯开始了，我们终于活着见到了《巴黎和约》，见到《北极星》和我们在伦敦出版的一切全部售罄。我们开始发行《警钟》，它也受到了欢迎……我与沃尔采尔很少见面，他为我们的成功高兴，尽管内心感到压抑，痛苦，像一个母亲失去了自己的孩子，望着别人的孩子在成长……决定命运的时刻到了，这正是沃尔采尔所说的"现在或者永不"，可是他闭上了眼睛……

他临终前三天，切尔涅茨基派人来叫我。沃尔采尔要见我——他已奄奄一息，等待着死亡。我到达时他躺在沙发上，神志不清，接近昏迷状态，脸色蜡黄的，没一丝血色……面颊完全塌陷了，这种情形在他弥留时期曾经几次反复，他已习惯了死。过了一刻钟，沃尔采尔清醒了，声音虚弱，他认出了我，支起身子，半躺在沙发上。

"您看过报纸了？"他问我。

"看过了。"

"您告诉我,纳沙泰尔问题怎么样了①。我什么也不能读。"

我讲给他听,他全都听清了,也全都理解。

"啊,多么想睡哟,现在请您离开我,您在这儿我不能睡,可是睡眠能使我轻松一些。"

第二天他好了一些。他想对我讲什么……两次开了个头,又停止了……直到单独与我在一起时,这个弥留的人才把我叫到身边,用无力的手握住我的手,说道:

"您是完全正确的……您不知道您多么正确……这一直压在我心头,我必须告诉您。"

"不必再谈这些了。"

"走您自己的路吧。"他抬起头,那对垂死的、但是明亮的、闪闪发光的眼睛望着我。他不能再说其余的话。我吻了他的嘴唇——这做得很对,以后我们就永别了。晚上他起床走到另一间屋里,与老板娘一起喝了一点掺温水的杜松子酒,这是一个单纯的、好心的女人,把沃尔采尔当作神一般尊敬,认为他不是一个普通的人。喝完酒,他又回卧室睡了。第二天早上,扎皮茨基和老板娘来问他,要不要吃点什么。他请他们生了火,让他再睡一会儿。火生着了,沃尔采尔却没有醒来。

我去时,他已死了。他那消瘦不堪的脸和身体用一块白被单覆盖着,我望着他,与他告别后,便去找雕刻师的助手,要为他拓一个石膏面型。

我与他的最后会见,他经历的巨大痛苦,我已在别处讲过了。②

---

① 纳沙泰尔是瑞士的一个邦,1856 年 9 月亲普鲁士的贵族发动政变失败被逮捕,普鲁士准备出兵干预,因此一时战云密布,直至 1857 年 3 月才渡过危机。

② 见《印刷所文集》第 163—164 页。——作者注

现在我只想再给它增加可怕的一笔。

沃尔采尔从不谈起自己的家庭。有一次他为我找一封信，在桌上翻了半天，又打开抽屉。那儿放着一张照片，照片上是一个保养得很好的年轻人，留着军官的小胡子。

"这也是波兰的爱国者吧？"我说，主要是开玩笑，而不是询问。

"这……"沃尔采尔赶紧从我手中取下了照片，望着旁边说道，"这……这是我的儿子。"

后来我知道，他是华沙的俄国官员。

他的女儿嫁给一个伯爵，过得相当阔绰，但不认识自己的父亲。

临终前两天，他向马志尼口授自己的遗嘱——对波兰的遗言，向它致敬，向朋友们问候……

"现在都做完了。"垂死者说。马志尼没有放下笔。

"您再想想，"他说，"现在您是不是希望……"

沃尔采尔没有开口。

"您是不是还有什么话要对什么人说？"

沃尔采尔明白了，脸上布满一层阴影，他答道：

"我对他们没什么说的。"

我不知道，是否还有比这句简单的话更可怕、更严厉的诅咒。

随着沃尔采尔的去世，伦敦波兰流亡者中的民主派变得无足轻重了。它是靠他的正直和威望维持的。一般说来，急进派分裂之后几乎总会互相仇视。一年一度的大会分崩离析，人数少得可怜，已

按：《印刷所文集》即《伦敦自由俄罗斯印刷所的十年》，赫尔岑悼念沃尔采尔的文章《沃尔采尔之死》于1857年发表在《北极星》第三集上，后又收入这本文集。

无人注意……它只是例行公事式的先人祭①，追思老的和新的亡灵，正如一切安灵弥撒一样，无非是祝祷死者的复活和来世的永生——祝祷波拿巴的再度来临②和"波兰共和国"的新生③。

两三个德高望重的老人，依然作为庄严而悲哀的民族传统的象征活在人们中间；他们像飘着长须、满头白发的犹太长老伏在耶路撒冷城墙边哭泣，不能成为引导民族前进的领袖，只是指着坟墓向我们呼号的僧侣："站住，赶路的，瞧，英雄的墓地在这儿呢……"

在他们中间，优秀者中最优秀的一个④在衰弱的身体中还保留着年轻的心。蓝色的眼睛中还流露出纯洁得像孩子的、充满青春活力的慈祥目光，但是他的一只脚已跨进坟墓，即将离开我们，他的对立面亚当·恰尔托雷斯基也不久于人世了。

这真的已到了"波兰的末日"⑤吗？

……在我们把令人感动和同情的沃尔采尔完全留在凄凉的海格特墓园以前，我还想讲几件关于他的小事，正如人们送葬回来，一边克制着悲痛，一边难免要谈到死者的一些往事。

沃尔采尔对生活琐事一向心不在焉，总是把眼镜、眼镜套、手

---

① 东正教追荐祖先的仪式。

② 拿破仑于1807年打败俄、普，进军华沙，建立了华沙大公国，因此波兰人一直把拿破仑看作对抗俄国的"保护神"。

③ 1569年波兰和立陶宛为对抗俄国的威胁，联合为统一的国家，号称"波兰共和国"，实际上是中世纪式的贵族共和国，由贵族选举国王，设有议会和宪法。1772至1795年俄、普、奥三国完成了对波兰的瓜分，"波兰共和国"宣告灭亡。

④ 指莱维尔（1786—1861），他是波兰历史学家，在1830年的起义中成为革命派的领导人，后流亡国外，在波兰民主派流亡者中发挥了重要作用。

⑤ 这是波兰民族英雄柯斯丘什科的话。柯斯丘什科（1746—1817），波兰将军和政治家，1794年波兰反俄起义的领导人，起义失败时他讲了这样的话。

帕、鼻烟匣等等忘在哪儿，然而，如果他的旁边有一块手帕不是他自己的，他也会把它揣进口袋，因此有时他的口袋里会出现三只手套，有时又只有一只。

在他迁居猎人街以前，他住在伯顿新月街43号，那是一排半圆形小屋子的旁边，离新马路不远。按照英国风气，新月街的房屋都是同一格式。沃尔采尔住的房子从一端算起是第五栋，他知道自己心不在焉，因为每次回家总得数门。有一次他从另一端回家，数到第五栋便敲门了，门一开，他便朝自己屋里走。屋里出来一个姑娘，大概是主人的女儿。沃尔采尔径直走到没生火的壁炉旁边，坐下休息，背后有个人咳嗽了两次，他发现那儿的安乐椅上坐着一个与他素不相识的人。

"对不起，"沃尔采尔说，"您大概在等我吧？"

"请别见怪，"那个英国人说道，"在我回答以前，先得问一下，阁下是谁？"

"我是沃尔采尔。"

"我不认识您，请问，您有何贵干？"

这时沃尔采尔才蓦地想起，他可能走错屋子了，向周围打量了一下，发现家具等等都是陌生的。他向英国人说明了自己的困境，道了歉，回到了从另一端算起的第五栋房子里。幸好这个英国人很有礼貌，没有计较，但这在伦敦不是经常可以遇到的。

过了三个来月，这事又发生了一次。这次他敲门后，开门的女用人看到这位体面的老先生，马上把他领进了起居室，英国人正在那儿跟妻子一起吃饭，见到沃尔采尔，立刻兴高采烈地伸出了手，说道：

"您走错了，您住在43号。"

尽管这么粗心大意，沃尔采尔一生却保持着非常好的记忆力。

我常常把他当作词典或百科全书，向他查询一些事。他什么书都读，对什么都感兴趣：机械学和天文学，自然科学和历史。他毫无天主教徒的偏见，但由于波兰人在智力上的特殊气质，他相信精神世界，那个朦胧的、不必要的、不可能的、与物质世界隔绝的天地。然而这不是摩西、亚伯拉罕和以撒的宗教，这是卢梭、乔治·桑、皮埃尔·勒鲁、马志尼等等的宗教。不过沃尔采尔比他们每一个都更没有权利信仰这宗教。

当他的气喘病不太严重，心情不太忧郁的时候，他在人们中间是非常可爱的。他很会讲话，谈到波兰贵族古老的生活习惯时，他的故事尤其引人入胜。塔杜施先生①的世界，墨德利奥②的世界，马上在我们眼前出现了，对它的灭亡你不会感到惋惜，相反，只会高兴，但是你不能不对它那色彩斑斓、粗犷豪放的诗意感到神往，这完全不是我们那些地主老爷的生活方式。实质上，我们与西方的贵族截然不同，我们那些大人物的故事讲的无非是粗野的阔绰举止，整个城市的纵酒豪饮，奴仆成群，对农民和穷苦邻居的任意欺压，以及对皇帝和皇亲国戚的奴颜婢膝、百般奉承等等。舍列梅捷夫家族和戈利岑家族③，尽管他们拥有公馆和庄园，他们与自己的农民实质上并无不同，只是他们穿着德国人的长袍，读着法国人的书报，享受着沙皇的恩宠和财富而已。这些人只是在一再证明保罗一世的那句话：他的身边只是一些高等仆人——那便是他在讲话时所面对的那些人……这一切都没什么，但必须知道这一点。我所见

① 密茨凯维奇《塔杜施先生》中的主人公，这部长诗描写了19世纪初年波兰贵族的生活。
② 波兰作家卡奇科夫斯基（1825—1896）的小说《墨德利奥》的主人公，这小说描写了17世纪末至18世纪初波兰贵族的生活方式。
③ 俄罗斯两个古老的著名家族。

到的俄国贵族和大臣的最后一个代表便是那位谢尔盖·米哈伊洛维奇·戈利岑，难道还有比他更可怜，更缺少贵族气质的吗？难道还有比那个伊斯梅洛夫①更讨厌的人吗？

波兰地主的作风是丑恶的，粗野的，今天的人几乎很难理解，但这是另一种气质，另一种性格的人，他们没有一点奴才气。

"您知道通往罗亚耳宫的街道，为什么叫拉济韦尔街吗？"有一次沃尔采尔问我。

"不知道。"

"您记得摄政王②的朋友拉济韦尔③吧？他从华沙坐马车到巴黎，一路上在每个地方过夜都得买一幢房子作公馆。摄政王对他佩服得五体投地，他的酒量之大使那位身体虚弱的主人大吃一惊。公爵几乎离不开他，尽管每天见面，早上还要送便条给他。一天拉济韦尔要告诉摄政王什么。他派了一个仆人去送信。仆人东找西找，还是没找到，只得回家请罪。主人说：'傻瓜，到这儿来，从窗口望，瞧见这大房子（罗亚耳宫）没有？''见到了。''这儿的头号大老爷便住在这幢房子里，每个人都会指给你看。'仆人去了，东找西找，还是没有找到。原因在于：拉济韦尔住的地方与王宫隔着许多房子，必须从圣奥诺莱街绕过去……于是拉济韦尔说道：'嗨，真讨厌，吩咐我的管家，把我的公馆和王宫之间的房子统统买下拆掉，开辟成一条街，这样，我再派这个傻瓜找摄政王时，他就不致找不到了。'"

---

① 俄国梁赞省一个以野蛮残酷出名的大地主。
② 在 1715 至 1723 年法王路易十五年幼时摄政的奥尔良公爵菲力普（1674—1723）。
③ 拉济韦尔家是波兰立陶宛的大贵族世家，在"波兰共和国"时期出过不少左右朝政的大人物，这里只是指这个家族的一个成员。

第七章　德国流亡者 ①

卢格和金克尔——硫磺帮 ②——美国宴会——《领导者》——
圣马丁会堂的群众集会——米勒博士

德国流亡者与其他人不同，他们的特点是枯燥乏味，不好相
处，喜欢争吵。他们中间没有意大利流亡者中那种热情洋溢的人，
也不会有法国流亡者那种火热的头脑和激烈的言论。

其他流亡者很少与他们接近；举止、习惯的不同使他们与别人
保持着一定的距离；法国人的狂妄自大与德国人的粗鲁蛮横没有共
同之点。德国人缺乏公认的文明风度，加上不近人情的迂阔作风，

---

① 这一章在赫尔岑生前没有发表过，这主要是由于赫尔岑在一生的最后几年，对
马克思的态度有了一定程度的转变。赫尔岑与马克思不认识，但由于思想上的
距离，当时复杂的政治环境，以及巴枯宁和卡尔·福格特等人的影响，赫尔岑一
直对马克思抱着很深的成见，不理解马克思的活动，并对他作了多次攻击，马克
思也一再还击，这一切使两人长期处于对立状态。但他们的矛盾，根据后人
的研究，大多只是出于误解，因此必须放在当时的历史背景上来理解这一章。

② 原文为德文，这本来是德国一些大学生在巴登－普法尔茨起义失败后，1849 至
1850 年流亡在日内瓦时的一个小团体，这些人放浪不羁，酗酒闹事，自以为这便
是与社会对抗的革命行动。1859 年，卡尔·福格特在《我对〈总汇报〉的控告》
中，竟用"硫磺帮"来称呼马克思等人，诬蔑他们是流亡者中的"诈骗集团"。
这激起了马克思的愤怒，马克思于 1860 年发表了《福格特先生》一文给予还击。
赫尔岑当时与福格特站在一边，这里的所谓"硫磺帮"也就是指马克思等人。

过度的不拘形迹，过度的幼稚天真，使不习惯的人很难与他们相处。他们自己也不愿意与人交往，一方面认为自己在科学水平上远远超过其他人，另一方面又觉得在别人面前不自在，不舒服，仿佛一个乡下佬走进了大都会的沙龙，一个官吏走进了贵族圈子。

在德国流亡者内部，也像他们的祖国一样四分五裂。他们没有一致的纲领，他们的统一是靠相互仇视和恶意攻击支撑着的。德国流亡者中最优秀的一部分人感觉到了这一点。那些精力充沛的人，纯正的人，聪明的人，如卡·舒尔茨[1]，奥·维利希[2]，雷亨巴赫，都去了美国。那些温和的人则躲进了事务堆中，躲到了伦敦郊区，例如弗莱里格拉特[3]。其余的人，除了两三个领导人，则分裂成一些势不两立的小集团，争争吵吵，甚至不惜利用家庭隐私，以至刑事罪责，彼此诋毁。

我抵达伦敦不久，便到布赖顿拜望阿诺尔德·卢格，在40年代的莫斯科大学中，卢格是个著名人物，他正在发行著名的《哈雷年鉴》[4]，我们从这里汲取着激进的哲学思想。1849年，我与他在还没冷却的火山地带——巴黎见过面，那时没有工夫研究个性。他是作为巴登起义政府的一个代表来邀请不懂德语的梅罗斯拉夫斯基[5]去指挥游击队，并与法国政府举行会谈的，但法国政府根本不想承认

---

① 舒尔茨（1829—1906），德国革命者。1848年因参加巴登起义被捕，后越狱逃脱，1852年到美国定居，入美国籍，成为政界的重要人物。

② 德国巴登起义的参加者。

③ 弗莱里格拉特（1810—1876），德国诗人，19世纪德国革命诗歌的代表者，与马克思一起编过《新莱茵报》。1851年起流亡在英国。

④ 即《德意志科学和艺术哈雷年鉴》，青年黑格尔派的文学－哲学杂志，1838至1841年在哈雷出版，1841年后改名为《德意志科学和艺术年鉴》。

⑤ 波兰革命者，他于1849年曾应邀在德国西南部指挥革命军队。

革命的巴登。与他在一起的还有卡·布林德①。6月13日后，他和我都不得不逃离法国。布林德迟了几个钟头，便被关进了孔斯耶尔热里监狱。从那时起直到1852年秋，我没再见到卢格。

在布赖顿，我发现他已成了一个唠叨的老人，满腹怨气，言语刻薄。从前的朋友离开了他，德国也忘记了他，他在政治上已没有影响，流亡者中又争争吵吵，使他沉浸在流言蜚语和说长道短中。与他保持经常联系的只有两三个庸碌无能的新闻记者，舞文弄墨的小报作家，这是些德国舆论界的小投机商，在鏖战激烈的时刻，从来看不到他们的影子，只是到战斗结束之后，这些政界和文化界的五月金龟子才钻了出来，每天晚上津津有味地、不遗余力地搜寻白天留下的残渣。卢格便跟他们一起编写文章，撺掇他们，给他们提供素材，在德国和美国的某些报纸上播弄是非。

我在他那儿吃了饭，度过了一个晚上。在整个这段时间里，他都在抱怨那些流亡分子，对他们造谣中伤。

"我们四十五岁的维特②与男爵夫人的事怎么样了，您听到吗？"他说，"据说，他向她表白爱情时竭力说服她，贵族和共产主义者的结合将发生化学反应，生下一个天才的孩子。但是听说，男爵对生理学实验毫无兴趣，结果把他轰走了。不知这是不是真的？"

"您怎么会相信这种无稽之谈呢？"

"不过实际上我也不太相信。住在这种穷乡僻壤，我只能听到

---

① 德国革命家。

② 歌德《少年维特的烦恼》中的主人公，这里指奥·维利希，据说他与一位男爵夫人有过暧昧关系。这个男爵夫人同情民主运动，曾协助金克尔越狱潜逃；德国革命失败后，她也流亡至英国。

一些伦敦的小道消息，又都是从德国人那里听到的，这些人，尤其是流亡者，编的谎话真是无奇不有，反正大家都不和睦，都在彼此造谣诽谤。我想，这是金克尔编造的，因为男爵夫人救他出了监狱，他得用这故事向她表示感谢。要知道，他自己也想追求她呢，只是不敢这么做。他的妻子不准他胡搞，对他说：'你从我第一个丈夫那里夺得了我，现在应该满足了……'"

阿诺尔德·卢格的哲学谈话便是这样。

有一次他改变了话题范围，为了缅怀友情谈到了巴枯宁，但讲到一半便突然停止，说道：

"不过最近他有些走回头路了，在胡说什么革命的专制主义，泛斯拉夫主义。"

我怀着沉重的心情离开了他，决定再也不来看他了。

过了一年，他在伦敦举办了几次学术讲座，讲德国的哲学运动。讲座效果不好，带柏林口音的英语很刺耳，而且希腊文和拉丁文的人名都按照德语发音，英国人简直猜不透伊俄菲斯、尤诺①等等是什么人。第二次讲座来了十个人，第三次五个人，加上我和沃尔采尔。卢格在空荡荡的大厅里走过我的身边，与我紧紧握了手，说道：

"波兰和俄国来了，可是意大利没有到，等发生新的人民起义时，我不会忘记马志尼和萨斐的这笔账。"

他走时气呼呼的，带有威胁的神气。我看看沃尔采尔那讥刺的笑容对他说道：

"俄国请波兰共进晚餐。"

"那么意大利只好完蛋了。"沃尔采尔说，一边摇摇头。我们走了。

---

① 罗马神话中的朱庇特和朱诺。

金克尔在伦敦的德国流亡者中是最杰出的一个。这人的行为无可指责，工作辛辛苦苦，不论说来多么奇怪，这在流亡者中还是极少见的，然而金克尔却被卢格看作眼中钉，为什么？这很难说明，正如无神论的鼓吹者卢格怎么会成为新天主教派龙格[①]的朋友一样不可思议。哥特弗里德·金克尔是伦敦德国流亡者千百个派别中一派的首脑。

看到他，我总觉得奇怪，这个宙斯式雄伟脑袋怎么会生在一个德国教授的肩上，这个德国教授又怎么会跑进硝烟弥漫的战场，后来负了伤，又落进了普鲁士的监狱？也许比这一切更叫人纳闷的是，这一切加上伦敦，丝毫也没有改变他，他还是德国的教授。他身材魁梧，满头白发，胡子也花白了，他天生相貌堂堂，令人肃然起敬——但这副相貌赋予了他一种当官的气派，法官和大主教的威严和架势，使他的眉宇之间显得有些自负。这种气质在现代的牧师，妇科医生，尤其是催眠术家，专门保卫道德的律师，以及英国贵族化大饭店的茶房领班身上，也可以看到，只是表现略有不同而已。金克尔青年时代醉心于神学；摆脱神学后，在待人接物方面依然像个教士。这并不奇怪，哪怕拉梅内[②]，尽管深深铲除了天主教的根基，直到晚年仍保持着神父的仪表。金克尔讲话深思熟虑，不慌不忙，显得四平八稳，毫无棱角，似乎在海人不倦地进行说教。他装出一副谦谦君子的样子，虚心听取别人的意见，但真正满意的还是他自己。

他在萨默塞特大厦和几所高等学校教书，在伦敦和曼彻斯特公开讲授美学——这使那些在伦敦挨饿的、游荡的德国三十四个邦的解放者不能宽恕他。在美国各报上，金克尔经常受到攻击，它们成

---

① 在德国发起新天主教运动的神父。

② 基督教社会主义思想家之一。

了德国谣言的主要排水沟；在每年照例要为纪念罗伯特·勃鲁姆[①]，为纪念第一次在巴登举起盾牌、第一次对奥地利人挥舞宝剑[②]等等而举行的人数不多的大会上，金克尔也总会遭到指责。他的同胞全都在咒骂他，这些人永远不知道吸取教训，永远要向人借钱，又从来不知道归还，谁不肯借，他们便随时准备把他说成间谍或强盗。金克尔从来不屑于回答……那些耍笔杆的家伙叫了一阵，也就像克雷洛夫描写的那样退却了。[③]不过偶尔还会有一只肮脏的毛茸茸的小狗，从不知哪个德国民主派的地洞里蓦地跳将出来，在一份谁也不读的报纸上发表一篇小文章，向他狺狺而吠，那副咬牙切齿的样子不禁使人想起蒂宾根、达姆斯塔特和不伦斯威克－沃尔芬比特尔[④]等地纷纷揭竿而起的那个幸福的时代。

在金克尔的家中，在他的讲堂上，在他的谈话中，一切都是美好而聪明的，但是车轮上似乎缺少一点机油，因此一切都运转不灵，没有吱吱声，但走得没精打采。他的谈吐一向生动有趣，他的妻子是著名的钢琴家，弹的曲子美妙悦耳，可是家中却沉闷得要死。只有孩子们跳跳蹦蹦，带来了一点活跃的气息，他们那明亮的小眼睛，那清脆的嗓音，虽然不够庄重，但……似乎给车轮增加了一点机油。

---

① 勃鲁姆（1807—1848），德国小资产阶级民主主义者，法兰克福国民议会左翼领袖，在1848年10月的维也纳起义中直接参加了街垒的战斗，后被奥地利军事法庭判处死刑。

② 指1848年4月的第一次巴登起义和3月的维也纳起义。赫尔岑是故意模仿德国小资产阶级流亡者的口气讽刺他们。

③ 见克雷洛夫的寓言《过客和猎狗》，一群猎狗跟在过客后面汪汪直叫，过客不去理睬它们，它们叫了一阵便不叫了。

④ 这都是1848至1849年在德国发生起义的地方，赫尔岑这些话也都是对德国小资产阶级流亡者的讽刺。

"我是一个具备各种可能性的人。"金克尔不只一次对我这么讲，用这话说明他介于各派力量之间的地位。他认为，他可能在未来的德国成为未来的部长。我并不相信这一点，但他的夫人约翰娜对此却深信不疑。

不妨顺便谈谈他们的关系。金克尔经常保持着庄重的外表，她则总是对他惊叹不已。在他们中间，哪怕谈到最平凡的日常事务，也要使用高尚喜剧（德国的市民式文雅喜剧！）和道德小说中的词句。

"最亲爱的约翰娜，我的天使，"他清晰地、不慌不忙地说道，"你这么善良，再给我斟一杯好茶吧，你煮的茶味道香极了！"

"这茶这么合你的口味，使我太高兴了，亲爱的哥特弗里德。亲爱的，请给我加几滴奶油。"

于是他给她滴了几滴奶油，一边含情脉脉地瞧着她，她则报之以感激的目光。

约翰娜对丈夫的照顾无微不至，坚持不懈，简直叫他受不了；有雾的日子，她总要在一条特制的腰带上给他别一支手枪，叮嘱他千万别吹风着凉，要当心坏人，不要吃不卫生的食物，尤其要提防女人的眼睛——这是比所有的风和鹅肝馅饼更危险的……总之，她用自己强烈的嫉妒和不可克制的、永不衰退的爱情害苦了他。但另一方面，她让他相信，他是天才，至少不比莱辛差，他将成为德国未来的施泰因[1]。金克尔相信这是真的，但在外人面前，当她的吹捧超过限度时，不得不亲切地制止她。

"约翰娜，您听到海涅的事吗？"一天夏洛特[2]伤心地跑进屋子

---

[1] 施泰因（1757—1831），19世纪普鲁士最伟大的政治家之一，参加过1814年的维也纳会议。他又是历史学家，退休后致力于历史研究。
[2] 金克尔家的一个女友。

问她。

"没有。"约翰娜回答。

"他死了[1]……这是昨天夜里……"

"真的?"

"千真万确!"

"啊,这下可好了——我总是担心,他会写出什么刻毒的讽刺诗,讽刺哥特弗里德,他的语言那么尖刻。"接着突然清醒了,又道:"您使我吃了一惊,这对德国是多大的损失。"[2]

……厌恶,这是出自嫉妒的痛苦感情。[3]

这些仇恨的根源,一部分在于意识到祖国德国在政治上处于二流地位,又竭力想扮演第一流的角色。法国人的民族自大狂也是可笑的,但是他们还能够说,他们"在一定程度上为人类流了血"……然而学识渊博的德国人流的只是墨水。提高民族地位的奢望与学究式世界主义相结合,尤其显得可笑,因为它提不出任何权利,只是不相信别人能尊重自己,自己能有所作为而已。

"为什么波兰人不喜欢我们?"一个德国人在一些书呆子的集会上一本正经地问。

正好有一个新闻记者参加了这次集会,他是个聪明人,早已迁居英国。

---

[1] 海涅于 1856 年 2 月 17 日在巴黎逝世。

[2] 不过我写了这几行,感到很遗憾。过了不久,这个可怜的女人便从四层楼的窗口跳到院子的石板地上死了:嫉妒和心理失常使她走上了可怕的自杀道路。——作者注

[3] 这前面的原稿缺了几页。

"哦，这是不难理解的，"他答道，"您不如说，谁喜欢我们？或者为什么大家讨厌我们？"

"怎么大家讨厌我们？"惊奇的教授问道。

"至少与我们相邻的国家都这样：意大利人，丹麦人，瑞典人，俄国人，斯拉夫人……"

"对不起，博士先生，也有例外。"书呆子有些不好意思，坐立不安地反驳道。

"毫无疑问，在一定程度上，法国和英国是例外。"

学者开始神采焕发了。

"可您知道，这是为什么？因为法国不怕我们，而英国瞧不起我们……"

德国人的处境确实令人伤心，但他们的伤心不能使人同情。大家知道，他们有力量应付一切——内部的和外部的敌人，然而他们却办不到。例如，与他们同一种族的英国、荷兰、瑞典等民族都是自由的，德国人却不是。无能也必然对人（例如对贵族）发生影响，尤其可以使人感到自卑。德国人意识到了这一点，于是为了抬高自己便不择手段，甚至把英国和北美共和国当作了国家事务方面日耳曼精神的代表。埃德加·鲍威尔 [①] 写了一本谈俄国的空洞的小册子（题目大概是《教会和国家》[②]），卢格便对他大为恼火，怀疑是我怂恿他写的，于是写信给我（后来还把这信发表在《泽西文

① 应是布鲁诺·鲍威尔（1809—1882），德国哲学家，青年黑格尔派的重要代表，主要以研究基督教史闻名，曾遭到马克思和恩格斯的严厉批评，1848 年后成为保守派。（埃德加·鲍威尔是他的弟弟，也属于青年黑格尔派，但与赫尔岑讲的事无关。）

② 应是《俄国与日耳曼世界》，1853 年出版，在这书中，布鲁诺·鲍威尔出于对欧洲文明的失望，主张依靠沙皇俄国的"原始力量"革新欧洲。这观点也遭到了马克思的批评。

集》上），说俄国只是一种粗糙的材料，既野蛮，又混乱不堪，它的力量、荣誉和美都来源于日耳曼的天才，是后者向它提供了范例和榜样。

任何俄国人一旦登上舞台，德国人便会愤愤不平，表示惊讶；不久前他们还对我们的学者感到诧异，因为这些人居然想在俄国的大学和俄国的科学院中成为教授。在外来的"同仁"眼中，这简直是胆大包天，忘恩负义，侵占了别人的位置。

马克思对巴枯宁非常熟悉，知道他几乎为德国人丧生，死在萨克森刽子手的屠刀下，然而他却把巴枯宁说成了俄国间谍。他在自己的报上编了一大篇故事[①]，说这是乔治·桑听赖德律－洛兰讲的，后者在当内政部长时看到了一份对他的名声不利的书信。巴枯宁那时蹲在监狱里等待判决[②]，压根儿没想到这种事。诽谤要把他推向断头台，最终切断殉难者与暗中同情他的群众之间感情上的联系。巴枯宁的朋友阿·雷海尔写信到诺昂，问乔治·桑是怎么回事。她马上答复了雷海尔，并向马克思的报纸的编辑部写了信，对巴枯宁表现了伟大的友谊，声明她从来没有与赖德律－洛兰谈到过巴枯宁，因此她不可能复述报上谈到的事。马克思很有办法，他发表了乔治·桑的信，加了个注，说那则关于巴枯宁的消息是他"不在的时候"登载的。

---

① 关于巴枯宁是俄国间谍的谣言是俄国大使馆散布的，在巴黎曾流传很广。马克思的《新莱茵报》驻巴黎记者艾韦贝克在通信中报道了这事，《新莱茵报》便登载了这消息。但是在收到巴枯宁的抗议和乔治·桑的声明信以后，马克思马上在《新莱茵报》上发表了这些抗议和声明，并表示了歉意。这是1848年7月的事。8月底马克思与巴枯宁在柏林重又会面时，已完全恢复了过去的友谊。因此这件事可以说只是误解，而且早已过去，赫尔岑在这里未免夸大了它的意义。

② 巴枯宁是在1949年5月因参加德累斯顿起义而被捕的，因此是在一年之后，与这里谈的事并非同时。

收场完全是德国式的，它不仅在法国不可能（因为那里对名誉问题一丝不苟，发行人会用一大堆漂亮的词句、拐弯抹角的语言和道德说教，掩盖这种肮脏勾当，最后表示别人恶意利用了他的信任，他为此表示失望），甚至在英国，尽管那里的报刊发行人毫无礼貌，他也不敢把责任推在同事身上。[①]

我到伦敦后过了一年，马克思一派对巴枯宁又进行了一次肮脏的诬蔑，而当时巴枯宁已关在阿列克谢耶夫三角堡中。[②]

英国自古以来就号称是受迫害者的祖国，可是在这里却出现了一种非常特殊的现象，戴维·厄克特[③]便属于这种现象，这是一个有才能的、精力充沛的人，保守派中一个激进的怪物。他被两个思想搞糊涂了，一个是：土耳其是最优异的国家，有着远大的前途，

---

① 虽然他们干的事常常令人发指。为了说明这一点，我不妨讲一件事，这是路易·勃朗遇到的。《泰晤士报》载文道，路易·勃朗从前在临时政府任职时，把"法国国库的一百五十万法郎"用于在工人中间组织自己的政党。路易·勃朗写信给编辑部，它登载的关于他的报道是不确实的，他说，哪怕他想做，他也无法盗取或使用一百五十万法郎，因为在他主持卢森堡委员会期间，他有权动用的钱不超过三万法郎。《泰晤士报》没有登出他的信。路易·勃朗便亲自前往编辑部，要求会见总编辑。他们回答道，根本没有总编辑，《泰晤士报》是由编辑委员会编的。路易·勃朗要求会见编辑委员会的负责人，他们回答他，没有具体的负责人。

"那么我究竟该找谁，我的信涉及我的名声问题，它没有见报，这该由谁负责？"

"这里与法国的情形不同，"《泰晤士报》的一个官员对他说，"我们没有负责的总编辑，按照法律，我们也不必非登载来信不可。"

"绝对没有负责的编辑吗？"路易·勃朗问。

"没有。"

"非常非常遗憾，"路易·勃朗露出讥笑说道，"你们没有总编辑，否则我非狠狠打他一记耳光不可。再见，先生们。"

"再见，先生，再见。上帝保佑您！"《泰晤士报》的官员一再说，尊敬地、安详地推开了门。——作者注

② 巴枯宁于1849年5月参加德累斯顿起义后被捕，接着被引渡到俄国，关在彼得堡彼得保罗要塞的阿列克谢耶夫三角堡中。

③ 厄克特（1805—1877），英国外交家和政论家，积极鼓吹亲土耳其的观点，反对俄国。

因此他吃土耳其的饮食，洗土耳其的澡，坐土耳其的沙发……第二个思想是：俄国的外交手腕是全欧洲最狡猾的，神秘莫测，它收买和欺骗了世界各国所有的国务活动家，尤其是英国的政界人物。厄克特花了几年工夫想寻找证据，证明帕默斯顿已被彼得堡政府收买。他就这事发表了文章和小册子，向议会提出意见，在大会上呼吁。起先大家听了他的话很生气，驳斥他，咒骂他，后来习惯了，不论被指责的人还是听的人都一笑置之，不再理会……等他讲完便哄堂大笑。

在一个主要组织的一次大会上，厄克特又大放厥词，发挥自己的先入之见，竟然忘乎所以，指责科苏特是个不可信任的人，如果他还没有被俄国收买，那么一定处在一个显然为俄国卖力的人的影响下……这个人便是马志尼！

厄克特像但丁的弗兰采斯加[1]，这天再也讲不下去了。他提到马志尼的名字，便引起了震耳欲聋的嘲笑声，以致戴维本人也发现，他不仅不能靠弹石器打死这个意大利的歌利亚[2]，还会扭伤自己的胳臂。

如果有个人认为，并公开宣称，从基佐和德比到埃斯帕特罗[3]、科布登[4]和马志尼，都是俄国间谍，这对马克思（天下第一号怀才不遇的天才）周围那帮得不到大家承认的德国政治家说来，自然如获至宝。这些人出自无法施展的爱国抱负和骇人听闻的自命不凡，建立了一所高等学府——造谣学校，对政治舞台上一切比他们幸福

---

① 见但丁的《神曲·地狱篇》第五歌。

② 歌利亚是《圣经》中非利士的巨人，以色列王大卫用弹石器打死了他，见《撒母耳记》上第十七章。

③ 埃斯帕特罗（1793—1879），西班牙国务活动家。1854 至 1856 年的西班牙首相。

④ 科布登（1804—1865），英国政治家，国际自由贸易的倡导者，对英国政治发生过重大影响。

的人，无不百般猜疑。他们缺少的只是光明正大的名义，厄克特把它给了他们。

戴·厄克特那时对《广告晨报》①（一份靠最奇怪的方式维持的报纸）有很大影响。这份报纸不论在俱乐部里，在大书报摊上，还是在正派人的案头，都不能找到，但它的发行量却超过了《每日新闻》，直到最近才在《每日电讯报》《明星晨晚报》等廉价报纸的竞争下退居次要地位。《广告晨报》纯粹是英国现象，这是饮食业的报纸，任何一家酒店都不会没有它。

马克思集团和他们的朋友们便是靠厄克特和饮食店顾客与《广告晨报》搭上关系的②——"哪里有啤酒，哪里便有德国人"。

一天早上，《广告晨报》突然提出了问题："巴枯宁是不是俄国的间谍？"③——很清楚，答案是肯定的。这行径如此卑鄙，甚至并不特别同情巴枯宁的人也被激怒了。

对此事不能置之不理。尽管不愿意，我还是与戈洛温④一起在联合抗议书上签了名，此外别无选择。我又请马志尼和沃尔采尔一起签名，他们马上同意了。看来，有了波兰民主派领导中心主席和

---

① 伦敦的一份古老报纸，它的宗旨主要是维护商业利益，原由伦敦饮食业公会创办，因此主要靠伦敦各大饭店和旅馆支持。

② 其实马克思与《广告晨报》并无特殊关系，相反，认为它只是一份商业报纸，还多次对它的政治面貌提出过批评。马克思认识厄克特也是在这事以后几个月，即1854年2月。不仅如此，当时马克思在给恩格斯的信中谈到厄克特时，称他是"一个不折不扣的疯子"，恩格斯也称厄克特为"发疯的议员"。但是厄克特分子控制的一些报纸转载过马克思在其他报纸上发表的文章，这可能使赫尔岑产生了错觉，认为马克思和厄克特，以及《广告晨报》有联系。

③ 1853年8月2日《广告晨报》上登出了署名"弗·马"的信，这人在信中说巴枯宁是俄国政府的间谍。赫尔岑怀疑这人便是马克思，其实这人虽然也姓马克思（弗兰西斯·马克思），却是英国的一个地主和反动政论家。

④ 俄国流亡者，赫尔岑对他的印象很不好，因此这里说不得不与他一起签名。

马志尼这样的人物作证，一切总该解决了。但是德国人还不肯就此罢休。他们与戈洛温展开了最无聊的论争①，而后者之所以乐此不疲，也只是为了给伦敦酒店里的读者消闲解闷。

我的抗议，我给马志尼和沃尔采尔写的信，一定引起了马克思对我的不满。大致正在这个时候，德国人突然改变了对我的态度，从大肆吹捧变成了大肆挞伐。现在他们不再给我写颂词，像《来自彼岸》和《意大利书简》②出版的时候那样，而是这么谈论我，说我"像一个狂妄的野人，居然敢于高高在上地对待德国"。③马克思集团的一个小徒弟写了一本书攻击我，寄给霍夫曼和卡佩出版社，后者不愿出版。于是他在《领导者》④上发表了上面谈的那篇文章（我是过了好久才知道的）。他的名字我记不起了。

不久，马克思集团中又添了一员戴脸甲的骑士，他名叫卡尔·布林德，当时他是马克思的随从，现在则是他的敌人。由于美

① 那份联合抗议书是戈洛温起草的，它提到了1848年对巴枯宁的诽谤。接着，阿诺尔德·卢格出于对马克思的仇恨，在给《广告晨报》编辑部的信中也提到了1848年的事，并且说，尽管《新莱茵报》的发行人"马克思博士"知道这是假的，也照登不误。这样，就把《广告晨报》的事硬与1848年的事扯在一起了，因此马克思进行了反驳，详细说明了1848年的情况，戈洛温又作了答复，论争延续了一两个月。最后，《广告晨报》承认对巴枯宁的怀疑是毫无根据的，事情才结束。

② 即《法意书简》中的意大利部分，它像《来自彼岸》一样，最初都是于1850年以德文本在汉堡出版的，出版者即下面提到的霍夫曼和卡佩出版社。

③ 这是一个叫科拉切克的人在《俄国革命思想史》法文本再版时，在美国一张报纸上写的。它的有趣之处在于：这本书的德文译文曾全文刊登在《德意志年鉴》上，而年鉴的发行人……就是那同一个科拉切克。——作者注
科拉切克（1821—?），德国政论家，法兰克福国民议会左翼成员，1848年起在斯图加特发行《德国政治、科学、艺术和生活月刊》，1853年去美国。赫尔岑有些文章曾登载在他的这本月刊上（不是登在《德意志年鉴》上）。

④ 英国实证主义理论家刘易斯创办的周刊。

国驻伦敦领事为我们举行了一次宴会，布林德便在纽约报纸的通讯上说道："在这次宴会上有一个俄国人，他便是亚·赫，一位自称为社会主义者和共和主义者的人。赫与马志尼、科苏特、萨斐等有密切关系……这些人都站在运动的领导地位，从这一点看，他们让一个俄国人接近他们是很不谨慎的。我但愿他们的悔悟不致太迟。"

这是布林德本人写的，还是他的助手写的，我不知道——我手边现在没有它的原文，但我可以保证意思无误。

在此我必须指出，不论布林德也好，马克思也好，我与他们都素不相识，这仇恨纯粹是精神上的，也就是说并非出自个人恩怨，我只是他们献给祖国的祭品——出于爱国主义的需要。再说，在美国领事的宴会上没有德国人，这叫他们恼火，他们便向俄国人发泄怨气。①

这次宴会使大西洋两岸的人都议论纷纷，原因是这样的。皮尔斯总统②为了与旧欧洲各国政府赌气，干了各种幼稚行为。这一方面可以在国内赢得更大声誉，另一方面可以转移欧洲各激进党派的视线，掩盖他的全部政策的主要立足点——悄悄地巩固和扩大奴役制度。

这是索雷③担任驻西班牙大使，罗伯特·欧文的儿子④任驻那不

----

① 宴会上没有一个德国人，使我想起加里波第的母亲的葬礼。她是 1851 年在尼斯去世的，她儿子的朋友们邀请各国的流亡者去为死者执绋，其中也邀请了我。我们在过道中聚集时，看到被邀请者中有两个罗马人（其中一人是奥尔西尼），两个伦巴第人，两个那不勒斯人，两个法国人，霍耶茨基是波兰人，我是俄国人。霍耶茨基说："先生们，请注意，整个欧洲都有代表在这儿了，缺少的只是一个德国人！"——作者注
② 皮尔斯（1804—1869），美国第十四任总统，在国内采取与南方和解的方针，支持奴隶制度和《逃亡奴隶法》（可以捉拿逃亡奴隶并判刑的法律，南北战争中废除）。
③ 索雷（1800—1870），法国人，后移居美国，1858 年起任美国驻西班牙大使。
④ 罗伯特·保尔·欧文（1801—1877），1825 年随父赴美，后定居该国，宣传其父的思想，1853 年任驻两西西里王国公使。

勒斯公使的时候，这以前不久，索雷与杜尔戈进行了决斗①，还不顾拿破仑的命令，坚持要通过法国前往布鲁塞尔，使法国皇帝难以拒绝。美国人说："我们的大使不是给各国国王，而是给各国人民派出的。"正是出于这个思想，他们才给一切现存政府的敌人举行了这次外交宴会。

这次宴会我事前毫无所知；一天突然收到了美国领事桑德斯的请帖，请帖中还附了马志尼的一张小小便条，他请我不要拒绝，举办这次宴会的目的只是要气气某些人，向另一些人表示同情。

参加宴会的有：马志尼，科苏特，赖德律－洛兰，加里波第，奥尔西尼，沃尔采尔，普尔斯基②和我，英国人中有一个激进派议员乔舒亚·沃尔姆斯利，另外便是布坎南大使③和大使馆的一些官员。

应该指出，这次由黑色奴隶制度保卫者举办的红色宴会，目的之一在于促使科苏特和赖德律－洛兰接近。这不是要为他们调解什么，因为他们从来没有争吵过，而是要使他们正式认识。他们从未见过面，原因是这样的。科苏特从土耳其来到伦敦时，赖德律－洛兰早已在这儿。于是产生了一个问题：谁先拜访谁，是赖德律－洛兰先去拜访科苏特，还是科苏特先去拜访赖德律－洛兰，他们的朋友、同志、随从、卫队和群众都非常关心这个问题，赞成和反对的意见势均力敌。一个是匈牙利的独裁者，另一个虽不是独裁者，但是法国人。一个是英国的贵宾，第一流的风云人物，誉满四海的英雄，另一个在英国已像在家中一样，理应受到新来者的谒见……总

---

① 杜尔戈是法国驻西班牙大使，于 1854 年 1 月与索雷决斗受伤，这在当时外交界是一件大事。

② 普尔斯基（1814—1897），匈牙利作家。

③ 布坎南（1791—1868），美国政治活动家，曾任驻俄公使、驻英大使，1857 年继皮尔斯之后当选为美国第十五届总统。

之，这件事正如方圆转化和永动等等问题一样①，在两派人物之间无法解决……于是只得决定谁也不去拜访谁，一切听其自然……三四年过去了，赖德律－洛兰和科苏特住在同一个城市里，有共同的朋友，共同的利益，共同的事业，却只得彼此隔绝，而自然的见面机会始终没有出现。马志尼便决定给命运助一臂之力。

宴会开始前，在布坎南已经与我们一一握手，表示三生有幸，得以与大家见面以后，马志尼挽住赖德律－洛兰的手，同时布坎南也对科苏特如法炮制，这样，把两个罪魁祸首拉到了一起，使他们差点撞个满怀，然后向彼此介绍了姓名，两位新朋友也不甘落后，互相表示了仰慕之意，伟大的匈牙利人用的是带有东方风味的华丽辞藻，伟大的高卢人则用的是国民议会上色彩强烈的演说口气……

在这整个表演过程中，我和奥尔西尼站在窗口……我看了看他，不觉高兴极了，我看到他露出了微笑——但主要在眼睛中，不在嘴唇上。

"告诉您，我头脑里出现了一个多么无聊的场面，"我对他说，"1847 年，我在巴黎历史剧院看一出毫无意义的军事剧，这出戏的主要角色可以说只是硝烟和射击，次要角色是马、大炮和战鼓。在一场戏里，双方军队的统帅为了谈判，从舞台的相反方向出场，英勇地朝对方走去，走近以后，一个脱下帽子答道：'苏沃洛夫——马塞纳！'另一个也脱下帽子答道：'马塞纳——苏沃洛夫！'"②

"我自己也忍不住要笑呢。"奥尔西尼对我说，脸色变得相当

---

① 方圆转化是研究怎样使圆变成方，"永动"是中世纪幻想的"永动机"，这都是无法解决的问题。

② 马塞纳（1758—1817），法国革命和拿破仑时期的主要将领，1799 年曾与俄军元帅苏沃洛夫在意大利北部对阵，不分胜负。这里是写两人在谈判时争名次。

严肃。

狡猾的老人布坎南尽管已将近七十岁，还在觊觎总统的宝座，因此总是大谈安度晚年、田园生活和自己年老体弱等等。在宴会上，他不断跟我们套近乎，就像当初当驻俄大使时，在尼古拉的冬宫跟奥尔洛夫和本肯多夫拉关系一样。他以前就认识科苏特和马志尼；跟其他人，他大多谈些非常得体的奉承话，使人觉得这是一个熟悉官场应酬的老练外交家，不像来自民主共和国的严峻公民。对我，他什么也没说，只是告诉我，他在俄国住过很久，他得到的印象是它会有很伟大的前途。当然，关于这一点我不能对他说什么，我便告诉他，在尼古拉加冕时我就见过他："那时我还是个孩子，但是您很引人注目——穿着您那套普通的黑燕尾服，戴着大礼帽，站在穿绣金官服的一大群显要中间。"①

对加里波第，他说道："您在美国像在欧洲一样著名，只是在美国您还有一个新头衔。那里人们说您……说您是一位杰出的水手……"

用过甜点后，桑德斯夫人便走了，这时送上了雪茄，还有大量的酒。布坎南坐在赖德律－洛兰对面，告诉他，他在纽约有个熟人曾这么对他说：为了认识您，要他特地从美国赶到法国，他也愿意。

不幸布坎南讲得含糊了些，赖德律－洛兰又不太懂英语，结果弄得张冠李戴，十分有趣：赖德律－洛兰以为布坎南在谈他自己，便露出法国人热情洋溢、感激不尽的表情，连声道谢，还隔着桌子向他伸出了自己的大手。布坎南接受了感谢，握了手，带着不动声色、安详自若的神态（这种神态是英国人和美国人哪怕遇到轮船失事或者失去一半家产等等险情时也不会改变的）对他说道："我想，

---

① 那时我还不会讲英语。布坎南又不太懂法语。我的话是沃尔采尔翻译给他听的。——作者注

这是弄错了，不是我这么想，是我在纽约的一位好朋友这么说。"

宴会结束时已到深夜，布坎南走了，接着，科苏特认为他也不能再留下，便带了自己没有任所的大臣走了。桑德斯请我们重又走进餐厅，要亲自用肯塔基陈威士忌给我们调制潘趣酒。况且他觉得意犹未尽，必须为未来的世界共和国（无色的）等等举杯祝酒，表示庆贺，而谨慎的布坎南大概是不肯做这一切的。宴会后的祝酒，只有两三个客人和他在一起……不用演说。

他在酒上点了火，加了各种香料，一边提议合唱《马赛曲》，代替祈祷。谁知只有沃尔采尔一人熟悉这支曲子，但他的嗓子哑了，马志尼只会唱一点儿，于是只得把美国人桑德斯夫人请来，由她用吉他弹《马赛曲》。

这时她的先生已完成了烹调任务，尝了一口，觉得很满意，给我们每人斟了一大茶杯。我什么也不怕，一下子喝了一大口，呛得差点喘不出气。等我好过一些，看看赖德律-洛兰，发现他也想大口喝酒，我赶紧喊住他：

"如果您还想活下去，对这种肯塔基饮料得当心一些才好。我是俄国人，我喝了它，上颚、咽喉和整个食道尚且像火烧似的，您就可想而知了。他们的肯塔基潘趣酒一定是用红辣椒做的，简直跟浓硫酸差不多。"

美国人很得意，对欧洲人的虚弱发出了嘲笑。我从年轻时起就是米特拉达梯①的模仿者，因此只有我一个人喝干了酒，还嫌不够。我与酒精的这种化学亲和性，大大提高了我在领事眼中的地

---

① 米特拉达梯六世（？—公元前 63），古代黑海地区本都王国的国王。据说他为了防备别人下毒，从年轻时起就每天服用微量毒剂，使肠胃能抵制毒药，以致最后兵败，服毒自杀时，毒药竟然无效，只得请卫士将他杀死。

位。"对，好样的，"他说，"只有在美国和俄国，人们才真正懂得喝酒。"

我心里想："对，还有一个更值得引以为荣的相似之处：只有在美国和俄国才能把奴隶鞭打致死。"

这次宴会便以七十度的潘趣酒结束，它没有损害赴宴者的胃肠，却触犯了德国小报记者的尊严。

在美国宴会之后，出现了成立国际委员会的尝试——这是英国宪章派和各国流亡者试图采取联合行动，宣布自己的存在和统一的最后一次努力。委员会的倡议者是厄内斯特·琼斯①。他企图挽救过早衰老的宪章运动，使英国工人和法国社会主义者携起手来。为促进这种真诚的合作，双方决定采取一次共同行动——召开纪念1848年2月24日的大会。②

国际委员会选举了我和其他十人作委员，并要求我在大会上谈谈俄国，我写信感谢了他们，但表示不想发言——要是马克思和戈洛温没有迫使我为了故意与他们作对，走上圣马丁会堂讲坛的话，事情本来可以这么结束。③

起先琼斯收到了一个德国人的信，抗议我的当选。他写道，我

---

① 琼斯（1819—1869），英国工人运动活动家，诗人，1845年参加宪章运动，成为左派领导人，并与马克思建立了亲密友谊，后来由于与资产阶级激进派站在一起，马克思与他断绝了关系。

② 纪念1848年法国二月革命的大会，于1855年2月27日在圣马丁会堂举行。

③ 戈洛温在1855年2月13日的《广告晨报》上提出，赫尔岑不能代表俄国在大会上发言。至于马克思，琼斯在发起成立国际委员会的时候，就邀请马克思参加，马克思表示反对，认为这是把工人运动的领导权让给小资产阶级流亡者。后来在琼斯的教请下，马克思参加了一次会议，但提出了赫尔岑的问题，认为赫尔岑是个斯拉夫主义者，这对国际运动是有害的，此后马克思没再参加委员会的活动。在圣马丁会堂的大会上，赫尔岑的发言虽然表现了对沙皇俄国的革命立场，但也表现了一定的俄国民粹主义观点。

是著名的泛斯拉夫主义者，我写过必须征服维也纳，并把它称作斯拉夫民族的首都，我还宣传俄国的农奴地位，把它作为全体农民的理想社会。他提出这一切的根据，便是我给林顿的信（《旧世界与俄国》）①。琼斯没有把这种爱国主义的诬蔑放在心上。

但是这封信只是试探性的前奏。在委员会的下一次会议上，马克思便提出，他认为我的当选不符合委员会的宗旨，建议取消我的资格。琼斯指出，这不像他想的那么容易，委员会选举了一个根本不想当它的委员的人，而且正式通知了他，现在便不能凭一个委员的意愿便改变这个决定，马克思不妨把自己的意见写成书面材料，他可以立即把它提交委员会讨论。

对此，马克思说道，他并不认识我，他的指责丝毫不带个人意气，但是他认为，我是俄国人，又是在所写的一切中支持俄国的俄国人，单单这一点已经够了；最后他说，如果委员会不取消我的名字，那么他马克思和他所有的人，都只得退出这个委员会。

厄内斯特·琼斯，法国人，波兰人，意大利人，还有两三个德国人，以及英国人，在表决时都支持我。马克思落到了极少数的地位。他与自己的同伙离开了委员会，再也没有回来。

在委员会遭到失败后，马克思集团退进了自己的堡垒——《广告晨报》。赫斯特与布莱克特出版了《往事与随想》一卷的英译本，其中收入了《监狱与流放》。②为了有个动听的书名，他们毫不犹

---

① 即科尔德罗依提到的那些信，赫尔岑在这些信中表现了俄国民粹主义观点，正因为这样，才得到了科尔德罗依的重视。

② 《往事与随想》的这个英译本于 1855 年 10 月由伦敦的赫斯特与布莱克特出版社出版。同年 11 月《广告晨报》为书名和"流放"问题对赫尔岑展开了攻击。赫尔岑把这件事也算到了马克思的账上。

豫地把它改成了《我在西伯利亚的流放生活》。《快报》首先指出，这是吹牛。我给出版商写了信，也给《快报》写了信。赫斯特和布莱克特声明，书名是他们改的，原稿上没有这名称，但霍夫曼和卡佩在德文本上也用了"在西伯利亚"等字。《快报》把这一切都发表了。看来事情已经了结。但是《广告晨报》却开始攻击我，一星期有两三次。它说，我用"西伯利亚"这词，是为了使书容易出售，说我在书出版后过了五天才提出抗议，是为了让书有个推销的时间。我作了答复；他们发表时加了标题："赫尔岑先生事件"，仿佛这是给杀人案件或刑事案件加按语……《广告晨报》的德国人不仅不相信"西伯利亚"是书商加的，而且对流放本身提出了怀疑："在维亚特卡和诺夫哥罗德，赫尔岑先生是在沙皇衙门里当官，他在何时何地被流放过？"

最后，兴趣消失了……《广告晨报》才忘记了我。

过了四年，意大利战争①开始了；这时红色的马克思忽然看中了最黑最黄的《奥格斯堡报》②，在它上面宣称（匿名），卡尔·福格特是拿破仑亲王的奸细，科苏特、山·泰莱基③、普尔斯基等等都已被拿破仑收买。接着他又写道："根据最可靠的消息，赫从拿破仑那里领取巨款。他与罗亚耳宫的密切关系早已不是秘密……"④

---

① 指 1859 年 4 月开始的意大利民族解放战争，这次战争由撒丁王国联合法国对奥地利宣战，主要目的是驱逐奥地利在意大利的侵略势力。

② 即《奥格斯堡总汇报》，它与马克思没有任何关系。赫尔岑在第五卷第三十六章提到它时，也称它是"黑色的和黄色的"，黑色是指它的反动性，黄色是指它没有原则。

③ 匈牙利革命者。当时匈牙利人为了反抗奥地利统治，对拿破仑三世抱有一定的幻想，甚至希望争取拿破仑的帮助，因此关于这些匈牙利人"已被拿破仑收买"的谣言，在伦敦的流亡者中是很流行的。

④ 这篇文章并非马克思所写，它是一个匿名作者根据布林德提供的教材写成，也

我没有答复，他便自以为得计，不久伦敦那份营养不良的周刊《海尔曼》又登出了一篇小文章，文章说（尽管我已声明过十来次，我从未写过这类话）我"建议俄国占领维也纳，认为它是斯拉夫世界的首都"。①

我们在一起吃饭，大约十个人，有人谈到了报上报道的乌尔班和他的滂陀尔②在科摩湖一带的暴行。加富尔公布了这些事件。对于乌尔班的行径，那是毫无疑问的。这个来历不明的亡命之徒是雇佣兵出身，后来不知混进了哪个兵营，又在哪个军队中青云直上；这是男性的营妓，生来就是在战场上厮杀的大兵，滂陀尔和匪徒。

那是在马真塔和索尔费里诺战役③前夕。当时德国人的爱国思想已到了恶性膨胀时期；对意大利的古典主义式的好感，对奥地利的爱国主义的仇恨，在骄傲的日耳曼民族自大狂面前都消失得无影无踪，这种自大狂只指望不惜一切长期侵占别国的"四要塞防御区"④。巴伐利亚人已整装待发，尽管他们没有得到任何命令，听到

可能是布林德自己写的，本来投给宪章派的《人民报》，后来由李卜克内西把它转寄给《总汇报》。但是马克思确实早已根据福格特的言论，断定福格特与拿破仑三世有关系，至少是在推行拿破仑的政策，因此在1860年写了《福格特先生》一文，予以揭露。后来发现的一些材料也证明马克思是对的，但当时赫尔岑完全站在福格特一边，并为他辩护。

① 《海尔曼》是德国小资产阶级右翼在伦敦出版的机关刊物，主编金克尔曾受到马克思的多次批评，马克思与这刊物毫无关系，赫尔岑这里的话都是猜测之词。

② 乌尔班是奥地利驻意大利侵略军的统帅，1859年在意大利北部与加里波第对阵。滂陀尔是乌尔班手下的一支雇佣兵，大多由匈牙利等族人组成，以残酷闻名。

③ 这是1859年意大利民族解放战争中的两次重要战役，两地都在意大利北部，6月4日奥军十二万人在马真塔被击败，向东撤退，6月24日与撒丁王国和法国的军队在索尔费里诺遭遇，又大败，这两次战役为意大利走向民族独立奠定了基础。

④ 由意大利北部曼图亚、佩斯基耶拉、莱尼亚戈和维罗纳等四个城市构成的军事防区，它是从奥地利通往意大利的必经之地，也是奥地利为了保证对整个伦巴第地区的统治而建立的主要防区。

任何号召，接到任何指示……可是他们挥舞着解放战争^①时期生锈的军刀，用啤酒灌醉了克罗地亚人和达尔马提亚人，给他们撒鲜花，让他们为了奥地利，也为了让自己永远遭受奴役去攻打意大利人。自由派流亡者布赫尔^②，还有一个应该是红胡子^③的旁系子孙、名叫罗德贝尔图斯^④的人，都发出了叫嚣，指责一切外国人（也就是意大利人）企图占领威尼斯……

在这种不和谐的气氛中，在肉汤和煎鱼之间，乌尔班的暴行问题引起了争论。

"嗯，如果这不是真的呢？"米勒－斯特鲁宾^⑤提出，脸色有些发白，这人从身体来说是出生在梅克伦堡^⑥，但从精神来说是出生在柏林的。

"然而加富尔的照会……"

"这什么也不能证明。"

"如果这样，"我指出道，"那么也可以怀疑在马真塔是奥地利人击溃了法军，因为我们中间谁也没有在那儿。"

"这是另一回事……那儿有千万个证人，其中也有意大利农民。"

"您又何苦要为奥地利将军辩护呢……难道在 1848 年，我们还没有吃够这些人和普鲁士将军、普鲁士军官的苦头吗？这些该死的容克军官自高自大，骄横跋扈……"

---

① 指 1813 年德国抵抗拿破仑侵略的战争。

② 布赫尔（1817—1892），德国政治活动家，属激进派。

③ 神圣罗马帝国皇帝腓特烈一世的诨号。

④ 罗德贝尔图斯（1805—1875），德国经济学家。

⑤ 德国流亡者，起初流亡在巴黎，现在到了伦敦。

⑥ 在德国北部，当时为一独立公国，既不属于普鲁士，也不属于奥地利。

"先生们，"米勒说道，"普鲁士军官是不允许侮辱的，不能把他们与奥地利人同等看待。"

"我们不知道这种微妙的区别；他们同样讨厌，同样可恶，我觉得，所有这些人，还有我们的近卫军，都是一丘之貉……"

"谁侮辱普鲁士军官，便是侮辱普鲁士民族，他们与它是不可分割的。"米勒说，脸色气得煞白，用生平第一次发抖的手放下了斟得满满的酒杯。

"我们的朋友米勒是德国最伟大的爱国者，"我说，仍带有半开玩笑的性质，"他在祖国的祭台上不仅要献出生命，献出烧伤的手，还献出了自己健全的思想。"

"他的脚不会再踏进侮辱德意志民族的地方。"说完这话，我们的哲学博士便站了起来，把餐巾丢在桌上作为决裂的物质表现，铁板着脸走了……从这时起我们再也没有见面。

早在 1847 年我与他就不分彼此，常常一起在柏林宪兵广场的斯坦利酒家喝酒。在我看到过的一切游手好闲的德国人中，他是最好、最幸运的一个。他没有到过俄国，但一生都在跟俄国人打交道，他的生平也许对我们不是毫无趣味的。

米勒与一切不用双手劳动的德国人一样，多年来孜孜不倦地学习古代语言，在这方面他知识丰富，懂得很多，因此他的教育是清一色古典式的；他从来没有时间翻一下自然科学方面的书，虽然他尊重自然科学，知道洪堡一辈子研究的都是这些东西。米勒像一切语文学者一样，如果不知道中世纪或古代的某一本无关紧要的书，便会羞得无地自容，然而可以毫无愧色地承认，例如，他对物理、化学等等一无所知。米勒作为音乐的热烈爱好者，却不懂得钢琴的指法，不会唱歌，作为柏拉图美学的研究者，却从来不会拿起铅笔描图，也从不留心柏林的绘画和雕塑；他的事业是从在《斯佩尔日报》上写深奥的文章，谈论天才的、但始终不出名的演员开始的，他也是个热心的戏剧爱好者。然而戏剧并未妨碍他爱好其他一切娱乐，从动物园里衰老的狮子，用爪子洗脸的白熊，变戏法，到全景图，敞景图，马戏团，双头人，蜡像，驯狗表演等等，他都喜欢看。

我一生中还从未见到过这种活跃的懒汉，这些人整天忙忙碌碌，又无所事事。晚上十一点多钟，他筋疲力尽，满头大汗，满身灰尘，没精打采，气喘吁吁地走进了屋子，朝沙发上一躺——你以为他这是回到了自己屋里吗？根本不是，他是走进了斯坦利酒家的文学沙龙，在那儿开怀畅饮……他的酒量大得惊人，不断敲打壶盖，堂倌不用问，便知道又得给他添酒了。这里全是些退出舞台的演员，不写文章的文学家，他便在这些人中间高谈阔论，一讲就是几个小时，什么考尔巴赫[1]和科内利乌斯[2]画得怎么样，拉博切塔[3]（！）今晚在王家歌剧院唱得怎么样，以及思想怎么扼杀了诗歌，破坏了绘画，减少了它们的直感性等等，然后他突然一跃而起，想到明天早上八点他还得去找帕萨拉尼埃[4]，一起上埃及博物馆参观新发现的木乃伊——这必须八时到达，因为九点多钟一个朋友答应带他去参观英国公使的马厩，看看英国人怎么饲养马。蓦地想起这些以后，米勒慌忙向大家道一声歉，喝干了杯中的酒走了；临走，不是忘了眼镜，就是忘了手帕或小鼻烟匣。他跑进斯普里河那边的一条小街，登上四层楼，匆匆睡了一觉，又赶紧起床，免得既不需要

---

① 考尔巴赫（1805—1874），德国浪漫主义画家。

② 科内利乌斯（1783—1867），德国画家。

③ 当时的一个歌唱家。

④ 米勒的朋友。

帕萨拉尼埃、也不需要米勒博士的那个三四千年前去世的木乃伊等得不耐烦。

他的口袋里总是空空如也，因为他把钱都花在喝酒和看赛马上了，只得过半饥半饱的日子，对山珍海味和精美的饮食一直怀着无限向往的心情。然而当命运向他露出笑脸，那不幸的向往可以变为现实时，他能庄严地证明，他不仅对质量怀有敬意，也同样重视数量。

尽管命运对德国人并不宽厚，尤其在语文学领域，但米勒还是幸运的。他偶然落进了俄国的流动社会①，那里的人大多年轻而富有教养，于是他如鱼得水，可以在那儿大吃大喝。这是他一生中最悠闲自在的诗意阶段，那享乐的年代！人不断变换，筵席却继续不断，不变的只有米勒一人。从 1840 年起，谁没有在他的带领下游览过博物馆，谁没有听他介绍过考尔巴赫，谁没有跟他一起参观过高等学府？那是崇拜日耳曼文化的黄金时期，俄国人怀着景仰的心情来到柏林参观访问，在这片哲学的土地上，这片黑格尔踩踏过的土地上流连忘返，与米勒一起喝祭神旨酒，吃斯特拉斯堡馅饼，一起怀念黑格尔和他的学生们。

不论哪一位德国人的世界观，恐怕都经不起这类事件的冲击。德国人不能单靠对立统一法则，把黑格尔研究，哪怕是根据马海内克、巴德尔、韦尔德、沙莱尔、罗森克兰茨②，以及一切早已销声匿迹的 40 年代名流的小册子进行的研究，与斯持拉斯堡馅饼和香槟酒统一在一起。对他们说来还是这样：如果要斯特拉斯堡馅饼，就

---

① 指在西欧旅游的俄国人。

② 都是黑格尔派哲学家。巴德尔（1765—1841）不仅是德国的哲学家，也是反动的神学家。

得当银行家，如果要香槟酒，就得当普鲁士军官。

米勒很满意，他找到了科学和生活结合的巧妙途径，忙得不可开交，没有一天可以安静。一个俄国家庭坐上驿车（后来是火车）前往巴黎时，便像打羽毛球似的把他丢给了另一个刚从肯尼斯堡或什切青来的俄国家庭。送走了一家，他又赶紧迎接另一家，告别的苦酒之后接着便是新朋友见面的甜酒。但是哲学炼狱的导游人维吉尔，他把北方的新信徒领进柏林生活，同时打开了纯粹思维和德国酒会的大门。我们那些心地纯洁的同胞，丢下了旅馆里整洁的房间和精美的饮食，怀着仰慕之心与米勒一起走进了乌烟瘴气的小酒店。他们全都陶醉在无拘无束的大学生生活中，德国烟草的恶劣气味对他们也是甜蜜而愉快的。

在 1847 年，我也分享过这种乐趣，仿佛我的社会价值也一下子提高了，因为每天晚上我都能在酒店里遇到奥尔巴赫①，他在那里用漫画风格朗诵席勒的《人质》，讲有趣的名人轶事，例如，有一位德国将军在杜塞尔多夫为宫廷购买几幅名画，将军对画的大小不满，认为画家想糊弄他，少给了尺寸，于是说道："很好，但是太小。皇上喜欢大些的画，皇上洞察一切；上帝更聪明，但是皇上还年轻"等等。除了奥尔巴赫，那儿还有两三个柏林的（这地名对40 年代的俄国人多么富于魅力啊！）教授，其中一人穿着军装式礼服，还有一个喝得醉醺醺的演员，对当代的舞台艺术很不以为然，认为自己是得不到赏识的天才。这位怀才不遇的塔尔马②只得每晚在这里大唱"菲埃希行刺路易－菲力普"，唱到切赫对普鲁士国王

---

① 奥尔巴赫（1812—1882），德国小说家。
② 塔尔马（1763—1826），法国著名演员。

的枪击①，便压低了一点嗓音：

> 镇长切赫的失败，
>
> 叫人永远无法忍受，
>
> 他的子弹只打穿了
>
> 一国主母的上衣里子。

这就是自由欧洲的声音！……施普雷河上的雅典娜战神！我不禁为来自特维尔林荫大道和涅瓦大街的朋友们感到可怜。

为什么这种无知、惊讶和崇拜的心情，这些充满北国清新气息的感情，原封未动地消失了呢？……但这一切都是视觉上的骗局，那么何必惋惜呢……难道我们走进剧场，不也是为了寻求这类幻觉吗？只是在这里，我们是与欺骗者在一起活动，在戏剧里即使有欺骗，但却没有欺骗者。事后每人发现了自己的错觉……只得一笑置之，有些不好意思，于是骗自己道，这是永远不可能的……不过那毕竟是一些快乐的时刻。

为什么要一下子把什么都说穿呢？我还是多么希望回到从前的布景中间，从表面上欣赏一切……"露伊斯……骗我吧，不要说真话吧，露伊斯！"②

但是露伊斯（还有米勒）不想理睬老人，噘起嘴唇道："啊，看在老天分上，别说傻话啦，走自己的路吧！"于是你只得在鹅卵石的大街上漫步，在尘土、喧闹和忙乱中，在不必要的、没有欢

---

① 1844 年在普鲁士发生了一个名叫切赫的人行刺国王腓特烈－威廉四世的事，切赫打了两枪，都未命中。

② 引自席勒的剧本《阴谋和爱情》第五幕第二场斐迪南的台词。

乐、没有希望的聚会中消磨光阴，既不感到快活，也不感到惊奇，只是匆匆忙忙奔向出口——为什么？因为这是谁也不能避免的。

回头再谈米勒，我得说，他也不是像蝴蝶那么生活，在王冠花园和菩提树下大街飞来飞去。不，他的青年时代也有英雄的乐章，他曾在监狱中蹲过整整五年，但从来不知道这是为什么，正如把他送进监狱的那个哲学政府①也不知道一样；这时先后传出了汉巴赫节日②的回声，大学生的慷慨演讲，团结友爱的祝酒词，年轻人无拘无束的言论和对道德同盟③的回忆。大概，米勒也有什么可回忆的，因此才被关进监狱。当然，在整个普鲁士和威斯特伐利亚，以及莱茵河各州，对政府说来，没有一个人比米勒更少危险性。米勒生来就是旁观者，婚礼中的傧相和客人。在1848年的柏林革命中，米勒的态度也是这样，他从这条街跑到那条街，冒着枪弹和被捕的危险，只是想看看热闹，知道在什么地方发生了什么事。

革命失败后，国王、神父和哲学家慈父般的统治加强了，于是米勒又回到了斯坦利酒家和帕萨拉尼埃身边，开始感到寂寞，这大约有半年之久。不过他的运气不坏，随时都会出现救星。波利娜·维娅朵－加西亚④邀请他前往巴黎。她在俄国的冰天雪地中赢得了盛誉，到处受到爱戴，几乎有权称自己为俄国人，因而到了柏

---

① 当时普鲁士政府以提倡科学艺术自诩，因此赫尔岑这么讽刺它。

② 1832年5月在巴伐利亚的汉巴赫城发生了大规模示威集会，要求建立统一的德意志共和国，这次运动被称为"汉巴赫节日"，它是全德国对法国七月革命作出的最早反应之一。

③ 1807年在德国成立的反抗拿破仑侵略的团体，以提倡道德为名，宣传爱国主义思想，1809年遭到拿破仑的镇压，1815年维也纳会议后自动解散。

④ 维娅朵－加西亚（1821—1910），西班牙女中音歌唱家。1843年在彼得堡演出，红极一时，成为屠格涅夫的朋友。

林也有不可剥夺的权利，可以得到米勒作她的导游人。

维娅朵请他前去做客。在聪明、时髦而有教养的维娅朵家做客，这便使他一下子跨过了那条把一切旅游者与巴黎和伦敦的社交界隔开，把每个没有特殊头衔的德国人与法国人隔开的鸿沟。进入她的家庭，也就是进入了艺术家、马拉斯特式自由派人士、文学家，以及乔治·桑等等人物的圈子。谁不羡慕米勒和他在巴黎的一举成名呢。

他到达后的第二天跑来找我，显得风尘仆仆，疲惫不堪，还没讲两句话便喝完了一瓶酒，打碎了一只杯子，拿了我的望远镜上剧院去了。在戏院里，他把望远镜丢了，在各种警察机关转悠了一夜，然后带着歉意来找我。我宽恕了他丢失望远镜的事，因为不管怎样，他在巴黎的幸福的第一个月给了我不少乐趣。直到这时，他才表现了广泛的才能，他对世上的一切：图画，宫廷，声音，景色，动乱，菜肴，饮料，无不怀有不知餮足的爱好。他吃东西狼吞虎咽，吃了三客牡蛎，还得吃三客，然后又吃龙虾，再加几道菜，喝了一瓶香槟，还会津津有味喝一大杯啤酒；他刚跑下旺多姆纪念柱的楼梯，又走上了先贤祠的穹顶；不论在哪里，他都会拉开洪亮的嗓门啧啧赞叹，表现了德国乡巴佬天真的个性。黄昏时分，他跑到我家，喝了一加仑啤酒，随便吃了些菜，天黑之后已坐在一家戏院的顶层楼座里，一边从喉头发出哈哈大笑，一边让汗水淌了一脸。

米勒在巴黎还没玩够，已变得惹人讨厌，叫人受不了了，于是乔治·桑把他带到了诺昂。对于高雅的维娅朵，时间一长，米勒便成了累赘；在她的客厅中，他常常叫人哭笑不得，有一次他转眼之间就把一篮子特制的精美糕点吃个精光，这本来是款待十来个客人的茶点，结果等维娅朵吩咐送上茶点时，篮子里只剩了一些碎屑，还有一些则挂在米勒的胡子上。①

维娅朵把他交给了乔治·桑。乔治·桑在巴黎待腻了，要回农庄过几天清闲日子……在米勒身上她创造了奇迹：使他变得清洁了，整齐了，生活有规律了，淡黄胡子上半部的深黄烟草颜色也消失了，一些德国酒店的歌在他嘴上变成了法国歌，如"潘朵拉回答军官先生道"之类。在诺昂，米勒还用上了双框夹鼻眼镜，变得年轻了。当他休假来巴黎时，我几乎不认识他了。

为什么他不在诺昂河中洗澡时淹死？为什么不在哪儿给火车轧死呢？那么他就可以不知道忧愁，在古物陈列室和小吃部，在碟子和音乐之间，逍遥自在地结束自己的一生了。

1849年6月13日以后，我离开了巴黎；米勒在昂坦大街高呼"拿起武器！"的壮举，我已在别处谈过。1850年我回到巴黎，没有见到米勒，他在乔治·桑那里；不久我便被赶出了法国。两年以后，我在伦敦，走过特拉法尔加广场。有位先生举起夹鼻眼镜，正目不转睛地观看纳尔逊雕像，看过前面以后，又看它的右面。

"啊，这是他？好像是他。"

这时那位先生已在端详海军上将的背影。

"米勒！"我大声喊他；他没有马上理会：一个不高明的人塑造的不高明的雕像居然使他看得津津有味，但过不一会儿他便大喊一声"我的天！"扑到了我的身上。他已搬到伦敦居住，幸运之星变得暗淡了。不过很难说清楚，为什么他正好也跑到了伦敦。一个浪荡子，只要身边有钱，不可能不上伦敦逛逛，否则便留下了一个

---

① 屠格涅夫说，米勒坐下吃小吃时，先要像经验丰富的将军一样扫视一下战场，如果发现哪儿有薄弱的环节，没人吃酒或肉，他马上会发起攻势，把那一份也据为己有。——作者注

空白点，难免遗憾终身，但是他即使有钱在伦敦也住不下去——没有钱更是连想都别想。

在伦敦必须货真价实地工作，像火车头一样不停地奔走，像机器一样正常地运转。如果一个人离开了一天，他的位置就会有另外两个人争夺，如果他病了，那些给他工作做的人就会认为他死了，而那些该向他要钱的人却认为他还身强力壮。

米勒，米勒……你不再充当柏林的维吉尔，离开了维娅朵的沙龙，走出了乔治·桑的舒适农庄，还能上哪儿！你再也吃不到诺昂的鲜羊肉和阉母鸡了，再也享受不到从早上吃到晚上的俄国式早餐，从晚上吃到明天的俄国式晚餐了，再也见不到真正的俄国人了——在伦敦的俄国人都匆匆忙忙，局促不安，走投无路，哪有工夫照顾米勒。对，顺便说一句：再也见不到太阳了——在没钱买室内取暖的燃料时，它可以把你照得暖洋洋的，舒舒服服……这里有的只是雾和烟，永恒的工作，争夺工作的战斗！

过了三年，米勒显著衰老了，一条条皱纹越来越深——他落魄了，教课没有生意（尽管从德国人的标准看，他还是相当有学问的）。为什么他不回德国？这很难说，但是就德国人而言，尤其是米勒这种疯狂的爱国者，只要在德国以外住过几年，便会对祖国怀有不可克服的厌恶心理，与怀恋祖国正好相反。在伦敦他总是入不敷出。将近十年的谢肉节的狂欢生活就此结束，严峻的大斋期开始了，它把善心的浪荡子弄得无可奈何，神不守舍，每天得张罗生活费用；他东奔西走借些小钱，显得那么可怜，成了狄更斯笔下的人物，然而他还在写他的《厄利克》，还在幻想，一旦出书便可名利双收……但是《厄利克》还是难产，迟迟不能完成。米勒的消遣，除了啤酒，已只剩了一种：星期日搭廉价火车旅行。他花极少的钱坐极长的路，可惜什么也没看到。

"我上怀特岛，买的来回票（记得是四先令），明天一早就可返回伦敦。"

"你在那儿能看到什么？"

"是的，然而这只要四先令呢……"

可怜的米勒，可怜的浪荡子！

不过，让他去怀特岛吧，哪怕什么也看不到，只要也看不到未来就好：在他的占星图上已没有一点光明，一个机会。这个可怜虫，他将凄凉寂寞地、无声无息地消失在伦敦的大雾中。

第八章

这个片断应紧接在《山峰》中描写的那些流亡者之后——从他们永不褪色的鲜红岩石下降到最底层的沼泽和"硫磺帮"。我希望读者不要忘记,在这一章里,我们将与他们一起深入海底,专门考察它那淤泥的底层,这是在2月的暴风雨后形成的,它是怎样,我们就怎样描写。

这儿所写的一切几乎都已改变和消失了,50年代的政治渣滓像一层新的沙土和新的污泥覆盖了它们。这扰攘不安、互相倾轧的底层世界衰退、沉寂和死亡了;它逐渐沉淀和静止,变成了一层固定的土壤。残余的人物已极其罕见,我毋宁说还很喜欢见到他们。

这类人中间有些是伤心的畸形产物,他们既可悲又可笑,我现在要写的也正是这些人,但他们都是从真实的人描绘下来的,不应该让他们无影无踪地消失。

50 年代伦敦的流亡自由民 [1]

普通的不幸和政治的不幸——教师和推销员——小贩和跑街——耍嘴皮子和耍笔杆子——什么也没干的代理人和整天忙忙碌碌的不劳而获者——俄国人——小偷——探子

（写于 1856—1857 年）

……谈过"硫磺帮"（这是德国人自己给马克思一伙人取的诨号）以后，继续谈底层的渣滓和污泥是很自然的，两者距离不远；这些污泥是在欧洲大陆的冲突和动乱中被漂送到不列颠海岸的，它大多聚集在伦敦。

可以想象，革命和反动像间歇性热病一样败坏了欧洲的机体，它们的每次涨潮和退潮，都从大陆挟带了不少互相对立的因素，丢在英国，这些形形色色的人物随着波浪冲上海岸，一层层堆积在伦敦的沼泽和洼地中。他们的精神结构在不断的结合和再组合中，形成了各种类型，具有各种混乱的观念和思想，各种抗议和乌托邦幻想，各种憧憬、希望和失望，你可以在莱斯特广场的每一条小街，

---

[1] 选自《往事与随想》第五册。——作者注

　　按：这是指赫尔岑生前编定的《往事与随想》单行本，第五册未最后编定。这条注是本章在《北极星》第八集（1869 年）上发表时加上的。

每一家酒楼和饭店，每一条偏僻的小胡同中遇到他们。按照《泰晤士报》的说法，那儿"住着一些可怜的外国人，他们戴的帽子已经旧得谁也不会再戴，他们的脸上连不该长胡子的地方也生出了胡子，这些穷困潦倒、走投无路的居民蛰伏在这儿，他们使欧洲一切强大的国王提心吊胆，唯独英国女王不怕他们。"是的，那些来自异乡客地的人们确实坐在那儿的饭店和酒馆里，面前放着掺冷水的、掺热水的、或者完全不掺水的杜松子酒，盛在大杯子里的苦啤酒，嘴里讲着更苦的话，他们都在等待着他们已无力参加的革命，指望着永远不可能收到的亲族的接济。

　　在他们中间，什么怪物、什么奇人我没有见过啊！在这些酒店里，这儿坐着一个老派共产主义者，他在博爱的名义下仇恨一切私有主；那儿坐着一个老卡洛斯分子，他曾在爱国的名义下，出于对他既不认识也一无所知的蒙特莫林或唐胡安的忠诚①，开枪打死过自己的亲兄弟；这儿坐着一个匈牙利人，正在大谈他怎样率领五个匈牙利革命军战士打退一支奥地利骑兵部队，为了使自己更富于军人气概，他把军装纽扣从脖子起全都扣得紧紧的，尽管这件军装的大小说明它根本不是他自己的；那儿又坐着一个德国人，他为了解决每天不可缺少的啤酒问题，只得教音乐，教拉丁文，教一切文学和艺术；这儿坐着一个无神论世界主义者，他可能属于库尔－黑森民族或黑森－卡塞尔民族，但不论属于哪个民族，除了自己的民族，其他民族在他眼里都是劣等民族；那儿又坐着一个忠于天主教和独

---

① 1833 年，西班牙国王费迪南七世去世后，由他的女儿伊莎贝拉继承王位，但遭到他的弟弟唐卡洛斯的反对。唐卡洛斯发动了"拥护卡洛斯运动"，成为王位觊觎者，不断策划争夺王位的战争。1855 年，唐卡洛斯去世，他的儿子蒙特莫林伯爵继续领导卡洛斯运动。1861 年，蒙特莫林也死了，他最小的兄弟唐胡安又继续争夺王位，成为第三个王位觊觎者。

立运动、保持古老传统的波兰人，可是他的旁边却是一个把独立运动与反对天主教联系在一起的意大利人。

这儿既有革命派流亡者，也有保守派流亡者。其中有的是批发商或公证人，他们与祖国不告而别只是为了躲避债权人或委托人，他们认为自己也受到了不公正的迫害；有的是正直的破产者，他们相信不久就可以偿还一切债务，恢复信用，重整旗鼓；坐在他右边的人却相信，不用多久，红色政权就会由"玛丽安娜"[①]正式宣布成立，坐在左边的人又深信，奥尔良王族已在克莱蒙[②]整装待发，公主们都定制了漂亮的礼服，准备凯旋返回巴黎，参加庄严的入城仪式了。

在保守派中还有一种"犯了罪，但由于审判时缺席，未能最终判刑"的被告，只是他们比富于热烈想象的破产人和公证人激进一些，因为这些人在祖国遭到了重大的不幸，现在便千方百计要把这些普通的不幸说成是政治的不幸。这种特殊的命名法需要略加说明。

我有个朋友为了开玩笑去找婚姻介绍人。介绍人向他要了十个法郎，便开始询问，他要什么样的新娘，白皮肤的还是黑皮肤的，多少陪嫁等等。圆滑的小老头把这一切记了下来，接着在再三表示歉意之后询问他的出身，得知他是贵族，便大为高兴，然后又再三表示歉意，并声明保守秘密是他的职业守则，问道：

"您有过什么不幸吗？"

"我是波兰人，现在流亡在外，也就是没有祖国，没有权利，没有财产。"

---

① 法国革命组织的代号。

② 在伦敦郊外温莎附近，1848 年法国革命后，路易 – 菲力普逃亡至英国，居住在这里，1850 年他去世后，他的家属仍留在这里。

"最后一点是不利的，但是请问，您是由于什么原因离开亲爱的祖国的？"

"由于最近的一次起义。"（这是在 1848 年。）

"这无关紧要，我们并不认为政治上的不幸是不幸，这不如说是好事，它具有吸引力。但是请问，您能担保您没有其他的不幸吗？"

"那自然有，例如我的父母都死了。"

"哦，不，不是这些……"

"那么您所谓其他的不幸是指什么呢？"

"例如，如果您离开亲爱的祖国是由于个人的原因，不是政治的原因。有时由于年轻，不谨慎，学坏样，大都市的引诱，反正您知道是怎么回事……轻率地开了一张期票，胡乱花用不属于自己的钱，在借据上签字等等……"

"我明白了，明白了，"霍耶茨基哈哈大笑道，"我可以向您担保没有这种事，我从未为了盗窃或者伪造文件受过审问。"

……1855 年，一个法国流亡者走访他的难友，要求大家帮助他出版一部类似巴尔扎克的《魔鬼喜剧》[1] 的长篇巨著，其中既有诗句，也有散文，而且使用了新缀字法和独创一格的句法。书中出现的人物有路易－菲力普，耶稣基督，罗伯斯庇尔，比若元帅[2]，还有上帝本人。

他带着这个请求，还走访了舍尔歇[3]，全世界最正直、最固执

---

① 指巴尔扎克的《人间喜剧》。

② 比若（1784—1849），法国元帅，拿破仑近卫军出身，被誉为军事学家。

③ 法国政治家，早年游历美国，目睹过奴隶制度的惨状，后来成为忠诚的废奴主义者。

的人。

"您流亡很久了吗？"那位黑奴保卫者问。

"从 1847 年到现在。"

"从 1847 年到现在？那时您已来到这儿？"

"我是从布雷斯特来的，当时正服苦役呢。"

"这是什么事件？我完全不记得了。"

"不过这件事当然非常有名呢。当然，这主要是私人事件。"

"究竟怎么回事？"舍尔歇问，有些不耐烦了。

"如果您一定要问，那么我是发动了一次对私有制度的抗议，是我自己发动的。"

"因此您……您被关在布雷斯特？"

"可不是！只因为撬锁偷窃，便按破门盗窃罪给判了七年苦役！"

舍尔歇像贞洁的苏珊娜赶走不知自重的老头子一样[1]，用严厉的声音请这个自发的抗议者出去。

那些幸好有过共同的不幸，进行过集体抗议的人，现在被丢在熏黑的小酒店和腌臜的小饭馆里，只得对着没有油漆的桌子，喝他们的掺水杜松子酒和苦啤酒，饱尝人生的痛苦，但他们最大的痛苦还是根本不知道这是为了什么。

他们度日如年，但日子还是一天天过去了。革命毫无指望，依然停留在他们的想象中，可是需要却是现实的，无情的，脚边的草料已越吃越少。所有这伙人大部分是好人，但饥饿却变得日益严重。他们没有工作的习惯，思想面对着政治舞台，不可能集中在日常事

---

① 据《圣经》传说，一个名叫苏珊娜的女子拒绝了两个长老的追求，被他们控告行为不端，因而判了死刑，但先知但以理重行审理此案，证明了她的无辜，给予昭雪。《圣经》外经中有《苏珊娜传》。

务上。他们想抓住一切，然而怨恨、不满和不耐烦的心情使他们无法坚持到底，结果一切都从他们手中溜走了。凡是有劳动的毅力和勇气的人渐渐从污泥中分离出去，向前流走了，但剩下的那些呢？

何况剩下的还这么多！法国发布大赦和减免死罪后[①] 已走掉许多人，但在 50 年代初，我还赶上了流亡的高潮。

德国的流亡者，尤其不是工人出身的，大多生活穷苦，但数量不如法国人多。受过完整的医学教育的医生，尽管对业务比英国那种号称外科医生，实际上是理发师的人，高明一百倍，却无人请教，门可罗雀。画师和雕刻师虽然对艺术怀有纯洁的柏拉图式理想，要把自己献给神圣的事业，但由于缺乏生产物质财富的才能，缺乏持久的、顽强的劳动精神，缺乏准确的嗅觉，在生存竞争的浪潮中夭折了。本来在自己风平浪静的小城市中，靠德国低廉的生活费用，他们也许可以履行祭司的职责，对理想和信仰保持纯洁的崇敬，度过安定、漫长的一生。在那里，他们可以被认作天才而活着和死去。法国的风暴把他们从家乡的园地中卷走，使他们消失在伦敦生活的汪洋大海中了。

在伦敦，要想不被挤死和压死，就得不断工作，卖力工作，有什么干什么，要你干什么就干什么。必须竭尽全力，不顾廉耻，用一切手段，玩各种花样，把分散的注意力集中到迎合群众趣味的一切上来。不论是饰物，刺绣品，阿拉伯花边，模型，拓本，仿制品，画像，镜框，水彩画，支架，花草，只要制作得快，制作得及时，又多又好。哈夫洛克[②] 在印度打了胜仗，消息传来后刚过一昼

---

① 1859 年 8 月拿破仑三世发布了大赦令，赦免了各种政治犯。

② 哈夫洛克（1795—1857），英国军人，在驻印度英军中工作。1857 年印度军队发动叛乱，遭到了哈夫洛克的残酷镇压。

夜，朱利安①，那个伟大的朱利安，已把它写成了交响乐，里边尽是非洲的鸟叫声，大象的脚步声，印度人的歌唱声，炮弹的啸叫声，以致伦敦人不仅从报上读到了战争的描写，同时也从交响乐中听到了战争的报道。这支交响乐反复演奏了一个月，为作者赢得了大量金钱。然而来自莱茵河那边的梦想家们，却在追逐金钱和成功的残忍赛跑中，筋疲力尽地倒在路上了，有的在绝望中放下了手，有的更糟，举起了手，永远退出了这场力量悬殊、受尽凌辱的斗争。

顺便谈谈音乐会；在德国人中，乐师一般说是比较轻松的，伦敦市区和郊区每天需要的乐师数量相当大。除了剧场、私人音乐课和小市民的简陋舞会，大型音乐演奏也到处都有：阿盖尔音乐厅，克莱莫恩娱乐场，卡西诺俱乐部，歌舞咖啡厅，歌女穿紧身衣的歌舞厅，女王剧场，考文特花园，厄克塞特音乐厅，水晶宫②——总之，上自圣詹姆斯宫，下至每条大街的拐角，都是乐师的用武之地，它们足足可以养活两三个德国小公国的居民。这些人白天幻想未来的音乐，幻想罗西尼怎样匍匐在瓦格纳面前③，不用乐器在家里默诵和研读《汤豪舍》④的乐谱，晚上便跟着退伍的军队鼓手长和手执象牙棒的小丑角，接连演奏四个小时《马利安》波尔卡舞曲或《花与蝴蝶》雷多瓦舞曲⑤，这样，一个穷苦的德国佬一个晚上可以挣两个到四个半先令，然后在黑夜中冒雨跑进德国人集中的小酒

① 朱利安（1812—1860），法国乐队指挥及歌剧作者，1840年起在伦敦指挥乐队，名声大噪，写有《哈夫洛克的胜利》等乐曲。

② 以上都是伦敦的娱乐场所。

③ 罗西尼是意大利歌剧家，瓦格纳是德国音乐家，这里是说意大利在歌剧界的领导地位将让位给德国。

④ 瓦格纳的一部歌剧。

⑤ 一种来源于波尔卡舞和玛祖卡舞的三拍子舞曲。

店，与我从前的朋友克劳特和米勒一起喝酒——这个克劳特六年来一直在塑造一个胸像，但越塑造越不像样；至于米勒，他还是在写他那部写了二十六年还没有完成的悲剧《厄里克》，十年前他已给我念过，五年前又念了第二次，要是我没有与他争吵，也许现在又得向我念第三次了。

我与他是为了乌尔班将军发生争执的，但关于这事我已在别处讲过了……

德国人想赢得英国人的欢心，但不论他们怎么做都不能奏效。

有的德国人在老家屋里到处吸烟，吸了一辈子，吃饭要吸烟，喝茶要吸烟，睡觉和工作时也要吸烟，可是到了伦敦，他们再不在自己熏黑的、弥漫着煤烟味的起居室内吸烟，也不让客人吸烟。有的德国人在自己的祖国，一辈子都上酒店喝酒，在那儿跟老朋友一起吸烟斗，可是在伦敦，走过酒店时连瞧也不瞧一眼，要喝酒，便打发使女拿了杯子或牛奶壶把啤酒买回家中喝。

有一次，我当着一个德国侨民的面给一位英国夫人发信。

"您怎么啦？"他忽然大惊小怪地叫了起来。我吓了一跳，不禁扔下了信，以为他在信封上看到了蝎子呢。

他说："在英国，信总是折成三折，不是折成四折的，何况您这信是寄给一位夫人的，还是一位了不起的夫人呢！"

我刚到伦敦不久，去找过一个熟悉的德国医生。他不在家，我便在他桌上留了一张条子，大致是这么写的："亲爱的先生，我到了伦敦，很想见见您，希拨冗于晚上驾临某某酒店，以便像从前那样饮酒谈心，一叙契阔。"医生没有来，第二天我收到了他的一张便条，内容如下："赫先生，十分抱歉，我未能应邀前来，目前俗务繁多，实无法抽身也。但日内当专诚到府上拜谒……"

"怎么，请这个医生看病的人不少吗？"我问一个德国的解放者，也就是那个蒙他不弃，告诉我英国人要把信折成三折的人。

"哪儿的话，他在伦敦生意不好，生活相当困难呢。"

"那么他在干什么？"我把便条拿给他看。

他笑了笑，然后向我指出，我不该把便条不加信封留在医生桌上，因为便条上写着要与他一起喝酒呢。

"而且为什么要上这家酒店？那儿什么人都有。英国人是在家中喝酒的。"

"太遗憾了，"我说，"知识总是来得太晚，现在我知道应该约医生上哪儿了，但我大概不会再约他了。"

现在我们再回头谈我们那些盼望人民起义，盼望亲戚接济，盼望不劳而获的人。

要一个不劳动的人开始劳动，并不像想象那么容易，尽管许多人以为，如果必要，有了工作，又有了锤子和凿子，人们就会去劳动。劳动不仅需要有专门的知识和技能，而且要丢开私心杂念。流亡者大多是文化界和"上层社会"中的下层人物，报馆里的苦工，初出茅庐的律师；在英国他们没法靠自己的老本行谋生，别的他们又干不来，而且认为不值得干，因此老是竖起耳朵在听，警钟有没有敲响；这样过了十年，十五年，警钟还是没有敲响。

他们生活在绝望和苦恼中，没有衣服，没有明天的保障，家庭人口却在增加，他们只得闭上眼睛，怀着侥幸心理投机取巧。但是他们的打算往往落空，投机也总是失败，因为他们打的都是一厢情愿的如意算盘，投机也不是靠资本，只是靠想入非非，胡乱猜测，肚里又满腹怨恨，无法应付最简单的问题，又缺乏坚持不懈的毅力，不能忍受开头充满荆棘的几步。如果失败，他们便用缺少资金安慰自己："要是再有一两百镑，成功便易如反掌！"确实，资金不足是个不利条件，但这是劳动者的普遍命运。他们的打算简直无奇不有——有的想合股做生意，从勒阿弗尔贩运鸡蛋，有的想发明印制商标用的特种墨水，有的要制造一种可以使最难喝的伏特加变成可口饮料的香精。但是在为这些异想天开的计划寻找伙伴和资金的同时，不能不吃饭，不穿衣服，不怕东北风，也不怕英格兰女儿们看到了羞涩得无地自容。

为此采取了两种应急措施：一种非常枯燥，也无利可图，另一种同样无利可图，但非常有趣。安静而坐得定的人便去教书，尽管他们以前从未教过书，甚至可能从未读过书。竞争大大降低了价钱。

这里有一则广告可作例子，它是一位七十高龄的老翁登在报上的，我猜想，这人应该是独立的抗议者，不是集体的抗议者。

· · · · · · ·

征聘：某某先生擅长法语，采取全新易懂的速成教学方法，效果显著，曾教授英国议员及各种上流人士学法语，执有可靠证件，并能用熟练之英语翻译及讲解此一通用之大陆语言。学费低廉：每周三课收费六先令。

教英国人并不是特别愉快的工作，因为只要你拿了英国人的钱，他便不会对你客气。

我的一个老朋友收到了一个英国人的信，请他教他的女儿学法语。他按照约定的时间登门洽谈。父亲在午睡，女儿接待了他，对他相当恭敬，随后老人出来了，把博凯① 从头到脚打量了一遍，问

---

① 法国流亡者，曾给赫尔岑的孩子当过家庭教师。

道:"您是法语教师吗?"博凯回说是。"您不是我想要的人。"说完,这头不列颠蠢驴便仰起头来不理睬他了。

"您为什么不揍他一拳?"我问博凯。

"真的,我也想这么干,但那头水牛走后,女儿默默噙着眼泪,请我原谅。"

另一个措施比较简单,也不这么枯燥,那就是采取种种手法,间歇性地向你推销商品,不论你要不要,硬把各种东西塞给你。法国人大多是推销葡萄酒和伏特加。一个律师向熟人和同志们兜售白兰地,这是他用特殊的办法通过各种关系弄到的,这些关系在法国目前的状况下不宜也不应公开,何况这中间涉及一位船长,损害这位船长的名誉更是社会所不允许。白兰地并不好,价钱却比店里卖的还贵六便士。律师善于用夸张的语言进行"劝导",百般引诱:用两只手指捏住高脚酒杯的底,在空中慢慢旋转,让酒泼出几滴,然后用鼻子嗅它的味道,每嗅一次便表示它异香扑鼻,因此啧啧赞赏。

还有一个流亡者曾在外省大学当过语文教授,他也干起了酒类买卖。他的酒直接来自勃艮地的科尔多,是他从前的学生提供的特制精选名酒。

他写信给我道:"公民:您不妨问一下您博爱的良心,它一定会告诉您,您应该把向您供应法国名酒的优先权给予我。这么做,您的心就会同时享受到味觉和经济上的利益,因为这酒不仅味道醇厚,价格低廉,而且可以使您在思想上得到满足,让您意识到,您买了它,同时也减轻了一个为祖国和自由的事业而牺牲了一切的人的苦难。

"为此不揣冒昧,随信附上样品数瓶,并向您致以同志的问候!"

这些样品是半瓶装的，他亲手在瓶上标明了酒名，还说明了它们制作上的一些特点："尚伯丁（采用最上等最罕见之葡萄酿制），科特－罗蒂（彗星级），帕马（1823年酿制！），纽茨（来自阿瓜多地窖！）……"①

过了两三星期，语文教授又送来了样品。一般说来，样品发出后过一两天他便会大驾光临，坐上一个钟头，两个钟头，三个钟头，直到我把货全部收下，付清账款才走。由于他坚定不移，一再这么干，以致后来他一进屋，我便赶紧恭维几句他的一部分样品，付清了钱，把酒留下。

"那好，公民，我不再占据您宝贵的时间了。"他最后说。这样我又可以安静两个星期，暂时避免他那采用勃艮地酸葡萄、在彗星下酿制、从阿瓜多地窖取出的香味醇厚的科特－罗蒂等等的干扰了。

德国人和匈牙利人干的是另一些行当。

一天我的头痛病又发作了，我躺在里士满的寓所中。弗朗索瓦拿了一张名片进来，说有一位先生急于见我，他是匈牙利人，将军的随从（凡是匈牙利流亡者，没有工作、没有体面职业的，都自称是科苏特的随从）。我看了看名片，名片上写的官衔是大尉，但我完全不认识这个人。

"你为什么放他进屋？我已经关照过你多少次了？"

"他今天已来了三次了。"

"哦，那就请他在客厅等我吧。"我出去时像一只被激怒的狮子，还带了一瓶头痛药水。

---

① 尚伯丁、帕马、纽茨等都是法国一些著名葡萄酒的名称。"彗星"是高级酒的标志，法国人认为在彗星年酿制的酒特别香。

"请允许我介绍一下自己，我是某某大尉。我在俄国人那儿当过很久俘虏，那是在维拉戈什战役之后，在里迪格尔^①的部队里。俄国人待我们不错。我尤其受到格拉泽纳普将军的照顾，还有一位上校……哎哟，他叫什么来着……俄国人的姓名真难记……伊奇……伊奇……"

"算了，不必费心，我一个上校也不认识……您平安无事，我很高兴。请您坐下，好吗？"

"好，很好……我们每天跟俄国军官玩什托斯，本克^②……这些人很有趣，他们也讨厌奥地利人。我甚至还记住了几个俄国字：'格列巴'，'歇维尔达克'——一种二十五苏的硬币。"

"请问您找我有什么事？"

"对不起，请原谅，男爵……我在里士满散步……天气不坏，只可惜忽然下雨了……我多次听老头子和山陀尔伯爵——山陀尔·泰莱基谈起过您，还有特雷莎·普尔斯卡娅伯爵夫人也谈起过您^③……特雷莎伯爵夫人真是了不起的女人！"

"没有说的，不同寻常。"沉默。

"是的，山陀尔……我们一起在革命军服役……我一定要给您看看……"于是他从椅子下抽出公事包，打开包，取出了缺少一条胳臂的拉格伦^④，面貌丑陋的圣阿尔诺^⑤，戴锥形帽子的奥默-帕夏^⑥等等的画像。"男爵，瞧，多么像。我自己到过土耳其和库塔依西，

---

① 参与镇压 1849 年匈牙利革命的俄国将军。

② 两种纸牌戏的名称。

③ "老头子"是指科苏特。普尔斯卡娅即弗朗茨·普尔斯基的妻子。

④ 拉格伦（1788—1855），英国元帅，在滑铁卢战役中失去了一条胳臂。

⑤ 圣阿尔诺（1798—1854），法国元帅，拿破仑三世的陆军部长。

⑥ 奥默 – 帕夏（1806—1871），奥地利军官，后参加土耳其军队，被提升为将军。

那是在 1849 年，"他又说，仿佛是为了证实那些画确实很像，尽管在 1849 年拉格伦和圣阿尔诺还没到过那儿，"您以前见过这些画像吗？"

"怎么没见过，"我答道，在头上搽了点镇痛药水，"这些画像到处挂着，在切普塞德，在河滨大道，在西区都能看到。"

"对，您说得不错，但所有的画我都有，而且都用上等纸印制。您在店铺里得付一个畿尼，但我可以便宜一些，只要十五个先令。"

"说真的，我很感谢，但是请问大尉，我要圣阿尔诺这些混蛋的画像干什么？"

"男爵，我对您说实话，我是军人，不是梅特涅的外交官。我失去了我在特梅什瓦尔附近的田庄，现在处境很困难，因此干起了推销艺术品的营生（另外，也推销雪茄，哈瓦那雪茄和土耳其烟草——只有俄国人和我们匈牙利人才懂得这行买卖！），它可以让我挣几个小钱，我便靠它糊口，正如席勒说的，用它购买'流亡生活中苦涩的面包'。"

"大尉，请您老实告诉我，这些劳什子您一共要卖多少钱？"我问（尽管我怀疑席勒写过这种但丁式的诗句）。

"半克朗。"

"那么就这么结束我们的交易：我给您一个克朗，但请您不要强迫我购买这些画像。"

"说真的，男爵，我很惭愧，但我的境况……不过您都明白，您能体谅……我一向十分尊敬您……普尔斯卡娅伯爵夫人和山陀尔伯爵……山陀尔·泰莱基……"

"请您原谅，大尉，我在头痛，不能久陪。"

"我们的总督（那就是科苏特），他老人家常常头痛。"匈牙利革命军人说，好像是为了鼓励和安慰我，然后赶紧收拾公事包，把拉格伦那伙人的非常像的画像，连同金币上的维多利亚女王的肖像一起，放进了包里。

这是提供便宜货的小商贩，另一种流亡者则十年来一直在大街上或广场上，拉住了留胡子的外国人，说他要上美国，还缺少两个先令路费，或者他的孩子得猩红热死了，还缺少六个便士买棺木；介于这两者之间的还有一类流亡者，他们每天在给人写信，有时利用他认识你，有时又利用他不认识你，向你诉说各种困难的境况，以致他目前周转不灵，不过在遥远的将来，他还是可以拿到一笔财产的；这种信总是写得委婉曲折，十分巧妙。

这样的信我手边还有不少，这里不妨抄录两三份，它们都是颇具特色的。

"伯爵阁下：我是奥地利中尉军官，但我是为马扎尔人的自由战斗的，因而不得不流亡国外，以致衣服破了也买不起新的。如蒙阁下能惠赠几条旧裤子，鄙人将不胜感激。

"又，明晨九时鄙人将在家恭候阁下的使者。"

这是天真的一种，另有一种语言简洁，完全是古典式的，例如：

"先生，鄙人为高卢人，乃为人民之自由事业被逐出祖国者。现衣食无着，如蒙先生鼎力协助，解我倒悬，将不胜感激，并在此先行致谢。1859 年 5 月 15 日星期三。"

另一些信既不简洁，也不使用古典方式，却采取了一种独特的算账手法：

"公民：承蒙您的照顾，去年 2 月寄给了我三镑（您也许不记得了，但我记得）。此款本拟早日奉还，怎奈国内汇款至今未到，但我估计日内即可收到大笔款子。如蒙不弃，愿恳请再行赐借两镑，以便来日凑成整数五镑一起奉璧。"

我宁可不要整数，以致三镑依然如故。然而这位爱好整数的先生却开始造谣说，我与俄国公使馆有某种联系。

另外还有些信谈的是事业，也有些信口气像演讲，这两类信译成俄文都会减色不少。

"亲爱的先生，您一定知道我的发明，它可以给我们的时代带来光荣，也可以解决我的生计问题。但这发明始终未能加以应用，因为我无法筹集二百镑贷款，以致只得把这事业束之高阁，从事给孩子教课的卑微营生。每当持久而有益的工作出现在我面前时，命运便嘲笑我，竭力把它赶走（我逐字翻译），我追赶它，但不可违抗的命运比我更强，它一再扼杀我的希望，不过我决不灰心。现在我还在寻找实现我的计划的途径。我能成功吗？我几乎深信不疑；如果您相信我的才能，愿意让您的信任伴随着我的希望，迎着变幻莫测的命运的风浪前进……"接着他解释道，他已筹集八十镑，甚至八十五镑，其余的一百一十五镑，发明人想靠借贷解决，如果成功，它可以得到一分三厘，至少一分一厘的利息。他最后说："今天整个世界都动荡不定，国家也处在风雨飘摇之中，我们的敌人得靠刺刀维持残局，在这样一个时代中，还有比这样的投资更有利的吗？"

我不愿出这一百一十五镑。于是发明者开始认为，我的行为不够光明正大，含有某种嫌疑，对我应多加防范。

最后，还有一封才气横溢的信：

"未来世界共和国的慷慨无私的同胞！多次蒙您和您著名的朋友路易·勃朗解囊相助，十分感激，现再度写信给您，并写信给路易公民，希望能惠借若干先令。在远离了拉瑞斯和帕那忒斯[1]，来到这不欢迎客人的自私而贪婪的岛国之后，我的窘境始终未得改善。您在您的一部著作中（我经常翻阅它们），有过深刻的论断：'天才得不到金钱会像灯没有灯油一般熄灭'……"

不言而喻，我从未写过这类无耻的话，未来世界共和国的这位同胞也从未读过我的任何作品。

除了文才卓越的信，还有口才卓越的人，他们"穿大街走小巷"到处都是。这些人大多是冒牌的流亡者，实际上只是在酒店里喝光了钱的外国工匠，或者在国内遭到了不幸的人。他们利用伦敦是个大城市，今天在这一带，明天在那一带，然后又回到"圣街"[2]，即摄政王大街和干草市场、莱斯特广场一带，到处招摇撞骗。

五年前，一个穿得相当整齐、显得多愁善感的年轻人，曾几次在黄昏中走到我的面前，用带有德国口音的法语向我问道：

"您能告诉我，这个地方在哪里吗？"他给我看一个地点，那是离西区十多英里的一个地方，可能在霍洛威或哈克尼一带。我当然像任何人一样向他说明了这地点。他忽然大惊失色。

"现在已是晚上九时，我还没吃饭……我什么时候才能走到？我又没钱坐公共马车……真没料到这么远。我不敢麻烦您，但如果您肯帮忙……我只要一个先令便够了。"

我又遇到他两次，最后他消失了；过了几个月，我很高兴，又在老地方遇见了他，只是胡子的式样变了，帽子也换了一顶。他热情地举起帽子，问我道：

---

① 古罗马神话中家庭和祖国的守护神。

② 古罗马城创建时期的一条大道，在市中心，这里是借用。

"您想必懂得法语吧？"

"懂得，"我答道，"不仅懂得法语，还知道您要找一个地方，它离这儿很远，时间又晚了，您还没吃饭，又没钱坐公共马车，您只要一个先令……但这一次我只能给您六个便士，因为不是您向我，而是我向您讲这一切的。"

"有什么办法，"他答道，向我笑笑，但并无恶意，"您也许不会再相信我，但我现在要上美国了，请您再加几个钱给我作路费吧。"

我无法拒绝，只得又给了他六便士。

这类先生中也有俄国人，例如，从前在高加索当过军官的斯特列穆霍夫，早在1847年他就在巴黎行乞为生，一边非常熟练地讲些决斗、逃亡的故事，一边顺手牵羊，凡世上的一切，如旧衣服和拖鞋，夏天的卫生衣，冬天的帆布裤，童装，妇女的杂物，他能捞就捞，以致弄得那些仆人非常恼火。俄国人募集了一些钱，打发他去阿尔及尔参加外国兵团。他在军队中混了五年，拿到了证件，又挨家挨户讲他那些决斗和逃亡的故事，只是增加了阿拉伯人的各种奇遇。斯特列穆霍夫现在老了，他令人同情，但又非常讨厌。伦敦使馆的俄国教士为他募捐，想打发他去澳大利亚。他们给了他去墨尔本的介绍信，还把他托付给船长本人，主要是付清了路费。斯特列穆霍夫来与我们告别，我们给他置办了充足的行装，我给了他一件厚厚的大衣，豪格给了他衬衫等等。斯特列穆霍夫告别时哭哭啼啼地说道：

"先生们，不论你们怎么说，到这么远的地方去不是一件好受的事。一下子与一切生活习惯分手，但必须这么做……"

他吻了我们，热情地表示了感谢。

我想，斯特列穆霍夫一定早已在维多利亚河边什么地方住下，谁知一天突然在《泰晤士报》上看到：一个俄国军官斯特列穆霍夫，由于在酒店酗酒，打架，以及互相指责偷窃等等罪行，被判处三个月监禁。这以后过了四个月，我走过牛津街，正好下大雨，我没带伞，躲进了一个门洞里。我刚站住，一个瘦长条子打着一把破伞，也匆匆钻进了另一个门洞。我认出了斯特列穆霍夫。

"怎么，您从澳大利亚回来了？"我问他，直视着他的眼睛。

"啊，这是您，我简直认不出您了，"他回答，声音虚弱，像快断气似的，"不，先生，不是从澳大利亚回来，是刚出医院，我在那儿躺了三个月，病得差点死掉……我真不明白，为什么没有死。"

"在哪个医院？是圣乔治医院吗？"

"不，不在这儿，是在南安普敦。"

"您既然病了，为什么不告诉大家？哦，您怎么没走？"

"我误了第一班火车，搭第二班到达码头时，轮船已开走了。我在岸上站了一会儿，恨不得跳进海里淹死。我去找神父介绍我认识的一个牧师。他说：'船长走了，他不能等你一个钟头。'"

"那么钱呢？"

"他把钱留在牧师那里。"

"您当然把它们拿走了？"

"是的，不过毫无意思，我生病时把钱放在枕头下，都被人偷走了，这些混蛋！如果您能帮个忙……"

"不过在您离开的时候，有一个人也叫斯特列穆霍夫，由于跟一个信差打架被关进了监狱，也是三个月。您没听说吗？"

"我病得都快死了，怎么会听到。哦，雨好像停了。祝您平安。"

"当心，别在雨中着了凉，否则，又得进医院啦。"

克里米亚战争以后，俄国海军和陆军的一些俘虏，自己也不知怎么搞的，仍留在伦敦。这些人大多喝醉了酒，等到醒来，为时已晚。其中有几个向大使馆要求保护，递了申请书，但是布伦诺夫男爵①根本不当一回事！

他们的前途十分悲惨。他们面黄肌瘦，衣衫褴褛，有时低声下气，有时横行霸道，在街上讨钱（在夜里十时以后的一些小胡同中看到他们，不禁会毛骨悚然）。

1853年，一些水手从朴次茅斯港口的一艘军舰上逃走了；根据愚昧的法律（这是只对海军士兵适用的法律），一部分人被强迫送回了船上。但有几个人得以脱身，从朴次茅斯步行到了伦敦。其中有一个年轻人，二十二岁，面貌和善，开朗，本来是个靴匠，据他自己说，他能做拖鞋，我替他买了工具，给了他一些钱，但是他没有生意。

这时加里波第正要带着自己的"共和号"前往热那亚，我请他把年轻人带去。加里波第接受了，讲定每月一镑工资，如果他干得好，还答应一年后加成两镑。水手当然满意，向加里波第预支了两镑钱，把自己的杂物搬上了轮船。

加里波第出发后的第二天，水手来找我了，他脸红红的，睡眼惺忪，眼皮有些浮肿。

"出了什么事？"我问他。

"先生，很不幸，我赶到时太迟了，船已经开走。"

"怎么会迟的？"

水手跪在地上，发出了不自然的啼哭声。但事情还可以挽回。轮船是驶往泰恩河畔纽卡斯尔装煤的。

"我让你坐火车赶去，"我对他说，"但如果你这次又迟到，记

① 当时俄国驻英国的大使。

住，那我就毫无办法，哪怕你饿死我也不管。由于到纽卡斯尔的火车票要一镑多，可我对你连一先令也不相信，因此我得派个熟人，今天夜里把你交给他，然后由他送你上火车。"

"我一辈子都要为您祈求上帝保佑！"

那个受我委托送他的人向我回复说，他已把水手送走了。

可是三天后，水手又带着一个波兰人一起来了，我见了他有多么惊奇是可想而知的。

"这是怎么回事？"我向他吆喝，真的气得有些哆嗦了。

但是在水手开口以前，他的伙伴便操起不连贯的俄语替他辩护，弄得空气中尽是烟草、伏特加和啤酒的味道。

"您是什么人？"

"波兰的贵族。"

"在波兰谁都是贵族。您为什么跟这个骗子一起来找我？"

贵族摆出了神气活现的样子。我冷冷地对他说，我不认识他，他出现在我的屋里，这太奇怪了，我可以叫警察，马上把他赶走。

我看了看水手。三天与贵族的相处已对他发生了很大影响。他没有哭，只是露出醉醺醺的蛮横表情望着我。

"我病得很重，先生。火车开走时，我真想不如死了还轻松一些。"

"你在哪里得的病？"

"就在上火车时，也就是在火车站上。"

"为什么不搭下一班火车？"

"我没有想到，再说，我也不会讲英语……"

"你的车票呢？"

"我没有车票。"

"怎么没有？"

"在车站上让给别人了。"

"那好，现在你去找别人吧，只是有一点你可以相信：在任何情况下我不会再帮助你。"

"不过，请您……"那位"自由波兰地主"又插话了。

"亲爱的先生，我对您没有什么话好说，也不想听您说什么。"

他咬紧牙齿，一边骂我，一边带着自己的入室弟子走了——大概又上酒店了。

再往下走一步。

也许，不少人会怀着困惑的心情问我，怎么还能往下走？……是的，而且是相当大的一步呢，只是这里太暗了，走路得当心。我没有舍尔歇的假正经，在我眼里，那个让基督和比若元帅在长诗中对话的人有了破门盗窃的英雄行为以后，倒是更有趣了。即使他撬过锁，偷过东西，他为此吃的苦只有上帝知道，何况又拖着脚镣干了几年苦工。不仅遭他偷窃的人反对他，整个国家和社会，军队，警察，法院，一切不必盗窃的正人君子和一切没有受到法律制裁的非正人君子，都反对他。但另外还有一种窃贼，他们受到政府的奖励，上司的器重，教会的祝福，军队的保护，也没有警察的跟踪，因为他们本身就是警察。这些人偷窃的不是手帕，只是谈话、信件和眼色。流亡者中的奸细是双料的奸细……罪恶和腐败的极端表现；他们正如但丁的卢息弗①，已处在最底层，再下去便得重新往上走了。

----

① 在但丁的《神曲》中，魔王卢息弗处在地狱的最底层——第九层，过了这里又可走进光明的世界了，因此卢息弗既是黑暗之王，又是明亮之星。

法国人是这方面最大的能人。他们善于把文明的形式、热烈的词句、良心纯洁和一丝不苟的道德说教、为人之道，与奸细的职业巧妙地融为一体。你如果怀疑他，他马上要与你决斗，绝不让步，十分英勇。

文明社会把失足的孩子送进了特务世界。德拉乌德、什尼、谢普[①]的回忆录，对研究这些污泥浊水是一大贡献。德拉乌德天真地写道，他为了出卖朋友，必须对他们使尽阴谋诡计，"就像猎人对付禽兽一样"。

德拉乌德是间谍中的亚西比德[②]。

他年轻时受过很好的文学教育，思想激进，从外省到了巴黎，穷得像伊洛斯[③]，上《改革报》[④]社要求工作。他得到了一个职业，干得很不错，逐渐得到了报社的信任。他跨进了政治圈子，了解了共和派内部的各种活动，这样工作了几年，一直与同事们保持着最友好的关系。

二月革命以后，科西迪耶尔[⑤]在警察局查阅档案，发现德拉乌德一直在非常准确地向警察局提供《改革报》编辑部的情报。科西迪耶尔命令德拉乌德去见阿尔伯[⑥]，证人们在那里等候他。德拉乌德什么也没怀疑，到了那里，尽量拒不招认，后来看到无法抵赖，只得供认了向警察局汇报的事。现在问题是：把他怎么办？有的人想

---

① 都是法国著名的暗探，曾在各个革命组织刺探情报。他们都写有回忆录。

② 亚西比德（约公元前450—前404），雅典政治家，聪敏过人，但奸诈狡猾，自私自利，后投奔斯巴达，使雅典军队受到重大损失。

③ 古希腊神话中的乞丐。

④ 法国共和派左翼机关报，对二月革命起过重要作用。

⑤ 法国共和派革命家，二月革命后任巴黎警察局长，六月起义失败后流亡至英国。

⑥ 阿尔伯（1815—1895），亚历山大·马丁的化名，法国工人，社会主义者，1848年二月革命后当选为临时政府的成员。

得完全正确，认为应该当场把他像狗一样开枪打死。阿尔伯比任何人都反对这么做，他不愿在自己的住所杀死一个人。科西迪耶尔把上了膛的手枪递给德拉乌德，请他自杀。德拉乌德拒绝了。有人问他，给他毒药怎么样？他也拒绝使用毒药。最后被送往监狱时，他从容不迫，还要了一杯啤酒喝。这是事实，是送他入狱的巴黎第12区副区长[1]告诉我的。

反动力量占据优势后，德拉乌德被释放出狱，他去了英国，但当反动派大获全胜之后，他回到了巴黎，常常出入戏院和其他公共场所，俨然是一个大人物。这以后他便出版了《回忆录》。

奸细们时常在流亡者中间厮混，一旦露了马脚，给人识破，难免挨打，但一般说来他们还是一帆风顺，完成了自己的任务。巴黎警察局了解伦敦的一切秘密。德勒克吕泽[2]到达的秘密日期，后来博肖[3]回法国的日子，警察都知道，以致他们刚下轮船，便在加来被逮捕了。普鲁士警察局长在法庭上天真地承认，一些共产主义者在科隆受审时[4]法庭念的文件和信函，也都是"在伦敦收买的"。

1849 年，我认识了流亡的奥地利记者恩格兰德。他非常聪明，笔下很有锋芒，后来在科拉切克的年鉴[5]上发表过一系列生动的文

---

① 即前面讲到过的法国流亡者博凯。

② 德勒克吕泽（1809—1871），法国革命者，激进共和党人，1849 年流亡在英国，1853 年秘密回国时被捕，送往圭亚那囚禁。他后来成为巴黎公社的重要领导人，1871 年战死在街垒上。

③ 博肖（1820—？），法国革命家，1849 年六月示威的领导人之一，后流亡到英国。1854 年潜回巴黎时被捕。

④ 1852 年普鲁士警察局策划了一次对共产主义者的所谓审讯，把以前捕获的十一名"共产主义者同盟"的成员提交法庭审问，企图以叛国罪对他们判刑。这完全是普鲁士当局策划的一次阴谋，马克思为此写了《揭露科隆共产党人案件》（1853 年）一文（见《马克思恩格斯全集》第八卷）。

⑤ 所谓年鉴（《德意志年鉴》）应是科拉切克所主编的那份月刊。

章，阐述社会主义的历史发展。这个恩格兰德在巴黎曾因所谓"新闻记者案"入狱。关于他流传着种种谣言，最后他本人来到了伦敦。这里的另一个奥地利流亡者赫夫纳医生在本国人中很得人心，他说，恩格兰德是在巴黎警察局领取薪金的，他入狱只是因为他违背了向法国警察当局效忠的誓言，同时从奥地利使馆领取薪金，这惹怒了法国人。恩格兰德生活阔绰，为此需要很多的钱，单靠一个警察局显然还不够。

德国流亡者们商量了再商量，决定把恩格兰德叫来查问，恩格兰德企图用笑话搪塞过关，但是赫夫纳铁面无情，于是那位与两个警察局挂钩的先生跳了起来，涨红了脸，噙着眼泪嚷道："是的，我是犯了很大的罪，但是他没有资格指责我"，接着把巴黎警察局长的信扔在桌上，信中讲得很清楚，赫夫纳也从他那儿领取津贴。

巴黎有个人叫尼德戈贝，也是奥地利流亡者，我是在 1848 年末认识他的。他的同志们谈起过他在维也纳革命时期一件非常英勇的行为。起义者缺乏弹药，尼德戈贝自告奋勇，从铁路把它运到了。他有老婆孩子，在巴黎生活很困苦。1853 年我在伦敦遇到他时，他非常拮据，一家人挤在索荷区一条最穷苦的小巷的两间小屋子里。他干什么都不顺利，后来开了一家洗衣作，由妻子和另一个流亡者洗衣服，他自己则送衣服，但是那另一个流亡者去了美国，洗衣作也停业了。

他想在商行里谋个职业，因为他并不笨，又有文化，应该可以挣大钱的，但没有人可以证明他的能力等等，而在英国，若没有这种证明便寸步难行。我给他写了证明；由于这证明，一个德国流亡者奥本海姆向我指出，我不应为他出力，这个人名声不好，大家怀疑他与法国警察局有联系。

这时，雷海尔①送我的两个孩子到了伦敦。他十分同情尼德戈贝。我告诉了他大家对他的反映。

雷海尔大笑起来，他要替尼德戈贝担保，仿佛这是他自己一样，并指出他的穷苦，认为这是最好的驳斥。最后这一点也使我有些相信了。晚上雷海尔出门散步，回家很迟，心情不安，脸色苍白。他到我屋里坐了一会儿，说他的头痛得厉害，准备早些上床。我望了他一下，说道：

"您心里有事，别瞒着我！"

"对，您猜到了……但首先您得向我担保，决不告诉任何人。"

"可以，但这太没意思了，您应该相信我会凭良心行事。"

"我听您谈了尼德戈贝以后心里老不踏实，尽管我给了您保证，我还是决定亲自问问他，我去找他了。这几天他的妻子即将分娩，日子非常困难……我真不好意思与他谈这种事。我把他叫到街上，最后才鼓足勇气对他说：'您可知道，人们警告赫尔岑，请他别管您的事，'我说，'我相信这是谣言，但请您把事实澄清一下。'他没精打采地答道：'谢谢您，但是这没有必要，我知道这谣言是怎么来的。我在饥寒交迫的绝望时刻曾想投靠巴黎警察局，向它表示我可以随时为它提供流亡者的消息。它给我寄来了三百法郎，但后来我什么也没向它报告。'"

雷海尔几乎哭了。

"听着，在他的妻子没有分娩和复原以前，我向您保证不泄露一个字。让他进商行办事，脱离政治圈子。但如果我再听到他有新的活动，仍与流亡者们保持着联系，我就得揭露他。让他见鬼

①德国音乐家，赫尔岑的好友。

229

去吧！"

雷海尔走了。过了十来天，我正在用膳，尼德戈贝来了，他脸色苍白，情绪焦急。

"您可能明白，"他说，"我是下了决心才到这儿来的，除了您，没有人能帮助我。我的妻子过几个小时就要分娩了，屋里既无煤，又无茶，也没有一杯牛奶，没有一文钱，没有一个可以帮忙的女人，也没有钱请接生的。"

他确实筋疲力尽，倒在椅上，用双手掩住了脸，说道：

"我还不如让子弹打穿脑袋的好，至少不致再看到这可怕的一切。"

我马上打发人去找好心的帕维尔·达拉什，给了尼德戈贝一些钱，尽力安慰他。第二天，达拉什来告诉我，分娩很顺利。

正在这时，关于尼德戈贝与法国警察有联系的谣言越来越多了，这大概是他的仇人在兴风作浪。最后，维也纳著名的革命者和鼓动家塔乌泽纳乌[1]，那个曾经凭自己的一席演说使群众绞死了拉图尔[2]的人，逢人便说，他亲自看到了巴黎警察局的信，那是与钱一起寄来的。显然，揭露尼德戈贝对塔乌纳泽乌很重要，因此他亲自找我，向我证实这一点。

我的处境变得困难了。豪格这时住在我家里，但这以前我没向他透露一个字，现在再保持缄默就不好了，也有危险。于是我告诉了他，但没提到雷海尔，免得把他牵涉进这场戏剧，因为它的第五

---

① 塔乌泽纳乌（1808—1873），德国革命家，参加过1848年的维也纳革命，后流亡在英国。

② 拉图尔（1780—1848），奥地利陆军部长。1848年维也纳爆发革命时被人民群众绞死。

幕很可能要在违警罪法庭或老贝利上演。我以前担心的事果然发生了："肉汤沸腾了"①，我好不容易劝住了豪格，才使他没有到尼德戈贝的顶楼去冲锋陷阵。我知道，尼德戈贝要带着抄正的稿件来找我，因此劝豪格等他到来。豪格同意了，一天早上，他气得脸色煞白，冲进我屋里对我说，尼德戈贝在下面。我赶紧放下纸笔下楼。两人已经闹开了，豪格在嚷嚷，尼德戈贝也在嚷嚷，双方的话越讲越激烈。尼德戈贝的脸被愤怒和羞愧扭歪了，面色很难看。豪格情绪激动，连话也说不连贯。这么争吵不休，只能打破脑袋，不能打破哑谜。

"先生们，"我突然插了进去，"请你们停一下，听我说。"

他们住口了。

"我看，你们这么急躁只能把事情弄糟；争吵以前应该先把问题弄清楚。"

"我是不是奸细这个问题？"尼德戈贝嚷道，"我不允许任何人这么向我提出问题。"

"不，我要向您提出的不是这个问题；有一个人，而且不仅他一个人，指责您从巴黎警察局拿了钱。"

"这个人是谁？"

"塔乌泽纳乌。"

"这是个坏蛋。"

"这与事情无关；您拿过钱没有？"

---

① 这本是塔索的《被解放的耶路撒冷》中的一行诗，由于当时的一个俄译本用词欠妥，原文"布留尼（攻打耶路撒冷的十字军统帅）大怒"便可解作"肉汤沸腾了"，一些文学界的人士以此取笑，每逢有人发怒时便说"肉汤沸腾了"，带有幽默意味。

"拿过。"尼德戈贝说，勉强保持着镇静，看了看我和豪格的脸。豪格气得浑身直哆嗦，哼哼哧哧的，又开始咒骂尼德戈贝。我拉住豪格的胳臂，说道：

"行，我们要知道的就是这一点。"

"不，不仅这一点，"尼德戈贝答道，"你们还应该知道，我从未写过一个字陷害任何人。"

"这只能由与您联系的皮埃特利①来证明，可是我们不认识他。"

"你们把我当成什么人——当成被告吗？为什么你们认为我应该向你们证明我的清白？我的人格是任何人不能贬低的，它不凭什么豪格或者您的话来决定。我的脚决不再踏进这幢房子。"尼德戈贝最后说，高傲地戴上帽子，推开了门。

"这一点可以悉听尊便。"我对着他的背影说。

他猛地关上门走了。豪格要去追他，但我笑笑，拦住他，套用了西哀士②的一句话："今天的我们也与昨天的我们一样，去吃早饭吧！"

尼德戈贝立即去找塔乌泽纳乌。那位身强力壮、红光满面的西勒诺斯③（关于他，马志尼曾说过："我总觉得他曾在橄榄油里煎了一下，没把油擦干净。"）还在床上。门突然打开，在他还没睡醒的浮肿的眼睛前面出现了尼德戈贝。

"你对赫尔岑说，我从巴黎警察局拿了钱？"

"是的。"

"为什么？"

----

① 当时巴黎的警察局长。
② 法国资产阶级法学家。
③ 希腊神话中一个粗壮短小、秃顶、扁鼻的人物，酒神狄俄尼索斯的伙伴。

"因为你拿了钱。"

"尽管你也知道，我没有密告过任何人？！记住，这就是我给你的答复！"说罢，尼德戈贝便朝塔乌泽纳乌脸上啐了一口唾沫，转身便走……西勒诺斯勃然大怒，决心回敬一下，马上跳下床，抓起便壶，利用尼德戈贝下楼的机会把便壶里的东西全部泼在他头上，一边说道："记住，这是我给你的答复！"

这个尾声令我捧腹大笑。

我对豪格说："瞧，我拦住您没有错。不论您能干什么，您不会朝皮埃特利这个不幸的同谋者头上泼这种东西，他下次再不敢拿钱啦。"

事情似乎应该以德国人的这场自相残杀结束了，谁知这个尾声之后还有个尾声：有位先生名叫文特斯伯格，据说是个善良而正直的老人，出面为尼德戈贝圆场。他召集一些德国人开会，也邀请了我，因为我也是一个遣责者。我给老人回信道，我不想到会，因为我所知道的全部事实便是尼德戈贝当着我的面向豪格承认，他拿过巴黎警察局的钱。文特斯伯格对此很不高兴，又写信给我道，尼德戈贝确实犯了错误，但良心是干净的，还把尼德戈贝给他的信附给了我。尼德戈贝除了别的事还谈到我的行为有些古怪，他说："赫尔岑早已从雷海尔那里得知了这些钱的事，但在塔乌泽纳乌提出指责以前不仅保持沉默，而且在那以后还给了我两镑钱，又在我妻子分娩时派人去请医生，并且负担了医药费！"

多谢！

第九章

罗伯特·欧文

献给卡韦林[1]

你一切都会明白，你一切都会理解！[2]

关闭整个自由的世界，打开疯人院，

你或许会大吃一惊，发现

一切事物仍循原来的轨道运行，

与自命头脑清醒的人主宰世界时毫无不同；

假使人类的理性还没丧失殆尽，

我便可以不容置疑地向他们证明这一点；

但是可惜在我找到改变世界的支点以前，

我只得像阿基米德一样听任地球保持原状。[3]

——拜伦：《唐璜》第十四章第八十四节

---

① 赫尔岑的老朋友，莫斯科大学历史学教授。

② 引自雷列耶夫的长诗《沃伊纳罗夫斯基》。

③ 阿基米德在谈到他的杠杆原理时说过，只要给他一个支点，他便可以移动整个地球。

1

……1852 年，我刚到伦敦不久，便接到一位夫人①的邀请，要我上七栎树镇她的别墅玩玩；我与她是 1850 年在尼斯由马志尼介绍认识的。她看到的还是我那个明朗的家，后来我们没再遇到过。我很想见见她，我去了。

我们的见面有些拘束。自从分别后我经历了许多不幸。如果一个人不想炫耀这些灾难，他就会为它们感到羞涩，每逢与从前的友人见面时，这种羞涩感总会油然而生。

她也并不轻松。她让我挽住胳臂，带我走进园子。这是我见过的英国第一流的古老花园，气势十分宏伟。从伊丽莎白时代起，它还没有经过人力的修整。这里绿叶成荫，郁郁葱葱，树木茂盛，一眼望去没有尽头，构成了一个远离人间的世外桃源。那幢纯粹是伊丽莎白时代建筑风格的古老住宅显得空空荡荡，尽管这里住着一个孤独的老太太，但什么人也看不到，只有门房里坐着一个白发苍苍的司阍人，露出矜持的表情注视着园子的大门，免得有人在用膳时间闯进公馆。园子里这么安静，以致扁角鹿成群结队地穿过宽阔的林荫道，偶尔还泰然自若地站在那儿无忧无虑地仰头嗅嗅空气。什么地方也不会传来不相干的声响，乌鸦哑哑啼叫，一切像在我们古老的瓦西里耶夫庄园上一样。我仿佛看到我躺在什么树下，又成了一个十三岁的孩子……我们昨天刚从莫斯科来到这儿，老园丁正在离我不远的地方给我调薄荷水……对我们这些北方的居民说来，森林和树木是比海洋和高山更亲切的。

---

① 指玛蒂尔达·比格斯（? —1867），英国政治家詹姆斯·斯坦斯菲尔德的女儿，同情各国流亡者，与马志尼、赫尔岑等过从甚密。

我们谈到了意大利，谈到了我的芒通之行，谈到了她曾见过一面的梅迪契，也谈到了奥尔西尼，可是谁也没提到也许是我和她那时最关心的事。

我从她的眼神中看到了真诚的同情，我在心中感谢她……但我有什么新消息可以告诉她呢？

开始下雨了，雨可能变大，一时不会停止，于是我们回家了。

客厅里坐着一个虚弱、瘦小的老人，满头白发，面容非常慈祥，目光清澈、明亮、亲切——那是一对童心未泯的蓝眼睛，伟大的仁慈的反光在那里一直保持到了耄耋之年。①

女主人的女儿们奔向白发老爷爷的身边，显然他们是好朋友。

我在门口站住了。

"啊，您来得好极了，"她们的母亲说，一边向老人伸出手去，"今天我有好吃的菜招待您了。让我给您介绍我们的俄国朋友。我想，"她又转向我说，"跟你们的一位老族长认识，您一定会很高兴的。"

"我是罗伯特·欧文，"老人慈祥地笑道，"认识您非常高兴。"我怀着儿子的尊敬心情握了他的手。如果我年轻一些，我也许会跪在地下要求老人把手按在我的头上给我祝福。

怪不得他有这么仁慈明亮的眼睛，怪不得孩子们这么爱他……这就是那个"在沉醉的世人中"唯一清醒的、勇敢的审判员（像亚里士多德谈到阿那克萨哥拉②时说的），他敢于对人类作出"无罪"

---

① 写到这里，我不能不想起莱莱维尔，他的白眉毛下同样有着一对童心未泯的蓝眼睛。——作者注
② 阿那克萨哥拉（约公元前500—约前428），古希腊伟大的自然哲学家。亚里士多德在《形而上学》中给了他很高的评价，说他是在沉醉的世人中唯一清醒的人。

的裁决，赦免犯人的罪。这是第二个为税吏悲痛，对堕落者表示怜悯的怪人，①如果说他不是不会在海上淹死，那么他在英国市侩生活的泥沼中，不仅没有淹没，而且没有沾染一点污泥！

……欧文待人非常朴实，但是他像加里波第一样，在仁慈中流露出一种力量，一种掌握着权威的意识。他的平易近人包含着一种自我优越感，这可能是他经常与微不足道的人打交道的缘故；一般说来，他不像一个平民和社会主义者，倒像破落的贵族和名门望族中的末代子孙。

我那时还不会讲英语，欧文又不懂法语，而且显然两耳重听。女主人的大女儿自告奋勇愿当翻译官：欧文也习惯了这样与外国人谈话。

"我对您的祖国抱有极大的希望，"欧文对我说，"你们的土地比较干净，你们的教士不这么强大，偏见不这么顽固……而力量……力量！要是沙皇愿意听取和理解正在升起的和谐世界的新要求，他可以轻而易举成为一个最伟大的历史人物。"

我笑了笑，请我的翻译官告诉欧文，我不大相信尼古拉会成为他的信徒。

"不过他到拉纳克来看过我。"②

"可是他大概什么也不了解吧？"

"他那时还年轻，"欧文笑道，"认为我的大儿子生得这么魁梧

---

① 指《圣经》中耶稣与税吏同席，以及与门徒们在海上航行的事，见《马太福音》第八章及第九章。

② 1815 年，尼古拉（那时还没有登基）到新拉纳克访问过欧文。据欧文后来在自传中说，尼古拉邀请欧文到俄国办厂，俄国政府可支持他在新拉纳克纺织厂实施的制度，欧文谢绝了。

却没有参加部队，这很可惜。不过，他邀请我去俄国。"

"现在他老了，不过还是什么也不会理解；他看到身材高大的人没有都去当兵，一定更觉得可惜了。我看过您写给他的一封信，说老实话，我不明白，您为什么写信给他。难道您真的对他抱着希望不成？"

"只要一个人还活着，就不应该对他失去希望。说不定有朝一日什么事会打开他的心灵！嗯，就算我的信不起作用，他不重视它，这很可惜，但我尽了自己的力量。他没有过错，他的教育和他生长的环境使他不能接受真理。对这种事不必生气，应该怜悯。"

就这样，这位老人把宽恕一切罪恶的思想不仅扩大到了盗贼和罪犯，也扩大到了尼古拉身上！一时间我为他感到羞耻。

人们不能宽恕欧文的一切过错，甚至他临终前的迷惘和近乎病态的关于灵魂的呓语①，原因是不是就在这里？

我见到欧文时他已经八十二岁（他生于 1771 年）。他在舞台上一直活动了六十年。

在七栎树镇以后过了三年，我又匆匆见过欧文一面。他的身体衰老了，头脑糊涂了，有时还会沉湎在鬼魂和幽灵的神秘世界中。但他的精神依然那样，那对蓝眼睛仍闪射着孩子一般仁慈的光芒，对人也还寄托着希望！他对人从不怀恨，也从不把旧账记在心中，他始终是创办新拉纳克纺织厂时那个热情洋溢的年轻人；他听觉不灵敏了，头发白了，身体虚弱了，但依然在宣传消灭死刑和共同劳动的和谐生活。看到这个老人迈着缓慢无力的脚步走上讲坛，不能不产生深刻的敬意，从前他曾在灯火辉煌的大厅中，在雷鸣般

---

① 欧文在晚年成了神秘主义者，相信唯灵论和灵魂不灭等。

的掌声中，走上这样的讲坛，现在他那发黄的白发却只是引来了一阵冷漠的低语声和讥刺的微笑。神志不清的老人脸上出现了死亡的印记，他站在那里并不生气，只是怀着爱心温厚地要求给他一个小时。为了他六十五年正直无私的工作，似乎应该给他这一个小时，但是他遭到了拒绝，他使人感到厌烦，因为他讲的还是那一套，主要是他深深激怒了群众，他企图剥夺他们挂在绞刑架上和观看别人挂在绞刑架上的权利；他想夺走他们从后面向前滚动的肮脏的车轮，却打开了假象牙的笼子，那残忍的挂着悲伤圣母像的精神牢笼，那世俗的宗教裁判所企图用来代替四面插刀的隐修室的东西。[①]为了这种亵渎神圣的行为，群众不惜用石子打欧文，但是群众也变得更富于博爱精神了：石子已不时兴，他们选择了污泥、嘘声和报刊上的文章。

另一个同样狂热的老人[②]却比欧文幸运，他在帕特莫斯岛上用衰弱的、苍老的手祝福大人和孩子时，只是喃喃地说："孩子们，你们要彼此相爱！"老百姓和穷人没有嘲笑他，没有说他的教导是胡诌；在这些平民中，没有市侩世界满身铜臭的庸才——这个世界主要不是粗野，而是虚伪，不是愚昧，而是狭隘。欧文被迫离开英国，丢下了自己的新拉纳克，十次远渡重洋，以为他的学说可以在新的土壤上播种开花，忘记了公谊会和清教徒不可能容忍他；他大概不

[①] 宗教裁判所的各种刑罚中，有一种是把人关在隐修小室中，四面插着刀尖向外的刀，使人无法活动，这种囚室挂有"悲伤圣母像"（圣母在耶稣尸体旁悲哭的画像）。

[②] 指使徒约翰，据说他是耶稣的十二门徒之一，他曾同圣母马利亚一起守在耶稣的十字架旁边。后来他前往以弗所传教，被流放在帕特莫斯岛（《圣经》中译为拔摩岛），后死在以弗所。

会预见到在他死后五年，第一个宣布人权的国家——杰斐逊①的共和国，便在鞭打黑奴的问题上分裂了。②欧文在那里也没有成功，只得回到原来的土地上，千百次地敲打所有的门，访问宫廷和茅屋，开办集市（它们便是罗奇代尔先锋社③和各种合作社的雏形），出版书籍，发行报刊，写呼吁书，召集群众大会，发表演说，利用一切机会进行宣传。各国政府派了代表来参加"世界博览会"④，欧文马上来到他们中间，要求他们接受他的橄榄枝，号召他们建立合理与和谐的生活方式，可是人们不听他，只是想着未来的十字勋章和鼻烟壶。欧文没有泄气。

1858 年 10 月一个多雾的日子，布鲁厄姆勋爵⑤（他完全清楚，破旧的社会之舟已经百孔千疮，但还想靠我们这个世纪的一切力量给它修补漏洞）在利物浦召开了社会科学协会第二次会议，研究补船的麻屑和树胶问题。

会场上突然骚动了，脸色苍白、身患重病的欧文躺在担架上，被轻轻抬到了讲坛上。他是克服了重重困难特地从伦敦赶来的，为了向大家再讲一遍他的福音：社会可以解决温饱问题，可以没有刽子手。布鲁厄姆勋爵尊敬地接待了老人——他们本来是老朋友；欧文慢慢站起来，用微弱的声音说道，另一个时代即将到来……那是

---

① 杰斐逊（1743—1826），美国第三任总统，《独立宣言》的主要起草人。

② 指 1861 至 1865 年的美国南北战争。

③ 罗奇代尔是英国大曼彻斯特郡的一个自治市，19 世纪为棉纺织业中心，1844 年成立的以棉纺织业工人为主体的罗奇代尔公平先锋社，一般认为是最早的消费合作社。

④ 1851 年在伦敦水晶宫举行的"世界博览会"，是全世界第一次国际性展览会，曾轰动一时。

⑤ 布鲁厄姆（1778—1868），英国辉格党政治家，曾任大法官兼上院议长。1857 年发起成立"社会科学促进协会"，并任主席。

新的和谐，新的和谐的时代，但他的话停止了，力气用完了……布鲁厄姆替他讲完了这句话，做了个手势；老人俯下了身子——他已失去知觉，人们把他轻轻放上担架，在死一般的沉寂中抬走；这个充满深刻敬意的场面震动了群众，他们仿佛觉得，一场不平凡的葬礼已从这里开始，一个伟大、神圣而历尽坎坷的生命熄灭了。

过了几天，欧文的身体好了一些，一天早上他要自己的朋友和助手里格比收拾行李，他想走了。

"回伦敦吗？"里格比问。

"不，现在带我到我出生的地方去，我要葬在那儿。"

于是里格比把老人带到了蒙哥马利郡的新城镇，八十八年前这个古怪的人，工厂主中间的使徒，便出生在那儿……

"他停止呼吸时这么安静，"他的大儿子写道，他终于赶到了新城镇，"我当时握着他的手，几乎没有发觉；他没有一点挣扎，没有一个抽搐的动作。"确实，不论英国还是全世界，也同样没有发觉，这位证明人类无罪的辩护人悄悄停止了呼吸。

英国牧师不顾他的朋友的拦阻，给他念了安魂祈祷；朋友不多，葬仪结束后便走了。只有托马斯·艾尔索普[1]勇敢地、正直地提出了抗议，但是——"一切都过去了"。[2]

我想对他讲几句话，但是大家旋风似的一下子走光了，我什么也没做，他那悲剧的影子离我越来越远，消失在攒动的人群、急剧变化的事件和日常生活的尘雾后面了。前几天，我突然想起了欧

----

[1] 因奥尔西尼的案件而闻名的。——作者注

[2] 欧文出生和安葬在威士蒙哥马利郡的新城镇。安葬时，新城教区牧师坚持必须按教会仪式进行，并不得发表墓前演说。当时只有欧文的老朋友艾尔索普对违背死者意愿的仪式提出了抗议，并拒绝参加这样的仪式。"一切都过去了"是欧文的长子事后发表的公开信中第一句话，这信于 1858 年 11 月 17 日登载在伦敦各报上。

文，我决定写点什么谈谈他。

翻阅《威斯敏斯特评论》时，我发现了谈论他的一篇文章，我从头至尾拜读了一遍，读得很仔细。作者不是欧文的敌人，他稳重，审慎，能够对功绩给予适当的评价，对缺点给予合理的批评，然而我合上书时，还是有一种痛苦和委屈的奇怪感觉，心里闷闷不乐，几乎对它叙述的一切感到愤慨。

也许我病了，情绪不好，不能理解？……我又拿起杂志，又读了几段，感觉还是那样。

"欧文一生的最后二十多年，对公众说来没有任何意义。

　　"无益的生活，这是提早死亡。①

"他召集大会，但是几乎没有人参加，因为他只是反复弹他的老调，那些大家早已忘记了的原则。有的人希望从他那里听到一些对自己有益的东西，但他们听到的仍是那些话，什么整个社会生活建立在错误的基础上等等……不久，这种昏悖状态中又多了一种对不时来访的灵魂的信念……老人纵谈自己与肯特公爵②、拜伦、雪莱等等的谈话。

"奉行欧文的学说其实毫无危险。这是一条无力的锁链，不能锁住整个民族。在他死前很久，他那些原则早已被推翻了，忘记了，可他还自以为是人类的救主，一个无神论者的弥赛亚。

"他对不时来访的灵魂的态度一点也不奇怪。没有受过教育的人，经常轻而易举地从极端怀疑主义走向极端的迷信。他们指望靠

① 歌德的悲剧《伊菲格涅亚在陶里斯》中伊菲格涅亚的话。
② 肯特公爵（1767—1820），英王乔治三世的第三子，维多利亚女王之父。

天赋的灵感解决一切问题。研究，论证，慎重判断等等对他们都是陌生的。"①

文章结束时，作者又道："我们在前面几页谈的主要是欧文的生平，不是他的学说；我们愿意对他所做的真实的善表示我们的同情，但同时我们也得申明，我们完全不同意他的理论。他的生平比他的著作更有意义。前者是有益的，动人的，同时后者却只能把人引入歧途，令读者讨厌。然而即使在这方面，我们也觉得，对自己的朋友说来，他已活得太长了，而对自己的传记作者说来，那就更长了！"

温和的老人的影子在我面前晃动，他眼睛中噙着苦涩的泪水，伤心地摇着那个苍老的头颅，仿佛想对我说："难道这就是我应该得到的吗？"但是他讲不出，只是哽咽着跪在地上，好像布鲁厄姆勋爵想赶紧再用布把他盖上，向里格比做着手势，要他尽快把他抬进墓园，免得惊慌失措的群众重又清醒过来，对他所宝贵的、看作神圣的一切发出指责，甚至觉得他不该活得这么长，损害了别人的生活，在他们身边占据了一个不该得到的位置。确实，欧文是威灵敦，那个与和平时期格格不入的伟人的同龄人。②

"欧文应该得到我们的承认，他的错误，他的高傲，他的没落，不能影响这一点。"——那么他还要怎样呢？

然而为什么这种对欧文的功绩表示的敬意，在我们听来却比牛津的、温切斯特的、奇切斯特的主教们对他的咒骂更不好受呢？因为那里有强烈的感情，那是他们的信念受到了侮辱，而这里只是貌

① 《威斯敏斯特评论》是英国著名哲学理论刊物，这篇文章没有署名。
② 威灵敦公爵战胜拿破仑后，成了英国的民族英雄，声望极高，但后来转入政界，成为保守党领袖，并出任首相，组织内阁，由于政策上的原因，威信一落千丈，遭到了群众的愤怒攻击。

似公正的不偏不倚——不是普通人的，而是下级法官的不偏不倚。治安管理所可以对浪荡子的行为作出恰如其分的判断，但不能判断米拉波①或福克斯②那样的人。用一根折尺可以丝毫不差地量出布匹的长度，但是要用它量星座的距离，恐怕就办不到了。

也许，要准确判断不属于违警法庭或数学问题的事，热情比公正更重要。热情不仅可能迷惑人的眼睛，也可能使人深入事物的内部，用自己的烈焰拥抱一切。

一个老学究，只要他天生不具备审美禀赋，那么不论你要他分析《浮士德》还是《哈姆雷特》，你会看到，"丰满的丹麦王子"会变得多么苍白无力，倒像一个迂腐浅薄的中学生。靠挪亚之子的假道学，只能对赤身露体指指点点③，把人们世世代代赞美的剧本讲得面目全非。

世上没有任何伟大的、诗意的事物，经受得住既不愚笨、也不聪明的观点，那种庸碌的生活哲学的考察。法国人用他们的谚语正确地表达了这一点："在跟班眼中是没有伟人的"。

《威斯敏斯特评论》的批评家重复着人们的话，这么说道："一个乞丐弄到了一匹马，便骑着它横冲直撞……一个从前的亚麻布制品商（这称呼应用了好几次）④，突然成了要人（注意，这是在二十

---

① 法国著名政治家。

② 福克斯（1749—1806），英国政治家，辉格党领袖，多次出任外交大臣，对英国历史发展有过重大贡献。

③ 见《圣经·创世记》第九章：挪亚在葡萄园中喝醉了酒，赤身露体，他的儿子含看到了，便觉得羞涩，偷偷给他盖上衣服。

④ 傅立叶是在他父亲的呢绒铺里当伙计出身的；蒲鲁东是贝桑松农民的儿子。社会主义的起源多么下贱！这些既不像神，又不像强盗的人，能建立一个王朝吗？——作者注

年不倦的努力和巨大的成功之后），又跟公爵和大臣拉上了交情，自然会变得自以为是，令人发笑，既不知道适可而止，也不考虑是否合乎情理。"从前的亚麻布制品商骄傲自大，以致嫌他的乡村太小，想要改造整个世界；这种不自量力把他毁了，结果一事无成，徒然遭到了人们的耻笑。

这还不够。如果欧文只是宣传自己的经济改革方案，这种狂热在一个精神失常的正统国家内，起先还能得到人们的宽恕。证明便是：大臣们和主教们都趋之若鹜，要向他讨教，议会委员会和工厂老板们也都找他商量。新拉纳克的成功吸引了所有的人，没有一个政治家和学者不从英国各地赶去，向欧文登门求教；甚至尼古拉·帕夫洛维奇（正如我们已看到的）也亲自访问了他，还想骗他前往俄国，把他的儿子安排到军队中供职。在欧文发表演讲的地方，人们挤满了大厅的走廊和过道。但这巨大的声誉是建立在巨大的不理解上的，欧文看出了这一点，便毫不客气地在一刻钟之内一下子把这一切统统推翻了——他在要害问题上直言不讳地说明了一切。

这事发生在 1817 年 8 月 21 日。那些新教徒伪君子假仁假义，纠缠不清，欧文非常讨厌，他尽量避免与他们发生争论，但是他们不让他安静。有一个造纸厂老板菲利浦斯冷酷残忍，非常阴险，在议会的委员会上大家正认真辩论的时候，突然莫名其妙地质问欧文：他信仰什么，不信仰什么？

欧文没有像浮士德回答甘泪卿那样向纸厂老板作出详细说明，这位从前的亚麻布制品商宁可采取另一个方式：他在英国，在伦敦，在市中心，在伦敦饭店的群众大会上，从讲坛上面对潮水般涌来的人民，作出了自己的答复！他在圣堂石门这边，在俯瞰着古老城市的大教堂的圆顶下，在哥革和玛各附近，在可以望见白厅和世俗银行大礼拜堂的地方，①干脆而明确地、响亮而直截了当地宣称，人类新社会和谐发展的主要障碍便是宗教。"荒谬的迷信使人变成软弱的、痴呆的野兽，没有理性的狂人，伪君子或假道学，"欧文最后说，"当前的宗教观念不仅不能使人建立理想的和谐的新村，而且它所宣扬的天堂不可能成为真正的天堂！"

欧文深信，这个"不理智"的行动是正义的行动，使徒的行动，是他的学说的必然结果；他的整个生命，他的纯洁和坦率，要求他向公众说明自己的观点。因此过了三十五年，他写道："这是我一生中一个最伟大的日子，我履行了我的责任！"

欧文就是这么一个不知悔改的罪人！然而他为此受到了惩罚！

《威斯敏斯特评论》写道："欧文没有因此受到刑罚，因为在宗教问题上实行体罚的时代过去了。但是哪怕今天，任何人侮辱了我们所宝贵的偏见，也不能不受到惩罚！"

确实，英国的教士不再运用外科手术，但他们并不排斥其他手术，主要是精神折磨。文章的作者说道："从这时起，欧文惹起了宗教界骇人的仇恨，也从这时起，接连不断的挫折开始了，它们使他一生的最后四十年成了笑柄。他没有成为殉道者，但成了一个不受法律保护的人！"

我想，够了。可以把《威斯敏斯特评论》放下了。我很感激它，它使我不仅想起那个圣洁的老人，也想起了他生活过的环境。现在我得言归正传，谈谈欧文本人和他的学说了。

------

① 这里提到的都是伦敦市中心的一些地方。大教堂指圣保罗大教堂；哥革和玛各出自《圣经》，后来英国把他们作为魔王的子孙，被罚作守门人，伦敦市政厅门口便有他们的雕像。白厅是英国政府所在地；世俗银行大礼拜堂指英格兰银行。1817 年 8 月 21 日欧文在伦敦市中心发表了演讲，主要阐述他在《新社会观》一书中提出的思想。

在我跟那位大公无私的评论家，以及另一位同样大公无私，只是不那么严厉，但是也那么坚定的欧文传记的作者[1]告别时，我还得补充一句：尽管我不是一个生性嫉妒的人，我还是真心诚意羡慕他们。我十分佩服他们那种冷若冰霜、自以为是的优越感，那种泰然自若、心安理得的态度，那种有时谦让，但始终不偏不倚，不时流露一点讥笑的宽容口吻。一个人需要多么冷静，才能对自己的认识这么充满信心，才能相信他们既比欧文高明，也比他实际，要是他们具有他的精力和财力，他们就不致干出这些傻事，就会像罗特希尔德一样成为财阀，像帕默斯顿一样成为内阁大臣了！

2

欧文把阐述自己的体系的一篇文章称作《将这个疯人院改造成合理世界的一个尝试》。[2]

欧文传记的作者[3]在谈到这一点时写道，这好比一个关在病房里的疯子说道："整个世界认为我得了精神病，可是我认为这整个世界才是得了精神病，我的不幸在于：多数是在整个世界一边。"

这补充了欧文的标题，使一切变得清楚了。我们相信，这位传记作者没有想到，他的比较意味着什么，多么切中要害。他只是想暗示，欧文是疯子。我们不想对此进行争辩……但他根据什么认为整个世界是清醒的——这一点我们不明白。

---

① 指 1860 年出版的欧文传记《罗伯特·欧文和他的社会哲学》，作者为威廉·萨金特。
② 指欧文的一篇文章《世界——一个大疯人院》，它登载在《罗伯特·欧文杂志》1850 年 11 月的创刊号上，文章最后说："把这个疯人院改造成合理的世界，便是这份杂志需要完成的工作。"这里赫尔岑把它当作了题目。
③ 即威廉·萨金特。

欧文如果是疯子，那么完全不是因为世界认为他是疯子，而他以牙还牙，同样回报它，只是因为他知道得很清楚，他生活在疯人院中，周围都是病人，他却六十年来一直当他们是健康的人，与他们进行对话。

病人的数量在这里毫无意义，思想的正确不在于它获得了多数票，而在于它本身合乎逻辑，符合规律。如果整个英国相信，某种媒介物可以召唤亡灵，只是法拉第[①]一人说这是胡诌，那么真理和智慧还是在他一边，不是在全体英国人一边。再说，如果法拉第不这么讲，这件事的真理尽管不能作为一种自觉的意识而存在，但全体人民一致同意的错误依然还是错误。

病人抱怨的多数之所以可怕，不是因为它聪明或愚昧，正确或不正确，是谎言还是真理，而是因为它强大，因为它掌握了疯人院的钥匙。

力量并不以认识的清醒作为必要条件，相反，越是缺乏理性，越难以制服，越是丧失了清醒的意识，越是可怕。对神经错乱的个人，可以逃避，对一群疯狂的狼就较难抵御，而在没有理性的自然力量面前，人只能束手待毙。

欧文的行为在 1817 年引起了英国的恐慌，然而在 1617 年也许还不致使瓦尼尼[②]和乔丹诺·布鲁诺[③]的祖国惊慌失措，在 1717 年也不致被德国和法国当作耻辱，但是英国却过了半个世纪还对他怀恨在心。也许在西班牙的什么地方，耶稣会教士会怂恿无知的群众

---

① 法拉第（1791—1867），英国物理学家，对理论物理作出过重大贡献。

② 瓦尼尼（1584—1619），意大利哲学家，因宣传唯物主义泛神论观点，被宗教法庭处以火刑。

③ 布鲁诺（1548—1600），意大利哲学家和数学家，被教廷定为异端处死。

起来攻击他，宗教裁判所的警察会把他关进监狱，放在火堆上烧死，但人道的社会仍会站在他一边……

难道歌德和费希特，康德和席勒，最后，还有我们这个时代的洪堡和一百年前的莱辛，曾掩盖自己的思想方式，或者不顾廉耻，每周六天在科学院或书本上宣讲自己的哲学，可是到了第七天却变成伪君子，在教堂里听讲道，用自己虔诚的基督教信仰去愚弄群众？

在法国也一样，不论伏尔泰、卢梭、狄德罗，还是百科全书派，不论比沙①和卡巴尼斯②的学派，还是拉普拉斯③和孔德，都没有伪装成越山主义者④，没有虔诚地俯伏在"宝贵的偏见"面前，然而这丝毫也没有降低或减少他们的意义。

政治上受奴役的大陆，精神上却比英国自由；在那里，流行的思想和怀疑广泛得多；人们对此已习以为常，

　　当一个人砸断枷锁的时候，⑤

社会对这个自由的人不会大惊小怪，怒目而视。

大陆的人在政府面前无能为力，只得忍受镣铐，然而并不喜欢它们。英国人的自由主要得力于设施，不在于他本人和他的良心。他的自由来自习惯法，来自人身保护法，并非来自个性和思想方

---

① 比沙（1771—1802），法国解剖学家和生理学家。

② 卡巴尼斯（1757—1808），法国哲学家和生理学家，庸俗唯物主义的代表人物之一。

③ 拉普拉斯（1749—1827），法国数学家和天文学家。

④ 主张罗马教廷具有绝对权威，教会权力凌驾于国家权力之上的一种宗教派别。所谓"越山"，指越过阿尔卑斯山，以山那边的罗马教廷为信仰中心的理论，实即教皇权力至高论。

⑤ 引自席勒的诗《信念》，诗中写了一个挣脱枷锁取得自由的奴隶。

式。在社会偏见面前，骄傲的不列颠人低下了头，毫无怨言，恭恭敬敬。不言而喻，哪里有人，哪里就有谎言和虚伪；但是人们并不认为坦率是罪恶，也不会把思想家勇敢地宣讲的信念与荡妇以堕落为光荣的无耻炫耀混为一谈；只是他们不能把虚伪提到社会高度，提到必要的道德水准上来看。①

　　当然，大卫·休谟和吉本②都不必用神秘主义来自欺欺人。但是在1817年听到欧文讲话的那个英国，从时间和深度而言，已不是原来那个英国。知识的层次扩大了，教育的特权已不仅属于高雅的贵族和文人。另一方面，它有十五年给囚禁在狭隘拥挤的孤岛上，拿破仑封锁了它的大门。它一方面脱离了思想的洪流，另一方面生活又把大批市民，那斯图亚特·穆勒所说的庸俗的人群推到了前面。在新的英国，像拜伦和雪莱那样的人变得格格不入，一个要求风把他随便带到哪里，只要不是他的祖国，③另一个被法官在迷信的家人的帮助下夺去了孩子，因为他不相信上帝。④

————————

① 今年治安法官邓普尔不接受罗奇代尔一位妇女的供词，因为她拒绝按规定的方式宣誓，说她不相信来世的惩罚。特里劳尼（拜伦和雪莱的著名朋友的儿子）2月12日在议会质问内政大臣，预备采取什么措施排除这种障碍。大臣回答，什么措施也不想采取。类似的状况曾多次发生，例如，著名的新闻记者霍利约克便是这样。假起誓已变得不可避免。——作者注
特里劳尼的父亲指爱德华·特里劳尼，英国作家，写有《拜伦、雪莱和我》。他的儿子当时任下议院议员。
霍利约克（1817—1906），英国新闻记者，因宣传"现世主义"（认为基督教不应仅仅关心死后的天堂，应以现世为实现基督教道德的场所），于1841年被法庭以亵渎宗教罪判处六个月监禁。

② 吉本（1737—1794），18世纪英国最伟大的历史学家。

③ 指拜伦，《恰尔德·哈罗尔德游记》第一章第十三节的《晚安曲》："船儿……随你把我送到哪里，只要不是我的故乡。"

④ 1817年英国大法官决定剥夺雪莱教育子女的权利，因为他在作品中宣传无神论思想，并与玛丽·葛德文"非法结合"。

这样，欧文之不容于社会，决不是意味着他的学说错了或对了，这只是说明社会丧失理性的程度，即英国精神奴役的深度，尤其是那个经常参加集会，在报上撰写文章的阶层。

智慧在数量上必然处于劣势，在重量上也永远是弱小的；它像北极光，照得很远，但几乎并不存在。智慧是人力的最高阶段和顶峰，发展不能经常达到，因此它是强大的，但又不足以对抗武力。智慧作为一种意识也许在地球上是根本没有的；它与阿尔卑斯山那些年高德劭的老人，那些参与过、见识过地质变动的老人相比，简直还刚出生。在人类之前和人类周围的自然界，既无所谓聪明，也无所谓愚蠢，必要的只是条件、关系、因果。智慧最早发出的是动物的、带有乳汁的模糊目光，后来它离开童年，经历了人类群居和家庭生活的阶段，才逐渐成长和壮大。从本能向智慧发展的意愿，经常是随着温饱和安宁而出现的；因此不论我们停留在人类共同生活的哪个阶段，我们都会发现它处在这种摆脱非理性势力，追求智慧的努力中。前进的道路不是预先规定的，它得靠人们去开拓；历史正如阿里奥斯托①的长诗，是盲目发展的，往往受到二十件意外事故的影响，东奔西突，慌乱不安，这种没有目标的奔窜在猿猴中间已初露端倪，但在安心于动物世界的低等动物，便几乎没有这种情况。

当然，欧文使用"疯人院"这词，只是作为一种表达方式。国家不是丧失智力的人的住所，而是还没获得智力的人的住所。不过从实质上看，他可以这么表达……这没有什么错。毒药或火

---

① 阿里奥斯托（1474—1533），意大利文艺复兴时期的伟大诗人，他的长诗《疯狂的罗兰》情节曲折离奇，变化莫测。

在三岁孩子的手里，与在三十岁的疯子手里一样可怕。区别只在于这种缺乏智力在一种人说来是病理现象，在另一种人说来则是发展的阶段，胚胎发育的过程。牡蛎便处在机体的一个发展阶段，在这个阶段动物还没有足，它确实是无足动物，但与截断了足的兽类完全不同。我们知道（但牡蛎不知道这一点），在适当的环境中，这些机体具有生长足和翼的能力；软体动物发育不足的形态，在我们看来宛如涨潮时奔涌而来的一个海浪，正当高涨时刻便随着落潮以扭曲的形态退回了大海，这便构成了死亡或濒临死亡的特殊现象。

欧文相信，机体有了手、足和翼，比始终躺在硬壳中昏睡方便一千倍，他还明白，机体中那些最弱小的部分其实已经存在，它们有可能发展成四肢，于是他便在这些思想的指引下，突然向牡蛎们发动了宣传，要它们克服自己的贝壳，跟他一起前进。谁知牡蛎却生气了，认为这是他反对软体动物的表现，也就是违反贝壳动物生活方式的不道德行为，因而诅咒他。

"……人的性格本质上是由他周围的环境造成的。但是环境条件，社会可以轻易加以调节，使它们最好地促进智慧和实践能力的发展，同时考虑到人在体力和智力上千差万别的状况，仍保存个性的无限多样性。"

这一切是可以理解的，除非极端迟钝的脑袋才会不同意欧文的这一命题。而且在这一点上，请注意，谁也没有反对。大部分人的反对不是对它的回答，而是施加压力；认为这是不道德的，或者不符合这一或另一传统教义，这也不是反驳。在最坏的场合下，这类回答只能证明，真理和道德之间存在着两重性，也就是谎言有利，而真理有害。真理不应从这方面判断，它的标准不在这里。

欧文的阿喀琉斯之踵[1]不是他学说中明确而简单的原则,而在于他以为他的简单真理很容易得到社会的理解。他这么想,便陷入了爱和急躁的神圣错误中,重蹈了一切改革者和改革的先驱者的覆辙——从耶稣基督到托马斯·闵采尔、圣西门和傅立叶,莫不如此。

愚昧之难以根治就在于:人处在历史的折光和各种道德视差的影响下,对最简单的事物偏偏最不理解,但他们却相信,而且越来越相信,他们理解最复杂的、完全不可理解的事物,只要它们符合传统和习惯,与童年时期的想象一致……简单!容易理解!难道简单的东西永远容易理解吗?呼吸空气比呼吸水简单得多,但为此必须有肺,可是鱼从来没有肺,它们需要复杂的呼吸器官,这才能从水中吸收少量的氧气。它们的生活环境不允许,也不需要发展肺,它太稠密,与空气的构成不同。欧文的听众生长的环境的道德密度和成分,决定了他们生有精神的鳃,呼吸新鲜而稀薄的物质反而使他们感到痛苦和厌恶。

不要以为这只是表面的比较,这是不同成长阶段和不同层次中同一现象的真实类比。

容易理解……容易纠正!请问,对谁容易?对那些群众,那些在水晶宫[2]的过道上挤得水泄不通的群众,那些在中世纪讲道师(他不知怎么会出现在我们这个世纪,他许给人们的只是天国的惩罚和人间的贫苦,语言粗俗不堪,像席勒在《华伦斯坦的军营》中

---

① 据希腊神话,阿喀琉斯出生后被母亲握住脚踵浸在冥河中,因此除踵部外全身刀枪不入。"阿喀琉斯之踵"即人的薄弱点。

② 为 1851 年伦敦国际博览会兴建的水晶宫,在博览会后迁至伦敦附近的西德纳姆,成为举行各种活动的场所。

描写的那个嘉布遣修会修士一样①）味同嚼蜡的讲道面前听得津津有味，手舞足蹈的群众？

对他们说来可不容易！

人们献出一部分财产和自由，屈服于各种权力和规则，武装起一群群寄生虫，建立法庭和监狱，竖起骇人的绞架，修造教堂，宣扬恐怖的地狱。总之，一切都是为了让人不论走到哪里，眼前不是看到人间的刽子手，便是看到天上的刽子手，前者拿着绳索，准备扼杀一切，后者带着火，准备点燃永恒的火焰。这一切的目的是维护社会的安全，防止粗野的情欲和犯罪的意图，尽量把桀骜不驯的欲望限制在社会生活的轨道内，不准越出一步。

可这时突然来了一个怪人，他露出令人生气的天真神色，直截了当地宣称，这一切是无稽之谈，人根本不是天生的罪人，他像别的动物一样，不必为自己负主要罪责，也像它们一样不需要法庭，他最需要的只是教育。不仅如此，他还站在法官和神父（这些人存在的唯一根据，唯一充足的理由，便是罪孽、惩罚和赦免）面前，当众宣布，人不是自己创造自己的性格，只要从他出生的一天起就把他放在不可能成为骗子的环境中，他就不会成为骗子，只会自然而然地成为一个好人。现在社会是用一系列荒谬的东西驱使他走上犯罪的道路，可是人们惩罚的不是社会制度，却是个人。

欧文认为这很容易理解？

难道他不知道，我们很容易想象一只猫因为犯了杀鼠罪，被判

---

① 见席勒的《华伦斯坦的军营》（《华伦斯坦》三部曲的第一部）第八场。嘉布遣修会是天主教圣芳济会的一支。

处绞刑，一只狗因为卖力追捕潜逃的兔子，被授予光荣的颈圈，然而很难想象一个孩子淘气捣乱，却可以免受惩罚，更不必说罪犯了。认为用整个社会的力量对罪犯进行报复，是卑鄙而愚蠢的；认为法院依靠整个国家的力量，对罪犯冒了生命危险，在感情冲动下犯的暴行，有恃无恐地、冷漠无情地实施报复，以同样的暴行对付他，是可憎的，无益的——这些看法我们万难容忍，我们的鳃不能适应它们！差距太大了！

群众之所以忧心忡忡，顽固不化，不顾一切地保卫旧事物，坚持保守主义立场，是由于一种愚昧的认识，认为绞架和忏悔，死刑和灵魂不灭，对上帝的畏惧和对政府的畏惧，刑事法庭和最后审判，国王和祭司，这一切在从前本来是一大进步，一大提高，是伟大的成就，是人们在精疲力竭之余可以攀登平静的生活园地的脚手架，是人们在自己不认识道路时可以帮助他们通向港口的渡船，到了那里，他们就可以获得休息，摆脱与大自然的艰苦、斗争，摆脱人间流血流汗的劳动，享受太平盛世逍遥自在的生活，因此，这些都是进步、自由、艺术和思想活动的首要条件！

为了保卫这来之不易的平静生活，人们在自己的港口周围布置了各种防卫设施，把拿起棍子、担任警戒和保护的责任交给了国王，把诅咒和祝福的权力交给了祭司。

战胜的部族自然要奴役战败的部族，把自己的安闲，也就是自己的发达建立在这种奴役上。按实质说，国家、文明、人的自由，都起源于奴役制度。自我保卫的本能带来了残忍的法律，不受约束的幻想完成了其他一切。世代承袭的传说，年复一年地给那个起源蒙上了一层层五光十色的雾霭，压迫的统治者和被压迫的奴隶一样，惶恐地俯伏在圣训面前，相信那是在雷轰、闪电、密云中，耶和华从西乃山上口授的，①或者是寄生在他头脑中的圣灵对选民所作的启示。

国家便建立在这些奠基石上，它们构成了形形色色的基础，如果把它们归结为主要的原则，清除各种幻想的、幼稚的、属于成长阶段的杂质，那么我们便会看到，它们始终是相同的，可以适用于一切教会和一切国家，布景和形式发生了变化，但原则依然相同。

非洲的土皇帝可以亲手宰杀罪犯，他们的惩罚措施是野蛮的，但这与委托别人行刑的法官的惩罚方式没有多大差异。主要之点在于，不论是穿皮大氅、戴白假发、耳朵后夹羽毛笔的法官，还是鼻子上插羽毛、浑身黑乎乎的光身子非洲土皇帝，都从不怀疑他们这么做是为了拯救社会，他们不仅有权在各种场合杀人，而且这是他们的神圣职责。

某个森林中的巫师念的不连贯的咒语，和某个大主教或高级教士念的不连贯的废话，也是彼此相似的。重要的不在于谁念什么咒，召唤什么灵魂，而在于承认不承认死后的世界，那个谁也没有见过的世界，人在那里能活动但没有躯体，能思考但没有头脑，能感觉但没有神经，不仅在我们进入幽冥世界以后，而且在我们目前的活动状态中，它也能对我们发生影响。如果我们承认这一点，那么其余都是次要的，都是枝节变化。埃及的神长着狗的嘴脸，希腊的神容貌俊俏，亚伯拉罕的神，雅各的神，朱泽培·马志尼的神，皮埃尔·勒鲁的神，这都是同样的神，正如《古兰经》明确说明的："真主便是真主"。

民族越是发达，它的宗教也越发达，但是随着宗教离偶像崇拜越来越远，它也越来越深入人的内心，渗透到它的一切方面。原始

---

① 指耶和华向摩西传授圣训——十诫，见《旧约·出埃及记》第十九至二十章。

的天主教和金碧辉煌的拜占庭仪式，对智力的限制比不上简陋的新教。不靠启示、没有教堂、自命为符合逻辑的宗教，几乎无法从智力浅薄的头脑中彻底根除，这种头脑既没有足够的信心，又没有足够的判断能力。[①]

在法律的教堂中也一样。森林土人的王用钺或斧执行自己的判决，他离犯人或被告这么近，如果后者有一把更长的斧子，便可以先发制人。不仅如此，鼻子上插羽毛的执法人很可能凭自己的好恶，胡乱行刑，群众难免怨声载道，终于公开反叛，或者并不信任他，只是被迫屈服于他的淫威下，像屈服于瘟疫或洪水一样。但毫不徇私舞弊的公正法庭尽管忠于自己的原则，并不能保证这些原则

---

① 没有一个逻辑的抽象观念，没有一个集合名词，没有一种无人明白的原则或无从查究的原因，不曾至少在一个短时期内，成为人们崇拜的事物，或神圣的事物。理性主义的圣像破坏者大声疾呼反对偶像，却惊讶地发现，他们刚把一些偶像丢下台座，另一些偶像又在它们上面出现了。大部分人之所以没有表示惊讶，也许是因为他们根本没有发现这一点，或者他们自己也把它们当作了真正的神。

自然科学家夸耀自己的唯物主义，阐述他们事前构想的自然界的布局，它的目的和对事物的巧妙配置；但你怎么也不明白，为什么"自然界希望怎样"会比"要有光就有了光"更合理？这是宿命论的第三阶段，它的三次方；第一次是亚努阿里乌斯的血沸腾；第二次是田野靠祈祷普降甘霖；第三次是发现了化学过程的秘密作用，赞美为胚胎制造卵黄的生命力的经济价值等等。新教徒一边撰文嘲笑圣亚努阿里乌斯的血会沸腾，一边却宣扬主教的祈祷可以使田地降雨或干旱，这非常可笑，仿佛对上帝说来，使放在天主教瓶子里的血沸腾，比必要的时候使新教徒的田地降雨或干旱更加困难。但这再一次暴露了天真的愚昧，它与虔诚的空谈一样毫无意义，这种空谈在生理学或地质学的讲义中已屡见不鲜，自然科学家们怀着感动的心情，说明上天多么仁慈，把翅膀赋予了鸟，没有翅膀，这些可怜的小动物便难免掉到地上，以致粉身碎骨等等。——作者注

"要有光就有光"见《圣经·创世记》第一章第三节："上帝说，要有光，就有了光。"亚努阿里乌斯（？—305？），意大利人，贝尼文托主教，后殉教而死，被认为是那不勒斯的保护神，那不勒斯教堂的玻璃瓶中保存着他的凝血块，据说每逢他的节日，血块便会沸腾。

绝对正确，而那里的法官却变得加倍坚定，执法如山，谁也不怀疑他，连受害者本人也不例外，以致哪怕满腹冤屈走向绞架，仍相信法官的行为是公正的，绞死他是必要的。

除了对自由的畏惧心理（它与孩子没人搀扶开始走路时的感觉一样），除了长期养成的习惯（它使人们依恋那些染有血和汗的扶手，那些曾从可怕的暴风雨中救过他们的、像救命方舟似的船舶），还有坚固的扶壁支撑着古老的大厦。群众不开化，对事物缺乏理解，这是一方面，另一方面，患得患失的自私心理也妨碍了少数人的理解能力，这两方面长期以来一直对旧秩序起了支持作用。至于那些受过教育的阶层，他们背弃了自己的信念，为了不让群众摆脱羁绊，宁可自己接受这种羁绊。

确实，情况不是毫无危险的。

在上面和下面是两本不同的日历。上面是 19 世纪，下面只是 15 世纪，而且那也还没到最底层，在最底层还有各种肤色、各类种族和各个气温地带的霍屯督人和卡菲尔人①。

如果认真考虑一下这个文化，那么它在社会的底层造成了大量乞丐和伦敦的无业游民，他们走到半路，又退回了狐猴和猩猩的状态，可是在这文化的顶端却是一切王朝的形形色色墨洛温②侏儒和一切贵族阶级的阿兹特克族③低能儿，这幅景象叫人看了确实头晕目眩。试想，要是让这个动物园得到自由，没有教堂，没有宗教裁判所和法庭，没有神父、国王和刽子手，那会变得怎样！

---

① 霍屯督人和卡菲尔人都是非洲的原始民族。

② 法国最早的王朝（481—751），第一次统一法国，在基督教会支持下建立了法兰克王国。

③ 墨西哥的土著民族。在西班牙入侵以前统治墨西哥一带。

欧文认为，神学和法学可以成为万古长存的堡垒只是谎言，亦即过时的真理。这是可以理解的。但是他却在这理由下要求它们退出历史舞台，忘记这些堡垒是有英勇的军队守卫的。世上没有比僵尸更顽固的事物，你可以打它，肢解它，但不能说服它。何况在我们的奥林匹斯山上掌权的已不是随和的、喜欢纵酒行乐的希腊诸神——按照卢奇安①的说法，他们正在商讨办法抵制无神论时，一听得报告说，他们的事业已一败涂地，雅典已有人证明神并不存在，他们便吓得脸色发白，逃之夭夭了。希腊人，不论人和神，都比较单纯。希腊人相信吆语，按照儿童的审美要求制造大理石玩偶，可是我们却是从利息和红利的角度支持耶稣会和自己的"老店"②的，目的在于控制人民和保证对他们的剥削。这里谈得到什么逻辑？

因此我们面对的问题，不是欧文正确还是错误，而是一般说来，理性观念和精神独立是否与国家意识并行不悖？

历史证明，社会在不断追求理性的自主权，但同时也证明，它们依然处在精神不自由的状态。这些问题能否解决，这很难讲；要解决并不容易，尤其是单靠博爱和其他温和善良的感情是无济于事的。

在生活的一切领域中，我们都能碰到无法解决的二律背反现象，好比两条渐近线，永远在向自己的双曲线靠拢，但永远不能合成一条。这是两个极限，生活在它们之间摇摆、移动和流逝，一会儿靠近这一边，一会儿靠近那一边。

抗议社会不自由和良心受奴役的人的出现，不是新现象。在一

---

① 卢奇安（约120—约180），希腊古代讽刺作家，作品主要以唯物主义精神证明神并不存在，对后世讽刺文学发生了较大影响。这里所谈的内容出自他的《演悲剧的宙斯》。

② 指英国国教会。

切多少成熟的，尤其是衰老的文化面前，他们经常作为揭露者和预言者出现。这是发展的顶点，它的拦路截击者，越出常规的罕见现象，正如天才、美和非凡的嗓音一样。但经验还没有证明，他们的乌托邦可以实现。

在我们眼前有一个可怕的例子。自从人类有记忆的时候起，对国家合理而自由的发展有利的各种条件同时汇集的情况，除了北美洲，我们还没看到过；在贫瘠的、年代久远的土壤上或者在完全没有开垦过的土壤上存在的一切不利因素，这里全然没有。18世纪伟大思想家和革命家的学说在排除了法国的军国主义精神以后，英国的普通法在排除了等级观念以后，成了这个国家的生活方式的基础。还要什么呢？旧欧洲梦寐以求的一切这里全都有了：共和主义，民主，联邦制度，各个地区的自治以及把它们联合起来的统一的纽带——中央那个松散的结子。

这一切结果怎样呢？

社会和多数人攫取了专制和警察的权力；人民自己行使了尼古拉一世、第三厅和刽子手的职能；八十年前宣布过"人权"的人民，却由于"鞭打权"而分裂了。南部各州把"奴隶制"写上了自己的旗子，正如从前尼古拉把"专制"写上自己的旗子一样，在那里对思想方式和言论的迫害和压制，其卑鄙程度并不比那不勒斯的国王或维也纳的皇帝差一些。

在北部各州，奴隶制还没有上升为宗教信条，但是在一个丢下账簿只是为了转动桌子①，为了扶乩降灵的国家里，在一个保存着清

---

① 指桌子在不施加外力的情况下自行转动，这是西方通灵活动的一种重要形式，它与扶乩等降灵活动，都成为19世纪唯灵论者蛊惑人心的手段，在当时十分流行。

教徒和公谊会排斥异己传统的国家里，教育和良心的自由能达到多高的水平呢！

　　同样的情形在英国和瑞士也能遇到，只是形式较为和缓而已。一个国家，政府的干预越少，言论和精神独立的权利越能得到承认，群众也越是不能容忍异己，舆论也越是带有强制作用；你的邻居，你的肉商，你的裁缝，家庭，俱乐部和教区，都随时在监视着你，对你履行着警察的职责。难道只有无法在内部保障自由的民族，才能建立自由的制度不成？那么归根结底，这岂不是说，国家所一贯推行的要求和理想，那些优秀的思想家们奋力追求的目标，它们的实现却是与国家生活不能相容的？

　　我们不知道这个问题的答案，但没有权利认为它可以解决。直到现在，历史只采取一种方式解决它；有些思想家，其中包括欧文，却不同。欧文怀着18世纪（被称为没有宗教信仰的时期）思想家牢不可破的信念，相信人类还处在庄严地穿上成年袍①的前夕。可是我们觉得，所有的保护人和指导者，叔叔们和嬷嬷们，正是靠这种未成年状态才可以安心吃喝和睡觉。不论人民会提出什么荒谬的要求，在我们这个世纪，他们还不会提出成年的权利。人类还得像儿童一样穿着翻领衫生活很久。

　　这原因是很多的。要使人具有理性，头脑清醒，他必须首先成为巨人；可是说到底，任何伟大的力量都不足以做到这一点，如果社会生活已形成固定的整体，牢不可破，像在日本和中国一样。一个婴孩，从他在母亲怀中睁开眼睛，发出微笑的时候起，直到他求得良心和上帝的宽恕之后，同样平静地闭上眼睛为止，他都相信，

_____

① 古罗马男子成年（十八岁）后穿的长袍。

当他安眠之后，他将被带往一个住处，那里既没有哭声，也没有叹息——一切都这么安排好了，他不必发展一个简单的观念，接触一个简单明确的思想。他随着母亲的乳汁一起吸进了麻醉剂；任何感情不可能不遭到歪曲，不可能不离开自然的轨道。学校教育只是家庭教育的继续，它灌输的是乐观的谎言，书本加深了它，从理论上赋予了传统垃圾以合法地位，引导孩子们做到知道，但不理解，把一切名称当作鉴定予以接受。

概念上的糊涂，语言上的混乱，使人失去了对真理的嗅觉，对自然的兴味。必须具有强大的思维能力才会辨别出这种精神的煤烟，带着昏迷的头脑冲出屋子，奔向清新的空气，然而周围的人们却百般恐吓他，使他不敢跨出这一步！为此，欧文说道，正因为这样，他对人的社会改造不是从法伦斯泰尔，也不是从伊卡利亚开始，而是从学校开始——他在学校里收的是两岁以下的儿童①。

欧文是对的，不仅如此，他已用事实证明他是对的，在新拉纳克面前欧文的反对者沉默了。这该死的新拉纳克像一块骨头，卡在那些老是指责社会主义是空想，根本不可能实现的人的喉咙中。"孔西德朗和布里斯班，西多修道院，克利希的裁缝们，蒲鲁东的人民银行，都干成了什么？"②但是在新拉纳克的辉煌成就面前，大家无话可说了。学者和使者，大臣和公爵，商人和贵族，所有的人

---

① 欧文于 1816 年在新拉纳克厂开办了一所幼儿学校——工人子弟学校。

② 孔西德朗是傅立叶的继承者。他于 1852 年前往美国，与美国的傅立叶主义者布里斯班在得克萨斯州创办了傅立叶公社（"再联合"共产主义移民地），但两年后即以失败告终。法国科多尔省的西多修道院于 1848 年革命后建立了工人生产合作社。1848 年 3 月在巴黎附近的克利希镇，由路易·勃朗倡议，在卢森堡委员会的支持下，成立了裁缝的生产合作社。1849 年蒲鲁东根据自己的理论建立了"人民银行"，企图以无息贷款的方式帮助工人摆脱贫困。但这一切努力也都失败了。

都是怀着惊异和尊敬离开学校的。肯特公爵的医生是怀疑主义者，谈到拉纳克便面露嘲笑。公爵作为欧文的朋友，劝他亲自到新拉纳克看看。晚上医生写信给公爵道："汇报得留待明天，看到的一切使我太兴奋、太激动了，我还不能写成文字；好几次我的眼泪夺眶而出。"我想，我们的老人也处在这种庄严的心情中。这样，他用事实证明了自己的思想——他是正确的。让我们接着谈吧。

新拉纳克达到了繁荣的顶点。永不疲倦的欧文不论是在前往伦敦的旅途中，在群众大会上，在欧洲一切知名人士的不断访问中，甚至像我们谈过的，在尼古拉·帕夫洛维奇亲自拜访时，他都满腔热情地关心着学校和工厂，关心着工人的福利，要在那里创造和谐的生活。可是一切突然垮了！

你以为这是因为他破产了吗？是因为教师争吵，孩子淘气，父母酗酒成性吗？不是，工厂发达，收入增加，工人富裕了，学校也欣欣向荣。但是一天上午，学校里来了两个居心叵测的小丑，他们戴着平顶帽，穿着故意缝得很粗糙的衣服，这是两个公谊会①教徒，与欧文本人一样也是新拉纳克的老板。他们蹙紧眉头，望着欢乐的、一点不懂得何谓堕落的孩子们，看到一些小家伙不穿长裤便大惊小怪，提出要教授自己的教义问答。欧文起先回答得很巧妙，只是谈收入增加的数字。对上帝的热情暂时平静了：这罪恶的数字是庞大的。可是公谊会教徒的良心再度觉醒了，他们更坚决地提出，不应教孩子们跳舞和唱世俗的歌曲，但必须教分离派教会的教义问答。

欧文的学校中，合唱、体操和跳舞在教学中占有重要地位，因此他不同意。这引起了长时间的争论；但公谊会教徒这次决心要在

---

① 公谊会又称贵格会、教友派，属于非国教派。

天堂中巩固自己的地位，提出增加赞美诗，给孩子们穿长裤，不得保留苏格兰人的样子。欧文明白，贵格派教徒的十字军远征不会到此为止。他对他们说："如果这样，请你们自己管理，我拒绝照办。"他不能不这么做。

欧文的传记作者写道："贵格派教徒接管了新拉纳克的权力，第一步便是减低工资和增加劳动时间。"

新拉纳克失败了！

不应忘记，欧文的成功揭示了历史的一大新发现，即贫苦而受压迫的工人被剥夺了受教育的权利，从小就学会了酗酒和欺骗，对社会的仇恨，只是在开始时才反对那些新的设施，而且还是出于不信任，只要他们相信这种改革对他们没有害处，在改革中他们没有被忘记，那么他们就会顺从地跟着它走，后来还会对它产生信任和爱。

但是真正的阻力还不在这里。

梅特涅的文学侍从根茨①，在法兰克福的一次宴会上对罗伯特·欧文说道：

"假定说您能成功，那么这会产生什么结果呢？"

"非常简单，"欧文回答，"结果是每个人都能吃得饱，穿得好，都能受到实际的教育。"

"但这正是我们所不希望的。"维也纳会议的西塞罗说道。根茨没有其他优点，但很坦率。

教士们和店主们终于恍然大悟，工人和学生不是在做游戏，是在认真干一件事业，从这时起，新拉纳克的覆灭就不可避免了。

---

① 根茨（1764—1832），奥地利政治家，首相梅特涅的顾问，维也纳会议和神圣同盟的策划者之一。

这就是苏格兰一个小村子①和它的工厂与学校的没落具有不幸的历史意义的原因。欧文的新拉纳克的废墟在我们心头引起的悲哀，不比从前其他废墟在马略②心中引起的少；区别只在于罗马的放逐者是坐在老人的棺木上思考尘世的空虚，我们也有同样的感触，但我们是坐在一个赤忱的人的新坟上，这个人给我们带来了许多希望，可是却在人们的耻笑和恐惧中死了——他要求得到承认！

3

这样，欧文在理性面前是正确的；他的结论合乎逻辑，而且已在实践上得到证明。他所缺少的只是听众方面的理解。

"这是时间问题，总有一天人们会理解的。"

"我不知道。"

"不能设想，人们会永远不理解自己本身的利益。"

然而直到现在仍是这样；何况除了缺少理解，还有教会和国家，也就是进一步发展的最主要的两大障碍。这属于论理的范围，是很难克服的。欧文认为，只要向人们指出它们的落后和荒谬，人们便会抛弃它们；他错了。它们的荒谬，尤其是教会，是一目了然的；但这对它们毫无妨碍。它们不可摧毁的坚固性不是建立在理性上，而是建立在违反理性上的，因此批评对它们，几乎像对山脉、森林、岩石一样，不起作用。历史是在荒诞中发展的，人们追求的

---

① 新拉纳克是苏格兰拉纳克南部的一个小镇，当时人口仅二千人。欧文本来在曼彻斯特一家大纺织厂当经理，为了实行他的计划，说服股东们买下了新拉纳克的小厂，在那里经营了二十来年，直至 1829 年才被迫离开。

② 马略（约公元前 157—前 86），罗马共和国战略家，军事统帅，功绩显赫，曾远征非洲，使城市成为废墟，公元前 88 年因政治上失败，被放逐后逃至非洲。

也始终是妄想，而达到的只是实际能达到的结果。他们总是白日做梦，向往的是彩虹，寻找的是天上的乐园或人间的天堂，一路上唱着自己永恒的歌，用永恒的雕像装饰神殿，建设罗马和雅典，巴黎和伦敦。一场梦景让位给另一场；梦有时做得少些，但永远不会没有。人们接受一切，相信一切，服从一切，准备作出重大牺牲；但是每当两种宗教之间出现夹缝，日光穿过这夹缝向他们送来理性和批判的清新空气时，他们却大惊失色，赶快躲避。例如，要是欧文企图改进英国的教会，他也可以成功，不会输于一位论派[1]、贵格派以及其他任何教派。改进教堂，把祭台设在隔板后面，或者不设隔板，抬出一个神像或者几个神像，这都可以，都会有千百个人追随这位改革者。但是欧文却要根本脱离教会，于是："站住，此路不通！"这已到头了。在任何国家，只要不越出界限都好办，越出它便困难重重，尤其是当人民亲自把守关卡的时候。

　　在历史的一千零一夜中，教育刚有些成效，这类企图便出现了；几个人醒来，向沉睡者提出了抗议，宣称他们才是清醒的，但是他们不能唤醒别人。毫无疑问，他们的出现证明，人是可以向理性认识发展的。然而我们的问题并没有因此获得解决，关键在于这种个别的觉醒是否可以成为普遍现象？过去给我们提供的启示无助于问题的彻底解决。除非未来走别的路，才会带来我们所不知道的别的力量和别的因素，也才会或正或反地改变人类或它的大部分的命运。美洲的发现相当于地质的剧变，铁路和电报改变了人类的全部交通方式。我们不知道的事物，我们无权纳入我们的估计中；但是哪怕对一切都作出充分估计，我们也无法预料，人会很快意识到

---

① 基督教的一派，主要是否认三位一体教义，只承认上帝是一位。

健全的理性的必要性。头脑的发展需要自己的时间。大自然是不会
性急的；它可以在麻木不仁的昏睡中度过几千年，几万年，又在飞
鸟的啾啾鸣叫中，在林间野兽的奔逐中，在海上鱼类的嬉戏中，度
过另一个几千年和几万年。历史的呓语是漫长的，大自然在其他领
域会衰退，在这里它的可塑性却永无尽头，历久不衰。

有人明白这是梦，但他们以为苏醒是容易的，对睡着的人不免
生气，却不知道，周围的整个世界都不允许他们苏醒。生活便在一
系列乐观的迷误、人为的需求和臆造的满足中流逝。

你不必挑选，随意拿起任何一份报纸，看一下任何一个家庭。
在这里罗伯特·欧文能起什么作用？为了废话，人们以自我牺牲的
精神忍受痛苦，为了废话他们走向死亡，为了废话他们互相残杀。
在永恒的忧虑、奔忙、穷困、惊慌、流汗和没有休息没有尽头的劳
动中，人甚至谈不到什么享乐。如果有一点闲暇，他便得赶快编织
家庭的网，完全盲目地编织这张网，连自己也落进了网中，也把别
人拖进了网中；如果他必须靠无休无止的苦役劳动来摆脱饿死的命
运，那么他就会开始对妻子、孩子和亲属进行最残忍的迫害，或
者自己受他们的迫害。这样，人们在父爱的名义下，在嫉妒的名
义下，在婚姻的名义下，互相迫害，编结仇恨的、神圣的纽带。在
这种情况下，人什么时候才能清醒？除非走出了家庭，走进了坟
墓，丧失了一切，既没有精力，也没有新鲜的思想，只要求安息的
时候。

不妨看看整个蚂蚁窝或单独的蚂蚁，它们如何奔忙，操劳；再
想想人们的要求和目的，他们的欢乐和烦恼，他们对善和恶，光荣
和耻辱的理解——他们一辈子所从事的一切，从早到晚所忙碌的一
切；看看他们把自己的一生毫无保留地献给了什么，把一生中最好

的时光献给了什么，你便不禁感到仿佛回到了童年世界，看到了装在轮子上的小木马，那闪光的金属饰片，看到洋娃娃放在一个墙角里，鞭打的树条放在另一个墙角。从孩子的嘟哝声中，有时可以听到一点真实的声音，但它一闪而过，在儿童的漫不经心中消失了。停顿和思考是不可能的——这势必造成混乱，脱离时代，结果一无所获。一切都陷得太深了，一切都发展得太快了，你无法使它们停止，尤其是靠那无足轻重的几个人，他们既无枪炮，也无金钱，又无权力，只是以理性的名义提出抗议，甚至不能用奇迹来证实自己的真理。

罗特希尔德或蒙特菲奥雷[①]为了赢得第一百个一百万，必须一早上办公室；布鲁塞尔发生了瘟疫，意大利在打仗，美国分裂成了南北两方—— 一切都很好；如果这时有人向他们谈人的不负责任，谈财富的重新分配，他们当然不想听。麦克马洪[②]日夜考虑怎样才万无一失，可以靠穿红裤子的人在最短时期内最大限度地消灭穿白军装的人；最后他歼灭的人比他想象的还多，于是大家向他祝贺，哪怕爱尔兰人曾作为天主教徒遭到过他的打击，也不例外；如果这时有人对他说，战争不仅荒谬绝伦，令人痛恨，而且是犯罪，当然他非但不听，还会得意地抚摩爱尔兰献给他的宝剑。

在意大利，我认识一个老人，他是一家大银行的老板。一天深夜，我睡不着，出外散步，回家时已清晨四五点钟，走过他的家。一些工人正从地窖里推出一桶桶橄榄油，预备装运出海。老银行家穿着厚大衣，拿了一张纸在清点桶数。早晨空气清新，他觉得有

---

① 蒙特菲奥雷（1784—1885），犹太人出身，后成为英国的银行家。

② 麦克马洪（1808—1893），法国元帅，1830 年率领法军远征阿尔及尔，大肆屠杀当地阿拉伯人。当时法军穿红裤子，阿拉伯人一般穿白衣服。

些冷。

"您已经起床？"我问他。

"我站在这儿已一个多小时。"他笑着答道，伸出了手。

"可您像在俄国似的冻僵了呢。"

"有什么办法，我老啦，精力不够了。您那些朋友（这是指他的儿子们）大概还在睡觉，让他们睡吧，好在老头子还活着。不亲自监督是不成的。我是老一辈的人，见得多了：经历过五次革命，我的朋友，当然，这与我无关，可是对工作我始终这样：发出了油，我便上办公室。我是在那儿喝咖啡的。"他补充道。

"就这样工作到吃饭？"

"工作到吃饭。"

"您对自己要求很严。"

"不过坦白说，这大多是习惯。我不能没有事干。"

我离开他以后，心想："他眼看快死了，到那时谁来发运橄榄油，银行又怎么办呢？除非他的长子到时候也成了老一辈的人，也不能没有事干，也在四点钟就起身。这样，金币一个个增加，直到某一代公子，也许还是最聪明的一个，在牌桌上把它们统统输掉，或者献给一位放荡的女人。于是好心的人们说道：'他们的父母多么好啊！自己省吃俭用，也不让别人挥霍，为子女积累了一切。可是现在却出了一个浪荡儿子！……'"

瞧，真理怎么能通过这重重叠叠的荒谬现象轻易进入人们心中呢？

这些人沉浸在功名利禄、投机倒把、家庭纠纷、打牌、勋章和养马中间，现在罗·欧文却大声疾呼，要他们把精力用于别处，向他们指出生活的荒谬。他不能说服他们，只能触怒他们，给自己招来不理解的全部对立情绪。只有理性才能长时期忍耐，才是慈悲为怀的，因为它理解一切。

欧文的传记作者作出了非常准确的判断，他说，欧文否定了宗教，因而摧毁了自己的影响。确实，他敲打了一下教会的石墙，便应该适可而止，可是他却越过教堂，到了另一边，在那儿成了孤家寡人，伴随他的只是笃信宗教者的咒骂。但是我们认为，他迟早会落到这个地步，在这另一种的贝壳外面只能是孤立和放逐！

群众之所以没有一开始就对他发怒，只是因为国家和法庭不像教会和祭坛那么深入人心。但是归根结底，惩罚权主要得靠训练有素的人来维护，不能靠疯狂的贵格派教徒和玩弄笔杆子的伪君子。

关于教理和教义问答的真理，凡是稳健持重的人都不会提出异议，尽管他们事先就知道，这是经不起任何批评的。谁也无法证实"圣母无原罪成胎论"，摩西对地质的研究也不可能与麦奇生①的研究一致。民法和刑法的世俗教堂，法律大全的教理，巩固得多，它们早在接受审查之前已有权称作业经证实的真理和不可动摇的原则。

人们推翻祭坛，却不敢触动守法镜②。阿纳卡西斯·克洛斯，埃贝尔分子，给上帝改名为理性③，他们深信这完全符合人民的利益和公民的其他守则，正如中世纪的神父相信教会法典④和火焚巫师的必要性一样。

---

① 麦奇生（1792—1871），苏格兰卓越的地质学家，英国地质学会主席。

② 一种饰有双头鹰的三棱镜，作为守法的象征，在帝俄时代悬挂在官厅中。

③ 克洛斯和埃贝尔都是法国大革命时期左翼的领导人，在1793年倡导以对理性的崇拜代替基督教信仰，认为这是符合人民的利益的革命行动。

④ 即《天主教教会法典大全》，历来为教会（天主教及东正教）一切立法的依据。

本世纪最强大、最勇敢的思想家之一[①]，为了对教会发动最后的攻击，在理论上确立了教会的世俗化原则，从祭司手中救出了准备作为祭品献给上帝的以撒[②]，把他交给了法庭，也就是说献给了正义的祭坛，这曾经有多久呢？

一千年来关于自由和预定[③]的永恒的争论尚未结束。在我们今天，也不仅欧文一人对人要为自己的行为负责提出疑问；我们在边沁和傅立叶，在康德和叔本华，在自然科学家和医生们，尤其是在所有从事犯罪统计的人那里，都能看到这种怀疑的迹象。不论怎么说，争论还没有结果，但是有一点，即罪犯应该惩治，并按照罪行的大小定刑，这是没有争论的，每个人都明白这一点！

那么疯人院在哪一边呢？

柏拉图说过："惩罚是罪犯不容剥夺的权利。"

很可惜，他亲口讲了这句双关语，不过我们不一定要学艾迪生的加图，向大家宣称："你是正确的，柏拉图，你是正确的"[④]，因为他甚至说过："我们的灵魂是不灭的。"

如果鞭笞或绞刑是罪犯应得的权利，那么在这权利遭到破坏时，还是让他自己宣布这一点。权利是不必强迫接受的。

边沁称罪犯为拙劣的计算员；很清楚，谁计算错误，谁就应该承担错误的后果，但尽管这样，这不是他的权利。谁也不会说，如

---

① 指蒲鲁东。

② 《圣经》中亚伯拉罕的儿子，上帝曾要亚伯拉罕把以撒作为燔祭献给他，见《创世记》第二十二章。

③ 基督教的"预定论"，认为一切均由上帝预定，任何人无法改变。这里只是借用这个词，指人的行为不以人的意志为转移。

④ 艾迪生（1672—1719），英国著名评论家及作家，著有悲剧《加图》。在《加图》第五幕中，加图讲了那句话，这时他手中拿着柏拉图谈灵魂不灭的书。

果你用额角撞了墙壁，你便有权获得一块青斑，万一没有，也不会有一个特别的官员派医生来给你制造一块。斯宾诺莎讲得更简单，他说可能有必要对一个不让别人生活的人处以死刑，"就像杀死一条疯狗一样"。这是很明显的。但是法学家们或者不这么坦率，或者头脑太聪明了，根本不愿承认判刑是一种防卫措施或报复手段，却说这是道德的补偿，"平衡的恢复"。还是在战争中干脆一些：士兵杀死敌人时不必寻找他的罪行，甚至不必声明这是正义的行为，只要可能，就可以把对方杀死。

"但是根据这种观念，所有的法院都可以关门了。"

"为什么不可以？从前人们把巴西利卡①改成教区教堂，今天为什么不可以把它们改成教区的学校？"

"没有一个政府会同意这种取消惩罚的观念。"

"欧文可以像历史上第一个弟兄②那样这么回答：'难道我的任务是巩固政府吗？'"

"他对政府的态度十分温和，不论是国王、托利党的内阁大臣，还是美国共和政府的总统，他都能相处得很好。"

"难道他对天主教徒或新教徒态度不好吗？"

"那么，您认为欧文是共和主义者吗？"

"我想，罗伯特·欧文赞成的政府形式，应该是最符合他所接受的教会的观念的。"

"算了，他根本不相信任何教会。"

"一点不错。"

---

① 古罗马的公共建筑，用作会议大厅和审理案件等社会活动场所，后来由最早的基督教徒改为教堂，新建的教堂也采取巴西利卡的建筑式样。

② 指耶稣。

"然而总不能没有政府吧？"

"毫无疑问；不论怎么糟糕，还是需要的。黑格尔讲过一个善心的老太婆，她说：'嗯，不论天气怎么坏，有坏天气总比什么天气也没有好一些！'"

"好，你笑吧，但是没有政府，国家就得灭亡。"

"可这与我什么相干！"

4

在革命时期，有人试图彻底改变公民的生活方式，同时又保存强大的政府权力。①

筹备成立政府的命令保存了下来，它们的标题是：

平等　　自由　　普遍幸福

有时为了更加明确，加上一句："或者是死！"

可以想见，这些命令是以警察的命令开始的：

1. 凡是没有为祖国从事任何工作的人，不得享受任何政治权利；他们只是共和国的客人，是外国人。

2. 不为祖国从事任何工作的人，是指没有以有益的劳动为它服务的人。

---

① 这是指法国革命家巴贝夫的活动。巴贝夫是空想社会主义者和平均主义者，因此他这一派称为平等派。在热月党执政时期，巴贝夫为了推翻督政府，于1796年建立了秘密革命组织，拟定了各种施政计划，下面所引述的便是这类计划和命令，但由于赫尔岑反对中央集权政府，因此在转述时未免有些夸大和歪曲。巴贝夫后来由于叛徒的告密，在起事前被捕处死，因此那些计划和命令只是草案，并未正式发布过。

3．法律认为有益的劳动是：

耕种土地，饲养牲口，捕鱼，航海。

机器和手工劳动。

小商贩（零售商业）。

运输和车夫业。

军事活动。

科学和教育。

4．然而如果从事科学和教育的人，未能在规定时期内提出符合一定形式的证件，证明其具有公民品质，那么不得认为他们的工作是有益的劳动。

6．外国人不得进入公共集会场所。

7．外国人处于主管行政机关的直接监督下，它有权把他们逐出居留地，送往管教地点。

在关于"劳动"的命令中，一切都分别作了规定：什么时候劳动，做些什么，劳动几个小时；工长应"以身作则，认真工作"，其余的人向工长报告工场的一切活动。根据人力及劳动的需要，可以把工人从一地调往另一地点（就像我国驱使农民去修造公路一样）。

11．凡是无公民品质、懒惰、奢侈、行为不端，对社会造成不良影响的，不分男女，由主管当局遣送从事苦役劳动（强制劳动），并由它所指定的公社实行监督。他们的财产应予没收。

14．牲畜的饲养和繁殖，劳动者公民的衣食、迁移和休息，由专职官员予以照料。

关于财富分配的法令：

1．公社的任何成员，除由法律规定给予他的，以及由政府授权的官员（行政官员）分配给他的以外，不得占有任何财物。

2．人民公社从成立起，即应对每个社员提供房屋、衣服、洗濯用具、照明用具、燃料、足够的粮食、肉、鸡、鱼、蛋、牛油、酒及其他饮料。

3. 每个公社均应在规定时期内成立公共食堂，所有社员必须在食堂用膳。

5. 每个社员凡为其劳动领取工资或私自藏匿金钱的，均应受到惩罚。

关于商业的命令：

1．禁止私人经营对外贸易。商品予以没收，经营者予以惩处。

商业将由官员经营。然后消灭货币。金银不准输入。共和国不用金钱支付；国内的私人借款一律作废，外债逐步偿付；诈骗和伪造货币罪将判处终生劳役（无限期苦役）。

你会以为这些文件是"彼得在沙皇村"或"阿拉克切耶夫在格鲁齐诺①"签署的，但是不，签字的不是彼得一世，而是法国的第一个社会主义者格拉古·巴贝夫！

对这样一份计划，要抱怨政府权力不大，那是很难的；一切都在它的保护下，一切都在它的监督下，一切都由它管理，一切都安排得有条不紊。甚至不准牲口随意谈情说爱，繁殖后代也得按照主管当局的命令行事。

你想，这一切是为了什么？为什么要让这些幸福的农奴，这些享有平等权利的囚犯吃"鸡和鱼，喝酒，穿衣和娱乐"？② 这不单是为了他们，正如命令所说，这一切只是为了维持最低限度的生

---

① 阿拉克切耶夫的领地。

② "每个公民可以从政府得到住房，食物，衣服和娱乐。"——作者注

活。"只有共和国才应该富裕、强大和繁荣。"

这使我不由得想起我们莫斯科的伊威尔圣母像，她满身珠宝，既有马车，又有侍候她的祭司，还有永远不会挨冻的车夫，总之，她什么都有，唯一不足的只是她拥有这一切财富仅仅是在画中。

罗伯特·欧文与格拉古·巴贝夫截然不同，这是十分明显的。过了几个世纪，地球上的一切都改变以后，根据这两大臼齿，便可以重现英国和法国的整个骨骼，包括每一根骨头在内。尤其因为这两位社会主义的始祖实际上属于同一家族，目的和动机都是一致的，因而他们的区别也更明显。

一个人看到，尽管处死了国王，宣布了共和，消灭了联邦主义分子①，实行了民主恐怖政治，人民还是一无所获。另一个看到，尽管工业、资本和机器获得了巨大发展，生产力大大提高了，"快活的英国"却变得越来越不快活，肥胖的英国变得面黄肌瘦。这一切使两人得出了相同的结论：必须改变国家生活和经济生活的基本条件。为什么他们（还有其他许多人）几乎在同一时候产生了这同样的思想活动，这是可以理解的。社会关系的矛盾没有比以前增加或变坏，但是与18世纪末年相比，变得更突出了。社会生活的各种因素发展不一致，破坏了早先在较不顺利的环境下它们之间所保持的平衡状态。

但是尽管两人的出发点如此接近，他们却走向了相反的方面。

欧文认为社会意识到了自己的罪恶，这是复杂、困难的历史进程的最后成就和最后胜利；他向新时代的曙光欢呼，这是过去从来没有、也不可能有的，他劝导孩子们赶快抛弃襁褓和牵索，用自己

---

① 在18世纪末年法国大革命时期，有一些人为反对雅各宾党强调中央集权的革命民主专政，提出了各城市自由联盟的主张，被称为联邦主义者。

的脚走路。他向未来的门口张望，像已经到达目的地的旅客，不再为道路生气，也不再骂驿站长和不中用的马了。

但是1793年的宪法不是这么想，与它一样，格拉古·巴贝夫也不这么想。它宣称要恢复被遗忘的、被抛弃的人的天赋权利。国家的生活方式是篡权的罪恶果实，是暴君和他的同谋犯（神父和贵族）的恶毒阴谋造成的。应该惩办他们，他们是祖国的敌人，应该把他们的财富归还合法的主人，尽管他目前什么也不是，因而被称为无套裤汉①。到了把他不容剥夺的权利还给他的时候了⋯⋯这些权利是什么？为什么无产者是主人？为什么一切财富属于他，只是遭到了别人的掠夺？⋯⋯啊！你们怀疑——你们是多疑的人，新来的主人会把你们送交法官公民，而后者又会把你们送交剑子手公民，于是你们就不再怀疑了！

外科医生巴贝夫的手术与产科医生欧文的手术，并不是互相排斥的。

巴贝夫想用武力，也就是权力，摧毁武力所建立的一切，镇压不正义的聚敛者。他为此组织阴谋；如果他得以控制巴黎，就可以用起义委员会的名义命令法国建立新的政权，就像战无不胜的穆罕默德二世②命令他的拜占庭一样。他会强迫法国人接受他的公共福利制度的奴役，当然，这是靠暴力建立的，它必然引起最骇人听闻的反抗，在这场斗争中，巴贝夫和他的委员会势必被推翻，只是给世界留下了体现在荒谬形式中的伟大思想，这思想直到今天仍在灰

---

① 因不穿贵族和有产者所穿的短套裤而得名，在法国大革命时期这称呼指无产者和急进民主主义者。
② 穆罕默德二世（1432—1481），奥斯曼帝国的奠基人，1453年攻占君士坦丁堡，完成了对拜占庭的征服。

烬下暗暗燃烧，困扰着富足者的平静生活。

欧文看到，文明国家的人民在逐渐成长，可以进入新的时代了，他完全没有想到暴力，只是希望减轻发展的痛苦。他从自己说是彻底的，正如巴贝夫从自己说也是彻底的一样，他着手研究胚胎和细胞的发育。他像一切自然科学家，是从个别事例开始的，他的显微镜和实验室便是新拉纳克；他的学说也随着这个基层组织一起成长和壮大，正是它使他得出了结论；确立新秩序的主要途径是教育。

欧文不需要秘密活动，暴动对他有害无益。他不仅可以与世界上最好的政府，与英国政府，而且可以与其他一切政府友好相处。在他眼中，政府是陈旧的历史事实，支持它的是落后而没有知识的人，但它不是由一群强盗组成，不必用突然袭击的办法把他们逮捕归案。他既不要求推翻政府，也丝毫不觉得有改良它的必要。如果那些圣徒老板对他不横加干预，那么在英国和美国目前已会出现几百个新拉纳克和"新和谐村"①，它们会使劳动群众的新生力量汇集到那里，从而让优良的生命液汁从国家过时的水槽中逐渐分离出去。他为什么要与垂死的力量斗争？他可以让它们自然死亡，他知道，送进他的学校的每个孩子都是对教会和政府的一次新胜利！

巴贝夫被处死了。通过这次审问，他成了那些伟大人物中的一

---

① 依靠欧文的声誉，英国的工人合作社得到了迅速发展，总数已达到二百个。十五年前，罗奇代尔的合作社创建的规模很小，也很穷，资金仅二十八镑，现在它却用自己的资金建立了一家工厂，拥有两台机器，每台六十马力，工厂的总资产已超过三万英镑。合作运动出版了自己的刊物《合作者》，它全部是由工人们印行的。——作者注

按："新和谐村"是1824年欧文在美国印第安纳州建立的新型社区，人们在那里共同劳动，共同分享一切，后来由于宗教和管理上的问题，欧文被迫于1829年放弃这种实验，返回英国。

个，他们是殉难者，也是被处死的先知，在他们面前人是不能不表示敬意的。巴贝夫死了，在他的坟墓上，那吞噬一切的怪物集权主义越来越壮大了。在它面前，特殊性被铲除了，泯灭了，个性退化以至消失了。在欧洲的土地上，从雅典三十僭主时期 ① 到三十年战争 ②，以及从三十年战争到法国革命，政府的蜘蛛网对人的束缚，行政机关构成的网络对人的限制，从未像法国这个最新阶段那么严密。

污泥逐渐包围了欧文。但是只要能行动，他就奔走，只要能讲话，他就呼号。污泥在耸肩膀，摇头；无法抗拒的市侩的浊浪日益高涨，而欧文老了，终于越来越深地陷入了沼泽；他的力气，他的声音，他的学说逐渐进入低潮，消失在这片污泥中了。有时紫红色的火星仿佛又在跳动，使自由主义者胆怯的心灵惶惶不安——但也只限于自由主义者，贵族不把这些火星放在眼里，教士憎恨它们，人民不理解它们。

"然而未来是他们的！……"

"这还不一定！"

"得了吧，如果这样，那么整个历史向哪里发展呢？"

"谁知道世界上的一切会向哪里发展？至于历史，它不是我创造的，我不能为它负责。我像《蓝胡子》中的'安妮妹妹'③，为你

---

① 雅典经伯罗奔尼撒战争后，危机加深，公元前 404 年雅典公民会议指定三十人负责建设新城邦，但他们篡夺了权力，营私舞弊，实行专制统治，一年后被罢免，史称三十僭主。

② 1618 至 1648 年欧洲各国发生的一场混战，它成为欧洲历史上的第一次大规模国际战争，对各国造成了巨大创伤。

③ 蓝胡子拉乌尔杀死了六个妻子，第七个妻子法蒂玛发现了他的秘密，被他囚禁在塔楼中准备处死。法蒂玛送信请她的弟兄们来搭救她，并派她的妹妹安妮在塔楼中瞭望，看他们到了没有，每隔一会儿她便要问："安妮妹妹，看到了没有？"最后她的两个弟兄赶到，杀死了蓝胡子。

们探望道路，我只得说，我在大路上除了看到尘埃，其余什么也没有……啊，好像有人来了，来了，然而不，这不是我们的弟兄，这只是一群绵羊，许多绵羊！最后来了两个巨人——他们走着不同的道路。好吧，不是这个便是那个，他们会揪住拉乌尔的蓝胡子。但事与愿违！拉乌尔不服从巴贝夫的可怕命令，也不肯进欧文的学校——他把一个送上了断头台，把另一个赶进了沼泽，要让他淹死。我根本不赞成这件事，拉乌尔不是我的亲戚，我只是确认事实，如此而已！"

5

大约就在巴贝夫和达尔泰[①]的头颅从旺多姆的断头台上滚下的时候，欧文正与另一个不被承认的天才和穷人富尔顿[②]住在一起，他把自己最后几个先令给了他，让他制造机器的模型，这些机器是为人类的富裕和幸福创造条件的。这时，一个青年军官[③]带了几位夫人参观自己的炮台。为了讨得她们的欢心，他毫无必要地放了几发炮弹（这是他自己说的）；敌人以同样的方式回答他，死了几个人，还有一些人受了重伤；夫人们对这种惊心动魄的游戏十分满意。军官的良心有些不安，他说："这些人的牺牲是毫无意义的"……但这是战争时期，事情很快过去了。这是个预兆，后来这位年轻人使人类流的血比所有的革命加在一起更多，他一次征兵的人数超过了欧文为改造整个世界所需要的学生。

---

① 达尔泰（1769—1797），法国空想共产主义者，与巴贝夫同时被捕和判处死刑，1797年5月27日在法国卢瓦尔－歇尔省的旺多姆市被送上断头台。
② 富尔顿（1765—1815），美国发明家，早年曾在伦敦学习，后来成为汽船的发明者。
③ 即拿破仑，拿破仑是炮兵军官出身。

他没有任何体系，不希望人们幸福，也不允诺什么。他只想自己得到幸福，而他所说的幸福便是权力。现在你们瞧，巴贝夫和欧文在他面前是多么渺小！他的名声直到他死了三十年以后还足以使他的侄儿①登上皇帝的宝座。

他掌握了什么秘诀呢？

巴贝夫想用命令给人们创造幸福生活和共产主义共和国。

欧文想教育人们接受另一种对他们有利得多的经济生活方式。

拿破仑既不想用命令，也不想用教育的办法，他明白，法国人实际上并不希望吃斯巴达人的粗糙饮食②，恢复老布鲁图③提倡的生活方式，他们也不太乐意每逢重大节日，"全体公民得集中开会讨论法律④，并对孩子进行公民道德教育"。可是打架和夸耀勇气却是另一回事，这正是他们所喜爱的。

拿破仑不想干涉和惹怒他们，向他们宣传永恒的和平、拉塞达埃蒙⑤的饮食、罗马的道德和桃金娘花冠；他看到，他们热爱的是流血的荣誉，因此便唆使他们攻打其他民族，自己也与他们一起出征。对他没什么好责备的，法国人没有他也会那么干。但这种趣味上的一致足以充分解释人民对他的爱戴：在群众眼里，他是无可指责的，他没有以自己的纯洁，也没有以自己的道德使群众蒙受侮辱，他从未向他们提出过任何崇高的、先进的理想；他不是惩恶的

---

① 指拿破仑三世。

② 斯巴达是军事国家，崇尚俭朴、艰苦的生活。

③ 公元前6世纪的传说人物，据说曾在公元前509年把伊特鲁里亚人的暴君逐出罗马，建立罗马共和国，并当选为第一任执政官。他生活简朴，在道德上对自己十分严格。

④ 格拉古·巴贝夫大概从我们的法律中找到了这种乐趣吧？在团体中无事可做时，每个成员便得诵读法律！——作者注

⑤ 斯巴达在历史上的名称。

先知，也不是劝善的天才，他本身便属于群众，是他们的自己人，具有他们的缺点和趣味，他们的欲望和爱好，他使群众的精神上升到了天才的境界，沐浴在荣誉的光辉中。正因为这样，他的力量和影响才如此之大，也正因为这样，群众才为他痛哭流涕，依依不舍地把他的棺材运回法国，一路上到处挂满了他的画像。[①]

他之所以失败，完全不是因为群众抛弃了他，看透了他的荒唐野心，不愿再把最后一个儿子交给他，不愿再毫无必要地为他流血。他是惹怒了其他民族，招来了坚决的反击，他们为自己的奴隶地位，也为自己的主人，进行了誓死的战斗。基督教精神得到了体现：不要憎恨你的仇人，要爱护他们！

这一次是封建主义战胜了军事专制主义。

每逢走过威灵敦和布吕歇尔[②]在滑铁卢战场胜利会师的浮雕，我总是不能平静，每次我都要对它注视很久，每次心里都会发冷，都会害怕……一个是安详的、不能给人以任何光明希望的英国人，另一个是头发花白的、既凶残又仁慈的德国佣兵队长。一个是英国军队中的爱尔兰人[③]，一个没有祖国的人，另一个是普鲁士人，他的祖国便是军营，就是这么两个人在欢呼声中会师了；他们怎么能不高兴，他们刚把历史从大路上推进深及车毂的污泥中，经过了半个世纪，它还没有爬出这片污泥……那时天刚蒙蒙亮……欧洲还在蒙头大睡，不知道它的命运已经改变。由于什么？由于

---

① 拿破仑于 1821 年在圣赫勒拿岛病逝，1840 年他的棺木被运回法国，葬在巴黎荣军院，沿途受到了群众的热烈欢呼。

② 普鲁士陆军元帅，1815 年，他配合英军元帅威灵敦在滑铁卢的行动，使两军会师，决定了这次战役的胜利。

③ 威灵敦出生在都柏林。

布吕歇尔行动迅速，格鲁希①错过了时机！这次胜利给各个民族带来了多少不幸和眼泪！可是相反的胜利又将给各个民族带来多少不幸和眼泪啊！

那么这一切的出路在哪里呢？

"你所谓的出路是指什么？是'尽人事，听天命'那样的道德说教，还是'从前也是血流成河，从前也是哭声遍地'那样的警世格言？"

理解真相，这就是出路，摆脱假相，这就是教训。

"那有什么好处？"

"现在大家都在叫喊贿赂的不道德，怎么还有贪污？欧文老人解释道：'真理是一种信仰，除了它本身，不能向它提出别的要求。'"

对那暴露的一切，那断裂的骨骼，那受伤的心灵，那一切损失，错误，迷惑——最低限度，应该从这本神秘的书中破译出几个字母，从发生在我们周围的事物中看到一点普遍的意义……这多得不可胜数！那些童年的废物正从我们心中消失，不再吸引我们，我们珍惜它们只是出于习惯。这里有什么值得留恋的？难道是那些巫婆和自发力量，那关于过去的黄金时代和未来的无限进步的故事，那圣亚努阿里乌斯创造奇迹的瓶子和呼风唤雨的气象祈祷，那化学因素的神秘意图和大自然的愿望？

第一分钟是可怕的，但也只是一分钟而已。周围一切都在摇

---

① 格鲁希（1766—1847），法军元帅，在滑铁卢战役中指挥后备部队。布吕歇尔的普鲁士军队被拿破仑打败后，退至马斯河一带；拿破仑命令格鲁希跟踪追击，但布吕歇尔克服了种种困难，进行了一次反方向强行军，突然出现在法军右翼，使拿破仑措手不及，终于彻底失败。

摆，奔驰；站住或者前进，随你要到哪里；没有关卡，没有道路，没有指挥的人……也许，海洋的汹涌澎湃也是可怕的，但是一旦人们了解它的起伏不定并无目标，他们就可以自己决定行踪，靠自己的力量横渡海洋了。

不论大自然还是历史，都没有固定的目的地，因此可以走向要它们走向的任何地方，只要有这可能，也就是说没有任何阻力的话。它们是由无限多的互相作用、互相会合、互相制约和吸引的局部，日积月累地形成的；但是这绝不意味着人便因此像山上的石子一般毫无作用，完全屈服于自然力量，处在必然性的严格控制下；相反，人会逐渐成长，了解自己的地位，掌握自己的命运，高傲地驾着自己的船破浪前进，迫使无边的海洋成为他的交通大道。

历史是一支杂乱无章的即兴曲，它没有纲领，没有预定的目标，也没有不可避免的结局，它准备跟任何人前进，任何人也可以把自己的诗句插入这支曲子，哪怕它的声音响一些，它仍是他的诗句，整个诗篇不致因此中断，过去会留在它的血液和记忆里。在发展的每一步中，都蕴藏着无限多的可能性、插曲和新发现，它们在历史即兴曲和大自然中酣睡。运用科学可以使岩石中渗出水流，只要想想水是什么，压缩的气体可以变成水，自从发明了电以后，它们就不是掌握在朱庇特的手中，而是掌握在人的手中了。人的参与是伟大的，充满诗意的，这是一种创造。自然力量和物质都一样，它们可以沉睡千万年，从不苏醒，但是人驱使它们为自己工作，于是它们活动了。太阳早已在空中行走，突然人攫取了它的光线，留下了它的痕迹，于是太阳为他制作了照相。

大自然从不与人争斗，这是宗教对它的卑鄙诬蔑，它不是那么有思想的东西，会进行斗争，对它说来一切都一样。培根说："人对自然了解到什么程度，他对它的控制也达到什么程度。"这是完全正确的。如果人没有违背大自然的规律，大自然就不可能违背人的意志；它继续做自己的事，在不知不觉中却在做他的事。人们知道这一点，正是在这基础上掌握着海洋和陆地。但是在以历史世界为对象时，人却对它不这么尊重，这里他是在自己家中，不受约束；在历史中，他让事件的洪流带着他被动地前进，或者拿着刀子冲进它中间，一边大喊："普遍幸福或者死！"①这自然容易，相比之下，观察历史浪潮的来龙去脉，研究它们摆动的规律，因而为自己开拓无限远大的航道，这就难了。

当然，人在历史中的地位是比较复杂的，在这里他同时既是小船和浪涛，又是舵手。可是连一张地图也没有！

"要是哥伦布有了地图，他就不可能发现新大陆了。"

"为什么？"

"因为它必须发现以后才能画上地图。只有给历史排除了任何预定的道路，人和历史才会变得严肃认真，实事求是，充满深刻的乐趣。如果事件早有安排，整个历史只是某种史前的密谋的发展，那么它要做的无非是执行，无非是'搬演'，我们手中拿的也至多只是木剑和黄铜盾牌而已。难道我们流了真正的血，真正的眼泪，只是为了搬演一出早已编好的戏剧？有了预定的计划，历史就只是把数字填进代数公式，未来在诞生之前已注定了处于服从的地位。"

有人大惊小怪，认为欧文否定了人的自由意志和精神力量，这些人是要使预定观念不仅可以与自由，而且可以与刽子手并行不悖！经文上说："人子必要交给人钉在十字架上……但出卖人子的

---

① 以巴贝夫为首的平等派在法国大革命时期提出的口号。

人有祸了"①，这也许是他们的根据。②

在神秘主义观点中，这一切都是正常的，在那里它带有艺术意味，这在理论中是没有的。在宗教中展开的是整个戏剧；这里有斗争，有反抗，也有镇压；不朽的弥赛亚，提坦，魔王撒旦，亚巴顿③，被驱逐的亚当，被锁住的普罗米修斯，被上帝所惩罚和被救主所救赎的人。这是小说，震撼心灵的故事，但也正是形而上的科学所抛弃的东西。宿命论从教堂走进学校时，失去了自己的全部意义，甚至失去了我们在童话中所要求的那种逼真性。美丽、芳香、迷人的奇花异草，在学究们手中变成了干瘪、苍白的标本。他们抛弃了幻想的形象，只留下了赤裸裸的逻辑上的错误，一切成了荒谬的历史的"秘密构思"，它体现在形形色色的事物中，借助于人类和国家、战争和革命达到自己的目的。但如果它是存在的，为什么要再一次确认自己的存在？如果它不存在，只是靠事件在体现和维

----

① 见《新约全书·马太福音》第二十六章第二及第二十四节。

② 神学家比理论家勇敢一些，他们直截了当地说，没有上帝的意旨，不会掉一根头发，可是人得为每个行为，甚至动机，承担责任。宿命论学者断言，他们从不谈论个人，思想的个别表现者……（那是指我们这些普通人，至于马其顿王亚历山大或彼得大帝那样的人，那是得到全世界历史公认的，他们的名字一直在我们耳边嗡嗡直响。）理论家与地主老爷一样，在历史的生产劳动中看到的只是一群群没有个性的人……但是群体与个体的界线在哪里？或者像可爱的雅典诡辩派问的那样，几粒谷子与一堆谷子的区别在哪里？

不言而喻，我们是不会混淆预定论与概率论的。我们有权以过去作前提推定未来。我们应用归纳法，根据某些规律和现象的固定性，可以知道我们在做什么，但同时也允许有违反规律的事。我们看到一个三十岁的人，便有充分的权利推论，再过三十年他的头发会变白或变秃，他的背会有些驼等等。这并不表示，他的使命便是要使头发变白，变秃，使背变驼，这是他一生下来就注定的等等。如果他在三十五岁上死了，他的头发就不会变白，只是像哈姆雷特说的一样，"变成泥土"，或者变成生菜。——作者注

哈姆雷特的话见《哈姆雷特》第五幕第一场。

③ 《圣经》中无底洞的魔王，见《启示录》第九章。

持，那么为什么在新的纯洁受胎论之后，它又会蕴藏在暂时还没有出现的观念中，而这些观念一旦走出历史的母腹，便立即宣告它以前存在着，今后也依然存在？这是灵魂总体不变的新说法，它向两边扩展，它不是个人的，某一个人的，而是种族的……全人类的不灭的灵魂……它的价值抵得上死魂灵！全体白桦树中不是存在着不灭的白桦树吗？

毫不奇怪，最简单、最平常的事物在这种光照下，也会被烦琐哲学的解释弄得完全不可理解。例如，一个人越是活得长久，越有机会致富，一个人观察一件事物越是长久，只要不遭到干扰，或者他没有失明，那么他对这事物的理解就越深，这对任何人说来，不是最容易接受的事实吗？可是人们却别出心裁，从这事实制造了进步的偶像，仿佛不断地发展便是一切，可以到达无限幸福的金犊世界[①]。

再也清楚不过，人活着不是为了完成命运的安排，不是为了体现一种思想，不是为了进步，只是因为他出生了，而他出生是为了（不论这个词多么不恰当）……为了现在，尽管这现在既不妨碍他从过去取得遗产，也不妨碍他留下自己的遗物。这对理想主义者说来，似乎显得低劣而粗俗；他们怎么也不愿看到，在我们这渺小的生命中，在我们一闪而过的短暂的个人生活中，我们的全部伟大意义只是在于当我们还活着时，当我们所取得的这个躯体还没有解体，重返于大自然时，我们便是我们，而不是命运指定的为进步受苦或者体现某种虚无缥缈的思想的傀儡。我们应该感到自豪的是我

---

① 据《圣经》传说，摩西带领以色列人出埃及时，亚伦用黄金铸了一只牛犊，作为带领以色列人出埃及的神，这受到了上帝的申斥，由摩西把它毁了，见《出埃及记》第三十二章。后来金犊便成为拜金主义的同义语。

们不是天命手中的针和线，不是为它编织彩色的历史画卷的……我们知道，我们也参与了这幅画卷的编织，但这不是我们的目的，不是我们的使命，也不是我们所要完成的作业，这只是那个复杂的连环作用造成的，它把一切存在物的开端和结尾、原因和结果联结成了一个整体。

不仅如此，我们可以改变地毯的花纹。没有主人，没有图样，只有材料，只有我们自己。从前的命运织匠，那一切伏尔甘们和尼普顿们①命令人们永远活下去。遗嘱执行人向我们隐瞒了他们的遗言，而已故者却把自己的权力托付给我们。

"但是如果您一方面让人任意支配自己的命运，另一方面又取消了他们的责任感，那么您的学说只能使人抄起双手，什么也不干。"

"当人们知道，他们吃饭和听音乐、恋爱和玩乐是为了自己，不是为了完成上天的使命，不是为了尽快达到无限（发达的）完美境界，难道他们就会停止吃喝，不再恋爱和生育子女、欣赏音乐和女性的美吗？"

如果宗教和它令人窒息的宿命论思想，如果空洞理论和它阴森冷漠的教条，没有使人抄起双手停止活动，那么就不必为摆脱了这两块铁板的观点担心。只要对生活和不合逻辑还有一点感觉，就足以挽救欧洲各民族，使它们摆脱宗教耍弄的禁欲主义和清静无为等等花招，事实上它们始终只停留在口头上，从未付诸实行。难道理性和思想会比它们更软弱吗？

何况现实的观点也包含自己的秘密；由于它而什么也不干的人，不会了解它，也不会接受它。他的头脑还没有得到应有的发

---

① 罗马神话中的火神和海神，火神教给人各种制作工艺，海神教人航海。

展，他还需要别人的推动——一方面是长黑尾巴的魔鬼的推动，另一方面是拿白百合花的天使的推动。

人向往更和谐的生活，这是完全自然的，什么也不能阻止他，正如饥饿和口渴不能阻止他一样。就因为这样，我们根本不必担心任何学说会使他抄起双手，停止活动。至于能否找到较好的生活条件，人能否享有它们，或者是否会在一个地方迷了路，在别的地方出差错——这是另一个问题。我们说，人永远不能免除饥馑，这不是说我们怀疑每个人经常能得到食物，而且是健康的食物。

有的人很容易满足，要求不高，目光短浅，欲望有限。有的民族也视野狭隘，坐井观天，满足于穷困、虚伪、有时甚至鄙陋的生活。中国人和日本人无疑便是这样的两个民族，它们为自己找到了最合适的公共生活方式。正因为如此，它们始终这样，历久不变。

在我们看来，欧洲也接近了"饱和状态"，它疲倦了，向往着平静和停顿，从市侩制度中找到了自己巩固的社会方式。妨碍它的是已经寿终正寝的封建君主制度的残余和正在积极进取的因素。市侩制度与军事寡头政治相比是一大胜利，这一点毫无疑问，但是对于欧洲，尤其是对于盎格鲁－日耳曼人而言，它不仅是胜利之路，也是富裕之路。荷兰跑在前面，它是第一个安于现状、让历史终止的国家。成长的终止是成年的开始。大学生的生活丰富多彩，比一家之主的父亲那种冷静而忙碌的生活动荡得多。如果英国没有封建土地所有制像铅板一样压在它的上空，如果它不像乌戈利诺① 那样

---

① 乌戈利诺（1220—1289），意大利伯爵，1284 年任比萨保民官，后因政治斗争失败，于 1288 年与自己的两个儿子和两个孙子一起被关入所谓"饥饿塔楼"中，监狱的钥匙被扔入河中，乌戈利诺便在那里活活饿死，几乎互相吞食。但丁在《神曲》中把乌戈利诺作为卖国贼放在地狱的最底层，见《地狱篇》第三十三歌。

老是踹在自己即将饿死的孩子们的身上，如果它像荷兰一样可以给一切人提供小店主和不太富裕的中等老板的小康生活，它就会安于市侩阶级的现状。但与此同时，思想水平、视野、审美情趣降低了，生活变得空虚，除了外界的冲击有时带来一点差异以外，只是单调的循环，稍有波动的一泓死水。议会在开会，预算在审查，演说头头是道，形式略有改进……明年还是这一套，十年以后也还是这一套，生活进入了成年人平静的轨道，一切只是例行公事。我们在自然现象中也看到，不论开端多么光怪陆离，延续总是日趋平静和安详，不会像披着长发从空中横扫而过的、没有固定轨迹的彗星，只是带着自己那些灯笼般的卫星，在空中循着一再反复的道路缓缓移动的行星；小小的变化只是更加突出了总体上有条不紊的状态……春天有时雨水多一些，有时少一些，但是春天一过总是夏天，而在它之前也总是冬季。

"这么说来，整个人类就得这么进入市侩社会，然后停留在那里？"

"我想，不是整个人类，但某些部分确实这样。'人类'这个词最讨厌，它不能表达任何明确的概念，只是在其他一切模糊观念之外，增加了一个半神半人的花斑怪物。'人类'这个词能说明什么统一性？除非是我们所理解的某些总体名称，如鱼子等等。世上谁敢说，有一种制度同样适用于易洛魁人和爱尔兰人，阿拉伯人和马扎尔人，卡菲尔人和斯拉夫人？我们可以说的只有一点：某些民族讨厌市侩制度，但有些民族对它却如鱼得水。西班牙人，波兰人，一部分意大利人和俄罗斯人，很少市侩因素，他们向往的社会制度，不是市侩阶级所能给予的。但这绝对不是说，他们因此便能达到这种高级状态，或者他们不会走上资产阶级的道路。单单向往什么也不能保证，我们不得不着重指出可能和不可避免之间的差异。知道某种制度对我们不利，这是不够的，必须知道，我们希望什么样的制度，它是否可能实现。在我们前面存在着许多可能性，资产阶级也可以采取完全不同的路线，最富有诗意的人也可能变成小店主。可能性消失，憧憬流产，发展改变方向，这种事是屡见不鲜的。不仅是可能性，最触目惊心的还是个人的生命、思想和活力，一开始就从每个儿童身上死去。请注意，儿童的这种夭折也不包含着必然性，只要医生精通医学，这医学又是真正的科学，那么十分之九的生命是可以保留的。对人和科学的这种作用，我们必须给予充分注意，它是非常重要的。"

还必须警惕猿猴（例如猩猩）对智力进一步发展的侵犯。这从它们惶惶不安的目光，从它们对一切变化忧心忡忡的注视，从它们的疑虑、惶惑、慌张和好奇中，都可以看到，而这种好奇心理反过来又影响了它们的思想集中，使它们经常处于精神涣散状态。一代一代的人前赴后继，要奔向某种理性的世界，一代一代的人继承了这个事业，但没有达到目的而死去了——就这样经过了几千年，也还会再过几千年。

人比猿猴前进了一大步；他们的追求不可能不留下踪迹，它们凝结在文字中，体现在形象中，保留在传统中，一代一代继承下去。每个人依附在人类演变的参天大树上，它的根几乎可以追溯到亚当的乐园中；我们像拍岸的浪涛，在我们的后面可以感到整个海洋——全部世界历史的压力；每个时代的思想这个时刻都存在于我们的头脑中，没有前者也就没有后者，而有了前者，我们就拥有了巨大的力量。

谁也不是不可缺少的，但每个人都可以成为不可代替的现实力量；在每个人面前，大门都敞开着。人有什么要说的，就让他说，有人会听；他心里有什么信念，就让他宣讲。人不会像自然力那么屈服，但是我们始终得与当代的群众打交道，他们不是独立存在的，我们也不能脱离整个生活画面，我们同样接受前人的影响，有着共同的联系。现在你明白，人们的未来，民族的未来，依靠什么人了吧？

"依靠什么人？"

"怎么依靠什么人？……举例说便是依靠你们和我们。既然这样，我们怎么能抄起双手，什么也不干呢！"

第十章

红衫军^①

莎士比亚日^②变成了加里波第日^③。这是历史制造的巧合，也只有历史才能把这毫不相干的两件事硬拉到一起。

人民聚集在樱草丘植树，纪念莎士比亚的三百周年诞辰，这以

---

① 本文预定在《北极星》上发表，但今年《北极星》未能出版，而恐怖使我们的不少通讯员闭上了嘴，以致《警钟》的文章少了，多余的篇幅在登载本文之后，还可以容纳两三篇文章。——作者注

按：本文发表在 1864 年的《警钟》上。红衫军是加里波第组织的一支由意大利人组成的志愿部队，1836 至 1848 年，它在南美一带活动，支援当地的革命运动，尤其是乌拉圭的民主和独立斗争。1848 至 1849 年的欧洲革命高潮中，它回到意大利为建立罗马共和国斗争，在 1860 年后的意大利民族解放战争中尤其发挥了重大作用。

② 1864 年 4 月 23 日是莎士比亚诞生三百周年，伦敦人民在樱草丘公园种树纪念这位文化名人。

③ 加里波第为了宣传意大利的解放事业（当时威尼斯地区和罗马还没有解放），争取英国人民的支持，于 1864 年 4 月访问了英国。英国人民热情欢迎他，准备为他举行各种集会，但是英国的统治阶级害怕人民与他接近，也害怕法国和奥地利等国的抗议，对他设置了种种障碍。就在莎士比亚纪念日这一天，伦敦各报登出了加里波第的《告英国人民书》，他在信中除了对英国人民的热情接待表示感谢外，并说明由于种种原因，他不得不取消原来约定的一些会见，并提早离开英国。这样，就发生了下面讲的樱草丘事件。

后仍留在那里，要谈谈加里波第提前离开的事。警察驱散了群众。五万人民（据警方的报告）听从三十名警察的支配，出于深刻的守法精神，把在露天举行集会的伟大权利放弃了一半，表现了在任何情况下支持政府的非法干预的决心。

……确实，某种莎士比亚式的幻境在英国灰蒙蒙的背景上展现在我们眼前：伟大和丑恶，激动心灵的呻吟和嘈杂的喧闹声并列在一起，这是纯粹莎士比亚的风格，既有崇高单纯的人，天真朴实的群众，也有墙背后的秘密策划，阴谋和欺诈。在另一些形象中我们看到了熟悉的影子：从哈姆雷特到李尔王，从高纳里尔和考狄利亚到"正直的"伊阿古。①那一切伊阿古多么渺小，可是数量那么多，又那么道貌岸然！

序幕。号声。群众作为偶像登场了，这是 1848 年以后形成的，人民成了本世纪唯一伟大的英雄，荣誉的光辉全部集中到他的身上。大家崇拜他，歌颂他，这鲜明地体现了卡莱尔②的"英雄崇拜"观念。礼炮声，钟声，轮船上长旒飘舞——只是没有音乐，因为英国的贵宾是在星期日到达，而星期日在这里是斋戒日……伦敦在恭候客人，人们站了七个钟头，而热烈的情绪每天在增长；穿红衬衫的人一出现在街上，便会引起暴风雨般的欢呼声。人们在深夜一时簇拥着他离开歌剧院，早上七时又聚集在斯塔福大厦③门口。工人和公爵，裁缝和显贵，银行家和高级教士，封建主义的残余德比④，

---

① 高纳里尔和考狄利亚都是李尔王的女儿。伊阿古是奥瑟罗的旗官，一个阴险的小人。

② 英国作家和历史家，他写有《论英雄和英雄崇拜》一书，认为历史是英雄创造的，衰老的民族失去了英雄，也就不再有历史。

③ 英国外交官乔治·萨瑟兰公爵的公馆，1864 年 4 月 11 日至 20 日加里波第在伦敦期间住在这里。

④ 英国保守派领袖。

二月革命留下的 1848 年的共和分子，维多利亚女王的长子[1]和没有父母的光脚板的扫烟囱孩子，都争先恐后要与他握手，与他见面，与他谈话。苏格兰，泰恩河畔纽卡斯尔，格拉斯哥，曼彻斯特，都在焦急地等待着他的光临，可是他却消失了，从不透光的迷雾和蓝色的海洋中消失了。

正如哈姆雷特的父亲的鬼魂一样，贵宾退到了大臣们安排的布景后面消失了。他在哪儿？刚才好端端的，一下子不见了……只剩下了一个黑点，一片正要驶进大海的帆影。

英国人民受到愚弄。正如诗人说的："伟大而愚蠢的人民"。善良、有力、顽强，但颟顸、笨拙、迟钝的约翰牛[2]啊，他既可怜又可笑！牛摆出了狮子的威风，刚抖动了一下鬣毛，舒展了一下身子，准备迎接客人，那盛大的场面是任何一个国王，不论在位的还是退位的，都从未得到过的，可是一眨眼客人却给带走了。狮子牛气得直跺双趾蹄，拼命刨土……但是它关在笼子里，管笼子的控制着通向自由的路，掌握着铁锁和门闩，他们哄它，用废话骗它，却把钥匙揣在口袋里……黑点从海面上消失了。

可怜的狮子牛，做你的苦工，拖你的犁，打你的锤子吧。难道三位大臣，一位非大臣，一位公爵，一位医学教授，一位虔诚的勋爵，不已经在贵族院和下议院，在报纸上和客厅中，向公众证明，你昨天看到的那个健康的人，今天病了，病得很重，因此不得不用快艇送他沿着大西洋，穿过地中海吗？[3]……从前有一则寓言说，

---

① 威尔士亲王艾伯特·爱德华 1901 年继位后称爱德华七世。
② 英国人的别号。
③ 1864 年 4 月 19 日和 21 日在上、下两院，有人就加里波第提前离开的事提出了质问。三位大臣指乔治·克拉伦登伯爵、首相帕默斯顿和财政大臣格莱斯顿。一

磨坊主告诉朋友，他的驴子不在，但朋友听见驴子叫，表示怀疑，于是磨坊主对他生气道："你究竟相信谁，是相信我的驴子，还是相信我？"……

再说，难道他们不是人民的朋友吗？岂但是朋友，还是人民的保护人和父母亲呢……

……报纸详细记载了舞会和宴会，演说和辩论，欢迎词和颂扬诗，奇齐克[①]和市政厅的活动。芭蕾和戏剧，哑剧和滑稽喜剧，这些"春夜之梦"，报上描写得够多了。我不打算与它们争奇斗胜，只想用我小小的照相机摄下从我卑微的一角看到的几个场面。它们正如照片一样，包含着许多偶然的东西，许多难看的皱纹和难看的姿态，过于显著的细节，以及人力所无法改变的轮廓和人力所无法掩饰的表情……

我不在的孩子们，我把这篇故事献给你们（它一部分也是为你们写的），我再一次深深地、深深地感到惋惜，因为你们不在这儿，不能与我们一起度过这 4 月 17 日。

1. 在布鲁克大厦[②]

4 月 3 日晚上，加里波第到达南安普敦。我打算在人们包围他、带走他、使他困倦以前，先看到他。

我要这么做的原因很多：首先，这只是因为我爱他，与他阔别

位非大臣指罗伯特·西利，他是作家，也是议员。一位公爵指乔治·萨瑟兰公爵。一位医学教授指维多利亚女王的御医弗格森教授。一位虔诚的勋爵指沙夫茨伯里伯爵，英国社会活动家，圣公会福音派领袖。加里波第是由萨瑟兰公爵用自己的游艇"水神号"送往马耳他岛的。

① 在伦敦郊区，在这里的德文希尔公爵的别墅中举行过欢迎加里波第的盛大宴会。
② 作家罗伯特·西利在怀特岛的住所，1864 年 4 月 4 日至 11 日加里波第住在这里。

已快十年了。从 1848 年起，我便注视着他的伟大事业的每一步发展；在 1854 年，他对我说来已完全像一个来自高尔奈利·内波斯或普卢塔克著作①中的人物……②从那时起，他又比那些人长高了一半，成了人民的"无冕帝王"，他们的希望和活传奇，他们的圣人——从乌克兰和塞尔维亚到安达卢西亚和苏格兰，从南美洲到北美合众国，各个民族的人民都在望着他。从那时起，他带着不多几个人，战胜了一支军队，解放了一个国家，然后又被赶出了那里，像一个已把人们送到了驿站的马车夫一样。从那时起，他受了骗，挨了打③，但是正如胜利没有使他得到什么，战败也没有使他失去什么，只是使他在人民中的威望增加了一倍。他的本国人给他造成的创伤，用鲜血把他和人民牢牢结合到了一起。英雄的伟绩赢得的是受难者的荆冠。我希望看到，这是不是还是那个善良的水手，那个率领"共和号"从波士顿驶进西印度码头、幻想着建立海上流亡者共和国的水手，那个曾用从美洲带来的尼斯的别列牌酒招待过我的水手。

其次，我想与他谈谈这儿的一些阴谋和荒谬现象，谈谈那些善心人怎样一只手给他建造台座，另一只手却把马志尼绑在耻辱柱上。我要告诉他对斯坦斯菲尔德④的迫害，以及那些头脑不清的自

---

① 指内波斯的《名人传》和普卢塔克的《希腊罗马名人比较列传》。

② 见《北极星》第五集，《往事与随想》。——作者注

按：指第五卷第三十七章的部分篇幅，这一段提到的许多事均见该章。

③ 1860 年意大利解放后，建立了意大利王国，撒丁国王维克多·厄马努埃尔成了意大利王国的国王。1862 年 8 月为了解放罗马（它当时在法国人的控制下），加里波第与法军展开了战斗，但维克多·厄马努埃尔慑于拿破仑的威力，竭力阻止加里波第的行动，致使加里波第负伤被俘，落进了意大利王国军队手中。

④ 斯坦斯菲尔德（1820—1898），英国政治活动家，即第九章提到的比格斯夫人的父亲。斯坦斯菲尔德是英国议员，曾参加帕默斯顿政府工作，英国保守派为了

由主义者怎样跟着反动派的鹰犬猖猖狂吠，不明白那些人至少怀着一个目的：借斯坦斯菲尔德的事推翻那个优柔寡断的杂色内阁，用自己的痛风症、破布头和褪色的旧纹章代替它。①

……在南安普敦，我没有找到加里波第。他刚离开这儿，前往怀特岛。街上还留下了庆祝的痕迹：旗子，人群，无数外国人……

我没有在南安普敦停留，立即前往考斯。轮船上，旅馆里，大家都在谈加里波第，谈对他的接待，其中包括一个个小故事：他在萨瑟兰公爵的搀扶下走上甲板，到了考斯，离开轮船时，水手们列队欢送他，加里波第向他们挥手致意，正想往前走，蓦地站住了，走到水手们面前，与每个人握手，而不是给他们几个钱，让他们买酒喝。

晚上九时，我到了考斯，知道布鲁克大厦很远，我定了一辆次日早上的马车便到海边去了。这是 1864 年第一个温暖的傍晚。海上风平浪静，水波在懒洋洋地嬉戏，滚动，有的地方闪动着时隐时现的磷光；我心旷神怡，呼吸着海水咸咸的蒸汽，它像干草的香味一样叫我喜悦。远处飘来了音乐声，不知在哪个俱乐部或酒吧间里有人跳舞，一切显得明朗，欢乐。

然而第二天早上六点我打开窗户时，英国又让我想起了它原来的面貌：我看到的不再是海湾和天空、陆地和遥远的原野，而是一片深浅不一的灰蒙蒙的景色；雨正从灰色的天空中淅淅沥沥地下个不停，似乎带着英国人的顽强精神在向你宣称："如果你以为我会

推翻带有自由主义色彩的帕默斯顿内阁，制造了一起假案，指责四个意大利人在伦敦策划了行刺拿破仑三世的阴谋，而马志尼和斯坦斯菲尔德参与了这活动，这样议会就提出了斯坦斯菲尔德是否适合在政府工作的质问，企图以此为突破口，迫使帕默斯顿内阁辞职。

① 指帕默斯顿内阁为德比的保守党内阁所取代。

停止，那么你错了，我不会停止。"七时，我便在这样的心情中前往布鲁克大厦。

英国的仆人头脑迟钝，缺乏礼貌，我不想跟他们多纠缠，写了一张条子给加里波第的秘书格尔卓尼①。格尔卓尼把我带进自己屋里，便去向加里波第通报。接着我听到了手杖打在地板上的笃笃声和说话声："他在哪里，他在哪里？"我跑进走廊。加里波第站在我面前，开朗、亲切地直视着我的眼睛，然后伸出双手，说道："看到您太高兴了，您依旧精力饱满，身体健康，还在工作！"他拥抱了我，"您喜欢上哪儿？这是格尔卓尼的房间，您要上我屋里，还是留在这儿？"他一边问我，一边坐下了。

现在轮到我端详他了。

他的装束正像你从无数照片、画像和雕塑上看到的一样：穿一件红羊毛衫，上面罩一件外套，胸口用一种特别的方式扣得紧紧的，他围着围巾，但不是围在脖子上，而是披在双肩上，与水手们一样，在胸前挽了个结。这一切对他非常合适，尤其是那件外套。

在这十年中，他的变化比我想象的少得多。他的画像和照片没有一张没有走样，在那里他显得老一些，黑一些，主要是都不能充分表现他脸上的神情。但正是这种神情流露了他的全部秘密——这不仅在于他的脸色，而且来自他本人，他的力量，那吸引人的、献出了一切的力量，正是这种力量使周围的一切服从他的意志……不论那是什么，也不论那范围是大是小：是尼斯的一伙渔夫，海上的一群水手，蒙得维的亚的一支游击队，意大利的志愿军，还是各国

———————————

① 格尔卓尼（1835—1886），意大利作家，追随加里波第参加了意大利历次民族解放战争。

的人民群众和地球上的整个区域。

他脸上的每一根线条都是不规则的，与其说像意大利人，不如说带有斯拉夫色彩；它们生动，充满着无限的仁慈、爱和人们通常所说的 bienveillance（我用了一个法文字，因为"善意"这个词在我们的前厅和衙门中用得太滥了，意义已遭到歪曲，变得庸俗了）。他的目光，他的声音，也带有这种意味，它们都显得这么单纯，这么出自内心，只要一个人不是别有用意，也没有从哪一个政府领取津贴，一般说来没有什么需要提防的，那么他一定会喜欢他。

但是单单仁慈不足以概括他的性格，也不足以说明他的表情；除了善良和动人以外，还能感到他身上有一种不可摧毁的精神力量和一种自我反省的活动，那种沉思的、无限悲伤的心理状态。这忧郁而凄凉的情绪是我以前在他身上没有看到过的。

谈话有时中断了；像乌云飘过海上一样，他的脸上掠过了一些思索的阴影，那是由于他肩负着人们的命运，因而感到畏惧，还是由于人民对他的神化，他已无法制止，因而感到惶惑？或者是由于他看到了这么多的变节，这么多的堕落，这么多软弱的人以后，内心出现的怀疑？或者是对伟大的向往？但最后这一点我想不是的——他的个人早已融化在事业中。

我相信，在历史的使命面前，奥尔良姑娘①的脸上，莱顿的约翰②的脸上，一定也出现过这种痛苦的表情——他们是属于人民的，

---

① 即法国民族英雄贞德（1412—1431），她在英法百年战争期间以奥尔良为据点，多次率军出击打败英军。

② 指约翰·伯克尔逊（1509—1536），德国宗教改革运动领袖，因出生在荷兰莱顿，故名。他属于再洗礼派，于1535年统治闵斯特，称该地为新耶路撒冷，并自称大卫王，后被消灭。

尽管自然的感觉，或者不如说预感，在我们身上已濒于消失，但在人民间仍很强大。他们的信念中含有宿命论因素，而宿命论本身便是无限忧伤的。"愿你的旨意得到实现。"西斯廷圣母[①]脸上的每一条线条都这么说。"愿你的旨意得到实现。"她的儿子[②]，那个平民和救主在橄榄山上忧郁地祈祷时也这么说。

……加里波第想起了1854年他在伦敦时，由于时间太迟不能回西印度码头，在我家中过夜的各种细节，我向他提起了这天他怎样与我的儿子一起散步，在卡尔德西那里拍了照给我留作纪念，我们怎样在美国领事馆与布坎南一起吃饭，这次宴会曾经闹得满城风雨，实际上没有多大意义。[③]

"我必须向您表示忏悔，因为我这么匆匆忙忙赶来找您不是没有目的的，"我最后对他说，"我担心您周围的气氛太像英国，也就是说雾太重，使您看不清一出戏的幕后机关，而这出戏目前正在议会中演得有声有色……您越往前走，雾也会越浓。您想听我讲吗？"

"讲下去，讲下去，我们是老朋友了。"

我向他谈了议会的辩论，报纸的叫嚣，对马志尼的荒谬攻击，以及斯坦斯菲尔德遭到的迫害。

"请注意，"我又说，"在斯坦斯菲尔德这件事中，托利党和它的同谋者要对付的不仅是革命（他们把马志尼与革命混为一谈），也不仅是帕默斯顿内阁，不仅这些，他们仇视靠自己的才能、自己

---

① 西斯廷教堂系梵蒂冈的教皇礼拜堂，其中有拉斐尔所作名画《西斯廷圣母》。

② 即耶稣。耶稣死前一周经过橄榄山进入耶路撒冷。

③ 在《往事与随想》尚未发表的部分已谈过这次宴会。——作者注
   按：所谓"尚未发表的部分"指本卷第七章。

的努力和智慧，在相当年轻的时候便当上海军大臣的人，一个不是出身贵族，也与贵族没有联系的人①。对您，他们这时还不敢直接发动攻击，但是您不妨瞧瞧，他们谈论您的时候多么没有礼貌。昨天我在考斯买了一份刚出版的《旗帜晚报》，在到这儿的路上我看了一下，您瞧：'我们相信，加里波第会了解，英国对他的热情款待使他承担了一种责任，那就是不再与他以前的同志发生联系，同时明白应该有一定分寸，不宜前往瑟洛广场 35 号②。'如果您不这么办，那么他们已有言在先，到时候可别怪他们不客气。"

"关于这阴谋，我也听到一点风声，"加里波第说，"当然，我要访问的第一批人中，就包括斯坦斯菲尔德在内。"

"您应该怎么做，您比我更清楚。我只是想让您透过迷雾看到这阴谋的丑恶面貌。"

加里波第站了起来，我想他希望结束会晤了，便准备与他告别。

"不，不，现在上我屋里去。"他说，我们一起走去。

他的脚相当跛，但总的说来，他的身体还是胜利地通过了精神上和外科手术上的种种考验。

他的衣服，我再说一遍，对他显得非常合适，非常优雅，在他身上没有一点职业军人或资产阶级的气息，一切都那么简单，那么自然。他这种衣着上落落大方、毫不做作的样子，使客厅中的窃窃私议和委婉揶揄再也没有用武之地。在全欧洲，恐怕没有一个人可以像他那么泰然自若地穿着红衬衫出入英国的客厅和宫廷。

① 指斯坦斯菲尔德，他当时在帕默斯顿内阁中任海军副大臣。
② 斯坦斯菲尔德的住处。——作者注

然而这件衣服对他至关重要，人民看到红衬衫就知道这是自己人，是站在自己一边的。贵族以为，抓住他那匹马的辔头，就能要他上哪儿便上那儿，主要是可以使他离开人民；但是人民看到红衬衫，看到公爵、侯爵和勋爵走进马厩，侍候革命领袖，在这位穿平民服装的伟大公民身边担任大管家、书僮和听差的职务，便不由得心花怒放。

保守派报纸发现了这个问题，为了使加里波第的衣服不致显得太不合规范，不成体统，因此提到这事总是说他穿着蒙得维的亚志愿军制服 [①]。实际上从那时以后，加里波第已把两个王国授予了国王，而国王已把将军的头衔授予了他，[②] 他怎么还会穿蒙得维的亚志愿军的军服呢？

何况他穿的衣服怎么称得上军服呢？

既称军装，就得携带某种杀人武器，具有某种权力标志或流血记录。加里波第却从来不携带武器，他不怕任何人，也不希望任何人怕他；加里波第不像军人，正如他也不像贵族和商人一样。他在水晶宫向献给他宝剑的意大利人说道："我不是军人，也不喜欢军人的职业。我看见我的祖国到处盗贼横行，因此我拿起了武器，要赶走他们。"[③] 在另一个地方他又说："我是工人，出身于劳动人民，

---

① 蒙得维的亚是乌拉圭首都，这里是指红衫军在那里作战时穿的军服。

② 1859 年撒丁王国国王维克多·厄马努埃尔授予加里波第少将军衔。1860 年，加里波第率领红衫军解放了两西西里王国，推翻了西班牙波旁王朝在那里的统治。这年底，两西西里王国并入撒丁王国，成立了意大利王国，由维克多·厄马努埃尔任国王，这时除罗马和威尼斯两地区以外，意大利已基本统一。

③ 1864 年 4 月 16 日伦敦的意大利侨民在水晶宫召开大会，欢迎加里波第，这是加里波第在会上发表的演说中的话。

我为这点感到自豪。"①

尽管这样，不能不指出，加里波第丝毫没有平民的粗鲁习气，或者伪装的民主作风。他的态度温和得像女人。他作为一个人，作为一个意大利人，站在文明世界的顶端，不仅代表忠于人民本质的平民，而且代表了忠于本民族审美观念的意大利人。

他的外套是在胸前扣住的，不大像军人的披风，倒像军队中的高级祭司，即先知的法衣。看到他举起手来，人们等待的是祝福和问候，不是作战的命令。

加里波第谈起了波兰事件②。他对波兰人的勇敢表示惊异。

"没有组织，没有武器，没有人员，没有公开的界线，没有任何支持，便站起来对抗一个军事强国，坚持了一年多，这在历史上是没有先例的……如果其他民族也这么干，那就太好了。这样的英雄主义不应该、也不可能毫无结果；我想，加利西亚在准备起义吧？"

我没作声。

"匈牙利也是这样——您不信吗？"

"不，我只是不知道。"

"嗯，那么在俄国会不会发生什么运动？"

"不会。自从我去年11月给您写信以来，什么也没有改变。政府觉得它在波兰的一切为非作歹，都能得到支持，因此一意孤行，根本不把欧洲放在眼里；社会的堕落越来越深。人民保持着沉默，似乎波兰事件与他们无关——尽管我们的敌人是一个，是共同的，

---

① 1864年4月11日加里波第到达伦敦时，英国工人委员会向他致了欢迎词，这是加里波第的答词中的话。

② 指1863至1864年的波兰起义，它开始于1863年1月，直至1864年4月后才逐渐平息。

但对待问题的态度是不同的。何况我们面前有的是时间，而他们却没有。"

谈话就这么又继续了几分钟，门口出现了几张典型的英国人的脸，传来了妇女衣服的窸窣声……我站了起来。

"您忙着要上哪儿？"加里波第问。

"我不想再侵占您接近英国人的时间了。"

"那么我们在伦敦再见，是吗？"

"我一定来拜访。您决定住在萨瑟兰公爵府上吗？"

"是的。"加里波第说，似乎为了解释，又补充道："我无法拒绝。"

"那么我上那儿找您，还一定在头上扑些粉，让斯塔福大厦的仆人以为我也是扑发粉的听差。"

这时桂冠诗人丁尼生①偕同夫人到了——但我看不惯这种桂冠，因此仍冒着下个不停的蒙蒙细雨回到了考斯。

布景换了，但还是同一场戏。从考斯到南安普敦的轮船刚刚开走，下一班得过三个小时才开，因此我走进附近一家餐厅，叫了酒菜，开始读《泰晤士报》。刚看几行，我便惊呆了。七十五岁的亚伯拉罕由于跟新夏甲勾勾搭搭，两个月前受到了审查，最后只得牺牲哈利法克斯的以撒。斯坦斯菲尔德的辞职被接受了②。这正是在加

① 丁尼生（1809—1892），英国维多利亚王朝最享有盛誉的诗人。1850 年继华兹华斯之后成为桂冠诗人。
② 亚伯拉罕是《圣经》中希伯来人的始祖，夏甲是他的妻子，以撒是他的儿子，这些人物均见《创世记》。在这里亚伯拉罕是指帕默斯顿，他的内阁执行了自由主义的政策，遭到英国保守派的攻击，但同时他在外交上执行亲法国的路线，与拿破仑三世（新夏甲）勾勾搭搭，因而也遭到了保守派的指责。以撒在这里是指

里波第开始对英国进行隆重访问的时候。跟加里波第谈话时我甚至没想到会这样。

斯坦斯菲尔德看到对他的迫害没有停止，第二次提出了辞呈，这是很自然的。他应该一开始就挺起腰板，抛弃大臣的职位。斯坦斯菲尔德做得对。但是帕默斯顿怎样对待自己的同僚呢？他后来在演说中胡诌什么啦？……他那么卑躬屈膝，甜言蜜语，赞扬了他的同盟者①的宽宏大量，衷心希望他长命百岁，幸福无量，永远健康。仿佛人们真的相信警察就格列戈和特拉布戈②等人制造的这出闹剧似的。

这也是一次马真塔战役③。

我要了一张纸，给格尔卓尼写了一封信，我当时正在气头上，所以请他把《泰晤士报》念给加里波第听；我指出，把加里波第奉为神明，同时却任意侮辱马志尼，这是无耻。

我写道："我已五十二岁，但我得承认，想到这种不公正的事，愤怒的眼泪便不禁从我眼中夺眶而出……"

这次旅行前几天，我去拜访过马志尼。这个人历尽忧患，善于

斯坦斯菲尔德，他出生在哈利法克斯。帕默斯顿为了挽救自己的内阁，并讨好拿破仑三世，便把斯坦斯菲尔德作牺牲品让他提出辞职。英国议会于 1864 年 4 月 4 日通过了他的辞职问题。这是斯坦斯菲尔德在这场风波发生后第二次提出辞职。

① 指拿破仑三世。帕默斯顿在议会发表演说，表示由于斯坦斯菲尔德的坚持，他不得不同意他的辞职请求，然后便大肆吹捧拿破仑三世，说他是英国忠诚的朋友和可靠的同盟者。

② 格列戈和特拉布戈都是意大利人，马志尼的战友，本来流亡在伦敦，1863 年在巴黎与另外两个意大利人一起以谋刺拿破仑三世的罪名被捕。法方认为他们的阴谋是在伦敦策划的，因而向英国提出了抗议。英国保守派趁机把斯坦斯菲尔德和马志尼牵涉进了这案件中，以打击帕默斯顿内阁和进步力量。

③ 这里是把帕默斯顿这次的失败比作奥地利军队在马真塔战役中的失败，甚至不得不牺牲斯坦斯菲尔德，以讨好拿破仑三世和英国保守派。

忍受一切，是个老战士，什么也不能使他困倦，什么也不能使他灰心。但这次我发现他非常伤心，因为敌人正是选中了他，要用他作手段，把他的朋友①打下马背。在我给格尔卓尼写信的时候，我仿佛看到那个清癯的、正直的老人闪动着明亮的眼睛便站在我面前。

信写完后，饭菜端来了，我突然发现我不是一个人，还有个身材不高、淡黄头发、留着唇髭、穿着水手的蓝上衣的年轻人坐在壁炉旁边，像美国人似的把脚巧妙地举得跟耳朵那么高。他口齿伶俐，讲话很快，带有明显的外省口音，以致我一点也听不清他的话，这更使我相信，他是上岸来饮酒作乐的水手。我不再注意他，因为他没同我搭讪，只是跟堂倌在谈天。我们的交往只限于我给他递了盐，而他作为答谢向我点了点头。

不久又来了一个黑黑的年纪不轻的教士，与他坐在一起，这人穿一身黑衣服，纽扣一直扣到了下巴那儿，脸上带有一种特殊的癫狂神气，这是经常与上天打交道的结果——紧张的宗教狂热情绪在他身上已从习惯变成自然现象。

他与水手似乎很熟，到这儿来只是为了与他见面。谈了三四句话，他便不再说什么，开始讲道了。"我看到了马加比和基甸②……"他说道，"他们是上帝手中的工具，他的剑，他的投石器……我望着他们，越看越感动，我含着眼泪反复道：'上帝的剑，上帝的剑啊！'上帝挑选了软弱的大卫，可是他打败了歌利亚③。

----

① 指斯坦斯菲尔德，他支持和同情马志尼，两人建立了亲密的友谊。
② 马加比是公元前一二世纪为争取民族自由而战的犹太人领袖，基督教外经中有《马加比传》。基甸是以色列的士师，奉耶和华之命，从米甸人的压迫下解救以色列人，见《旧约·士师记》。
③ 《圣经》传说，年轻的孩子大卫用投石器打死了非利士大力士歌利亚，见《撒母耳记上》第十七章。

正因为这样，英国人民，上帝的选民，要去迎接他，像迎接黎巴嫩来的新娘一样……人民的心在上帝手里，它告诉大家，这是上帝的剑，上帝的工具，基甸！"

……门开了，进来的不是黎巴嫩的新娘，却一下子出现了十来个相貌堂堂的不列颠人，其中有沙夫茨伯里勋爵和林赛①。他们全都在桌旁坐下，要了些吃的，宣称马上得去布鲁克大厦。这是伦敦的正式代表团，是特地来迎接加里波第的。传教士闭上了嘴，但是水手在我眼中变得高大了，他露出不容置疑的厌恶表情，望着刚才进屋的代表团，以致我想起他的朋友刚才的讲道，不禁担心，如果他不是把他们当作魔鬼手中的剑和大刀，至少会当他们是削笔刀和刺血针。

我问他寄往布鲁克大厦的信该怎么写，单单写房子的名称成不成，是否还要加上附近的镇名。他说，什么也不必加。

代表团中一个头发花白、身体胖胖的老人问我，我写信到布鲁克大厦是寄给谁的？

"给格尔卓尼。"

"他好像是加里波第的秘书吧？"

"对。"

"那您不必费心，我们马上去那儿，我愿意为您捎信。"

我取出名片，把它与信一起交给了他。在大陆上会有这样的事吗？你们想想，如果在法国，一个人在旅馆里问你要寄信给谁，当他知道信是寄给加里波第的秘书的，他还会给你捎信吗？

信送到了，第二天我在伦敦收到了回信。

---

① 林赛（1816—1877），英国议员，船舶公司老板。

《明星晨报》国外版的编辑认出了我，开始问我，我是怎么找到加里波第的，他的健康状况如何等等。与他谈了几分钟，我便走进了吸烟室。我发现，淡黄头发的水手和他那位黑皮肤神学家，正坐在那儿喝啤酒，吸烟斗。

"怎么，"他对我说，"您瞧见这些家伙啦？……真是妙极了：沙夫茨伯里勋爵、林赛作为代表来邀请加里波第。好一出喜剧！他们是不是知道，加里波第是什么人？"

"他是上帝的武器，他手中的剑和投石器……因此上帝才选拔他，让他永远显得神圣而单纯……"

"这一切都很好，但是这些先生跑来做什么？我得问问他们每一个人，他们在'亚拉巴马号'上投入了多少资金？[①]……还是让加里波第到泰恩河畔纽卡斯尔和格拉斯哥走走吧，他在那里可以更接近人民，不致受到公爵和勋爵的干扰。"

这人不是水手，是造船工人，多年住在美国，了解南北之间的问题，认为那里的战争没有什么希望。为此，神学家安慰他道：

"如果上帝要叫这些人民分成两部分，让他们兄弟相斗，那么他是有自己的意图的，如果我们暂时不理解，便应该服从他的意志，哪怕这使我们感到痛苦。"

黑格尔那句名言："一切存在的都是合理的"，在这里又通过这样的方式，向我作了最后一次解释。

我与水手和他的牧师友好地握了手，便回南安普敦了。

---

① "亚拉巴马号"是美国南北战争时期，英国船商为南军制造的一艘巡洋舰，本来南军海军力量十分薄弱，自从有了"亚拉巴马号"便不断袭击北军，两三年内消灭了北军六十八艘舰艇，这在当时轰动一时，美国也向英国提出了抗议，要英国承担责任，赔偿损失（这事直到1872年才解决，由日内瓦国际法庭裁决英国赔偿美国一千五百五十万美元）。

在轮船上，我遇到了激进派记者霍利约克；他在我后面会见了加里波第，加里波第通过他向马志尼发出了邀请；他已经拍了电报，请他前来南安普敦；霍利约克打算与梅诺蒂·加里波第和他的弟弟① 一起在那里等他。霍利约克急于在当天晚上把两封信送到伦敦（邮寄只能在次日早上送到）。我为他解决了这难题。

晚上十一点我到了伦敦，在滑铁卢车站附近的约克旅馆订了个房间，便去送信了，很奇怪，这时雨还没有停。在一点钟或一点多一些，我回到旅馆，它已关了门。我用力敲门……一个躺在酒店栅栏外过夜的醉汉告诉我："别在这儿敲门，胡同里有夜间用的门铃。"我拐进胡同，找到门铃，打了铃。门没有开，只有一个睡眼惺忪的脑袋从地下室钻出来，恶狠狠地问我要做什么？

"住店。"

"已经客满了。"

"我已在十一点钟亲自预订了房间。"

"对你说已经客满了！"随即砰的一声关上了地下室的门，甚至不等我骂他，这样，我的骂毫无作用，他早已听不到。

事情不好办，半夜两点要在伦敦，特别是这一带找到房间，谈何容易。我想起了一家不大的法国饭店，便朝那儿走去。

"有房间吗？"我问老板。

"有，不过不太好。"

"让我看看。"

确实，他讲的是真话：房间不仅不太好，而且非常脏。无法可想，我打开了窗，便到餐厅待一会儿。那儿还有些法国人在喝酒，

---

① 梅诺蒂和他的弟弟里奇奥蒂都是加里波第的儿子。

叫嚷，玩扑克，打多米诺牌。一个身材魁梧的德国人是我认识的，他走到我面前，问我有没有时间跟他单独谈谈，他有一件特别重要的事要对我说。

"当然可以，我们到隔壁屋里去，那儿没有人。"

德国人在我对面坐下，开始伤心地向我诉说，他的主人，一个法国人，怎么欺骗他，怎么剥削了他三年，强迫他干三倍的活，答应让他当合伙人，可是突然连一句不满的话也没说便回了巴黎，在那儿另找了一个合作者。由于这样，他写信给他，他决定辞职不干了，可是主人还不回来……

"可是您为什么无条件相信他？"

"因为我是个愚蠢的德国人。"

"不过这是另一回事。"

"我想关闭铺子，离开这儿。"

"注意，他会控告您，您知道这儿的法律吗？"

德国人摇摇头。

"我得给他点厉害瞧瞧……您大概去见过加里波第吧？"

"是的。"

"嗯，他怎么样？这人是好样的！……您知道，要是多年来他不是老向我许愿，我不会这么卖力……这简直没想到，没想到……他的伤势怎么样？"

"我想，没什么。"

"这混蛋一直不作声，直到最后一天才对我说，他已经找到了合伙人……我这么啰唆，您不讨厌吧？"

"一点也不，只是我有些倦了，想睡觉，我六点钟就起身了，现在已经两点多。"

"我该怎么办呢？您进屋时我高兴极了，我心里想，这个人一定可以告诉我该怎么办。那么不能让铺子歇业？"

"不成。既然他在巴黎流连忘返，您明天就写信通知他：'店铺已经关闭，您何时可来接收？'这一定有效，他会马上丢下老婆和证券投机，赶回这儿，这才发现铺子没有关门。"

"就这么干！这主意好极了，简直再妙不过！我马上回信。"

"我得去睡了，晚安。"

"晚安，祝您睡得好。"

我要一支蜡烛。老板亲手递给了我，又向我说，他得跟我谈谈。我好像成了忏悔牧师。

"您有什么事？时间不早了，但我可以奉陪。"

"只有几句话。我想向您请教，如果明天我陈列一个加里波第的胸像，当然，披着鲜花，还有桂冠，您认为好不好？我已经想好了题词……用三色字母拼写：'解放者加里波第！'"

"这没有什么，当然可以！只是法国大使馆会禁止法国人上您的饭店，可这饭店的主顾从早到晚都是法国人。"

"确实这样……可是有了胸像，我会多挣多少钱啊……反正以后谁也不会记得……"

"但是要注意，"我说，坚决打断了他的话，想快些走开，"别跟任何人讲，当心别人抢先实行这个别出心裁的主意。"

"我不告诉任何人。我希望您也别讲，我们的谈话只有我们两个人知道。"

"您不用担心。"于是我回到了不干净的寝室。

我在1864年与加里波第的第一次会晤便到此结束。

2. 在斯塔福大厦

加里波第到达伦敦的当天，我没能见到他，我见到的只是人民的海洋；大街上挤满了人，长达几英里，正在拥向各个广场，屋檐下，阳台上，楼窗口，到处是人。大家在等他，有的地方人们站了六小时……加里波第是在两点半钟抵达九榆树火车站的，但直到八点半才来到斯塔福大厦门口，萨瑟兰公爵夫妇在大门口迎接他。

英国的群众是粗鲁的，凡是人数众多的场合都难免发生打架、酗酒，以及其他种种丑恶现象，主要是有组织的大规模盗窃活动。但是这一次却秩序井然，令人惊讶；人民知道，这是他们自己的节日，他们欢迎的是自己人，他们在这里不仅仅是看热闹。你们不妨看看报纸上的社会新闻栏，在威尔士亲王的新娘到达那天发生了多少起盗窃案，而加里波第经过时发生了多少起①，而且出动的警察也少得多。扒手们都上哪儿去了呢？

议会大厦附近威斯敏斯特桥一带，人们挤得水泄不通，本来慢得跟步行差不多的马车只得停下；长达一公里的队伍由旗帜和乐队等等开路，向前缓缓移动。"万岁"的欢呼声追随着马车，凡是能挤到车旁的人都向前伸出了手，或者亲吻加里波第的外套下摆，高喊："欢迎！"大家兴高采烈地端详着这位伟大的平民，简直想解下那些马，自己来拖车，但被拦住了。他周围的公爵和勋爵却引不起任何人的注意——他们已降低到了随从和听差的地位。这个热烈的场面持续了大约一小时，客人的马车在潮水般涌来的一批批人群中移动，刚前进几步，又被另一批挡住了。

大陆各国保守派的仇恨和愤怒是可想而知的。加里波第受到的

---

① 我只记得那天发生了一起偷窃案，还有两三件与爱尔兰人打架的事。——作者注

接待，不仅是对等级制度和宫廷贵族的侮辱，而且开创了一个危险的先例。为三个皇帝①和一个"王家"托利党效劳的报纸简直发了疯，忘记了一切分寸，首先是礼节上的分寸。它们的眼睛气糊涂了，耳朵也听不清了……王家的英国，财阀的英国居然不顾体面，伙同工场的英国欢迎一个冒险家——一个捣乱分子，要不是他解放了西西里，他就得上断头台。《法兰西报》竟然大言不惭地说："佩利西耶元帅②的丰功伟绩无可非议，为什么伦敦从未这么欢迎过他？"然而它忘记了，这位元帅烧死过几百个阿拉伯人和他们的妻子儿女，像我们烧死蟑螂一样。

很可惜，加里波第接受了萨瑟兰公爵的款待。公爵声望不高，政治上碌碌无能，这使他在一定程度上恰好可以担当"消防队员"的任务，让斯塔福大厦成为加里波第的居留地……然而环境对此不利，在他到达伦敦以前策划的阴谋已在宫廷找到适当的土壤。它的目的在于不让加里波第接近人民，亦即工人，切断他与依然忠于从前的旗帜的朋友和熟人的联系，当然，首先是与马志尼的联系。这些障碍，由于加里波第光明磊落、爽朗豁达的天性，大半不能发挥作用，但另一半依然有效，那就是他无法在没有旁观者的场合下与别人谈话。如果加里波第不在早上五时起身，六时接待客人，那么那种意图就可能获得完全成功；幸好那些阴谋者尽管热心，无法在八时半以前起身；只有在他离开的一天，夫人们才提早一小时闯进他的卧室。有一天，莫尔蒂尼在整整一小时中无法与加里波第讲一句话，他笑着对我说道："世界上没有一个人比加里波第更容易见

---

① 指法国、奥地利和俄国三国皇帝。

② 佩利西耶（1794—1864），法国元帅，1852 年任阿尔及利亚总督，1854 年在对当地阿拉伯人的围剿中，曾用烟活活闷死躲在山洞中的阿拉伯居民。

到，但要跟他谈话却比登天还难。"

公爵的待客方式是远远不够的，显得寒酸小气，与贵族的豪华排场并不相称。他只给加里波第和替他包扎腿伤的年轻人每人一间屋子，至于其他人，即加里波第的两个儿子，格尔卓尼和巴齐利奥①，主人打算在旅馆里包几个房间。他们当然谢绝了，自己出钱住在巴思饭店中。必须知道斯塔福大厦有多大，才能明白这件事的荒唐程度。公爵的父亲曾使许多农民流离失所，但是哪怕把这些农民家庭统统安置在公馆中，也不致影响主人的舒适生活。

英国人是拙劣的演员，这应该说是他们最大的优点。我第一次上斯塔福大厦找加里波第时，当局对他的监视已一目了然。形形色色的费加罗②和代理人，小工友和侦察员川流不息。一个意大利人担当了警察长，典礼官，司务长，大管家，舞台监督和节目主持人③。说真的，谁不愿意担任这种体面的角色，与王公贵族平起平坐，共同采取措施，防止和阻挠加里波第与人民的一切来往，和公爵夫人们一起编织蛛网，把意大利人的领袖束缚在网里，尽管这位瘸腿将军我行我素，每天都在挣脱这张网。

例如，加里波第去拜望了马志尼。这怎么办？如何掩盖真相？舞台监督和代理人立即出动，找到了办法。第二天早上，伦敦各报登出了消息："昨天某时某刻，加里波第在昂斯洛街访问了约翰·弗朗斯。"你以为这是捏造的名字吗？不，这是马志尼的房东的姓名。

加里波第不想放弃与马志尼的联系，但他可以避开这个漩涡，

---

① 随加里波第访问英国的医生。

② 博马舍的喜剧《费加罗的婚礼》中的人物，一个仆役。

③ 这是一个名叫涅格里蒂的意大利流亡者，名义上是照料加里波第的饮食起居，实际上是监督他的行动。

不当着众人的面与他会见，也不公布这事。然而加里波第住在斯塔福大厦，马志尼拒绝上那儿找他。他们最好在人不多的场合见面，但是谁也没有主动提出这一点。我考虑了一下，写信给马志尼，问他加里波第肯不肯接受邀请，到特丁顿①这么远的地方来，如果不，那么我就不请他，事情便这么了结，但如果他来，那么我非常希望他们两人一起光临。马志尼第二天给我回信说，加里波第非常愿意，如果没有什么事妨碍他，他们可在星期日一时前来。最后马志尼还加了一句，说加里波第很希望也能在我家中见到赖德律－洛兰。

星期六上午我去找加里波第，他不在家，我留在那儿，与萨斐、格尔卓尼等人一起等他。他回来后，一群等在前厅和走廊中的访问者便向他拥去。一个勇敢的英国人夺下他的手杖，把另一根塞在他手里，一边热情洋溢地说道：

"将军，这根好一些，请您收下，您瞧，这根是好一些。"

"可这是为什么呢？"加里波第笑着问道，"我已用惯了我的手杖。"

但是看到不经过斗争英国人不会还给他手杖，他只得稍微耸耸肩膀走过去了。

在客厅里，我听见背后有人在郑重其事地争论。我本来毫不在意，但忽然听到了一再重复的几句话：

"您要明白，特丁顿离汉普顿宫只两步路。请原谅，这不可能，确实不可能……离汉普顿宫只两步路，而且离这儿有十六至十八英里。"

---

① 在伦敦郊外，汉普顿宫旁边，1863 年 6 月至 1864 年 6 月赫尔岑住在这里。

我转身一看，这个如此关心伦敦至特丁顿的距离的人是我根本不认识的，于是我对他说道：

"不，这是十二或十三英里。"

争论者马上对我说道：

"十三英里已经够了。将军在三点钟必须在伦敦……特丁顿的事无论如何只能延期再说。"

格尔卓尼再一次告诉他，加里波第希望去，一定得去。

除了这位意大利保护人，又有一个英国人出来帮腔了，他认为应邀前往这么远的地方，会成为一个有害的先例……为了提醒他们，当着我的面争论这问题是不礼貌的，我向他们说：

"先生们，请不必再争了。"我当即走到加里波第面前，对他说："在我说来，您的访问是非常宝贵的，目前尤其这样，因为俄国正处在黑暗时期，您的访问具有特殊的意义，您访问的不仅是我，也是我们的朋友们，那些关在监狱里和流放在苦役地的人们。我知道您多么忙，因此不敢邀请您。但是据我们共同的一位朋友说，您吩咐他转告我，您愿意去。这对我是双倍的荣誉。我相信您是希望去的，但是我不想强迫您，因为据这位我不认识的先生说，"我用手指了指那个人，"这事会牵涉到一些不可克服的困难。"

"什么困难？"加里波第问。

节目主持人走到前面，匆匆忙忙向他罗列了种种理由，说明如果次日十一点钟前往特丁顿，三点钟便赶不回伦敦。

"这很容易解决，"加里波第说，"那就是说，我们不应在十一点，而应在十点动身，这不是很清楚吗？"

节目主持人走了。

"既然这样，为了免得浪费时间，互相等待，发生新的困难，"

我说道，"请允许我在明晨十时到这儿来接您。"

"这太好了，我等着您。"

离开加里波第，我便去找赖德律－洛兰。我与他已有两年不见。这不是因为我们之间产生了什么误会，只是因为我们很少共同的事。何况伦敦的生活，尤其是居住在郊区，往往使人们不知不觉疏远了。最近这段时间，他独自住着，很少活动，虽然依旧相信法国不久又会爆发革命，而且对它的关心并不比 1849 年 6 月 14 日差。我不相信这种可能性几乎也有这么久了，而且至今仍不相信。

赖德律－洛兰对我非常客气，但拒绝了邀请。他说，与加里波第再次会面，他衷心感到高兴，按理说，他应该上我家去，但是他作为法兰西共和国的代表，作为曾为罗马而蒙难的人（1849 年 6 月 13 日）①，他与加里波第的首次会面只能在他自己家里，不能在别处。

他说："如果加里波第的政治观点不允许他向法兰西共和国正式表示好感（不论是以我为代表，还是以路易·勃朗或我们中的任何人为代表都一样），我不会责怪他②。但我拒绝与他会面，不论这是在什么地方。作为个人，我希望见到他，尽管我没有什么特别的事要找他。法兰西共和国不是妓女，需要暗中指定一个会面的地

---

① 1849 年 6 月 13 日，以赖德律－洛兰为首的小资产阶级共和派在巴黎组织示威游行，抗议路易·波拿巴公然出兵意大利，镇压罗马共和国。示威失败，赖德律－洛兰逃往英国，开始了流亡生涯。但加里波第在意大利民族解放问题上，却于 1860 年同意先建立意大利王国，暂时放弃了建立共和国的目标，因此赖德律－洛兰才有这些话。

② 1859 至 1860 年的意大利民族解放战争是按照撒丁王国首相加富尔的路线进行的：意大利与拿破仑三世结成了同盟，以奥地利为主要对手，最后建立了意大利王国，而罗马教皇地区仍控制在法国手中。加里波第接受了这条路线，因而与马志尼以至欧洲的民主派流亡者之间出现了分歧。

点。您不妨暂时把您的邀请搁在一边，坦率告诉我，您是否同意我的这种考虑。"

"我认为您是对的，我想，您不致反对我把我们的谈话转告加里波第吧？"

"恰恰相反。"

接着我们便谈别的了。二月革命和 1848 年又从坟墓中走了出来，通过当时的这位保民官的形象呈现在我眼前，只是这位保民官脸上的皱纹增多了，白发增加了。但他还是同样的语言，同样的思想，同样的态度，主要是仍抱着同样的希望。

"形势非常好。帝国已束手无策。它走进了死胡同。今天我还得到消息：舆论获得了难以置信的胜利。不过已经够了；谁能想到，这种荒唐的局面会维持到 1864 年。"

我没有反驳他，我们在彼此相当满意的情况下分手了。

第二天我到了伦敦，先雇了一辆由两匹强壮的马拉的马车，然后上斯塔福大厦。

我到加里波第屋里找他，他不在。那位热心的意大利人还不罢休，仍在宣传特丁顿之行是完全不可能的。

"难道您以为，"他对格尔卓尼说，"公爵的马受得了十二英里或十三英里的来回奔波吗？他们肯定不同意给马的。"

"不用他们的马，我有马车。"

"但回来的马呢，还是原来的吗？"

"这不必您操心，如果马累了，可以换马。"

格尔卓尼气呼呼地对我说：

"这种折磨什么时候才结束！鸡毛蒜皮的小事也要他们管，也得听他们的。"

"您这是在讲我吗？"意大利人气得脸色煞白，嚷道，"亲爱的先生，我不允许任何人对我像对仆人一样讲话！"他从桌上抓起一支铅笔，一折两段，扔在地上，"既然这样，我可以什么也不管，马上就走！"

"您能这样，太感谢了。"

热心的意大利人匆匆走到门口，但在那里遇到了加里波第，他平静地看看他们，又看看我，然后说道：

"时间到了吗？现在我可以跟您走了，只是请您在两点半或三点送我回伦敦，现在让我接待一下我的老朋友，他刚到这儿，您大概也认识他，这是莫尔蒂尼。"

"岂但认识，我与他还是好朋友呢。如果您不反对，我可以邀请他。"

"好吧，我们一起去。"

莫尔蒂尼来了，我与萨斐走到窗口。突然那位代理人改变了主意，跑到我跟前，勇敢地问我道：

"对不起，我什么也不了解，您雇了马车，预备坐车去，可请您点一下人数：将军，您，梅诺蒂，格尔卓尼，萨斐，还有莫尔蒂尼……这怎么坐得下？"

"如果必要，可以再雇一辆车，两……"

"但来不及雇车了……"

我看看他，转身对莫尔蒂尼说道：

"莫尔蒂尼，我有个要求，请您和萨斐叫一辆街车，立即上滑铁卢车站，从那儿搭火车走，免得这位先生担心我们的马车坐不下，又没时间再雇一辆。要是昨天我早知道有这么多困难，我就会请加里波第坐火车走，可现在来不及了，因为我不能保证在特丁顿车站能雇到街车或者马车。我不能要他步行前往我的住处。"

"很好，我们这就动身。"萨斐和莫尔蒂尼回答。

"我们也可以走了。"加里波第说，站了起来。

我们走到屋外。斯塔福大厦前面已挤满了群众，响亮的"万岁"声继续不断地追随着我们的马车。

梅诺蒂不能和我们同行，他得与他的弟弟上温莎宫。我听说，女王很想见见加里波第，但是在整个不列颠王国，她是唯一无权见他的人，于是她突然想起，她得见见他的两个儿子。在这种分配方面，女王是得不到最好的一份的……

3. 在我们中间

那一天[①]收获非常大，这是碧空无云的一天，是最近十五年中最光明、最美丽的日子之一。它光辉灿烂，丰富多彩，它所包含的审美价值和完美程度是无与伦比的。迟一天的话，我们的节日就不可能具有那样的性质。除了意大利人，多一个的话，气氛便会不同，至少要担心它会中途恶化。这样的日子像山顶一样耸峙着……仿佛嘹亮的歌声，盛开的花朵，再没有比它更高、更远、更丰满的东西了。

从离开斯塔福大厦门口的台阶，离开萨瑟兰公爵的那些代理人、仆人和门房的时刻起，从群众向加里波第欢呼"万岁"的时候起，大家的心情便那么轻松，仿佛进入了自由的王国，这一直持续到加里波第重又在群众的簇拥下、包围下，在人们的亲吻肩膀和亲

---

① 这是在 1864 年 4 月 17 日，这次聚会的主要意义在于冲破了英国保守派对加里波第的包围，以致伦敦各报第二天便登出了加里波第"生病"的消息，为他的提前离开作了舆论准备，而对这天的活动只三言两语，甚至没有提到赫尔岑的名字。

吻下摆中，坐进马车，返回伦敦为止。

　　一路上，大家谈到了各种各样的事。加里波第觉得奇怪，为什么德国人不明白，在丹麦战胜的不是他们的自由，他们的统一，只是专制王国的两支军队①，今后他们将无法对付它们。②

　　"如果丹麦在斗争中得到支持，"他说，"如果奥地利和普鲁士的军队受到牵制，这对我们来说，就是在北面的海岸上开辟了另一条战线。"

　　我对他说，德国人是极端民族主义分子，人们给他们贴上世界主义的标签，只是因为对他们的了解都来自书本。他们的爱国精神不比法国人差，但是法国人比较冷静，知道大家怕他们。德国人却明白，别国人民对自己抱着不利的看法，因此千方百计想提高自己的威信。

　　我接着又道："难道您以为，德国人会愿意放弃威尼斯和四要塞防御区吗？也许，威尼斯还可以——这个问题太明显了，它的不合理一目了然，贵族的体面对他们还是重要的；但是提到的里雅斯特，那么为了经商，他们需要它，至于加利西亚或波兹南，他们也需要，据说这是为了使它们变成文明的地区。"

　　在这次谈话中，我也把赖德律－洛兰与我的谈话转告了加里波

---

① 1863 年丹麦颁布新宪法，把石勒苏益格和荷尔斯泰因列入丹麦王国的领土，这引起了当地日耳曼居民的反抗，奥地利和普鲁士两国便以此为理由，于 1864 年向丹麦宣战，这就是所谓"丹麦战争"。战争从 1 月开始，4 月丹麦便遭到惨败，石勒苏益格正式并入普鲁士版图，荷尔斯泰因并入奥地利版图。丹麦战争是俾斯麦统一德国的第一步行动，因此德国人认为这是自由和统一的胜利，而加里波第作为意大利人，对奥地利和普鲁士的扩张政策持强烈反对态度。

② 加里波第对石勒苏益格和荷尔斯泰因问题的观点与卡·福格特一致，这不是奇怪吗？——作者注
　　按：福格特当时对俾斯麦的政策也持反对态度。

第，并且说，据我看，赖德律－洛兰是对的。

"毫无疑问，他是完全对的，"加里波第说，"我没有想到这一点。明天我去找他和路易·勃朗。可是现在不能去吗？"他又问。

我们正在旺兹沃思公路上，而赖德律－洛兰住在圣约翰园林，即相距八英里。这使我不得不也像那位节目主持人一样，说这在事实上是办不到的。

加里波第又考虑了几分钟，没再开口，脸上再度出现了我提到过的那种深沉的忧郁。他望着远处，似乎在地平线上寻找什么。我没有打扰他，只是望着他，心想："他是上帝手中的剑吗？"不过看来他不是职业军官，不是将军。他说他不是军人，只是拿起武器保卫被践踏的家园的平民，这是神圣的真理。作为战斗的使徒，他准备鼓吹和带领十字军进行讨伐，准备为了人民献出自己的生命，自己的子弟，发动和承受可怕的打击，诛灭敌人，彻底打败他们……然后忘记自己的胜利，把染血的剑和剑鞘一起丢进海底……

这一切，人民正是这么理解的，群众也是这么理解的，劳苦大众也是这么理解的——古罗马的奴隶便曾在同样的憧憬、同样的启示下，理解基督降生这一不可理解的秘密，苦难深重的群众、妇女和老人，因而跪在受难者的十字架前祈祷。对他们说来，理解便意味着信仰，信仰便意味着虔敬和祈祷。

正因为这样，特丁顿的全体平民从早上起就聚集在我们家的栅栏外面，等待加里波第的到来。我们的马车到达时，群众发狂似的拥到车前欢迎他，与他握手，高喊："上帝保佑您，加里波第！"妇女拉住他的手亲吻，或者吻他的斗篷边（这都是我亲眼看到的），流着眼泪，把自己的孩子举到他面前……他像在自己家中一样笑着与大家握手，鞠躬，好不容易才走到门口。他进屋以后，呐喊声增加了一倍，于是他又走到屋前，把双手合抱在胸前，朝四面八方鞠躬。人们不再叫喊，但没有走，直到加里波第离开以前一直站在那里。

凡是没有见过这类场面的人，凡是在衙门、军营和前厅中长大的人，都不会理解这样的现象：一个"海盗"，尼斯水手的儿子①，海员，反叛者……受到了帝王般的接待！他为英国人民做了什么啦？……善良的人们在头脑里寻找答案，寻找那个秘密的根源。"英国是很奇怪的，政府不知通过什么手法组织了群众活动……但是这骗不了我们，我们知道这是怎么回事，我们也读过格奈斯特②的书！"

一个那不勒斯船夫说，加里波第的像章与圣母像章一样，可以在暴风雨中保护人民，③恐怕他也是受到了西卡蒂之流和韦诺斯塔大臣④的收买吧！

虽然新闻界的维多克⑤们，尤其是他们在莫斯科的同行们，是否能完全了解帕默斯顿和格莱斯顿这些大师玩的花招，还值得怀疑，但是出于小蜘蛛对大蜘蛛的天然共鸣，他们还是容易理解这种花招的，不像加里波第受到的欢迎那么始终是个秘密。不过这对他们还是大有好处的——如果他们了解这个秘密，他们就别无出路，只好在附近找一棵山杨树上吊了。臭虫能够过得很幸福，

---

① 加里波第是尼斯（当时属于意大利）的渔民的儿子，后来当过水手和船员。

② 格奈斯特（1816—1895），德国法学家，鼓吹英国的政治制度，认为它保证了贵族对人民的统治和在舆论中的主导作用。俄国反动政论家卡特科夫等也在俄国宣传这些观点，赫尔岑在这里是模仿卡特科夫的口气这么讲的。

③ 见《警钟》第177期（1864）。——作者注

④ 西卡蒂（1804—1857）和韦诺斯塔（1829—1914），都是意大利自由派政治家。韦诺斯塔在任外交大臣期间曾试图通过外交手段促使法国从罗马地区撤出军队。

⑤ 法国著名暗探和警察头子。

完全靠它们没有意识到自己的臭味。一旦臭虫有了人的嗅觉，那就不好过了……

……加里波第刚到，马志尼也来了，我们全都到大门口迎接他。人民听到这是谁，便向他大声欢呼；一般老百姓对他没有什么不满。老太婆般的对阴谋家、煽动家的恐怖，只出现于店铺老板和小业主中间。

马志尼和加里波第的谈话，有些已在《警钟》上发表过[①]，我想没有重复的必要了。

加里波第谈到马志尼的那些话，讲话时那真诚的声音，讲话中流露的充沛的感情，以及一系列历史往事所赋予它们的庄严色彩，使在场的人都深为震动，以致没有一个人说一句话，只有马志尼伸出手讲了两次："不敢当。"我没有看到一个人，连仆人也不例外，不在全神贯注地听着，也没有一个人因意识到这些伟大的话和这个时刻都应该载入史册而不感到激动。

……在加里波第谈到俄罗斯的时候，我举着酒杯走到他面前说道，他的祝愿也将为我那些待在牢房和矿井中的朋友们所听到，我代表他们向他致谢。

我们走进另一间屋子。走廊上挤满了各种各样的人，突然一个意大利老汉（他已流亡多年，生活困苦，靠出售冰淇淋为生）抓住加里波第的上衣下摆，拦住他，泪流满面地说：

"啊，现在我死而无憾了！我看见他了，看见他了！"

加里波第拥抱和亲吻了老人。这时老人结结巴巴，语无伦次，

---

① 赫尔岑为加里波第的这次访问，写了《1864年4月17日》一文，发表在《警钟》第184期上，文章中记载了马志尼和加里波第的祝酒词。加里波第热情洋溢地谈到马志尼对他的影响使他走上了革命的道路等等。但是赫尔岑正如在这里一样，夸大了这次会见的意义，两人在政治观点上的分歧并未因此而消失。

用非常快的意大利老百姓口语向加里波第诉说自己的遭遇，但是讲到最后，他那南方口音发生了惊人的变化，变得流利了：

"我现在可以死而无憾了，但是您，愿上帝保佑您长命百岁，为了我们的祖国，为了我们，您要一直活着，活到我从坟墓里重新站起来的时候！"

他捧住加里波第的手拼命亲吻，临走的时候还哭个不停。

尽管加里波第已经习惯了这一切，但是显然他也很激动。他坐在不大的沙发上，夫人们围住了他，我站在沙发旁边，痛苦的思想像乌云一样掠过他的脸孔——这一次他终于忍不住了，说道：

"有时我也会觉得害怕，觉得痛苦，我怕我会忘乎所以……一切都太好了。我记得，当我作为一个被放逐的人从美国回到尼斯的时候，当我重又见到父母的房子，找到自己的家和亲人，熟悉的地方和熟悉的朋友时，幸福使我几乎感到窒息……您知道，"他又转身对我道，"后来发生了什么，发生了一连串怎样的不幸。英国人民对我的接待超过了我的预料……但今后会怎样，前途又如何呢？"

我说不出一句安慰的话，我的心在战栗，我无法回答他的问题：今后会怎样，前途又如何呢？

……到走的时侯了。加里波第站起来，紧紧拥抱我，与所有的人友好地告别。接着又是呐喊，又是"万岁"，又是两个胖警察与我们一起露出笑脸，要求大家让路，又是"愿上帝永远保佑您，加里波第！"于是马车驶走了。

大家处在兴奋状态，心情安详而庄严。仿佛刚经历了节日的祈祷，参加过洗礼仪式，或者刚送走了一位新娘，每人心中都那么丰满，每人都在回忆各个细节，同时也在思考着那个可怕的无法回答的问题："今后会怎样呢？"

彼·弗·多尔戈鲁基公爵[①]首先想到拿起纸记下两篇祝酒词。他忠实地记录，别人补充。我们拿给马志尼和其他人看后，写成了那篇文章（作了一些细小而无关紧要的修改），它像闪电一样飞过全欧洲，引起了兴奋的欢呼和愤怒的叫嚣……

然后马志尼走了，客人们也走了。只剩了两三个亲密朋友，黄昏悄悄地到来了。

真的，我深深感到遗憾，孩子们，你们这天不在这里，这样的日子是应该好好记住，永远记住的，它们可以给心灵带来清新的气息，防止生活的阴暗面的侵袭。它们是非常少的……

4. 王子门 26 号 [②]

"未来怎样呢？"……最近的未来没有要我们等多久。

在古老的史诗中，正当英雄安详地躺在桂冠上饮酒庆功或者睡大觉时，争吵、报复和嫉妒已穿上豪华的服装，在某种乌云的掩蔽下汇集到一起，报复和嫉妒煎熬着毒药，锻造着匕首，争吵在烧旺炉子，磨快刀锋。现在也是这样，只是为了适应我们的作风，一切都披上了一层温情脉脉的外衣。但是在我们今天，这么做的已不是寓言中的角色，而是真正的人了；他们不是在"黑暗的深夜"，而是在灯烛辉煌的客厅中活动；这里没有披头散发的复仇女神，只有头上扑粉的仆役；没有古典诗歌和儿童哑剧中的机关布景和恐怖情节，只有用标了暗号的纸牌进行的简单而平静的游戏；没有妖术，

[①] 多尔戈鲁基（1816—1868），俄国政论家和记者1859年后流亡在英国，参加了《警钟》的编辑工作。

[②] 作家罗伯特·西利在伦敦的住处，加里波第离开斯塔福大厦后，于4月20日至28日住在这里。

只有普通生意人的花招，就像号称"货真价实"的商店把醋栗汁掺入伏特加冒充葡萄酒，还说这是"多年的陈葡萄酒"，明知谁也不会相信，反正不致因此坐牢，如果有人真的提出控告，那也只能自讨没趣，毫无下文。

就在加里波第称马志尼为自己的"朋友和导师"，说他是在周围所有的人都沉睡时最早觉醒的、独自行走在田野中的播种者，说他是给这个向往着为祖国而战，后来成为意大利人民的领袖的年轻战士指明道路的人的时候；就在他在朋友们的簇拥下望着那个贫苦的流亡者，听他一边啼哭一边反复说着"现在我可以死了"，同时自己也几乎啼哭的时候；就在他向我们诉说在未来面前自己内心的惶恐的时候；一些阴谋家已决定要不惜一切摆脱这位不易对付的客人了。尽管参加这阴谋的人都在外交活动和阴谋诡计中混了一辈子，在狡猾和虚伪中头发变白了，身体变衰弱了，他们玩弄的花招并不比"正直的"老板在漂亮的言语下用醋栗汁冒充"多年陈酒"的花招高明多少。

英国政府从来没有邀请过加里波第，也没给他写过信，这一切全是大陆上别有用心的新闻记者捏造的谣言。邀请加里波第的英国人与英国内阁毫无关系。把它当作政府的计划是荒谬的，正如我们那些蠢货编造的怪论一样，这些蠢货说，帕默斯顿之所以任命斯坦斯菲尔德为海军大臣，就因为他是马志尼的朋友。但是请注意，尽管斯坦斯菲尔德和帕默斯顿受到了疯狂的攻击，在议会和英国报纸上却从未提过这件事。这种卑鄙的谣言与厄克特 [1] 对帕默斯顿的攻

---

[1] 厄克特为了反对俄国和帕默斯顿，曾造谣说，帕默斯顿拿了俄国政府的钱，已被俄国收买。

击一样可笑，厄克特说，帕默斯顿从俄国领取了津贴。钱伯斯[①] 等人曾问帕默斯顿，加里波第的到来是不是使政府感到不快？帕默斯顿回答道，他应该回答的是：政府不可能由于加里波第将军前来英国感到不快，它从自己的立场说，既不反对他来，也不欢迎他来。

加里波第同意前来，目的是要在英国重新提出意大利问题，募集捐款，以便在亚得里亚海发动进攻，用既成事实迫使维克多·厄马努埃尔同意这么做。[②]

这便是一切。

加里波第会受到热烈的欢迎，这是邀请他的人和一切希望他来的人都知道得很清楚的。但是人民的反应如此强烈，这却是他们没有料到的。

英国人民听到那个给意大利子弹打伤过的[③]、"红衬衫"的人要来访问，立刻群情振奋，把多年来被沉重的劳动压得失去了韧性的、已不习惯飞翔的翅膀拍动起来了。这种激昂的情绪不仅是欢乐，也不仅是爱戴的表现，它也包含着不满、怨恨和呻吟——对一个人的歌颂，正是对另一些人的贬责。

不妨回忆一下我跟纽卡斯尔来的船长[④] 的会见；回忆一下，伦

---

① 钱伯斯（1802—1871），英国著名出版商和作家，与加里波第一直保持着友好关系。1864 年他到卡普雷拉岛访问了加里波第，并邀请加里波第访问英国，后来两人便一起坐船于 4 月 3 月到达南安普顿。就加里波第的访问向帕默斯顿提出询问的是一个叫理查逊的新闻记者，他是组织对加里波第的接待的委员会的主席。

② 意大利王国成立时，威尼斯仍在奥地利人手中，国王维克多·厄马努埃尔不敢乘胜追击，彻底驱逐奥地利军队，因此加里波第企图在英国募款，建立一支船队，取道亚得里亚海，在威尼斯和巴尔干发动起义，用事实来回答维克多·厄马努埃尔。

③ 加里波第是在 1862 年进攻罗马时被意大利王国的军队打伤的（维克多·厄马努埃尔为了阻挠加里波第解放罗马的战斗，制造了这次事故）。

④ 即加里波第。关于这次会见，见第五卷第三十七章。

敦的工人是首先在欢迎词^①中有意识地把马志尼和加里波第的名字并列在一起的。

英国贵族阶级目前还毫不害怕自己那位强大而受尽折磨的小朋友，不仅如此，它的心腹大患也根本不是欧洲的革命。但事情的这种发展还是使它很不愉快。这些人民的牧人之所以对工人的和平骚动忧心忡忡，主要在于它使他们脱离了应该遵循的轨道，忘记了安分守己、循规蹈矩、永不停息地解决生计问题的必要性，放松了必须终生从事的艰苦劳动，何况这种劳动不是他们牧人规定的，这是我们共同的大老板，我们的造物主，沙夫茨伯里的上帝，德比的上帝，萨瑟兰们和德文希尔们^②的上帝，按照他不可理解的智慧和广阔无边的恩惠所规定的。

当然，英国贵族是现实的，他们压根儿没想过要驱逐加里波第，相反，他们想拉拢他，用一层金碧辉煌的云雾把他与人民隔开，就像大眼睛的赫拉与宙斯调情时也得躲开众神的耳目一样。他们只想讨好他，给他吃好的，喝好的，不让他安静下来，清醒过来，也不让他离开一分钟。加里波第想筹集款子，但是由我们仁慈的"大老板"，由沙夫茨伯里、德比和德文希尔的大老板规定得过安分守己的、幸福美满的贫苦生活的那些人，能掏出多少钱呢？而我们不费吹灰之力就可以给他五十万、一百万法郎，我们用埃普索姆赛马场上的一半赌注，就可以给他买

　　　　庄园、别墅和公馆，
　　　　另加十万白花花的银子。

———————————
① 指伦敦工人委员会的欢迎词。
② 德文希尔是英国著名的贵族世家。

我们可以给他买下卡普雷拉岛①的其余部分，买一只精致的游艇，因为他喜欢在海上航行；但是为了免得他把钱浪费在没意思的事上（所谓没意思的事是指意大利的解放事业），我们可以让他收租享福，但地产不能出售，只能由长子继承。②

所有这些计划都以光彩夺目的方式搬上了舞台，但是收效甚微。加里波第像阴天夜里的月亮，不论云朵怎么来来去去，匆匆忙忙，轮番出现，明亮的月光还是不断射向我们下界。

贵人们开始感到不好办了。于是生意人出来帮忙。他们考虑的只是眼前的利益，骚动的精神后果不在他们话下，他们需要控制眼前，而眼前，一位皇帝似乎已皱紧了眉头，另一位也似乎闷闷不乐，这种情形可不能给托利党人利用……斯坦斯菲尔德事件已是前车之鉴。

幸好就在这时，克拉伦登③必须上杜伊勒里宫朝拜。事情本身不大，他很快就回来了。拿破仑向他谈到了加里波第，对英国人民给予伟人的礼遇表示赞赏。德律安·德·吕④则说……但是他什么也没说，不过如果他开口，他就得说：

---

① 撒丁岛东北角的一个小岛，1856 年起加里波第在此定居，他有一个小小的庄园。1860 年他向意大利王国交出军权后也一直住在这里，最后他便葬在这里。

② 好像加里波第要钱是为了他自己。当然，他不能接受英国贵族的这些荒谬条件，拒绝了这份嫁妆，这使那些充当警察的报纸大为伤心，它们曾一个钱一个钱的计算过，他可以带多少钱回卡普雷拉。——作者注

③ 克拉伦登（1800—1870），英国政治家，多次出任外交要职。1864 年他是帕默斯顿内阁的外交副大臣，负责协调英法关系，这年 4 月中旬前往法国，为加里波第访英的事在杜伊勒里宫与拿破仑三世密谈。

④ 德律安·德·吕（1805—1881），法国外交官，当时任外交大臣。作为一位精明的外交官，他当然知道不能公开干预英国的事，因此"欲言又止"。

我出生在高加索附近①，

但我是罗马的公民②！

　　奥地利大使甚至没有为欢迎革命将军的事表示赞赏。一切都十分美满。然而大家心情不好……总觉得不是味儿。

　　内阁睡不安稳；于是"第一个人"悄悄对第二个人说，"第二个人"又悄悄对加里波第的一个朋友说，加里波第的朋友又跟帕默斯顿的一个亲戚说，跟沙夫茨伯里勋爵说，跟他的又一个伟大朋友西利说。西利又悄悄跟外科医生弗格森商量……从来不为朋友担心什么的弗格森，突然为朋友担心了，写了一封又一封信，谈加里波第的病。格莱斯顿读了这些信，比外科医生更加担心。谁能想到，财政大臣的心里有时还蕴藏着这么丰富的爱和同情？……

　　……我们的节日的下一天，我前往伦敦。在火车上我买了一份晚报，看到了大字标题："加里波第将军患病"，然后是消息，说他日内即将返回卡普雷拉，不再前往任何一个城市。我并不像沙夫茨伯里那么神经过敏，也不像格莱斯顿那么为朋友的健康忧虑重重，我对报上的消息丝毫不以为意，因为我昨天还见过这个人，他一点病也没有。当然，疾病有时会突然降临，例如保罗一世皇帝就曾忽然一病不起，但是加里波第还不至于一下子中风，如果他发生了什么意外，我们共同的朋友会马上通知我。因此不难猜测，这只是一场骗局，一个圈套。

---

① 普希金的南方叙事诗《巴赫奇萨赖的喷泉》中的诗句。

② 原文为拉丁文，是西塞罗的名句，意思是罗马的公民有权统治整个世界。帕默斯顿在一次演说中引用了这句话，意思是英国臣民有权统治世界。这句话与上一句合在一起，意思便是不论我出生在哪里，我都有权统治世界。

探望加里波第已太迟了。我立即找马志尼，他不在家，于是又找一位夫人，从她那里得知了内阁大臣为伟大的疾病担心的大体轮廓。马志尼也来了，他的样子是我从未看见过的：脸色和声音中都含包着眼泪。

在樱草丘举行的第二次大会上[①]，谢恩讲了话，从这篇讲话可以大体知道那是怎么回事。他对他所说的"阴谋家"和当时的状况作了相当忠实的描写。沙夫茨伯里跑去跟西利商量，西利是一个能干的人，马上说，这必须有弗格森的信；弗格森一向唯命是从，不可能拒绝写信。4月17日星期日晚上，一些阴谋家和他一起来到斯塔福大厦，加里波第当时正平静地坐在屋里吃葡萄，既不知道自己病了，也不知道医生要来。那些人在旁边屋里商量怎么办，最后，勇敢的格莱斯顿负起了艰巨的任务，在沙夫茨伯里和西利的陪伴下，走进了加里波第的屋子。格莱斯顿能够说服整个议会、大学、会社和代表团，当然可以说服加里波第，何况他用的是意大利语，这大有好处，因为尽管在场的有四个人，却没有一个可以充当证人。加里波第先是回答他，他很健康，但是财政大臣认为，他身体健康是偶然现象，不足为据，按照弗格森的证明，他是病了，他手中还拿着诊断证明。最后，加里波第猜到了，关心和体贴下面隐藏着别的东西，于是问格莱斯顿："这是不是表示他们希望他快走？"格莱斯顿没有向他掩饰，加里波第的访问使英国本来困难的处境变得大大复杂化了。

---

① 第一次大会即本章开头写的那次被警察驱散的群众集会。第二次大会于 5 月 7 日举行，这次大会为加里波第的被迫提前离开向英国政府提出了抗议。谢恩是英国律师，马志尼的好友，他的讲话后来登在《泰晤士报》上，赫尔岑对这件事的叙述，有些便根据这篇讲话。

"既然这样,我走就是了。"

轻而易举的成功反而使格莱斯顿有些不好意思,他惊慌失措,提议他再访问两三个城市,然后回卡普雷拉。

"我不能在城市中进行挑选,"加里波第生气地答道,"我保证两天后动身。"

……星期一,议会提出了质询。看风使舵的老人帕默斯顿在一个议院中,马不停蹄的朝圣者克拉伦登在另一个议院中,都凭自己纯洁的良心作了解释。克拉伦登向贵族们作证,拿破仑根本没有要求驱逐加里波第。帕默斯顿也证实,他本人根本不希望他离开,他只是为他的健康担忧……随即开始陈述各个细节,那是只有相依为命的妻子或保险公司派出的医生才会知道的,如睡眠和饮食的时间,伤口的反应,营养状况,烦躁的心情,年龄等等。议会开会变成了医生的会诊。首相援引的不是查塔姆①和坎贝尔②的言论,而是医学常识和弗格森的诊断——弗格森为这次困难的手术帮了他的大忙。

立法机关决定,加里波第病了。英国的城市和乡村,郡镇和银行,享有按照自己的认识处理一切的权利。政府竭力避免任何干涉的嫌疑,以致听任人们每天饿死,也不敢限制济贫院的自治权,还可以允许整个村子的人民在劳动中累死,或者变成呆小病患者,现在却突然变成了医院的护士和保姆。国务大臣们丢下了大轮船的舵,叽叽咕咕商量一个没有要求他们看病的人的病情,给他开了没有要求他们开的药方:大西洋和萨瑟兰的"水神号"游艇。财政大臣忘记了国家预算,所得税,借方和贷方,当起了会诊大夫。首相

① 查塔姆伯爵威廉·皮特(1708—1778),英国18世纪最伟大的政治家和首相。
② 英国著名大法官。

向议会报告了这份病理分析。那么难道胃和腿的自治权，不像把人送进坟墓的慈善机关的自治权那么神圣不可侵犯吗？

斯坦斯菲尔德不明白，为女王服务就必须与马志尼反目这个道理，不久就为此吃到了苦头。现在身居高位的大臣们不再写欢迎词，只要开药方了，他们也许还在为延长另一位革命家马志尼的寿命而殚思竭虑吧？

所有的朋友都劝加里波第留下，认为他对那些过分热心的君子向他转达的政府的愿望，不必信以为真。他们说："难道可以怀疑内阁首相向英国议会表示的态度吗？"

"帕默斯顿的话不能使我违背我的保证。"加里波第回答，吩咐准备行装。

这是一次索尔费里诺战役！[①]

别林斯基早已指出，外交家成功的秘密在于他们与我们打交道时把我们也当作外交家，而我们与外交家打交道时却把他们当作人。

现在你们可以明白，如果迟一天就不可能有我们的节日和加里波第的讲话，他关于马志尼的话也不会具有那样的意义了。

……第二天我上斯塔福大厦，得知加里波第已迁居王子门街26号西利家，它在肯辛顿花园旁边。我赶往王子门，但是怎么也找不到机会与加里波第谈话，他的身边随时有人；客厅和书房里待着二十来个客人，有的坐着，有的走着，有的讲话，有的默不作声。

"您要走吗？"我拉住他的手说。

---

① 意大利独立战争中的一次重要战役，奥地利军队在此大败。这里是指加里波第战胜了英法政府的阴谋，揭穿了帕默斯顿的两面派作风。

加里波第紧紧握住我的手，用伤心的声音回答道：

"我只能服从不可避免的事实。"

他还得出门；我离开他，下楼遇到了萨斐、格尔卓尼、莫尔蒂尼、理查逊等人，大家都为加里波第的离开感到气愤。西利夫人走进屋子，后面跟着一个瘦瘦的机灵的法国老妇人，她能说会道，正在向主妇表示，她能认识这么一个杰出人物是她的幸福。西利夫人转向斯坦斯菲尔德，请他翻译一下，这是什么意思。法国女人继续道：

"啊，我的天，我多么高兴！这是您的公子吗？请给我介绍一下。"

斯坦斯菲尔德只得让法国女人大失所望，她没有注意到，他与西利夫人年纪相仿，于是他问她，她还有何贵干？她看了我一眼（这时萨斐等人已经走了），说道：

"我们不是单独在这儿。"

斯坦斯菲尔德报了我的名字。她马上跟我搭讪，请我留下，但我宁可让她跟斯坦斯菲尔德单独谈话，重又上了楼。过了一会儿，斯坦斯菲尔德拿着一个铁钩或扳手来了。这是法国女人的丈夫发明的，她希望得到加里波第的赞赏。

最后两天是混乱而忧郁的。加里波第避免谈到自己的离开，只字不提他的健康……在他左右的人中，他看到了伤心的指责的目光。他的心情很不好，但他保持着沉默。

离开的前一天两点钟，我坐在他那里，有人来报告，会客厅已挤满了。这一天，他要接见议员和他们的家属，各种贵人和绅士，据《泰晤士报》说，总数达到两千人，这真是盛大的接见仪式，皇帝的上朝，场面之大，不仅符腾堡的国王，连普鲁士的国王要是没有教授和下级军官凑数，恐怕也难以办到。

加里波第站起来问道：

"难道时间到了？"

斯坦斯菲尔德正好在场，看了看表说道：

"离预定的时间还有五分钟。"

加里波第叹了口气，愉快地坐回了椅子。但这时一个办事员跑了进来，开始安排，沙发放在哪里，从哪个门进，从哪个门出。

"我走了。"我对加里波第说。

"为什么？再待一会儿。"

"我在这儿做什么？"

"在我接见这么多不认识的人时，"他笑道，"我至少可以留下一个熟人。"

门开了，门口出现了临时赞礼官，他拿着名单开始大声念官员的姓名：某某爵爷阁下，某某伯爵，某某侯爵和侯爵夫人，某某勋爵和勋爵夫人，某某小姐，某某侯爵，某某议员大人，没完没了。随着每个名字，一个个人安详地挤进了屋子，年轻的、年老的穿钟式裙的夫人小姐们也像气球似的飘了进来，这些人有的白发苍苍，有的秃顶，有的矮小，有的肥胖结实，有的瘦得像没有后腿的长颈鹿，脖子伸得高高的，还想伸高，好像要把又大又黄的牙齿顶住上半部脑袋……每个人身边都有三位、四位或五位女士，这非常好，因为她们占据了五十个人的空间，使大家不致因此挤在一起。所有的人都依次走到加里波第面前，男的便握手，还拼命摇动，好像他的手指刚在开水里烫了一下，有的一边握手一边讲话，但大部分人只是咕哝几句便闭上嘴巴，鞠躬告退。夫人们也默默无语，但目不转睛、一眼不眨地注视着加里波第，以致今年伦敦出生的婴孩一定有不少相貌像他，但由于现在孩子们都已穿上了红衬衫，再要模仿就除非穿上披风了。

行完礼的人从对面通客厅的门退出，然后下楼离去；胆大些的却不急于离开，尽量待在屋里。

加里波第起先站着，后来坐下了又站起来，最后就干脆坐着了。他的腿不允许他长时间站立，而接见似乎还没有尽头……马车不断驶来，赞礼官还在念名单。

近卫骑兵的乐队在奏乐，我这儿站站，那儿站站，起先走进客厅，然后随着钟形裙的潮水涌到瀑布那儿，给它卷过一个门口，进入了萨斐和莫尔蒂尼平时歇息的房间。屋里没有一个人；我感到惶惑和厌恶，这是什么名堂，把放逐装扮得冠冕堂皇还不够，又演出这一场朝见国王似的喜剧？我累极了，朝沙发上一坐；乐队在奏《路克雷齐亚》①，演奏是出色的，我静静听着。是的，是的，"我们何必为不可知的明天操心"。

从窗口可以望见排成长龙的马车，它们还在驶来，一辆刚到，又来了第二辆，又有一辆停下了。我想象着加里波第带着他那条受伤的胳臂，怎样坐在那儿，既疲倦又伤心，脸上掠过一层谁也不注意的阴影，而那些钟形裙还在飘进屋子，那些大人，白发的、秃顶的、高颧骨的、长脖子的大人们还在走进屋子……

……乐声不断，马车还在驶来……我不知怎么终于睡着了，有人开门，惊醒了我……音乐还在响，马车还在驶来，简直没完没

---

① 意大利作曲家多尼采蒂（1797—1848）所作的著名歌剧《路克雷齐亚·波契亚》，下面一句即它的歌词。

了……他们真的非把他累死不可！

我回家了。

第二天，就是动身的那天，我早上七时便到了加里波第那里，我特地为此在伦敦过了夜。他闷闷不乐，心神不定；只有这时你才可以看出他习惯于指挥别人，不论在战场上还是海洋上，他都是钢铁般的领袖。

一位先生抓住他，给他带来一个靴匠，靴匠为加里波第发明了一种带有特殊铁框装置的靴子。加里波第无可奈何地坐在安乐椅上，靴匠汗流满面，给他穿上他发明的铁鞋，然后叫他站起来走路；一切似乎很好。

"应该付他多少钱？"加里波第问。

"不用，"那位先生回答，"您肯穿这双鞋已经是他的光荣了。"

他们告辞走了。

"过几天这事就会出现在他的招牌上。"有人说。这时加里波第已露出恳求的神情，对跟在他后面的一个年轻人说道：

"行行好吧，给我脱下这玩意儿，我痛得受不了啦。"

这件事非常有趣。

接着来了一些贵族夫人——地位较低的则聚集在客厅里等待。

我和奥加辽夫走到他面前。

"再见，"我说，"在卡普雷拉再见。"

他拥抱了我便坐下了，向我们伸出了双手，那声音像刀一样划过我的心头：

"请原谅我，原谅我吧；我有些头晕，欢迎您到卡普雷拉来。"

他又一次拥抱了我们。

接见之后，加里波第还得上斯塔福大厦与威尔士亲王告别。

我们走到大门口，便分手了。奥加辽夫去看马志尼，我去找罗特希尔德。罗特希尔德的办公室里还没有人。我走进圣保罗饭店，那儿也没有人……我叫了一客牛排，孤零零地坐在桌旁，反复琢磨着这"春夜之楚"的各个细节……

"走吧，伟大的孩子，伟大的力量，伟大的疯狂，伟大的憨直！走你崎岖的道路吧，穿红衬衫的平民！走吧，李尔王！高纳里尔把你赶走，就离开她吧，你还有可怜的考狄利亚，她不会不爱你，她是不死的！"

第四幕结束了……

第五幕会出现什么呢?

1864 年 5 月 15 日。

第七卷

自由俄罗斯印刷所和《警钟》

第一章

高潮和低潮 [①]
（1858—1862）

1

……早上十时，我听见楼下传来了粗重而不满的声音：

"你就通报一个俄国上校求见好了。"

"先生早上从不会客，也……"

"明天我就走了。"

"请问贵姓，先生……"

"你就说一位俄国上校。"上校提高了一点声音。

朱尔觉得非常为难。我走到楼梯口，从上面问他：

"您有什么事？"

---

① 赫尔岑于1853年5月在伦敦建立了自由俄罗斯印刷所。1857年7月开始出版《警钟》，向俄罗斯传播革命思想并揭露俄国生活中的各种问题，在俄国革命史上发生了十分重要的作用。《警钟》的销数迅速增加，在1858至1862年达到了"高潮"，但由于革命形势的变化和其他一些原因，1862年后开始进入低潮，1865年移至日内瓦出版，仍无起色，最后于1867年停刊。本章即叙述《警钟》的影响和它的兴衰。

"这是您吗？"上校问。

"对，是我。"

"先生，请吩咐放我进来。您的仆人不让我进屋呢。"

"对不起，请进屋吧。"

上校有些生气的脸色消失了，他跟我一起走进书房，突然摆出庄严的姿态，对我说道：

"我是某某上校，正好路过伦敦，我认为我有义务来拜访您。"

我顿时觉得好像我成了将军，指指椅子说道：

"请坐。"

上校坐下了。

"在这儿要耽搁多久？"

"明天就走。"

"到了很久了吧？"

"整整三天。"

"为什么不多住几天？"

"您知道，这儿语言不通不好办，真是如堕五里雾中。我对您仰慕已久，今日得见十分欣慰，也代表许多同志谢谢您。您出版的东西使我们获益匪浅：它们包含着许多真理，有时简直叫人捧腹大笑。"

"非常感谢，这是在国外所能得到的唯一奖励。您收到很多我们的刊物吗？"

"很多……而且每一期都不知有多少人读它，简直把书都读破了，读烂了，有的人还爱不释手，甚至抄录下来。有时我们集合在一起，一边读一边评论……我想，您对一个军人和真诚的崇拜者讲话这么直率，不会计较吧？"

"说哪儿的话，我们是决不会反对言论自由的。"

"我们中间常常这么说：您的揭露是十分有益的；您知道，比方说，我们对苏霍扎涅特能说什么？对不起，闭上你的嘴巴！还有那个阿德勒贝格呢[①]？但是您瞧，您离开俄国太久了，您对它已不太清楚，我们总觉得，您对农民问题看得太重要了……它还不成熟……"

"是吗？"

"真的……我与您完全一致，不错，他们心眼好，人也好，像上帝一样，您可以相信这一切，现在许多人都看到了，但是不能性急，还没到时间。"

"您这么想？"

"我这么想……要知道我们的农夫懒得不像话……当然啦，他们都是好小伙子，但是酗酒，懒惰。一下子解放了，他们就不想干活，不想种田，非得饿死不可。"

"可是您担心什么呢？您是上校，谁也不会要您给俄国人民供应粮食……"

在一切可能的和不可能的反驳中，我讲的这句话是上校最没料到的。

"这当然，从一方面看……"

"可是从另一方面看您也不必担心；难道他们因为给自己播种，不给地主老爷播种，便真的会饿死不成？"

"请原谅，我认为我有责任说明……不过我觉得我占用您宝贵

[①] 苏霍扎涅特（1794—1871），俄国的反动官僚，1856 至 1861 年任陆军大臣。阿德勒贝格（1790—1884），俄国反动官僚，当时任宫内大臣。《警钟》对这些人都进行了系统的揭露。

的时间太多了……我得告辞了。"

"我非常感谢您的访问。"

"对不起，别送了。啊，我的马车呢？府上实在太远了。"

"是的，不太近。"

我希望让这个美好的场面作我们光辉灿烂、繁荣兴旺的时期的起点。类似这样的场面曾一再出现；不论我住得离伦敦西区多么远——在普特尼、富勒姆等地……也不论我每天上午怎么闭门谢客，都没有用。我们成了时髦人物。

那时什么样的人我们没有见过！……现在许多人却愿意不惜代价，要从记忆中——即使不从自己的记忆中，至少从别人的记忆中，抹去访问的痕迹……可是在当时，我再说一遍，我们是时髦人物，在一本旅游指南中，我居然被列入了普特尼最著名的人物中间。

这是从 1857 年至 1863 年，但以前不是这样。随着 1848 年后反动势力在欧洲的成长和强大，尼古拉的暴虐已不是与日俱增，而是与时俱增了，俄国人开始躲避我，怕与我接近……何况到了 1851 年，大家知道，我已正式拒绝返回俄国。那时旅游者极少。有时偶然来一个老朋友，讲起一些可怕的、他不能理解的事，谈到回国便提心吊胆，临走时还得东张西望，看看附近有没有自己的同胞。在尼斯的时候，阿·伊·萨布罗夫 [1] 坐了马车，带了一个听差来看我，这在我眼里也成了了不起的英勇行为。1852 年我秘密路过法国时，在巴黎会见了几个俄国人，这是最后一批。在伦敦，我的家没有人上门。过了几周，几个月……

---

[1] 俄国陆军少将，赫尔岑的同学萨京的姐夫。

听不到俄国的语言，看不到俄国人的脸。^①

没有人写信给我。米·谢·谢普金是我在伦敦见到的第一个从家里来的、多少还算熟悉的朋友。我已在另一个地方写过与他的会见。^②他的到达对我说来仿佛是追荐亡人的星期六，我设宴招待他，一起悼念莫斯科的一切，两人的心情像在参加葬礼。但真正衔着橄榄枝飞回方舟的鸽子^③不是他，而是 B 医生^④。

他是在尼古拉死后第一个来找我们的俄国人，那时我住在里士满的乔姆利洛奇，他总是惊讶不止，为什么它这么念，却要写成 Cholmondeley Lodge。^⑤谢普金带来的消息是悲观的，他自己的心情也闷闷不乐。B 却从早到晚笑个不住，露出了那副雪白的牙齿。他的消息充满了希望，正如英国人说的，充满了"乐观精神"——自从尼古拉死后，俄国便沉浸在这种乐观气氛中，它在彼得堡帝国严酷的背景上形成了一条明亮的光带。确实，他也带来了不好的消息：格拉诺夫斯基和奥加辽夫身体不好，但它们都消失在全社会生气勃勃的明朗画面中了，他本人便是这画面的一个写照。

---

① 当然，这不包括两三个流亡者在内。——作者注

按：这句诗引自《聪明误》第三幕第二十三场。

②《警钟》1863 年。——作者注

③ 见《旧约全书·创世记》第八章第十一节。

④ 指皮库林（1822—1885），莫斯科大学教授，在 40 年代与赫尔岑小组接近。皮库林于 1855 年 6 月从俄国动身后，在维也纳停留了一段时间，才从那里前往伦敦，因此，赫尔岑在此称他 B（维）。

⑤ 可爱的 B 在英语上出了不少洋相。他对我的儿子说："从地图上看，基夫离这儿不远吧？"我没有听到过这地名。"怎么没听到，那儿有一个大植物园，是全欧洲首屈一指的温室呢。"这得问园丁。我们问了，可他也不知道。B 打开了地图："瞧，它就在里士满旁边呢！"原来他讲的是丘镇。——作者注

我贪婪地听着他讲的一切，有时插几句问话，查询一下细节……我不知道他当时是否明白，或者估计到了他那些话对我的重大价值。

三年来的伦敦生活使我厌倦透了。我拼命工作，可是眼前看不到什么效果，而且我独自一人，与任何亲切的环境隔绝了。我和切尔涅茨基一页一页地印刷，然后把印好的小册子和书本一捆捆堆在特鲁布南的地下室里，几乎看不到把它们运过俄国边界的任何可能性。我不能不继续干，俄文印刷所是我的生命线，古代日耳曼人迁移时随身携带的老家的家徽。有了它，我便好像生活在俄国的土地上，有了它，我心里踏实，有了武器。但是尽管这样，得不到反应的劳动使我厌倦，我的手放下了。信心一分钟一分钟在减少，它寻找着转机，但不仅找不到它们，而且听不到家里来的一句同情的话。

随着克里米亚战争的结束和尼古拉的死，开始了一个新的时代，从一片茫茫无边的黑暗中出现了新的事物，新的前景，显示了一种新的动向。从远处是很难看清的，必须身临其境。现在 B 便体现了这一切，他证明，这些前景不是海市蜃楼，而是实有其事，大船动了，开始航行了。只要望一下他那明朗的脸……便能相信他讲的一切——这样的脸在俄国已好久没有看到了……

俄国人所不习惯的感情折磨着我，我想起了康德在 1792 年[①]听到宣布共和的消息时不禁脱下丝绒睡帽，像虔诚的西面[②]那样说道：

---

① 指 1792 年法国宣布成立共和国。

② 《圣经》中的人物，耶路撒冷人西面得到圣灵启示，说他在死前必得见到基督，他等了很久，终于有一天看到耶稣的父母抱了孩子走进圣殿，于是说："主啊，现在可以照你的话，让你的仆人安然去世了。"见《路加福音》第二章。

"现在我可以安眠了。"是的，在漫长的阴雨之夜以后，在黎明中好好睡吧……你可以充分相信，美好的日子到来了！

这样，格拉诺夫斯基死了……

……确实，我十三岁起所向往的那一天的早晨①终于到来了——那时我还是一个穿着厚毛条纹夹克衫的孩子，与另一个"图谋不轨的孩子"（只是小一岁）一起坐在老家的小屋子里，坐在大学的课堂上，我们的周围也是一些热血沸腾的年轻人，后来又经历了监狱和流放，经历了异国的流亡生活，经历了革命的覆灭和反动的高涨，加上家庭的不幸，终于使我心力交瘁，流落在英国的海岸上，只剩下了印刷所这个唯一的发言工具。照耀着麻雀山下的莫斯科的太阳落山了②，带走了少年时期的誓言……现在它经过了二十年的漫漫长夜之后又升起了。

现在怎么能无所事事，安心睡觉……应该工作！于是我以双倍的力量投入了工作。劳动不再毫无收获，不再沉没在寂静的原野中了，从俄国传来了响亮的欢呼声和热烈的支持声。《北极星》被争先恐后地阅读。俄国人不习惯的耳朵终于适应了自由的言论，迫不及待地聆听着它英勇顽强的声音，追随着它直言不讳的勇气。

1856 年春季，奥加辽夫来了；过了一年（1857 年 7 月 1 日），《警钟》第一期出版了。没有相当近的周期性，就没有刊物和读者之间的真正联系。书会留下，报刊却会消失，但书是留在图书馆中，报刊却是消失在读者的脑海中，由于不断的反复，它巩固了自己的位置，仿佛变成了他本人的思想。正当读者开始忘记它的时候，新的一期又来了，那是永远不怕反复的，它既提示旧的，

---

① 指尼古拉一世专制统治的结束，赫尔岑在这里夸大了尼古拉个人的作用。

② 《往事与随想》第一卷。——作者注

也补充新的。

确实，《警钟》的影响在一年中远远超过了《北极星》。在俄国，《警钟》满足了对没有经过书报审查制度摧残的刊物的需要。年轻的一代向我们发出了热情的欢呼，写来了催人泪下的信……但是支持我们的不仅是年轻的一代……

"《警钟》就是权力。"卡特科夫 ① 在伦敦对我说，真有些谈虎色变；接着他还告诉我，它便放在罗斯托夫采夫 ② 的桌上，供他在农民问题上作参考……在此之前，这么讲的还有屠格涅夫，阿克萨科夫，萨马林，卡韦林 ③，开明派的将军们，五等文官中的开明人士，渴望进步的宫廷贵妇人，爱好文学的侍从武官；连博特金 ④ 本人（他像向日葵一样，总是匍匐在一切权力面前）也谄媚地望着《警钟》，仿佛刚吃了不少巧克力糖……对全面胜利而言，只是还缺少一个真正的敌人。我们是在秘密法庭上，但不用等多久，他便出场了。1858 年还没过去，我们便收到了奇切林的《控诉书》⑤，他像不可征服的理论家那么高傲而冷酷，像大公无私的法官那么铁面无情，把我召到被告席上，像比龙一样在 12 月中把一桶桶冷水从我头顶浇下 ⑥。这位官僚制度的圣茹斯特的手法使我惊讶。而现在……

_____

① 俄国评论家，在 50 年代具有自由主义色彩。

② 罗斯托夫采夫（1803—1860），俄国国务活动家，1857 年起负责废除农奴制的工作。

③ 俄国自由主义政论家。

④ 俄国评论家。

⑤ 奇切林是莫斯科大学教授，他的《控诉书》发表在 1858 年 12 月 1 日的《警钟》上，引起了读者的愤怒。关于此事，见第四卷《尼·赫·凯切尔》一章。

⑥ 比龙是俄国 18 世纪的反动大官僚。俄国作家拉热奇尼科夫在小说《冰屋》中描写比龙手下的人把犯人关在冰屋中，用一桶桶冷水从他头上浇下去，最后终于使他成为冰人。

过了七年①，经历了米哈伊尔时期②严酷的言论和严酷的爱国主义之后，奇切林的信显得只是和风细雨了。再说，当时的社会情绪也不一样，《控诉书》发表之后舆论哗然，群情愤激，我们反而得为它尽力劝解生气的朋友们。我们收到的信、文章和抗议书达几十件；控诉者本人也收到了他以前的朋友单独或联名写的信，信上充满了责备之词，其中一封是我们几个共同的朋友署名的（其中四分之三的人现在跟奇切林已比跟我们更接近），他出于正人君子的作风，亲自把这信转给了我们，它至今仍保存在我们的武器库中。

在宫廷内，《警钟》获得居留权更早。皇上看了它的文章，命令重新审查科丘别伊枪击管家的案件③。皇后为那封向她谈她孩子的教育问题的信哭过④；据说御前大臣布特科夫狂妄自大到了极点，为了表示他什么也不怕，曾这么说："随你们向谁告状，哪怕向皇帝告状，向《警钟》写文章，我都不怕。"一个军官没有得到提升，便一本正经要求我们披露这事，以便引起皇帝的特别关注。谢普金与格杰奥诺夫的纠纷，我已在别处讲过⑤——这样的故事我可以讲几十个……

---

① 写于 1864 年。——作者注
② 19 世纪 60 年代，沙皇加强对群众运动的镇压，这时一部分自由主义者纷纷投靠沙皇，卡特科夫便是其中之一。卡特科夫名叫米哈伊尔，沙皇的一个反动大官僚穆拉维约夫也名叫米哈伊尔，赫尔岑认为这一反动时期可以这两人为代表，因此称它为"米哈伊尔时期"。
③ 波尔塔瓦省贵族团领袖科丘别伊用枪打伤了管家，非但无罪，还把管家送进了监狱。《警钟》于 1858 年对这事作了揭露，最后重新审理了这案子。
④ 赫尔岑写过《致玛丽亚·亚历山德罗夫娜皇后的信》，发表在 1858 年 11 月的《警钟》上，据当时人的记载，皇后看过这信后哭了。
⑤ 格杰奥诺夫是当时皇家剧场的经理，这小故事写在《米哈伊尔·谢苗诺维奇·谢普金》一文中。

……戈尔恰科夫 ① 看到《警钟》发表了国务会议秘密讨论农民问题的报告，大吃一惊，他说："要不是参加会议的人泄露了机密，谁能谈得这么准确详尽？"

国务会议感到不安，一天，"布特科夫和皇上"秘密商讨怎么制服《警钟》。大公无私的穆拉维约夫提议收买我；挂安德烈勋章的长颈鹿帕宁 ② 认为不如用官职笼络我。戈尔恰科夫在这些"死魂灵"中扮演了米茹耶夫 ③ 的角色，对我是否会被收买表示怀疑，问帕宁道：

"您打算许他当什么官呢？"

"部门副长官。"

"他不会来当您的副长官。"戈尔恰科夫回答，于是《警钟》问题只得听天由命，让上帝安排。

可是在上帝的安排下，信件和通讯却从俄国各个角落雪片似的飞来了。大家爱写什么就写什么，有的大发牢骚，有的竭力表示他是个危险分子……但也有些信是怀着满腔愤怒写的，它们大声疾呼，要揭露日常生活中的丑恶现象。这样的信抵得上几十篇"习作"，就像有时一次访问比所有"俄国上校"的访问更有价值。

一般说来，大部分信可以分成几类，一类没有事实，但写得热情洋溢，娓娓动人，一类则像上司的鼓励或首长的训诫，还有一类则包含着外省的各种重要消息。

这些重要消息通常是用公务员的优美笔法写的，开头几乎总有一段更优美的序言，它充满了崇高的感情和强烈的谀词。"您给俄

---

① 戈尔恰科夫（1798—1883），俄国外交官，1856 年起任外交大臣。

② 当时的司法大臣。

③ 果戈理的《死魂灵》中的人物，他的特点是他反对的就是他赞成过的事，见该书第四章。

国文学，不妨说，也给俄国思想，开创了一个新时期；您第一个从伦敦的讲台上公开抨击骑在我们善良人民头上作威作福的人们。是的，我们的人民是善良的，您爱他们是理所当然的。您不知道，在我们祖国遥远的地方，多少颗心在对您的爱戴和感激中跳动……

从炎热的科尔西达① 到冰雪地带

……到偏僻的奥卡河，到克利亚济马河或某某省。我们把您看作我们唯一的保护人。除了您，谁能够揭露恶魔——从称号和地位说来都处于法律之上的恶魔，如我们（税务局、刑事法庭、皇室地产管理局等等）的长官（名字、父名和姓，官衔）。这个人没有受过教育，靠在衙门当差，巴结奉承，从下层爬到了长官的位置，还保持着从前敲诈勒索的粗暴作风，从不拒绝霍万斯基公爵② 签发的感谢信（像我们这里的老人常说的）。这暴君的贪赃枉法在周围各省已赫赫有名，官吏们像怕地狱一样怕税务局，他不仅对我们，对科长也不讲情面。他丢下自己的老婆，特地养了一个寡妇（名字、父名和姓，死去的丈夫的官衔）作诱饵，我们都称她外省的明娜·伊万诺夫娜③，因为在税务局里，通过她的手什么事都办得成。但愿《警钟》嘹亮的声音能惊醒这个暴君，使他幡然悔改，离开灯红酒绿的生活，离开四十岁的希罗底④ 的怀抱。如果您肯刊登他的

---

① 格鲁吉亚西部一带的古代名称。

② 霍万斯基（1771—1857），俄国国家银行总裁，在19世纪初年印行的纸币上都有他的签名。

③ 前面提到过的宫内大臣阿德勒贝格的情妇，阿德勒贝格通过她收取各种贿赂，卖官鬻爵，《警钟》曾揭露这些事。

④ 《圣经》中的人物，犹太王希律的孙女，一个荡妇。

劣迹，我们准备向您提供丰富的材料：在我们这里，天才的《钦差大臣》的不朽作者所说的'戴小圆帽的猪'①是相当多的。

"又，以您无与伦比的笔调，您可以写出辛辣的讽刺作品，但是请您别忘了写那位治安保卫队的中校队长，他在12月6日参加贵族团长的舞会（他从市长那里来，已有些醉了），席终时喝得酩酊大醉，当着官员们的夫人和女儿的面大放厥词，仿佛在生意人的澡堂里和市场上，不是在最有教养的贵族团长的客厅里。"

除了这种描写长官和长官夫人的生活秘密和中校队长的酗酒丑相的信，也有充满诗意、毫无企图、毫无意义的信。这些信我大多销毁了，或者分赠了朋友，不过也留下了几封，在这部分结束时，我得谈谈它们，以飨读者。

其中最好的一封显然是一位青年军官在情绪最激动的时候写的，信一开始是些客套，称我"亲爱的先生"，显得非常谦虚和客气……慢慢脉搏加快了，先是劝导，接着是告诫……热度逐渐上升，到了第四页（大型信纸），我们的友谊已突飞猛进，这位陌生人连连称我"亲爱的，亲爱的"；最后，勇敢的军官说道："我这么坦率地给你写信，是因为我衷心爱你。"读着这信，我仿佛看到一个年轻人吃过晚饭，坐在那儿一边写信，一边喝烧酒……酒瓶逐渐空了，他的心却逐渐满了，友谊逐渐增长了，随着最后一口酒咽入肚里，好心的军官便爱上了我，要改造我，爱我，拥抱我……军官，军官，只要您把嘴巴擦干净，我对我们如此迅速建立的、背对背的友谊，不会提出任何异议。

不过，谈到军官，我得说，在访问我们的人中，最富有同情心、精神最健全的是军官。非军人出身的年轻人大多不太单纯，神

---

① 见果戈理的《钦差大臣》第五幕第八场。

经过敏，喜欢舞文弄墨，炫耀才华。军人就比较朴实，单纯，他们觉得自己受的军官教育并不完美，也知道自己的名声似乎不太好，因此争取上进，要努力学点什么。实际上，他们的教养根本不比别人差，而且根据精神反抗的伟大规律，他们在兵团专制统治的压力下，养成了一种强烈的爱好独立自主的心理。克里米亚战争之后，在军官世界中出现了严肃的新动向，这从斯利维茨基和阿恩霍尔特等人的被处死，波捷布尼亚的战死在沙场，以及克拉索夫斯基和奥布鲁切夫的被流放服苦役等，[①] 都可以得到证实。

当然，从那时起，也有许多许多人掉转了车辕，开始接受理性和军事法规的约束，这是不足为奇的……

顺便谈谈变节问题。军官中有一个热情的年轻人，与非常高尚和纯洁的谢拉科夫斯基[②]和另外两个同志一起来看过我，临走时，他把我叫到花园中，紧紧拥抱着我，说道：

"如果您什么时候，为了什么事，需要人帮忙，那么请记住，我是无条件忠于您的……"

"请保重自己，保护好那些充满在您心中的感情，永远不要让自己走进反对人民的行列中。"

他挺起了胸膛。"这不可能！……但是……如果您什么时候听

---

① 这里提到的都是些青年军官。斯利维茨基和阿恩霍尔特因参加革命军事组织，于 1862 年被军事法庭判处死刑，赫尔岑曾在《警钟》上专门撰文悼念他们。波捷布尼亚曾在伦敦两次会见赫尔岑，他的部队驻扎在波兰，1863 年波兰起义时，他与波兰人一起战斗，因而死在战场上。赫尔岑为纪念他，在《警钟》上写过好几篇文章。克拉索夫斯基因在士兵中散发革命传单，于 1862 年被判服苦役，曾与车尔尼雪夫斯基一起在涅尔琴斯克的亚历山大工厂服劳役，1868 年因越狱失败自杀身死。《警钟》为他的判刑发表过文章。奥布鲁切夫因散发革命出版物《大俄罗斯人》，于 1862 年被判服苦役。

② 谢拉科夫斯基（1827—1863），波兰革命者，1863 年波兰起义的积极参加者，被俘后死在绞刑架上。

到我发生了这样的事，不要宽恕我，请您写信向我直接指出，提醒我今天晚上的事……"

……谢拉科夫斯基负伤被捕后，已给送上了绞刑架，那时到过伦敦的年轻人中，有些也已退伍，飘零各地……我只看到一个名字得到了提升，这就是我那位热情的年轻人的名字。不久前他在矿泉疗养地遇到了一个老朋友，便向他咒骂波兰，赞美政府；看到谈话不太融洽，将军醒悟了，说道：

"哦，您大概还没忘记我们在伦敦的那些愚蠢的幻想……记得我们在阿尔法路①上的谈话吗？多么幼稚，多么没意思！……"

我没有写信给他——为什么要写呢？

2

……在水兵中也有出色的、很好的人，不仅弗·卡普②从纽约写信给我时提到的那些优秀的青年人，而且在年轻的海员和海军准尉中，一般说来，也出现了一股朝气蓬勃的新力量。特鲁韦勒的例子对我们的思想是最好的注解。③

_____

① 赫尔岑于 1860 年 5 月至 11 月住在伦敦阿尔法路，这里的所谓"老朋友"指赫尔岑本人。

② 德国革命者，他后来去了美国，与赫尔岑保持通信联系。

③ 特鲁韦勒的经历值得讲一下。1861 年，一个青年水兵来找我们，十年前我在尼斯认识他的母亲，那时他还是个孩子。他受的教育怎样，从一件事可以知道，那就是他在八九岁的时候曾对我说，除了上帝和父母，他最爱的便是尼古拉·帕夫洛维奇。

　　"为什么你这么爱他？"我开玩笑似的问他。

　　"因为他是合法的皇上……"

教育中的这种精神也许是在 1848 年后形成的，从前我们受的教育不是这样，它与正教和专制政治都没有关系。

生活治愈了年轻人。他来找我们时心事重重，愁眉不展……他的父亲死了——

……我与海军部门打过一次交道，很有意思。一个舰长带了他的海军大尉和其他几个军官来看我，甚至邀请我到他们船上参加一

是死在监狱中的，因为他在莫斯科铁路的各种舞弊案中受了牵连；他是诺夫哥罗德的地主，承包过一些工程。儿子相信父亲没有罪，决定尽一切力量为他恢复名誉。他在俄国所作的一切尝试均未成功，于是他来找我们，带来了一大叠文件、契约、枢密院的记录和摘要。把它们理出头绪，编成一份报告，这对《警钟》说来不是一件容易的事。幸好我们发现，特鲁韦勒与克利西耶夫是大学同学，便把这任务委托给了克利西耶夫。

特鲁韦勒给人的印象是既坚定、忧郁，又幼稚。强烈的内心活动一直在冲击着他（他已不再相信"合法的皇上"），他常常怀着无比的愤怒谈到水兵们暗无天日的生活。那时我们正与"海军上将号"的一部分军官在进行有趣的通信。我记得它的舰长是安德烈耶夫，他是康斯坦丁手下的自由派人士，当时很得大公的器重，但他与非自由派人士一样虐待部下，咒骂军官。我记得，他手下有个中尉斯托弗列根不仅残忍地处罚水兵，而且有一套理论（像后来的维特根施泰因公爵一样），认为管理军队就得心狠手辣。

我们在《警钟》上就这事登过一篇短文，接着突然收到了从比雷埃夫斯寄来的一封信，署名是"一大群军官"，声称那一切不是事实……信是署名的，但等于不署名。由于它不署名，它的内容我们只刊出了不到十分之一，而且这些内容还是得到其他十来个军官证实的。至于联合署名的信则没有登出。过了几个月，特鲁韦勒第二次来了，我把军官们的信给他看，这些军官实际上是在转弯抹角替自己的舰长辩护。特鲁韦勒冒火了，他相信这是他们串通搞的，为了证实这一点，还举出了一些事实，我把它们记录下来，以防万一。特鲁韦勒下一次又来时，我把记录念给他听。他皱起了眉头……我想，嗯，他害怕了。

"请把您的记录给我。"

"拿去。"

他看了一遍，拿起笔，签了名。

"您这是做什么？"我问。

"为了使我的证明不致像他们的那样不署名字。"

军舰离开伦敦时，他买了一大捆《人民需要什么》《警钟》和其他书刊。关于这事我什么也不知道——他与我告别后便动身回俄国了。在朴茨茅斯港，他不够谨慎，把他买的那些书分发给水手们。有人告了密，于是他遭到了致命的打击。这便是他的答复和给母亲的信（这些材料赫尔岑后来没有附入。——译者注）。这是个英勇的人物，当然，他没有说是我们毁了他——像许多人指责我们的那样。——作者注

按：康斯坦丁大公是尼古拉一世的儿子，当时任海军大臣，以进步人士自居。维特根施泰因是俄国将军，曾指挥镇压1863年波兰起义的俄国军队。

特鲁韦勒被告发后，受到了审问，后来被流放到西伯利亚。

个命名日的酒宴。在酒宴前两天，我得悉他船上的一个水兵因为偷偷喝酒被打了一百鞭子，另一个水兵因为开小差，也将遭到鞭打。我给舰长写了下面这封信，直接寄往船上：

"亲爱的先生：

"您到过我这儿，我认为您的光临是对我们的工作、我们的原则表示的支持，直到现在我依然这么想，因此我愿意就一个情况与您进行坦率的交谈，这个情况使我们深感忧虑，并不得不怀疑我们是否真正互相理解。

"日前我与特霍热夫斯基谈话时从他那里得悉，在您指挥的军舰上，水手们经常遭到残酷的鞭打。同时我还听到一件事：一个不幸的水兵企图逃跑，被英国警察抓获（把水兵当作奴隶，这种法律很糟糕）。

"这就不得不产生一个问题：难道法律要求您执行它暴虐的规则，如果您不执行这些天然违背一切人性的条文，您便得承担什么责任吗？在我国陆军和海军的各种野蛮荒谬的规则中，据我所知，它们并未把不经法庭审问便处以体罚作为长官必须履行的职责，相反，它们还尽量限制长官任意惩罚的权利，限制鞭打的数目。即使假定您实行鞭打是因为相信它是正义的，但如果这样，您想，我们作为一切专制、暴力、首先是体罚的公开敌人，与您之间还有什么共同之处？

"如果事情是这样，那么我该怎么解释您的访问呢？

"我的信可能使您觉得奇怪——我们所代表的那种精神力量，在俄国可能还鲜为人知，但必须让大家知道这一点。一切滥用权力者的行为应该随时受到揭露，如果他们的良心沉睡不醒，我们的

《警钟》就得行使闹钟的任务。

"但愿您能让我们相信，我们不必非得在刊物上重复我们的劝告不可。请您理解，奥加辽夫和我都希望我们能再度向您伸出我们的手，但是在您的手没有扔下皮鞭以前，我们不能这么做。

写于富勒姆派克大厦。"

对这封信，舰长答复如下：

"亲爱的亚历山大·伊万诺维奇：

"您的信收到了，我得承认，这对我是不愉快的，这不是因为我怕我的名字出现在《警钟》上，只是因为我怎么也没想到，我所十分尊重的一个人会对我怀有反感。

"如果您了解您在信上谈得那么激烈的那件事的实质，您就不致向我提出那么多的指责了。只要您能指定一个时间和地点，让我可以见到您，我就可以向您解释一切，并提出您能相信的证明。

"请接受……

写于布莱克沃尔绿旱码头。"

我的答复如下：

"亲爱的先生：

"请相信，我非常痛心，不得不向您提出令您不愉快的事，但是请您理解，消灭体罚的问题对我们具有非常重大的意义。

"俄国士兵和农民只有在不再遭受鞭打的时候才能自由地呼吸，他们的力量也才能得到充分的发挥。体罚对被惩罚者和惩罚者具有同样的腐蚀作用，它使前者丧失人的尊严，而使后者丧失人的同情心。您不妨看看地主特权和军警肉刑制度所造成的后果。我国已形成整整一批刽子手，一个刽子手的阶层——妇女、孩子、姑娘都在用树条和棍子，拳头和靴子殴打仆人。

"12 月 14 日的战士们明白这个问题的严重性，他们指出，社会的成员必须在家庭中禁止体罚，在军队中消灭体罚，不再靠它来进行管理。冯维辛 ① 在佩斯捷利的影响下向团长们发布了逐步消灭体罚的命令。

"这罪恶在俄国已根深蒂固，要彻底消灭它不能慢慢来，必须一下子予以铲除，就像对待农奴制度一样。您这类担任各单位指挥官的人，理应发挥高尚的表率作用。这也许是困难的，但那算得什么呢？何况还涉及荣誉问题。如果我可以指望我们的通信达到这样的效果，我将为此感激不尽，认为这是对我的最大奖励——我的安德烈勋章。

"还有一句话。您说，您可以向我说明这件事的情况，也就是证明惩罚是正当的。这依然一样。我们无权怀疑您的正直。如果您的水兵遭到了不公正的惩罚，我们怎么还会给您写信呢？但是体罚即使在按照軏靶日耳曼法律观念说来无可非议时，它依然是应该消灭的。

"请让我相信，您知道我的动机是完全纯正的，也了解我为什么写信给您。我觉得您可以在您的军舰上实行这种改革，然后其他军舰仿效您，这会成为一个伟大的开端。您将给俄国人作出榜样，

---

① 米·冯维辛（1788—1854），俄国著名剧作家冯维辛的侄儿，十二月党人，曾参加对拿破仑的卫国战争，升至少将，1825 年后因十二月党事件被流放西伯利亚。

证明古老的斯拉夫血统对人民的苦难，比彼得堡更充满同情心。

"我讲了我心中想讲的一切，但愿我的话多少打动了一颗心。我希望您一切顺利。"

……我没有出席酒宴。许多人认为我做得很对，尽管舰长和他的大尉具有一切优秀品质，还是不能不提防万一。我不相信这一点，也从来不信。1862 年后，我当然不再踏上俄国军舰，但那时穆拉维约夫－卡特科夫时期还没到来。

庆祝没有搞成。我们的通信打乱了一切。据说，体罚的罪魁祸首不是舰长，是海军大尉。一天深夜喝醉酒以后，他曾闷闷不乐地说："这是命中注定，有的人老是鞭打士兵，可是啥事也没有，我难得严厉一些，用了刑罚，可马上给人抓住了把柄……"

……1862 年底以前，我们的情形便是这样。

遥远的地平线上开始出现了不祥的迹象和乌云……灾难也降临到了我们身边 ①，这几乎是我们整个生活中唯一的政治灾难。

3. 1862 年

……也是早上十时，我听到了外人的声音，但不是军人粗重而严峻的嗓音，这是一个女人在说话，她怒冲冲的，有些神经质，似乎还含着眼泪："我必须见到他，非见到不可……见不到我就不走。"

接着进来了一个年轻的俄国姑娘或者小姐，我以前见到过她两次。

她站在我面前，凝神望着我的眼睛，她的面貌是忧郁的，脸颊发烧；她匆匆道了歉，然后说道：

———————————

① 指商行职员韦托什尼科夫被捕后引起的一系列事件。

"我刚从俄国，从莫斯科回来；您的朋友，那些爱您的人，托我对您说，问您……"她突然住口，似乎讲不下去了。

我什么也不明白。

"难道您，我们这么热烈地爱着的您，您？……"

"究竟是怎么回事？"

"看在上帝分上，告诉我：是或不是——您参与了彼得堡的纵火事件^①吗？"

"我？"

"是的，是的，您，大家在骂您……至少都在说，您了解这个恶毒的阴谋。"

"真是胡言乱语，您居然认为这是真的吗？"

"大家都这么说！"

"这大家是谁？是那个尼古拉·菲利波维奇·帕夫洛夫^②吗？"（我一时还不能想得很多！）

"不，是那些接近您的人，热烈地爱着您的人——为了他们，您必须证明您与这事无关，他们为您痛苦，他们等待着……"

"您自己相信吗？"

"我不知道。我就是因为不知道才来找您，我等待着您的说明……"

"首先请您冷静一些，坐下来听我说。如果我秘密参与了纵火案，为什么您以为，只要您向我一问，我就会把真相告诉您？您没

---

① 1862 年 5 月 28 日彼得堡发生了大火，火灾延续了几天，沙皇政府便利用这事件散播谣言，说这是在赫尔岑和车尔尼雪夫斯基等煽动下，大学生们干的，因而乘机大肆抓人，实行镇压。
② 俄国作家，他在 1860 年后投靠反动势力，成为俄国内政部的御用文人。

有理由，没有根据相信我……最好请您谈谈，我写的一切中有什么地方，有哪一句话，可以证实这种荒谬的指责？要知道我们不是疯子，以致会怂恿俄国人民在旧货市场上放火！"

"那为什么您不讲话，不公开声明您无罪？"她提出，眼睛里露出了思考和怀疑的神情，"您可以在报纸上申斥这些坏蛋，说您对他们的行为感到吃惊，您不同意这种做法，或者……"

"或者什么？唉，够了，"我对她说，笑了笑，"不必扮演夏洛特·科尔台①的角色啦，您没有匕首，我也不是在浴缸里。相信这种谰言，您应该感到害羞，我那些朋友更应该加倍害羞，至于我们，我们甚至羞于为这种事辩护，更不想给那些我们完全不认识的人落井下石，加重他们的罪名，这些人目前正处在秘密警察手中，但他们很可能与所谓纵火案毫无瓜葛，就像我们和你们一样。"

"那么您坚决不想为自己辩白？"

"不。"

"那叫我怎么给那边写信？"

"就把我们的谈话告诉他们。"

她从口袋里掏出最近一期《警钟》，念道："在我们身旁发生的灾难的火海意味着什么？这是疯狂的破坏之火，还是用火来洗净一切的惩罚？是什么驱使人们采取这样的手段，这又是些什么人？对于一个不在那儿的人，当他把眼睛转向那块包含着他全部的爱，全部的生命的土地，只能看到无声的火光的时候，他内心的沉重是可

---

① 法国大革命时期吉伦特派的支持者，一个女恐怖分子和阴谋活动家。1794 年 7 月 13 日，热月政变前夕，她潜入革命民主派领导人马拉的住所，以请求保护为名，来到正在为治疗皮肤病而躺在浴缸中的马拉身边，将他刺死。这里不是说那个女的企图刺死赫尔岑，只是说她故意装出一副神秘莫测的样子。

以想见的。"

"这是一些可怕的、晦涩的句子，它们不能说明您有罪，也不能说明您无罪。请您相信我，您应该出来澄清事实，否则，请您记住我的话：您的朋友们和您的支持者便会离开您。"

……正如"俄国上校"是我们的成功的鼓手长，这位和平的夏洛特·科尔台成了我们与舆论决裂的宣告者，而且是双边的决裂。一边，反动分子抬起了头，称我们为恶魔和纵火犯，另一边，一部分年轻人抛弃了我们，仿佛我们已掉了队。我们蔑视前者，对后者感到遗憾和伤心，我们知道，无情的生活浪潮会卷走游得太远的人，只有一部分能回到岸边。

谣言越传越多，不久就登上了报纸，扩散到了全俄国。于是我们的刊物成了众矢之的，开始受到围攻。我至今还清楚地记得，那些单纯、正直的人，那些根本不是革命家的人，怎样给报纸的造谣诬蔑弄得大惊失色，因为这对他们说来是完全陌生的。暴露文学一下子掉转枪口，变成了警察秘密侦查和暗探通风报信的文学。

社会本身也发生了转变。农民的解放使一部分人的头脑清醒了；可是另一部分人干脆对政治鼓动产生了厌倦情绪，他们向往过去的平静生活，对必须花这么多力气取得的酒菜丧失了食欲。

没什么好说的，我们的毅力有限，我们的忍耐却是无限的！

自由主义的七年耗尽了激进情绪的全部潜力。从 1825 年起蕴藏和蓄积在头脑中的一切，在兴奋和欢乐中，在对未来的幸福的展望中消磨完了。半途而废的农民解放，对神经衰弱的人说来，却好像俄国已走得太远，也太快了。

那个时候，激进派正在兴起，理论上也如火如荼，越来越显露头角，使本来就惶恐不安的社会更加提心吊胆。它的突出之处就在于趋向极端，以致自由派和持温和发展观念的人，又是画十字，又是吐唾沫，塞住耳朵纷纷逃避，躲进了破旧肮脏、但业已习惯的警察的保护伞下。大学生轻举妄动，地主却不习惯听取别人的意见，这样两军对峙，势必发展到短兵相接的地步。

社会舆论刚有些生机，便暴露了它粗野的保守色彩，在宣称自己参与公共事务的同时，却怂恿政府竭尽全力实行恐怖手段和迫害活动。

我们的处境变得越来越困难了。站在反动的污泥中，我们做不到，在它之外，又找不到一块土地。我们像童话中无所适从的勇士，站在十字路口等待。朝右走便得失去马，但自己可以保全；朝左走可以保全马，但自己会完蛋；朝前走，大家都会离开你；朝后走，这已经不可能，那儿的路已长满了青草。但愿出现一个魔法师或隐修士，可以替我们解决这个难题……

我们的朋友，尤其是俄国人，星期日晚上往往聚集在我们屋里。1862 年，后者的数目大大增加了：商人和旅游者，新闻记者和各个部门（尤其是第三厅）的官员，纷纷前来参观博览会①。进行严格的选择是不可能的；我们只得未雨绸缪，要求熟悉的朋友换在别的日子聚会。但伦敦的星期日是虔诚而枯燥的，这常常可以使人放松警惕。

这些星期日在一定程度上也带来了灾难。但是在我谈这事以前，我先得介绍两三个出现在奥塞特大厦②简陋客厅中的我国特有

———————————

① 指 1862 年 5 月开幕的伦敦国际博览会。

② 赫尔岑于 1860 年 11 月至 1863 年 6 月在伦敦的住处。

的怪物。毫无疑问，这些从俄国来的活珍品比世界博览会上的俄国部分更加有趣，更加引人入胜。

……1860年，我收到了一封从干草市场的旅馆寄来的俄文信，写信的是几个俄国人，他们告诉我，他们是在尤利·尼古拉耶维奇·戈利岑①手下办事的，公爵秘密离开了俄国，"公爵本人到君士坦丁堡去了，但打发我们走另一条路。公爵吩咐我们等他，给了我们几天的生活费。现在已过了两个星期，还没有公爵的消息，但是钱用完了，旅馆老板很生气。我们不知道怎么办，又没有一个人会讲英语。"他们无计可施，因此要求我帮助他们摆脱困境。

我去看他们，解决了这件事。旅馆老板认识我，答应再等一星期。

五天以后，一辆豪华马车由两匹灰色花斑马拉着，驶到了我的大门口。我关照过仆人许多次，哪怕来的人坐着四匹马拉的马车，哪怕他说他是公爵，我上午反正不会客，但是我无法战胜他对贵族的马车和称号的景仰之心，何况这一次这两大优势兼而有之，因此过了一分钟，一个身材魁梧、肥胖，仪表堂堂，脸型像亚述人面牛②的绅士，便扑到了我身上，抱住我，为我照顾他的仆人向我表示感谢了。

这是尤利·尼古拉耶维奇·戈利岑。旧俄国残存的这种性格鲜明的大阔佬，我们祖国的这种活标本，我已好久没见到了。

他立刻跟我海阔天空谈了起来，那些事简直不像真的，但事实证明都是真的：他怎样吩咐一个世袭兵替他抄《警钟》上的一篇文章，怎样跟自己的妻子分手，世袭兵怎样向警察局告发他，妻子怎

---

① 尤·尼·戈利岑（1823—1872），俄国贵族，合唱指挥和作曲家，他的父亲也是音乐爱好者，曾与贝多芬有过交往。

② 古代亚述帝国的人面牛神，宫廷寺庙的守护神。

样不给他寄钱，沙皇怎样把他放逐到科兹洛夫，不准外出，这样，他决定逃出俄国，带着一个年轻小姐，一个家庭女教师，一个男管家，一个教堂领唱人和一个女用人，越过了摩尔达维亚边境。在加拉茨，他又弄到了一个仆人，这人可以结结巴巴地讲五种语言，但他觉得这人像个奸细……接着他又对我说，音乐是他的命根子，他打算在伦敦举办演唱会，因此希望认识奥加辽夫。

"这儿英……英国的税务机关收税可不……不轻呢。"结束他的高谈阔论以后，他又有些口吃地说道。

"对商品也许这样，"我说，"但对旅游者，税务机关是非常客气的。"

"我看不尽然，我就为我的鳄……鳄鱼付了十五先令呢。"

"这是什么东西？"

"什么东西？鳄……鳄鱼就是鳄……鳄鱼呗。"

我睁大了眼睛，问他：

"公爵，这是怎么回事，难道您不带护照，却带了一条鳄鱼旅行？打算用它在边境上吓唬宪兵不成？"

"事情是这样的，我在亚历山德里亚散步，一个阿拉伯小家伙在出售鳄……鳄鱼，我看了喜欢，就买下了。"

"没有把这个小阿拉伯人也一起买下吗？"

"哈哈！没有。"

一星期后，公爵已住进了波切斯特街的一幢大房子，这是全城租金昂贵的一个区域。他做的第一件事就是违反英国人的习惯，命令从早到晚把大门敞开，那辆由两匹灰色花斑马拉的马车，也永远停在门口。他住在伦敦就像住在科兹洛夫，住在坦波夫一样。

当然，他没有钱，那是说，他只有几千法郎，只够应付伦敦生

活的海报和扉页；这些钱他立刻花得一个不剩，但已经造成了假
象，可以让他在今后几个月逍遥自在地过日子，这多亏了英国人的
愚昧轻信，直到今天全欧洲的外国人还没能使他们吸取教训。

但公爵一帆风顺……音乐会开始了。海报上公爵的头衔使伦敦
人惊讶不止，第二次音乐会便挤得满满的（在皮卡迪利大街的圣詹
姆士大厅）。音乐会成绩辉煌。这支合唱队和乐队，戈利岑是怎么
训练出来的，这是他的秘密，总之，音乐会不同寻常，非常出色。
俄国歌曲和祈祷，喀马林民间舞曲和日祷赞美诗，格林卡[①] 的歌剧
片断和福音主祷文，一切都不坏。

夫人们尽情欣赏着满脸肥肉的亚述神怎样庄严地、优美地举起
和放下那支象牙指挥棒。老妇人们想起了尼古拉皇上的运动员身
材，当年他主要是以自己那条白得像俄国冰雪的、绷得紧紧的骑兵
近卫军紧腿裤，征服了伦敦的闺阁名媛们。[②]

戈利岑还想方设法把这成功变成了大肆挥霍的机会。他陶醉在
掌声中，音乐会的第一部分一结束，他便派人购买花篮（别忘了伦
敦的价格），到第二部分开始前，他已站在台上，两个穿镶金边饰
制服的仆役抬着花篮走上舞台，公爵便向女歌手和合唱队员表示感
谢，赠给每人一束鲜花。于是这位贵族指挥家的优美风度赢得了观
众响亮的掌声。我们的公爵一下子变得高大了，满面春风，音乐会
一结束，马上把所有的乐师和演员请去用夜宵。

在这件事上，除了伦敦的价格，还必须知道伦敦的习惯：如果
早上没有预定，在晚上十一点钟是到哪里也找不到五十来人的夜
宵的。

---

① 格林卡（1804—1857），俄国著名作曲家。
② 指沙皇尼古拉一世于 1844 年 6 月访问英国的事。

亚述神便带着这支音乐大军，在摄政王街上敲着一家家餐厅的大门，敲到最后，终于有一位老板明白了这是怎么回事，开了门，端出了冷牛肉和热葡萄酒。

后来音乐会玩弄了形形色色的花招，甚至还带上了政治倾向：它每次都要演奏"赫尔岑圆舞曲"，"奥加辽夫四组舞曲"，接着还有"解放交响曲"；但这些乐曲哪怕今天，公爵也可以拿来招待莫斯科人，不会因为离开英伦三岛而失去任何魅力，只要改变一下它们的名称即可，这不费吹灰之力，例如可以称作"波塔波夫圆舞曲"，"明娜圆舞曲"，以及"科米萨洛夫组曲"等①。

但是尽管风靡一时，公爵却没有钱，付不出账。伙食供应商不免口出怨言，家族内部也开始酝酿斯巴达克起义。

……一天早上，公爵的左右手（他的大总管，但自称为他的秘书）带着他的"摄政王"（但不是奥尔良公爵菲力普的父亲②，是一个淡黄头发的二十二岁的俄国小伙子，乐队的管理员）来找我。

"亚历山大·伊万诺维奇，我们有事找您。"

"发生了什么？"

"尤利·尼古拉耶维奇欺侮我们，我们想回俄国，要求他付清工资；请您主持正义，为我们讲讲话。"

我一下子感到了祖国的气息——它像俄国浴室的蒸汽一样包围了我……

"为什么你们要求我来干预这事？如果你们有正当的理由提出

---

① 波塔波夫是当时的莫斯科警察总监，后又任沙皇第三厅主任。科米萨洛夫是沙皇的近卫军官，1866 年有人行刺沙皇亚历山大二世时，他救过沙皇的性命。

② 法国奥尔良公爵菲力普（不是他的父亲）于 1715 至 1723 年法王路易十五年幼时任摄政王，在法国历史上称摄政时期。

申诉，这里的法院对每个人都是敞开的，它不会偏袒任何公爵或伯爵。"

"我们确实听到过这一点，但何必上法院呢？您可以更好地解决这件事。"

"我能为你们解决什么呢？公爵会对我说，我干预了不该干预的事；我只能碰一鼻子灰。你们如果不想上法院，可以找大使馆，不是找我，它有责任保护伦敦的俄国人……"

"可这是个什么所在？如果那儿都是俄国官员，那怎么能跟一个公爵评理呢？您是站在人民一边的，我们这才找您，要求您帮助我们解决这问题。"

"你们这些人真是，公爵不会采纳我的意见，你们靠我得不到什么。"

"请您听我们说，"秘书起劲地答道，"公爵不敢怎么样，他非常尊敬您，而且还怕您，要知道他的大名登上《警钟》，可不是一件好玩的事，他是个很要面子的人呢。"

"那么，听着，为了免得白白浪费时间，我决定这样：如果公爵同意我作中间人，我就帮你们处理这事，如果他不同意，就请你们找法院。由于你们不懂英语，又不知道这里的诉讼规则，那么，要是公爵真的欺侮了你们，我可以给你们介绍一个既懂得这一切，又会讲俄语的人。"

"请您务必……"秘书说。

"不，我不能从命，亲爱的，再见。"

在他们去找公爵的时候，我得就他们讲几句话。"摄政王"除了音乐一无所能，这是仆人中一个吃得肥肥胖胖、细皮白肉的小伙子，头脑迟钝，但面貌俊俏，唇红齿白；他那种口齿不清的讲话方式，那对没有睡醒的眼睛，都使我想起我们的萨什卡、先卡、阿廖什卡和米罗什卡①，看到他，我便仿佛又看到了这些人。"秘书"也是纯粹的俄国产物，可以作这类人的一个突出例子。他四十多岁，不剃下巴，面容枯瘦，衣服上尽是油渍，全身从里到外都显得不清不楚，不干不净，他生着一对狡猾的小眼睛，嘴里永远有一股俄国酒鬼的特殊气味，那是由劣质烧酒和为了冲淡它而增加的洋葱与丁香的味道组成的。他脸上的每一根线条都带有怂恿别人出坏主意、动坏脑筋的意味——凡是坏事都能在他心里得到响应和赞赏，如果有利可图，他还会亲自插手。这是俄国官老爷、土豪劣绅和小公务员的原始形态。当我问他是否满意准备解放农民时，他回答道：

"当然啦，这无疑是好事，"他叹了口气，又道："不过，老天爷，这少不了得打官司，上衙门！可是公爵偏偏在这个时候，好像跟我开玩笑似的，把我带到了这儿。"

在戈利岑到达伦敦以前，他曾露出感恩戴德的神情说道：

"要是有人对您说，公爵怎样压迫农民，或者他要获得自由的农民付大笔赎金，却不给他们土地，您千万别信他们。这全是仇人的造谣。确实，他挥霍成性，生活阔绰，然而他的心是好的，对农民像父亲一样。"

可是一吵架，他就讲公爵坏话，咒骂自己的命运："我太信任这个骗子了……要知道他一辈子游手好闲，把农民弄得倾家荡产，别看他当着您的面装成这副样子，实际上他是野兽……强盗……"

"那么您什么时候讲的话才是真的，是现在还是您称赞他的那时候？"我笑着问他。

---

① 这些都是俄国仆人常用的名字。

"秘书"有些不好意思，我转身走了。要是他不是出生在戈利岑公爵家的仆役房中，也不是哪个乡村警察的儿子，那么凭他的才能，他一定可以当上大臣，成为瓦卢耶夫 [1] 那样的大人物。

过了一小时，"摄政王"和他的导师拿着戈利岑公爵的条子来了——他表示歉意，不能来看我，如果可能，请我去找他，以便了结这桩公案。公爵许诺，他可以毫无异议地接受我的裁决。

没有办法，我去了。屋里的整个气氛显得异常紧张。法国仆人皮科赶紧给我开门，神色严峻惶恐，仿佛要带一个医生去给垂危的病人会诊。戈利岑的二太太心神不定，气呼呼的，戈利岑本人迈着大步在屋里踱来踱去，没系领带，袒露了大力士的胸膛；他正在发脾气，因此说话更加结结巴巴的，脸色有些无可奈何，似乎憋着一肚子火气——那就是说不能让这火气走进现实世界，否则它就会表现为拳打、脚踢、批面颊等等，那种他在坦波夫省对付造反的农民的动作。

"看在上……上帝分上，请原谅我为了这些不……不知好歹的东西打扰您。"

"出了什么事？"

"请您自己问……问他们吧，我只想听他们讲。"

他把"摄政王"叫来，我们进行了下面这场谈话：

"您不满意什么？"

"什么都不满意……因此我非得回俄国不可。"

公爵的嗓音大有拉布拉凯 [2] 的气派，现在发出了一声狮子似的

---

① 瓦卢耶夫（1814—1890），1861 至 1868 年的俄国内务大臣。

② 意大利男低音歌唱家。

叹息，同时又把五记巴掌顶回了胸中。

"公爵不会拦住您。那么请问，您不满意的是什么？"

"一切都不满意，亚历山大·伊万诺维奇。"

"请您讲得具体一些。"

"还怎么具体？我打从俄国来到这儿以后，一直忙个不停，可是只拿到两镑工钱，第三次是在晚上，公爵给的大多只是礼品。"

"那么您应该拿到多少呢？"

"这我无法讲……"

"您有规定的工资数额吧？"

"根本没有。公爵在逃出俄国时（他讲这话没有恶意）对我说：'你跟我去，我不会亏待你，要是我运气好，我会给你很多很多钱，不然的话，你只能指望不多几个工钱。'于是我跟他来了。"

他就是在这条件下从坦波夫来到伦敦的……啊，我的俄国！

"嗯，那么照您看，公爵的运气好不好呢？"

"怎么谈得上好……不过当然，他本来可以……"

"那是另一个问题。既然他的运气不好，您就只能指望不多几个工钱了。"

"可是公爵亲口说过，我干的事，那就是说凭我的能力，用这儿的钱计算，一个月至少可以挣四镑。"

"公爵，您愿意一个月给他四镑工资吗？"

"愿……愿意……"

"那不就解决了吗，还有什么呢？"

"公爵答应过，如果我要回俄国，他可以给我回彼得堡的路费。"

公爵点点头，补充道：

“是的，但有个条件：我得对他很满意！”

“那您不满他的什么呢？”

现在堤坝决口了，公爵跳了起来。他用悲剧似的男低音（这使一些字母更加跳动不定，子音之间也出现了小小的间歇）讲了下面一席话：

“这个乳臭未干的小……小鬼，这个兔……兔崽子，能叫我对他满意不成？！这个忘恩负义的小……小土匪，把我气死了！他在家里穷得要命，身上长满虱子，光着脚板，多亏我收留了他，我教他读书，这混蛋，我把他培……培养成了一个人，一个音乐家，一个合唱队指挥，这样，这鬼东西才可以凭他这条嗓子，在俄国音乐季节一个月挣一百卢布。”

“这一切都是真的，尤利·尼古拉耶维奇，但是我不能同意您的观点。不论他本人还是他的家庭，都没有要求您把他变成龙科尼^①，因此您无权要求他特别感谢您。您培养他就像您训练夜莺一样，您做得不坏，但仅仅如此而已。何况问题不在这里……”

“您讲得对……但我得说，我怎么受得了这个？要知道我对他……对这个小杂种……”

“那么您同意给他路费？”

“去他的，为了您……看在您的面上，我可以给他。”

“好，那么事情就解决了——您知道路费要多少吗？”

“据说是二十磅。”

“不，这太多了，从这儿到彼得堡，一百卢布已绰绰有余。您给吗？”

---

① 龙科尼（1772—1839），意大利歌唱家。

"我给。"

我在纸上算了一下，把它交给戈利岑，他看了看总数——我记得，大约三十镑多一点。他马上把钱交给了我。

"您应该识字吧？"我问合唱队指挥。

"认得一些……"

我给他写了收据，大致如下："兹收到尤·尼·戈利岑分爵应付之工资暨从伦敦回彼得堡之路费，共三十镑多一些（折合俄币若干）。本人对此表示满意，对公爵别无其他要求。"

"请您看一遍，签上名字。"

小指挥念了一遍，但没有作出准备签字的任何表示。

"怎么样？"

"我不能签字"

"为什么不能"

"我不满意。"

强自克制的狮吼又爆发了，不过说实话，我自己也差点要大喊了。

"真见鬼，您刚才亲口说过您的要求是什么。公爵全部照付，一文不少，您还有什么不满的？"

"请您听我说；从我来到这儿以后，我经历了多少困难。"

很清楚，他轻而易举拿到了钱，这使他有些贪心不足了。

"比方说，我抄写乐谱，这应该是有酬劳的。"

"胡说！"公爵大喊道，尽管拉布拉凯从来不会这么大叫大喊；邻室的钢琴声胆怯地跳动了一下，皮科吓得脸色发白，把脑袋探进门缝张望，马上又像慌张的蜥蜴一般缩了回去。

"难道抄写乐谱不也属于你的本职工作吗？……要不然，不举行音乐会的时候你干什么呢？"

公爵是对的，尽管他大可不必用低音大号的嗓音把皮科吓一大跳。

小指挥听惯了各种音响，因此不以为意，仍不屈服，丢下抄写曲谱的事对我讲出了下面这句无理取闹的话：

"那么还有衣服呢，我的衣服全都破了。"

"难道尤利·尼古拉耶维奇一年给你将近五十镑工钱，还得管你的衣服费不成？"

"不是这么说，先生，但以前，公爵有时总给我一些小东西，可现在，说来不好意思，我要出门，连袜子也没有呢。"

"我自己也没……没有袜子穿呢！……"公爵咆哮道，把双手合抱在胸前，傲慢地、鄙夷地瞪着合唱指挥。我怎么也没料到这个结局，我惊讶地望着他的眼睛。但我看到他不打算继续争吵，只是那位合唱指挥似乎非吵个水落石出不可，于是我非常严肃地对这位歌唱之鹰说道：

"今天上午您来找我作中间人，那么您是信任我的？"

"我们非常了解您，对您丝毫也不怀疑，我们知道您是决不会叫我们吃亏的……"

"很好，那么我就这么决定了。请您马上在收据上签字，否则就把钱交还我，我把它还给公爵，同时声明我不再参与这事。"

小指挥不想把钱交还公爵，于是签了字，向我道了谢。为了免得啰唆，我不再讲他怎么把钱折算成卢布了：我讲了好久，他还是不明白今天卢布的行情，与他离开俄国时已经不同。

"如果您以为我想骗您一镑半钱，那么请您去找我们的教士，让他给您算这笔账吧。"他同意了。

一切似乎都已结束，戈利岑的胸脯也不再起伏不定，显得那么可怕了。但是命运却另有安排，结局还是与开始一样，使我想起了祖国。

小指挥有些踌躇不决，迟疑了一会儿，突然好像他们中间什么事也没有发生，对戈利岑说道：

"大人，由于从赫尔开出的轮船要五天以后才有，请您行行好，让我暂时仍住在这儿吧。"

我想："我的拉布拉凯又得发作了"，因此抱着自我牺牲的决心，准备再受一次低音大号的折磨。

"当然，你有什么地方好去，你留下吧。"

小指挥向公爵道了谢便走了。戈利岑向我解释似的说道：

"要知道，他是个非常好的小伙子。这是那个坏蛋，那个骗……骗子……那个不要脸的恶棍挑唆的……"

这件事的是非曲直也许得请教萨维尼①和米特梅耶尔②了，只有他们才能把我们正教祖国的法律观念（它是在鞭打仆人的马厩和搜刮农民的老爷的书斋中形成的）提炼成条文，归纳成准则。

第二场好戏便是跟"恶棍"进行的，这并不顺利。戈利岑出去后突然大叫大喊，"秘书"也大叫大喊，看来，除非诉诸武力才能解决，如果那样，面黄肌瘦的办事员当然不是公爵的对手。但是这屋里的一切都是按照特殊的逻辑进行的，因此结果不是公爵与秘书打架，而是秘书与玻璃打架——他怀着一肚子火气，又多喝了一杯杜松子酒，走出屋子时，对着镶在门上的大玻璃就是一拳，把玻璃

① 萨维尼（1779—1861），德国民法学家。
② 米特梅耶尔（1787—1867），德国刑法学家。

打得粉碎。这些玻璃足足有一只手指那么厚呢。

"警察！"戈利岑大喊起来，"强盗来了！警察！"然后走进大厅，精疲力竭地瘫倒在沙发上。等他平静一些以后，他又在谈话中向我诉说，秘书对他怎么忘恩负义。这个人本来是他兄弟的代理人，大概因为舞弊（我记不清了），眼看非吃官司不可，戈利岑可怜他，非常同情他，以致当掉了自己最后一只表，替他赎了罪。尽管他有充分证据证明这人是个骗子，他后来还是收留他作了自己的管家！

他处处欺骗戈利岑，这是毫无疑问的。

我走了；一个可以用拳头打碎门玻璃的人，可以自己解决问题，用不着我插手。事实也是这样，后来他要求我给他弄张护照，让他回俄国时，他告诉我，他给了戈利岑一支手枪，高傲地向他提议决斗，用抽签决定谁先射击。

如果这是事实，那么这支枪一定是没有子弹的。

公爵的最后一些钱是用在平息斯巴达克起义上的，但他终于因为负债累累被关进了监狱。别人坐了牢，就太平无事了，可是戈利岑哪怕在监狱中也不会安分守己。

警察每天晚上七八点钟得把他送往克勒蒙游乐园①，让他在那儿给音乐会当指挥，供全伦敦的卖笑女郎取乐，等他的象牙指挥棒停止挥动后，躲在一旁的警察马上走到他身边，寸步不离地陪公爵走上马车，把这位穿黑燕尾服、戴白手套的犯人押回监狱。在游乐园中与我分手时，他噙着眼泪。可怜的公爵，别人看到这情景也许会觉得好笑，可是他不能不为自己的铁窗生涯感到痛心。他的亲族好

_____

① 伦敦一个藏污纳垢的游乐场所，后被取缔。

歹把他赎了出来。后来政府允许他返回俄国，起先他被送往雅罗斯拉夫尔居住，他便在那儿与华沙大主教费林斯基[①]一起指挥宗教音乐会。对于他，政府比他的父亲还仁慈一些——那个老滑头像儿子一样放荡，却劝他进修道院……其实父亲非常了解儿子，因为他自己也是音乐家，贝多芬甚至曾把一支交响乐献给他。[②]

除了这位豪华阔绰的亚述神，身强力壮的犍牛型阿波罗以外，还有其他许多俄国怪物也是不应忘记的。

那些一闪而过的影子，如"俄国上校"之类，我不提了，但是对于因命运的播弄不得不长期伫留在伦敦的那些人，我还得讲几句。例如，军需部门一个官员只因案件的牵累和负债，跳进涅瓦河自尽……可是却作为流亡者在伦敦上了岸，连身上的皮大衣和皮帽子也没丢掉，尽管伦敦的冬季是潮湿而暖和的。还有，我的朋友伊万·伊万诺维奇·萨维奇[③]，英国人都叫他塞维奇，他带着他的经历，他的未来，还有他那应该长头发，可是只剩了一层皮的脑瓜，总之，他的一切，硬挤进了我的"俄国珍品展览室"。

他是近卫军帕夫洛夫团的一个退伍军官，在海外各国游历，过得逍遥自在，这时发生了二月革命，他害怕了，觉得自己好像成了罪犯，这倒不是他真的干了什么，心里不安，只是他想起了宪兵，那些他可能在国境上，在军营里，在马车上，在冰雪中遇到的宪兵，便惶惶不可终日……于是他决定推迟回国。这时他突然得到消

---

① 费林斯基（1822—1895），波兰华沙大主教，因参与波兰民族解放运动，于1863年被遣送至雅罗斯拉夫尔居住。

② 尤·戈利岑的父亲尼·戈利岑与贝多芬熟悉，但贝多芬并未把任何交响乐献给他，只是在他的要求下写过三支弦乐四重奏。

③ 此人曾在赫尔岑的家中给孩子们当过家庭教师。

息，他的兄弟卷进了谢甫琴科的案件①，被捕了，这样，他的处境真的危险了，他决定立刻回国。我便是这时在尼斯认识他的。萨维奇动身前买了一小瓶毒药，准备路上用：万一过边境时被捕，便把毒药塞在一只蛀空的牙齿中吞下。

越接近祖国，萨维奇心中的恐慌越大，到了柏林已变成窒息似的痛苦，然而他克制了这种情绪，坐上了火车。开头五站没有什么，再远他就坐不住了。机车停下加水，他却在别的借口下走出了车厢……机车的汽笛响了，火车开动了，车上已没有萨维奇——他下车的目的本来就是这样。他把手提箱丢在车上，听其自然，跳上了第一列相反方向的火车，回到了柏林。在车站上他为手提箱拍了个电报，便去办签证手续，前往汉堡。"您昨天要回俄国，今天又要去汉堡。"警察随口说，完全没有拒绝签证。提心吊胆的萨维奇回答道："信……我收到了信。"但他那副表情，从普鲁士军官的角度看，没有把他当场逮捕，简直可以说是玩忽职守。就这样，萨维奇像路易 - 菲力普一样②，尽管没有人跟踪，却战战兢兢逃到了伦敦。在伦敦，他与千千万万其他人相似，过着度日如年的生活，几年中一直诚实而艰难地与贫穷作斗争。然而命运给他的一切悲惨遭遇镶上了一条喜剧的饰边。他决定教数学和绘图，甚至法语（为英国人）。他找了几个人请教，结果发现不登广告，没有名片，便办不成这事。

"但糟糕的是：俄国政府看到了广告会怎么样……我琢磨来琢

---

① 乌克兰大诗人谢甫琴科是因为秘密政治组织"基里尔 - 梅福迪兄弟会"而被捕的，该组织成立于 1845 年，于 1847 年被取缔。萨维奇的兄弟尼古拉·萨维奇也是该组织的成员，于 1847 年被捕后流放至西伯利亚。

② 指 1848 年二月革命后法王路易 - 菲力普逃往英国。

磨去，终于印了匿名名片，"他说，"我从未想到世界上可以有没有名字的名片，这是我的一大发明，它确实使我过了很长一段安稳日子。"

他带着他的匿名名片，在坚持不懈的努力下，省吃俭用（他往往接连几天只吃土豆和面包），终于脱离困境，担当了商品推销员的工作，从此日子才好过一些。

正在这时，近卫军帕夫洛夫团的另一个军官却变得每况愈下了。在受尽打击、掳掠、欺骗和愚弄之后，这位帕夫洛夫团团长安息了。①接着颁布了圣旨和大赦。皇上的仁慈使萨维奇觉得有机可乘，于是他写了一封信给布鲁诺夫②，询问他是否也属于大赦之列。过了一个月，萨维奇接到通知，要他去大使馆。他想："事情不那么简单，他们考虑了一个月呢。"

"我们收到了回信，"秘书主任对他说，"您无意之中给政府制造了麻烦，因为找不到您的材料。这属于内务部的职责，可是它那儿没有任何关于您的案卷。请您简单告诉我，您究竟出了什么事——当然，不会是严重的事！……"

"哦，我的兄弟在 1849 年被捕以后给流放了。"

"是吗？"

"其余没什么了。"

尼古拉想："不对，他这是胡诌。"于是对萨维奇说道：如果这样，内务部得重新调查。这样过了两个月。我想象得到，这两个月中彼得堡那份忙碌劲儿……公文往来，查阅档案，秘密侦讯，从内

---

① 这都是指沙皇尼古拉一世（他当过近卫军伊斯梅洛夫团的团长），他在克里米亚战争中弄得焦头烂额之后，死于 1855 年。

② 指当时的俄国驻英国大使，但当时的大使不是布鲁诺夫，而是另一个人。

务部到第三厅，又从第三厅到内务部，又向哈尔科夫省长核实情况……申斥，提问……但找不到萨维奇的案卷。于是内务部只得这么照会伦敦大使馆。

布鲁诺夫本人召见了萨维奇。

"瞧，"他说，"这就是复文。到处找不到您的案子。请问，您究竟卷进了什么案件？"

"我的兄弟……"

"这我已经知道了，现在是问您自己犯了什么案？"

"其余什么也没有。"

布鲁诺夫从出娘胎起对任何事从不觉得惊奇，这次却惊奇了。

"既然您什么也没干，为什么要求赦免……"

"我想，这么做总好一些……"

"如此看来，您需要的不是大赦，是护照。"

布鲁诺夫命令给他发了护照。

萨维奇喜出望外，跑来找我们。

他详详细细讲了事情的经过，说他得到了赦免，然后拉住奥加辽夫的胳臂，请他到花园去。

"看在上帝分上，告诉我，我该怎么办，"他对奥加辽夫说，"亚历山大·伊万诺维奇总是取笑我……他的脾气就是这样，但是您的心肠好，请您老实告诉我，您认为我从维也纳回国没有危险吗？"

奥加辽夫却并不赏识他的赞美，大笑起来。其实不仅奥加辽夫，我还想象得到，在获得赦免的萨维奇走出大使馆以后，布鲁诺夫和尼古拉怎样暂时忘记了繁忙的公事，舒展眉头，咧开嘴巴大笑了两分钟。

但是尽管有这一切古怪的行径，萨维奇是个正直的人。还有一些不知从哪儿钻出来的俄国人，在伦敦闲荡了一两个月，然后拿了自己写的介绍信跑来找我们，以后又跑得不知去向，这些人却不是毫无危险的。

我想谈一件不幸的事，它发生在1862年夏季。那时反动势力还处在孕育时期，隐藏在内的臭气刚向外渗透。没人怕来找我们，也没有人怕随身携带《警钟》和我们的其他出版物回国；许多人还夸耀自己怎么巧妙地越过边境线，我们劝他们当心一点，还遭到他们耻笑。那时我们几乎从来不往俄国写信——对老朋友已没什么要说的，我们与他们的距离越来越远了；对新朋友我们是利用《警钟》通信的。

春天，克利西耶夫①从莫斯科和彼得堡回来了。毫无疑问，他这次旅行是当时最了不起的事件之一。一个人在与分裂派教徒聚谈，与同志们欢饮之后，口袋里揣着毫不相干的土耳其护照，大模大样地从警察的鼻子下走过，安然无恙地回到了伦敦，他自然会扬扬自得，忘乎所以。他发起在丘镇的一家饭店里举行会餐，庆祝《警钟》发刊五周年。我劝他把庆祝推迟一些，等情况好转一些再说，他不听。庆祝会并不顺利——大家情绪不高，也不可能高，因为参加的人有不少是我们毫不熟悉的。

大家东拉西扯闲聊，在祝酒和谈天中有人像谈论一件无足轻重

---

① 克利西耶夫（1835—1872），俄国流亡者。1859至1862年参加了《警钟》编辑部的工作，后来逐渐脱离革命阵营，终于在1867年向沙皇政府自首，投靠反动派。这里提到的旅行是在1862年3月至5月，目的是与俄国国内受到沙皇政府压迫的分裂派教徒建立联系；克利西耶夫还在莫斯科和彼得堡会晤了一些革命领导人，这次的成功使他踌躇满志，滋长了野心，终于走上了歧途。

的小事，提到克利西耶夫的朋友韦托什尼科夫 ① 即将回彼得堡，他愿意给我们带点什么。结束时很迟了。许多人说，星期日再上我们家。这天到的人确实不少，其中许多我们几乎从未见过，不幸，韦托什尼科夫也来了。他走近我，说道，他明天一早走，问我有没有信或什么事要办。巴枯宁已交给他两三封信。奥加辽夫下楼到自己屋里，写了几句向谢尔诺－索洛维耶维奇 ② 问候的话，我也在信后加了几句，向他问好，并托他转告车尔尼雪夫斯基（我从不直接给他写信），请他考虑我们在《警钟》上提出的建议：在伦敦印行《现代人》，费用由我们承担。将近十二点时，客人散了，只留下两三个人。韦托什尼科夫走进我的书房取信。很可能，这也没有引起注意。但有一件事是大家知道的。为了向参加聚会的人表示感谢，我请他们任意挑选一本我们的出版物，或者列维茨基 ③ 为我拍摄的大相片，留作纪念。韦托什尼科夫拿了相片，我劝他剪掉边，把它卷起来，他不听，说可以把它放在箱底，用一张《泰晤士报》包好后便走了。这不可能没人看到。

　　送走了他和最后一个人，我安心睡了——有时一个人就是这么糊涂，压根儿没有想到，这个时刻会使我付出多大代价，给我带来多少个失眠之夜。

　　这一切都做得极端愚蠢和不谨慎……我们可以把韦托什尼科夫留到星期二再走，他也可以提前在星期六动身。或者，为什么他不

---

① 俄国一家商行的职员，1862 年从伦敦回俄国时被捕。

② 谢尔诺－索洛维耶维奇（1834—1866），俄国的革命民主主义者，曾参与《现代人》的工作，也是革命团体"土地与自由社"的组织者之一，1862 年被捕，后流放西伯利亚，死于该地。

③ 赫尔岑的堂弟，摄影师。

早上来，总之，他为什么要亲自来……我们又为什么要写信？

据说，客人中有一个人马上向彼得堡发了电报。

韦托什尼科夫在轮船上被捕了，其余大家都知道了。[①]

在这悲伤的故事结束时，我得谈谈刚才提到过一下的那个人，这是不应该忽略的。我指的便是克利西耶夫。

1859 年我收到了他的第一封信。

---

① 韦托什尼科夫被捕后，他携带的信全部落入了沙皇第三厅手中。1862 年 7 月，车尔尼雪夫斯基和谢尔诺－索洛维耶维奇被捕。沙皇组织了专门委员会审理"与伦敦宣传家有联系的罪犯"，三十二人被卷入这案件中。俄国的大规模逮捕严重削弱了赫尔岑和奥加辽夫与俄国革命运动的联系。

第二章

瓦・伊・克利西耶夫

　　瓦・克利西耶夫最近已名誉扫地，众人皆知……内心的急剧转变和外表的迅速变化，悔改的成功，迫不及待的要求公开忏悔[①]，方式的离奇简捷，叙述的不讲策略，不恰当的诙谐口吻和有失体面的（对悔过者和被赦罪者而言）轻松态度，这一切在不习惯突然而公开转变的我们的社会上，引起了新闻界优秀部分的强烈反感。克利西耶夫不惜一切想得到公众的同情，结果成了众矢之的，人人毫不怜惜地向他扔着石子。我完全不想否定我国沉睡的文化界在这件事上所表现的严峻精神。这种愤怒证明，在我们中间，尽管道德的败坏和言论的无耻已构成了一片黑暗地带，但没有受到腐蚀的清新力量还保存着不少。投向克利西耶夫的愤怒，也就是当年为了一两首诗不能宽恕普希金[②]，为了《与友人书信集》不能宽恕果戈理的愤怒。

[①] 克利西耶夫自首后写了回忆录《经历和反省》，它在经过审查后以《忏悔录》的名义发表。

[②] 指普希金的《波罗金诺周年纪念》和《致俄罗斯的诽谤者们》等诗，在这些诗中，诗人歌颂了爱国主义精神，因而被认为背离了热爱自由的立场。

再向克利西耶夫扔石子是多余的了，已经向他扔过整整一条街的石子。我现在想告诉别人和提醒他自己的，是他在伦敦来找我们时，以及他第二次去土耳其时，他是怎么一个人。

让他把那时生活中最艰苦的时刻，与他今天向上爬的甜蜜日子作一个比较吧。

这篇东西是在他悔改和认罪以前，心灵和形态发生转变以前写的。我未作任何改动，只是增加了摘自书信中的几段话。在这则简略的速写中，我忠实地描写了克利西耶夫，在他坐了小船前往斯库利尼海关①，作为违禁的商品，要求予以没收，授予合法地位以前，他在我的记忆中便是这个样子。

克利西耶夫的信是从普利茅斯发出的。他搭北美公司的轮船到了那儿，打算到锡特卡岛或乌纳拉斯卡岛去工作②。在普利茅斯住了一些日子以后，他不想再前往阿留申群岛，便写信给我，问我是否能给他在伦敦找个职业。他已在普利茅斯结识了几个神学家，说他们对神的启示的出色解释引起了他的兴趣。我警告他不要上英国牧师的当，"如果他真想工作"，请他到伦敦来。

过了两星期，他来了。他还年轻，身材相当高，生得瘦瘦的，带些病态，脑袋是四方的，头发又浓又密，整个外形使我想起恩格尔松（除了头发，因为后者是秃顶），事实上他与他在许多方面是相似的。第一眼就可以看出，他身上有不少地方显得不和谐，不稳定，但是毫无庸俗之处。显然，任何监督和约束对他都无能为力，

---

① 在俄国和罗马尼亚边境，1867 年 5 月，克利西耶夫便是坐了小船在这儿向俄国的边防检查站自首的。

② 锡特卡和乌纳拉斯卡都是阿留申群岛的小岛，当时属于俄国。

他要自由，但他还没有找到自己要走的道路和方向，也没有固定的目标。他比恩格尔松年轻得多，不过仍属于彼得拉舍夫斯基小组最年轻的一代，具有他们的一部分优点和一切缺点：世上的一切他都要学，但什么也没学透彻，什么书都要读，但对什么也没有真正融会贯通。由于对公认的一切总是采取批判态度，他摇摆于各种道德观念之间，没有建立任何行为准则。[①]

特别与众不同的是，克利西耶夫那种怀疑主义的探索精神中包含着一些神秘主义的幻想因素：他是带有宗教色彩的虚无主义者，穿着助祭法衣的虚无主义者。在他的外形、谈吐和声调中，可以感到教会的特征、用语和作风，这使他的整个生活具有独特的气息，似乎他是由截然不同的几种金属熔铸而成的某种统一体。

克利西耶夫正处在我们所熟悉的那个再估价阶段，这种再估价是觉醒的俄国人几乎随时在心中进行的，也是西欧人由于事情太多、没有空闲而从未想到过的。我们的"长兄们"在各自的专业活动限制下，埋头在其他事务中，从未考虑要审查习以为常的事物，因此不论建设或破坏，奖励或惩罚，赐予桂冠或给予镣铐，都按照世代相传的准则进行，他们坚定地相信，事情就应该这样，他们已尽了责任。克利西耶夫却相反，他怀疑一切，不肯人云亦云，别人说好就好，别人说坏就坏。这种桀骜不驯的精神，否认以前奉行的道德原则和现成的真理，它在我们尼古拉斋期[②]的中间阶段特别强烈，每逢压在我们头顶的铁锤放松一分，它便上升一分。这种充满生命和活力的分析精神，遭到了形形色色保守主义文学的攻击，后

---

① 我国最用功的青年人最后往往成为彼得拉舍夫斯基的追随者，他们可以说是俄国学术思想发展史上最年轻的一代。——作者注
② 指尼古拉一世的严酷统治时期（1825—1855）。

来又受到了政府的压制。

塞瓦斯托波尔的炮声惊醒了我们，我们听到了国外的声音，许多明智之士开始复述那些话，他们说，西方的保守主义在我们这里只是简单的嫁接现象，我们匆匆忙忙奔向西方教育，不是为了分担他们传统的疾病和腐朽的成见，而是为了"与旧的相比较"，为了可以同步前进，不致落在他们后面……然而我们从实际中看到，在觉醒的思想中，在成熟的观念中，根本没有一成不变的东西，"没有神圣的东西"，有的只是问题和任务，思想在探索，理论在否定，坏的和"众所公认的"善在一起摇晃，试验和怀疑的精神正把一切不加区分地带向深渊，而深渊边上的栏杆早已拆除，于是恐怖和惊慌的喊声凌空而起，头等车厢的旅客合上了眼睛，免得看到车厢飞出轨道，列车员们赶忙煞车，要使火车停止一切活动。

当然，害怕是没有道理的。正在兴起的力量还太软弱，不可能使六千万人的火车改变轨道。但是它有自己的纲领，可能还是预言。

克利西耶夫是在我们所说的这个时期最初的影响下成长起来的。他远远没有达到稳定状态，没有找到自己的重心，然而他已丧失了全部精神财富。他否定了旧的，抛弃了固定的一切，离开了海岸，不顾一切地跳进了无边的海洋。他同样以怀疑和不信任的态度对待信仰和反信仰，对待俄国的秩序和西方的秩序。只有一点在他心中扎了根，那就是他激烈而深刻地意识到了当代国家制度在经济上造成的不公正，这导致了对它的憎恨，对他认为可以指明出路的社会理论的模糊向往。

在理解之后感到不公正，感到憎恨，这是他不容剥夺的权利。

在伦敦他住在全城最偏僻的一个地区——富勒姆区的一条小胡同中，那里住的都是面色苍白、蓬头垢面的爱尔兰人和各种面黄肌瘦的工人。走进这些阴暗潮湿、没有屋顶的砖石走廊，只觉得沉寂得叫人害怕，那里几乎没有一点声音，没有一点光线，没有一点色彩：人，衣服，房屋，全都褪了颜色，暗淡无光，煤灰和烟灰又给一切披上了一层丧服似的黑纱。这里看不到店员运送食物的手推车，找不到出租马车，听不到狗吠声——狗在这儿是肯定找不到食物的。只是偶然有一只沾满煤灰的、瘦得皮包骨头的乱蓬蓬的猫跑出屋子，爬上屋顶，靠在烟囱旁边取暖，一边弓起了背，表示它在屋里实在冷得受不住了。

我第一次去看克利西耶夫时他不在家。一个非常年轻、又非常难看的女人，骨瘦如柴，瞪着哭肿的眼睛，垂头丧气地坐在地上铺的一块草垫旁边，草垫上有个一两岁的孩子正发高烧，翻来覆去十分痛苦，似乎即将死了。我望着他的脸，想起了另一个孩子死前的面貌。那是同样的表情。过了几天，他死了，但另一个又出生了。

贫穷统治着这个家庭。那个消瘦的妇女，或者不如说嫁了丈夫的姑娘，英勇地、非常简单地忍受着一切。看着她患瘰疬病的虚弱憔悴的外形，简直不能想象，在这消瘦的身体里怎么会蕴藏着这样的力量和忠诚的意志。她对我们那些廉价小说的作者是一个辛辣的讽刺。她是，或者希望是，我们后来称作虚无主义者的那种女人，头发总是挽成古怪的式样，不注重衣衫，拼命吸烟，不怕大胆的思想，也不怕大胆的谈吐；她对家庭美德无动于衷，从来不讲神圣的责任，也不会说她每天所作的牺牲如何甜蜜，压在她年轻的肩上的十字架如何轻松。她从不炫耀自己与贫困所作的斗争，只是默默地从事一切：缝补，洗濯，养孩子，煮菜，打扫房间。她对丈夫说来是一个坚定的同志，跟着他到处流浪，东奔西走，一下子失去了最后两个婴孩，然后作为一个伟大的殉难者，在遥远的东欧献出了生命。[1]

……起先我跟克利西耶夫辩论，努力说服他，在对流亡者的生活还一无所知的时候，不要马上切断返回祖国的道路。我对他说，首先必须对生活在异乡客地的困难，对英国，尤其是伦敦的艰苦条件，有所了解；我说，如今在俄国，一切力量都是宝贵的。

"您在这儿预备做什么？"我问他。克利西耶夫说他想学习，什么都学，也什么都写，但首先打算就妇女问题和家庭结构写些东西。

"首先应该写的是农民解放必须获得土地，"我对他说，"这是我们面临的首要问题。"

但是克利西耶夫的兴趣不在这方面。他真的给我拿来了一篇谈妇女问题的文章。它写得非常糟，我没有刊登，克利西耶夫很生气，直到过了两年，他才为此向我表示感谢。

他不希望回国。

不论怎么说，必须为他寻找工作。我们便是这么做的。他的神学怪癖帮助了我们。伦敦圣经公会要出版俄文《圣经》，我们推荐他当了校对员。后来我们又把在各个时期收到的关于旧礼仪派的一叠文件交给了他。为了整理和出版它们，克利西耶夫废寝忘食，花了不少力气。他所憧憬和向往的东西，现在以事实展开在他眼前了：他从分裂派中看到了披着福音外衣的粗糙而幼稚的社会主义。[2]

---

[1] 克利西耶夫的妻子跟随丈夫到了君士坦丁堡，子女都死了，她也于1865年死在罗马尼亚的加拉茨，至死仍相信她的丈夫是忠于革命思想的。赫尔岑显然很同情她，为她写了悼念文章。

[2] 俄国正教会中的分裂派是在反对官方教会的斗争中形成的，主要表现为反对教会最高当局规定的仪式，因此又称旧礼仪派。旧礼仪派在偏远地区和下层群众中特别流行，而且往往与他们的社会政治要求结合在一起，因此旧礼仪派中的不少派别带有原始的基督教社会主义思想。但总的说来它还是落后和反动的。

这是克利西耶夫一生中最美好的时期；他陶醉在工作中，有时晚上还跑来找我，向我谈反正教仪式派信徒和莫罗勘派教徒^①的社会思想，或者费多谢耶夫派^②教徒纯洁的共产主义学说；他对他们在森林中的漂泊生涯赞不绝口，以致觉得他的生活理想便是与他们一起过流浪生活，或者在别洛克里采^③和俄国的基督教社会主义分裂派中当教师。

确实，克利西耶夫生着一颗"流浪汉"的心，在精神和实际方面都是个流浪汉：变化不定的思想和苦闷折磨着他。他无法老待在一个地方。他找到了工作、职业、小康的生活条件，但他没有找到可以使他永不安静的精神得到安静的事业。他准备丢下一切去寻找它，不仅为此跑遍天涯海角，而且成为没有宗教信仰的修士和没有神父职位的神父。

克利西耶夫作为名副其实的俄国人，每个月都要拟定一份新的工作提纲，制订一些计划，旧的尚未完成，便开始了新的活动。他有时猛干一阵，有时又什么也不干。他往往轻易着手一件事，马上又厌烦了，一下子从一切中得出了最后的结论，甚至走得更远。

分裂派的文集获得了成功；他出版了六册，很快便销售一空。政府看到这情形，同意了公布旧礼仪派教徒的材料。《圣经》的翻译也是这样。翻译希伯来文并不容易，克利西耶夫试图完成这艰巨的工作，"逐字"迻译，尽管闪米特语言的语法结构与斯拉夫语言完全不同。然而它分册出版时，立刻售罄了。东正教主教公会对俄文

---

① 反正教仪式派和莫罗勘派都属于分裂派，兴起于18世纪，它们的共同特点是反对官方教会的礼仪和教会等级制度。
② 旧礼仪派中的一派，兴起于18世纪，主要流行于俄国西北地区。
③ 当时属于奥地利的布科维纳地区的一个地方，俄国分裂派教徒聚居之处。

《旧约全书》在国外的发行大感恐慌，马上向它表示了祝福。这些从反面来的成功，从来没有被任何人算作我们印刷所的功绩。

1861年底，克利西耶夫前往莫斯科，目的是与分裂派教徒建立巩固的联系。以后应该由他自己来讲这次旅行。这样的旅行在当时是不可想象的，不可能的，但是它却真的实现了。它的大胆几乎接近于荒谬，它的冒失几乎是犯罪，但是当然，我不想为此指责他。在国外谈论这事，稍不谨慎，便可造成许多危害。何况这并非问题所在，也不涉及对旅行本身的评价。

回到伦敦后，他应特鲁布南的要求，开始为英国人编写俄语语法，并翻译一本金融方面的书；但前者和后者都没有完成：旅行破坏了他伏案工作的习惯，写作变得使他苦恼，他忧郁，消沉；然而他必须工作：身边已无分文。可是新的欲望这时开始折磨他了。旅行的成功，不容争辩的勇敢，秘密会谈，战胜危险的行动，使他心中本来十分强烈的自尊心益发不可收拾；与恺撒、唐·卡洛斯和瓦季姆·帕谢克相反，克利西耶夫把手伸进浓密的头发，忧郁地摇摇头，说道：

"还不到三十岁，可是我已担负了这么重大的责任！"①

根据这一切很容易明白，他没有编完语法书便走了。他去了土耳其，抱着坚定的意志，要进一步接近分裂派教徒，与他们建立新的联系，如果可能，就留在那儿，开始传播自由教会和村社生活的

---

① 恺撒曾把自己与马其顿王亚历山大比较，说道："亚历山大在我这年纪已统治着这么多民族，可是我至今还没有完成辉煌的业绩！"唐·卡洛斯也曾慨叹道："我已二十三岁，可是为不朽的业绩作出了什么？"瓦季姆·帕谢克也发出过类似的叹息。现在克利西耶夫却踌躇满志，认为自己年纪虽轻，已负起了重大的责任，与恺撒等正好相反。这是赫尔岑对克利西耶夫的讽刺，显然，赫尔岑认为，克利西耶夫正是在这种自不量力的野心驱使下走上歧途的。

福音。我给他写了一封长信，竭力劝他别走，继续工作。但对流浪生活的向往，对伟大事业和闪耀在他眼前的伟大前景的渴望，比我更加有力，他终于走了。

他与马尔季亚诺夫几乎是同时离开的。一个经历了一系列不幸和考验，终于在雅西和加拉茨之间埋葬了亲人，自己也消失在那儿了；另一个则是在苦役劳动中葬送了自己——沙皇骇人听闻的顽固和地主官僚报复成性的残暴把他送到了西伯利亚。[①]

在他们之后，另一种气质的人登上了舞台。我们的社会蜕变往往并不深刻，只涉及浅浅的一层，因此演变迅速，形态和色泽也不断更改。

在恩格尔松和克利西耶夫之间，正如在我们和恩格尔松之间一样，相隔了整整一个发展阶段。恩格尔松是一个受损害、受侮辱的人；整个环境给他的危害，他从小呼吸的污浊空气，都使他不能得到健康的发展。掠过他身上的一线光明，使他在死前得到了三年的温暖，然而那时不治之症已在咬啮他的胸膛。克利西耶夫也遭到了环境的摧残和蹂躏，然而他没有绝望和屈服；他留在国外，不仅是为了平安，也不仅是为了一劳永逸地摆脱压迫，他是要奔向一个地方。至于什么地方，他不知道（这正是他这一代最显著的特点），他也没有明确的目标，他在寻找，而目前只是在四面张望，要把在学校、书本和生活中取得的大量观念理出一个头绪，但也可能永远

----

① 马尔季亚诺夫（1835—1865）是一个农奴出身的知识分子。1862 年他来到伦敦，在《警钟》上发表了《致亚历山大二世的信》，又在特鲁布南的书店里出版了《人民与国家》的小册子。马尔季亚诺夫对贵族地主和官僚充满仇恨，但对沙皇抱有幻想，希望沙皇能励精图治，改革政治。正因这样，他于 1863 年 4 月自动返回俄国，随即被捕，由最高法院判处五年苦役，终生流放西伯利亚。1865 年 9 月，他病死于伊尔库茨克的监狱中。

理不出头绪。他的内心出现了我们所说的断裂层，它对他是生命攸关的问题，他怀着它在等待可以吸引他整个生命的事业，或者可以献出自己的一切的思想。

现在我们回头再谈克利西耶夫。在土耳其游荡了一阵，他决定在图尔恰定居；他想在那儿建立一个宣传中心，在分裂派教徒中开展活动，为哥萨克孩子办一个学校，并进行公社生活的实验；在公社中，收益和损失由全体社员分摊，细活和粗活，轻活和重活，也由全体社员共同承担。住房和食物的廉价供应，为实验创造了条件。他结识了涅克拉索夫哥萨克①的老首领冈察尔②，起先把他捧上了天。1863年夏，他的弟弟伊万③来到了他这儿，这是一个漂亮的、很有才干的小伙子。他因为在大学里参加学潮，从莫斯科被放逐到彼尔姆，在那儿遇到一个为非作歹的省长，老是挑他的岔子。后来他又被叫回莫斯科，要为什么事作证；他面临着危险，可能会流放到比彼尔姆更远的地方。于是他逃出警察局，经过君士坦丁堡，到了图尔恰。他的到来使哥哥非常高兴，他正在物色志同道合的人；最后，他把想念他的妻子也叫去了——她一直在我们的照料下住在特丁顿。在我们为她置办行装时，冈察尔到伦敦来了。

狡猾的老头儿嗅到了骚乱和战争的气息，于是走出自己的山洞，想打听消息，摸摸情况，看自己应该与谁联合，反对谁。除了俄语和土耳其语，他什么话也不会讲；他先是到了马赛，又从那儿

---

① 顿河哥萨克的一支，由分裂派教徒组成。
② 正式名字是：奥西普·谢苗诺维奇·冈察洛夫（1796—1880），哥萨克人，聚居在土耳其的分裂派教徒的领导人之一。他为了反对俄国，与土耳其、波兰流亡者和法国外交界都保持着一定联系，但后来又与俄国政府建立了秘密联系。
③ 伊万·克利西耶夫（1840—1864），俄国革命家，赫尔岑和奥加辽夫都十分器重他。他与他的哥哥不同，具有坚定的信念和成熟的革命民主主义思想。

去了巴黎。在巴黎，他拜访了恰尔托雷日斯基[①]和扎莫伊斯基[②]，据传说，他还被带去会见过拿破仑，不过这事他自己没向我讲。这些会谈毫无结果，于是白发苍苍的老哥萨克摇摇头，眯缝着狡猾的眼睛，用17世纪的笔法写了封信给我，在信上称我为"伯爵"，还问可不可以来看我们，怎样才能找到我们。

那时我们住在特丁顿，不懂英语是很难找到那个地方的，我特地坐火车到伦敦去接他。一个俄国乡下佬走下了车厢，样子像个土财主，穿一件灰色长袍，留着俄国式胡髭，人不胖，但身体结实健壮，生得相当高，皮肤晒得黑黑的，手里提着一个花布包裹。

"您是奥西普·谢苗诺维奇吧？"我问。

"对，老兄，我就是。"他向我伸出了手。外衣敞开了，我瞥见里边衣服上挂着一颗大星形勋章，那当然是土耳其的，俄国的星形勋章不会赐给农民。那件紧身上衣是青色的，镶了阔阔的花边——这在俄国我从未见过。

"我是赫尔岑，特地来接您上我们家的。"

"太对不起了，伯爵大人，劳您亲自……您派个人来就成了……"

"这是因为我不是伯爵。奥西普·谢苗诺维奇，那是怎么回事，您怎么会以为我是伯爵呢？"

"基督才知道怎么称呼您，不过您在自己的事业中是个头头。至于我，我可是个大老粗……嗯，我说伯爵，那就是指大人物，指头头。"

不仅谈话的口气，那声音也说明，冈察尔是大俄罗斯的农民。

---

① 波兰流亡者的领导人。

② 波兰流亡者，伯爵，在克里米亚战争时期曾企图在土耳其组织志愿军。

这些人住在偏僻的山沟里，周围尽是外族人，怎么还能讲纯粹的俄语，要是没有旧礼仪派内部的团结，这是不可理解的。分裂派保持着严格的界线，任何外来影响无法跨越这道樊篱。

冈察尔在我们那儿住了三天。头两天他什么也不吃，只吃自己带来的干粮，喝一点水。第三天是星期日，他允许自己喝一杯牛奶，吃一碗清水煮的鱼，如果我没记错的话，他还喝了一盅雪利酒。

俄国人天生的智慧，东方人的狡猾，猎人的机警，从小处在无权地位，必须与强大的敌人和邻人周旋而养成的克制精神，在斗争中、在艰苦的劳动和危险中度过的漫长生涯——这一切都在白发老哥萨克的身上，透过表面显得纯朴的外貌和简单的谈吐反映了出来。他总是不断修正自己讲的话，运用模棱两可的句子，从《圣经》中寻章摘句，在有意识地夸耀自己的成就时也要装出谦逊的表情；如果说他有时谈到过去难免有些得意，讲得过多，那么对他想保持秘密的事，他是从来不会泄露一句的。

这种百折不挠的性格在西方几乎不存在。它不需要这样的人，正如那里的刀剑不需要用大马士革钢一样……在欧洲，一切都靠群众，靠人多势众，个人的力量和谨慎并不这么重要。

他对波兰事业的胜利已不抱希望，谈到自己在巴黎的会谈便频频摇头。

"当然，这种事我们没法猜想，我们是小人物，没有知识，他们可不同，那都是大人物，应该由他们考虑，只是他们未免看得太容易……他们对我说：'冈察尔，不要怀疑，我们就这么办，例如这件事或那件事，你放心，我们都会替你办好。明白吗？……一切都会迎刃而解。'……当然，他们都是好人，问题是什么时候才能办好……这个巴勒斯坦^①可不是好对付的。"

他想打听，我们与分裂派教徒联系得怎样，在边区得到了什么人的支持；他急于知道，旧礼仪派与我们联合能得到什么实际的好处。对他说来，采取什么途径都一样——他可以跟波兰和奥地利联合，也可以跟我们和希腊人，跟俄国或土耳其联合，只要这对他的涅克拉索夫哥萨克有利就成。他离开我们时，也是摇着头走的。后来他写过两三封信给我们，信中除了其他，还抱怨克利西耶夫，并且不听我们的劝告，上书给了沙皇。^②

1864年初，两个俄国军官到了图尔恰，他们都是流亡者，名叫克拉斯诺彼夫采夫和瓦西里耶夫（？）^③。起先这不多几个移民还同心协力，和衷共济。他们教孩子读书，腌黄瓜，补衣服，种菜园。克利西耶夫的妻子煮饭，给他们缝衣服。克利西耶夫很满意这个开端，对哥萨克和分裂派教徒，对同志们和土耳其人也很满意。^④

---

① 巴勒斯坦在古代是一个广大的地区，这里是指俄国。

② 克利西耶夫出于个人的动机，夸大了旧礼仪派在俄国革命中的作用，他的土耳其之行便是由此而来。赫尔岑并不同意他的观点，在与冈察尔谈话之后，更不相信旧礼仪派可以成为革命的可靠同盟者。后来克利西耶夫企图在君士坦丁堡建立自由俄罗斯印刷所，也遭到了旧礼仪派上层的拒绝，这造成了他们之间的矛盾。同时旧礼仪派还向沙皇写了请愿书，表现了与沙皇妥协的意图。这一切使克利西耶夫逐步接受了赫尔岑的观点，但他在对旧礼仪派失望之后，也对整个革命事业失去了信心，这导致了他最后的自首投敌。

③ 这是两个在驻波兰的俄国军队中服役的军官，克拉斯诺彼夫采夫参加了1863年波兰人的起义，起义失败后逃亡国外；瓦西里耶夫则因不愿参与镇压波兰起义而出走。

④ 这就是那个可怕的"图尔恰叛乱集团"，据说它与全世界的革命保持着联系，从马志尼的金库中领取了经费，放火焚烧俄国的乡村。它消失之后过了两年，据说它仍在进行恐怖活动……直至今日，密探们的文件和卡特科夫的《警察公报》还不断提到它。——作者注

克利西耶夫还给我们写过一些幽默故事，谈他们在那儿定居的情形，可是就在这时，命运的黑手已伸到了图尔恰这个小团体的上空。1864 年 6 月，伊万·克利西耶夫在到达后刚满一年，便因恶性伤寒症死于哥哥的怀中，年仅二十三岁。他的死对哥哥是一个可怕的打击；他自己也得了病，但总算逐渐痊愈了。他那时的信是骇人的。支持这些隐修士的精神瓦解了……忧郁和烦恼主宰了他们……摩擦和争吵开始出现了。冈察尔在信上说，克利西耶夫拼命喝酒，克拉斯诺彼夫采夫终于自杀，瓦西里耶夫走了。克利西耶夫再也不能忍耐，带着妻子儿女（他那时又生了一个孩子）离开了那里，他既没有钱，也没有目的，起先到了君士坦丁堡，后来前往多瑙河两公国。他与所有的人断绝了一切联系，甚至我们一时也不知道他的消息，也是在这个时候，他不再与土耳其的波兰流亡者保持任何来往。他找不到糊口之计，无可奈何地望着瘦弱不堪的妻子儿女。有时我们寄些钱给他，这不足以解决他的问题。他的妻子死前不久在信上说："我们有时连一块面包也没有。"最后几经周折，克利西耶夫总算在加拉茨找到了职业："修建公路的监工员"。苦闷折磨着他，咬啮着他……他不能不为家庭的处境责备自己。愚昧粗野的东方世界使他感到委屈，绝望，他想跳出这个世界。他丧失了对分裂派教徒的信心，对波兰人的信心……对人、对科学、对革命的信心也摇摇欲坠，可以预言，它不久就会彻底崩溃……他唯一盼望的便是尽一切努力脱离那个环境，回到我们这儿，但他惊惶不安，不能抛开他的家庭。他几次在信上说："如果我是单身一人，我可以背起一只照相机或者一架手摇风琴，在世上漂泊，步行到日内瓦。"

救星出现了。

"米卢莎"（大家这么叫他的大女儿）躺下睡觉时还好好的……

半夜醒来突然病了，到早晨便因霍乱死去。过了几天，二女儿也死了；母亲被送进医院，发现她的肺病已到了晚期。

她对他说："你可记得，你答应过我，在我快死时，告诉我这便是死。现在这是死吗？"

"是的，我的朋友，这是死。"

她又笑了笑，便昏迷不醒，终于死了。[①]

---

① 在赫尔岑的原稿后附有一段剪报，它来自 1867 年 6 月 11 日的《莫斯科新闻》，内容如下："据本报彼得堡消息，目前斯库利尼海关负责人收到了一封署名'瓦·克利西耶夫'的信，信上说，一个持有正式土耳其护照，护照上姓名为伊万·热卢德科夫之旅客并非别人，即他克利西耶夫本人；他即将前来海关，向俄国政府投诚，希望该官员届时逮捕他，并将他移送至彼得堡。"

第三章

流亡者中的年轻一代 ①

　　克利西耶夫刚跨出大门，在 1863 年那股凛冽的寒流冲击下，
一批新人又来到我们这里敲门了。他们并非来自迎接未来革命的培
训所，而是来自他们已登台表演过的那个坍毁的舞台。他们在躲避
外界的风暴，可是并不想在内部寻找什么；他们需要的只是临时的
避风港，一旦天气好转，便要重新投入战斗。这些人还非常年轻，
已完成了思想和教育；他们对理论问题不感兴趣，这一方面是由于

---

① 这一章谈的是赫尔岑与俄国新一代流亡者之间的关系。上世纪 60 年代，沙皇加
　强了反动统治，许多年轻的革命者纷纷流亡到了国外，这主要是平民知识分子
　革命家，其中有革命民主主义者，也有民粹主义者，形形色色，十分复杂。他
　们大多聚集在瑞士的日内瓦，为了与伦敦的老一代流亡者建立统一战线，他们
　希望把活动中心从伦敦转移到瑞士。赫尔岑接受了他们的要求，于 1865 年把自
　由俄罗斯印刷所和《警钟》迁到了日内瓦。但双方由于经历、修养、观点，以
　及对俄国革命形势的理解不同，合作并不顺利，尤其是年轻人中良莠不齐，还
　有不少虚无主义者对赫尔岑等人采取了否定和排斥的态度，因此两代人往往貌
　合神离，赫尔岑也对他们屡有指责，表示了不信任态度，这就产生了本章中所
　谈的"巴赫梅捷夫事件"。但是从总的来说，赫尔岑对这些人还是肯定的，因此
　在本章中一开始就称他们为"未来风暴中的年轻舵手"，后来列宁在《纪念赫尔
　岑》一文中也对这提法给予了充分肯定。

他们还没有遇到这些问题，另一方面也是由于他们面对的是实际应用。他们在力量上被打败了，但是他们的英勇已得到证明。他们卷起了旗子，目前是要保持它的荣誉。因此他们的声音是干涩的，傲慢的，不屈的，严峻的，依然显得高昂；也因此他们对漫长的讨论和批评表现出战斗者的不耐烦，用不屑一顾的鄙夷态度对待多余的智力活动——艺术尤其成了奢侈品……现在音乐有什么用，诗歌有什么用！"祖国在危险中，快拿起武器，公民们！"[①] 在某些情况下，抽象地讲他们是对的，但是他们没有考虑到理想和实际的错综复杂的相互影响过程，而且不言而喻，他们把自己的意见和观点当作了整个俄国的意见和观点。为此责备我们这些未来风暴中的年轻舵手，是不公平的。这是年轻人的普遍特点。一年前，一个法国人[②]，孔德的信徒，对我说，天主教在法国不再存在，它已完全失去了基础，他提出的根据之一便是在医学系中，教授和学生不仅不再是天主教徒，甚至不是自然神论者。

"那么，"我向他指出，"那部分没有在医学系讲课和听课的法国人呢？"

"他们当然还信仰宗教和仪式……但主要是由于习惯和愚昧。"

"我完全同意，但是您对他们怎么办呢？"

"在 1792 年是怎么办的？"

"效果不大，起先革命封闭了教堂，后来又启封了。您记得在

---

① 法国大革命期间，革命派在 1791 年反动派的进攻面前提出的口号。

② 这是俄国自然科学家维鲁博夫（1843—1913），当时在巴黎大学医学系读书，后来也长期住在法国，赫尔岑称他"法国人"，是批评他完全脱离了祖国。

庆祝教廷协议①时，奥热罗②怎么回答拿破仑吧。第一执政走出巴黎圣母院时，问那位雅各宾派将军：'你喜欢这次仪式吗？'他答道：'很喜欢，只是可惜那二十万为了消灭这类仪式而进了坟墓的人，未能参加这次盛典。''啊！我们变得聪明一些了，不必再打开教堂的门，或者不如说，我们根本不用封闭它们，我们要把迷信的神庙变成学校。'"

"丑恶的东西必须消灭。③"我最后笑道。

"是的，毫无疑问……这是必然的！"

"但是我和您不会见到这一天，这更加必然。"

这种对周围世界的看法是通过带有个人好恶的有色眼镜形成的，革命的失败一半便来源于此。年轻人的生活大多局限在热闹而封闭的小圈子中，脱离由各种个人利益组成的日常的总的斗争，他们可以敏锐地抓住普遍的真理，可是对怎样把它们应用在当前的需要上，往往产生错误的理解。

……起先，新客人的到来使大家很兴奋，他们谈到了彼得堡的运动，反动派羽毛丰满之后的粗暴举动，审问和迫害，大学和文学界的派别……但是在这种场合，大家争先恐后，把要讲的话都讲完之后，便出现了沉默和冷场，谈话变得断断续续，单调无味了……

我想："难道老少两代人之间真的存在着隔膜？这是年龄、困倦和经历造成的距离吗？"

---

① 拿破仑作为法兰西共和国第一执政与罗马教廷订立协议，宣布撤销法国革命以来颁布的一切反对天主教会的法令。为此，巴黎圣母院在1802年8月举行了盛大的祈祷庆典。
② 奥热罗（1757—1816），法国军官，1792年起参加法国革命军队，后得到拿破仑的器重，升为元帅。
③ 原文为法文，这是伏尔泰针对教会讲的一句话。

不管怎么说，我觉得，随着新人的到来，我们的地平线不是变宽了……而是变窄了，谈话的范围变小了，有时甚至彼此没什么好讲的。他们关心的是他们小圈子内的细节，此外什么也引不起他们的兴趣。一旦把他们关心的事讲完以后，只得重弹老调，于是他们反复讲着那些话。他们不太关心学问或事业，甚至很少读书，也不经常读报。他们沉醉在回忆和等待中，不喜欢跨进别的领域；可是我们在这狭小沉闷的气氛中呼吸并不舒畅。我们经历过大风大浪，在那里感到窒息！

此外，尽管他们对彼得堡的某个阶层有所了解，对俄国却一无所知；他们真心希望接近人民，然而只是从书本和理论上接近他们。

我们之间的共同点太一般了。我们可以一起走路，一起工作，照法国人的说法，一起从事什么活动，但很难在不做什么的时候一起相处或一起生活。要对他们发生重大的影响是根本不可想象的。病态的、毫无顾忌的自尊心早已凌驾于一切之上。①确实，他们有时也要求纲领和指导，尽管这是真诚的，但实际上并不如此。他们期待我们阐述他们自己的观念，只有在我们的话与这观念不相违背的时候，他们才欣然表示赞同。在他们眼里，我们是可敬的残疾人，时代的落伍者，看到我们落在他们后面还不太远，便天真地感到惊讶。

在一切不幸中，我最怕门不当户不对带来的"无比的灾害"②，

---

① 他们的自尊心还没有达到寻衅闹事、一触即发的程度，主要只是在言语上不受约束。他们不能掩饰自己的嫉妒心理，对他们赋予自己的地位更容不得丝毫不恭敬的表示。与此同时，他们藐视一切，总是彼此揶揄，因此他们的友谊从来不会超过一个月。——作者注

② 引自《聪明误》第一幕第二场，这是使女丽莎摆脱老爷的调情后讲的话。

我之始终容忍他们，一半是出于人道精神，一半是不愿多加计较，但这一直使我感到痛苦。

我们的新关系不能维持很久，这是不难预料的，它迟早要破裂，如果考虑到这些新朋友桀骜不驯的性格，那么破裂必然造成不良的后果。

导致那些摇摇欲坠的关系破裂的，是那个老问题，用腐烂的丝线缝在一起的友谊碰到它便难免如此。我指的是金钱。他们对我的财产和损失一无所知，却向我提出了各种要求，但指望我满足这些要求，我认为是不公正的。如果说我在风雨交加中，在极少支持的情况下，十五年来维持着对俄国的宣传，那么我之所以能做到这一点，只是因为我量力而行，限制了其他各种开支。那些新朋友却认为，我尽的力量还太少，因此对这个自命为社会主义者，却不肯把财产平分给不劳而获的人们的我，便不免怒目而视。显然，他们还抱着不切实际的观点，认为基督的施舍和自愿的贫困便是真正的社会主义。

征集"公共基金"的尝试，收获不大。俄国人不乐意为共同的事业掏钱，除非这是建造教堂，聚餐，宴会，或者得到当局赞许的行动。

在流亡者穷愁潦倒、走投无路的时候，却传出了谣言，说我拿到了一大笔钱，是指定作宣传费用的。

那些年轻人认为，从我手中没收这笔钱是天经地义的事。

为了理解这一点，应该谈谈1858年发生的一件怪事。一天早上，我收到了一封信，信非常短，是一个不认识的俄国人写的，他说他"必须"见我，要我约个时间。我这时正要上伦敦，因此没写回信，亲自前往萨布龙尼饭店找他。他在家。这是个年轻人，样子像军官，有些害羞，神情很忧郁，他的外表与众不同，相当粗犷，像一个草原地主生下的第七个或第八个儿子。他木讷寡言，几乎始终保持着沉默，看样子心情不好，但他怎么也找不到表达的方式。

我临走时，邀请他过两三天上我家吃饭。但是没过两三天我又在街上遇见了他。

"可以与您一起走走吗？"他问我。

"当然可以，我不怕与您在一起，但这对您恐怕不方便。当然，伦敦很大……"

"我不怕，"这时他突然不顾一切迅速地说道，"我永远不回俄国了……是的，是的，我决定再也不回俄国……"

"别这么说，您还这么年轻。"

"我爱俄国，非常爱它，但是那儿的人……我没法在那儿生活，我要完全按照社会主义的原则去建立一个侨居区。我考虑过了一切，现在便直接上那儿去。"

"想到什么地方？"

"马克萨斯群岛①。"

我有些吃惊，默默望着他。

"是的，是的，这事已经决定了。一有轮船，我便动身，因此今天能遇见您，我很高兴。我可以向您提出一个不太恰当的问题吗？"

"什么问题都可以。"

"您的印刷所赚钱吗？"

"怎么能赚钱。目前勉强做到收支相抵已满不错了。"

---

① 太平洋中南部的火山岛，属波利尼西亚群岛。

"要是收支不能相抵呢？"

"那就得设法弥补了。"

"那么，您的宣传不带任何商业目的吗？"

我哈哈大笑了。

"但是靠您一个人怎么弥补亏损呢？您的宣传是必要的……请您原谅，我不是为了好奇才这么问的，我有个想法：在我永远离开俄国时，我想为它做点有益的事，因此我决定……只是在这以前我得了解一下情况……是的，因此我决定留一些钱给您。万一您的印刷所或者俄国的一般宣传工作需要，您可以使用这些钱。"

我不得不又露出惊讶的脸色望了望他。

"不论是印刷所、宣传工作还是我本人，都不需要您的钱，相反，我们的事业目前很顺利，我何必拿您的钱呢？但是在谢绝的同时，请允许我对您的善良意愿，表示衷心的感谢。"

"不，这件事已经决定了。我有五万法郎，我得带三万法郎到岛上去，其余两万便留给您作宣传费用。"

"我把它们怎么办呢？"

"您不用的话，等我回来，您可以还给我；如果我十年不回来，或者死了，您可以用它加强您的宣传工作。只是，"他想了想又说，"您爱怎么办就怎么办，但是……但是千万不要交给我的继承人。明天您有空吗？"

"有空。"

"那么劳驾您跟我一起上银行找罗特希尔德，我不懂英语，一句也不会讲，法语又很坏。我想尽快处理好两万法郎的事，然后便离开这儿。"

"好吧，钱我收下，但是有个条件，我得给您写一张收据……"

"我什么收据也不需要……"

"我知道，但我必须写，不写收据我不收您的钱。您听着。首先，收据上得写明，您的钱不是交给我一个人，是交给我和奥加辽夫的。其次，您在马克萨斯群岛可能会待腻，于是您会想念祖国（他摇摇头）……未来的事谁也说不定，因此收据上不必写您给我们这笔钱的目的，我们可以这么写……这些钱交给我和奥加辽夫全权处理，但如果我们没有其他用处，便可以把它全部用来为您购买英国政府担保的任何公债券，它的利息是五厘左右。然后我们得向您保证，不到万不得已，我们的宣传活动决不动用您这笔钱，您完全可以认为您有一笔钱存在英国，除非银行倒闭。"

"如果您一定要搞得这么麻烦，那就这么办吧……明天我们去取钱。"

下一天非常可笑，也非常忙。我们首先到银行找罗特希尔德，领取了现钞。巴赫梅捷夫[①]的主意本来不坏，他想把钱兑成西班牙金币或银币。罗特希尔德的办事员吃惊地瞧瞧他，他突然像刚睡醒似的，结结巴巴地用俄语夹着法语说道："哦，那就换成在马克萨斯岛支付的信用凭证吧。"经理凯斯纳一听，把惊恐而担忧的目光转到了我身上，它比言语更清楚，意思是说："他是不是危险分子？"因为在罗特希尔德的银行里，还从没有人要过转往马克萨斯群岛的信用凭证。

我们决定把三万法郎兑成金币后便回去了。在路上我们走进咖

---

① 巴赫梅捷夫，俄国地主，于1857年（不是1858年）离开欧洲后便下落不明。他交给赫尔岑的那两万法郎一直没有动，直到1869年7月才由奥加辽夫把其中的一半交给了俄国革命者涅恰耶夫，赫尔岑死后，其余一半也由奥加辽夫交给了涅恰耶夫。赫尔岑所担心的事终于未能避免。

啡馆，我写了收据，巴赫梅捷夫也写了一张字据，说明把八百英镑交给我和奥加辽夫全权处理。然后他有事回旅馆，我在一家书店等他。过了一刻钟，他来了，脸色白得像纸，他说，他的三万法郎少了二百五十法郎，也就是十英镑。他急得什么似的。一个人可以满不在乎地献出两万法郎，却为损失二百五十法郎如此惊慌，这对我说来又是一个有关人性的心理学哑谜。

"您这儿有没有多一张钞票？"

"我身边没有钱，我把款子给了罗特希尔德，这是他的收据：八百镑整。"

巴赫梅捷夫把毫无必要地换成英镑的三万法郎现款全部摊在霍尔热夫斯基① 的账桌上，数了一遍又一遍，还是少十镑。我看到他失望的样子，对霍尔热夫斯基说道：

"我应该为这该死的十镑负责，否则他做了好事，却受了惩罚。"

我又对巴赫梅捷夫说："叹气和议论都没有用，我看还是赶紧上罗特希尔德的银行。"

我们去了。时间已过了四点，银行打烊了。我与惊慌不安的巴赫梅捷夫走进屋里。凯斯纳看看他，笑着从桌上拿起一张十英镑的钞票，把它递给我。

"这是怎么回事？"

"您的朋友在换钱时把两张十英镑的票子当成五英镑的票子给了我，我起先也没注意。"

巴赫梅捷夫怔怔地瞧了一会儿，然后道：

---

① 波兰流亡者。他在伦敦开了一家书店，显然，现在赫尔岑就在他的书店里。

"真不可思议，十镑和五镑的票子竟是同一颜色，这谁能想到？您瞧，我把这些钱换成金币还是做得对的。"

他安心了，到我家中吃了饭。我答应次日去与他告别。他已完全准备好行装：一只小小的军官用的或者大学生用的破旧手提箱，一件腰部系带子的军用大衣，此外便是……便是包在一块厚厚的绸手帕中的三万法郎，外形像一包醋栗或胡桃。

这个人就这样前往马克萨斯群岛。

"当心，"我对他说，"您这样子，还没上船就会被人杀死，钱也会被抢走。应该把钱藏在箱子里。"

"它装满了。"

"我给您一只袋子。"

"毫无必要。"

他便这么走了。最初几天我一直想，他说不定会被人害死，嫌疑难免落在我身上，认为是我派人杀了他。

从那时起，他杳无音讯。我把他的钱换成债券，打定主意，不到万不得已，印刷所和宣传活动万分困难时，决不动用这笔钱。

在很长一段时间内，俄国没有一个人知道这事，但后来传出了一些模棱两可的谣言……这多亏了我们的两三个朋友，尽管他们保证过不泄露消息。最后人们终于得知，确实有这么一笔钱存放在我处。

这消息成了诱人的金苹果，一种引起不满和争执的隐患。人人都觊觎这笔钱，我却不给他们。我没有失去自己的全部财产，他们已不能饶恕我，现在我又拿到了一笔供宣传用的财富。可是谁来宣传呢，难道不是他们吗？不久这笔款子又提高了身价，从低廉的法郎变成了银卢布，使那些要为公共事业私自享用的人垂涎欲滴。他们对巴赫梅捷夫大为恼火，怪他把钱交给我，却不交给别人，最大胆的甚至说，这是他犯了一个错误，其实他不是要把钱给我，只是想给彼得堡的一个小组，但不知道怎么交钱，这才在伦敦把它交给了我。这些无中生有的议论之所以耸人听闻，也是由于谁也不知道巴赫梅捷夫在哪里，也不知道他的姓名，他离开前既没跟任何人谈过他的意图，他离开后也没人知道他的下落。

有一些人要用这钱向俄国派遣密使，另一些人要用这钱在伏尔加流域建立活动中心，还有些人则想出版一本刊物。他们对《警钟》不满，又对我们邀请他们一起工作不愿屈就。

我坚决不给钱，让那些要钱的人亲自向我说明，如果我给了，它们会用在哪里。

我说："巴赫梅捷夫可能不名一文地回来；在马克萨斯群岛建立社会主义居留地是很难发财的。"

"他一定已经死了。"

"如果他偏偏与您作对，还活着呢？"

"可他是要把这些钱用于宣传工作的。"

"现在我还不需要用这些钱。"

"但是我们需要。"

"什么用处？"

"派人去伏尔加流域，还得派人去敖德萨。"

"我认为这不太必要。"

"那么您不相信需要派人吗？"

"不相信。"

于是决心极大、不留情面的人便用各种方式谈论我："人老了，变得吝啬了。"另一些决心更大、更不留情面的人附和道："何必管他，叫他把钱拿来，这便完了。如果他坚持不给，我们就在报上揭露他，让他知道扣留别人的钱是怎么回事。"

我还是不给钱。

他们没有在报纸上攻击我。在报上咒骂我，那是很久以后的事，但起因也是为了钱。

……我所说的那些更不留情面的人，便是那些极端派，"新一代"中那些头上长角、身上长刺的代表人物，不妨称他们为虚无主义的索巴凯维奇和诺兹德廖夫 [①]。

尽管声明是多余的，我知道我的对立面奉行的逻辑和手法，我还是得这么做。我这些话丝毫不是要给年轻一代和虚无主义者脸上抹黑。关于后者，我已写过多次。我们的虚无主义索巴凯维奇们不能代表他们的大多数，只是其中最极端的一部分。[②] 谁也不会根据奥利金 [③] 的自我折磨来判断基督教，也不会根据九月的屠夫们 [④] 和罗伯斯庇尔的织袜女工们 [⑤] 来判断法国革命。

这里谈到的那些傲慢的青年人是值得我们研究的，因为他们表现了当前的一种典型，具有非常明显的特点，也时常可以见到，这是从我们原来的停滞状态向前发展时出现的一种畸形的过渡形态。

他们大多缺乏教育所赋予的那种气质，从事科学研究所养成的

[①] 果戈理的《死魂灵》中的两个地主，前者粗野贪婪，后者挥霍成性。

[②] 就在那个时候，在彼得堡和莫斯科，甚至在喀山和哈尔科夫，青年大学生们组成了各种小组，把自己献给了严肃的科学研究工作，这在医科学生中尤其盛行。这些人都是正直的，孜孜不倦地从事研究活动，但由于他们并不参与当前的社会问题，他们没有被迫离开俄国，我们对他们也就几乎一无所知。——作者注

[③] 奥利金（约185—约254），古代基督教希腊教父的主要代表之一。他主张刻苦修炼，为达到禁欲目的，宣扬"自我去势"，成为阉人，这里即指此而言。

[④] 1792年9月2日至5日革命群众冲进巴黎的监狱，处死了许多关押的反革命分子，由于未经审判，因而被目为"屠杀"。

[⑤] 指支持雅各宾派专政和革命恐活动的"无知愚民"。

那种毅力。在解放的第一阵冲动中，他们便匆匆丢下了一切因袭的程式，抛弃了一切减轻震荡的橡皮缓冲衬垫，以致与他们的最简单的交往也变得困难重重。

我们这些捣乱的孩子把一切丢得精光，以刚出娘胎的形态自豪地呈现在众人面前，可惜出生的条件不好，他们根本没有成为纯朴而强壮的小伙子，却成了彼得堡中层社会不健康的粗俗生活的继承者。他们让人看到的不是运动员的肌肉和青春的体格，而是先天性贫血造成的不幸症状，年深日久的创伤和各种脚镣手铐留下的痕迹。他们中间真正出身劳动人民的不多。仆人房、军营、神学校、小地主农庄的影响，竭力把他们推向相反的方面，渗入了他们的血液和头脑，在他们身上打下了永不消逝的烙印。据我所知，这些情形还没有引起应有的重视。

一方面，对旧的、狭隘的压迫世界的反抗，把年轻一代抛向对立地位，与敌对的环境誓不两立；这里是谈不到分寸，也谈不到公正的。相反，这里起作用的只是仇恨，只是报复。"你们假仁假义，我们就玩世不恭；你们道貌岸然，我们就嬉笑怒骂；你们对上面恭恭敬敬，对下面粗鲁无礼，我们就对所有的人粗鲁无礼；你们装得彬彬有礼，其实并不尊重别人，我们就直截了当，根本不把你们放在眼里；你们的自尊心只限于体面和外表的荣誉，我们却要为了我们的荣誉把你们的体面和你们的荣誉统统踹在脚下。"

但是另一方面，这些否定共同生活一切通行准则的人，却充满了先天性痼疾和畸形现象。正如我们所说的，这些否定一切的人抛弃了身上的一切遮盖物以后，只能靠果戈理的佩图赫 ① 的衣衫炫

---

① 果戈理的《死魂灵》第二部中的一个地主，乞乞科夫遇见他时，他光着身子。

耀自己，可是他们又不具备梅迪契的维纳斯①的体型。赤身露体不能掩饰，只能暴露他们的本来面目，证明他们彻底缺乏教养；他们粗野而狂妄的谈吐，与俄国农民心地温厚、单纯善良的粗犷毫无共同之处，倒是很像乡下恶讼师、商店老板和地主家奴的嘴脸。人民很难承认他们是自己人，正如人民不能承认戴了农民帽子的斯拉夫主义者为自己人一样。对人民说来，他们是陌生人，是敌对阵营中的下层阶级，营养不良的老爷，没有职务的小官僚，德国种的俄国人。

为了获得充分的自由，他们必须忘记自己的解放，忘记解放前的生活，抛弃从小生长的环境所养成的习惯。在这一切没有完成以前，我们不能不从他们的每一个举动和每一句话中，看到仆人室、军营、衙门和神学校的痕迹。

别人一有不同意见，虽然不是当脸一拳打去，至少当面大声咒骂，把斯图亚特·穆勒称作混蛋，忘记了他的全部功绩②——难道这不是老爷作风，那种"看到老家人加夫里尔的领子皱了，便朝他脸上一巴掌"③的作风吗？难道这类举动不像警察、巡官或者乡长揪庄头的白胡须吗？难道这种粗暴野蛮的态度和回答不是清楚地表现了尼古拉时代的军营作风吗？在那些狂妄自大，瞧不起莎士比亚和普希金的人身上，我们看到了斯卡洛茹布的孙儿们的影子，他们是在爷爷家中受的教育，也想"派一个曹长去当伏尔泰"呢！④

---

① 17 世纪出土的维纳斯雕像，以身材匀称柔和著称，因存放在罗马梅迪契宫得名。

② 当时有一个名叫索科洛夫的作者，写了一篇谈穆勒的文章，在罗列了穆勒的一些观点之后，把穆勒称作"混蛋"。这件事引起了《现代人》的义愤，与索科洛夫展开了论争。

③ 俄国诗人丹尼斯·达维多夫（1784—1839）的诗歌《当代之歌》中的句子。

④ 《聪明误》中斯卡洛茹布的台词，见第四幕第五场。

强行索取金钱，威胁恐吓，以公共事业作为幌子从中谋取私利，一旦遭到拒绝便造谣污蔑，进行报复，这种行为正是营私舞弊、敲诈勒索的表现。

这一切会逐渐改变，逐渐好转，但是不可否认，沙皇政权和帝国文化在我们的"黑暗王国"中造成了一块肥沃的土壤，在这块土壤上，一方面继续不断地生长出大批穆拉维约夫和卡特科夫的追随者，另一方面也生长出了不少虚无主义的打手和否定一切的巴扎洛夫①式英雄。

我们的黑土地带还需要大量排污设施呢！

---

① 屠格涅夫的《父与子》的主人公。

第四章

巴枯宁和波兰问题

11 月底，我收到了巴枯宁下面这封信[①]：

"朋友们，我终于逃出了西伯利亚，经过在阿穆尔、鞑靼海峡沿岸的长途跋涉之后，我到了日本，又于今天从那儿到达了旧金山。

"朋友们，我的整个身心都渴望着回到你们身边，我一旦到达，要马上开始工作，我希望在你们那里致力于研究波兰斯拉夫问题，这是我从 1846 年起就抱定的宗旨，也是在 1848 年和 1849 年我所实际从事的活动。奥地利帝国的覆灭，它的彻底灭亡，这便是我的最终目标——我不说这是我的事业，以免显得过于自命不凡。为了这件事，我可以当鼓手，甚至当小卒，只要我能使它获得一分一厘的进展，我就感到满足了。它一旦成功，便会出现光辉的、自由的斯拉夫联盟——俄国、乌克兰、波兰以及一切斯拉夫民族的唯一出路……1861 年 10 月 15 日于旧金山。"

[①] 巴枯宁于 1849 年 5 月因参加德累斯顿起义被捕，关在德国和奥地利的监狱中，后被引渡回俄国，1861 年从西伯利亚潜逃，经过日本、美国到达伦敦，这是他在逃亡途中写的信。

关于他逃离西伯利亚的决心，我们在几个月前就知道了。

刚到新年，巴枯宁那臃肿的身子已倒进了我们的怀抱。

在我们的工作中，我们狭小的双人联盟中，出现了一个新人，不过不如说是旧人，是从40年代，尤其是从1848年复活的幽灵。巴枯宁还是那副样子，只是外表老了一些，但精神依然年轻而热烈，跟当年在莫斯科与霍米亚科夫①展开"通宵"辩论时并无不同。他仍那么忠于一个思想，那么热情洋溢，把一切都看作自己的愿望和理想的实现，以致更加奋不顾身，不怕牺牲，似乎前面的生命已留下不多，因此必须加紧工作，不错过每一个时机。他厌烦长时间的研究，衡量利弊得失；他还像过去一样满怀信心，全神贯注，寻找一切行动的机会，只要那是革命风暴所需要的，只要那是一场生死存亡的斗争。②他至今仍像在朱尔·艾吕扎尔的文章中一样反复说着："热爱破坏就是热爱建设。"③1849年，他怀着他的憧憬和理想关进了柯尼施泰因堡垒④，但它们一直保留在他的心头，直到1861年随着他经过了日本和加利福尼亚，依然完好如初。甚至他的谈话也依然使人想起他在《改革报》和《真共和报》上最好的文章，他在制宪议会和布朗基俱乐部的尖锐发言。当年那种党派精神，它们的排他性，它们对人的同情和反感，尤其是对第二次革命即将到来的信念，全都保存在他身上。

---

① 斯拉夫派诗人。
② 关于巴枯宁，见《往事与随想》第四册《萨佐诺夫》一章。——作者注
按：这里的第四册指第五卷。
③ 艾吕扎尔是巴枯宁在1842至1848年使用的笔名，当时他在一篇文章中提出了这句纲领性的话。
④ 萨克森公国的监狱，德累斯顿当时属于萨克森公国，巴枯宁因领导起义被捕后，关在这里。

监狱和流放通常不能使坚强的人屈服，除非他们给折磨死了，否则一旦出狱，他们便仿佛从昏迷中醒来，又会继续干昏迷前所干的一切。十二月党人从西伯利亚的冰雪中回来时，比迎接他们的在原地受到摧残和蹂躏的年轻人更富有朝气。两代法国人发生了多次变化，有的变红，有的变白，有的随着涨潮而升起，有的随着落潮而沉没，但是在这过程中，巴尔贝斯和布朗基始终是不变的灯塔，他们从监狱的铁窗中，从遥远的异乡外，依然向人们提示着纤尘未染的从前的理想。

　　"波兰斯拉夫问题……奥地利帝国的覆灭……自由的、光辉的斯拉夫联盟……"这一切在他刚首途前来伦敦……在他还只有一只脚跨上轮船时便写在旧金山的信纸上了！

　　对于巴枯宁，欧洲的反动时期是不存在的，1848 年到 1858 年的艰苦年代也是不存在的。他对它们只有简单、模糊、粗浅的了解。他在西伯利亚读到这些消息，就像在凯依达诺夫研读布匿战争[①]和罗马帝国没落的历史一样。他像瘟疫之后回来的人，听到谁死了，不免为他们叹息，但是他没有在死者的床边守过夜，没有为他们的得救抱过希望，也没有跟在棺木后面送过葬。1848 年的事件却完全相反，这是他亲身经历过的，关心过的，是详细而生动的……与科西迪耶尔的谈话，布拉格大会上斯拉夫人的演说[②]，和阿拉戈[③]或卢格的争论——这一切对巴枯宁说来仿佛是昨天的事，它们还历历在目，它们的声音也还在耳边回旋。

_____

① 公元前 3 世纪至 2 世纪间罗马和迦太基的战争。
② 1848 年 5 月 31 日至 6 月 12 日在布拉格举行了斯拉夫人代表大会，巴枯宁参加了大会，站在激进的左派一边。但大会的领导权掌握在资产阶级自由派手中，他们提出了在哈布斯堡王朝庇护下建立斯拉夫各国联盟的主张。
③ 法国共和主义政治活动家。

然而哪怕没有坐牢，这也是并不奇怪的。

二月革命后最初的一些日子，是巴枯宁一生中最好的日子。为了 1847 年 11 月 29 日他在波兰起义纪念会上的发言 ①，基佐把他撵到了比利时，现在他回来了，一回来便一头扎进了汹涌澎湃的革命浪潮中。他始终没有离开山岳派的营垒，与他们住在一起，吃在一起……一起宣传……宣传共产主义，宣传工资平等，消灭一切差别，宣传一切斯拉夫人的解放，打倒整个奥地利统治，不断革命，扫除最后一个敌人。从街垒上崛起的警察局长科西迪耶尔，决心要使"无秩序变为有秩序"，不知道怎么摆脱这位杰出的鼓动家，与弗洛孔 ② 商量之后，在兄弟般的拥抱中，真的把他送到了斯拉夫人那里 ③，相信他在那里会送掉性命，不再成为他们的绊脚石。科西迪耶尔谈到巴枯宁时说道："这是怎样的一个人，怎样的一个人啊！在革命的第一天他是无价之宝，但是在第二天就必须把他枪毙！"④

1848 年 5 月初，我从罗马到达巴黎时，巴枯宁已在波希米亚，对着守旧派修士、捷克人、克罗地亚人和民主派人士，滔滔不绝地发表演说了；这种演说一直继续到温迪施格雷茨公爵 ⑤ 架起大炮，

---

① 1847 年 11 月 29 日在巴黎召开了纪念波兰起义十七周年纪念大会，巴枯宁在会上发表演说，号召俄国人民与波兰人民联合起来推翻沙皇专制统治。

② 法国革命活动家，二月革命后成为临时政府成员。

③ 指 1848 年 3 月末巴枯宁为了发动波兰人举行起义，前往波兹南。但由于柏林警察当局的阻挠，他没有到达目的地，于 5 月折回布拉格，在那里参与组织斯拉夫人大会。

④ 我曾对科西迪耶尔的朋友开玩笑道："请你们转告他，巴枯宁与他的不同就在这里；科西迪耶尔是个杰出的人才，但是最好在革命前夕把他枪毙。"后来，1854 年在伦敦，我向他提到了这事。这位流亡的警察局长只是举起大拳头，像打木桩似的朝自己结实的胸膛捶了一下，说道："巴枯宁压在我这儿……这儿！"——作者注

⑤ 温迪施格雷茨（1787—1862），奥地利陆军元帅。1848 年率军镇压布拉格革命和维也纳革命。

使他的口才无法再发挥的时候为止（可惜这位公爵选择的时机不佳，以致殃及池鱼，连他的夫人也饮弹身亡了）[①]。逃出布拉格以后，巴枯宁在德累斯顿成了军事首长；这位从前的炮兵军官向拿起武器的教授、音乐家和药剂师们讲授军事科学……还建议他们把拉斐尔的《圣母像》和牟利罗[②]的各种画挂在城墙上，靠它们来阻挡普鲁士军官的进攻，因为这些军官都受过严格的古典式教育，看到拉斐尔的名画便不得不手下留情。

炮兵学总是对他大有帮助。从巴黎前往布拉格的路上，他在德国境内碰到了骚乱的农民，他们正在一个城堡前面吵吵闹闹，大叫大喊，不知怎么办才好。巴枯宁立刻跳下马车，没有时间打听这是怎么回事，便命令农民排成队列，熟练地教会了他们打炮，以致等他重新上车，继续赶路时，城堡四周已经烟雾弥漫了。

巴枯宁总有一天会克服懒散习气，履行自己的诺言，把他在德累斯顿被占领后开始的漫长殉难史公之于众。我在这里只谈主要的几点。巴枯宁被判了上断头台。萨克森国王把砍头改成终身监禁，后来又毫无理由地把他移交给奥地利。奥地利警方企图从他嘴里了解斯拉夫人的活动情况。巴枯宁被关在格拉德钦，警方不能从他那里得到什么，于是又把他送往奥尔米茨。他给上了镣铐，还派了大队龙骑兵押送，跟他一起坐在马车里的军官甚至把手枪上了膛。

"这是为什么？"巴枯宁问，"难道您以为，在这种条件下我还能逃跑？"

"不，可是您的朋友们可能把您劫走，政府得到了这方面的情

---

① 1848 年 6 月温迪施格雷茨指挥奥地利军队攻打起义者时，发生了激烈的战斗。双方互相射击时，温迪施格雷茨的妻子正走到窗口，以致被流弹击中身亡。

② 牟利罗（1618—1682），西班牙著名的巴罗克派宗教画家。

报，为了防备万一……"

"怎么样？"

"我奉命把枪口对准您的脑袋。"

队伍随即向前疾驰。

在奥尔米茨，巴枯宁被用锁链锁在墙上，在这种状况中生活了半年。最后，奥地利觉得白白养活一个外国囚犯不太值得，于是提议把他交给俄国。尼古拉根本不需要巴枯宁，但又不便拒绝。到了俄国边境，巴枯宁的锁链取下了——关于这个仁慈的行为，我听到过许多次；确实，锁链是取下了，但是宣扬这件事的人忘了补充一句：接着又套上了另一条重得多的锁链。奥地利军官移交犯人以后，便得索回锁链，因为那是帝国的财产。

尼古拉赞扬了巴枯宁在德累斯顿的英勇行为，把他关进了阿列克谢耶夫三角堡。然后他派奥尔洛夫①去传达口谕：希望他向他汇报德国人和斯拉夫人最近的动态（皇上不知道，这方面的一切细节都登在报上了）。他说，他"不是作为皇上，而是作为他的忏悔神父提出这要求的"。巴枯宁问奥尔洛夫，他应该怎样理解皇上所说的"忏悔神父"的意义，是不是说，他在忏悔中所讲的一切都会绝对保密？②奥尔洛夫不知如何回答——这些人大多只习惯于发问，不习惯于回答。巴枯宁写了一篇"报刊社论"。③尼古拉对此也表示满意，说道："他为人聪明，心地不坏，但是个危险分子，应

---

① 当时的第三厅长官。

② 按照基督教规定，神父对教徒所讲一切均应严守秘密。

③ 巴枯宁于1851年夏向沙皇呈交的是一份"忏悔书"，他怕它会引起革命者们的不满，因此一直掩盖这事，在给赫尔岑的信中只说这是"一封坚定而勇敢的信"，因此赫尔岑才会在这里把它说成"报刊社论"。

该关在牢里。"这样，蒙最高当局的关心，巴枯宁在阿列克谢耶夫三角堡中待了整整三年。待遇大概不错，以致连这个大个子也有些受不了，竟想一死了事。1854 年，巴枯宁被转移到了施吕瑟尔堡。尼古拉担心查尔斯·内皮尔 [1] 会搭救他，其实查尔斯·内皮尔和他的舰队不是要使巴枯宁走出三角堡，而是要使俄国脱离尼古拉的统治。亚历山大二世尽管有时会大发慈悲，宽宏大量，却仍把巴枯宁留在堡垒里，到了 1857 年，又把他移送东西伯利亚居住。在伊尔库茨克，他经过九年的监禁之后第一次获得了自由。幸运的是边区长官是个怪人，一个民主主义的鞑靼人，自由主义的专制暴君，米哈伊尔·巴枯宁和米哈伊尔·穆拉维约夫 [2] 的亲戚，他也姓穆拉维约夫 [3]，但这时还没获得阿穆尔伯爵的称号。他让巴枯宁喘了一口气，可以过人的生活，阅读书报杂志，还与后者一起幻想未来的革命和战争。出于对穆拉维约夫的感激，巴枯宁甚至在头脑里任命他当了未来的地方自治军司令，预备在将来便派这支军队去消灭奥地利，建立斯拉夫联盟。

1860 年，巴枯宁的母亲上书沙皇，要求准许她的儿子返回俄国。沙皇说，只要他还活着，他不会让巴枯宁从西伯利亚回来；但是为了向她表示皇上的关心，让她多少得到一点安慰，他准许他在政府机关当了一名文书。

这时巴枯宁考虑了皇上红润的脸色和四十岁的年纪，决定逃

---

① 内皮尔（1786—1860），英国海军将领。1854 年克里米亚战争时期任波罗的海舰队司令，对俄国的喀琅施塔得海军基地构成了威胁。

② 俄国的反动大官僚。

③ 指尼·尼·穆拉维约夫，这是个怪人，既民主又专制，既是杰出的探险家，又是个大官僚。

走；我认为这个决定是完全正确的。最近几年的情况清楚不过地证明，他在西伯利亚已没有什么好等待了。九年的监禁和几年的流放已经太多。人们说，由于他的逃跑，政治犯的处境变坏了，这话不对，这不是由于他，是由于时代变坏了，人变坏了。巴枯宁的逃跑对米哈伊洛夫[①]的死和他受到的卑鄙迫害有什么影响？至于那个科尔萨科夫[②]受到的处分……那是不值一谈的。可惜他没有得到加倍的惩罚。

巴枯宁的逃跑之所以引人注目，在于它涉及的区域十分辽阔，从地理意义上说，这是最长的逃跑路线。他以商业事务为借口到达了阿穆尔河，说服一个美国船长把他带到了日本海岸。在函馆，另一个美国船长又答应让他搭船前往旧金山。巴枯宁上船时发现船长正忙于煮菜，预备招待一位贵客，他邀请巴枯宁作陪。巴枯宁接受了邀请，等客人到来，他才知道这是俄国的总领事。

躲避已经太迟了，也是危险的，可笑的……他立即开始与他谈话，说他获准进行一次旅行。当时有一支俄国小舰队，记得是由海军上将波波夫率领的，正停在海上，预备开往尼古拉耶夫。

"您要不要跟我们一起回国？"总领事问。

"我刚到这儿，"巴枯宁答道，"我想在这儿再玩几天。"

他们一起吃了饭，在友好的气氛中分手了。过了一天，他便坐在美国船上驶过了俄国舰队……现在除了海洋，什么危险也没有了。

---

① 米哈伊洛夫（1829—1865），俄国诗人和政论家，因散发革命传单被捕，后死在流放地。
② 1861 年起任东西伯利亚总督的一个官员，这年 6 月他批准巴枯宁前往阿穆尔河旅行，巴枯宁便利用这次机会逃走。事后科尔萨科夫受到严惩。

巴枯宁稍稍熟悉了一下环境，在伦敦安顿下来，也就是说，与当时在那儿的所有波兰人和俄国人一一见面之后，便立刻着手工作。除了热情洋溢地进行宣传，鼓动，以至煽风点火以外，除了日以继夜、不遗余力地发动和组织秘密活动，密谋策划，互相串连，赋予这些活动以巨大的意义以外，巴枯宁还准备身先士卒，付诸行动，准备为此牺牲，勇敢地承担它们的一切后果。这是英雄的性格，只是由于历史的限制，使它不能有所作为。有时只得无谓地消耗他的力量，正如一只狮子关在笼里只能把力量消磨在踱来踱去，幻想怎样冲出牢笼一样。但他不是空谈家，不是不敢实行自己的主张，不敢把自己的理论付诸实施的人……

巴枯宁有许多弱点。但是他的弱点是次要的，他的强大品质却是主要的。不论给命运丢到哪里，立刻能抓住环境中两三个特点，发现革命的潜流何在，马上对它进行引导，为它开拓道路，使它成为人人关心的问题，难道这不是一个伟大的优点吗？

有人说，屠格涅夫在罗亭身上描绘的便是巴枯宁的形象，但是罗亭并没有反映巴枯宁的某些特点。屠格涅夫是在模仿《圣经》中上帝的做法，按照自己的面貌塑造罗亭。罗亭是屠格涅夫第二，那个耳朵里装满了青年巴枯宁的哲学语言的人。

在伦敦，他首先要使《警钟》革命化^①；他把他在 1847 年反对

---

① 巴枯宁到达伦敦后，与赫尔岑逐渐产生了矛盾。1862 年 2 月，巴枯宁在《警钟》的附刊上发表了《告俄国、波兰和一切斯拉夫族友人书》，宣称当前的任务不仅是宣传，主要应是进行实际的革命活动，如成立小组，组织党派，建立起义的准备工作等。同时巴枯宁还企图成为《警钟》的"第三个出版人"，实际干预《警钟》的编辑工作、反对赫尔岑以宣传为主的方针，主张使刊物成为运动的领导中心等。对这一切冒险主义的做法，赫尔岑作了坚决抵制。在 1863 年波兰起义前夕，这些矛盾加深了。

别林斯基的话，在 1862 年几乎全部照搬到了我们身上。宣传还不够，必须采取不可避免的行动，必须建立中心和委员会；与人们保持直接间接的联系还不够，必须有一批"献身的、半献身的同志"，在当地建立组织——斯拉夫人组织，波兰人组织。巴枯宁认为我们是温和派，不善于利用当时的形势，缺乏采取果断措施的热情。然而他并不泄气，相信不久就能使我们走上正确的道路。在等待我们转变的时候，巴枯宁在自己身边团结了一大批斯拉夫人。其中有捷克人（从文学家弗里奇 ① 到一个名叫纳波尔斯托克的音乐家），塞尔维亚人（他们彼此总是简单地用父名称呼，如约翰诺维奇，丹尼洛维奇，彼得罗维奇等），瓦拉几亚人（他们总是模仿斯拉夫人，名字后要带一个"伊斯科"的尾巴），最后，还有一个在土耳其军队中当过医生的保加利亚人，以及各种牌号的波兰人：波拿巴主义者，梅罗斯拉夫斯基派，恰尔托雷日斯基派……没有社会主义思想、但带有军官色彩的民主主义者，天主教社会主义者，虚无主义贵族，以及各种普通士兵，那些愿意在美国北部或南部任何一边作战，尤其是在波兰作战的人。

在九年的沉默和孤独之后，巴枯宁从他们那儿找到了安身之所。他整日整夜、昼夜不停地争论，宣传，命令，叫喊，决定，指导，组织和鼓动。在没有这些活动的短暂的间歇时刻，他便在写字台上抹去灰尘，腾出一小块地方，伏案写信，写了五封，十封，十五封，寄往塞米巴拉金斯克和阿拉德，寄往贝尔格莱德和君士坦丁堡，寄往比萨拉比亚、摩尔达维亚和别洛克里尼茨。信写到一

---

① 弗里奇（1829—1890），捷克政治活动家和作家，参加过 1848 年的布拉格起义，1858 年后流亡在伦敦等地，创作主要为诗歌。

半，他会突然扔下笔，对一个落后的达尔马提亚人教训几句……然后，还没把话讲完，又拿起了笔，继续写信，不过这使他感到轻松，因为他写的和讲的都是同样的内容。他的活动能力，他的散漫作风，他的胃口，以及其他一切，如他的高大身材，一刻不停的汗水，都超过了一般人，正如他本人像个巨人，脑袋像狮子的头，披着一头直立的鬃毛一样。

他到了五十岁还完全像刚从马罗塞伊卡来的流浪的大学生，布尔戈尼街上无家可归的波希米亚人。他从不关心明天，从不把钱放在心上，有了钱便随手乱花，没有钱便不论遇到谁就开口借钱，而且满不在乎，像孩子向父母伸手索取，从不考虑还钱，也同样满不在乎地准备把自己的最后一文掏给别人，只要留下足够买雪茄和茶叶的钱便成。他从不为这种生活方式烦恼……他生来就是一个伟大的流浪汉，一辈子无家可归的人。如果有人终于问他，他怎么看待私有财产权，他一定会像拉朗德[1]就上帝问题回答拿破仑一样答道："先生，在我的工作中，我永远不需要这种权利！"

他的身上有一种孩子似的单纯气质，他对人从无恶意，这赋予了他一种不同寻常的魅力，吸引了强者和弱者，只有冥顽不灵的小市民才会对他无动于衷。[2]

他怎么会结婚，我只能用西伯利亚的寂寞作解释。他虔诚地保持着祖国的一切风俗习惯，这是指莫斯科的大学生生活——烟草总是像储备的粮草一样堆在他的桌上，纸张和没有喝完的茶杯下尽是

---

[1] 法国天文学家。

[2] 在与人争论时，巴枯宁一旦头脑发热，会冲着对方声色俱厉地破口大骂。要是别人，这一定不能得到原谅，但大家原谅巴枯宁，我首先就会原谅他。马尔季亚诺夫常对我这么说："亚历山大·伊万诺维奇，这是一个身材高大的小姑娘，怎么能对孩子生气呢！"——作者注

烟灰……从早上起屋子里就烟雾弥漫，照例有一支吸烟队伍在那里吞云吐雾，像吸烟比赛似的，争先恐后地喷出一大口一大口烟雾，总之，那盛况只有在俄国人和斯拉夫人那里才会见到。到了深夜，房东的使女格莱丝还得把第五罐砂糖和开水送进这间斯拉夫解放事业的育种房，我看到她那副既惊奇、又有些害怕和困惑的神色，好几次感到忍俊不禁。

巴枯宁离开伦敦很久以后，帕亭顿草坪 10 号的人还在谈论他的生活方式，这种生活推翻了英国小市民一切牢不可破的观念和他们所信守不渝的准则和模式。尽管这样，请注意，女房东和使女都毫无保留地喜欢他。

一天巴枯宁的一个朋友对他说："昨天某某人从俄国来了，这是个非常出色的人，当过军官……"

"我听到过他，大家都很夸奖他。"

"可以带他来吗？"

"当然可以，何必要带他来！他在哪里？我马上去看他！"

"他好像是个君主立宪主义者。"

"很可能，但是……"

"但我知道他非常勇敢，而且为人正直。"

"也很忠诚？"

"在奥塞特大厦 ①，他是很受尊重的。"

"我们去吧。"

"为什么？要知道他会来找您——我们已经约定了，我会带他来的。"

---

① 赫尔岑当时在伦敦的住处。

巴枯宁扑到桌上开始写信，涂涂改改，誊清以后，套上信封，信是寄往雅西①的。然后他在不安的期待中，在屋里踱来踱去，脚步那么重，震得帕亭顿草坪 10 号的整幢房子都随着他一起晃动了。

那位军官来了，是一个谦逊而文静的人。巴枯宁让他坐定之后，便作为同志，像年轻人一般滔滔不绝大谈起来，一边攻击君主立宪主义，一边突然问道：

"请您为我们共同的事业做点事，您大概不致拒绝吧？"

"这当然……"

"您在这儿没什么事，走得开吧？"

"没什么事，不过我刚到这儿……我……"

"您明后天可以动身，带着这信前往雅西吗？"

不论在战争时期的前线军队中，或在和平时期的参谋部中，军官还从来不曾遇到过这种事，但是军人以服从为天职，这已成为他的习惯，因此沉默了一会儿以后，他便用很不自然的声音答道：

"是！"

"我知道您会这样。这是信，已经写好了。"

"我可以马上动身……只是……"军官不好意思地说，"我完全没有估计到要我出差。"

"怎么，没有钱吗？您直说好了。这不是什么难事。我替您向赫尔岑借——您以后还他好了。这用不了多少……一共……一共二十来镑就够了。我马上给他写信。到了雅西，您会弄到钱。然后从那儿前往高加索。我们在那儿特别需要一个忠实可靠的人……"

军官惊得目瞪口呆，他的同伴跟他一样也惊得目瞪口呆，他们

① 在罗马尼亚东北部，当时为摩尔达维亚首府。

走了。巴枯宁有一个小姑娘，替他担任重要的外交信使工作。于是小姑娘冒着雨雪，踩着泥浆，给我送来了巴枯宁的便条。我经常为她准备着一点巧克力糖，为她在她祖国的这种气候中栉风沐雨表示慰问，这次我给了她一大把糖，对她说：

"请您回复先生，我会亲自跟他面谈的。"

确实，事实证明，写信是多余的。到吃饭时，也就是过了一小时，巴枯宁自己来了。

"某某要二十镑钱干什么？"

"不是他要，是事业需要……喂，老兄，这是个非常出色的人呢！"

"我几年前就认识他了——他从前到过伦敦。"

"要知道机会难得……错过它是罪恶，我派他前往雅西。接着，他可以去看看高加索。"

"前往雅西？……又从那儿去高加索？"

"你又要取笑了。但是俏皮话说服不了人。"

"可是你在雅西明明什么事也没有。"

"你怎么知道？"

"我知道，因为首先，在雅西谁也没什么事要办；其次，如果有事，你早在一星期前就会不停地向我唠叨了。你现在正好碰到了一个年轻人，他胆小腼腆，想证明他对你绝对忠诚，于是你就想起派他去雅西。他想参观博览会，你却要他去参观摩尔达维亚瓦拉几亚。现在请你讲讲，这是为什么？"

"你总爱追根问底。你对这些事的看法与我不同，你有什么权利盘问我？"

"一点不错；我甚至认为你对任何人都不会讲这秘密……好吧，

反正我不能为派往雅西或布加勒斯特的信使掏钱。"

"可是他会还你的，他能弄到钱。"

"那就让他花得有意义一些吧。好啦，好啦，随你派哪个男曼侬·列斯科①去送信，我都不管，现在我们该吃饭啦。"

巴枯宁自己也笑了，摇了摇那个对他说来似乎太重的头，然后便全心全意投入了吃饭的工作。吃过饭，他每次总得说："现在，幸福的时刻到了"，于是点燃了一支雪茄。

巴枯宁不论什么时候都准备接待所有的人。他还往往像奥涅金一样躺在床上翻来覆去不想起身，把床弄得吱吱直响，尽管两三个斯拉夫人已在他屋里一支接一支拼命吸烟。他起床时总是昏昏沉沉，一边用冷水冲头，一边开始教训他们；他从来不知道腻烦，也不会讨厌任何来访的人；他可以同样滔滔不绝地跟最聪明的人和最愚蠢的人谈话。这种不加选择的态度有时会闹出很大的笑话。

巴枯宁起身很迟，他要用夜间来谈话和喝茶，这就使他不得不这么办。

一天早上快十一点了，他听见有人在他屋里走动。他的床设在大壁龛中，前面用一块布幔遮着。

"外面是谁？"巴枯宁醒了问。

"俄国人。"

"尊姓？"

"某某。"

"欢迎。"

---

① 法国通俗小说家普雷沃（1697—1763）的小说《德·格里欧骑士和曼侬·列斯科的故事》中的人物，一个轻佻的女子，几次与人私奔，最后被流放美洲。这里显然是指那个送信的人并无坚定的立场。

"您怎么啦，这么晚起床——还算是民主主义者……"

……沉默……泼水声……哗啦哗啦的水流声。

"米哈伊尔·亚历山德罗维奇！"

"怎么？"

"我想请问：您是不是在教堂举行婚礼的？"

"是的。"

"这可做得不对。这说明您言行不一致；屠格涅夫也按照习俗出嫁女儿。你们这些老人应该以身作则……"

"您胡诌些什么……"

"请问：您结婚是不是出于爱情？"

"这关您什么事？"

"我们听说，您结婚是因为新娘很有钱。"[1]

"您怎么啦，是来盘问我吗？请您滚出去！"

"唉，您发什么脾气，实际上我对您没有什么恶意。再见。不过我还会来看您的。"

"好啦，好啦，只是请您今后讲话检点一些。"

……这时，波兰风暴逐渐临近了。1862年秋，波捷布尼亚[2]到伦敦来了几天。这个忧郁、纯洁的人，把自己毫无保留地献给了这场风暴，他主动代表他的同志们来与我们商谈，但是不论怎么说，他仍决心走自己的路。从各地前来的波兰人越来越多，他们的谈话比以前坚定而激烈了；大家都在直接而自觉地奔向火热的斗争。我

---

① 巴枯宁的妻子没有带给他任何嫁妆。——作者注

② 波捷布尼亚（1838—1863），驻波兰俄军部队的军官，曾在军官中组织支援波兰起义的活动。

怀着惴惴不安的心情意识到，他们这是在走向不可避免的灭亡。①

"我为波捷布尼亚和他的同志们感到非常惋惜，"我对巴枯宁说，"特别是他们与波兰人的目标不一定一致……"

"一致，一致！"巴枯宁反驳道，"我们不能老是坐着不动，老是思考。应该在时机到来时创造历史，否则我们会错过一切机会，不是落后，便是超前。"

巴枯宁变得年轻了——形势使他如鱼得水。他不仅爱好起义的呼声，俱乐部的喧闹，广场和街垒，他还爱好为起义作准备的鼓动，这是既要大胆又要细心的秘密工作：密谋策划，通宵不眠，反复商谈，约定和修改密码、化学墨水和暗号等等。凡是排练过家庭戏剧，或者布置过圣诞枞树的，谁不知道，这种准备工作也是引人入胜的有趣活动之一。但是不论他对准备这棵圣诞树如何神往，我的心里总是惴惴不安，我一边不断与他辩论，一边又不得不做我不愿做的事。

现在我得停一下，谈谈一个不愉快的问题。那就是我这种无可奈何的让步，这种既反对和抗议又不得不勉为其难的弱点，是怎么来的，怎么形成的？一方面，我完全相信，应该这么办，另一方面，我又准备完全按照另一个方式行动。这种摇摆，这种不成熟，不坚决，在我的一生中造成了许多危害，哪怕意识到这些错误是身不由己，并非出自本心，也不能使我得到丝毫安慰。我往往不得已

---

① 在1863年的波兰起义问题上，赫尔岑与巴枯宁的态度不同，这构成了两人意见分歧的一个重要方面。赫尔岑认为当时波兰起义的条件还不成熟，因此带有冒险盲动性质，巴枯宁虽也同意这种分析，但认为迫不得已时不妨试试。但后来赫尔岑迁就了波兰同志的意见，希望起义能得到俄国农民的支持，从而爆发农民的武装起义，有力地打击沙皇政权。但事实证明这只是幻想，赫尔岑也承认自己错了。

而干了错事，尽管它的不利方面早在我的意料之中。我在前面的一卷中谈过我参加 1849 年 6 月 13 日示威的事。这便是我现在谈的情况的一个例子。我从没有一分钟相信 6 月 13 日事件能够成功，我看到了这次行动的荒谬性和它的弱点，人民的冷漠，反动气焰的嚣张和革命者的浅薄幼稚，我写到了这些，可是我还是一边取笑参加的人，一边跟着他们走上了广场。

如果在一切重大的场合，我有力量听从内心的指示，那么我的生活中可以避免多少不幸……多少打击……有人批评我感情用事……我确实感情用事，但这还不是症结所在。尽管我很容易受环境的影响，但我会马上镇静下来，理智、思考和观察几乎总能占据上风，但这只是在理论中，不是在实践中。问题之所以难以解决，原因便在这里，它使我自觉或不自觉地让人牵着鼻子走……我之轻易接受别人的劝说，是出于一种虚伪的情面观念，有时动机好一些，是出于爱、友谊、宽容……但是为什么这一切会战胜理智呢？……

……1857 年 2 月 5 日参加了沃尔采尔的葬礼以后，送葬的人各自回家了，我也回到了自己屋里，凄凉地坐在写字台前，头脑里出现了一个忧伤的问题：随着这位长者的埋葬，我们与波兰流亡人士的联系是否也埋葬了呢？

老人亲切的个性在不断发生的误解中起了调和作用，现在他去了，可是误解依然存在。与波兰人中的这个或那个，我们可能保持着友好的感情，来往密切，但彼此往往缺乏一致的理解，因此这种关系往往显得勉强，和好而又并不坦率，我们彼此迁就，也就是削弱自己的个性，在相互的交往中，几乎总是尽力克制自己最优良的方面。

通过商谈取得一致的理解是不可能的。我们是从不同的立场出发，我们的道路只在对彼得堡专制政权的共同憎恨上发生交叉现象。他们的理想在他们后面①，他们是要走向自己的过去，那被暴力切断了的过去，他们的道路只能从那里继续发展。他们在那里拥有无限的潜力，而我们所能提供的只是空虚的摇篮。在他们所有的行动和幻想中既有失望，也有同样多的光明信念。

他们是要让过去起死回生，我们却不如说是要埋葬过去。我们的思想方式，我们的憧憬，都与他们的不同，我们的全部才能，全部气质，与他们没有共同之处。我们与他们的联盟，在他们看来不是门当户对的婚姻，只是利害打算的结合。从我们这方面说，我们有的主要是真诚，但缺乏深厚的基础——我们意识到自己间接犯了罪，我们佩服他们的勇气，尊重他们坚定不移的抗争。但是他们能喜欢我们什么？尊重我们什么？他们是克服了自己的抵触情绪，才把某些俄国人看作可敬的例外与我们接近的。

在尼古拉皇朝的黑暗监狱中，我们与他们是同样关在铁窗里的难友，我们彼此有的主要是同情，不是了解。当窗户稍稍打开以后，我们便发现，我们来自不同的道路，也会奔向不同的目标。克里米亚战争之后，我们感到兴奋，喘了口气，可是我们的兴奋却引起了他们的委屈情绪：俄国出现的新鲜气氛，使他们想起他们所失去的东西，而不是看到了希望。对我们说来，新时期带来了再接再厉的要求，我们向前冲杀，准备摧毁一切……而对于他们，这只是追荐亡灵和安魂祈祷。

但是政府再度把我们与他们焊接到了一起。对天主教徒和青少年的屠杀，对教堂和孩子们的袭击，对唱赞美诗和祈祷活动的镇

① 指波兰的民族解放运动实际上是要恢复18世纪以前，即被俄、普、奥三国瓜分以前的状况。

压，使一切问题都沉寂了，一切分歧都消失了……那时我含着眼泪和悲痛写下了一系列文章，它们深深感动了波兰人。①

亚当·恰尔托雷日斯基老人从垂危的病榻上派儿子给我送来了热情的信；在巴黎，波兰人推举代表团向我递交了致敬信，在信上签名的有四百来人，其中有的还是住在阿尔及利亚和美国的波兰流亡者。看来我们的结合已牢不可破，但是深入一步，分歧，明显的分歧便出现了。

……一天，克沙堆里·布拉尼茨基，霍耶茨基②和另外几个波兰人到我家来，他们都是路过伦敦，特地为那些文章跑来向我致谢的。我们谈到了对康斯坦丁的枪击事件。③

"这次暗杀会给你们带来很大危害，"我说，"本来政府也许会作出一些让步，现在它决不会退让，只会变得加倍残酷。"

"可我们就希望它这样！"霍耶茨基说，情绪激烈，"对于我们，最大的不幸便是让步……我们希望彻底决裂……公开战斗！"

"我衷心希望你们不致为此后悔。"

霍耶茨基露出了讥笑，没有人再讲一句话。这是 1861 年夏。过了一年半，帕特列夫斯基④取道彼得堡回波兰时，讲的也是这番话。

争吵是不可避免的！

---

① 1861 年波兰各地发生示威抗议活动，有的是在教堂中以祈祷和唱赞美歌的方式进行的，这些活动一概遭到沙皇军队的镇压和屠杀。为此，赫尔岑在《警钟》上发表了一系列文章予以揭露和抨击。
② 两人都是波兰流亡者中的领导人。
③ 尼古拉一世的儿子康斯坦丁大公 1862 年被任命为波兰总督，在到达华沙的第一天即遭到枪击。
④ 帕特列夫斯基（1835—1863），波兰流亡者，1863 年波兰起义的领导人之一。1862 年他从伦敦经彼得堡回波兰。

巴枯宁相信，在俄国可能爆发农民的武装起义，我们也有一部分相信——连政府也这么相信呢，这从它后来采取的一系列措施，官方授意写的文章和官方判处的一些刑罚，都可得到证明。社会不安，人心浮动，这是无可争辩的，那时谁也没有预见到这种情绪会转变成疯狂的爱国主义。

巴枯宁不善于深入地分析形势的各个方面，只看到一个遥远的目标，往往把两个月的妊娠当作九个月。他不是用证据，而是用愿望来打动人们。他希望相信，便相信日穆德[①]和伏尔加，顿河和乌克兰都会像一个人一样站起来；一听到华沙出事，便相信我们的旧礼仪派可以利用天主教徒的运动，为分裂派争取合法的地位。

驻在波兰和立陶宛的俄国军队中，军官们的组织（波捷布尼亚便属于这个组织）在发展和壮大，这一点毫无疑问，但是波兰人主观上指望它具有的，巴枯宁天真地相信它具有的那种力量，它却还远远没有达到。

9月底，巴枯宁来找我，神色特别郑重，也有些得意。

"华沙中央委员会派了两个委员来同我们商谈，"他说，"其中一个是你认识的，这是帕特列夫斯基，另一个叫基列尔[②]，是个久经考验的战士，曾戴着镣铐，从波兰被押送到矿上做工，刚一回来，马上又投入了工作。今天晚上我带他们来看你们，明天大家在我那里开个会——我们得最终决定我们的态度。"

那时我的答军官们的信正在排版。[③]

---

① 立陶宛西北部的一个地区。

② 基列尔（1831—1887），波兰作家，1863年波兰起义的领导人之一。

③ 见《警钟》，1862年。——作者注

按：这封信题为《致驻波兰的俄国军官们》，发表在1862年10月15日的《警钟》上。

"我的纲领是现成的，我可以向他们宣读我的信。"

"我同意你的信，这你知道……但我不知道，他们会不会都对它感到满意；不论怎样，我想，这不能完全满足他们。"

晚上，巴枯宁带来的是三个人①，不是两个人。我念了我的信。在交谈和读信时，巴枯宁坐在那儿显得心神不定，仿佛他的亲戚正在接受考试，也有些像提心吊胆的律师，生怕当事人讲错了话，以致即使不完全符合事实，但可望获得最后胜利的整个辩护前功尽弃，归于失败。

我从他们的脸色看到，巴枯宁猜对了，我念的信并不使他们特别高兴。

"首先，"基列尔说道，"我们得给您念一下中央委员会给您的信。"

米洛维奇念了信；《警钟》的读者已经看到这文件，它是用俄文写的，文字并不通顺，但意思是明确的。有人说，它是我从法文译出的，把内容歪曲了，这不是真的。这三个人都能讲流利的俄语。

这封信的意图是要通过我们告诉俄国人，波兰临时政府与我们观点一致，并把下列原则作为它的行动的基础："承认农民有权取得他们所耕种的土地及任何民族享有支配自己的命运的充分自主权"。米洛维奇说，根据这个声明，我有责任减少我信中那种带有疑问的、"模棱两可"的语气。我同意作一些修改，同时也同他们建议，各省的自决权应提得更突出些，更明确些。他们也同意了。这些关于文字上的争论说明，我们对一些问题的态度不是一致的。

---

① 第三个人即下面提到的米洛维奇，波兰民族解放运动的活动分子，当时驻在国外，为 1863 年的起义作准备。

第二天早上，巴枯宁已来到我家中。他对我不满，认为我太冷静，仿佛不太信任他们。

"你还希望什么？波兰人从未作过这么大的让步。他们只是表达的方式不同，但这些话对他们是像教义问答一般神圣的；他们不能在举起民族大旗的时候，第一步便使敏感的民族感情受到伤害……"

"我总觉得，他们实际上并不太关心农民的土地问题，又太关心各省的问题。"

"亲爱的朋友，文件会交到你的手中，它是经过你修改，并当着大家的面签字的，你还要怎样呢？"

"似乎还缺少点什么。"

"对你说来，每一步都这么困难，你太不切实际了。"

"这种话萨佐诺夫比你讲得更早。"

巴枯宁把手一挥，走进了奥加辽夫的房间。我伤心地望着他的背影；我看到，他已陶醉在自己的革命中，一时无法使他清醒。他穿着一步跨七里的靴子①，跨过了崇山峻岭和汪洋大海，越过了无数春秋和世纪，在华沙起义的后面已看到了他的"光辉的斯拉夫联盟"，可是波兰人谈到它却有的害怕，有的厌恶……他已看到"土地与自由"②的红旗飘扬在乌拉尔和伏尔加，乌克兰和高加索，甚至

① 童话中巨人穿的靴子，一步可跨七英里。
② "土地与自由社"是 1861 年在俄国形成的秘密组织，代表革命民主主义者的立场，主张给人民以土地和自由，针对沙皇的农奴解放，指出对农民而言，没有土地就没有自由。它的主要成员有谢尔诺－索洛维耶维奇，车尔尼雪夫斯基等，1862 年随着这些人的被捕和反动高潮的到来，逐渐没落，于 1864 年自动解散（这与十多年后兴起的民粹派的"土地与自由社"不是一个组织，因此习惯上又称为第一个"土地与自由社"）。

冬宫和彼得保罗要塞的上空了，于是他觉得当务之急是用一切办法减少阻力，消灭矛盾，不是填平山谷，而是在山谷上架起一座幻想的桥梁。

后来我们在他家里与波兰委员会的代表们会谈时，巴枯宁有些恼火地对我说："你简直像维也纳会议上的外交官，老是咬文嚼字，在表达方式上找碴儿。要知道这不是杂志上的文章，不是文学作品。"

"就我而言，"基列尔说，"我不想为几句话争论不休，您爱怎么改就怎么改，只要基本意义不变就可以。"

"这才是好样的，基列尔！"巴枯宁兴奋地喊道。

我心想："这家伙来的时候已胸有成竹，作好准备，在实质问题上寸土不让，因此才在文字上这么迁就。"

文件作了修改，委员会的代表都签了字。我把它交给印刷所了。

基列尔和他的伙伴们相信，我们代表一个俄国组织①的国外中心，这组织受我们支配，它是否与他们联合行动便取决于我们的意见。对他们说来，问题确实不在于文字，也不在于理论上是否一致；他们声明的信念，随时可以通过解释给予修正，这样，原来的鲜明色彩就会冲淡，变得若隐若现，以至消失。

这个组织在俄国已建立了第一批支部，这是没有疑问的——各种迹象和线索连肉眼也能看到，随着时间的推移，它们在顺利的情况下便可能组成一张大网；这一切都不假，问题是这张网还没有形

_____

① 指"土地与自由社"，赫尔岑和奥加辽夫确实在国外代表这个组织，《警钟》也主要是通过它流传到俄国各地的。

成，万一遇到强大的打击，整整一代人的努力便会付诸东流，刚开始编织的蛛网也会毁于一旦。

把委员会的信付印之后，我向基列尔和他的同志们谈的便是这些，我提到了起义的不合时宜。帕特列夫斯基相当清楚彼得堡的情况，因此对我的话并不感到惊异，但仍竭力说服我，认为"土地与自由社"拥有的力量和分支机构，比我们设想的强大得多。但基列尔开始思考了。

"您以为，"我笑道，"我们很强大……是的，基列尔，这没有错；我们的力量是巨大的，也是有影响的，但是这力量完全是依靠舆论的支持，也就是说，它随时可能化为乌有，我们之所以有力在于人民对我们的同情，与我们采取一致的步调。不要以为我们说'向左走，或者向右走'，人们便会跟着我们向左或向右，这样的组织我们是没有的。"

"是的，亲爱的朋友……不过……"巴枯宁不安地在屋里踱了几步，说道。

"怎么样，难道有这样的组织吗？"我向他提出，没再往下说。

"得啦，你喜欢怎么称呼它都可以，因为当然，如果从外表的形式看……这完全不符合俄国人的观念……但你看到……"

"让我把话讲完。我希望向基列尔说明，为什么我要这么字斟句酌。如果俄国人在你们的旗子上看不到给农民以土地，给各省以自由，那么我们的同情不能带给你们任何利益，只能徒然毁了我们自己……因为我们的全部力量便在于心脏跳动的一致，如果它在我们这里跳得快一些，我们的脉搏就会比我们朋友们的提前一秒钟，可是他们与我们的结合靠的是观念上的一致，不是组织上的约束！"

"我们不会叫你们为难的。"基列尔和帕特列夫斯基说。

过了一天，他们中的两人便回华沙了，另一人去了巴黎。

暴风雨前的静寂开始了。这是沉闷而痛苦的时期，乌云仿佛即将过去，又像正在集结；这时政府颁布了"倒行逆施"的征兵令，它成了引起变故的导火线；[1]在铤而走险面前彷徨不定的人们，终于也断然投入了战斗。现在，连白派[2]也站到了革命运动一边。

帕特列夫斯基又来了。等了两天，征兵令没有取消。帕特列夫斯基去了波兰。

巴枯宁准备前往斯德哥尔摩（这与拉平斯基[3]的远征毫无关系，当时还没有人考虑过这件事）。波捷布尼亚来了没几天，便跟在巴枯宁之后走了。

在波捷布尼亚之后，"土地与自由社"的全权代表[4]从彼得堡来了，他曾路过华沙，据他说是波兰人请他去的，可是去了以后什么事也没有，他为此很生气。这是第一个看到波兰起义开始的俄国人。他说，一些士兵被杀害了，一个属于"土地与自由社"的军官受了伤。士兵们认为这是背信弃义，开始残忍地枪杀波兰人。帕特列夫斯基是科夫诺的主要领导人，可是他束手无策，不敢公开站出来制止自己手下的人⋯⋯

---

① 沙皇政府为了扼杀波兰的革命运动，于1862年秋颁布了紧急征兵法令，企图把大批青年送进军队，这促使了起义的爆发。

② 在当时波兰的民族解放运动中形成了"红派"和"白派"，前者主张采取革命行动，后者比较温和，以自由派地主和资产阶级为主。

③ 拉平斯基（1826—1886），波兰革命者。

④ 指斯列普佐夫（1835—1906），俄国革命家，"土地与自由社"的组织者之一，"土地与自由社"失败后便脱离革命。

全权代表认为自己担负着重大的使命，要求我们成为"土地与自由社"的代理人①。我拒绝了，这不仅使巴枯宁，也使奥加辽夫大为惊异……我说我不喜欢这个用滥了的法国称呼。全权代表对待我们，就像1793年国民议会的特派员对待边区军队的将军们，这也使我感到不快。

"你们的人多不多？"我问他。

"这很难说……在彼得堡有几百人，在各省有三千人。"

"你相信吗？"后来我问奥加辽夫。

他不作声。

"你相信吗？"我问巴枯宁。

"当然。"但接着又说："即使目前没这么多，以后会有的！"说完便哈哈大笑。

"这是另一回事。"

"但正因为开头力量软弱，才需要我们支持；如果他们已经强大，那就不需要我们了……"奥加辽夫说，遇到这种场合，他对我的怀疑主义总是感到不满。

"那么他们应该老老实实向我们承认他们力量不足，希望得到友好的帮助，不是提议我们担任什么愚蠢的代理人。"

"这是年轻没有经验……"巴枯宁说，接着便去了瑞典。

在他之后，波捷布尼亚也走了。我依依不舍地与他告别——我一秒钟也没怀疑过，他这次决无生还之理。②

---

① 斯列普佐夫提出要把《警钟》变成"土地与自由社"的机关刊物，赫尔岑拒绝了这个要求，但同意在伦敦建立一个它的组织。

② 波捷布尼亚回到波兰后即参加了起义，1863年3月死于战斗中。

……巴枯宁动身前几天，马尔季亚诺夫来了，他的脸色比平常苍白，也比平常忧郁，坐在角落里一言不发。他怀念俄罗斯，正在考虑回国的事。我们争论着波兰的起义。马尔季亚诺夫默默听了一会儿便站起来打算走了，这时蓦地停在我面前，忧郁地对我说道：

"请您别生我的气，亚历山大·伊万诺维奇，不论事情怎么样，您这是在使《警钟》走上毁灭的道路。您为什么要干预波兰的事……也许波兰人是对的，但是波兰的事应该由波兰的绅士管，您不必过问。您没有替我们想想。上帝保佑您，亚历山大·伊万诺维奇。请您记住我的话，我自己看不到了——我要回家了。我在这儿没什么好干的。"

"您不应回俄国，《警钟》也不会毁灭。"我回答他。

他默默走了，他的第二个预言使我笼罩在沉重的阴影中，我隐隐觉得仿佛我做错了什么。

马尔季亚诺夫怎么说就怎么做，1863年春天他回了俄国，被自己的"农民的皇上"送到西伯利亚，为了对俄国的爱，为了对沙皇的信任，在苦役中死去了。

1863年底，《警钟》的发行量从二千五百份、二千份，跌到了五百份，从此再也没有超过一千份。

从奥廖尔来的夏洛特·科尔台①和从农民中来的但以理②是对的！

（1865年末写于蒙特勒和洛桑）

---

① 见本卷第一章第三节，她对赫尔岑说过："您的朋友和支持者会离开您。"
② 《圣经》中的先知，马尔季亚诺夫是农民出身的知识分子。

附录

给波兰的俄国军官委员会的信

朋友们：

我们怀着深深的爱和深深的忧虑，送别了前来参加战斗的你们的同志；只是我们的内心还是希望这次起义能够延期，也只有这样，我们才能对你们的命运和整个事业的前途感到安心。

我们知道，不论波兰起义采取什么方式，你们不可能不与它站在一起，你们是在为俄国沙皇统治的罪恶赎罪；不仅如此，听任波兰遭到摧残，俄国军队方面不表示任何抗议，这无异是对彼得堡的屠杀无动于衷，表现了俄国甘心俯首帖耳、为虎作伥的卑劣行径。

尽管这样，你们的处境是悲惨的，没有指望的。我们看不出有任何成功的机会。即使华沙能获得一个月的解放，那也只是表示你们尽了责任，参加了这次民族独立运动，但是高举"土地与自由"的俄国社会主义旗帜，不会使波兰得到什么，何况你们的人数还太少。

目前起义的时机尚未成熟，波兰显然只能失败，而俄国的事业也会因而长期湮没在民族仇恨（它会与对沙皇的忠诚发生共鸣）的感情中，要很久很久以后，直到你们的英勇业绩成为12月14日那样的传统，鼓舞了今天还没诞生的那一代人的思想，才能重整旗鼓，东山再起。

从这里得出的结论是明确的：把起义推迟到更好的时期——各种力量团结一致的时期；你们要运用你们的一切影响力推迟它，包括对波兰委员会的影响和对政府的影响——政府出于害怕，还可能取消征兵令；总之，你们要运用你们所掌握的一切手段来推迟它。

如果你们的努力没有成效，那就无法可想，只得听凭命运的安排，接受不可避免的苦难了，尽管它的后果将造成俄国十年的停滞。最低限度，你们要尽可能保存人力和物力，以便从这场不幸的失败的战斗中，为未来遥远的胜利积蓄一些有生力量。

如果你们成功了，起义推迟了，那么你们必须为自己制定一条坚定的路线，一步也不离开它。

这时你们必须始终保持一个观念：把俄国的事业看作一个整体，而不是单单看到波兰。要像你们在致俄国军官的信中所说的，在"土地与自由"以及地方自治会议的名义下，与所有的军队建立起一条牢不可破的秘密联系的铁索。为此必须使俄国军官委员会成为独立的组织，它的中心应该设在波兰境外。必须由你们以外的人组成这个中心，而你们自己从属于它，到那时你们才能控制局势，领导一个灵活机动的组织，投入起义，而且不仅仅是在波兰民族的名义下，而是在"土地与自由"的名义下，也不是为了一时的需要，而是在充分估计了力量，具有必胜的把握以后，举行起义。

对于我们，这计划是相当清楚的，你们不可能不明白应该怎么办。

不论要花多大力气，尽量完成这计划吧。

尼·奥加辽夫

朋友们和弟兄们：

我们的朋友尼古拉·普拉托诺维奇·奥加辽夫信中的每一行，都贯穿着对我们人民的和全体斯拉夫民族的伟大解放事业的真正的、无限的忠诚。不能不同意他的观点：在时机不成熟时波兰单独起义，会使整个斯拉夫族的，尤其是俄国的进步运动有条不紊的发展，面临中断的危险。应该承认，在整个欧洲和俄国目前的情绪下，这种起义成功的希望实在太小了，而波兰运动方面的失败，必然带来的后果便是沙皇专制统治在俄国的暂时胜利。但是另一方面，波兰人已到了无法容忍的地步，很难再长时期忍受下去了。政府方面手段卑劣而继续不断的残酷压迫，仿佛是在怂恿他们发动起义，正因为这样，推迟起义不仅对俄国是必要的，对波兰也是有利的。总之，毫无疑问，把起义推迟到更远的时期，对他们和我们都只有百利而无一害。你们必须为此尽一切努力，然而同时，不能侮辱他们的神圣权利，损害他们的民族自尊心。你们要在形势许可的条件下尽可能劝导他们，同时不应浪费时间，要好好宣传，组织力量，作好准备，迎接决定性的时刻。如果我们不幸的波兰弟兄们终于被逼得走投无路，忍无可忍，举行了起义，那么你们应该支持他们，而不是反对他们，你们要为了俄国的荣誉，为了斯拉夫民族的责任，为了俄罗斯人民的事业，高喊着"土地与自由！"与他们并肩战斗。如果你们注定要牺牲，你们也是为共同的事业牺牲的。上帝知道一切！也许，你们的英勇行为与冷漠的理性的打算背道而驰，但说不定它也能获得意外的成功呢……

至于我个人，不论等待着我们的是什么，是成功还是死亡，我希望我能分担你们的命运。再见，但愿我们不久便能见面。

米·巴枯宁

第五章

韦瑟利公司的轮船"沃德·杰克逊号"

1

这是波兰起义前大约两个月发生的事。一个不久前从巴黎来到伦敦的波兰人,名叫约瑟夫·茨维尔扎凯维奇[1],在回到巴黎时被逮捕了,与他一起被捕的还有赫麦林斯基[2]和米洛维奇,后者是我在与波兰委员会的代表会晤时提到过的。

这次逮捕有许多可疑之点。赫麦林斯基是在晚上九点多钟到达的,他在巴黎什么人也不认识,一到便前往米洛维奇的寓所。十一点钟左右,警察便来了。

"您的护照呢?"警官问赫麦林斯基。

"在这儿。"赫麦林斯基拿出了签证完备的护照,上面写的是另一个姓名。

---

[1] 波兰革命家,后任波兰起义委员会驻伦敦的代表。

[2] 赫麦林斯基(约1830—1863),1862年行刺康斯坦丁大公事件的组织者,1863年波兰革命政府的成员。

"对，对，"警官说，"我知道，您是用这名字的。现在，您的公文包呢？"他又问茨维尔扎凯维奇。

公文包在桌上。警官取出文件，翻了一会儿，把一封不长的信（收信人是艾·阿）交给自己的同事后，说道：

"就是这个！"

三个人被捕了，他们的信件也被拿走，但除了赫麦林斯基，其余两人随即获得释放——警察根据自己的特权，希望赫麦林斯基说出他的真实姓名。他没有满足他们的要求。一星期后，他也被释放了。

过了一年多，普鲁士政府制造了一起愚不可及的波兹南案件①，检察官在罗列罪证时，提到了俄国警察当局提供的属于茨维尔扎凯维奇的一些信件。对这些信件怎么会落到俄国警察手中的问题，检察官心安理得地解释道，茨维尔扎凯维奇被捕后，法国警察局把他的一些信件交给了俄国大使馆。

那些波兰人被释放后便奉命离开法国，于是他们来到了伦敦。在伦敦，茨维尔扎凯维奇亲自告诉我被捕的详情，理所当然，他觉得最奇怪的是警察知道他有一封给艾·阿的信——这是马志尼亲手交给他，要他面交艾蒂安·阿拉戈的。

"您有没有同什么人谈过这信？"我问他。

"没有，绝对没有。"茨维尔扎凯维奇回答。

"这就奇怪了，不可能怀疑您，也不可能怀疑马志尼。您再好好想一想吧。"

茨维尔扎凯维奇思忖了一会儿。

---

① 普鲁士政府在波兹南公国（当时属于普鲁士）逮捕了一百多名参加过 1863 年波兰起义的人，于 1864 年 7 月开庭审理。

"我只知道一点，"他说，"我出门去了一会儿，记得当时把公文包放在抽屉里，没有上锁。"

"找到线索了！现在请问，您住在哪里？"

"在某某街一套带家具的出租房间里。"

"房东是英国人？"

"不，是波兰人。"

"进一步了。他的名字呢？"

"图尔，他是研究农艺学的。"

"还干许多别的事，如出租带家具的房间。这个图尔，我有点知道。您听到过一个叫米哈洛夫斯基的人吗？"

"好像听人谈起过。"

"好吧，我给您讲讲。1857年秋天，我收到了一封从彼得堡经由布鲁塞尔寄来的信。这是一个不认识的人写的，他详尽无遗地告诉我，在特鲁布南那里有一个店员名叫米哈洛夫斯基，想投靠第三厅，收集我们的材料，为这事索价两百镑；为了证明他有条件和力量承担这工作，他提供了一份最近与我们接触的人的名单，还答应从印刷所窃取几份底稿作样品。在我还没考虑好怎么办以前，我又收到了同样内容的第二封信，那是通过罗特希尔德的银行寄给我的。

"我毫不怀疑情报的真实性。米哈洛夫斯基是从加利西亚来的波兰人，卑躬屈膝，一副小人的样子，经常喝酒，为人机灵，能讲四种语言，具备做暗探的一切条件，只是在等待机会一显身手。

"我决定与奥加辽夫一起上特鲁布南店里，撕下他的假面具，让他低头认罪，至少把他从特鲁布南那儿赶走。为了壮大声势，我还邀请皮安乔尼①和两个波兰人一同前往。谁知他厚颜无耻，拼命抵赖，说间谍是拿破仑·舍斯塔科夫斯基，一个与他住在一所屋子里的人……我几乎相信了一半，即认为他的朋友是间谍。我对特鲁布南说，我要求立即把他赶出书店。那个混蛋拼命申辩，但前言不对后语，提不出任何有力的说明。

"'这都是出于嫉妒，'他说，'我们中间只要谁穿了一件漂亮大衣，别人马上嚷嚷，说他是间谍。'

"'算了，'泽农·斯文托斯拉夫斯基②说道，'你从来没穿过漂亮大衣，可人家总认为你是间谍，这为什么呢？'

"大家哈哈笑了。

"'看来只能怪你自己啦。'切尔涅茨基说。

"'我不是第一个遭到这种不白之冤的。'那位哲学家说。

"'对，你已经习惯了。'切尔涅茨基说。

"骗子给撵走了。

"所有正直的波兰人都离开了他，除了一些酗酒的赌徒和嗜赌的酒鬼以外。与这个米哈洛夫斯基还保持友好关系的只有一个人，那便是您的那位房东图尔。"

"是的，这件事很蹊跷。我马上……"

"什么马上？……事情现在已不可挽回，您只要当心这个人就是了。您没有证据啊！"

这以后不久，茨维尔扎凯维奇被波兰委员会任命为驻伦敦的外交代表。他可以前往巴黎——这时拿破仑突然非常关心波兰的命

---

① 意大利流亡者。
② 波兰流亡者。

运，这是它牺牲了整整一代人，也许甚至下一代人换来的。

巴枯宁当时已在瑞典——他与一切人打交道，指望通过芬兰开拓和"土地与自由社"联络的道路，以便把《警钟》和其他书报送进俄国，同时与波兰各派的代表会晤。内阁官员和国王的兄弟接见了他，他让大家相信，俄国的农民起义已一触即发，群众的情绪十分激昂。他讲得头头是道，因为他真心相信这一点，尽管他对农民起义的规模还有怀疑，但深信它的力量在日益壮大。关于拉平斯基的远征，那时还没人想到。巴枯宁的目的是在瑞典把一切安排就绪之后，便前往波兰和立陶宛，发动农民起义。

茨维尔扎凯维奇从巴黎带着但蒙托维奇①回来了。在巴黎，他们和朋友们制订了装备一支远征队，从波罗的海海岸登陆的计划。为了寻找轮船，物色能干的领导人，他们来到了伦敦。目前正在进行秘密磋商。②

……一天，我收到了茨维尔扎凯维奇的便条，要我上他那儿去一下，说这事至关重要，但他自己患了重感冒，躺在床上，头痛得厉害。我去了。真的，他病了，躺在床上。霍尔热夫斯基坐在另一间屋里。他知道茨维尔扎凯维奇曾写信给我，有事跟我谈，便想走开，但茨维尔扎凯维奇不让他走；我很高兴，我们的谈话有一个第三者作见证人。

茨维尔扎凯维奇要求我丢开一切私人感情和个人考虑，把一个

---

① 华沙中央委员会驻国外的代表。

② 1863 年 1 月波兰起义爆发后，波兰革命政府驻国外的一些代表组织了一次远征行动，预备经过波罗的海，在俄国沿海登陆，支援国内的斗争，这次行动得到了巴枯宁的支持。赫尔岑虽然没有反对，但对此持谨慎态度，并提出过多次警告。后来事实证明，远征队的成员只是乌合之众，队长拉平斯基也只是一个雇佣兵式的冒险家，因此船到哥本哈根后便人心涣散，终于在瑞典被扣留。

人的情况毫无保留地告诉他，当然，他会严守秘密，那是一个波兰流亡者，是马志尼和巴枯宁介绍给他的，但他不能完全信任这人。

"您不太喜欢他，这我知道，但是现在，这件事具有头等的重要性，我希望您告诉我真实情况，全部真实情况……"

"您谈的是布列夫斯基[①]？"我问道。

"是的。"

我考虑了一下。我觉得我可能损害一个人的名誉，因为归根结底，我并不知道这人有什么特别不好的地方，但另一方面，我明白，茨维尔扎凯维奇的反感是有充分根据的，如果我提出反驳，可能对共同的事业造成很大危害。

"好吧，我把一切毫无保留地告诉您。至于马志尼和巴枯宁的推荐，我可以完全撇开不谈。您知道，我多么爱马志尼，但是他已习惯于用一切木材来雕琢，用一切泥土来塑造他的代理人，也善于为意大利的事业巧妙地利用他们，因此很难完全信赖他的意见。此外，马志尼在运用他所能运用的一切时，知道可以运用到什么程度，达到什么目的。巴枯宁的推荐更糟，这是个大孩子，正如马尔季亚诺夫说的，一个'身材高大的小姑娘'，在他眼里，反正什么人都是好的。这位'人的猎手'，只要见到一个'红色分子'，尤其又是斯拉夫人，便喜欢不尽，对其余一切都不闻不问。您提到我与布列夫斯基的私人关系，这点也应该谈谈。津科维奇[②]和布列夫斯基曾企图利用我，但这个主意不是他出的，是津科维奇出的。他们没有得手，便生我的气；这一切我早可忘记了，但是他们要破坏

---

① 波兰流亡者，曾当选为波兰民主派领导中心的成员。
② 波兰流亡者。

沃尔采尔和我的关系，这一点我不能饶恕他们。我非常敬重沃尔采尔，但他身体虚弱，只能听凭他们支配。直到临终前一天，才意识到自己的错误（或者承认自己意识到）。他用垂死的手握住我的手，在我耳边小声说：'是的，您是对的。'（但是没有证人，利用死人是容易的。）现在我的意见便是这样：我检查了一切，没有发现任何一个行为，甚至任何一句传闻，足以使我对布列夫斯基政治上的正直产生怀疑；但是我决不会让他参与任何重大的机密。在我的眼中，他是一个专讲漂亮话的空头政治家，自高自大，目中无人，一心想担当重要的角色；如果不能如愿以偿，他会不惜一切，甚至给整个戏剧拆台。"

茨维尔扎凯维奇欠起了身子，显得忧虑重重，脸色苍白。

"好，您搬掉了我心头的一块石头……如果现在还不算太迟……我要尽力而为。"

他心神不定，开始在屋里踱来踱去。我与霍尔热夫斯基很快便走了。

"您听到全部谈话了？"我一边走一边问他。

"听到了。"

"我很高兴，希望您不要忘记，也许有一天我会需要您作证……真的，我觉得，他把一切都告诉了他，事后才发觉要检验一下他的反感。"

"这是毫无疑问的。"我们差点哈哈大笑，尽管心里根本并不快活。

第一个教训

……过了两个星期，茨维尔扎凯维奇开始与布莱克伍德轮船公司商量，要租一条轮船，供波罗的海远征之用。

"您为什么偏偏找这家公司？"我们问他，"要知道它几十年来一直在为彼得堡的海军部门担负运输任务。"

"我个人并不喜欢这么办，但这家公司非常熟悉波罗的海。再说，这涉及它自身的利益，它不致出卖我们，而且这也不符合英国人的作风。"

"说是这么说，但您怎么会想起找它联系？"

"这是我们的代理人经手的。"

"那是谁？"

"图尔。"

"怎么，就是那个图尔？"

"哦，关于他可以放心。他是由布列夫斯基郑重推荐的。"

我的血一下子涌上了头脑。愤怒、反感、委屈把我的心搅得乱糟糟的，是的，是的，这是个人的委屈情绪……可是"波兰共和国"①的代表却满不在乎，继续说道：

"他非常了解英国，既懂英语，又懂得它的法律。"

"关于这一点我并不怀疑，图尔还曾为一件不明不白的案子在伦敦坐过牢，在法庭上为陪审团当过翻译。"

"这是怎么回事？"

"您不妨问问布列夫斯基或米哈洛夫斯基。您不认识他吗？"

---

① 1569 至 1795 年波兰－立陶宛联合国的正式名称，实际上这是有国王的贵族共和国，波兰民族解放运动的目标便是恢复被瓜分前的这个国家。

"不认识。"

"图尔究竟是个什么角色，以前他研究农业，现在却对航海发生了兴趣……"

但是远征队的拉平斯基上校来了，大家的注意力转到了他身上。

2. 拉平斯基上校和波列斯副官

1863 年初，我收到一封信，字写得很小，非常工整，开头一句话是："让小孩子到我这里来。"① 通过这些阿谀奉承、委婉曲折的文字，一个自称为波列斯的"孩子"要求来拜访我。这封信叫我看了很不舒服。他本人更令我不快，那么卑躬屈膝，低声下气，甜言蜜语，脸刮得光光的，头发涂满了油。他告诉我，他在彼得堡的戏剧学校念过书，在那里是靠助学金生活的，还竭力装得像个波兰人；坐了一刻钟以后，他又对我说，他是从法国来的，在巴黎过着悲惨的生活，那里是一切不幸的中心，而中心的中心便是拿破仑三世。

"说真的，我头脑中经常出现一个思想，而且越来越相信这思想是正确的，那就是应该下定决心，杀死拿破仑。"

"那为什么不这么干呢？"

"但不知您对这事怎么想？""孩子"有些不好意思，问道。

"我从没想过。这是您在这么想……"

于是我讲了一件事，这是每逢有人谈到杀人之类的胡话向我征求意见时，我一再讲的。

"您大概知道，查理五世② 在罗马的时候，一个少年侍从带他

①《圣经》中的话，见《马太福音》第十九章十四节。
② 1519 至 1555 年的神圣罗马帝国皇帝。

参观万神庙。回到家中，他对父亲说，他当时头脑中出现了一个思想，要把皇帝从最高一层走廊上推下去。父亲勃然大怒：'你这个……（这里我常常根据未来弑君者的特点，改变一下这句咒骂的话，例如：混蛋，流氓，傻瓜等等）你这个没出息的东西！这个罪恶的思想怎么会跑进你的脑袋……要知道，可能这么想的人，有时也许真的会这么干，但是他们从来不会讲出口……'"①

波列斯走后，我决定不再见他。过了一星期，他在我家附近遇到了我，说他来过两次，没找到我，然后谈了一些废话，说道：

"我来拜望您，也是为了告诉您，我发明了一种通信方法，可以与各地的人，比如俄国的人，建立秘密联系。我想，您大概常常需要利用这种通信方法。"

"完全相反，我从来不需要。我给任何人写信一向都不必保守秘密。再见。"

"再见。不过请您记住，如果您或奥加辽夫想听听音乐，我和我的大提琴随时可以效劳。"

"非常感谢。"

我从此没再看到他，但是我完全相信，这是个间谍——俄国的还是法国的，我不知道，也可能是国际的，像《北方》②是国际的刊物一样。

在波兰人的集会上，他从未出现过，也没人知道他。

但蒙托维奇和他的巴黎朋友们经过长时间的物色，终于选中了

---

① 一天，一个年轻的格鲁吉亚人，外表跟一头小老虎似的，对我说："我是来向您请求指教的，我想杀死斯卡里亚京……""您大概知道查理五世……""知道，知道！看在上帝分上，不要讲了！"于是这个乳臭未干的小老虎走了。——作者注
斯卡里亚京是当时俄国的一个反动记者。

② 由俄国政府资助的一份刊物，在布鲁塞尔出版。

拉平斯基上校，认为这是远征队最合适的军事领导人。他曾站在切尔克斯人一边，在高加索待过很久，对山地作战十分在行，至于海上作战，自然更不在话下。应该说，这是个不坏的选择。

拉平斯基是名副其实的佣兵队长。他没有任何坚定的政治信念，可以站在革命一边，也可以站在反革命一边，可以站在圣人一边，也可以站在魔鬼一边。从出身说，他属于加西亚的小贵族，从教养讲，却属于奥地利军人，像崇拜圣地一样崇拜维也纳。俄国和俄国的一切都叫他切齿仇恨，简直誓不两立。他是个老练的军人，长期以来出生入死，还写过一本关于高加索的别致的书①。

"告诉你们，我在高加索碰到过这么一件事，"拉平斯基常说，"一个俄国少校带着自己的全家老小住在离我们不远的地方，我不知怎么搞的，也不知为什么，他抓走了我们的一些人。我得知这事后，对大家说：'这是什么？这是耻辱和丢人，你们居然像娘们一样被人偷走！到他的庄园去，看到谁就抓谁，全都带到这儿来。'你们知道，这些山民是用不到你多讲的。好，到了第二天或第三天，少校的一家全被我们抓来了：仆人，老婆，孩子；至于少校本人，他不在家。我派人通知他，只要他把我们的人放了，再付一笔赎金，我们马上把俘虏送还他。当然，我们的人被送回了，赎金也付了，我们也把那些莫斯科客人放了。第二天，一个切尔克斯人来找我，说发生了这么一件事：'我们昨天释放俄国人时，把一个四岁的孩子忘了，他那时正睡觉呢……所以我们忘了他……现在怎么办？'哼，你们这些畜生……什么事也办不好。孩子在哪里？'在我那儿，孩子又哭又闹的，我看他可怜，就把他带回家中了。'好，

---

① 拉平斯基是职业军人，佣兵队长，曾长期在高加索作战，帮助土耳其人反对俄国。后来他根据这些经历写了一本书：《高加索山民和他们反抗俄国人的解放战争》。

看来这是真主要让你发一点小财呢，我不想插手……你就通知他们，说他们把小孩忘了，你找到了他，叫他们出一笔赎金给你。我的切尔克斯人一听，眼睛发亮了。当然，父母正在担心，乖乖地把切尔克斯人要的钱如数送到了……这种事真太有趣了。"

"确实有趣。"

这便是萨莫基蒂亚①未来的英雄的一个特点。

在出发之前，拉平斯基来看我。他不是一个人来的，看到我的脸色有些异样，他赶紧说道：

"让我给您介绍我的副官。"

"我已经有幸见过他了。"

这是波列斯。

奥加辽夫与拉平斯基单独在一起时，问他："您了解他吗？"

"我是在我现在住的公寓中认识他的，看来他是个正直、机灵的小伙子。"

"您信任他吗？"

"当然。何况他还能拉大提琴，拉得不坏，在航海途中可以让我们散散心……"

据说，他还能给上校提供别的消遣呢。

我们后来对但蒙托维奇说，我们认为波列斯是一个非常可疑的人物。

但蒙托维奇答道：

"我对他们两人都不十分信任，但是他们不敢要什么花招。"

他从口袋里掏出了一支手枪。

准备工作进行得很慢……远征队的消息却传播得越来越广了。

---

① 即立陶宛西北部的日穆德地区。

公司起先安排的那只轮船，经过有经验的航海家萨佩加伯爵检查之后，证明并不合适。必须把货物转到别的船上。等一切准备就绪，伦敦不少人知道这消息以后，又发生了下面这件事：茨维尔扎凯维奇和但蒙托维奇突然通知远征队的全体参加者，要他们在十点钟到某某火车站集合，搭乘公司提供的一列专车，前往赫尔市。到了十点，未来的战士已汇集到那儿，其中有意大利人，还有几个法国人，一些勇敢的贫民……以及厌倦了无家可归的生活的流浪汉，但也有些是真正热爱波兰的。过了十点、十一点，火车却连影子也没有。有些英雄们是从家里秘密出走的，现在关于远征队的消息逐渐传到了他们家中……于是到了十二点，车站候车室里出现了一大群妇女，都是来找那些未来的战士的，其中有的是被狠心的丈夫抛弃的失望的狄多①，有的是气势汹汹的老板娘，因为那些战士也许为了怕走漏消息，临走时没有算清房饭钱。现在这些披头散发、衣衫不整的婆娘们便大吵大闹，威胁要向警察告发……有的妇女还带着孩子……所有的孩子都在啼哭，所有的母亲都在叫喊。英国人站在周围看热闹，惊奇地欣赏这幅"出征图"。年纪大些的旅客拿着车票再三问，专车是不是快到了，但毫无回音。铁路上的职员根本不知道有这么一趟列车。站上越来越乱……这时领导派出的使者才骑马赶到，责备候车的人全都疯了，说火车是晚上十时，不是早上……这点十分清楚，因此没有写明。于是可怜的战士们只得提着包袱，背起挎包，又回到了被抛弃的狄多和被说服的老板娘那儿……

晚上十时他们搭车走了，英国人甚至还对他们喊了三次"万岁！"

第二天一早，俄国军舰上一个我认识的海军军官赶来找我，说

----
① 希腊神话传说中一个被丈夫抛弃后自杀的女人。

他们昨晚接到了命令，所有的军舰今天上午都得全速出发，跟踪"沃德·杰克逊号"。

这时，"沃德·杰克逊号"在哥本哈根加了水，接着又在马尔默停了几个钟头，等候巴枯宁——他要与大家一起前往立陶宛发动农民，被瑞典政府下令逮捕了。

它的详细情形，以及拉平斯基的第二次尝试[①]，都由他自己在报上谈过了。我想补充的只是：早在哥本哈根，船长就说，他不想驶往俄国海岸，使轮船和他自己遭到危险；还没到达马尔默，但蒙托维奇已不是用手枪在威胁拉平斯基，而是在威胁船长了。不过，但蒙托维奇终于还是跟拉平斯基发生了争吵，他们只得把不幸的群众留在马尔默，像势不两立的仇敌似的去了斯德哥尔摩。

后来茨维尔扎凯维奇或者他的一个亲密朋友对我说："您可知道，轮船停在马尔默，使这件事前功尽弃的罪魁祸首就是图根霍尔德？"

"我根本不认识这个人。他是谁？"

"咦，怎么不认识，您在我们这里见到过他，一个不留胡子的年轻小伙子。拉平斯基还带他去看过您。"

"那么您讲的是波列斯。"

"这是他的化名，他的真名是图根霍尔德。"

"您说什么？……"我奔向了书桌。

我总把一些特别重要的信放在一边，现在便从这里找出了一封两个月前收到的信。这是从彼得堡寄出的，它警告我，有一个姓图根霍尔德的医生是与第三厅有联系的，他回国了，但留下了他的弟

---

① 第一次远征失败后，拉平斯基组织了第二次远征（1863年6月初），企图在立陶宛登陆，但也失败了，只得退回瑞典的哥特兰岛，然后被瑞典政府扣留。

弟作奸细，这位弟弟必然会去伦敦。

波列斯就是这个人，这已毫无疑问。我垂下了双手。

"在远征队出发以前，您是不是知道波列斯便是图根霍尔德？"

"知道。他们说他改了姓，因为在这一带大家知道他的哥哥是间谍。"

"为什么您从未向我提起这事？"

"哦，这没有必要。"

乞乞科夫的谢利凡知道马车坏了，可是并不吭声。[①]

找到证据后，我们只得往马尔默打电报。但这时不论但蒙托维奇还是巴枯宁[②]都无法采取有效的措施了——他们吵架了。波列斯为一些钻石的事被关进监狱，这些钻石是瑞典的一些夫人捐给波兰人的，但被他拿去喝酒了。

这样，那群武装的波兰人，一大批花了不少钱买到的武器，以及"沃德·杰克逊号"，都作为尊贵的俘虏和战利品被扣留在瑞典海边了。与此同时，"白派"装备的另一支远征队已筹备就绪，打算通过直布罗陀海峡前往俄国。它的领导人是斯贝舍夫斯基伯爵[③]，他的兄弟便是那个写过一本杰出的小册子《波兰和秩序问题》的人。他本是优秀的海军军官，在俄国军队中服役，起义一开始，便丢下职务来了，现在要率领秘密武装的轮船前往黑海。为了与当时的反对派领导人举行会谈，他到都灵去了一次，也会见了莫尔蒂尼。

后来莫尔蒂尼亲自告诉我："我与斯贝舍夫斯基会面后，第二

---

① 见果戈理的《死魂灵》第三章。

② 但蒙托维奇与巴枯宁争论了很久以后，说道："算了，先生们，不论我们在俄国政府下面怎么不好过，我们在那里的地位，还是比那些疯狂的社会主义者为我们准备的好一些呢。"——作者注

③ 一个出身为波兰人的俄国军官，1863年后流亡国外。

天晚上，在议会里，内政大臣便把我叫到一边，对我说："您得小心一些……昨天您跟波兰的密使见过面了，他想带着轮船神不知鬼不觉地通过直布罗陀海峡，既然这样，他们就不该事先喋喋不休。'"①

不过，轮船并没有驶到意大利海岸，它在加的斯便被西班牙政府扣留了。直到没有必要的时候，两国政府才允许波兰人在出售武器后带着轮船离开。

拉平斯基垂头丧气、满腹牢骚地到了伦敦。

"现在只有一件事可做了，"他说，"那就是组织一个暗杀团，把大部分国王和大臣统统杀死……要不就重返东方，到土耳其去。"

斯贝舍夫斯基也垂头丧气、满腹牢骚地来了……

"怎么，您也要像拉平斯基一样大杀国王吗？"

"不，我要上美国……为这个共和国战斗……哦，顺便问一下，"他对霍尔热夫斯基说，"这儿有需要人手的地方吗？我有好几个同志找不到饭碗呢。"

"很简单，上领事馆……"

"算了，我们不如到南方去②，他们目前正需要人呢，那儿提供的条件也好一些。"

"这不可能，你们不会到南方去！"

……很幸运，霍尔热夫斯基猜对了，他们没有到南方去。

（1867 年 5 月 3 日）

---

① 当时意大利已获得统一，建立了意大利王国。
② 指南北战争时期的美国南方。

第六章

弗·佩切林老爹

"昨天我看见佩切林[①] 了。"

我听到这名字吃了一惊。

"怎么，"我问，"是那个佩切林？他在这儿？"

"哪个，佩切林神父？对，他在这儿！"

"在哪儿？"

"在克拉彭的耶稣会修道院，圣马利亚教堂。"

佩切林神父！……这罪孽也得算在尼古拉的账上。我并不认识佩切林，但是经常听到列德金、克留科夫和格拉诺夫斯基谈起他。他作为一个年轻的教授回国之后，在莫斯科大学教希腊语，这是在1835至1840年之间，尼古拉的迫害变本加厉的时期之一。我们已被流放，那些年轻的教授尚未回来，《莫斯科电讯》被查禁了，《欧罗巴人》被查禁了，《望远镜》也被查禁了，恰达耶夫则被宣布为

---

① 佩切林由于对沙皇统治不满，跑到了西方，又对西方的革命运动感到失望，最后躲进了宗教中，但宗教也并未使他得到平静。赫尔岑曾在中篇小说《责任先于一切》中反映了佩切林的一些特点。

疯子。

直到1848年以后，俄国的恐怖统治才又跨进了一步。

但是尼古拉皇朝最后几年登峰造极的专制暴政，显然是第五幕了。这时已很清楚，不仅屋里的一切在崩溃和毁灭，而且屋子本身也在崩溃和毁灭，可以听到地板的坼裂声，连屋顶也已摇摇欲坠。

30年代完全不同，政府的倒行逆施还得心应手，保持着通常的步伐；周围一片荒凉，沉寂无声，大家唯唯诺诺，失去了人的尊严，失去了希望，生活平淡无味，显得愚昧而庸俗。寻找同情的目光，遇到的只是奴仆的威胁或惊慌，人们不是掉头不顾，便是嗤之以鼻。在这奴隶制度的那不勒斯岩洞中[①]，佩切林喘不出气，恐惧和忧郁主宰着他，他必须逃走，不惜一切地逃出这个万人唾骂的国家。为了出走，需要钱。佩切林开始教课，节衣缩食地过着极端俭朴的生活，很少外出，甚至避免参加同事们的集会，在积攒了一小笔钱以后，他便走了。

过了一段时间，他写信给谢·斯特罗戈诺夫伯爵[②]，通知他，他不再回国了。他感谢了伯爵，向他告别，谈到了不堪忍受的沉闷气氛，使他不得不走，并要求伯爵怜惜那些不幸的年轻教授，他们受过的教育必然使他们感受到同样的痛苦，伯爵应该在暴力的打击面前保护他们。

斯特罗戈诺夫把这信给教授中不少人看过。

莫斯科没有人再提起他，过了一些时候，我们突然听到，佩切林参加了耶稣会，正在一所修道院里修行，这使我的心情变得非常

---

① 那不勒斯位在火山地带。

② 1835至1847年的莫斯科学区总监。他于1837年写信给佩切林，劝他回国，佩切林写了复信。

沉重。贫穷、消沉和孤独毁了他；读了他的《死之胜利》①后，我问自己，难道这个人可能变成天主教徒，耶稣会士吗？要知道他已经离开了这个在警察的棍子下，在宪兵的监视下苟延残喘的国家。为什么他又要这么迫不及待地给自己套上另一副枷锁，另一条绳索呢？

俄国人在分崩离析、追名逐利的西方社会中，感到与人们格格不入，孤苦伶仃，找不到任何亲人。当捆绑他的绳子被挣断，他的命运突然摆脱了一切外在的约束，可以由他自己掌握的时候，他不知怎么办变得彷徨无依，脱离了轨道，看不到目标和规范，于是他落进了耶稣会的修道院！

第二天两点钟，我来到了圣马利亚修道院。厚实的橡木门关得紧紧的，我敲了三次门环；门开了，出来一个瘦瘦的年轻人，大约十八岁，穿着修士的长袍，拿着祈祷书。

"您找谁？"管门的修士用英语问。

"佩切林神父。"

"请问贵姓？"

"这是我的名片和信。"

在信里我附了一份俄文印刷所的宣言②。

"请进，"年轻人说，在我后面重又关上了大门，"请在这儿等一下。"他指着宽敞的前厅，那里有两三张古色古香的雕花大椅子。

过了五分钟，管门的修士回来了，用带些英语发音的法语对我说，佩切林神父非常欢迎我的光临，请我稍候，他马上就来。

---

① 佩切林在国外写的一部长诗。
② 指1853年2月赫尔岑为自由俄罗斯印刷所的成立写的公告，这次访问即在此时。

然后他带我穿过食堂，走进一间光线暗淡的不大的高房子，重又请我坐下。那里墙上挂着一个石雕的耶稣受难十字架，如果我记得不错，它的对面还有一幅圣母像。在一张笨重的大桌子周围，放着几把木头大扶手椅和靠背椅。对面一扇门外是走廊，走廊那边是一个大花园，花园内绿草如茵，树叶瑟瑟作声，是一片不太协调的世俗风光。

　　管门的修士指给我看墙上的会客规则；原来根据规定，修士们只能在四时至六时之间会客，现在还没到四时。

　　"您好像不是英国人，也不是法国人，是吗？"我听了他的口音问他。

　　"是的。"

　　"那么您是德国人？"

　　"也不是，先生……我几乎是您的同乡；我是波兰人。"

　　确实，这个管门人挑选得不错，他能讲四种语言。我坐下后，他走了。我发现自己待在这么一个地方，觉得有些别扭。花园中有一些穿黑衣裳的人在走来走去，两个半修士打扮的人走过我的身边，便严肃而恭敬地向我鞠躬，眼睛望着地面，每次我都欠起身子，同样庄重地向他们答礼。最后，一个身材不高、上了年纪的神父来了，他戴一顶教士的四角帽，身上是神父在修道院中日常穿的衣衫。他直接向我走来，长袍窸窣作响，用十分纯粹的法语向我问道：

　　"您是想会见佩切林的？"

　　我回答是的。

　　"非常欢迎您的来访，"他说，一边伸出了手，"别客气，请坐。"

　　"对不起，"我说，由于没认出他，有些不好意思；我从未想到，我见到的人会是这么一身打扮，"您的衣服……"

他露出微笑，立即继续道：

"我已经很久没听到我们的国家、我们的朋友和大学的任何消息了。您大概认识列德金和克留科夫吧。"

我端详着他。他的脸显得苍老，比他的年纪更老，看来这些皱纹包含着不少沧桑，那一切严峻的日子，尽管事情都过去了，仍在他的面貌上留下了阴森的痕迹。教士的平静生活是不自然的，尤其是修士们，他们仿佛在自己的心灵和理性周围涂了一层升汞，要把它们埋葬在里面，以致言语和行动都显得死水一般沉寂。天主教神父往往像寡妇，总是穿着丧服，总是孤单单的，也总是相信根本没有的东西，用脱离现实的幻想来扼杀现实的情欲。

我给他谈了我们共同认识的人，谈了我目睹的克留科夫的死，他的葬仪，他的学生们怎样抬着他的棺材走过全城，送往墓地，然后又谈了格拉诺夫斯基的成功，他的公开讲学；我们两人不禁都沉浸在思索中。在四角帽下的脑袋中会出现什么，我不知道，但佩切林这时仿佛觉得这顶帽子太重了，把它从头顶摘下，放到了桌上。谈话难以继续了。

"让我们到花园走走吧，"佩切林说，"天气这么好，这在伦敦是少有的。"

"好极了①。但是请您说说，我们为什么要讲法语？"

"那倒是的！我们还是讲俄语吧；我想，我几乎已不习惯讲它了。"

我们走进了花园。谈话又回到了大学时代和莫斯科。

"啊，"佩切林说，"我离开俄国那会儿，那是怎么一个时代啊，

_____

① 以上仿体字在原著中均为法文。

想起来简直不能不叫人发抖！"

"请您想想，现在它变得怎样了；1848 年以后，我们的扫罗①完全发疯了。"我给他讲了几件最骇人听闻的事实。

"灾难深重的国家，尤其是获得了教育的不幸果实的少数人太可怜了。然而人民却多么善良；在爱尔兰的时候，我常常想起我们的农民，他们非常相像，凯尔特族的庄稼汉也与我们的人民一样像是孩子。您不妨到爱尔兰看看，便会相信这一点。"

这样的谈话继续了半个小时，最后我打算走了，对他说道：

"我对您有个请求。"

"什么事？请讲吧。"

"在彼得堡的时候，我保存着您的一些诗，其中有三部曲《波利克拉特·萨莫斯基》②《死之胜利》等等，您现在有没有这些诗，或者能不能把它们给我？"

"您怎么会想起这些无聊的东西？这是不成熟的幼稚的作品，属于另一个时代和另一种心情。"

"也许正因为这样，我才喜欢它们，"我笑道，"您手头有没有这些作品？"

"没有，怎么会有！……"

"您不能背诵它们吗？"

"不能，完全忘了。"

"那么要是我在俄国什么地方找到了它们，您允许付印吗？"

"说实话，在我看来这些毫无价值的东西好像是另一个人写的，

---

① 《圣经》中的以色列王，以残酷专横著称。
② 佩切林的长诗，已失传。

我与它们毫无关系，仿佛一个人病愈以后想起病中的呓语一样。"

"既然它们与您无关，那么应该说，我可以印行它们，只要不署姓名？"

"难道您现在还喜欢这些诗不成？"

"这是我的事，请您告诉我，您允许我发表还是不允许？"

即使这时他也没有给我直截了当的答复，我不再追问。

我告别时，佩切林问我："您怎么不把您出版的东西带一些给我？我记得，三年前报纸上谈到过您发表的一本书，好像是用德文写的①。"

"您的服装可以向您证明，"我答道，"出于什么原因，我不应把它带来，您不妨把这看作我尊重和体谅您的表示。"

"您还不太了解我们的忍耐和我们的爱，我们可以为过去的迷误哀痛，为它的改正祈祷，希望做到这一点，但不论怎样，我们对人还是有所爱的。"

我们分手了。

他没有忘记我的书和我的回答，过了三天他用法文写了下面这封信给我：

"我不能向您隐瞒自由这个词在我心头激起的共鸣——我不幸的祖国的自由！一分钟也不要怀疑我希望俄国复兴，我的愿望是真诚的。尽管这样，我绝对不能完全同意您的纲领。但是这并不重要。天主教神父的爱对一切政见和一切党派是一视同仁的。当您最宝贵的憧憬欺骗了您，当整个尘世的力量起来反对您的时候，天主

---

① 指《来自彼岸》，它最初是以德文在汉堡出版的。

教神父的心中依然为您保留着可以信赖的庇护所：您可以在那里找到真诚的友谊，同情的眼泪，以及世界所不能给予您的和平。我随时欢迎您的光临，最亲爱的同胞。在我前往格恩济岛以前，我非常希望再见到您一次。请不要忘记把您的小册子带给我。

"仁慈的耶稣，赐福的耶稣！

弗·佩切林

1853 年 4 月 11 日于克拉彭，

圣马利亚教堂。"

我带去了我的书，过了四天又收到了下面这封信。

"您的两本书[①]，我都非常仔细地拜读过了。有一章[②]令我特别震惊；我觉得，您和您的朋友们是把希望完全寄托在哲学和文学上。难道您认为，它们的任务就在于革新当今的社会吗？请恕我直言，历史的证明恰恰与您背道而驰。没有一个例子可以说明，社会是靠哲学和文学革新或改造的。老实说（让我开诚布公地谈谈），只有宗教才是国家的根本；哲学和文学，这——唉！只是社会之树上两枝微不足道的花朵。每当哲学和文学鼎盛之时，每当哲学家、雄辩家和诗人掌握权力，解决一切社会问题的时候，社会便走向末日，走向衰落和死亡了。希腊和罗马证明了这一点，所谓亚历山大时代也证明了这一点；哲学从来没有这么发达，文学从来没有这么繁荣，然而这却是社会深刻退化的时期。每逢哲学企图改造社会秩序的时候，它必然发展为残忍的专制主义，例如，在腓特烈大帝，

---

① 指赫尔岑的《俄罗斯人民和社会主义》及《论俄国革命思想的发展》。

② 指《论俄国革命思想的发展》的第五章《1825 年 12 月 14 日以后的文学和社会观念》。

叶卡捷琳娜二世，约瑟夫二世①，以及一切革命失败的时期，便是如此。您随口说出了一句话，这也许是幸运，也许是不幸，随您怎么说；您说：'法伦斯泰尔无非是改头换面的军营，共产主义也只能是尼古拉专制统治的变态表现。'② 确实，我在您和您的莫斯科朋友们身上，看到了一缕悲观的黑影。您甚至自己也承认，你们都是奥涅金，也就是说，您和您的朋友们只知道否定，只知道怀疑，只知道失望。难道社会可以在这样的基础上改造吗？

"也许我这些话只是老生常谈，您比我知道得更清楚。我写这些话不是为了辩论，不是为了展开论争，但我认为我有责任向您提出这一点，因为有时最敏锐的头脑和最美好的心灵也会在根本上错了，自己却还不知道。我给您写这些，是为了向您证明，我曾多么仔细地读了你的书，这也再度表明了我对您的尊敬和爱……

"仁慈的耶稣，赐福的耶稣！

弗·佩切林

1853 年 4 月 15 日于格恩济岛

圣皮埃尔天主教堂。"

对这封信我用俄文作了答复：

---

① 1765 至 1790 年的神圣罗马帝国皇帝。

② 引自《论俄国革命思想的发展》第五章，但引文并不准确，赫尔岑是说，如果把傅立叶主义机械地搬用于生活，"在工业生产的名义下抽去了它的诗意方面，在把工人统一组成生产班组时，忘记了对自由的热爱"。那么，"法伦斯泰尔无非是俄国的村社和劳动军营……"而关于共产主义的话完全是误解，原意正好相反："共产主义——这是俄国专制制度的反面。"

"最尊敬的同胞：

"您的来信使我衷心感谢，请允许我就主要的几点简单谈几句。

"我完全同意您的观点：文学像秋天的花朵，是在国家灭亡前盛开的。不论是西塞罗字字珠玑的文章，还是他的淡而无味的道德说教，也不论是卢奇安①的伏尔泰式尖刻讽刺，还是普罗克洛斯②的德国式严谨哲学，都无法挽救古罗马的灭亡。但是请您注意，不论是艾勒夫西斯神秘教仪③，还是提亚纳的阿波罗尼奥斯④，或者其他一切延续和复活异端的企图，同样不能挽救它的灭亡。

"这不仅不可能，而且也不必要。我们根本不需要挽救古代世界，它的时代已经过去，新世界代替了它。欧洲完全处在同样的状况；文学和哲学的任务不是保留衰老的形态，而是把它们送进坟墓，埋葬它们，摆脱它们。

"新世界正如当年一样在逐渐临近。您不要以为，我称法伦斯泰尔为兵营是失言。不，至今出现过的种种社会主义理论和学派（从圣西门到只知道否定的蒲鲁东）都很贫乏，它们只是儿童的牙牙学语，是这种思想的启蒙阶段，古代东方的特拉普提派和艾赛尼派⑤。但是谁没有看到，谁没有在心中感觉到，这些简单片面的尝试中包含着巨大的内容，或者谁会由于孩子的牙齿出得不顺利或生歪

---

① 卢奇安（约120—约180），古希腊讽刺作家，修辞学家。

② 普罗克洛斯（约410—485），希腊新柏拉图主义哲学家。

③ 一种对古希腊农神得墨忒耳的秘密崇拜仪式，流行于18至19世纪。由于这种仪式起源于古希腊的艾勒夫西斯地方，因而得名。赫尔岑在这里是暗指复兴天主教的企图。

④ 传说中的毕达哥拉斯派哲学家，据说曾创造各种奇迹，因而为罗马帝国的异教徒奉为神明，与基督教相对抗。

⑤ 古代犹太教初期的两个派别，都以严格遵守律法为特点。

了，便惩罚孩子呢？

"现代生活的苦闷是黎明前的苦闷，是过渡时期的苦闷，希望来临前的苦闷，动物在地震前感到的烦躁。

"一切还没有跨过这一点。有的人想用暴力打开未来的大门，另一些人却想用暴力阻挡历史的潮流；一些人看到了未来的启示，另一些人却沉浸在回忆中。他们的活动只是互相掣肘，以致相持不下，陷在泥沼中。

"在这旁边是另一个世界——俄国。它的基础是带有共产主义精神的人民，只是他们尚未觉醒，给埋没在一层知识分子的表皮下，而这些知识分子陷入了奥涅金状态，生活在绝望中，流放中，忍受着您的和我的命运。对于我们，这是痛苦的。我们成了生不逢时的牺牲品；但是对于事业，这无关大局，起码并无重大影响。

"谈到新俄罗斯的革命运动时，我已说过，从彼得一世起，俄国的历史便是贵族和政府的历史。贵族阶级中包含着革命的酵素；它在俄国没有别的舞台，那公开的、流血的舞台，街头的广场，它有的只是文学的讲坛，我也就注意着它在这方面的活动。

"我敢说（在给米什莱①的信中），俄国的知识分子是最自由的人；我们在否定方面，比例如法国人，走得远得多。否定什么？不言而喻，否定旧世界。

"奥涅金带着他无所事事的绝望，现在走向了正面的理想。您似乎还没发觉这一点。在否定欧洲的过时形态，否定彼得堡（其实这依然是欧洲，只是穿上了我们的服饰，那虚有其表的脱离人民

① 米什莱（1798—1874），法国历史学家，赫尔岑的《俄罗斯人民和社会主义》是以给米什莱的书信的形式发表的。

的服饰）的同时，我们也毁灭了。但是一种新的事物，那在果戈理的笔下变得怪诞的，在泛斯拉夫主义者那里被夸大了的事物，逐渐孳生了。这是一种新的因素，对人民的力量怀有信心的因素，贯穿着爱的因素。有了它，我们才开始了解人民。但是我们却离他们很远。我并不想说，我们担负着改造俄国的责任，但是我感到庆幸，我们迎来了俄罗斯的人民，我们知道他们是属于未来的世界的。

"还有一句话。我并不把科学与文学、哲学的发展混为一谈。科学即使不能改造国家，也不致与它同归于尽。它是手段，是人类的里程碑，是对大自然的胜利和解放。愚昧，只有愚昧，才是贫穷和奴役的根源。群众被自己的教育者丢在动物状态中。科学，只有科学才能在今天纠正这一点，给他们提供饮食和住所。它不是靠宣传，而是靠化学、机械学、工艺学、铁路改造人的头脑，那千百年来在物质和精神上受压制的头脑。

"我衷心感谢……"

过了两个星期，我收到了佩切林老爹下面这封信：

"我用法文写回信，原因您是知道的。我直至今日才给您写信，是因为我在格恩济岛工作太忙。一个人生活在事务纷繁的现实中，很少时间想到哲学理论；当人类以自己的血肉之躯向您倾诉不幸，要求您的指导和帮助时，您也就没有闲情逸致去考虑思辨性的人类未来的命运问题了。

"我向您坦率地承认，您这次的信使我感到惶恐，我也得承认，这是一种带有私心杂念的惶恐。

"当您所说的知识（也就是您受到的教育）获得胜利的时候，我们会变得怎样呢？对于您，科学便是一切，一切的一切。这不是那广泛的、包括人的一切能力，那有形的无形的一切的科学——我们至今所了解的那种科学，而是局限的、狭隘的科学，唯物的科学，那种分析和解剖物质，除此以外什么也不知道的科学。化学，机械学，工艺学，蒸汽，电——也就是伟大的饮食科学，米歇尔·谢瓦利埃[①]将称之为个人崇拜的东西。这种科学一旦胜利，我们便大祸临头了！在遭到罗马皇帝迫害的时期，基督徒至少还可以逃进埃及的沙漠，暴君的剑只能在这无法跨越的边境上止步。可是在您这物质文明的暴政前面，哪里可以逃避呢？它铲平了高山，挖掘了运河，铺设了铁路，派出了轮船，它的报纸深入到非洲灼热的沙漠地带和美洲人迹罕至的大森林。正如从前把基督徒拉进竞技场，供好奇的观众取笑作乐，现在也会把我们这些一心祈祷的缄默的人送进市场，当着众人的面问我们：'为什么您要逃避我们的社会？您应该参加我们的物质生活，与我们一起做生意，一起开办新奇的工厂。您应该到市场上去演讲，去宣传政治经济学，讨论市场行情的起落，为我们的工厂工作，发动机器和电力，去主持我们的宴会，告诉大家天堂便在人间，我们应该尽情享乐，大吃大喝，要知道明天我们便会死去！'这就是我所感到的惶恐，因为当唯物的暴政越来越主宰着一切时，能在哪里找到避难所呢？

"如果我夸大了阴暗的色彩，请原谅。我觉得，我只是根据您提出的基本原则引申出它们合乎逻辑的结果。

"为了怪诞的胡思乱想而离开俄国，这值得吗？俄国正是从您所理解的科学开始的，它也在沿着科学的路子发展。它把物质力量

[①] 谢瓦利埃（1806—1879），法国经济学家，圣西门的追随者，后成为拿破仑三世的拥护者。这里的"个人崇拜"指为个人服务的科学。

的巨大杠杆牢牢握在自己手中，它号召一切人才为它服务，参加它的物质福利的盛筵，它要成为全世界最文明的国家，上天把物质世界的采邑授予了它，它要把它变成自己的选民的天堂。它对文明的理解正与您的理解一样。物质的科学永远是它的力量所在。但是我们相信不灭的灵魂和未来的世界，这现世的文明与我们什么相干？俄罗斯永远不可能使我成为它的臣民。

"我简单地说明了我的思想，使我们能彼此了解。如果我的话讲得过于偏激，请您原谅。由于我星期五早上便得去爱尔兰，我不能来看您了。但是如果您能在星期三或星期四午后驾临我处，我将十分欢迎。

"请接受……

"仁慈的耶稣，赐福的耶稣！

弗·佩切林

1853 年 5 月 3 日于克拉彭，

圣马利亚教堂。"

第二天我这么回了信：

"最尊敬的同胞：

"我拜访您是为了会见一位我所久仰的、处境与我相仿的俄国人……尽管命运和信念使您站到了胜利者的庄严行列中，而我是站在战败者的悲伤阵营中，我不想触及我们意见的分歧方面。我只是想见到一个俄国人，把祖国当前的消息带给他。出于深刻的体谅心情，我并不想把我的小册子拿给您，那是您自己向我要的。由此引出了您的信，我的复信，以及您 5 月 3 日的第二封信。您攻击我和我的观点（是经过夸大的，不完全符合我的本意的），这使我不得不为自己辩护。我并没有赋予科学以您所设想的那种意义。我在信上只是对您说，我认为，对大自然的一切胜利和一切发展，它们的整个成就，不言而喻，都不属于文学和抽象哲学的范围。

"但是这问题说来话长，没有特别的必要，我不想重复已多次讲过的一切。请您放心，您为喜欢过内省生活的人的未来所感到的惶恐是完全多余的。科学不是理论或教条，因此它不可能变成政权或法令，也不可能变成一种压迫力量。您大概是想说社会思想和自由的胜利。如果这样，不妨拿最'物质化'的、最自由的国家英国来看看。喜欢过内省生活的人，如乌托邦主义者，却认为这里是可以安静思考的地方，是宣传他们的主张的讲坛。何况英国还是信奉新教的君主国，根本不是一切都可容忍的国家。

"为什么害怕？难道怕给饥寒交迫的群众输送生活必需品的车子的喧声扰乱您平静的生活吗？我们还不致为了免得妨碍诗意的宁静生活，禁止打麦。

"内省的性格永远是到处都有的，这些人在沉思和静寂中更为自在，那么让他们为自己寻找安静的地方吧，谁也不会去打扰他们，召唤他们，迫害他们。没有人要压制他们，也没有人想支持他们。如果由于改善群众的生活，可能使不愿听到外界任何声响的人感到吵闹，因此便反对改善群众的生活，我认为这是不对的。这里甚至谈不到什么自我否定、宽容或牺牲。如果嫌市场太嘈杂，那就不必去做买卖，离开市场就行了。报纸是到处都能看到的，但是喜欢内省的人，谁曾按照巴黎或伦敦的报纸社论行事？

"然而您看到，如果不是自由，而是反物质的、君主制的原则取得了胜利，那么请问，我们能在哪里找到安静的地方，找到躲避绞刑、火刑和枭首示众的地方——这种情形在罗马和米兰，法国和俄国，今天还在一定程度上存在着。

"那么谁应该害怕呢？当然，从永生的观点看，死是不足畏惧的，但是从这个观点看，一切就都无所谓了。

"最尊敬的同胞，请恕我直截了当提出这些与您针锋相对的话，因为我不得不这么回答。

"衷心希望您的爱尔兰之行圆满成功。"

我们的通信便到此结束。

两年过去了。欧洲地平线上灰蒙蒙的烟雾，在克里米亚战争烽火的衬托下，显得更黑暗了。一天，在报上进攻和包围的血腥消息中，我突然看到，在爱尔兰某地，一个名叫弗拉基米尔·佩切林的天主教神父被提交法庭审问，他是俄国人，罪名是在广场上当众烧毁新教《圣经》。高傲的英国法官考虑到这个行动毫无意义，罪犯又是俄国人，而英国与俄国正在交战，因此只是对被告进行了慈祥的训斥，要他今后在大街上注意自己的行为……

难道他会不在乎这些锁链……或者会一再脱下四角帽，困倦地把它放在桌上？

第七章

伊·戈洛温①

  在六月斗争时期②，我遭到搜查，给抄走了信件等等以后，过了几天，伊·戈洛温第一次来看我；这以前，我不认识他，只知道他写过一些不太高明的文章，而且为人自高自大，目空一切，名声非常不好。他去找过拉摩里西尔③，尽管我根本没有托他，他企图为我进行斡旋，但什么也没做成，却跑来向我索取我微不足道的感谢，利用这机会与我套交情。

  他告诉我："我对拉摩里西尔说：'将军，跟俄国的共和主义分子作对，却对俄国政府的间谍不问不闻，这是可耻的。'拉摩里西尔问我：'您知道这些人吗？''谁不知道！''说说这些人的名

---

① 戈洛温从大学毕业后，在外交部工作，1841 年出国，写了一些揭露沙皇专制统治的文章，引起了尼古拉一世的不满，被剥夺了贵族称号，并在缺席审判中被判处服苦役。从 1848 至 1853 年，赫尔岑与他尽管思想上有严重分歧，赫尔岑仍认为他是揭露专制暴政的同路人。但从 1855 年起，戈洛温开始向俄国政府献媚，要求它允许他回国，并与第三厅有了接触。
② 指 1848 年 6 月的巴黎工人起义。
③ 法国二月革命后临时政府的成员。

字。'嗯，雅科夫·托尔斯泰①和若米尼将军②。''明天我会下令搜查他们。''但是若米尼像是俄国间谍吗？'我问他。'哈哈哈，这点我们马上会看到的。'"

这个人就是这样。

卢比孔河越过了③。不论我怎样对戈洛温的友谊表示冷淡，尤其不欢迎他的光临，但一切都是徒然。他一星期总要造访两三次，致使我们这个地方的道德水平也降低了——争吵、谣言、人身攻击开始了。过了五年，戈洛温为了挑起决斗，故意想惹怒我，说我怕他；他不知道，早在伦敦的争吵以前我已经怕他了。

我在俄国就听说，这个人行为不轨，在金钱方面有些不择手段。舍维廖夫④从巴黎回国后，谈到过戈洛温与仆人打架，以致涉讼公堂的事，还把这算在西欧派账上，因为戈洛温也属于这一派。我向舍维廖夫指出，对西方可以责备的只是打架，要是在东方，戈洛温可以干脆鞭打仆人，谁也不会讲一句话。

他那些如今已被忘记的关于俄国的大作，更使我不想认识他。那无非是些法文的华丽辞藻，罗特克派⑤的自由主义论调，连篇累牍的小道消息，陈词滥调式的道德说教，信口雌黄的人身攻击，既

---

① 雅·托尔斯泰（1791—1867），俄国官员，后来出国，拒绝返回俄国。1837 年为了取得沙皇政府的宽恕，与第三厅建立了联系，在巴黎从事间谍活动。

② 若米尼（1779—1869），法国将军，1813 年后为俄军服务，后居住巴黎，但无法证明他为俄国政府从事间谍工作。

③ 卢比孔河是古代意大利与高卢的分界线。公元前 49 年，恺撒驻军高卢，罗马元老院禁止他渡过卢比孔河，恺撒不顾禁令，依然率军渡过卢比孔河，引起了与罗马元老院之间的内战。因此所谓越过卢比孔河，即跨出决定性的第一步。

④ 斯拉夫派理论家。

⑤ 罗特克（1775—1840），德国历史学家和政治活动家，1830 至 1840 年德国自由主义反对派的代表人物。

不合逻辑，没有观点，也没有任何联系。波戈金[1]是制作大杂烩式的文章，戈洛温是贩卖大杂烩的思想。

我尽可能避免与他认识。他与巴枯宁的争论帮了我的忙。戈洛温在一份报纸上登了一篇维护贵族自由权的文章[2]，其中提到了巴枯宁，巴枯宁当即宣称，他不论与俄国的贵族，还是与戈洛温都毫无共同之处。

大家已经看到，到了六月的日子以后，我就无法保持对他敬而远之的回避态度了。

每一天都在向我证明，我是对的。在戈洛温身上，俄国军官和俄国地主所有的、令我厌恶的一切，与西欧人的无数小缺点结合在一起。这种结合谈不到调和与折衷，谈不到互相补充，也不包含任何怪诞、才智或诙谐的成分。他的外表庸俗，傲慢，讨厌，与某一类人惟妙惟肖，这类人带着纸牌或者不带纸牌，在矿泉疗养地和大都市中游荡，整天吃喝玩乐，大家认识他们，也了解他们的一切，不了解的只是他们靠什么生活和为什么生活。戈洛温是俄国的官员，法国的花花公子和吹牛大王，英国的江湖骗子，德国的容克地主，我们祖国的诺兹德廖夫和来到异乡客地的赫列斯达科夫[3]。

他为什么离开俄国，在西欧要做什么？要知道，他在他所描写的那些官员中间本来如鱼得水，逍遥自在。离开了他所出生的环境，他就不可能找到自己的重心。在德尔普特大学毕业以后，戈洛

---

① 俄国反动政论家。

② 戈洛温于 1845 年在报上发表了一篇文章，认为俄国贵族享有特殊权利，因此沙皇政府对他和巴枯宁的缺席审判是非法的。

③ 《钦差大臣》中的假钦差。

温便在涅谢利罗德①的办公厅中任职。涅谢利罗德向他指出，他的字写得太糟，他一气之下便去了巴黎。通知他回来时，他答说他还不能回国，因为他的字还没有练好。接着他发表了他编写的《尼古拉治下的俄国》，其中使尼古拉最生气的一点是说他写错别字。戈洛温接到了回俄国的命令，但是他不回去。他的弟兄们②便趁机克扣他的供应，让他挨饿，把应该寄给他的钱减少了很多。整个过程便是这样。

这个人既没有艺术气质，也没有审美要求，对科学毫无兴趣，又不愿认真工作。他的诗意局限于他自己，他喜欢装模作样，保持体面的外表；没有受过良好教育的中等地主的习惯，一辈子没有从他身上消失，与半流亡者和半波希米亚人的游牧式生活习惯和谐地结合在一起。

有一次在都灵，我看到他拿着一根树条站在菲德饭店门口……他的面前站着一个扫烟囱的孩子，大约十二岁，衣衫褴褛，光着脚；戈洛温在给他丢铜子，丢一个便用树条抽一下他的脚，于是孩子蹦一下，表示很痛，又请他再打。戈洛温哈哈大笑，继续丢铜子。我不相信他打得很重，但这总是鞭打，难道他觉得很有趣吗？

在巴黎以后，我们起先在日内瓦，后来又在尼斯相遇。他也是被法国驱逐出境的，当时的境况很不好过。③他简直没法过日子，

---

① 俄国当时的外交大臣。

② 顺便谈一下他的弟兄们。其中一个是骑兵将军，曾得到过尼古拉的特别青睐，因为在 12 月 14 日他表现不坏。他去找杜贝尔特，提出了下面这个问题："我的母亲快死了，她给她的儿子伊万……就是那个不幸的人……写了几句告别的话。信在这儿……我真不知道该怎么办？"杜贝尔特笑了笑，亲切地对他说："把信送到邮局去就是了。"——作者注

③ 法国警察不能宽恕他玩的一个花招。1849 年初发生了一次小小的示威活动。总统，即拿破仑三世，骑了马巡视各林荫道。突然戈洛温冲到他面前喊道："共

尽管那时尼斯的生活水平低得叫人难以置信……我甚至常常巴望戈洛温得到一份遗产，或者娶一个有钱的老婆，可以让我摆脱这个累赘。

他从尼斯去了比利时，又从那儿给驱逐了，于是来到伦敦，取得了英国国籍，大胆地在自己的姓前加上了"霍夫拉公爵"的称号，这是毫无根据的。他以英王治下的臣民的资格回到都灵，开始出版一份报纸。在报上他任意辱骂大臣们，以致又被驱逐出境。戈洛温想取得英国大使馆的庇护，但遭到了大使的拒绝，于是他重又渡海到了伦敦。在这里他自封为工业界的骑士，革命的闯将，徒劳无益地企图参加形形色色的政治圈子，与社会上所有的人拉关系，发表一些毫无意义的废话。

1853 年 11 月末，沃尔采尔来找我，请我在波兰起义的周年纪念会上讲几句话。戈洛温正好进来，发现了这是怎么回事，马上向沃尔采尔提出了一个问题：他能不能发表演说？

沃尔采尔有些不高兴，我更不必说，尽管这样，他还是作了答复：

"我们欢迎所有的人参加，在会上发言，但会议是统一的，我们对每个人想讲的话，必须有个大致的了解。我们要在某一天开会讨论这事，欢迎您来谈谈。"

戈洛温当然接受了邀请。沃尔采尔临走时在前厅中一边摇头一边对我说：

和国万岁！""打倒内阁！"拿破仑咕哝道："共和国万岁！但内阁怎么办呢？""撤换他们！"戈洛温说，向他伸出了手。过了五天，内阁没有撤换，戈洛温在《改革报》上发表了自己与总统会见的经过，接着说，由于总统没有履行自己的诺言，他得收回自己与总统的握手。警察没有作声，过了几个月，在 6 月 13 日找到了把柄，便驱逐了他。——作者注

"真见鬼，怎么碰上了他！"

我怀着沉重的心情去参加预备会议，我预感到非出乱子不可。会议开始后还不满五分钟，我的预感便应验了。在断断续续讲了几句泛泛之谈以后，戈洛温突然转向赖德律－洛兰，先是提到他们曾在哪里见过面，尽管赖德律－洛兰什么也不记得；接着，他忽然无缘无故向他证明，经常得罪拿破仑是错误的，从策略上看，为了波兰的事业，不如宽恕他……赖德律－洛兰的脸色变了，但是戈洛温继续说道，只有拿破仑可以拯救波兰等等。他还说："这不仅是我个人的意见，现在马志尼和科苏特都理解了这一点，正竭尽全力要接近拿破仑呢。"

"您怎么能相信这种无稽之谈？"赖德律－洛兰激动得忘记了一切，问道。

"我听说……"

"谁说的？大概是什么间谍吧，正直的人不可能讲这种话。先生们，我并不认识科苏特，但我还是相信这不是事实。至于我的朋友马志尼，我敢为他担保，他从没想过要作这种让步，这只能成为可怕的灾难，同时也是对他整个信仰的背叛。"

"是的……是的……这是不言而喻的。"从四面八方发出了清晰的声音，戈洛温的话激怒了大家。赖德律－洛兰突然转向沃尔采尔，对他说道：

"现在您看到，我的担忧不是没有根据的；参加你们大会的人太杂了，在会上不可能不出现我不能接受、甚至不愿听到的意见。请允许我退出，恕我不能在29日的大会上发言。"

他站了起来，但沃尔采尔拦住了他，对他说，负责大会工作的委员会选举他作自己的代表，根据这身份，他必须请赖德律－洛兰留下，以便让同志们决定，在发生这场争论以后，他们是允许戈洛温发言从而失去赖德律－洛兰的参加呢，还是与此相反。

然后沃尔采尔与领导小组的成员作了商讨，结果是显而易见的。戈洛温看得很清楚，因此没有等到答复便站起身来，盛气凌人地对赖德律－洛兰说道：

"我把荣誉和席位让给您，我主动谢绝在11月29日大会上发言。"

说罢他便趾高气扬地踏着重重的步子走出了屋子。

为了一下子解决问题，沃尔采尔提议我念一下或谈一下我的发言提纲。

第二天便是大会，这是最后几次盛大的波兰起义纪念会之一，它成功了，人非常多，我在八时到达，会场已挤得满满的，我好不容易才挤到为委员会准备的讲台上。

"我正在到处找您呢，"达拉什医生对我说，"赖德律－洛兰在旁边的房间里等您，他希望无论如何在大会开始前与您谈一下。"

"出了什么事？"

"还不是为了那个二流子戈洛温。"

我去找赖德律－洛兰。他气呼呼的，这也难怪。

"您看看，"他对我说，"这混账东西在我到达前一刻钟送了这张条子给我。"

"我不能为他负责。"我说，一边打开了信。

"当然，但我希望让您知道他是什么货色。"

便条写得粗暴而愚蠢。他仍然企图用夸口来掩盖失败。他给赖德律－洛兰写道：如果他没有法国人的礼貌，至少应该表明，他并不缺乏法国人的勇气。

"我一向知道他是一个惹是生非、狂妄自大的人，但没料到这一点，"我说，交还了条子，"您现在打算怎么办？"

"给他一个让他永志不忘的教训。我要在这儿大会上当着众人的面，撕下这个冒险家的假面具；我要公开我们的谈话，并请您作证，因为您是目击者，又是俄国人，我要念他的条子，然后看他怎么办……我咽不下这口气，我没有这么好的修养。"

我想："事情太糟了。戈洛温本来声名狼藉，现在非彻底完蛋不可。他只有一条出路，那便是要求决斗。但这样的决斗是不允许的，因为赖德律－洛兰毫无过错，没做什么侮辱人的事。何况他的地位不允许他与随便什么人决斗。不合适的只是在波兰人的大会上，把一个俄国流亡者踩在泥浆中，而由另一个俄国人做帮手。"

"这事不能以后再说吗？"

"错过这么好的机会？"

我仍尽力劝阻，提出了诉诸法庭，公意审判等等，但是没有多大效果。

……于是我们来到讲台上，迎接我们的是热烈的掌声。大家知道，群众的掌声和欢呼会使人陶醉，我忘记了戈洛温，只在琢磨自己的演讲。关于这次演讲，我在别处谈过了。我在讲台上的出现本身，便得到了波兰人、法国人和意大利人的热烈响应。我讲完时，大会主席沃尔采尔走到我面前拥抱了我，一再用深深激动的声音说道："谢谢您，谢谢您！"掌声和欢呼增加了十倍，我在这阵惊雷声中走回了自己的座位……这时我才又想起戈洛温，我感到害怕，那个时刻近了，1848年的鼓动家会把那个小丑抓在手里掐死。我掏出铅笔，在一片纸上写道："请及早防备，别让戈洛温的丑事破坏您的大会。"讲台是半圆形的，我把条子交给坐在我前面的皮安乔尼，请他递给沃尔采尔。沃尔采尔看了条子，用铅笔写了几个字，又把它交给另一边的人，也就是请他递给坐在上一排的赖德律－洛兰。赖德律－洛兰把手伸到我肩上拍了拍，愉快地点点头，说道：

"为了您的演说，也为了您本人，我把事情推迟到明天再说。"这使我高兴得什么似的，会后马上跟卢格和坎宁汉①一起上美国商场吃饭了。

第二天早上我还没起床，屋里已挤满了波兰人。他们是来向我道谢的，本来可以迟一些，但他们等不及了，主要是急于了结戈洛温挑起的这场争端。他成了众矢之的，大家对他怒不可遏。他们编了一份揭露戈洛温的材料，并致函赖德律－洛兰，宣称坚决不同意他参加决斗。十个人准备与戈洛温斗争。他们要求我也在材料和信上签名。

我看到，这一件事可能引起五六件事，便利用昨天的成功，也就是它给予我的威望，对他们说道：

"你们的目的是什么？是为了在赖德律－洛兰满意的前提下，了结这件几乎破坏了你们的大会的不幸争执，还是为了要不惜一切惩罚戈洛温？如果是后者，先生们，恕我不能参加，请你们按照你们的认识行动吧。"

"当然，主要目的是了结这件事。"

"好。那么你们信任我吗？"

"自然信任……怎么会……"

"那就让我一个人去找戈洛温……如果我的调解成功，赖德律－洛兰满意了，事情就完了。"

---

① 英国激进主义者，支持波兰解放运动。

"好，但如果调停不成呢？"

"我就在你们的抗议书和信上签名。"

"行。"

我找到了戈洛温，他愁眉不展、垂头丧气的，显然在等待着一场风暴，尽管事情是他挑起的，他恐怕并不满意自己。

我们的交谈很简单。我对他说，我让他避免了两次不愉快的事，现在愿意再度效劳，让他避免第三次，即调停他和赖德律－洛兰的关系。他其实也指望了结纠纷，但是傲慢的性格不允许他意识到自己的错误，更何况是承认错误。

"我只是看您的面子才同意的。"他终于吞吞吐吐地说。

看我的面子也好，看别人的面子也好，事情终于和解了。我便找赖德律－洛兰，在阴冷的房间里等了两个小时，甚至感冒了。最后他来了，非常亲切和愉快。我从那些自由波兰捍卫者的来访谈起，讲到我们那位冒牌好汉的屈服为止，把整个过程说了一遍。赖德律－洛兰哈哈大笑，同意不咎既往，接待那位悔改的肇事者。于是我又去找他。

戈洛温正心神不定地等待着。听到一切都已顺利解决，他涨红了脸，把一叠叠纸塞满了大衣的各个口袋，便跟我走了。

赖德律－洛兰像真正的绅士一样接待了他，立即便谈不相干的事了。

"我来见您，"戈洛温开口道，"是要告诉您，我非常遗憾……"

赖德律－洛兰打断了他的话：

"不必再谈这事了……这是您的条子，把它丢在火中吧……"接着便毫不踌躇地继续刚才的谈话。当我们起身告辞时，戈洛温从口袋里掏出一叠小册子，递给赖德律－洛兰，说这是他最近发表的一些东西，请他笑纳，借以表示他对他的敬意。赖德律－洛兰连连道谢，客气地收下礼物放在桌上，不过，大概再也没有碰过它们。

坐上马车时，我对戈洛温说："瞧，这是文学的时代。我听说，从前聪明人是带着螺旋拔塞钻去决斗的；用小册子武装自己，这的确是新现象！"

为什么我要从耻辱中挽救这个人？说真的，我不知道，我只是感到后悔。这一切宽恕，容忍，掩饰，挽救，往往使我们自讨苦吃，这完全符合别林斯基提出的那条伟大规律："坏人之所以能为非作歹，就因为他们把正直的人当作坏人来对待，而正直的人却把坏人当作正人君子。"[1] 报界和政界的败类之所以危险和讨厌，便在于他们两面三刀、难以捉摸的作风。他们不会失去什么，却能赢得一切。挽救这些人，只能使他们故态复萌，重蹈覆辙。

我对这件事的叙述没有一句是夸大的。因此大家想想，十年以后，当我看到戈洛温在德国出版的一本书时多么吃惊，他说，赖德律－洛兰向他表示了歉意……尽管他知道，赖德律－洛兰和我都还活着，都还健在……难道这不是天才吗！

大会是在 1853 年 11 月 29 日召开的，1854 年 3 月，我以"伦敦自由俄罗斯同盟"[2]的名义发表了告驻波兰的俄国将士书，文章短短的，却引起了戈洛温的极大义愤，他给我送来一份抗议书要我发表，抗议书如下：

---

① 这是别林斯基 1846 年 2 月给赫尔岑的信中的话。
② 指"伦敦自由俄罗斯印刷所"。

"我读到了您在报喜节 ① 写的'喜讯'。

"它是用'伦敦自由俄罗斯同盟'的名义写的,然而我却看到了这样的词句:'我不记得,在俄国哪个省'。

"因此我感到不解:这同盟是否只有您和恩格尔松两个人,或者只有您一个人?

"我不想在这里分析它的内容,您也没有把它的原稿给我看过。我只想提一下我的态度:我不能保证对于没有要求我提供意见的人,我不提出自己的看法。不论是谦逊还是良心都不允许我说,我能把俄罗斯民族的名字与西方民族等同起来。

"因此我认为必须要求您在最快最短的时期内公布:直到现在为止,我没有参加过您的俄文印刷所印制的任何宣言书。

"我希望您不要迫使我寻求别的公布方式。

"向您问好。

伊万·戈洛温

1854 年 3 月 25 日于伦敦

"又,至于是按原信形式发表,还是摘要公布它的内容,这可由您视情况裁夺。"

这抗议使我感到说不出的高兴,因为我看到它可以使我与这个无比讨厌的人脱离关系,公开宣告我们的分歧了。欧洲和波兰人往往从表面上看待俄国(尤其是在它既不攻打邻邦,也不在亚洲实行兼并的间歇时期),以致我必须努力十年才能使他们不致把我与这

---

① 东正教节日,在俄旧历 3 月 25 日,天使在这一天报知耶稣将诞生的喜讯。赫尔岑的《告俄国将士书》后面记有"写于 3 月 25 日报喜节"等字。

个臭名昭著的伊万·戈洛温混为一谈。

在抗议之后，戈洛温还寄来了一封杂乱无章的长信，其中有这样一些话："也许，我们分开对共同的事业更有利，只要不把我们的力量耗费在互相斗争上。"对此我答复他道：

"我认为我必须为昨天收到的大函感谢您，我充分赞赏它的善良意愿：减少在报上的公开争吵。

"我完全同意，我们分开更有利。至于您提到的斗争，我从未想到过。我从未首先发难，因为我没有什么要反对您的，尤其是我们每人都走的是自己的道路。

"您应该记得，您现在公开说的话，我早已多次在私人间向您提出过。我们的态度、观点和好恶全然不同。我依然尊敬您，但请您把我们的分手看作既成事实，这样，无论您或我，都会感到更为自由。

"这信便是我的答复。它没有提出任何问题，因此我要求您不必再继续我们之间的通信，我们可以客客气气地分手，不使用任何粗暴的语言或采取任何仇恨的行动。

"祝您一切顺利。

写于 3 月 30 日星期四"

但戈洛温根本不想与我断绝来往，这是显而易见的；他只是想出出气，因为我们发表《告将士书》没有通过他，然后再与我和解，但是我已经不想错过这个求之不得的机会了。

我的信发出后过了两三个星期，他寄了一包东西给我。我打开后发现，里边是一张加黑框的纸……我一看，那是 1852 年 5 月 2

日发出的邀请他参加葬礼^①的请束。这是他从都灵来信后我寄给他的，我还在请束上写了几句话："您的信使我很感动，我从不怀疑您有一颗善良的心……"现在就在这张纸上，他写道，他要求与我见面谈谈，还给了我一个新的地址，然后说："这不是为了钱的事。"

我复信道，我不能去看他，因为不是我要找他，是他要找我，而且决裂是他引起的，不是我引起的，何况他已把这事闹得尽人皆知了。但我可以在家中接待他，他何时光临，悉听尊便。

第二天早上他来了，态度谦逊而温和。我一再向他声明，我不会对他采取任何敌对步骤，但是我们的观点和态度分歧如此之大，因此见面是不必要的。

"那么您怎么直到现在才发现这一点？……"

我没作声。

我们分手时十分冷淡，但很客气。

似乎不致再有什么事了吧？不，就在第二天，戈洛温又给了我下面这封信：^②

"（请勿外传）

"今天的谈话之后，我不得不承认您有成立同盟的权利！因此我不想再提出任何争论，希望您也避免可以导致这后果的一切

---

① 指赫尔岑的妻子的葬礼。

② 《广告晨报》正是在那个时候落进了卡·布林德和马克思之流的德国民主派手中，它登出了一篇愚不可及的文章，企图证明我宣传的观点与俄国政府是一致的。戈洛温提出了这些美好的劝告，可惜他自己后来也采用了这种手法，而且也是发表在《广告晨报》上。——作者注

按：《广告晨报》于 1854 年 4 月 24 日发表了署名"民主者"的文章，对赫尔岑的文章《旧世界与俄国》作了猛烈抨击，认为它宣扬了泛斯拉夫主义观点。

行动。

　　"在您的新朋友背弃您的时候，您会发现，我始终是忠于您的。

　　"我的劝告是您应该写信给《广告晨报》，说您不想与他们打笔墨官司，只是因为您鄙视那种分不清爱国者和自由之友与间谍的不同，赞美布鲁诺夫①而诽谤巴枯宁的愚昧态度。

　　"我不想来找您，因为现在我得从事比争取同情更重要的工作。

　　"如果您想来看我，我随时欢迎，尤其由于我们有共同的东西，因此有话可以交谈。

伊·戈

1854 年 4 月 26 日"

　　到夏季，我迁居里士满，有一段时间没再听到戈洛温的任何消息。一天我突然收到他的信。他说，他听人说（他没有说出名字）我在自己家里"取笑他"……因此（像情人一样）要求我退还他在尼斯送给我的画像。尽管我翻箱倒柜忙了半天，还是没有在任何信件中找到这相片。

　　事情不好办……但没有法子，我只得告诉他，画像丢了。我请我们共同的朋友萨维奇转告他，我没找到，并向他重申，我对他毫无恶意，希望他不要再打扰我。

　　对此的答复便是下面这封信：

　　"尊敬的亚历山大·伊万诺维奇：

　　"您对萨维奇说，如果我写信给您，您可以还给我十镑钱。我

---

① 俄国驻英国的大使。

本来的安排是尽我所有付给您二十镑，因为您自己在信上说过，您从一百镑中只想接受二十镑。我曾指望我的情况很快好转，只是事实并非如此。但再过一星期，至多两星期，我就可以把这十镑钱还给您。您说您不是我的敌人，我也希望您不要把我的要求当作对朋友的恩惠，应把它看作正义的行为。如果您不这么想，便拒绝好了，但不必向您的崇拜者们大谈这事。

伊·戈

8 月 16 日"

　　我没有答复这封信。不用说，我根本不会托萨维奇谈到任何钱的事。戈洛温故意把两件事混在一起，使一个简单的要求变成了一种交易。萨维奇是俄国土壤上生长的、流落在异邦的最有趣的野花之一，关于他，我们在别的地方再谈。

　　接着又来了第二封信。他猜到，没有复信便是拒绝，当然，他已发觉自己的行为不够谨慎。他有些怕，于是决定以攻为守，在信上对我说，我是"德国人或犹太人"，并退回了我的 C 信[1]，在上面批了几个字："您是胆小鬼。"

　　这以后又来了两封用伪装的笔迹写的信，信中充满了 D 信[2]那样的谩骂。可惜的是这些信一部分已经遗失，不过它们的语气是一致的。

---

[1] 这是赫尔岑准备写这部分时对一些信的编号，但后来这些信没有完全采用。A 信即前面戈洛温 8 月 16 日的信（在这信中，戈洛温故意把相片的事与钱混在一起，似乎成了赔偿，实际却是讹诈），B 和 C 信是赫尔岑写给戈洛温的。在 C 信中，赫尔岑指出，戈洛温一面声称要与他断绝一切关系，一面又向他借钱，由于得不到答复，便老羞成怒，无理取闹，企图惹怒赫尔岑，提出与戈洛温决斗。

[2] 指 1854 年 8 月 12 日戈洛温给赫尔岑的信。

他以为我收到他那封讲我是胆小鬼的信以后，我会派代理人去向他提出决斗，但我关于荣誉的观念确实有些奇怪，与他的截然不同。我觉得，杀死一个比塞塔①或感化院的候补者，固然没有意思，如果被这个疯子杀死，或成为残疾，他当然要因此坐牢，可是我却要丢下自己的全部工作，而这一切只是为了证明我不怕他，这太荒唐了……难道既进行恐吓，又不致使被恐吓者丧失荣誉，这便是疯狗享有的特权？

又安静了一个时期，戈洛温没有出现在我们的周围，他在别人的餐桌上吃白食，对着别人大放厥词，向别人借钱。在这时期，他的名誉中仅有的几点光斑也暗淡了，老朋友离开了他，新朋友回避他。路易·勃朗只因朋友们在摄政王大街上看到他和戈洛温在一起，只得向大家表示歉意；米尔纳－吉布森②终于向他关上了大门；英国的"老好人"，那些全世界最愚蠢的人，也逐渐猜到他不是公爵，也不是政治家，甚至不是一个人，只有站在远处的德国佬，那些只凭书商的图书目录了解他的人，还把他当作"名流"。

1855年2月，一次著名的大会③准备在圣马丁会堂召开，会议隆重，但并不成功，它的目的是把各国流亡者中的社会主义者与宪章主义者联合起来。关于大会的结果，以及马克思派反对我当选的阴谋，我已在别处详细谈过。这里只谈谈戈洛温。

我不想发表演说，我出席委员会的会议是为了向它表示感谢，并回绝它的邀请。这是晚上，我走出屋子时在楼梯上遇到一位宪章派人士，他问我，有没有看到戈洛温在《广告晨报》上的信？我没

---

① 巴黎的疯人院。

② 英国内阁大臣。

③ 这是一次纪念二月革命的大会。

有看到。楼下是咖啡馆和酒店，而《广告晨报》在任何馆子都能找到，我们走进那里，芬伦①指给我看戈洛温的公开信，他写道，据他得到的消息，国际委员会选举我为委员，并要求我在大会上代表俄国人发表演讲，因此他出于对真理的热爱，不得不警告大会，我不是俄国人，而是德国的犹太人，只是出生在俄国，这是"得到尼古拉特别庇护的一个种族"。

读了这则诽谤，我回到委员会，向主席（厄·琼斯）声明，我收回我的拒绝。同时，我给他和委员们看了《广告晨报》，我说，戈洛温完全了解我的出身，他是"出于对真理的热爱在撒谎"。"况且犹太人出身不见得便能成为障碍，"我又道，"应该看到，世界创造以后，最早的放逐者便是犹太人——亚当和夏娃。"

委员们哈哈大笑，以主席为首，一致鼓掌接受了我的决定。

"至于你们选举我为委员，我应该表示感谢，但保卫你们的决定，这也是你们的责任。"

"对，对！"大家一致喊道。

琼斯第二天在自己的《人民报》上发表了一篇短文，并写了封信给《每日新闻》：

俄国流亡者亚历山大·赫尔岑

有个低能的民主人士在《广告晨报》上写了一篇短文，对赫尔岑先生造谣中伤，这显然别有用心，企图破坏在圣马丁会堂举行的大会。这是幼稚拙劣的花招。大会是各民族根据一定的原则召开的，根本与任何参加的个人无关。但是为了公正地对待赫尔岑先

---

① 英国宪章主义者。

生，我们有责任公开声明：宣称他不是俄国人，也不是给本国放逐的流亡者，这纯属可笑的谣言。至于说他是弗拉维·约瑟夫斯[①]和约书亚·挪文[②]的种族，这更是无稽之谈，尽管属于这个过去强大、至今仍不弱小的民族，也像属于其他任何民族一样，根本不是可耻和丢脸的事。赫尔岑曾在乌拉尔度过五年流放生涯，从那里脱身后又被逐出了俄国——他自己的祖国。赫尔岑站在俄国民主派文学的最前列，他是俄国流亡者中最先进的，因而也是它千百万无产者的代表。他将参加圣马丁会堂的大会和示威，我们相信，他所得到的接待将向全世界证明，英国人可以同情俄国人民，同时决心与俄国暴君斗争到底。

赫尔岑先生

（致《每日新闻》编者的信）

亲爱的先生：

贵报日前刊出了一封信，它不仅否定了著名的俄国流亡者赫尔岑先生有权在国际大会上代表俄国民主派的权利，甚至否定了他属于俄罗斯民族的权利。

赫尔岑先生已经答复了第二点的指责[③]。现在请允许我们以国际委员会的名义，为赫尔岑先生的答复补充几点涉及第一点指责的事实，因为显而易见，赫尔岑先生的谦逊使他不便提出这些事实。

---

① 约瑟夫斯（约37—约100），犹太著名历史学家。
②《圣经》中的传说人物，据说他继摩西之后成为犹太人的首领，带领他们进入迦南地方，见《约书亚记》。
③ 指赫尔岑给《广告晨报》的信，这信驳斥了戈洛温的诬蔑。

赫尔岑先生二十岁时，由于反对沙皇专制统治被判了刑，流放到了西伯利亚边境，在那里以流放犯的身份生活了七年。第一次流放被赦免后，过了不久，他又遭到了第二次流放。

在那个时期，他的政治小册子、哲学论文和小说作品，为他赢得了俄国文学中第一流的地位。若要说明赫尔岑先生在他祖国的政治和文学生活中占有什么位置，我们只需提出发表在《雅典娜神庙》①上的文章就可以了，该刊的公正立场是谁也不能怀疑的。

赫尔岑先生于 1847 年到达西欧后，便在进步人士中占有了一个显著位置，这些进步人士的名字都是与 1848 年的革命运动紧密联系在一起的。从这时起，他在伦敦建立了第一个自由俄罗斯印刷所，它的目的便是最有利地对沙皇尼古拉和俄国专制政府进行誓死不屈的斗争。

鉴于这些事实，为了使一切民主力量统一在共同的总的路线下，我们不相信，也不能指望，在俄国的革命者中还会找到比赫尔岑先生更正直、更真诚的代表者了。

兹代表国际委员会向您问好。

国际委员会主席

书记处：罗伯特·查普曼

康拉特·杜姆布罗夫斯基

阿尔弗雷德·塔朗迪埃 ②

---

① 英国一份著名的文学评论周刊，该刊于 1855 年 1 月发表了评论赫尔岑的作品的文章。

② 查普曼是英国宪章主义者，杜姆布罗夫斯基是波兰流亡者，塔朗迪埃是法国流亡者。

戈洛温沉默了，去了美国。

我想："我们总算摆脱了他。他消失在那个充满各种骗子、淘金者和冒险家的汪洋大海中了，在那里他可能成为拓荒者或采金人，赌棍或奴隶主；至于他是发大财，还是死在私刑下，这都与我们无关，只要他不再回来就是了。"但根本不然，过了一年，戈洛温又在伦敦露面了，奥加辽夫遇到了他，没有招呼他，但他走到面前，说道："怎么，是别人不准您跟我打招呼吧？"说完便走了。奥加辽夫追上他，说道："不，我是自己主动不想招呼您的。"说完也掉头走了。不言而喻，这立即引起了下面这个照会①：

"我正在筹备出版《鞭子》，因此不想与我的敌人们握手言欢，但我也不希望他们制造关于我的各种废话。

"我可以用两句话向您说明我与赫尔岑之间发生的事。我到他的住处去，要求不再争吵。他说：'不成，我对您毫无好感，请您只管争论好了。'我没有这么做，直到他把我的信原件退还，不肯拆阅时，我才称他德国人。这就像布里斯康为了博得士兵们的一笑，称多尔戈鲁基为德国人一样②。但是赫尔岑偏要答复，大事渲染，然后不是责备自己，却生我的气。其实这件事根本谈不到什么侮辱。就算我对他的态度不够好，而您对我很好，你们终究不是孪生兄弟，您大可不必如此怒气冲冲，摆出打架的姿态。

戈洛温

1857 年 1 月 12 日"

---

① 下面是戈洛温给奥加辽夫的信。
② 布里斯康和多尔戈鲁基都是俄国的官员，曾先后主持陆军部工作。

我们决定绝对保持沉默。对夸夸其谈、大叫大闹的人，最好的惩罚便是置之不理，表示不屑一顾的冷漠和鄙视。戈洛温又给奥加辽夫写过两次试探性的信，内容既像讽刺又像说笑，这里附的第二封信便是例子，它们毫无意义，只能使人觉得他真的疯了：

> "我见到了
>
> 俄国书报审查的上帝
>
> 我向他保持沉默。①

"我与布德伯格②吵了两个钟头，他像小牛一样直淌眼泪。

"您希望战斗，您得到了它。

"我与赫尔岑成为仇人已经两三年。这有什么结果？对谁也没有好处！他想决一雌雄！我的'箭'③已准备好了！但是为了共同的利益，还是握手好得多！

8月20日于柏林维多利亚旅馆

"又，您在出版您的全集。它们是不是带有死尸的味道，像在丹麦④一样？"

我们没有理睬他。

不过他真的快疯了。不论精神上、物质上，他的力量逐渐枯竭了；维持他生计的文学买卖已经无利可图。他从事着各种不明不白

---

① 这是仿照俄国诗人维亚泽姆斯基的诗《俄国的上帝》中的诗句改写的。

② 布德伯格（1817—1881），俄国驻巴黎大使。

③ 指戈洛温准备出版的杂志《箭》。

④ 指莎士比亚的《哈姆雷特》中的丹麦。

的活动，但到处碰壁，一无所获，终于到了穷途末路，不择手段的地步。

一天早上，大概由于已找不到吃白食的地方（戈洛温非常好吃），他写了一封信给帕默斯顿，自我推荐，要为他效犬马之劳（这是在克里米亚战争结束前不久）；给英国政府当密探，他具备各种有利条件，因为他在彼得堡还保持着从前的种种关系，又十分熟悉俄国。帕默斯顿讨厌这个人，命令秘书回答他，子爵对戈洛温先生的建议表示感谢，但目前还不需要他的帮助。这封由帕默斯顿签字的信，戈洛温一直带在口袋里，亲自拿给别人看过。

尼古拉死后，他在一份报上用化名发表了一篇文章，辱骂新皇后，过了一天，又在同一份报上发表了一篇反驳的文章，用的是真名。我们的朋友考夫曼①编着一份《石印通讯稿》，揭露了这个花招，于是十多份报刊群起而攻之。接着他向俄国驻伦敦大使馆建议发行一份政府公报。但是布鲁诺夫像帕默斯顿一样，目前还不需要他效劳。

这时他直截了当提出了赦罪的请求，而且马上获得了批准，条件是在政府中任职。他有些害怕，开始为职务讨价还价，要求苏沃洛夫②任用他，后者当时是波罗的海沿岸各省总督。苏沃洛夫同意了，但戈洛温没有上任，却写信给戈尔恰科夫公爵，说他做了个梦，梦见沙皇请他进国务会议裹赞国事，他勤勉工作，提出了不少有益的建议。

但是梦不一定都会实现，我们这个头发花白的老顽童非但没有

---

① 德国新闻记者，他的通讯稿专为各报提供稿件。
② 苏沃洛夫（1804—1882），俄国将军。

跨进沙皇的国务会议，而且差点被关进感化院。戈洛温遇到了一个商业经纪人斯特恩，尽管他不名一文，却跟后者一起干起了投机勾当，忘记了早在 1846 年，他的大名已在巴黎证券市场上作为一个作弊的骗子公布过。他想欺骗斯特恩，却被斯特恩骗了。戈洛温便故伎重演，在一家报纸上登了一篇关于斯特恩的文章，还涉及了他的家庭生活。斯特恩勃然大怒，向法院提出控告。戈洛温接到传票，大惊失色，便找律师商量，他怕坐牢，怕大笔罚金，也怕张扬出去。律师建议他在和解书上签字，表示全部收回说过的话。律师也签了字，证明无误，谁知斯特恩用石印复制调解书后，分发给了自己的和戈洛温的朋友。我也拿到了一份：

"亲爱的先生：由于您根据我口头或书面发表的一些玷污您人格的话，以诽谤罪向法院提出了申诉，同时由于您通过我们一些共同的朋友表示愿意撤销诉讼，只要我能支付诉讼费，否定上面提到的那些话，并为自己所做的这一切表示悔改——总之，我愿意接受这些条件，只要求您相信，如果我所说的或所写的东西有哪里得罪了您，那么我不是故意这么做的，我对我做的这些事非常后悔，并保证今后决不重犯。此致

斯特恩先生

证人：H·恩普森律师

伊·戈洛温

1857 年 5 月 29 日

在伦敦埃格蒙特广场 4 号"

这以后，他在伦敦再也混不下去了……他离开了这里，还带走了一大包没有付清的账单——裁缝账，鞋匠账，酒馆账，房饭

钱……他去了德国，突然在那里结了婚。他在当天就用电报把这件意料不到的事报告了沙皇亚历山大二世。

他靠妻子的嫁妆过了两年，一面在报上写些小文章，大谈天才娶了个平凡的女人如何不幸，因为她一点也不了解他。

后来我有五年多没再听到他的消息。

波兰起义开始时，他又作了一次和解的尝试："波兰和俄国的朋友们要求我们这么做，他们等待着！"我没有回答。

到了 1865 年初，我在巴黎遇见了一个弯腰曲背的老人，他形容枯槁，衣衫褴褛，帽子破旧……天刮风，非常冷……我是去大仲马家参加朗诵会……朗诵会也阴沉沉的没有生气。老头子把头缩在衣领中，走过我身边时没有看我，只是低声叨咕："一切结束了！"然后又朝前走去。我站住了……戈洛温依然迈着沉重的步子走着，没有回头，我也走了。后来我又在伦敦街头遇到过他两次，我总是站下来看他，有一次他嘟哝道："多么可恶！"另一次似乎在自言自语，大概是咒骂什么，但我没有听清；他没有回头看我，我也懒得在街上跟他打交道。后来他对萨维奇和萨瓦什凯维奇[①] 说道，他遇到了我，骂了我一顿。我听后没有作声。

"戈洛温究竟在这里干什么？"我问我以前提到过一次的戈雷斯基[②]。

"他的境况不妙，在做旧货生意，兑换外币，收购一些蹩脚画卖给傻瓜骗钱，不过大多是他自己受骗……他老了，喜欢唠叨，有时写写文章，但哪里也不肯登；您的成功使他不能宽恕您……常常

---

① 波兰流亡者。
② 波兰流亡者。

肆无忌惮地骂您。"

此后我们已没有任何来往。但这几年中，往往在最意料不到的时候会突然收到他一封信……有时是根据某些波兰人的劝告，提议与我和解，有时却把我骂上几句。我们什么也没有回答。

不论多么索然无味，我还是打算写下我们交往的经过；为此我又打开了保存下来的他的一些信。正当我提起笔来写了开头几行，我又收到了他一封信，这是可以作为本文的结束语的：

"亚历山大·伊万诺维奇：

"我很少来打扰您，但是我听说您'洗手不干了'，走下了您的钟楼。

"可是我认为，不干则已，既然干了，就应该干到底。

"您的财力使您可以出版《警钟》，不怕亏本。如果可以，请发表附在这里的信。

戈洛温"

致《莫斯科新闻》编者卡特科夫先生

亲爱的先生：

请原谅我既不知道您的名字，也不知道您的父名，我只知道您对波兰人充满着盲目的仇恨，您不承认他们是人，也不承认他们是斯拉夫人；我还知道，您对欧洲问题一无所知。

人们对我说，您的刊物上有一句话："德尔普特的笔杆子怜悯俄国，因此落到了一无所有的地步"，或者诸如此类的话。我怜悯俄国，怜悯它的军警统治和倒行逆施，怜悯它的贵族——他们不得不制造假钞票，假彩票，以致目前出现了三张可以兑换十万卢布的中彩奖券，谁也不能认出哪一张是真的——我怜悯酗酒的农民，营私舞弊的官员，胡言乱语的教士。但是我知道，在俄国生活并不美好。

皇上可以不准把我在大学里得到的愚蠢学衔写在护照上，但是他不能不准我把"光明磊落"这个称号写进我的履历表中，它会一直留在那里，因为笔写的东西是连斧头也砍不掉的。

我的祖国被当作政治财产给剥夺了；但是我明白，我首先是人，然后才是俄国人，而为人类服务，比为国家服务范围广泛得多，后者只是强加给我的任务。

在我的眼睛中，我不是堕落，而是上升了。我听说，如果我回国，就要把我关进疯人院；但是必须把我的血放干，我的头脑才会丧失作用——尽管在北纬五十三度以外的地方，对有头脑可以丧失的人，是经常采用这种手术的。

冒渎之处万望鉴谅。

伊万·戈洛温

1866 年 2 月 1 日于巴黎

第八卷

断 片

（1865—1868）

第一章

杂拌儿

1. 瑞士风光 [①]

十年前，在隆冬一个潮湿寒冷的夜晚，我途经干草市场[②]，碰到了一个黑人，他大约十七岁，光着脚，没穿衬衫，仿佛他仍在热带得脱下衣服，不是在伦敦得穿上衣服。他牙齿打战，浑身哆嗦，向我讨钱。过了两天，我又遇到了他，后来又一再见到他。最后，我与他开始搭讪。他讲的是不纯粹的英国西班牙语，但是意思清楚，不难理解。

"你还年轻，"我对他说，"身强力壮，为什么不找工作做？"

"没有人肯雇我。"

"为什么。"

"我在这里没一个熟人，谁也不会替我担保。"

"你是从哪里来的？"

[①] 这部分的一些零星片断曾在《警钟》上发表过。——作者注
[②] 在伦敦市内。

"从船上来的。"

"什么船?"

"西班牙船。船长老是打我,我逃走了。"

"你在船上干什么?"

"什么都干:刷衣服,洗碗,打扫船舱。"

"你现在打算怎么办?"

"不知道。"

"可是你会冻死饿死的,至少一定会生病。"

"我有什么办法呢?"黑人绝望地说,全身冷得瑟瑟发抖。

我想:"算啦,管它呢,反正我不是第一次干傻事了。"

于是我说:"跟我走,我给你住的和穿的,你可以给我打扫房间,生壁炉,要住多久就住多久,只要你好好干,规规矩矩。如果不愿意,我不勉强。"

黑人高兴得跳了起来。

没过一星期他就胖了,干活勤快,一个人抵四个人。就这样,他在我那里过了半年;后来,一天晚上,他来到我房门口,默默站了一会儿,然后说道:

"我是来向您告别的。"

"怎么回事?"

"现在够了,我得走了。"

"是谁欺侮了你?"

"哪儿的话,我对一切都很满意。"

"那么你要上哪儿?"

"随便什么轮船都可以。"

"为什么?"

"我想念轮船，我不能离开它，如果留下，我一定干不好，我需要海洋。我要到船上去，然后再回来，但是现在够了。"

我尽量劝他留下，他继续住了三天，第二次提出，他办不到，他必须走，现在够了。

这是春天。到了秋天，他又穿得像热带人一样来了，我又给了他衣服；但不久，他便干了各种坏事，甚至威胁要杀死我，我不得不把他赶走了。

最后这一点无关紧要，重要的是我完全同意黑人的观点。在一个地方待久了，老是在一条车辙里走路，我有时也会产生"现在够了"的感觉，必须换个地点，呼吸些新鲜空气，看到一些新的脸……然后心情才会舒畅，这看来奇怪，但是事实。旅途的表面印象对调剂精神还是有益的。

有的人倾向于内省式的调剂，他们或者借助于强大的想象力和摆脱外在环境的能力（这要靠一种接近于天才和疯狂的特殊气质），——或者借助于鸦片和酒精做到这一点。例如，俄国人往往喝了一两星期酒，然后才清醒过来，重新开始工作。但我宁可让整个身体活动，而不是只让头脑活动，宁可在世界上转悠，而不是在头脑中转悠。

也许这是因为我喝醉以后总觉得很不舒服。

1866 年 10 月 4 日，我在纳沙泰尔①湖畔一家简陋旅馆的小房间里便是这么想的。在那里我觉得十分自在，仿佛我一辈子都住在这儿，这便是我的家。

随着岁月的流逝，很奇怪，我开始感到需要孤独，尤其是安静

---

① 纳沙泰尔在瑞士西部。

了……院子里相当温暖，我打开了窗……周围万籁俱寂，城市，湖泊，靠岸停泊的小船，一切都进入了梦乡；船仿佛还在轻轻呼吸，从隐约可闻的吱吱声和微微晃动的桅杆中都可感到这一点；桅杆一会儿偏向左边，一会儿偏向右边，但始终不会失去平衡……

……知道没有人在等你，没有人会来找你，你可以安心做你要做的事，也许甚至是死……也没有人会干涉，跟谁都无关……这是既可怕又愉快的。我无疑在开始变得孤僻，有时甚至恨自己没有勇气过世俗的隐士生活。

只有在孤独中，一个人才能充分发挥自己潜在的力量。他可以自由支配时间，没有不可避免的干扰——这是一件大事。一旦感到厌烦，疲倦，他可以立即拿起帽子，找人闲聊，一起休息。只要走到街上，那里便有川流不息的人群，那永无尽头、变化不定、又永远不变的人流，它五光十色，像天上的彩虹，又像灰白的浪花，整天熙熙攘攘，嘈杂喧哗。你像艺术家一样欣赏着这生活之流，仿佛在参观画展，这正因为你跟它没有利害关系。一切都与你无关，你无求于人，也不需要什么。

第二天我起得很早，到十一点已饥肠辘辘，于是走进一家大饭店吃早餐——昨晚这里客满了，我未能借到房间。餐厅里坐着一对英国夫妇，两人之间隔着一张《泰晤士报》，还有一个法国人，大约三十岁，是最近刚在形成的一种新典型：高大、臃肿、白皮肤、淡黄头发，满身肥肉，看来，如果宽松的大衣和质地柔软的裤子允许，他还会像温室中的肉冻一样融化扩大。这一定是哪个股票大王的儿子，或者共和帝国的贵族。他吃得没精打采，似乎对自己的早餐毫无胃口，只是在完成任务；由此看来，他已吃了好久，有些厌倦了。

这个典型从前在法国几乎并不存在，它是在路易－菲力普时代开始崭露头角的，直到最近十五年才终于兴旺发达。它面目可憎，令人厌恶，不过法国人也许还以此为荣。饭馆酒肆中的享乐生活，不致使英国人和俄国人的体型像法国人那么变丑。福克斯们和谢立丹们背地里都能吃能喝，然而他们还是原来的福克斯[①]和谢立丹[②]。法国人只有在筵席的文学方面，才既能显示他们精于饮食之道的深刻知识和制定菜名的雄辩口才，又不致自食恶果。在谈到宴会、调料、口味时，没有一个民族会讲得那么多；但这无非是玩弄辞藻，舞文弄墨。实际的暴食和纵酒却害苦了法国人，把他们弄得面目全非……他们的身体受不了。法国人在五花八门的风流韵事中能保持原状，安然无恙，这是因为这种情欲符合他们的民族气质——爱情既是他们的弱点，也是他们的长处。

"您要甜食吗？"堂倌问法国人，显然对他比对我们格外尊敬。

那位年轻先生这时正把食物装进肚里，因此慢条斯理地抬起忧郁而困倦的眼睛，对堂倌说道：

"我还不知道。"然后想了想，又道："一客糖梨！"

英国人在所有这段时间里，都在报纸的屏风后面一声不吭地吃着，现在突然抬起了头，说道：

"我也要一客！"

堂倌端来了两客糖梨，给了英国人一客；但英国人怒气冲冲地提出一了抗议：

"不对！我只是要点喝的东西！"[③]

原来他只是想喝点什么。喝完后他站了起来，这时我才发现他

---

① 英国著名政治家。

② 谢立丹（1751—1861），英国著名剧作家和政治活动家。

③ 这是英国人把"糖梨"听成了"喝的"，写英国人不懂法语。

穿的是孩子穿的夹克衫或羊毛短上衣，淡棕颜色，下面是浅色紧身裤，靠近皮鞋的裤管全都皱了。夫人也站了起来——她的身子是慢慢升高的，站直以后便变得非常高；然后她挽着矮丈夫的胳臂走了。

我不禁含笑目送他们出门，但毫无恶意；在我看来，他们还比我旁边那位先生（在夫人离开后，他已解开了坎肩上的第三颗纽扣）顺眼十倍。

巴塞尔

莱茵河是天然的分界线，但它什么也没分开，只是把巴塞尔分成了两部分[①]，而这两部分同样枯燥乏味，难以言喻。这儿的一切都笼罩在三重的枯燥（德国的，商业的，瑞士的）中。毫不奇怪，在巴塞尔构思的唯一艺术品是《死的跳舞》[②]；这里除了死者，没有人快活，尽管德国居民热爱音乐，那也是庄严的宗教音乐。

这是一个流动的城市，大家经过这儿，但是谁也不愿留下，除了经纪人和较高级的货车租赁业者。

住在巴塞尔，不特别爱钱是不可能的。不过，瑞士城市的生活一般都是枯燥的，其实也不仅瑞士，一切小城市莫不如此。巴枯宁说："佛罗伦萨是个美妙的城市，像一块甜甜的蜜钱……吃时觉得好极了，但过了一星期，你看到甜食就会觉得腻味。"这一点也不错，既然这样，对瑞士的城市还有什么好说的？莱芒湖畔本来是平静而美丽的地方，但自从在韦维到韦托一带建起了一个个莫

---

① 巴塞尔在瑞士北端，靠近德国边境，莱茵河流经市内，把全市分成南北两部分。

② 德国名画家汉斯·贺尔拜因（1497—1543）的著名组画。贺尔拜因1515至1525年住在巴塞尔，这组画即创作于这时期。

斯科郊外的那种庄园，里面住满了从俄国来的地主家庭，那些在1861年2月19日^①的灾难中破落了的人们，这样，那地方对我们就没意思了。

洛桑

我是路过洛桑。在洛桑，除了土著居民，都是过客。

外地人不在洛桑居住，尽管它的周围风景优美，尽管英国人发现过它三次，一次是在克伦威尔死后，一次是在吉本^②生前，还有现在——他们在这里盖起了房屋和别墅。但旅游者只在日内瓦居住。

想起日内瓦，我便会想起一位非常冷峻而枯燥的伟人，一种非常冷峻而干燥的朔风，那人便是加尔文^③，那风便是北寒风^④。这两者都叫我不能忍受。

每个日内瓦人身上都残留着北寒风和加尔文的影子。从他出生之日，成胎之日起，甚至更早，这两者便在影响他的精神和肉体，风是从山上吹来，而加尔文思想则来自祈祷书。

确实，这两股寒流的痕迹，结合不同的边境地区和交界地区——萨伏依的、瓦莱的、尤其是法国的一些特征，便构成了日内瓦人的基本性格，它显得美好，但并不特别惹人喜爱。

不过我现在要写的只是旅途印象，在日内瓦，我是居住。关于它，我得留待将来，在保持艺术距离的时候再写……

---

① 俄国颁布废除农奴制法令的日子。
② 吉本（1737—1794），英国著名历史学家，早年在洛桑求学，后又长期居住在洛桑。
③ 宗教改革领袖加尔文终生住在日内瓦宣传新教，以致日内瓦被称为"新教的罗马"。
④ 瑞士、意大利和法国南部一种干冷的北风或东北风，危害农作物。

我在晚上十时到达了弗里堡……立即前往佐林格旅馆。还是那个在1851年迎接过我的戴黑丝绒小圆帽的老板，那张既恭敬又倨傲的端正的脸，那副像俄国的典礼官或英国的守门人的神气。他走到公共马车前面，欢迎我们的到来。

……餐厅也还是老样子，还是那些红丝绒面子的折叠式四方小沙发。

在弗里堡，十四年就像十四天！它引以为荣的仍是教堂讲台上的大风琴，仍是那座铁索桥。

新的时代气息，那变化不定的、冲破一切樊笼的、1848年的二分点风暴①掀起的惊涛骇浪，很少触及在精神和物质方面都僻处一隅的城市，如耶稣会的弗里堡和虔诚派的纳沙泰尔。这些城市也在前进，但迈的是乌龟的步子，它们也在变得美好，但在我们眼中它们落后了，它们仍穿着古板的老式衣服……当然，过去的生活中也有不少东西并不坏，也更稳固和舒适，但那只是为少数高等人士准备的，正因为这样，它们并不适合大多数新兴阶级的需要——这些人还没有成为命运的宠儿，对生活的要求也还没有那么难以满足。

不用说，在目前的科学技术条件下，新发明每日不断，办法也简便易行，可以自由而广阔地安排新的生活。但是西方人一旦取得了地位，便满足于小小的成就。一般说来，他们受到的指责主要是他们自己造成的，那就是贪图舒服，以及人们所说的养尊处优。对于他们，这与其他一切一样，只是陈词滥调和空话。既然他们可以建立没有自由的自由制度，为什么不能在狭隘简陋的生活上建立光辉的社会呢？当然，例外是有的。在英国的贵族，法国的茶花

---

① 欧洲在春分和秋分时节出现的一种猛烈风暴。

女，当今的犹太王公大人中，阔绰的生活比比皆是……但这只是个别的，暂时的；勋爵和银行家可能身败名裂，茶花女也可能没有后代。我们谈的是整个世界，是一般的芸芸众生，是今天在舞台上粉墨登场的合唱队和芭蕾舞的群舞演员，不包括斯坦利勋爵[①]那样一天有二万法郎收入的父亲，也不包括前几天为了减轻父母负担，跳进泰晤士河自杀身亡的十二岁孩子的父亲。

发了财的老市民喜欢谈论舒适的生活条件，对他说来，这一切还是新事物，他觉得他是老爷，它们是为他存在的，"他有力量这么生活，这不致使他破产。"他以金钱为荣，知道它们的价值和易于消失，可是他们的前辈财主不相信金钱可以消耗，也不理解它们的价值，因此他们败落了。但他们是在高雅的情趣中败落的。"资产者"则认为，大量享用积累的资金没有多大意思；因陋就简、省吃俭用的传统生活习惯依然保存着。他们自然也会花大钱，但不是花在必要的地方。站柜台出身的那一代人，还没有养成阔绰的手面和豪华的作风，还没脱离原来的生活方式。对他们说来，一切都是买卖，很自然，他们关心的只是尽可能多的利润和收入，赚钱第一。"房产业主"的本能便是减少房间的面积，扩大房间的数目，莫名其妙地缩小窗户的大小，减低天花板的高度；他要利用每一个角落，以至剥夺租户和自己家庭的居住面积。那个角落对他并无用处，但万一必要，他便得从别人那里夺取这个空间。他宁可拥有两间不方便的厨房，不愿建造一间完善的厨房；他为使女造的顶楼既不能工作，也不能转身，而且十分潮湿。为了补偿光线和空气的不足，他把房屋的外表粉刷得漂漂亮亮，在客厅中放满了家具，还在

---

① 即爱德华·德比伯爵，德比伯爵是封号，斯坦利才是原来的姓。

屋前造了花坛和喷泉——给孩子、保姆、狗和雇工制造的麻烦。

各啬没有完成的危害，由迟钝的头脑完成了。科学从日常生活的浑浊池塘中穿过，不会与它同流合污，但随处留下了自己的财富，然而卑微的船夫不善于捡取它们。一切利益落进了大商人手中，其他人只能得到点滴的油水。大商人改变着地球的面貌，可是个人生活依然在他们的蒸汽机车旁边，靠古老的马车和驽马缓缓前进……不冒烟的壁炉只是理想，日内瓦的一个房东安慰我道："这壁炉只在刮大风时才冒烟"，那就是正好在最需要生壁炉的时候，而大风仿佛是偶然现象，或者新近才发现的，在加尔文出生以前没有刮过大风；在法齐去世以后也不会再刮大风。看来在整个欧洲，包括西班牙和意大利在内，一到冬季就得赶紧写遗嘱，就像从前人们从巴黎前往马赛得写遗嘱，到了四月中旬便得上伊威尔圣母大教堂做祈祷一样。

这些人会说，他们管不了这些生活琐事，他们有许多别的事要做，我也不想跟他们计较冒烟的壁炉，既能开门也能划破手指的钥匙，以及过道上的臭味等等，但是我要问，他们忙的是什么，他们最关心的又是什么？其实没有……他们只是这么讲讲，借以掩饰他们难以想象的空虚和无聊……

在中世纪，人们的生活恶劣不堪，钱都花在毫无必要的、不能增进舒适的大建筑物上。但是中世纪对舒适还没有要求——相反，他们的生活越不舒服，越接近他们的理想，他们的奢华表现在教堂和公共建筑的宏伟壮丽上，在这方面他们是毫不吝惜，毫不小气的。那时的骑士建造的是城堡，不是宫殿，选择的也不是四通八达、道路平坦的地点，而是无法通行的山岩峭壁。现在已不必防备盗匪，也没有人再相信装饰教堂可以拯救灵魂；循规蹈矩的和平居民抛弃了大会堂和市政厅、反对派和俱乐部；热情和迷信，宗教和英雄主义，这一切都让位给了物质福利，但正是在这方面，目前还毫无成就。

在我看来，这一切不是吉兆，也未可乐观——仿佛这个世界是生活在期待中，只等脚下的土地自动提供一切，它不想建设，而是浑浑噩噩，苟且度日。我不仅从人们忧心忡忡、布满皱纹的脸上看到这一点，害怕严肃的思想，回避对现状的各种分析，只想忙忙碌碌，陶醉在表面的成就中，这都是它的表现。老人甚至准备玩洋娃娃，"只要不致触及思想就好"。

时髦的止痛膏药是世界博览会。膏药与病痛一起构成了一种间歇性的热病，只是重心一会儿在这里，一会儿在那里。① 一切都在移动，在水上、在陆地、在空中移动，花钱，赚钱，参观，厌倦，为了取得成功，生活变得更不舒服——什么成功？管它什么，成功就是成功。仿佛三四年中一切都取得了这么大的进步，仿佛有了铁路，一切就非得从这里搬到那里不可，房屋，机器，马厩，大炮，什么都运来运去，差点把花园和菜园也搬上火车……

……等展览会开厌了，于是又开始打仗，又血流成河，尸积如山，但求在天边不致再看到不祥的黑点……

2. 旅途闲话和饮食店中的同胞情谊

"去安德马特还有位子吗？"

"也许还有。"

---

① 随着资本主义的发展，各种形式的博览会和展览会风行一时，成了推销产品、刺激生产的时髦事物。从 1851 年在伦敦水晶宫举行第一次世界博览会后，据统计，至 1870 年止，仅世界性的博览会即举办了三十四次。

"是轻便长途马车吗？"

"也许是，您十点半来看看……"

我看看表——三点差一刻……我怨气冲天地坐在咖啡店门前的长凳上……人声嘈杂，行李在地上拖过，马被牵来牵去，毫无必要地把石板蹬得达达直响，饭店的堂倌在向旅客招揽生意，太太们在旅行袋里找东西……嘎吱嘎吱……一辆驿车驶走了……嘎吱嘎吱……又一辆驿车驶走了……广场空了，一切都运走了……天气闷热，阳光刺眼，石板白花花的，一只狗躺在广场中心，蓦地气呼呼地跳了起来，跑进阴影中。胖老板穿一件衬衫坐在咖啡店门口，不停地打瞌睡。来了一个卖鱼的女人。老板露出恶狠狠的神情问道："鱼什么价钱？"卖鱼的讲了价钱。老板吆喝道："混蛋！"女人也吆喝道："土匪！""滚开，臭婆娘！""土匪，你想抢鱼不是？""喂，三文提一磅，怎么样？""贪心不足，让你不得好死！"老板拿了鱼，女人收了钱，和睦地分手了。这些咒骂只是一种公认的形式，跟寒暄差不多，我们已习以为常了。

狗继续睡大觉，老板送走了鱼，又打他的瞌睡，太阳热烘烘的，没法再坐下去。我走进咖啡店，拿了一张纸，想写点什么，但是写什么呢？……描写高山和深谷，花草和光秃秃的岩石——这一切在导游手册中早已有了……不如写些无中生有的事。随口胡扯——这是一种休息，谈天中的甜点、调料，只有理想主义者和爱好抽象思维的人才不喜欢……但是胡扯什么呢？……当然，最符合我们的爱国心理的题目是谈我们可爱的同胞们。他们到处有的是，尤其在高级旅馆里。

俄国人还是像从前一样极容易识别。尽管旅游者多如牛毛，先天存在的种族特征还是一目了然。在别人低声谈话的地方，俄国人却哇啦哇啦，在别人哇啦哇啦大声讲话的地方，俄国人又一言不发。他们扯开喉咙大笑，可是讲起笑话来却喊喊喳喳；他们跟堂倌一下子就成了老朋友，可是对那里的顾客却不理不睬。他们吃东西用刀；军人都像德国人，区别只是那个后脑勺显得特别傲慢，头发又短又硬，跟鬃毛似的；夫人们在火车和轮船上打扮得花枝招展，像英国女人在饭店等等地方一样。

图恩湖成了我们的高等旅游者汇集的地方。旅客登记簿好像是从《备忘手册》①上抄录的：大臣和巨头，形形色色的将军，甚至秘密警察的头子都有。官员们带着老婆孩子，在旅馆的花园里欣赏大自然的风光，在旅馆的餐厅里享受大自然的赏赐。英国夫人遇到英国夫人便问："您是通过格米或格里姆塞尔②来的吧？"俄国夫人遇到俄国夫人便问："您是住在少女旅馆或维多利亚旅馆吗？"英国夫人说："那便是少女峰③！"俄国夫人则说："那便是财政大臣赖特恩④！"……

"停靠二十分钟，停靠二十分钟……"

旅客们纷纷下车，拥进食堂，抢了座位，匆匆吃饭；虽说二十分钟，铁路站长必然占去你五六分钟，还用可怕的铃声来影响你的胃口，拼命叫喊："快上车！"

进来一个穿黑衣服的高大太太和穿浅色衣服的丈夫，带着两个孩子……又进来一个神色腼腆、行动拘谨、穿得可怜的少女，手里

---

① 帝俄时代出版的记载高级文武官员姓名的年鉴。
② 穿越阿尔卑斯山的两条险峻山道，在伯尔尼和图恩附近。
③ 瑞士著名的山峰，为旅游胜地。
④ 1862 至 1878 年的俄国财政大臣。

提着各种包裹和箱子。她站了一会儿……然后走到角上，坐了下去——几乎就在我的旁边。眼睛犀利的堂倌发现了她，马上托着一盘烤牛肉，像老鹰一般飞也似的扑到她面前，问道："您要什么菜？"她回答："不要什么。"这时一个英国牧师正好喊他，他便朝他跑去……但是一分钟后，他又奔到她跟前，挥着餐巾，问她："您要什么菜？"

姑娘嗫嚅着，涨红了脸，站了起来。我的心像给扎了一针。我想请她吃点什么，但又不敢造次。

我正在犹豫时，穿黑衣服的夫人抬起眼睛，在餐厅里打量着，她看到了姑娘，便伸出一根手指，叫她过去。她走近后，夫人指指孩子们吃剩的汤，于是姑娘便站在坐着的旅客中间，在他们惊讶的目光下，羞涩地、慌张地吃了两匙汤，放下了盘子。

"各位旅客，凡是去乌廷根、蒙特锡昂和东恩图的，请上车！"大家毫无必要地争先恐后拥向了车厢。

我不能沉默，对一个堂倌（不是那只老鹰，是另一个）说道："您看见没有？"

"怎么没看见，他们都是俄国人。"

3. 在阿尔卑斯山那边

意大利城市建筑的纪念碑性质，与它们的荒凉面貌，终于使人生厌了。现代人在那里感到不自在，仿佛坐在戏院中不舒适的包厢里，观看舞台上雄伟的布景。

那里的生活并不平衡，也不单纯和便利。调子是高昂的，一切都像在朗诵，而且是意大利人的朗诵（凡是听过朗诵但丁作品的，都知道那是怎么回事）。一切都显得不自然，仿佛莫斯科的哲学家或德国渊博的艺术家在刺刺不休；一切都似乎站在高不可攀的顶点俯视着你。这种人为的紧张与从容自若是不相容的，好像随时会出现一场辩论和道德说教。长年累月的高昂情绪令人厌倦和烦躁。

人并不希望永远惊叹，永远精神兴奋，也不希望老是用道德标准衡量一切，老是感动，思想老是飞往遥远的过去，可是意大利却要人停留在最高的音域中，总是提醒大家，它的街道不是普通的街道，而是名胜古迹，它的广场也不仅仅供人走路，它们是供人研究的。

同时，意大利特别美好而伟大的一切（也许到处如此）都是接近疯狂和荒谬的——至少令人想起童年时代……西尼奥拉广场①，这是佛罗伦萨人民的童年时代——米开朗琪罗老爹和切利尼大叔赐予它的大理石和青铜玩具，②都被它随意排列在广场上，那里曾多次流血，决定它的命运——然而这与大卫或珀尔修斯都毫无关系……这里有一座水上城市，梅花鲈和河鲈可以在它的大街上畅游……也有一座山洞岩石构成的城市，人们必须像潮虫或蜥蜴那样，在狭窄的峡底，在迂回曲折的宫殿似的悬崖峭壁中间爬行和走动……这里还有一个大理石的别洛韦原始森林③。谁的头脑能够想象那个被称作米兰大教堂④的石造大森林，那个钟乳石的山岭？谁又敢实施疯

---

① 佛罗伦萨市中心的古老广场，有大建筑及纪念碑。

② 米开朗琪罗出生在佛罗伦萨，1504年在佛罗伦萨完成了著名的大理石雕像《大卫》。切利尼（1500—1571）也是文艺复兴时代意大利著名雕刻家和艺术大师，他也出生于佛罗伦萨，一生大部分时间在佛罗伦萨从事创作活动。

③ 欧洲最大的原始森林区之一，在白俄罗斯。

④ 欧洲最大的教堂之一，系哥特式建筑，全部由白大理石构成，前面有无数尖顶石柱，因此这里称它为大理石森林。

狂的建筑师的这种梦想？……谁又肯为它花那么多钱，那计算不清的钱！

人们总是为不必要的事物耗费精力。对他们说来，最宝贵的便是他们幻想的目标。这比活命的面包，比个人的私利更重要。利己主义和人道精神一样，是需要培养的。幻想对人的吸引力却不需要培养，不需要理性的帮助。信仰的时代是奇迹的时代。

一个较新、较少历史性和装饰性的城市是都灵。

"它给人的印象好比一篇散文。"

是的，然而生活在这里比较轻松，因为这只是一个城市，不是靠回顾自己的历史存在的，它是为日常生活，为现实存在的，它的街道不是考古博物馆，不能随时给我们提供死亡的纪念物；但是看到那些勤劳的居民，看到他们像阿尔卑斯山的空气一样严峻的表情，你便会发觉，这些人比佛罗伦萨人，比威尼斯人更坚毅强壮，也许还比热那亚人更富于生命力。

不过我不太了解热那亚人。这些人是很难看清楚的，他们在你眼前总是一闪而过，他们总是在奔波，忙碌，跑东跑西，匆匆忙忙。通往海边的巷子里人们熙熙攘攘，但是待在那儿的不是热那亚人，这是在世界各地海洋上航行的水手、轮机长和船长。铃声从这儿那儿响起，开航了！开航了！于是一部分人群开始蠕动，有的在装货，有的在卸货。

4. 再谈德国人

……倾盆大雨接连下了三天，不能出门，又不想工作……一家书店的橱窗里陈列着《海涅通信集》，两卷。这是救星。我买了书，一直读到天放晴为止。

从海涅写信给摩泽尔①、伊默尔曼②和瓦恩哈根③以来，多少岁月过去了。

奇怪的是，从1848年以后，尽管我们总是后退，总是让步，抛弃了一切，蜷缩在一边，我们还是取得了一些成就，一切都在不知不觉地变化。我们更接近了地面，站得低了一些，也就是站得更稳了，地也犁得更深了，工作不那么动人，那么光辉，但也许正因为这样，这才是真正的工作。反动阵营的堂吉诃德们捅破了我们不少个气球，氢气像烟一般飘走了，飞艇坠落了。我们不再充当上帝的天使，弹着五弦琴，唱着预言之歌，在天空中飞翔，而是攀附在树木和屋顶上，尽量靠近大地母亲的怀抱。

"青年德意志"从自己"美好的高处"，在理论上解放祖国，在纯理性和艺术的范围内跟传统和偏见的世界决裂的时代，而今安在哉？海涅不喜欢这个光辉灿烂、寒冷彻骨的山顶，尽管歌德到了老年曾在那儿做过庄严的美梦，那不太和谐的、但聪明绝顶的梦——《浮士德》第二部。然而海涅并没有走出书籍的圈子，他所接触的依然是学者的讲堂，文人的集会，报刊的园地和它们之间的闲谈和争吵，以及那些表现为柯达或霍夫曼和卡佩的出版界的夏洛克们④，语文学界的格丁根长老们⑤，哈雷或波恩的司法界大主教们。不论海涅还是他的小圈子都不了解人民，人民也不了解他们。这块洼地

---

① 摩泽尔（1796—1838），德国语文学家，海涅的老朋友。
② 伊默尔曼（1794—1840），德国戏剧家和小说家，海涅青年时期的朋友。
③ 德国作家和文学评论家，他和他的妻子都与海涅有密切来往。
④ 柯达等都是德国出版商，夏洛克是莎士比亚的《威尼斯商人》中的高利贷者。
⑤ 指格丁根大学的教授们，海涅曾在格丁根大学攻读法律。

上的苦难和欢乐都从未上升到那个山顶——要使他们了解来自现代人类沼泽的呻吟，还必须让它们穿上拉丁文的服装，通过格拉古兄弟①和罗马无产阶级的中介，才能办到。

作为高等社会的学士，他们有时也会走进生活，像浮士德一样从小酒店开始，也像他一样，始终保持着学者的否定精神，但这种否定精神的内省性质使他们不能简单地看待和观察世界，就像浮士德所经历的那样。正因为如此，他们马上从生活的源泉又退回了历史的源泉，只有在这里他们才如鱼得水，自由自在。特别值得注意的是：他们从事的不仅不是行动，而且不是科学，毋宁说主要只是学艺和文化。

海涅有时也反对档案气息和分析乐趣，需要某种不同的东西，但他的书信仍然是典型的德国书信，它属于德国那个从贝蒂娜孩子②开始，而以犹太女子拉埃尔③为终点的时期。我们在他的书信中遇到热烈迸发的犹太精神时，便能呼吸到比较清新的气息，这时海涅是真正热情洋溢的人，但是他的情绪马上冷却了，犹太精神也马上淡薄了，而且由于自己这种绝非毫无私心的转变，他还对它十分恼火。

1830 年的革命，以及海涅后来的迁居巴黎，对他起了很大的推动作用。他欢呼道："潘神死了！"④随即赶往那里，那个我曾经同样狂热地奔赴的地方——巴黎；他希望看到"伟大的人民"，"骑在

---

① 古罗马保民官和革命者。
② 指德国女作家贝蒂娜与歌德的通信，见本书上册第四章。
③ 瓦恩哈根的妻子，她的沙龙是文艺界人士汇集的地方，她曾庇护青年海涅。
④ 引自海涅的《路德维希·伯尔纳》，潘是希腊神话中的森林之神。

灰色马上往来奔驰的头发斑白的拉斐德"①。但是文学立即占了上风，他的信从里到外充满了文学的废话和个人的好恶，它们又与对命运、健康、精力和抑郁心境的埋怨交织在一起，从这中间流露了充满牢骚不平的自尊心。在这里海涅也采取了虚假的音调。那种夸大做作的波拿巴主义辞藻变得这么讨厌，与衣冠楚楚的汉堡犹太人不是从书本上，而是在广场上听到人民的呼声时发出的惶惶不安的叫嚣同样讨厌。他不能接受不是在彬彬有礼、循规蹈矩的书斋中，或者瓦恩哈根·冯·恩泽（他称他为精美的瓷器）的沙龙中举行的工人集会。

他的个人尊严感只限于把手洗得干干净净，手指上没有烟草味。不应该为此责备他。这感情不是德国人的，不是犹太人的，不幸，也不是俄国人的。

海涅讨好普鲁士政府，通过它的大使，通过瓦恩哈根，向它献媚，同时又咒骂它。②他奉承巴伐利亚国王，又讽刺挖苦他，他对德国的"最高"议会更是恭维备至，又用刻毒的嘲笑抵偿自己在它面前的不体面行径。

这一切难道还不足以说明，1848年在德国爆发的学究式革命火焰，为什么瞬息之间便告熄灭吗？它也只是属于文学上的，像克罗尔花园中放的焰火一样，立即烟消云散了，它的领导人大多是教

---

① 拉斐德将军在 1830 年曾率领国民自卫军推翻法王查理十世，帮助路易－菲力普建立了七月王朝。

② 靠普鲁士国王供养的天才不也是这么做的吗？他的两面作风给自己招来了尖刻的讽刺。1848 年后，汉诺威国王，那个极端保守的封建头子来到波茨坦。在王宫的楼梯上，他遇到了各种臣子，洪堡穿着宫廷内侍的燕尾服也在其中。恶毒的国王站住了，含笑对他说道："同是一个人，一方面永远以共和派自居，另一方面又永远站在宫廷的前厅中。"——作者注

授，它的将军是语文学家，它的战士是穿高筒皮靴、戴圆形软帽的大学生，一旦革命从形而上学的胆量和书本的勇气中走进广场时，他们便背弃了革命事业。

除了个别几个执迷不悟、流连忘返的工人以外，人民不会跟这些脸色苍白的领导人走，对他们说来，这些人始终不是自己人。

在战争①爆发前一年，当俾斯麦正磨刀霍霍，加紧迫害格拉博②一伙人时，我问柏林一个左翼代表："你们怎么能容忍俾斯麦的一切侮辱呢？"

"我们已在宪法允许的范围内做了我们所能做的一切。"

"你们应该学政府的样，试图越出这个范围。"

"这是什么意思？向人民发出号召，要他们拒付捐税吗？……这是梦想……没有一个人会跟我们走，支持我们……这只能暴露我们的软弱，让俾斯麦取得新的胜利。"

"好吧，那我也只得像你们的主席一样，要你们对每一个侮辱逆来顺受，在三呼吾王万岁之后，乖乖地回家了！"

5. 阴间和人世

Ⅰ. 阴间

"阿道尔芬别墅……阿道尔芬？……这地方怎么样？……阿道尔芬别墅，大小套间齐全，花园，面临大海……"

我走了进去；一切显得整齐清洁，树木，花草，院子里有一些英国孩子，那种胖胖的、圆圆的、脸色红润的孩子，会使你不由得

---

① 指 1866 年普鲁士和奥地利的战争。

② 格拉博（1802—1874），德国自由派领导人，反对俾斯麦的军国主义政策。

衷心希望他们永远不要遇到吃人魔王的孩子……出来了一个老婆子，问我什么事，我说了缘由；开始谈话时，她先向我声明，她不是女用人，"主要是出于友谊"在这里帮忙的，阿道尔芬太太到医院或养老院去了，她是养老院的女施主。然后她带我去看"非常舒适的房间"，在社交季节，这还是第一次没人居住，今天早上两个美国人，一个俄国公爵还来看过房子，因此那位"主要是出于友谊"在这里帮忙的老婆子，劝我不要错过机会。我为这突如其来的关心和偏爱，向她表示了感谢，然后向她提出了一个问题：

"您是德国人吗？"

"是的。先生您呢？"

"我是俄国人。"

"那太好了，我在彼得堡住过很久很久。说真的，这么好的城市再也没有了，永远不会有了。"

"我听了很高兴。您离开彼得堡好久了吧？"

"对，不少日子了，我们在这儿至少已住了二十年。我从小就跟阿道尔芬太太是朋友，后来也从不想离开她。她不大关心家务，一切都很乱，需要有个人照料。我的保护人买下这个小小的乐园之后，马上从不伦瑞克写信给我……"

"您住在彼得堡什么地方？"我突然问她。

"哦，我们住在城里最好的地区，那儿住的全是大官和将军。我好几次见到故世的皇上坐了马车或一匹马拉的雪橇经过，那么威严……可以说是真正的君主。"

"您住在涅瓦大街，海军大街？"

"哦，不是涅瓦大街的街面上，是在它旁边，警察桥附近。"

我想："够了，够了，我知道了。"于是请老婆子转告，我会来跟阿道尔芬太太商谈房子的。

每逢我见到旧时代的残余，破败的古迹，总不免感触万端，不论那是维斯太①庙，还是其他神庙，都一样……"出于友谊"的老婆子陪我穿过花园，直送到大门口。

"哦，我们的邻居，他也在彼得堡住过很久……"她向我指指一幢粉刷得漂漂亮亮的大房子，现在门口有一块英文牌子："大小套间出租（带家具或不带家具）"。"您一定知道弗洛里安尼吧？他是宫廷理发师，住在米里翁大街附近，只因出了一件不愉快的事……他受到牵连，差点给送往西伯利亚……您知道，有时因为心地太忠厚也会遭到飞来横祸。"

我想："看来她非把弗洛里安尼和我扯在一起不可，好像我是他的'难友'似的。"

"对，对，现在我有些想起来了，是有这么一件事，它牵涉到主教公会的总检察官，另外还有一些神学家和近卫军军官……"

"瞧，他来了。"

一个干瘪的、掉了牙齿的小老头走到了门口，他戴一顶水手或儿童戴的小草帽，帽顶围一条蓝绶带，身穿浅绿色短大衣和条纹裤子……他抬起枯涩迟钝、没有生气的眼睛，向"出于友谊"的老婆子点了点头，薄薄的嘴唇在翕动。

"要我叫他过来吗？"

"不必了，谢谢您……我目前不能见他，您瞧，我连胡子也没刮……再见。哦，请问，我有没有弄错，弗洛里安尼先生应该得过红绶带吧？"

---

① 古希腊神话中的家室女神。

"对，对，他给慈善机关捐过不少钱。"

"一颗美好的心！"

在古典主义时代，作家们喜欢把已死和刚死的人带到阴间，让他们在那里谈天说地拉呱儿。在我们的现实主义时代，一切都在地上进行，甚至把一部分阴间也搬到了人间。爱丽舍田园①伸展到爱丽舍河岸，爱丽舍海边，然后化成硫磺温泉，在这里或那里喷射，又在山脚下形成一个个湖泊，它们可以论亩出售，开辟成一个个葡萄园……一个人经历了动荡不安的一生以后死了，他的一部分便来到这里，度过灵魂转化的第一阶段，从净界升入天国的这个预备班级。

每个人活了五十年以后，便得抛弃整个世界，甚至两个世界——对于它的消失，他已习以为常，准备接受另一幕新的场景了。这时，早已消逝的时代的一些名字和面貌，又会一再出现在他的道路上，唤起一系列幻象和画面，那些埋葬在无边无际的记忆的墓穴中，可以随时听候召唤的东西，它们有时引起的是微笑，有时是叹息，有时也可能是啼泣……

那些像浮士德一样希望看到"母亲"，甚至"父亲"的人，不需要任何靡非斯特菲勒斯的引导，只要买一张票，坐上火车，到南方走一趟就成了。从戛纳和格拉斯②开始，那个早已过去的时代的幽灵便在这片温暖的天地中游荡，他们聚集在海边，弯腰曲背，安

---

① 爱丽舍是古希腊神话中的福地，诸神授予英雄以不朽生命的地方，因此爱丽舍田园即为人间乐园或天堂。在荷马的史诗中，爱丽舍田园在世界的尽头，维吉尔把它置于地狱中。但丁在《神曲》中又把它列为净界的最高层，经过这一层即可进入天堂。赫尔岑在这一节中主要是说，过去的一代已被历史所埋葬，只能在自己的"人间乐园"中度过残年，这就是所谓阴间，而人世（未来）是属于新的一代——年轻的革命家们和新生的工人阶级。

② 都是法国南方海滨旅游胜地，许多人退休后便在此养老。

详地等待着卡隆①把自己渡过冥河。

这还不是那个真正的"悲惨之城"，高大而庄严的、背有些驼的布鲁厄姆勋爵②，像阉者一样站在它的城门口。他那漫长而正直的一生充满了没有成效的努力，他的整个形象，那一高一低的灰白眉毛，表现了但丁的一部分题词③：你们走进这里的，想用寻常的手段纠正根深蒂固的历史罪恶的人们，把一切希望抛在后面吧。布鲁厄姆老人，这位优异的前辈，不幸的卡罗琳王后④的辩护人，罗伯特·欧文的朋友，坎宁⑤和拜伦的同时代人，麦考利⑥没有写完的最后一卷《英国史》，他把自己的别墅造在格拉斯和戛纳之间，这是非常合适的。除了他，还有谁能作为和解的旗子高举在临时净界的大门口，不致把活人吓走呢？

接着我们便完全进入了一个静寂的世界，这里的男高音，三十年前曾使我们十八岁的胸膛跳跃不止；这里的小脚曾使我们与全场观众的心一起陶醉和收缩，但是现在这双脚已结束了自己的使命，穿上它们的女主人亲手编织的羊毛拖鞋，为了毫无理由的嫉妒，或者为了家庭开支上理由充足的吝啬，啪嗒啪嗒地在追赶使女……

这一切，通过大小不等的间隔地段，一直绵延到亚得里亚海和

---

① 在冥河上渡亡灵赴冥府的船夫。

② 英国著名大法官，退出政治舞台后在戛纳附近安度晚年达三十年之久。

③ 指《神曲》中地狱大门口的题词，中间一句系本书作者插入。

④ 卡罗琳王后（1768—1821），英王乔治四世的王后，1795年乔治与她结婚，夫妇感情极坏，乔治为摆脱她，从1805年起即诬陷她与人私通。1808年，布鲁厄姆任她的法律顾问，为她辩护，使最高法院不得不宣布她无罪。1820年乔治即位，禁止她参加加冕典礼，不久她即忧郁而死。

⑤ 坎宁（1770—1827），英国著名政治家，曾任首相及外交大臣。1802年因反对英王剥夺卡罗琳王后的称号及地位而退出内阁。

⑥ 麦考利（1800—1859），英国政治家及著名历史学家。

科摩湖边，甚至某些德国的温泉地区（乡镇）。那里有塔利奥妮[①]的别墅，鲁比尼[②]的宫殿，芬尼·艾尔丝勒[③]的庄园，以及许多过去的、早已销声匿迹的人的藏身之所。

除了离开了小小的舞台息影闲居的演员们，还有早已从传单上消失的被忘却的世界大舞台上的演员——他们尽管并不甘心，也只得像辛辛纳图斯[④]或哲学家那样，在穷乡僻壤度过余生。这样，在曾经煊赫一时、扮演过帝王的艺术家中间，也出现了扮演过糟糕的角色的真正的帝王。这些国王像印第安人要带着妻子一起走进阴曹地府一样，也带着两三个忠于他们，曾不遗余力帮助他们垮台，因而与他们同归于尽的亲信大臣。其中有的刚戴上王冠，登台亮相，便给轰下了台，但还在等待群众给他们公正的评价，把他们重新扶上舞台。也有的甚至历史剧场的经理人还没允许他们登台亮相——这是一些死婴，他们只有昨天，没有今天，他们的传记在出场前就结束了；他们是早已被废除的王位继承法留下的阿兹特克人，灭亡的王朝的还在苟延残喘的纪念品。

此外便是那些以吃败仗闻名的将军，葬送过自己的国家的乖巧的外交家，葬送过自己的家产的赌徒，还有那些如今已年老色衰、白发苍苍，但当年曾使这些外交家和赌徒神魂颠倒的名媛淑女。这一切政治上的化石，仍在吸鼻烟，就像当年在波左－迪－博尔哥伯爵[⑤]、阿伯丁勋爵[⑥]和埃斯特哈齐公爵[⑦]府上吸鼻烟一样；他们与

---

① 塔利奥妮（1804—1884），意大利著名芭蕾舞演员。

② 鲁比尼（1794—1854），意大利男高音歌唱家，曾在巴黎红极一时。

③ 艾尔丝勒（1810—1884），奥地利芭蕾舞蹈家。

④ 古罗马政治家，晚年躬耕为生。

⑤ 波左－迪－博尔哥伯爵（1764—1842），俄国外交官，曾任驻法国大使。

⑥ 阿伯丁（1784—1860），英国政治家，曾任首相及外交大臣。

⑦ 埃斯特哈齐（1786—1866），奥地利外交官，曾任驻伦敦及巴黎使节。

"出土的"雷卡米尔夫人 ① 时代的美人们一起回忆利文夫人 ② 的沙龙，拉布拉凯 ③ 的青年时代，马利布兰 ④ 的处女演出，对帕蒂 ⑤ 敢于在这些人之后公开演唱大感惊讶……与此同时，一些老花花公子穿着绿呢大衣，步履蹒跚，哼哼唧唧，拖着半身不遂的浮肿身子，跟另一些老太婆在谈另一些沙龙和另一些名流，谈一掷千金的赌注，谈基谢廖娃伯爵夫人 ⑥，谈霍姆堡和巴登 ⑦ 的轮盘赌，谈故世的苏霍扎涅特 ⑧ 怎样赌博，谈宗法制时代德国温泉地的世袭王公们怎样勾结赌场老板，把中世纪对旅客的危险抢劫，转化为赌场上庄家和赌徒的和平掠夺……

所有这些人都还在呼吸，还在活动，只是有的人已不再用脚走路，而是坐在手推车中，坐在轻便马车中，裹在皮大氅中，也有的用仆人代替了拐杖，不过在雇不起仆人时仍只得用拐杖。那"旅客登记簿"就像从前的高级官员名册，或者从"纳瓦利诺战役和征服阿尔及利亚时代" ⑨ 的旧报纸上撕下的一角。

在三个高等阶级陨落的明星旁边，还围绕着一些彗星和小行星，它们出自嗜血的特殊天性，在过去的三十年中怀着沾沾自喜、贪得无厌的心情，制造了从凶杀到绞刑架，从抢夺黄金到服苦役的

---

① 巴黎著名沙龙的女主人。
② 俄国驻英国大使利文公爵的夫人。
③ 意大利男低音歌唱家。
④ 西班牙女中音歌唱家，在巴黎首次演出歌剧后即轰动法国。
⑤ 帕蒂（1843—1919），西班牙女歌唱家，当时在巴黎演唱。
⑥ 1844 至 1854 年俄国驻法国公使基谢廖夫伯爵的夫人。
⑦ 德国两个著名的温泉胜地。
⑧ 俄国将军，以赌博挥霍闻名。
⑨ 根据《聪明误》第二幕第五场的台词改写，纳瓦利诺战役是 1827 年 10 月英法俄联合舰队与土耳其舰队在纳瓦利诺海港展开的一次激战。

形形色色案件。其中各种人物都有，如由于"证据不足"而被法院释放的下毒犯和伪币制造者，在某处中央监狱或劳改营完成了精神改造的刑满释放分子，以及被缺席判决的逃犯等等。

在这些温暖如春的涤罪所中，最难遇到的是从革命风暴和失败的人民起义中涌现的幽灵。阴森可怖的雅各宾山岳派分子宁可生活在凛冽的北风中，而忧郁的斯巴达勇士也宁可隐藏在伦敦的大雾中……

Ⅱ．人间

1. 生命之花和最后的莫希干人 [①]

我与一个俄国美术家坐在英吉利咖啡馆的小房间里，他老是咳嗽，从未安静过，而我需要新鲜空气，需要热闹的生活，而且很怕与我这位涅瓦河畔的克洛德·洛兰 [②] 天南地北地闲聊，于是我从桌边站了起来，说道：

"走，上歌剧院的舞厅去，现在一点半，正是时候。"

"走。"他说，又喝了一杯白兰地。

这是 1849 年初，两场大病之间的虚假的复原时期，人们还在等待着，或者仿佛还在等待着，什么时候重又演出一场闹剧或喜剧。

……在歌舞大厅转了一会儿，我们便站在那里，欣赏一组跳得特别出色的瓜德里尔舞，那是由搽粉的码头工人和脸上涂铅粉的小丑组成的。四个姑娘都很年轻，大约十八九岁，显得婀娜多姿，招

① 《最后的莫希干人》本为美国著名作家库珀的小说；莫希干人是北美印第安人的一支，由于白人殖民者的侵略而濒临灭绝。这里只是借用，指本篇中那个硕果仅存的女子列昂京娜。

② 洛兰（1600—1682），法国风景画家。

人喜爱；她们兴致勃勃，沉醉在舞蹈中，常常不知不觉从跳瓜德里尔舞变成跳康康舞。我们正觉得目不暇接，蓦地瓜德里尔舞散开了（按照书报审查制度的黄金时代我们的新闻记者们通常的说法，这是"不以跳舞者的意志为转移的变化"），一个舞女，啊，还是最漂亮的一个，这么熟练地、又这么拙劣地把肩膀一缩，那件衬衫便滑了下来，露出了半个胸脯和一部分背部，简直超过了美国女人，尤其是那些徐娘半老的英国夫人（她们除了肩膀已拿不出别的迷人的东西了）在循规蹈矩的晚会上，在考文特花园①最显目的包厢中的表现（正由于这情形，在二楼的厢座里才无法正襟危坐，静听《无罪的女神》或《在柳树下》②）。

我对我那位伤风的美术家说："要是米开朗琪罗或提香在这儿就好了，快拿起您的画笔，要不，她又得拉上衣服了。"可是我刚说完，一只黑黑的大手——不是米开朗琪罗或提香的手，而是巴黎警察的手，已抓住女孩子的领圈，把她拉出瓜德里尔舞带走了。小姑娘拼命挣扎，那副样子就像给父母拉去洗冷水澡的孩子，但是人类的正义和秩序还是占了优势，得到了实现。其他舞女和与她们搭配的小丑互相看了一眼，便另找了一个码头工人，重又把腿举得比头更高，为了便于疯狂的舞姿，还彼此跳开了几步，对普洛塞皮娜③的被劫走几乎毫不在意。

"我们去瞧瞧，警察怎么打发她；"我对我的同伴说，"我看见她是从那扇门给带走的。"

我们走下了旁边的楼梯。谁见过青铜狗怎样全神贯注地、有些

---

① 伦敦市中心的娱乐区，剧场甚多。
② 当时流行的两支浪漫曲。
③ 罗马神话中的少女，在郊外采花时被冥王劫走。

担心地注视乌龟的，便很容易想象我们所看到的那一幕。不幸的姑娘穿着薄薄的衣服，对着寒风坐在石台阶上，在淌眼泪；干瘦高大的警察全副武装，露出凶狠而又愚蠢认真的脸色，站在她面前，他的下巴上挂着一簇小小的胡子，唇髭已经灰白。他神气活现，合抱着双臂，一眼不眨地盯着小姑娘，看她要哭到什么时候为止，一边催促道：

"走吧，走吧！"

小姑娘一边抽抽搭搭哭个不住，一边还使出了她的最后一招：

"哼……大家还说……还说……说什么……我们是共和国……可是……却不准我们爱怎么跳舞就怎么跳舞！……"

这一切这么滑稽，又这么令人同情，于是我决定搭救这位当了俘虏的小姑娘，也在她眼中恢复共和制度的名誉。

"这位老兄，"我开口道，口气尽量表示对警察充满敬意和好感，"请问，您打算怎么处置这个小姑娘？"

"把她拘留到明天。"他冷冷地回答。

哭声加倍响了。

"让她明白应该怎么穿衬衫。"秩序和社会道德的保卫者补充道。

"这太不幸了，警长，您不如饶了她吧。"

"不成。这是规则。"

"现在是节日……"

"您这么关心？她是您的朋友？"

"哦，说实话，我有生以来还第一次看见她！连她的名字我也不知道，您问她好了。我们是外国人，我们觉得奇怪，巴黎为什么对一个小姑娘这么严厉，瞧，她的身体这么单薄。在我们国内，大家认为这里的警察是十分和善的……既然这样，为什么准许跳康康舞，既然准许了，跳舞的人有时难免把腿举得高一些，或者把衣领放得低一些。"

"也许是这样。"警察被我的口才弄得无计可施，主要是我提到外国人对巴黎的警察如此敬重的话打动了他。

"再说，"我又道，"您瞧您做的事。您会把她冻坏的——把一个几乎光着身子的小姑娘从闷热的大厅中拉到这种大风里……"

"她自己不肯走啊。得啦，就这么办，如果您向我保证，她今天不再走进舞厅，我可以放她。"

"好极了！说真的，我知道警长先生会这么宽宏大量的，我衷心感谢您。"

于是我必须跟获得解放的可怜虫会谈了。

"请原谅我干预您的事，尽管我们素不相识。"

她向我伸出了火热潮湿的小手，还用更加潮湿和热烈的眼睛注视着我。

"您听到我们的谈话了吧？如果您不能向我保证，或者马上离开这里，我便不能为您担保。事实上，这牺牲不大，我估计现在已经三点半了。"

"我可以照办，但得去拿一下斗篷。"

"不成，"铁面无情的秩序保卫者说，"一步也不得离开这里。"

"您的斗篷和帽子在哪里？"

"在某某排某某号包厢。"

我的美术家拔腿就跑，但又站住了，问道："可他们怎么肯给我呢？"

"您只要把事情讲清楚，说是小列昂京娜托您去取的……跳舞会跳成这样！"她又说，那副神气仿佛是站在坟墓边上说："安息吧！"

"要不要给您找一辆出租马车？"

"我不是一个人。"

"还有谁？"

"一个朋友。"

美术家回来时伤风更厉害了，手里捧着帽子和斗篷，还带来了一个年轻店员或旅行推销员。

"太感谢您啦。"他对我说，把手举到了帽檐上，然后又对她道："你总是闯祸！"马上抓住了她的胳臂，其粗暴程度与警察抓她的领圈不相上下。他带着她，消失在歌剧院的大过道中了……我心想："可怜的女孩子……真够她受的……她爱他什么啦……她……他！"

我简直很不自在，于是向美术家提议再去喝几杯，他没有拒绝。

一个月过去了。我们五个人——维也纳的鼓动家塔乌泽纳乌①，豪格将军，米勒－斯特鲁宾②和另一位先生，决定再一次光顾歌舞大厅。豪格和米勒还从未到过这地方。我们站在一起。突然一个戴面具的人穿过舞厅，挤到我面前，差点扑在我的脖子上，说道：

"我那天没来得及向您道谢……"

"啊，列昂京娜小姐……遇到您，我太高兴了，太高兴了；我现在还仿佛能看到您那张啼哭的脸蛋，那噘起的嘴唇；您那时非常

———————————

① 德国革命家。
② 德国革命家。

可爱，当然，这不是说您现在不可爱。"

调皮的孩子笑嘻嘻地望着我，知道这是真话。

"难道那时您没有着凉？"

"一点也没有。"

"为了纪念您的被俘，如果您不介意，肯赏光的话，您应该……"

"应该怎么？讲简单一些。"

"应该跟我们去吃顿饭。"

"一定奉陪，真的。但是不能马上就走。"

"那么我在哪儿找您？"

"不用费心，我自己会找您，准四时。还得说明，我不是一个人。"

"还是跟您那位朋友在一起？"我的背上不由得起了一层鸡皮疙瘩。

她哈哈大笑了。

"哦，这人可不那么危险。"于是她带了一个十七岁的小姑娘来了，小姑娘金黄头发，蓝眼睛。

"这就是我的朋友。"

我也邀请了她。

四时整，列昂京娜蹦蹦跳跳地来了，让我挽着手，我们便一起前往里歌咖啡馆。尽管它离歌剧院相当近，豪格已经爱上了"安德利亚·德尔·沙托的圣母像"①，也就是那位金发女郎。我们刚在餐桌边坐下，开始吃第一道菜，豪格已对她的头发和眼神的"丁托列

---

① 沙托（1486—1530），意大利佛罗伦萨著名画家，《圣母像》是他的名画之一。

托①式的美"作完了淋漓尽致、滑稽可笑的描绘，进入道德说教阶段，声称圣母的面容和纯洁的安琪儿表情，从美学上说，与跳康康舞是不相称的。

"可怜的迷人的孩子！"接着他向大家作了这个总结。

"您的朋友为什么尽讲这些无聊的废话？"列昂京娜凑在我耳边说，"那么他干吗到歌舞大厅来？他应该上马德兰教堂做礼拜。"

"他是德国人，这是他们的通病。"我小声回答她。

"但是您的朋友，他得了这种说教的毛病，叫人太讨厌了。喂，神父先生，你的话是不是快完了？"

列昂京娜等不到说教结束便觉得厌倦了，躺到了沙发上。沙发对面有一面大穿衣镜，她对着镜子顾影自怜，不禁伸出一根手指，指着镜中的自己说道：

"瞧，我披着这一头蓬乱的头发，穿着这一身揉皱的衣服，这么躺着，好像确实不坏呢。"

说完这话，她突然垂下视线，涨红了脸——红色一直扩大到了耳朵边上。为了掩饰自己的心情，她便开始唱歌，那是曾被海涅翻译得面目全非的一首流行歌曲，原诗非常质朴自然：

> 我会死在自己家里，
>
> 还是救济所的医院中……

奇怪的东西，歌德的哀歌②中难以捉摸的、灵活的"蜥蜴"，一

---

① 丁托列托（1518—1594），文艺复兴时期意大利威尼斯派重要画家。

② 指歌德的《威尼斯铭语》（1790），在这首哀歌中他把威尼斯的一些轻佻的小姑娘比作蜥蜴。

个处在某种无意识的陶醉状态的孩子。她确实像蜥蜴,一分钟也坐不定,一分钟也不能不讲话。在没有什么可讲时,她便唱歌,对着镜子搔首弄姿,而做这一切时都像孩子一般无拘无束,像妇人一般绰约多姿。她的轻佻是自然的。偶然卷进漩涡后,她便不停地转动……飞舞……但是还没有什么力量可以在悬崖边制止她,或者终于把她推进深渊。她在这条路上已走得很远,但还能回头。清醒的头脑和与生俱来的优美天性仍相当强大,可以使她不致失足。

这个典型,这类人物,这种状况,今天已不复存在。这是从前大学生的女朋友,从拉丁区跑到塞纳河这边的风流女子,她们既没有使自己堕落为马路天使,也没有爬上茶花女稳固的社会地位。这个典型现在没有了,正如现在已没有亲切的炉边谈话,圆桌边的朗诵和融洽的茶话会。现在有的是另一种方式,另一些声音,另一些人,另一些谈话……它们有自己的音阶,自己的旋律。30 年代那种轻佻的、显得有些放荡的因素,那种卖弄风情的淘气作风曾风行一时,它给人以辛辣的感觉,但依然保持着火热的、不拘形迹的优美性质,包含着俏皮和智慧。随着商业的兴旺发达,它抛弃了一切多余的东西,为外表牺牲了内在的因素,一切都以赤裸裸的面目出现。列昂京娜是巴黎无拘无束的女孩子的典型,她那种活泼的、聪明的、娇憨天真的、闪闪发光的、自由放任的、必要时也是高傲不羁的性格,现在不需要了,出卖色相成了一时的风气。对于林荫道上的勒夫莱斯①们,重要的只是女人的肉体,尤其是有主人的肉体。这比较便宜,也不致成为累赘——她由别人养活,却可以供他取乐,他只

---

① 英国作家理查逊(1689—1761)的著名小说《克拉丽莎》的男主人公,一个花花公子。

要付些小费。一个在路易－菲力普登基年代度过青春时期的老人对我说:"真的……我再也看不到啦……那优美的风度,那机智的谈吐在哪儿? ……亲爱的先生,这一切再也谈不到啦……那才是美,才令人赏心悦目……可现在,只是肉的买卖……鲁本斯[1]的画。"

这使我想起在50年代,亲切和善的塔朗迪埃[2]对他心爱的法国的抱怨,他以音乐作譬喻,向我说明了它的堕落。他说:"在二月革命后最初的日子里,我们还是伟大的,那时到处唱的是《马赛曲》,在咖啡馆里,在街头,在游行队伍中,都能听到《马赛曲》。每个戏院里都在唱《马赛曲》,有时在炮声中唱,有时跟着拉歇尔[3]唱。到了没有生气的、比较平静的日子……《为祖国而死》[4]的单调声音便代替了它。这还没有什么,我们的堕落更深……《在劳动中累得筋疲力尽的少尉,的令,的令,丁,丁,丁》[5]……整个城市,这全世界的首都,整个法国,都唱起了这支无聊的歌。这还没完,这以后我们弹奏和演唱的更糟,从《到叙利亚去》到《究竟为什么要爱玛戈》[6],全是毫无意义、下流无聊的东西,简直不能再坏了。"

能! 塔朗迪埃还没预见到《我是生胡子的女人》和《沙皮尔》[7]呢——他见到的仍是轻佻的风气,不是出卖肉体的时代。

肉欲是谈不到闲情逸致的,它不需要任何装饰。于是肉体战胜

---

① 鲁本斯 (1577—1640),佛兰德斯著名画家。

② 法国革命者。

③ 法国悲剧演员。

④ 《马赛曲》作者鲁日·德·李尔创作的另一首歌 (但也有人说这是另一个人根据《马赛曲》改写的),在法国二月革命后曾流行一时,被称为"第二马赛曲"。

⑤ 这首歌和下面的《到叙利亚去》都是19世纪50年代巴黎咖啡馆中唱的流行歌曲。

⑥ 当时法国两个二三流作家写的剧本《大理石姑娘》中的插曲,曾流行一时,玛戈是剧中的女主人公。

⑦ 当时巴黎咖啡馆中唱的两支色情歌曲,一度极为流行。

了精神，正如我十年前已讲过的，大理石姑娘玛戈挤掉了贝朗瑞的丽采特①和世上所有的列昂京娜。丽采特们是有自己的人道精神，自己的诗歌，自己的荣誉观念的。她们爱好热闹和娱乐超过酒和晚餐，她们爱好晚餐主要是爱它的气氛，它的灯光、甜蜜和色彩。没有歌声和舞蹈，没有欢笑和闲聊，她们便不能生活。在最豪华的深闺中，她们也会在一年内枯萎，以至死去。她们的最高代表便是德雅泽②——在世界大舞台和小杂耍剧院中的她。德雅泽在四十岁还是年轻的，她体现了贝朗瑞的歌曲和伏尔泰的隽句；她像荣誉的守卫者，改变着她的崇拜者，她对黄金弃如敝屣，可以为了从灾难中拯救自己的女友而投进任何一个人的怀抱。

现在一切都简单化了，直接化了，靠近了目的，正如从前地主们说的，他们宁可喝伏特加，不要葡萄酒。漂亮风趣的女人装模作样，使你陶醉；轻佻时髦的女人玩弄手段，使你迷恋，两者都要花钱，花时间。出卖肉体的女人却可以直接投进上钩者的怀抱，用自己的姿色勾引他，拉住他，不必讲一句多余的话。这里没有序幕，开始与尾声合为一体。何况在政府和科学的关怀下，从前的两种危险也消失了——警察和医学近来都已获得了巨大进步。

……那么肉体之后还有什么呢？雨果的章鱼③是绝对成不了气候的，也许由于它太卑鄙了，人类不可能停留在出卖肉体的阶段？

---

① 贝朗瑞诗歌中的平民少女，见《丽采特的贞操》等。赫尔岑在1856年写的一篇随笔《两个更好》中谈到资产阶级社会的道德堕落时，也拿"大理石姑娘玛戈"与丽采特相比。

② 德雅泽（1798—1875），法国著名女演员。

③ 雨果在1866年出版的小说《海上劳工》中描写了人在与章鱼的搏斗中死去，从此一些报刊就把勾引男人、使他们身败名裂的女人称作章鱼，也就是"吸血的女人"之意。

不过还是不要预言的好。上天的意图是变幻莫测的。

我关心的是另一个问题。

卡珊德拉之歌①的两种前途,哪一种会降临到列昂京娜身上呢? 她那本来娇嫩美好的脸蛋最后是靠在自己家中绣花边的枕头上,还是靠在救济所医院病床的硬枕头上,以便永远合上眼睛,或者重新醒来迎接贫穷和灾难呢? 也许她遇到的既不是前者,也不是后者,她正在忙着出嫁女儿,或者正在积钱,以便给儿子买一个当兵的替身……要知道她如今年纪不轻了,应该早已过了三十岁。

2. 观赏之花

我国的欧洲重复着欧洲的欧洲发生的一切,只是数量较小,质量较高,或带有病变性质。我们的正教徒中有极端天主教分子,伯爵中有自由资产阶级分子,我们还有君主主义的保皇分子,官僚主义的民主分子,普列奥布拉任斯基近卫团②或骑兵警卫团的波拿巴分子。毫不奇怪,在妇女中也会出现卖弄风情和出卖肉体的现象。不同的只是我们的"半上流社会"③是从上流社会扩大而成的。

我们的失足者④和茶花女大多是有头衔的,也就是有身份的,与她们的巴黎原型相比,完全是从另一种土壤中生长,在另一种环境中发育成熟的。你不能在下层找到她们,在下面是找不到的,要

---

① 卡珊德拉是希腊神话中的公主,能预言吉凶,但因得罪了阿波罗神,她的预言往往不能应验。这里"卡珊德拉之歌"指她的预言。

② 彼得一世建立的两大近卫团之一,其成员均为贵族。

③ 指主要由交际花等等组成的社会,来自小仲马写的剧本《半上流社会》。

④ 意大利歌剧作家威尔第(1813—1901)把小仲马的《茶花女》改编成歌剧时取名为《失足者》,因此在这里失足者与茶花女是同一种人。

在上层找。她们不是像雾一样向上浮动，而是像露水一样向下滴落。公爵夫人充当茶花女，失足者拥有坦波夫省或沃罗涅日省的庄园，这纯粹是俄国的现象，也是值得赞美的。

至于我们非欧洲的俄国部分，它的风气主要得益于目前遭到百般诋毁的农奴制度。爱情在乡村是悲惨的，它把情人称作"宝贝"，仿佛觉得这是从老爷那儿窃取的东西，一旦他想起自己的财产，便可把它收回。乡村有义务为主人住宅供应木材、草料、羊肉，以及自己的女儿们。这是神圣的责任，不能抗拒的法定任务，否则便是背离道德和宗教的罪行，必然招来地主的棍棒和帝国的鞭子。这里谈不到卖弄风情，这里只有灾难甚至死亡——多少个帕拉什卡或卢什卡① 曾默默无声地投河自尽。

农奴解放以后的情形，我们知道得太少，因此我们主要只能谈太太小姐们。确实，她们以最快的速度，最巧妙的方式，掌握了国外卖笑女郎的全部技巧和一切习惯。除非细心观察，才能发现她们似乎缺少什么。这缺少的什么十分简单，那便是她们不是卖笑女郎。这就像彼得一世拿了锤子和凿子在萨尔丹做工②，他以为这便是真的在做工。我们的太太们既聪明伶俐，又无所事事，既有多余的时间，又度日如年，便用卖笑女郎的营生消闲取乐，正如她们的丈夫用车床消磨时光一样。

这种并非必要的、玩乐的性质，改变了事物的面貌。从俄国人而言，这是消闲和娱乐，从法国人而言，这是现实和必要。巨大的差别便来自这里。失足者常常是值得衷心同情的，而"珠宝夫人"③

---

① 俄国女农奴常用的名字。

② 彼得一世于 1697 年赴西欧考察，化名米哈伊洛夫下士，在萨尔丹的荷兰东印度公司造船场作了四个月木工。

③ 指有钱的荡妇，也出自小仲马的小说《珠宝夫人》。

几乎从来不值得同情。前者往往令人痛哭，后者只能引起嘲笑。手中掌握了祖传的两三千个农奴（以前这是终身奴隶，现在则成了一无所有的农民），她们便可以大有作为，既可以在温泉疗养地的赌场中勾心斗角，穿上奇装异服招摇过市，躺在马车里旅行，也可以在旅馆里打情骂俏，争风吃醋，弄得男人也面红耳赤，还不断更换相好，跟他们寻欢作乐，进行各种"体育锻炼和谈话"，喝香槟酒，抽哈瓦那雪茄，在轮盘赌中一掷千金……总之，可以成为梅萨利纳①或叶卡捷琳娜②，但是正如我们说过的，她们不可能成为卖笑女郎，尽管卖笑女郎与诗人不同，不是天生的，而是后天形成的。每个卖笑女郎都有自己的经历，自己被迫走上这条道路的过程。通常一个贫苦的姑娘由于走投无路，结果遭到了粗暴的欺骗，粗暴的侮辱。幻灭的爱情，被蹂躏的耻辱，在她心中孳生了不满和怨恨，一种特殊的报复欲，同时也引起了酗酒作乐的愿望；她要穿得漂亮，可是她一无所有，只有一个办法可以弄到钱，于是，"随它去吧！"受骗的、没有受过教育的孩子投入了战斗，胜利使她陶醉，忘记了一切（至于没有胜利的人，我们不太清楚，她们消失得无影无踪了），她有自己的马伦戈和阿尔科勒③——征服和奢侈的习惯深入了她的血液。她靠自己赢得了一切。她从自己的身体开始，有时却俘获了别人的心，把拜倒在她脚下的富翁弄得倾家荡产，就像他们的太太把自己的农民弄得一无所有一样。

　　但正是在这一点上，表现了职业荡妇和业余荡妇之间无法跨越

---

① 梅萨利纳（约22—48），古罗马皇帝克劳迪的第三个妻子，以淫荡和阴险出名。
② 指俄国女皇叶卡捷琳娜二世，她有许多情人。
③ 意大利北部的两个地方，拿破仑的军队曾在这两地大败奥地利军队，使拿破仑声名大振。

的距离。这种距离和对立是一目了然的：卖笑女郎在黄金酒家某间密不通风的雅座中吃饭时，幻想着自己的沙龙，而俄国夫人坐在自己豪华的沙龙中，却在幻想着酒店生涯。

问题的严重性在于：在我们的夫人们中间，这种寻欢作乐、放荡不羁的要求，这种以彻底自由为荣的要求，这种随心所欲、置社会舆论于不顾的大胆行为，这种撕下一切假面具和遮羞布的行径，是怎么产生的？要知道，这些风流女子的奶奶和妈妈还是重视贞节，惜守宗法社会规范的，在二十岁前，一句越轨的话就能使她们面红耳赤，她们满足于秘密的偷情生活，与屠格涅夫的"食客"① 勾勾搭搭，如果没有食客，马车夫或厨师也成。

请注意，我们的贵族茶花女在 40 年代初期以前还不存在。

整个新动向，思想、追求、不满和烦恼的新的觉醒，都从那时以后才崭露头角。

贵族茶花女现象在人性和历史方面都可追溯到这个时期。那是一种对铅一般沉重的旧式家庭关系的朦胧抗议，对男子荒淫无耻的放荡生活的反叛。那些受压制的女人，被抛弃在家中的女人，她们有闲暇读书，可是她们觉得《治家格言》② 与乔治·桑的小说背道而驰，当她们听到布朗瑟和塞勒斯蒂娜那些激动人心的故事后，便再也忍耐不住，成了脱缰的野马。她们的抗议是荒谬的，但是她们的处境也是荒谬的。她们的反抗没有明确的观念，只是使她们的血液不能平静——她们感到委屈。她们觉得自己受了侮辱，受了压迫，但是除了灯红酒绿、醉生梦死的生活，她们的自由意志找不到出路。她们用行动进行抗议，她们的反叛充满了随心所欲的恶劣行

---

① 屠格涅夫的剧本《食客》的主人公。
② 16 世纪俄国的一部家训，记录了宗法社会家庭生活的准则。

径，她们任性，放荡，调情，甚至为非作歹。她们走出了牢笼，但是并没有真正解放。内心的惶恐和困惑依然统治着她们，她们故意不顾一切，要过这另一种生活。她们用自己的狭隘自私对抗压迫者的狭隘自私，她们再也不愿忍受，但是她们却没有坚定的指导思想，只有一股年轻人桀骜不驯的胆量。她们像焰火一样升到空中，光彩夺目，星火四射，然后便毕毕剥剥落到地上，昙花一现似的消失了。这就是我们那些出身贵族的茶花女，那些珠光宝气的失足者的故事。

当然，在这件事上，我们也不妨回忆一下愤怒的罗斯托普钦①的话，他在临终前谈到 12 月 14 日时说道："我们一切都颠倒了，在法国，老百姓想向上爬，想当贵族，这是可以理解的，我们这里却是贵族想变成老百姓，这太荒唐了！"

但是在我们看来，这个特征一点也不荒唐。它是从两个基本事实一脉相承地发展而成的：一个是我们所接受的教育本来与我们格格不入，并无必然的联系，另一个是我们所努力建立的社会制度，它的性质与我们是根本不同的。

然而这已涉及我们的基本信念问题，这事说来话长，不便多谈了。

在我国的发展过程中，这些失足者不会不留下自己的脚印，她们有自己的意义和作用，她们组成了一支浩浩荡荡、寻欢作乐的先锋队伍，打着唿哨，摇着铃鼓，载歌载舞，旁若无人，争先恐后地投入了战斗，为另一支更严肃的队伍开辟了道路，后面这支队伍是既不缺乏思想，也不缺乏勇气，而且是用击针枪②武装起来的。

_____

① 1812 年的莫斯科总督。

② 一种带撞针的武器，在 16 世纪中叶是新式武器，赫尔岑用这词暗指先进思想。

3. 智慧女神之花

这支队伍便是革命的化身，那严峻的十七岁的少女⋯⋯眼镜使她眼中的火减弱了，但是智慧之光却把她的心照得更亮了，不穿钟式裙的女人代替了不穿短套裤的男子①。

女大学生，女学究，这是与失足者太太毫无共同之处的。现在荡妇们头发白了，脱落了，人老了，得让位了，由还没成年的女学者占有她们的位置了。沙龙的茶花女和失足者属于尼古拉的时代。她们也像那时仪仗队的将军们，他们仪表堂堂，气宇轩昂，是自己的士兵中的胜利者，熟知作战艺术中全部化妆技巧，漂亮军装的全部迷人魅力，衣服上从不会沾一滴敌人的血渍。但是随着克里米亚战争的开始，这些风度翩翩、在涅瓦大街上供人瞻仰的将军，一下子消失了；同样，那"纸醉金迷的舞会"，那情话绵绵的小客厅，那洋溢着女将军们的欢声笑语的酒筵，也一下子被大学的讲堂和解剖室取代了，而剪短了头发的女大学生戴着眼镜，在那里研究大自然的秘密。

在那里必须把所有茶花和兰花丢在脑后，忘记两性的存在。在科学的真理面前，在真理的世界中，两性的区别模糊了。

我们的茶花女是吉伦特党人，因此她们才带有福布拉斯的气质②。

女大学生是雅各宾派，穿女装的圣茹斯特——个性鲜明，纯洁，然而铁面无情。

---

① 短套裤连袜子是贵族的服装，法国大革命时群众废除这种服饰，改穿长裤，因此被称为"长裤汉"或"无套裤汉"。
② 指法国吉伦特派作家柯弗莱写的一系列小说的主人公，一个冒险家。

茶花女戴的是温暖的威尼斯的半截面罩①。

女大学生也戴面罩，但那是涅瓦河的冰雪做的。前者不会消失，后者却必然融化……不过那是将来的事了。

这是真正的、自觉的抗议——抗议和转机。"这不是骚乱，这是革命。"②放荡、奢侈、逸乐、服饰退后了。爱情和淫欲落到了三四等地位。阿佛洛狄忒③带着自己一无所获的弓箭，气呼呼地走了，帕拉斯④擎着标枪和鸱鸮代替了她。茶花女是从不明确的憧憬，从愤怒，从如饥似渴、焦躁不安的欲望出发……最后满足了自己的要求。而这些人是从她们所信仰的思想，从宣告"妇女的权利"出发，履行信念所赋予的责任。一些人按照原则献出了自己，另一些人根据义务提出了怀疑。有时大学生们会走得太远，但她们终究还是孩子——她们倔强，傲慢，然而仍是孩子。她们的激进主义的严肃性显示，问题在于头脑，在于理论，而不在于感情。

她们对社会上的事热情洋溢，可是对个人的遭遇，她们的"伤感"（像从前人们所说的）不会超过任何一个列昂京娜。也许更少。列昂京娜把一切当作儿戏，玩火，最后十之八九会使自己葬身火海，不得不跳进塞纳河中；她们不知道思考，在生活的引诱下，往往不能战胜自己的感情。我们的女学者却是从分析，从论证开始的，她们也可能遇到许多问题，但不会发生意外，也不致堕入深渊。她们掉进深渊时有理论作降落伞，投入洪流时有游泳手册指导

---

① 化装舞会中戴的面具。

② 1789 年法国革命爆发时，国王路易十六说这是骚乱，一个大臣在旁边答说："这不是骚乱，是革命。"

③ 希腊神话中的爱神，即罗马神话中的维纳斯。

④ 即雅典娜，希腊神话中的战神，她头戴战盔，手持标枪，有时还带着鸱鸮。

她们迎着激流前进。

她们是不是能一往直前，永不回头，我不知道，但是她们将在历史上占有自己的地位，这是完全合理的。

哪怕世界上目光最短浅的人也不难理解这一点。

我们的老人们，那些枢密官和大臣们，祖国的父老们，看到那些出身名门望族的茶花女（只要她们不是他们的儿媳妇），会露出宽容的、甚至鼓励的微笑……但是对女学者却不以为然……她们一点不像"淘气的小妞儿"，那些可以与他们说说笑笑，给他们解闷儿的姑娘。

老人们早已对那些严峻的女虚无主义者怒火填膺，要寻找机会教训她们呢。

正在这时，好像上天故意安排的，卡拉科佐夫①打响了他的枪……于是大家议论纷纷："皇上，这就是不按规矩穿衣服的结果……戴眼镜、披头散发的结果。"皇上说："怎么，不穿规定的服装？好，必须制定严格的规则。""是的，陛下，对这些人太纵容了！我们一直在恭候圣旨，拯救皇上的千秋大业呢。"

这不是开玩笑的事，于是一呼百应，大家开动脑筋。御前会议，枢密院，主教公会，各部大臣，大主教，军事长官，省长，市长，警官，都开了会商讨对策，最后决定：把女学生从大学中赶出去②。在会上，一位大主教为了防止弄虚作假，特地提醒大家，在假

---

① 卡拉科佐夫（1840—1866），莫斯科大学的学生，于1866年4月用手枪暗杀亚历山大二世，没有命中，随即被处死。

② 俄国政府于1864年禁止妇女投考大学，1867年又制定了《大学生管理规则》，在大学中实行了严格的警察统治。

天主教会中尚且出现了女教皇安娜①，因此必须防患于未然，他提议由他的教士担任学监……只有这些人才能成为"不辱使命的死人"②。但是活人不肯采纳他的建议，将军们从自己的立场出发，认为这类专门职务只应授予高级官员，他们的地位和皇上的信任可以保证他们不受诱惑；因此他们代表陆军部希望把这职务授予老阿德勒贝格③，但文官们主张授予布特科夫④。然而这些建议都没有被采纳，因为据说大公们自己想得到这职位。

后来，御前会议、东正教主教公会、枢密院命令，所有的女大学生应于二十四小时内将剪短的头发留长，摘下眼镜，签字保证视力健全，并穿上钟形裙。尽管《教会法令汇编》中只字未提到"扩大裙子"和"加长裙边"的必要性，而且明文规定禁止编结发辫，教会的神职人员还是同意照办了。现在沙皇的生命才第一次获得了安全保证，可以在将来进入极乐世界。虽然巴黎也有爱丽舍田园大街，那里的隆普安广场还是出了事⑤，但这已不是他们的过错。

这些非常措施带来了巨大的利益——我这么说毫无嘲笑之意，只是对谁有利呢？

对我们的女虚无主义者们。

---

① 传说公元 9 世纪中叶有个女子名叫安娜，因热恋一个修士，便改扮男装混入修道院与修士同居。后来这修士死了，安娜由于学识渊博，被选为教皇，直至两年以后才被发现。

② 据说，公元 970 年，基辅大公斯维亚托斯拉夫一世面对十倍多的敌军，在出战前激励将士：为了使俄罗斯不致受到屈辱，每人都应下定决心，战死疆场，因为"死人是不会受到屈辱的"，于是这句话就成了格言流传下来。

③ 沙皇的宫内大臣，一个荒淫无耻的人。

④ 当时的御前大臣。

⑤ 隆普安广场是爱丽舍田园大街上的一个广场，1867 年 6 月沙皇亚历山大二世访问巴黎时，在这里遭到了波兰流亡者的枪击，但没有命中。

她们没有做到的只是：抛弃制服，抛弃形式主义，在充分自由的基础上获得发展，而这是她们完全有权要求的。习惯了固定的服饰之后，要抛弃它是很困难的。衣服会与人结下不解之缘。一个大主教如果换了燕尾服，就无法祝福，念阿门了……

我们的女大学生和女学究也许很久不能摆脱眼镜和其他学者的标志。现在官方的命令迫使她们完成了这项改革，还给这项成就增添了一圈美丽的受难的光轮。

这以后，她们要做的就是游向广阔的海洋了。

附言：一部分人已带着医学博士的光辉文凭回国——光荣归于她们！

1867 年夏于尼斯

第二章

美丽的威尼斯
（1867 年 2 月）[①]

没有比威尼斯更华丽更不可思议的了。在不可能建造城市的地方建造城市，这本身便是不合常情的，何况建造的是最优雅、最宏伟的城市之一，这更是天才的狂想。水流和海洋，它们的波光水影必然赋予它以独特的绚丽色彩。软体动物得用珠母和珍珠装饰自己的居室。

只要对威尼斯作一次表面的巡礼，便能看到，这是一个意志坚强、文化发达的城市，一个共和主义的、商业繁荣的、寡头统治的城市，它由河水隔开的一个个地方连结而成，是在一面军旗下建立的货物集散地，这里既热闹又安静，既有嘈杂的市民大会，又有秘密的聚会和活动；它的广场上从早到晚攒聚着人群，而代替街道的

[①] 1860 年，意大利获得了独立和统一，建立了意大利王国，但威尼斯地区仍处在奥地利统治下，罗马则由法国军队所控制。1866 年底，由于奥地利在与普鲁士的战争中被打败，意大利收回了威尼斯地区。赫尔岑便是在这时来到威尼斯游览，这时意大利最大的问题便是解放罗马和实行共和制。

河流在默默地奔向海洋。圣马可广场每天喧声不断，吵吵闹闹，小船则无声无息地从它旁边驶过，没人注意。谁也不会知道，在它的黑色天幕下隐藏着什么，在幽会的情人附近又有什么人正被淹死。

凡是在总督宫①中觉得逍遥自在的人，一定具有与众不同的气质。他们对任何事都无动于衷。没有土地，没有树木，这算得什么，只要多一些雕刻的石块，多一些装饰品，金饰物，镶嵌工艺品，雕塑艺术品，图画和壁画。这里有一个空角落，便放一尊带湿漉漉的长胡须的干瘦的海神像！那儿出现一个空台阶，便放上张开双翼的石狮子和手拿《福音书》的圣马可像②！这儿光秃秃的，空无一物，便铺一层大理石，镶成图案花纹！那儿又铺一层斑岩镶制的花边！不论是对土耳其人或热那亚人的胜利，还是教皇的友好访问，都在大理石上留下了踪迹，所有的墙壁都蒙上了一层雕刻的帷幕，绘画更多。保罗·韦罗内塞③，丁托列托，提香，都曾手执画笔，站在脚手架上，在这儿作画；"大海的新娘"④的每一个历史步伐，都应该通过画笔和雕刻刀留给后人。

在这些石块中间蕴藏着一种旺盛的生命力，哥伦布和瓦斯科·达·伽马⑤发现的新航线和新海港，都不足以影响威尼斯的生存。要扼杀它，必须在法兰西王朝的废墟上崛起了一个"统一而

---

① 总督宫在圣马可广场旁边，是威尼斯的著名建筑。

② 圣马可即《马可福音》的作者，他的雕像常是右手拿笔，左手拿书，脚边有一头狮子。

③ 韦罗内塞（1528—1588），16世纪威尼斯画派的主要画家。

④ 据传说，古代威尼斯的一个总督把一枚戒指投入亚得里亚海，说道："大海啊，我们用这枚戒指表示与你的永久结合。"从此，每年到了这一天都要举行庆祝活动，威尼斯也被称为"大海的新娘"。

⑤ 伽马（约1460—1524），葡萄牙航海家，由欧洲绕好望角到印度的航道的开拓者。

不可分割的"共和国，在这共和国的废墟上又出现了一个大兵，按照科西嘉的方式，把蘸有奥地利毒汁的三棱匕首投在这狮子身上才成。[1] 但是威尼斯清除了这毒汁，经过半个世纪之后，依然复活了。

但是它活了吗？除了雄伟的躯壳，很难说它还一切完好，也很难说，它已有了新的前途……何况整个意大利的前途又如何呢？也许，对威尼斯说来，它的前途在于君士坦丁堡，在于斯拉夫－希腊民族的振兴，在于正从东方的迷雾中逐渐显露曙光的自由联盟的形成。

那么意大利呢？……这以后再谈。现在威尼斯正在举行狂欢节，这是七十年亡国之后的第一个狂欢节[2]。广场变成了巴黎歌剧院的舞厅。老圣马可以他金光闪闪的形象和艺术圣像，在爱国主义的旗帜和异教的马匹中[3]，兴高采烈地欢度着节日。只有每天在两点钟飞到广场觅食的鸽子感到有些困惑，不断从一个屋檐飞到另一个屋檐，希望证实它们的餐厅确实发生了天翻地覆的变化。

群众还在增加，人们欢天喜地，不顾一切地尽情玩笑取乐，在朗诵的声调中，在谈话和姿态中充分表现自己的喜剧天才，只是不像巴黎的小丑那么尖酸刻薄，不像德国人那么庸俗无聊，也不像我

---

① 统一而不可分割的共和国指法国，法国宣布共和后，1793 年的共和国宪法规定法国为"统一而不可分割的共和国"。"大兵"指拿破仑，拿破仑为科西嘉人。1796 至 1797 年在意大利战役中，拿破仑占领了威尼斯共和国，然后在与奥地利签订的"坎波福尔米奥和约"中，把它让给奥地利，换取比利时诸省和莱茵河左岸地区。从此威尼斯共和国消失了，成了奥地利的属地。"狮子"是威尼斯的城市标志。

② 基督教的主要节日之一，在大斋节前三天，为"封斋"作准备的狂欢活动在 2 月份。威尼斯从 1797 年割让给奥地利，至 1866 年底解放共约七十年。

③ 圣马可广场上有四匹铜马，系公元前 4 世纪古希腊雕刻家利西波斯所作，因此称为异教的马匹。

们祖国同胞那么下流肮脏。在这里看不到任何有伤大雅的表现，人们为此惊讶，尽管它的意义是很清楚的。这是全体人民的游戏、休息和娱乐，不是酒楼妓院和它们的派生机构中的争奇斗妍、寻欢作乐，那些地方的女人撕下了一切遮羞布，却偏要戴上面具，以便让它像俾斯麦的撞针一样[1]，更有力地、更准确地射出不可抗拒的子弹。但这里没有那些女人的容身之处，在这里人民是自己娱乐自己，他们的姊妹、妻子和女儿们也是自己娱乐自己，谁要是侮辱戴面具的人，只能自己遭殃。在狂欢节中，面具对妇女的作用，与驿站长纽扣洞上的圣斯坦尼斯拉夫勋章相同。[2]

起先我只是作为旁观者看看热闹，但是它那天然具有的魅力必然把一切卷入这股洪流。

全体人民像患了舞蹈病，穿着奇装异服在广场上拼命跳舞，这时任何无聊的玩笑都可能出现。餐馆的大厅里坐着几百个人，也许还更多，他们都是戴了紫白色的面具，坐在镀金的海船上由水牛拉着进入广场的（所有陆上的交通工具和四足的动物，在威尼斯都是非常稀罕和珍贵的）。现在他们便坐在那儿大吃大喝。一个客人突然提出，要给大家看一件宝物，保证大家一定满意，这件宝物便是我。

这位先生与我仅有一面之交，他蓦地跑进阿尔贝戈·但尼尔饭店，要求我与他一起去参加假面舞会。去不合适，拒绝也不合适，我去了。迎接我的是欢呼声和斟满的酒杯。我向大家鞠躬答礼，讲

---

[1] 指当时的新式武器击针枪，俾斯麦曾让普鲁士军队普遍使用这种武器。

[2] 一年前，我在尼斯参加过一次狂欢节。那差别多么大，那里不仅有全副武装的士兵和宪兵，不仅有戴武装带的警官……群众本身（不是旅游者）令我吃惊。戴面具的人喝醉了酒互相咒骂，跟站在酒店门口的人打架，还把涂白脸的小丑推倒在污泥中拳打脚踢。——作者注

了些废话，欢呼声更响了，有的人大喊："加里波第的朋友万岁！"另一些人大喊："欢迎俄国诗人！"我担心这些戴紫白色面罩的人会举起酒杯高呼："为斯拉夫诗人，斯拉夫艺术家、雕塑家和艺术大师干杯"，赶紧溜回了圣马可广场。

广场上人山人海，我靠在一根柱子上，正为自己的诗人雅号得意。我的向导为戴紫白色面罩的人执行了传见的使命后，这时站在我旁边。我突然看到一个非常年轻的女子从人群中穿过，不禁脱口而出，喊道："我的天，她多么美！"我的向导①没说一句多余的话，立即抓住我，把我推到了她面前。我的波兰伯爵开始道："这就是那个俄国人……"我打断了他的话："您听到我是俄国人以后，还愿意与我握手吗？"她笑了笑，伸出了手，用俄语说她早已希望见到我，并用同情的目光望着我。我又与她握了握手，然后目送着她，直到她的背影消失为止。

我想："这是一朵带血的花，给暴风雨从立陶宛的土地上吹到了这儿。现在你的美貌不再是为祖国的人民放射光彩了……"

我离开广场，去迎接加里波第②。在水上，一切静悄悄的……狂欢节的喧闹声时断时续地传来。森严的房屋簇聚在一起，仿佛在向小船靠拢，用自己的点点灯火窥视着它；台阶旁边的河水拍打着舵，铁钩在闪闪发光，船夫大声喊着："劳驾，让开一点！"河水静静地把船带进了小胡同，鳞次栉比的房屋蓦地让开了，我们进入

---

① 即后面提到的波兰伯爵，一个流亡者，名霍托姆斯基。那个年轻女子也是波兰流亡者。

② 1867年初，加里波第从卡普雷拉岛到达佛罗伦萨（当时意大利王国的首都），又应威尼斯人的邀请，于2月间访问了该市。加里波第此行的目的是支持反对派在议会选举中的竞选活动，并宣传解放罗马的重要性，让大家明白意大利的统一和独立还没有最终完成。

了大运河中^①……"火车站到了，先生。"船夫嚷道，口齿不清，正如全城的人一样。但是加里波第在波伦亚下了车，还没到达。开往佛罗伦萨的火车喘着气，在等待鸣笛。我真想跳上火车，免得明天再看到那些面具，但明天我不会再见到那位斯拉夫姑娘……

……威尼斯欢欣鼓舞地接待加里波第。大运河上帆樯林立，几乎形成了一座桥，为了走上我们的小船，必须跨过几十只其他的小船。政府和它的随从们尽一切努力，要表示他们对加里波第不满。如果阿马戴乌斯王子^②傲慢不逊和鄙俗无礼的表现是出于他父亲的指示，那么这个意大利孩子为什么不能扪心自问，不能在威尼斯和国王之间，在国王的儿子和良心之间，调和一下矛盾呢？要知道，加里波第给了他们两个王国呢！^③

我发现，从1864年在伦敦见面后，加里波第没有老，也没有病。但是他显得忧郁，心事重重；第二天他要会见威尼斯人民，但是他觉得没什么好讲的。他真正的合唱队——人民群众是在基奥贾^④，他在那儿才充满活力，那里的船夫和渔民在等待着他；他站在群众中间，对这些普通的穷人是这么说的：

"我跟你们在一起才觉得像在家里一样！我深深感到，我生来就是一个工人，也一向是工人，祖国的不幸使我不得不放弃了和平的劳动。我也是在海边长大的，我熟悉你们的每一种工作……"

老船长的话淹没在一片欢乐的呐喊声中，人们向他拥去。

"给我刚出生的儿子取个名字吧！"一个女人喊道。

---

① 大运河是贯穿威尼斯市的主要通道。
② 意大利国王维克多·厄马努埃尔的儿子，当时正在威尼斯，他根据父亲的指示，把对加里波第的欢迎变成了对意大利王国的歌颂。
③ 指两西西里王国。
④ 威尼斯附近海岛上的小城，居民大多为渔民和船工。加里波第这次访问了该地。

"给我的孩子祝福……"

"也给我的祝福！"别的女人喊道。

勇敢的将军拉马尔莫拉和无人安慰的鳏夫里卡索利，以及你们所有的希阿洛亚和德普雷蒂斯们，你们还是不要枉费心机，破坏这条纽带吧，它是由农民和工人的手织成的，它这么坚韧，不论你们和你们所有的托斯卡尼和撒丁的走卒们，你们那些分文不值的马基雅弗利们如何用力，也无法把它拉断。①

现在我们言归正传：等待着意大利的是什么，新生的、统一的、独立的意大利会有什么样的前途呢？那是马志尼所鼓吹的前途，加里波第带领大家争取的前途……还是加富尔所要实现的前途呢？②

这个问题一下子把我们抛到了可怕的远处，面对了一切最令人痛心的、争论最多的难题。它直接涉及我们内在的信念，那些构成我们的生活和斗争的基础的信念，而这个斗争往往使我们与朋友分道扬镳，有时也会使我们与敌人站在一边。

我怀疑拉丁民族的未来，怀疑它们未来的发展能力：它们欢迎革命的过程，却对取得的进步感到无法承担。它们没有得到它时向往它，得到以后又厌弃它。

---

① 拉马尔莫拉（1804—1878）是意大利的将军及政治家，在1866年与奥地利军队的战斗中连连败北，这里称他"勇敢的将军"是反话。里卡索利（1809—1880）是意大利政治家，1861年后继加富尔为意大利王国的首相。他中年丧偶，没有再娶，因此这里称他"无人安慰的鳏夫"。希阿洛亚（1817—1878），意大利王国财政大臣，君主主义者。德普雷蒂斯（1813—1887），意大利王国内阁大臣。所有这些人当时都竭力破坏加里波第与人民群众的联系，给加里波第解放罗马的活动制造种种障碍。
② 马志尼鼓吹的是建立统一的意大利共和国，加里波第争取的是包括罗马在内的彻底统一的意大利，而加富尔要实现的是君主制国家。

意大利解放的理想是可怜的，它一方面忽视必不可少的、富有生命力的因素，另一方面又不幸地保留了旧的、腐朽的、死亡的和导致死亡的因素。意大利的革命直至目前仍是争取独立的斗争。

当然，只要地球没有破裂，彗星不太靠近地面，以致使我们的空气变成火海，意大利在未来依然是意大利，一个屹立在蔚蓝的天空下和蔚蓝的海洋中的国家，既有秀丽的外貌，又有美好的、富于同情心的人民，那些天生喜爱音乐和美术的人民。当然，军事和政治上的一切风波，荣誉和耻辱，边境的陷落和议会的兴起，都会在它的生活中得到反映，它会从教士的、专制的国家变成（而且正在变成）资产阶级的议会的国家，从贫穷的国家变成富足的国家，从简陋的国家变成舒服的国家等等等等。但是这还不够，光是这样是走不远的。在比利牛斯山的那边也有一个国家，周围也是蔚蓝的海洋，也居住着英勇的、历尽忧患的人民，它是美好的，没有外来的敌人，又有议会，还有表面的统一……然而具备了这一切，西班牙又怎样呢？

民族是具有生命力的，它们可以历经几个世纪的停顿之后，在有利的环境下重又萌发生机，充满力量和朝气。但是它们的崛起是否意味着恢复原来的面貌呢？

希腊民族作为一个国家已从地面上消失了多少世纪（我几乎得说已有千年之久），然而它依然活着，当全欧洲沉湎在复辟的噩梦中的时候，希腊却觉醒了，震动了整个世界。但是卡波季斯蒂亚斯[①]的希腊人，难道与伯里克利时代的希腊人，或者拜占庭时代的希腊人一样吗？他们只是保留了同一个名称和遥远的回忆而已。意

---

① 卡波季斯蒂亚斯（1776—1831），希腊爱国志士，一向在俄国外交界工作，曾在维也纳会议中任沙皇亚历山大一世的顾问。1827年希腊独立后当选为临时总统，执行亲俄政策，不久即被政敌暗杀。

大利也可能脱胎换骨，但那时它就得开始另一部历史了。它的解放只是取得了生存的权利。

　　希腊的例子是非常恰当的；它离我们这么遥远，与我们的好恶关系不大。希腊经历了雅典时代，马其顿时代，在罗马的压力下失去了独立，到了拜占庭时期重又作为自主的国家出现。但这时它有什么作为呢？什么也没有，甚至更坏，有的只是神学的论争，妻妾制度改革的先兆。土耳其人帮助了停滞的大自然，在熊熊的烈火中迫使它走上了灭亡之路。当罗马的统治降临时，古希腊已经奄奄一息，它保存了它，正如熔岩和灰烬保存了庞贝和赫库兰尼姆①。拜占庭时期揭开了棺材盖，但死人还是死人，它像一切坟墓一样，属于神父和修士的世界，这些人在那里代表了丧失繁育能力的太监。谁不知道十字军远征拜占庭的故事？从教养，从文明的程度而言，十字军低得多，但是这些野蛮的勇士、粗鲁的武夫却充满力量，英勇善战，意志坚强，他们一往无前，历史的上帝与他们站在一起。对于他，人之所以美好不在于他们的温和慈祥，而在于他们具有雄健的膂力，他们的要求又适合时宜。正因为这样，我们读枯燥的编年史时，看到瓦兰吉亚人②从北方的冰雪中疾驰而下，或者斯拉夫人驾着小船顺流而下，举着盾牌攻打拜占庭睥睨一切的城墙时，便理所当然地感到十分兴奋。我做学生时，读到那个穿衬衫的野人③戴

---

① 意大利南部的两个古城，于公元 79 年由于维苏威火山的爆发被埋入地下，直至 18 世纪发掘出土，保存完整。

② 古代俄罗斯人对北欧诺尔曼人的称呼。

③ 指基辅大公斯维亚托斯拉夫一世，当时俄罗斯还没有接受基督教文化，据说他常穿白布衬衫、戴耳环，但作战骁勇。在公元 968 至 971 年与拜占庭皇帝约翰一世·齐米斯西斯的战斗中，虽然由于众寡悬殊，最后被围困在一个城市中，仍表现了英勇不屈的精神。971 年，他与齐米斯西斯会见，签订了和约。

着金耳环，独自摇着树皮船，前去会见温文尔雅、知书识礼、服饰华丽的皈依了上帝的皇帝齐米斯西斯，真是喜不自禁。

不妨想想拜占庭；在我们的斯拉夫主义者还没把绘圣像的新编年史送到世上，得到政府的推广以前，拜占庭可以向我们说明许多难以说明的问题。

拜占庭能够生存，但是不能有什么作为；可是一般说来，只有当民族活跃在舞台上，也就是当它们有所作为的时候，它们才能在历史中占有自己的地位。

……记得我已讲过，当我向托马斯·卡莱尔①谈到巴黎严厉的书报审查制度时他给我的回答。

"您为什么要对它这么生气呢？"他向我指出，"拿破仑迫使法国人闭上嘴巴，这是他对他们的极大恩惠，因为他们本来没什么要讲，可是又不得不讲……现在拿破仑给了他们一个表面的理由……"

我不想说，我是否完全同意卡莱尔的话，但是我问自己：到了占领罗马以后，意大利有什么要讲和要做的吗？有时我找不到答案，我只得希望，还是让罗马永远作他们鼓舞人心的目标吧。

在取得罗马以前，一切都很好，大家精神振奋，充满力量，只是缺少一些钱……在罗马面前，意大利可以忍受一切——捐税，皮埃蒙特的本位主义，掠夺成性的政府机构争争吵吵、令人厌恶的大批官僚；在等待罗马解放的时候，一切似乎都无关紧要，为了取得它，人们可以克制自己，也必须和衷共济。罗马是分界线，是旗帜，它始终闪现在眼前，不让人安心睡觉，安心做买卖，它使人心

---

① 英国作家和历史学家，赫尔岑在 1855 年写的一篇文章中提到了卡莱尔的这些话。

神不定。到了罗马，一切便变了，一切都结束了……在那里似乎已万事大吉，取得了桂冠；其实根本不对，那里还只是开端。

为争取独立而斗争的民族从来不明白（这是很好的）独立本身什么也不能给予，除了成年权，除了与其他民族平等的地位，除了自由行动的公民权获得承认以外，没有其他。

从皮卡托利尼和奎里纳尔山顶①上宣布的法令将是什么？从罗马广场上，从那个阳台②（历来教皇向"世界和城市"祝福的地方）上，将向世界宣告的又是什么？

简单地宣布"独立"，这是不够的。但是我总觉得，到了加里波第丢下自己不再需要的剑，给意大利披上成年服的一天，他所能做的只是站在台伯河边，与自己的导师马志尼当众拥抱，一起宣布："现在让你们的仆人离开吧！"③

我这是为他们讲的，不是反对他们。

他们的未来是有保证的，他们两个人的名字将彪炳史册，永远照耀在从阜姆到墨西拿的整个意大利上空，而且在整个悲惨的欧洲，随着人们在历史上日益变得卑下和渺小，他们的名字将越升越高。

但是意大利不见得会按照伟大的烧炭党人和伟大的战士的纲领发展；他们的教义完成了奇迹，它唤醒了思想，举起了剑，这是惊醒沉睡者的号音，意大利解放自己的旗帜……马志尼的半个理想实现了，但正因为这样，那另一半远远越出了可能的范围。马志尼现在之所以变得软弱，原因便在于他的成功和伟大，正是

---

① 罗马系建立在七个山丘上，这是其中的两个，罗马市政厅即在这里。
② 指梵蒂冈宫的阳台，教皇在此向基督教世界及罗马祝福。
③ 原为《圣经》中的话，见《路加福音》第二章第二十九节。

他的理想的这一半，那成为现实的一半，使他变得贫乏了，这是分娩之后的虚弱。看到陆地以后，哥伦布只要把船驶向那儿，那桀骜不驯的全部精神力量已没有用武之地。我们在自己的生活中也会碰到类似的情形……反对农奴制度，反对不经任何审判定罪和争取一切公开的斗争，曾赋予我们的每一句话以巨大的力量，可是现在呢？

罗马是马志尼的美洲……在他的纲领中，缺少更远大的、更富有生命力的胚胎，它的斗争目标只是意大利的统一和罗马。

"那么民主共和制度呢？"

这是坟墓那边的巨大奖励，因为人们正是在这憧憬下赴汤蹈火，视死如归，宣讲者和殉难者也正是对它怀着真诚而热烈的信念……

直至今天，一部分坚定的老人，马志尼久经考验的同志们，依然在朝着这目标前进，他们是不屈不挠、不可收买、不知疲倦的石工，为新意大利奠定基础的人，如果缺少水泥，他们不惜用自己的鲜血来浇灌。但是这些人有多少呢？他们之后还有谁呢？

当德国人、波旁王朝和教皇的三重枷锁压在意大利脖子上的时候，圣马志尼教团这些奋不顾身的战斗的教士们，到处赢得了同情。王公贵族和大学生，珠宝商人和医生，演员和教士，画家和律师，市民中一切受过教育的人，工人、官员和士兵中一切觉醒了的人，都秘密地或公开地站在他们一边，为他们工作。要求共和的人不多，要求独立和统一却是共同的。他们获得了独立，他们厌恶法国式的统一，他们不希望共和。当前的社会秩序基本上适合意大利人的需要，他们正是指望以这样一个"强大而雄伟"的形象跻身在欧洲各国中，他们在维克多·厄马努埃尔身上找到了这"美好而伟大的体现"，因此他们拥护他。①

从欧洲大陆的发展看，在头脑中没有明确的观念，行动上没有可能采取的方针时，代议制确实是最合适不过的。这是伟大的缓冲装置，它可以磨光棱角，消除冲突双方的锐气，赢得时间。一部分欧洲已通过了这磨盘，另一部分正在通过，我们这些凡人自然也难逃此劫。埃及发生了什么？它也只是骑着骆驼，在鞭子的驱赶下，走进代议制的磨坊而已。②

我不想责备多数派，它准备不足，已精疲力竭，有些气馁，我更不想责备群众，他们长期处在教士的教诲下，我甚至不想指责政府，因为说实话，怎么能指责它目光短浅，胸无大志，缺乏热情、诗意和智谋呢？它来自卡里尼亚诺宫③，是在生锈的哥特式宝剑、扑粉的老式假发和自命不凡的小朝廷的僵化礼节中长大的。

它不能得到人民的爱戴，而且恰恰相反，但是它并不因此变得软弱无力。1863年，我曾为那不勒斯对政府的普遍不满感到奇怪。

---

① 一个可爱的匈牙利人，山陀尔·泰莱基伯爵，后来曾在意大利当过骑兵团长，有一次跟我谈到佛罗伦萨人庸俗华丽的装饰时，笑道："您记得莫斯科的赛马和游园会吗？……那是愚昧的，但很有性格：车夫灌饱了酒，歪戴着帽子，马值几千卢布，老爷怡然自得，裹在貂皮大衣里打磕睡。可这儿呢，形容枯槁的伯爵，驾车的马又瘦又小，脚抽搐，鬃毛乱蓬蓬的，那个笨手笨脚的瘦弱的贾可莫（他也是主人的园丁和厨子）坐在驾车座上，拉着缰绳，穿的号衣也不合身，伯爵只得一再对他：'贾可莫，贾可莫，请你务必保持美好而轩昂的仪表。'"我要求泰莱基伯爵把这些话借给我用一下。——作者注

② 指19世纪初埃及总督穆罕默德·阿里（1769—1849）实行的改革。穆罕默德·阿里本为奥斯曼帝国远征军的军官，后被任命为总督，他在埃及的改革实际上只是在原有的封建关系中增加了一些资本主义的因素。后来他企图脱离奥斯曼帝国独立，但在英法等国的干预下，仍未摆脱殖民地的地位。

③ 意大利独立后的第一个国王维克多·厄马努埃尔出生在都灵（当时皮埃蒙特王国的首都）的卡里尼亚诺宫，1849年起为皮埃蒙特撒丁王国国王，1861年当选为意大利国王。

1867 年，我看到威尼斯刚解放三个月，便对政府无法容忍，已一点不觉得奇怪。但同时，我更清楚地看到，它根本不用怕什么，只要它自己干的事不致太荒谬，太令人不满，尽管要做到这一点在它是轻而易举的。

我有个现成的例子可以说明这两方面的情况，我在这里把它讲几句。

政府有时喜欢运用各种语义含糊的俏皮话愚弄人民，如路易－菲力普的"和平的俘虏"，路易－拿破仑的"帝国就是和平"之类。里卡索利也不甘落后，他把保障教会大部分财产权的法案，称之为"自由国家内教会的自由权（或自主权）"①。自由派中的一切未成年人，一切只看标题的人，都欢欣鼓舞。政府掩饰着笑容，庆贺自己的胜利。这法案显然对教士有利；于是比利时的一个"税吏和罪人"来了②，耶稣会的长老们则躲在他的背后。他带来了大量黄金，那金光闪闪的颜色在意大利已好久没看到了，他提议付给政府巨额现款，政府则必须保障教士对他们在忏悔仪式中骗取到的，从临死的和一切灵魂堕落的罪人中搜刮到的田地房产的合法所有权。

政府看到的只是金钱，傻瓜们却看到了另一种东西：在自由国家内教会的美国式自由权。现在用美国的砝码来衡量欧洲的一切设

---

① 意大利王国首相里卡索利于 1867 年 1 月向议会提出的这项法案，目的在于保障教会的特权，却用自由做招牌。

② 指比利时的银行家拉格兰德－第蒙索，他是教皇的代理人，企图利用里卡索利的那个法案向意大利政府提供一大笔钱，以保障教会的财产权，这使教会可以大肆掠夺人民，银行家也可获得高额利润，政府又可得到大笔收入。"税吏和罪人"，指富翁，语出《圣经》，因在罗马帝国时期包税商均为富人，又为富不仁，因而与"罪人"并列，见《马太福音》第九章。

施，已成了时髦的玩意儿。佩尔西尼公爵[①]便在第二帝国和当今的第一共和国之间发现了惊人的相似之点。

然而不论里卡索利和希阿洛亚如何狡猾，议会（尽管它的成员极其庞杂，又大多庸碌无能）终于发觉，这局牌有舞弊行为，而且舞弊是背着它干的。[②]银行家充当了导演，企图收买意大利议员，但这是在2月，议会休会了。那不勒斯出现了流言蜚语，威尼斯人在马利布兰剧场集会，要提出抗议。里卡索利下令封闭剧场，派了门岗。毫无疑问，一切可能出现的失策中，没有比这更愚蠢的了。威尼斯刚得到解放，它想行使自己的反对权，却遭到了警察的阻挠。为国王举行庆祝会，给伟大的司令拉马尔莫拉献花，这都没什么。甚至威尼斯人如果想为奥地利大公开会祝福，也会获得批准。但是马利布兰剧场的集会其实毫无危险可言。

议会惊醒了，要求解释。里卡索利回答得傲慢不逊，那口气完全像蓝胡子拉乌尔的末代子孙，中世纪的伯爵和领主。议会本来"相信内阁并不想限制集会权"，因此希望按程序进行讨论。但拉乌尔对他的"教会自由权"法案，那个他自己毫不怀疑的法案，竟在议会委员会中遭到怀疑，已十分恼火，于是宣称，他不能接受提出的议事日程。生气的议会否决了他的意见。这种肆无忌惮的做法使他在第二天把会议延期，第三天又解散了议会，第四天他还想采取更严厉的措施，但是据说，恰尔第尼[③]对国王说，恐怕不能依靠军队。

---

① 佩尔西尼（1808—1872），法国政治家，波拿巴主义者，认为拿破仑三世建立的法兰西第二帝国与美利坚合众国实质上是一致的。

② 里卡索利的法案在意大利议会遭到了反对，全国各地纷纷提出抗议。里卡索利于1867年2月命令威尼斯地区警察局禁止一切集会，于是议会提出质询，表示对政府不信任。里卡索利于2月13日下令解散了议会。

③ 恰尔第尼（1811—1892），意大利将军，撒丁王国军队的总司令。

有不少例子说明，政府犯了错误，总想为它所做的错事寻找有效的借口，或者掩盖这种错误，但是这些先生找到的只是最愚蠢的借口，它们只能证明他们的失败。如果政府沿着这条路一意孤行，它便可能垮台。可以指望和依靠的只是多少符合理性的东西；不顾理性可以造成漫无止境的灾难，尽管不论在任何场合，几乎总有恰尔第尼这样的人，在危险的时刻，给忘乎所以的头脑浇上一桶冷水。

如果意大利习惯于这种统治方式，心安理得，不以为意，那么它必然受到惩罚。对于阅历不如法国人的民族，这种谎言、假话和没有内容的空话组成的幻觉世界，是难以接受的。在法国，一切都不是真实的，但从表面和外形上看，一切又无不具备；它像回到了童年时代的老人，陶醉在玩具中，有时虽也发现，它的马是木制的，但仍宁可沉迷在幻觉中。意大利不能容忍这种中国皮影戏，这种月光似的独立（它的光线四分之三来自杜伊勒里宫的太阳），这种被鄙视和被憎恨的教会（人们把它当作昏聩的老太婆一般侍奉着，但愿它快点死去）。代议制的土豆泥和议会的夸夸其谈，不能给意大利人带来健康的体魄。这些骗人的食物和不真实的斗争只能使他们营养不良，头脑不清。可是别的又什么也没有。怎么办？出路在哪里？我不知道，也许只能是在罗马宣布意大利的统一之后，接着又宣布它分裂为独立的、各自为政的、彼此不相为谋的各个部分。如果它蕴藏着活力，那么化整为零，形成十来个富有生机的中心，说不定能使它得到更好的发展；这也是完全符合意大利的精神的。

……我正沉浸在这种遐想中，忽然看到了基内①的小册子《法国和德国》，我高兴极了，这倒不是我特别信仰这位著名思想家和历史

---

① 基内（1803—1875），法国历史学家、诗人和哲学家。

学家的观点，尽管我非常敬重他本人，但我之高兴不是为了自己。

从前在彼得堡的时候，一个以幽默著称的朋友在我的桌上看到了柏林人米什莱的一本"谈灵魂不灭"的书①，给我留了下面这么一张便条："亲爱的朋友，请你在读完这本书以后，务必扼要地告诉我，灵魂究竟是不是不灭的。我无所谓，但是为了安慰我的亲属们，我想知道这一点。"我现在也是这样，我看到基内的书之所以高兴是为了我的亲属们。尽管直到现在，我们的朋友中还有许多人对欧洲的权威采取傲慢的态度，但对他们的话还是比对我们自己人的话更相信。因此我总是尽可能把自己的思想置于欧洲保姆的庇护下。我借重蒲鲁东的话说，等在法国门外的不是喀提利纳，而是死亡；我拉住斯图亚特·穆勒的衣裾，反复申说英国的中国化问题。现在我也很满意，我可以拉住基内的手说："这是我尊敬的朋友基内在 1867 年关于拉丁欧洲讲的话，也是我就整个 1847 年及以后各年的它所讲的话。"

基内怀着恐惧和忧郁看到法国的没落，它的头脑的衰老，它的逐步退化。他不了解原因，只得在法国背离 1789 年的原则和失去政治自由中寻找根源，因此在他的字里行间，从忧郁中流露出一种内心的希望：依靠实现真正的议会制度和伟大的革命原则恢复健康。

基内没有发觉，他所说的伟大原则，以及拉丁世界的一般政治思想，已失去了自己的意义，它们的发条不起作用了，快要断了。1789 年的原则②不是空话，但现在变成了空话，与圣餐仪式和祈祷文一样了。它们的功绩是巨大的：法国依靠它们，通过它们完成了自

---

① 米什莱（1801—1893），德国哲学家，这里指他的《谈上帝的个性及灵魂不灭》一书。

② 即自由、平等、博爱。

己的革命，它把未来的帷幕拉起了一角，又在惊慌失措中溜走了。

出现了进退两难的局面。

或者自由的制度重新把神圣的帷幕拉开，或者一切处在政府的监督下，外表安定，内部是奴役。

如果欧洲的民族生活有自己的目标，自己的追求，那么这一或另一方面早已会取得优势。但由于西欧历史形成的局面，它导致了永恒的斗争。它的文化具有双重性质，这个基本事实中包含了妨碍持续不断发展的内在因素。人们生活在两种文化中，两个层次中，两个世界和两个发展阶段中；生活不是以统一的整体，而是以它的一个部分在进行，同时又得利用另一部分提供燃料和食物，这样，继续侈谈自由和平等，就越来越困难了。

为建立更和谐、更平衡的社会所作的努力，没有获得成功。但是如果它们在某一地区不能成功，这主要是证明这个地区还不具备条件，不是这些原则错了。

事情的整个实质便在这里。

北美合众国凭自己统一的文化，可以轻易走到欧洲前面，它的处境比较单纯。它的文化水准低于西欧，但它是统一的，一切都达到了这个水准，这便是它的巨大力量所在。

二十年前，法国以巨人的步伐冲向另一生活，在黑暗中盲目奋战，没有计划，除了无法忍受的苦难，不知道别的一切；它被"秩序和文明"①打败了，而胜利者离开了它的轨道。资产阶级不得不为自己悲剧性的胜利付出代价：它在许多世纪的努力、牺牲、战争和革命中赢得的一切，即整个文化的优秀成果。

---

① 指拿破仑三世的政变。

力量的中心，发展的道路——一切都改变了；隐蔽的活动，受压制的改造社会的工作，转移到了别的地方，法国国境以外。

德国人一旦相信，法国的海岸下沉了，它那骇人的革命思想衰老了，不再可怕了，于是戴上普鲁士钢盔，从莱茵河边的堡垒中出来了。

法国不断后退，钢盔不断前进。俾斯麦从来不把自己人放在眼里，但他向法国竖起两只耳朵，嗅着那儿的空气，终于相信那个国家已无能为力，于是明白，普鲁士的时代到了。①明白以后，他立即命令莫尔特凯②制订计划，命令军械员制造撞针，露出日耳曼人毫不留情的狰狞面目，有条不紊地摘取一只只成熟的德国梨子，丢进可笑的腓特烈·威廉③的网兜里，让他相信，他是路德派上帝特别宠爱的英雄。

我不相信，世界的命运会长期掌握在德国人和霍亨索伦王朝④手中。这不可能，这违反人类的理性，违反历史的美学。我要说的话与肯特对李尔说的正好相反："普鲁士，我在你身上看不到必须称你为国王的东西。"⑤但不管怎么说，普鲁士把法国挤到了后面，自己坐到了首位。在把日耳曼祖国色彩斑驳的碎块涂上同一颜色以后，它便得给欧洲颁布法律——只要它可以用刺刀制定法律，用霰

① 指普鲁士统一德国的活动。这时法国国内矛盾重重，无暇他顾，而法国保持中立是普鲁士顺利实现自己的计划的必要条件。

② 莫尔特凯（1800—1891），普鲁士陆军元帅，1866年制定了对奥地利的作战计划。

③ 腓特烈·威廉四世是一个低能的国王，但这时他已死去，由他的兄弟威廉一世任国王。

④ 德国一个主要家族，它的各支为德国许多公国的统治者，普鲁士王室即属于勃兰登堡霍亨索伦一支。

⑤ 莎士比亚的《李尔王》第一幕第四场，肯特伯爵对李尔王说："你的脸上有一种东西，使我必须称你为我的主人。"

弹执行法律，它便会这么做，理由非常简单，它拥有比别国更多的刺刀和更多的霰弹。

在普鲁士的浪潮后面，已兴起了另一个浪潮，不论那些传统的老人是否欢迎，它还是会到来。

英国很狡猾，它保持着强大的外表，却躲在一旁，仿佛为自己虚假的不介入感到自豪……1848年，它曾靠警棍轻易医治了它的社会阵痛，现在它在内心深处又感到了同样的痛楚……它比以前更强烈了……于是它只得把探索的触须深深伸进国内的斗争中。

法国为自己地位的改变感到惊讶，困惑，它不敢用战争威胁普鲁士，却威胁意大利，如果它敢于触犯"永恒之父"的人间领地，就得冒战争的危险；并且募款建造伏尔泰的铜像。①

普鲁士吹响了震耳欲聋的号音，要开始最后的军事审判，这能唤醒拉丁欧洲，告别它文明的野蛮人正在到来吗？

谁知道呢？

……我在热那亚遇到了一些刚渡过大洋的美国人。热那亚给他们留下了深刻印象。书本上读到的关于旧世界的一切，他们都亲眼看到了；那起伏不定的狭小而阴暗的中世纪街道，那异常高大的房屋，那半坍毁的走廊、城堡等等，使他们惊叹不已。

我们走进了一个宫殿的大厅。一个美国人不禁兴奋得大叫道："啊，这些人生活得多么好，多么好呀！这么宽敞，这么幽雅！不，在我们那里这样的东西简直想象不到。"他准备为自己的美国脸红呢。我们在宽敞的大厅里参观。从前那些主人的画像，挂在墙上的

---

① 拿破仑三世为防止意大利的强大，竭力阻挠意大利解放罗马的斗争，并尽量扩大法国的影响。

一幅幅图画，褪色的墙壁，古色古香的家具，废弃的纹章，荒凉的气氛，空空荡荡的屋子，还有那个戴着黑绒线帽子，穿着破旧的黑上衣，拿着一串钥匙的老看守人……一切都清楚地说明，这不是住人的房子，只是一件古董，一个石椁，过去的生活留下的华丽的痕迹。

"是的，"走出屋子时我对美国人说，"您说得完全对，这些人从前生活得很好。"

（1867 年 3 月）

第三章

美丽的法兰西

啊，法兰西这美好的国家，

给我留下了多么愉快的回忆！ ①

1. 在大门外面

　　法兰西对我是关上了门的。1851 年夏，我到达尼斯一年后，写了一封信给当时的内政部长莱昂·福适，要求他允许我到巴黎去几天。我说："我在巴黎有一幢房子，我必须处理一些它的事。"认真的经济学家不得不对这证明让步，我拿到了在巴黎停留"最短时间"的许可。

　　1852 年，我申请通过法国前往英国，遭到了拒绝。1856 年我打算从英国回瑞士，再度申请签证，又遭到了拒绝。我写信给弗里堡州议会说，我与瑞士隔绝了，只能秘密前往，或者通过直布罗陀海峡，最后，还可通过德国，但这很可能会使我走进彼得保罗要

---

① 引自夏多布里昂的《阿邦塞拉奇末代王孙的奇遇》。

塞，而不是回到弗里堡，因此我要求州议会与法国外交部进行交涉，为我申请通过法国的权利。州议会于 1856 年 10 月 19 日给了我下面的复信：

"亲爱的先生：

"根据您的要求，我们委托瑞士的部长在巴黎采取必要的步骤，为您获得通过法国返回瑞士的准许。现将瑞士部长收到之答复原文抄录如下：'瓦莱夫斯基先生①考虑到这一事件之特殊重要性，必须就此事与内政部同僚进行磋商，现据内政大臣答复，去年 8 月他已不得不拒绝赫尔岑先生在法国过境之权利，现在他无法改变自己的决定……'"

我与法国人除了一般的相识以外，没有任何交往，我没有参与他们的秘密活动，也没有加入任何团体，那时我已全心全意在从事对俄国的宣传了。这一点法国警察，那唯一无所不知的、唯一以全体人民为后盾的、因而也是无限强大的法国警察，是了如指掌的。他们对我生气是为了我的文章和联系。

不能不说，他们的生气已越出了范围。1859 年我和我的儿子到布鲁塞尔去了几天。不论在奥斯坦德还是布鲁塞尔，都没有验看我的护照。过了六天，我晚上回到旅馆，茶房给我蜡烛时对我说，警察局要查验我的护照。我说："他们总算想起来了。"茶房随我走进房间，取了护照。十二点多钟，我刚睡下不久，茶房又敲门了，送了一个大信封来，那是公文。他说："司法部长向先生问好，请您

---

① 此人后来入了法国籍，1855 年起任外交大臣。

在明天上午十一点钟前往治安司去一次。"

"你就为这一点事半夜里把我吵醒吗？"

"他们立等回音呢。"

"谁？"

"警察局的人。"

"你告诉他们，我会去的，再告诉他们，半夜以后送这种请帖未免小题大做。"

然后我像努林①一样"吹灭了蜡烛"。

第二天早上八时又有人敲门了。不难猜到，这又是比利时司法部在捣乱。"进来！"

进来了一位先生，打扮得清洁整齐，衣冠楚楚，戴着崭新的帽子，挂着又长又粗的镀金表链，穿着全新的黑上装等等。

我刚穿上一半衣服，因此与那位先生构成了奇怪的对照。这个人一定从早上七点起就在梳妆打扮，目的无非要表示他是一个正人君子，即使这是假象也好。优势当然在他那边。

"请问，阁下是父亲赫尔岑先生吗？"

"这得看情况而定，因为我既是父亲，也是儿子。"

暗探一听大感兴趣。

"我是来找您的……"

"是要通知我，司法部长要我在十一时前往治安司吧？"

"一点不错。"

"其实部长何必劳您大驾，这么早跑来找我？昨晚半夜，他的

———————

① 普希金的《努林伯爵》的主人公。在这诗体小说中，普希金以现实主义的方法
　描写了一个对生活感到厌倦的地主贵族的日常生活。

公文已叫醒过我一次，这还不够吗？"

"那么您会去？"

"毫无疑问。"

"您认识路吗？"

"怎么，您是奉命护送我的？"

"不敢，您怎么这么想！"

"既然这样……"

"祝您早安。"

"再见。"

十一时整，我已坐在比利时治安司司长的办公室里。

他拿着一本记事本和我的护照。

"对不起，我们打扰了您，但您明白，这涉及两个小小的情况：第一，您的护照是瑞士的，但……"他用警察敏锐的观察力打量着我，把目光停留在我身上。

"但我是俄国人。"我接口道。

"不错，我承认，这使我们觉得奇怪。"

"为什么？难道比利时的法律禁止改变国籍吗？"

"那么您？……"

"十年前我在弗里堡州莫拉特镇的沙特尔乡加入了瑞士国籍。"

"当然，如果这样，那么我是不应该怀疑的……我们现在谈第二个难处。三年前，您申请前来布鲁塞尔，没有获得准许……"

"对不起，根本没有这回事，也不可能有。我从未被比利时驱逐过，如果我怀疑我有权进入布鲁塞尔，那么我对自由的比利时会有什么看法呢？"

治安司长有些不好意思。

"然而这份……"他打开了记事本。

"很清楚，那上面记的一切并不完全可靠。您瞧，您连我入瑞士国籍的事也不知道呢。"

"是的。德尔皮埃尔领事①阁下……"

"您不必费心，我可以把其余一切告诉您。我问贵国驻伦敦的领事，我能不能把我的俄文印刷所迁往布鲁塞尔，那就是说我的印刷所是否可以安然无事，只要我不插手比利时的事，而我从未想过问比利时的一切，这是您很容易相信的。德尔皮埃尔先生请示了部长。部长请他让我放弃迁移印刷所的打算。贵国领事觉得不好意思把部长的答复用书面通知我，因此托我们共同的朋友路易·勃朗把这消息转告我。我向路易·勃朗表示了谢意，请他叫德尔皮埃尔先生放心，并告诉他，我得知印刷所不能迁往布鲁塞尔以后，并不在乎，我还说：'如果领事先生要通知我的是相反的消息，即我和我的印刷所将永远不准离开布鲁塞尔，也许我还不致这么满不在乎。'您瞧，一切细节我全都记得很清楚。"

社会安全的保卫者稍微清了清嗓子，看了看记事本，提出道：

"确实这样，我没注意这是谈印刷所的事。不过我认为，您还是必须得到部长的准许；否则，不论这对我们多么不愉快，我们只得要求您……"

"我明天就走了。"

"请原谅，谁也没有要您这么快就离开，您可以在这儿再待一个星期，两个星期。我们谈的是定居……我几乎相信，部长也会批准这事。"

---

① 当时比利时驻伦敦总领事。

"也许将来我会向他请求，但目前我丝毫不打算在布鲁塞尔多作停留。"

事情也就这么结束了。

"哦，我忘记了一点，"小心翼翼的治安保卫者结结巴巴地解释道，"我们是小国，是小国，这就是我们的困难。有些考虑……"他好像觉得羞于出口。

两年以后，我住在巴黎的小女儿病了。我重又申请签证，佩尔西尼[1]又拒绝了。这时，克沙维里·布拉尼茨基伯爵[2]在伦敦。在他家吃饭时我讲起了这件事。

"您写一封信给拿破仑亲王，"布拉尼茨基说，"我替您交给他。"

"我何必给亲王写信呢？"

"这说得对，您干脆写信给皇帝。我明天就动身，后天您的信就会到他手里。"

"那倒是很快，让我想想。"

回到家中，我写了下面这封信：

"陛下：

"十多年前，由于贵国政府的决定，我被迫离开了法国。那以后，我曾两度获准前去巴黎。[3]后来，我进入法国的权利便一再遭到否定，然而我的一个女儿在巴黎受教育，我又有一幢房屋在

---

① 法国政治家，当时任法国驻英大使。

② 波兰贵族流亡者，他与拿破仑亲王（拿破仑一世的侄儿）有较亲密的友谊。

③ 我第二次被允准进入巴黎是在1858年，那是因为马·卡·雷海尔病了，我通过罗特希尔德的帮助取得了这许可。但后来马·卡·的病痊愈了，我没有利用这次机会前往巴黎。两年后，法国领事馆向我宣称，由于我当时未去巴黎，因此这批准已经失效。——作者注

那儿。

"因此我不揣冒昧，直接向陛下申请允许我进入法国，在巴黎停留一段必要的时间。我怀着希望和敬意等待您的批准。

"陛下，我可以无条件向您保证，我之要求前往法国，绝无丝毫政治目的。

"特此申请，恭候您的决定。

亚·赫尔岑

1861 年 5 月 31 日

于伦敦西伯恩街

奥塞特大厦"

布拉尼茨基认为信写得干巴巴的，也许不能达到目的。我对他说，我不能改写，如果他愿意效劳，就请代为转交，但为了审慎起见，也不妨把它丢在炉子里。我们谈话时已在火车站，他随即走了。

但过了四天，我从法国大使馆收到了下面这封信：

"亲爱的先生：

"兹奉皇上命令通知阁下：皇上已同意您 5 月 31 日信上的要求，准许您在任何时候，凡需要办理您的事务时，进入法国，并在巴黎暂住。

"因此您可以在整个帝国境内，按照公认的规定自由旅行。

"向您问好。

巴黎警察局第一办公室

1861 年 6 月 3 日于巴黎"

信尾的署名奇形怪状，歪歪斜斜，什么都像，唯独不像那位局长的姓 Boitelle。

当天我还收到了布拉尼茨基的信。拿破仑亲王给了他下面这张皇帝的便条："亲爱的拿破仑，我通知你，我刚才已批准赫尔岑先生[①]前来法国，命令给他办理入境签证。"

随着这一声"升起！"放下了十一年之久的拦路木终于升起了。一个月后，我动身前往巴黎。

2. 在城墙里边

在加来，脸色阴沉、留大胡子的宪兵站在路障旁边喊着："厄尔丁太太！"凡是从多佛尔坐船到达这儿的旅客，上岸以后，便被海关和其他检查机关人员赶进石造的大仓库，然后排成队，一个个通过路障进入法国。旅客走过时，宪兵发还护照，警官则用眼睛盯住你看，如果认为必要，便用话盘问你，直到他们满意，认为你对帝国并无危害时，才放你越过路障。

但是这一次，旅客们听到宪兵的喊声，没有一个人上前。

"奥格尔·厄尔丁太太！"宪兵挥着护照，提高嗓音又喊了一遍。还是没人答应。

"怎么回事，没人叫这个名字不成？"宪兵喊道，重新看了看护照，又喊道："奥格尔·厄尔丁小姐！"

直到这时，一个十来岁的女孩子，也就是我的女儿奥莉加才猜到，那位秩序的保卫者声嘶力竭地喊叫的便是她的名字。

[①] 我得着重指出"先生"这词，因为在我被驱逐时，巴黎警察局写到我时始终称我为"该人"，而拿破仑却在便条中写了"先生"这词，而且没有简写。——作者注

"到这儿来，把你的护照拿去！"宪兵恶狠狠地命令道。

奥莉加拿了护照，靠在迈森布格太太身边，小声问她道：

"这是皇帝吗？"

这是 1860 年她遇到的事，可是一年以后我的遭遇更坏。我不是在加来的路障（它现在已经没有了）旁边，而是在每个地方：在车厢内，在马路上，在巴黎，在外省，在家中，在梦中，在不做梦的时候，都看到有一个留长胡子的、胡子的每一根都涂了蜡的皇帝站在我面前，把他没有光线的眼睛、没有声音的嘴巴对准了我。不仅宪兵按照自己的地位有点像皇帝，使我想起拿破仑三世，而且所有的士兵、店员、茶房，尤其是火车和公共马车的管理员，都像一个个拿破仑。正是在 1861 年的巴黎，在市政厅（1847 年我还充满敬意地瞻仰过它）前面，在圣母院前面，在爱丽舍田园大街和所有的林荫道上，我才真正领会了大卫王在《诗篇》中怀着谄媚的绝望心情向无所不在的耶和华诉说的话：不论他跑到哪里，他都无法躲开他："我到水中，你在那里，我到陆上，你在那里，我到天上，你自然也在那里。"①我走进黄金酒家吃饭，拿破仑的一个化身马上会出现在餐桌对面，围着餐巾要调料；我上剧场，他又坐在同一排位子上，可能另一个还会出现在舞台上。我为了躲避他到了城外，他又跟着我来到了布洛涅树林那边，上装钮子扣得紧紧的，涂蜡的胡子尖翘得高高的。哪里没有他呢？在马比耶咖啡馆的舞会上？在马德兰教堂做弥撒的时候？不过哪怕在这些地方也是一定能见到他的。

"革命体现在人的身上"，这是梯也尔时期的空头理论家和路易－菲力普时代的自由主义历史学家们心爱的一句口头禅。这里的

---

① 见《圣经·诗篇》第一百三十九篇，与原话略有出入。

情形更为玄妙："革命和反动"，秩序和混乱，前进和倒退，都体现在一个人身上，而这个人又反过来体现在一切行政机构中：从部长到乡村警察，从议员到村长……像步兵一样分布在陆地上，像舰艇一样分布在海洋上。

这个人不是诗人，不是先知，不是胜利者，不是怪物，不是天才，不是学者，只是一个冷漠的、沉默的、忧郁的、难看的、工于心计的、顽强不屈的、枯燥乏味的"既不胖也不瘦的中年绅士"①，资产阶级法国的资产者，命运的宠儿，一个伟大人物——伟大平民的侄儿。他在自己身上集中了民族性格的一切突出方面，人民的一切愿望，使它们归结为他一个人，正如高山的山峰或金字塔的尖顶构成了这些庞然大物的终点一样。

在1849年和1850年，我对拿破仑三世还认识不清。当时那些民主主义的漂亮词句迷惑了我，使我不能准确估价他。②1861年是帝国最美好的年代之一，一切欣欣向荣，一切都处在平衡与和谐的状态，服从于新的秩序。不同的政见和大胆的思想恰到好处，可以造成必要的阴影，增加一些辛辣的香味。拉布莱③非常聪明，故意用赞美纽约来抨击巴黎，普雷沃－帕拉多尔④则用赞美奥地利来挖苦法国。米赖斯事件⑤遭到了不指名的批评。可以对教皇进行不公

---

① 果戈理在《死魂灵》中对乞乞科夫的描写。
② 指赫尔岑在《法意书简》中关于拿破仑三世讲的话。
③ 拉布莱（1811—1883），法国政论家，在讽刺小说《巴黎和美国》中，借美国的资产阶级民主制度攻击法兰西第二帝国的方针政策，但这些批评都没有越出当局所允许的范围。
④ 法国新闻记者，1866年在报上撰文赞扬奥地利敢于在普奥战争中对抗普鲁士，批评法国容忍普鲁士的扩张政策。
⑤ 米赖斯为法国金融家，1861年因投机活动被判刑，这成为当时法国政界的一大丑闻。

开的咒骂，也可以对波兰解放运动表示一定程度的同情。有的团体内投石党①精神蠢蠢欲动，正如40年代我们一些老朋友在莫斯科的高谈阔论一样。甚至在名流中间也出现了心怀不满的人，他们有些像我们的叶尔莫洛夫②，但都是文人，如基佐。其他一切也都遭到了指摘。但谁也没有抱怨，大家甚至欢迎这种休闲状态，就像经过谢肉节七天的大吃大喝之后，在四旬斋第一周吃到洋姜和蔬菜，还会觉得别有风味。那些对斋期的素食感到不合口味的人，很难领会这种乐趣，但他们离开了或长或短的时期以后，便会带着被矫正的口味从朗贝萨或马扎斯监狱回来。"伟大的军队"③已被伟大的警察所取代，它遍布各地，无时不在。文学界风平浪静——在从前波涛汹涌的海洋上，只剩了拙劣的船夫在悠闲地摇着拙劣的小船。庸俗的戏剧占领了所有的舞台，使人看后回到家中便昏昏欲睡，到了早上又由空洞无物的报纸继续发挥这种作用。从前意义上的新闻界已不复存在。重要的报刊不是代表观点，只是代表利润。伦敦报纸的社论是用精炼的、朴实的文字写的，正如法国人所说，是"有血有肉"的，读惯它们以后，看到法国的社论，便觉得难以卒读。它们没有内容，只有华丽的辞藻和老生常谈，那些虚张声势的高调不仅可笑，而且由于明显违背事实，更令人作呕。人们却照例要多灾多难的民族把希望寄托在法国，认为它依然站在"伟大运动的前列"，依然是给世界带来革命、自由和1789年的伟大原则的那个

---

① 投石党运动是17世纪发生在法国的政治运动（得名于巴黎儿童不顾当局禁令在街上玩耍的投石器），它前后经历了十多年，但大多为统治阶级内部的反政府行动和派别活动，目的是抑制王权，削弱专制统治。

② 俄国的一个有开明思想的将军。

③ 拿破仑一世称自己的军队为"伟大的军队"。

法国。反对派已龟缩在波拿巴主义的旗帜下。这只是深浅不同的同一颜色，它们的差异与水手表示中间风向的符号差不多 N.N.W., N.W.N., N.W.W., W.N.W.……波拿巴主义有疯狂的、激烈的、温和的之分，还有君主主义的波拿巴主义，共和主义的、民主主义的和社会主义的波拿巴主义，和平的、战斗的、革命的、保守的波拿巴主义，最后，还有罗亚耳宫的波拿巴主义和杜伊勒里宫的波拿巴主义[①]……每到深夜总有一些先生奔走于各个编辑部，如果发现报纸的指针过于偏向北、东或西，便赶忙把它拨正。他们按照警察局的时钟校正时间，删改、补充和拼凑下一期的版面。

……我在咖啡馆里看晚报，据说米赖斯的律师拒绝透露利用的资金数目，因为这牵涉到一些"地位显赫的人物"。于是我对一个熟人说道：

"但是为什么检察官不责令他讲，为什么报纸不坚持这一点？"

熟人拉了拉我的大衣，向周围瞧瞧，又用眼睛、胳臂和手杖向我示意。我没有在彼得堡白住，马上领会了他的意思，便开始跟他讨论用塞尔查矿泉水冲苦艾酒的问题了。

走出咖啡馆，我看到一个身材矮小的人伸出小小的双手迎面跑来。走近以后，我发现这是达里蒙[②]。

"您回到了巴黎，一定觉得很高兴吧。"这位左派议员说道。"啊，我想一定是这样！"

"不见得太高兴！"

达里蒙一下子愣住了。

---

① 拿破仑一世的幼弟热罗姆·波拿巴住在罗亚耳宫，拿破仑三世住在杜伊勒里宫。
② 法国新闻记者，年轻时接近蒲鲁东，1852 年后成为拿破仑三世的拥护者。

"哦，达里蒙太太和您的孩子好吗？要是他的身材没按照父亲的规格生长，他现在想必很高了吧？"

"一切照旧，哈哈，很好。"于是我们分手了。

在巴黎我感到窒息，直到一个月以后，当我透过雨和雾，重又望见英国那泥泞的白垩质海岸时，我的呼吸才觉得自由。在路易－菲力普时代，一切都像太小的靴子，使你感到夹脚，现在，这双靴子却变成了脚镣。我没有经历过在建立和巩固新秩序的过程中出现的各种变化，我是在相隔十年之后来到这里，我面对的一切都已定型和完成了……何况巴黎已面目全非，它那些改建过的街道①，尚未完工的宫殿，尤其是我所遇见的人，都使我有陌生的感觉。这不是我爱过和恨过的那个巴黎，不是我从童年起向往过的、后来又带着诅咒离开的那个城市。这是已失去了个性的巴黎，冷静的、不再沸腾的巴黎。一只强有力的手压在它的身上，随时随地准备收紧缰绳——但目前还没有必要。巴黎全心全意地接受了第二帝国，以前那个时代所表现的一切习惯几乎已荡然无存。"不满者"丧失了严肃和坚强的一切，不再足以与帝国相抗衡。塔西佗式共和主义者的回忆和社会主义者的模糊理想，并不能动摇皇上的宝座。对付"幻想"，警察的监督是不必郑重其事的，在它看来，它们并无危险，只是有些妨碍治安和秩序。"回顾"比"希望"更麻烦，对奥尔良派更需要严加防范。有时专横的警察会突然伸出拳头，显得不可理喻和粗暴，但这能够引起对它的畏惧感；它故意在两个街区制造了两个

---

① 第二帝国时期，巴黎的街道进行了大规模的改建工作，目的在于迫使工人离开市区，并使街道不适于建造街垒，又便于调动军队。

月的恐怖气氛，然后又缩回了警察局的后院和政府机关的走廊。

实际上一切都平静无事。两次最激烈的抗议并非来自法国人。皮亚诺利和奥尔西尼的行刺是为意大利复仇，为罗马复仇。奥尔西尼的行动使拿破仑吓破了胆，这成了给予最后一击（慈悲的一击①）的充足借口。他成功了。国家颁布了法律②，为埃斯皮纳斯③制订黑名单提供了根据。它需要恐吓，让大家明白，警察不会在任何行动面前退缩，它需要摧毁一切关于权利，关于人的尊严的概念，需要用强权来战胜公理，让大家学会尊重暴力，承认暴力的权威。在肃清巴黎的嫌疑分子以后，埃斯皮纳斯命令各省警察局：每省必须发现一件阴谋，查获的参与阴谋的帝国敌人不得少于十人，并把他们逮捕后押送内政部听候处理。内政部有权不经法院审问，将罪犯送往卡宴或朗贝萨，也不必提出报告、承担任何责任。任何人一经流放便完了，既不能申诉，也无权提出抗议，他们未经法律审问，唯一获救的希望只是皇帝的大赦。

"我收到了这命令，"H警察局长对我们的诗人费·丘④说道，"怎么办？我左思右想……非常为难，无计可施，但最后想出了一个万无一失的办法。我派人把警官找来，对他说，您能在最短时间内给我弄到十个亡命之徒，或者还没被法院判刑的盗贼之类的人吗？警官说，这再也容易不过。好，那就把名单开给我，我们今夜就行动，逮捕他们，然后作为骚乱者解送内政部。"

---

① 原指使重伤者免受痛苦而给予的致死的一击。
② 指 1858 年颁布的《社会治安法》。
③ 埃斯皮纳斯（1815—1859），法国将军，拿破仑三世的亲信，1858 年起任内政大臣。
④ 即费奥多尔·丘特切夫（1803—1873），俄国著名诗人。1865 年 3 月，他在巴黎遇见赫尔岑以后，向他谈了这里讲的那件事。

"以后怎么样？"丘问。

"我们把他们送往内政部，内政部便把他们送往卡宴；全省都很满意，向我表示感谢，说我轻而易举解决了治安问题。"善良的警察局长笑着补充道。

政府在恐怖和暴力的道路上走累以前，民意和舆论已俯伏在它的脚下。于是无声的、安静的太平盛世到来了。警察额上的皱纹逐渐平伏，暗探眼中嚣张、挑衅的目光，巡官脸上凶恶的表情也变得和缓了；皇帝开始设想各种聪明仁慈的自由和人民的权利。忠心耿耿、坚定不移的大臣对他的自由主义热情纷纷提出了规劝。

……1861年起，巴黎的门向我打开了，我路过了巴黎几次。起先我总是匆匆离开，后来情况改变了，我习惯了新的巴黎，不再对它生气。这是另一个大都市，一个陌生的城市。智力活动和科学都已退到塞纳河对岸，看不到了；政治生活也无声无息。拿破仑给予了"广泛的自由权"；掉了牙齿的反对派抬起秃顶的脑瓜，重又唱起了40年代的老调；工人不信任他们，没有作出反应，只是为自己的联合和协作进行微弱的努力。巴黎日益成为欧洲的共同市场，一切从世界各地涌入和汇集在那里：各国的商人、歌星、银行家、外交家、贵族、艺人都来到这里，德国人也变得空前之多。口味、情趣、语言——全都变了。富丽堂皇，庸俗奢靡，以及珠宝钻石、黄金白银的价值，代替了从前的审美观念；服装和首饰不是表现爱好和趣味，而是显示它们的价格和拥有者的支付能力。人们不断谈论的是利润、赌博、地位和资金。妓女取得了夫人的风度。女子教育落到了意大利从前的水平。

"帝国，帝国……这便是罪恶和灾难的根源……"

不，原因更为深刻。

"陛下，您患了癌症。"安东马基^①说。

"我得的是滑铁卢症。"拿破仑一世回答。

要知道在这里，两三次革命流产了，它们生下的是不足月的死婴。

法国之所以小产，是因为它过早也过于匆忙地进入分娩期，想用剖腹产帮助胎儿降生，还是因为它对丢掉脑袋有足够的精神准备，对丢掉思想却毫无准备？是因为它把革命变成了一支军队，而给人的权利洒上了圣水，还是因为群众蒙昧无知，革命也不是为农民进行的？

3. 噩梦^②

> 光明万岁！
>
> 理性万岁！^③

俄国人由于附近没有大山，总是说："家神压得我喘不出气。"这也许更准确。真的，好像什么人掐住了我的脖子，梦是清楚的，但非常可怕，呼吸困难，又特别需要呼吸，脉搏加快了，心脏跳得剧烈而急促……仿佛有什么在追赶你，但跟在你背后的既像是人，又像是鬼，而在你眼前闪动的是早已忘却的影子，它们使你想起另一些岁月，另一个年纪的事……到处是深渊，是峭壁，一失足就没有救了；你飞进了黑暗的空间，不禁失声大叫，你惊醒了……从梦

---

① 安东马基（1780—1838），科西嘉医生。1819 年起在圣赫勒拿岛作拿破仑的医生，写有《拿破仑最后的时刻》一书。

② 原文为德文，意思是"大山（阿尔卑斯山）造成的压抑感或恐怖感"，即噩梦。

③ 引自普希金的诗《酒神之歌》。

魔中醒来，额上淌着汗，呼吸急促，你赶紧走到窗口……清新的曙光照在院子中，风把迷雾吹向一边，你闻到了花草树木的香味，听到了窸窸窣窣的声音……依然是我们人间的一切……于是你安心了，对着早晨的空气深深呼吸。

……前几天我也好像给家神压得喘不出气，但不是在梦中，是在白天，不是在床上，而是在书中，当我从书中回到现实世界时，我几乎脱口喊叫："理性万岁！我们平凡的、人间的理性万岁！"

老人皮埃尔·勒鲁是我三十年来一直尊敬和爱戴的，他给我送来了最后一本作品，要求我务必读一下，"至少读读正文，注解等以后什么时候读都成"。

"《约伯记》，五幕悲剧，以赛亚著，皮埃尔·勒鲁译"。[1] 这不仅是翻译，也是对当代问题的应用。

我读了全部正文，忧郁和恐惧压在我心上，我要寻找窗口。

这究竟是怎么回事呢？

是什么经历培育了这样的头脑，这样一本书？诞生这么一个人的祖国在哪里，它和他的命运又是什么？只有伟大的心灵才会这么如醉如痴，这是漫长而曲折的发展的结果。

这本书是疯狂的诗人的呓语，他的头脑中还残留着事实和概念，希望和形象，但已失去了意义；他还保存着感觉、回忆、程式，但没有保存理性，即使它还存在，也只是为了后退，为了分解成它的各种因素，从思维走向幻想，从真理走向玄学，从推论走向神话，从知识走向启示。

---

① 《约伯记》是《圣经》中的一篇，记载富翁约伯的经历和上帝对他的考验，但作者不详，这里把作者定为以赛亚只是勒鲁个人的看法。所谓"五幕悲剧"，也只是勒鲁对该书的形容。作为基督教社会主义者，勒鲁是借该书阐述自己的思想。

到了这里已无路可走，接着出现的只能是强直性昏厥状态，皮蒂娅①或萨满教巫师的神灵附身，伊斯兰托钵僧的癫狂跳跃，桌子的无意识旋转②……

革命和魔法，社会主义和塔木德③，约伯和乔治·桑，以赛亚④和圣西门，纪元前的 1789 年和纪元后的 1789 年——一切都融和在希伯来神秘哲学的熔炉中了。从这些牵强附会、互相排斥的结合中能产生什么呢？人只有在这种无法消化的食物中病倒，丧失对真理的健康感觉，对理性的热爱和尊重。这个老人被远远地抛出了原来的轨道，原因何在呢？他本来站在社会运动的前列，充满着激情和爱心，为弱小的弟兄们发出过浸透愤懑和同情的震撼心灵的呼声。我还记得那个时期。我们在 40 年代总是称他"红色的彼得"⑤；总是热情洋溢超出分寸的别林斯基在给我的一封信中写道："红色的彼得成了我的基督。"可就是这位导师，这个发出过生气勃勃、振奋人心的声音的人，经过十五年在泽西岛上的流放生活之后，带给我们的却是《萨马列茨海滩》和《约伯记》⑥。他宣讲的是灵魂的轮回转化，他是要在另一个世界中寻找出路，对这个世界他已失去信心。法国和革命欺骗了他；他想在彼岸世界中建造自己的神殿，在那个世界里没有欺骗，而且什么也没有，正因为这样，它为幻想提

---

① 古希腊特尔菲地方阿波罗神庙的女祭司和女巫，常以阿波罗附身的方式宣示预言。

② 西方唯灵论者经常玩弄的一种所谓通灵活动。

③ 《塔木德》本是注释和讲解犹太教律法的一部文献，被犹太教奉为经典。这里是泛指一般的犹太教哲理。

④ 《圣经》中的先知，《以赛亚书》记载了他的言行。

⑤ "勒鲁"在法文中含有红色之意，法文的皮埃尔相当于俄文的彼得。

⑥ 勒鲁因反对拿破仑三世，于 1851 至 1869 年流亡国外，住在泽西岛及格恩济岛。1863 年出版了他的一本神秘主义著作《萨马列茨海滩》。

供了广阔的空间。

也许这是一种个人的病态表现——一种特异的反应？牛顿有自己的《约伯记》，奥古斯特·孔德也有自己的精神错乱症。①

也许……但是你拿起第二本、第三本法文书，它们依然是《约伯记》，全是使头脑糊涂，使胸口感到压抑的东西，这该怎么说呢？它们使人急于寻找光明和空气，它们带有心灵混乱和精神不健全的痕迹，仿佛迷失了道路。在这种情况下，就很难用个人的癫狂来解释了，相反，应从普遍瓦解中寻找局部现象的原因。我正是在最具有代表性的法国杰出人才中看到了疾病的迹象。

这些巨人无所适从，开始陷入了重重的梦乡，沉浸在漫长而狂热的期待中，日常的痛苦和刻不容缓的心情使他们感到困倦，他们在半睡眠状态中讲着胡话，希望我们，也希望自己相信，他们看到的是真实，而现实生活只是噩梦，转眼就会消失，特别是在法国。

他们悠久的文化中取之不尽的财富，他们蕴藏丰富的理论和形象，在他们的头脑中闪烁，但是正如海上的磷光，并不能照亮什么。在开始到来的大动乱面前，一股旋风把两三个世界的残余卷到了这儿，送进了那些伟大的头脑中，但是它们没有结合为一个整体，没有联系，没有科学。他们的思想的发展过程，对我们是不可理解的，他们从言语走向言语，从一种矛盾走向另一种矛盾，从对立走向对立的统一，但没有解决问题；符号被当作了存在，愿望被当作了事实。他们有的只是伟大的理想，却没有实现理想的手段和明确的目标，那是没有完工的图样，并不彻底的思想，暗示，概数，预言，装饰音，壁画，阿拉伯花纹图案……法

---

① 牛顿在晚年陷入了神秘主义宗教思想，曾花许多时间研究《圣经》中的《启示录》，并对它作了注解。孔德晚年也对神秘主义发生兴趣，企图建立新的人道的宗教。

国从前所夸耀的严密体系，他们没有，他们也不想探索真理，因为它在现实中是这么可怕，在它面前他们背转了脸。虚假而牵强的浪漫主义，华丽而浮夸的辞藻，使他们对一切单纯而健康的事物失去了兴趣。

比例消失了，前景是虚假的……

谈论灵魂在星球上的旅行，谈论让·勒诺[①]的天使村庄，谈论约伯和蒲鲁东，蒲鲁东和死去的女人的对话，这还没什么；把人类的整个一千零一夜归结为一则寓言，为了对莎士比亚的爱和尊敬，把金字塔和方尖碑，奥林匹斯山和《圣经》，亚述和尼尼微都堆在他的身上，那也没什么。但是把这一切硬塞进生活中，弄得人目迷五色，不辨真假，以便造成幻觉，仿佛在耻辱和深渊的边缘上，"幸福已在眼前，希望即可实现"，那么叫人能说什么呢？把过去的荣誉涂在腐烂的伤口上，把松弛的面颊上的梅毒斑点说成青年人的红晕，那叫人又能说什么呢？

在堕落的巴黎面前，在它最不值得同情的一个时期，当它穿上华丽的号衣，为外国地主的慷慨解囊沾沾自喜，在世界市场上饮酒作乐时，一个老诗人却对着它顶礼膜拜。他向巴黎欢呼，说它是人类的指路明星，世界的良心，历史的头脑，要它相信，战神广场的市集是民族友好和世界大同的开始。[②]

---

① 12世纪左右的一个法国诗人，生平不详，作品也不多，只有残本流传。皮埃尔·勒鲁曾在《约伯记》中与勒诺讨论来世问题，又借约伯和蒲鲁东等的对话发挥了灵魂转世的思想。

② 1867年在巴黎战神广场举办了法国的第一次国际博览会，规模巨大，吸引了世界各地的游客，赫尔岑在这里所说的"世界市场"即指此而言。"老诗人"指雨果，雨果这时虽尚未正式回国，但已得到拿破仑三世的赦免，他为博览会写了《巴黎》一文，作为博览会导游手册的序言。

让浅薄的、渺小的、自满的、傲慢的、爱好奉承的、骄纵的一代陶醉在赞美中，支持空虚而退化的儿孙们的自满情绪，用天才的颂扬掩盖他们鄙陋而没有价值的生活，这是巨大的罪恶。

把现代巴黎打扮成救主和世界的解放者，让它相信它的堕落是伟大的，它实际上并没有堕落，这无异是要树立神圣的尼禄、神圣的卡利戈拉、神圣的卡拉卡拉的形象。①

区别只在于塞内加们和乌尔比安们是执政和掌权的②，而雨果是在流放中。

除了谄媚以外，概念的模糊，意向的混乱，理想的幼稚，都是令人吃惊的。走在前面领导别人，自己却待在黑暗中，对光明并无热烈的向往。大家谈论人类的进步，社会的改造……但是怎样改造，改造什么呢？

关于这一点，在皮埃尔·勒鲁的彼岸世界中，在维克多·雨果的此岸世界中，同样是不清楚的。

"在20世纪它会成为一个美好的国家。它将是伟大的，同时又是自由的。它将是一个声誉卓著的国家，富裕的国家，思想深刻的国家，和平的国家，对其余一切人类充满同情的国家。它将表现出大姐亲切高尚的风度。

"这个给世界带来光明的中心，这个作为人类的模范工场，世界各国建设的模式的国家，它的心脏和头脑便是称作巴黎的地方。

"这个城市的唯一缺点是：谁掌握了它，世界就会从属于他。

---

① 尼禄、卡利戈拉和卡拉卡拉都是罗马帝国时期的暴君。

② 塞内加（约公元前4—公元65），古罗马哲学家及政治家，曾任皇储尼禄的教师，尼禄亲政后又成为尼禄的重要大臣。乌尔比安（？—228），罗马法学家，皇帝卡拉卡拉的重要大臣。

人类得跟着它走。巴黎是为整个地球存在的。不论你是谁，巴黎是你的主人……它有时走错路，看不清事物，分不清好坏……从全世界的意义说更坏的是，它有时失去了方向盘，只得在黑暗中摸索。

"但是现实的巴黎似乎不是这样。我不相信这个巴黎，这是幻影，然而在强大的曙光面前，短暂的、渺小的黑影是不足为虑的。

"只有野人才怕暂时的日蚀。

"巴黎是燃烧的火炬；燃烧的火炬有自己的意志……巴黎正在清除自身的一切污秽，它已在自己的权力范围内废除了死刑，把断头台送进了拉罗凯特监狱①。在伦敦有绞刑，在巴黎却不再使用断头台了。如果再在市政厅前面竖起断头台，它将遭到石块的攻打。在这种环境中行刑是不可能的。剩下的事只是把城市所废除的东西从法律中加以废除！

"1866 年是民族冲突的一年，1867 年是它们会面的一年。巴黎博览会是全世界的大集会，进步车轮上的一切障碍、制动器、刹车都被铲除了，打得粉碎了……战争不可能了……为什么要展出大炮和其他军事装备？……难道我们不知道战争已经死了？在耶稣说'你们要彼此相爱！'的那一天，它已经死了，只是像鬼影一样在徘徊；伏尔泰和革命再一次杀死了它。我们不相信战争。所有的民族在博览会上和睦相处，所有的民族汇集在巴黎，来到了法国；大家知道，有一个太阳的城市……必须爱它，祝贺它，让它永远存在！"②

民族的概念在博爱中化为乌有，自由证明人类已进入成年时

---

① 巴黎关押死刑犯人的监狱，建于 1830 年。

② 这几段和下面的一段话都是从《巴黎》一文中摘录的。

期，雨果为此感动不已，呼喊道："啊，法兰西，再见吧！你太伟大了，不再仅仅是祖国；应该与成为女神的母亲分手了。再前进一步，你就会消失，取得新的面貌；你这么伟大，很快就会没有了。你将不再是法国，你将成为全人类。你不再是一个国家，你将成为全世界。你注定了要化成万丈光芒……勇敢地挑起无限的重担吧，像雅典成为希腊，罗马成为基督教王国一样，你法国也将成为整个世界！"

我读这几行时，面前正放着一份报纸，一篇天真的通信这么写道："目前在巴黎发生的一切，不仅对当代人，而且对未来的几代，都有重大影响。人群聚集在博览会上饮酒作乐……一切国界都消失了，到处灯红酒绿，在饭店和私人住宅中，尤其在博览会上，全都这样。各国国王的到来终于使大家欣喜若狂。整个巴黎成了欢乐的酒神节宴会。

"昨天（6月10日）狂欢达到了顶点。当戴王冠的人们在金碧辉煌的王宫中欢饮时，群众聚集在周围的街道和广场上。在河滨一带，在瑞华利街上，在卡斯蒂利翁街上，在圣奥诺莱街上，按照各自的方式欢宴的群众达到三十万。从马德莱教堂到杂耍剧院，人们都在疯狂地唱歌跳舞，不拘礼节地饮酒；到处是敞篷大街车，张灯结彩的公共马车和搭客马车，拉车的马疲惫不堪，受尽了折磨，在人山人海、万头攒动的林荫道上慢条斯理地行走，几乎无法前进。这些马车上也挤满了人，有的站着，有的坐着，但大多是躺着，男男女女，横七竖八，拿着酒瓶，用欢笑和歌声与行人互相唱和。咖啡馆和饭店也拥挤不堪，吵吵闹闹；有时从叫喊和歌声中会传来马车夫的粗野咒骂，或者酗酒者友好的争吵……在大街上，在小胡同中，都可见到死一般醉倒在地上的人，连警察也似乎无事可干而不见了。"那篇通信最后写道："我从未在巴黎看到过这样的情景,尽管我已在这儿生活了二十多年。"

这是在街上,或者照法国人说的,"在阴沟里",至于在灯火辉煌的宫廷内……在这些耗费了几百万法郎的节日中,情形怎样呢?

帝国欢庆活动的官方记事人这么写道:"在市政厅举行的舞会上,各国的君主直到两点左右才离开……马车无法准时到达,也无法把八千人送走。时间一点钟一点钟过去,客人困倦得再也支撑不住,夫人们坐在一级级楼梯上,还有的干脆躺在大厅的地毯上,靠在仆人和守卫人的脚边睡着了,先生们为了找她们,踢马刺钩住了她们的花边和衣饰。当人们逐渐离开后,已看不到地毯,到处是枯萎的花朵,压坏的项链,丝绸和花边、网巾和薄纱的碎片,这都是被刀柄、军刀和肩章等等扯下的。"

可是暗探却躲在帷幕背后窥视着,把大喊"波兰万岁!"的人抓住,当作小偷送交法庭,而法院经过初审和复审判了他们徒刑,因为他们妨碍暗探执行公务,不让暗探用拳头揍他们和非法逮捕他们。

我故意只提一些细节——显微镜分析比割下的一段尸体更能说明机体的腐烂程度……

4. 但以理们 ①

在 1848 年 6 月的日子里,当战胜者和战败者的第一阵恐怖和震惊过去之后,一个代表良心谴责的、忧郁枯槁的老人站了出来,

---

① 但以理是希伯来先知,《圣经》中有《但以理书》,这里是指诅咒和预言法兰西第二帝国灭亡的人。

向"秩序"的保卫者们发出了阴森的抨击和诅咒，他们为了这秩序，不问姓名枪杀了千百个人，不经审判流放了千万个人，在巴黎宣布了戒严。在诅咒的檄文最后，他转向人民说道："闭上你的嘴吧，你太贫穷，你没有发言权！"

这便是拉梅内。他几乎被捕，但是他们怕他的白发，他的皱纹，他那老泪纵横的眼睛；这双眼睛不久就要闭上了。

拉梅内的话无影无踪地消失了。

过了二十年，另一些忧心如焚的老人带着自己严峻的檄文登场了，他们的声音消失在沙漠中。

他们不相信自己的话能发生作用，但他们的心情使他们不能不讲。这些在放逐和流亡中彼此隔绝的正义法庭的法官和但以理们，作出了一致的判决，尽管他们知道这是不会执行的。

他们忧虑重重，明白"阻碍伟大曙光到来的渺小乌云"并不这么渺小；这历史的周期性偏头痛，这革命之后的酒醉状态，不会很快过去，并把这讲了出来。

埃德加·基内在日内瓦的大会 ① 上说道："在古代专制统治最坏的时期，除了统治者，万马齐喑，这时有的人为了向堕落的人民直言不讳地讲几句真话，离开了自己的沙漠。

"我在沙漠中生活了十六年，现在我也要打破这死一般的沉默，我们的时代已习以为常的这种沉默了。"

他从自己的山顶上带来了什么消息，以什么名义发出自己的声音呢？他是为了要向自己的同胞们（法国人不论讲什么，始终离不开法国）大声疾呼："你们没有良心……它死了，给踩在强者的脚

---

① 指 1867 年在日内瓦召开的和平自由同盟成立大会。和平自由同盟由雨果和加里波第等人发起组织，系资产阶级和平主义团体。

跟下，变得无声无息了。十六年来，我一直在寻找它的踪迹，但没有找到！

"在古代世界的皇帝统治下也是这样。人的灵魂消失了。人民在帮助自身的奴隶化，向它鼓掌，既不感到痛心，也不感到悔恨。人类的良心消失时，留下了空隙，它可以在一切中感到，如现在这样，为了填补这空隙，需要一位新的上帝。

"谁能在我们的时代填平新的专制统治挖出的深渊呢？

"代替横遭摧残的、被肃清的良心而出现的是黑夜，我们在黑暗中摸索，不知道从哪里寻找援助，向谁求援。一切都在导致我们的堕落：教会和法庭，民族和社会……大地沉寂了，良心沉寂了，人民沉寂了；权力随着良心死了，统治世界的只是强权……

"……你来是为了什么，你要在这片废墟中寻找什么，寻找废墟吗？你回答，你要寻找和平。你从哪里来？你在倒塌的权力大厦的瓦砾堆中迷了路。你要寻找和平，你错了，这里没有和平。这里只有战争。在这没有光明的黑夜中，民族和种族必然互相碰撞，彼此无谓地厮杀，执行束缚他们的头脑和手脚的统治者的意志。

"人民只有在意识到自己的深刻堕落时才可能前进！"

老人给孩子们丢下了几朵鲜花，免得画面太可怕。大家对他鼓掌。即使这时，他们也并不理解他们干了些什么。过不几天，他们便与自己的鼓掌背道而驰了。

这些阴森的话在日内瓦大会上发出前两个月，在瑞士的另一个城市，旧时代的另一个流亡者① 写了下面这些话：

---

① 指马克·迪弗莱斯（1811—1876），法国政论家，蒲鲁东的追随者，拿破仑政变后流亡国外。下面的话引自他在苏黎世写的《1789 年至 1815 年战争与和平权力史》的序言。

"我对法国不再有信心。

"如果它将来还能复兴，建立新的生活，摆脱对自身的恐惧，这可以说是一个奇迹；一个病入膏肓的民族不可能从这么深刻的堕落中重新崛起。我不指望奇迹。被遗忘的制度可能重新诞生，但人民中被扼杀的精神不会复活。不公正的天意也使我不敢期待这种安慰，它为了补偿流亡者的贫困生活，对他们作了慷慨的许诺，然而这些希望和信心始终只是镜花水月。我所经历的一切留给我的只是一些教训、痛苦的失望和不可医治的疲劳。我的心冷了。我不再相信权力，也不再相信人类的正义和健全的理智。我心如死水，像进入了坟墓。"

吉伦特派的梅尔西埃[①]一只脚已踏进棺材，在第一帝国垮台时说道："我苟延残喘只是为了要看看，这最后会怎么结束！"马克·迪弗莱斯接着道："我连这话也不能说，我没有特别的好奇心，不想知道帝国的史诗结局会怎样。"

老人只能转向过去，怀着满腹悲伤把它指给退化的后人看。他不能理解现实，他觉得陌生和反感。在他的隐修室中散发着坟墓的气息，他的话使人毛骨悚然。

一个人的话和另一个人的文章，都无声无息地消逝了。听着它们，读着它们，法国人没有觉得"心头发冷"。许多人还公开表示愤怒："这些人使我们丧失力量，产生绝望情绪……我们能从他们的话中找到出路和安慰吗？"

法官的责任不是安慰，是谴责，在没有觉悟和悔改的地方揭露罪行。他的任务是唤醒良心。法官不是先知，他手中没有可以给未

---

① 梅尔西埃（1740—1814），法国剧作家，拿破仑一世执政后，始终持反对立场，1814 年去世时，拿破仑已垮台。这里引用的他的话是迪弗莱斯在序言中讲的。

来提供安慰的救世良药。他与被审问者一样，也属于旧宗教。法官代表它纯洁的、理想的一面，而群众代表它不稳定的、不全面的实际应用。法官谴责时，实际上不得不对理想作出批判；他在保卫它的同时也指出了它的片面性。

不论埃德加·基内还是马克·迪弗莱斯，确实都不知道出路何在，只是在号召向后转。他们看不到它，这并不奇怪，因为他们是背对着它。他们属于过去。旧世界不光荣的结局使他们愤慨，于是他们拿起拐杖，作为不速之客出现在骄傲自满、扬扬得意的群众的酒宴上，对他们说道："你们抛弃一切，出卖一切，你们什么都无所谓，唯独不能容忍真理，你们没有从前的智慧，也没有从前的尊严，你们失去了良心，你们已落到了最底层，不仅对自己的奴隶地位毫无知觉，而且处在那种地位还大言不惭，要做人民和民族的解放者；你们戴的是战争的花冠，却企图给自己插上和平的橄榄枝。如果可能，快清醒吧，悔改吧。我们是垂死的人了，我们是来号召你们悔改的，如果你们不愿意，我们就要用我们的手杖对付你们。"

他们看到自己的军队退却，离开了自己的旗帜，便想用那些话惩罚他们，让他们回到从前的阵营中，但是办不到。为了团结他们，需要新的旗帜，可是他们没有。他们像异教的高级僧侣，为了捍卫没落的圣像，不惜撕破自己的衣衫。但不是他们，而是受迫害的拿撒勒人①宣告了新生和未来世界的消息。

基内和迪弗莱斯哀悼自己的神庙——人民代表制度的神庙遭到亵渎。他们哀悼的不仅是在法国失去了自由和人的尊严，他们还哀

---

① 指基督教徒，在《新约全书》中，耶稣被称为拿撒勒人，拿撒勒是耶稣最早的活动地点。在这里，赫尔岑是把宣传社会主义思想的人比作拿撒勒人，而把资产阶级共和主义者比作基督教出现前的"异教的高级僧侣"。

悼它失去了先进的地位，他们不能容忍帝国不制止德国的统一，他们担忧法国落到次要的地位。

至于为什么他们所不信任的法国应该占有首要地位，这个问题他们一次也没考虑过……

马克·迪弗莱斯愤怒而又谦逊地说，他不理解新的问题，即经济问题，而基内在寻找自己的上帝，要让他来占有良心失落后留下的空间……但他从他们身旁走过，他们却没有认出他，让他走上了十字架。

附言 勒南[①]那本谈"当代问题"的书可以作为本文的一个注解。他也为当代忧心忡忡。他明白，事情很糟。但是多么可怜的治疗方案！他看到病人的梅毒已到了晚期，却劝他好好学习古典著作。他发现除了物质利益，人们内心已对一切无动于衷，为了拯救这种心灵，他用自己的唯理主义编制了一种宗教——没有真正的基督和神父，而是以禁欲为中心的天主教。他给头脑筑起了一道戒律的、或者不如说健身的篱笆。

也许，他书中最重要和大胆的一点，是对革命的反应："法国革命是伟大的实验，然而是不成功的实验。"

然后他描绘了一幅图画，在那里从前的一切政治设施（它们一方面虽然具有压迫性，但对驾驭一切的集权统治发挥了对抗作用）被推翻了，我们看到的是：没有保障的软弱的个人站在压迫他们的至高无上的国家和原封未动的教会面前。

---

① 勒南（1823—1892），法国哲学家和宗教理论家，思想上反对唯物主义，政治上反对第二帝国，认为知识分子应作为"精神堡垒"，用人道主义来反对专制暴政。1858 年他发表了《当代问题》一书，赫尔岑认为这是作者"既不像奴隶，又不像自由人的枯燥的道德说教"。

你不能不怀着恐惧想到这国家和教会的结合，它正在明目张胆地进行，以致教会甚至要限制医学的发展，从唯物主义者手中拿走医生的文凭，依靠参议院的决定来解决理性和启示的问题，就像罗伯斯庇尔用法令规定"最高存在"①那样，用法令来规定"自由意志"。

教会攫夺教育权的日子眼看就要到来，那时将怎样呢？

在反动时期幸存下来的法国人看到了这一点，他们在外国人面前的地位越来越不利了。他们从未像现在这么忍受委屈，而且向谁忍受呢？主要是德国人。不久以前，一个过去的德国流亡者和一个著名的法国文学家当着我的面发生了争论。德国人毫不留情。在从前，德国人似乎有一种默契，对英国人和法国人总是特别宽容——他们尊重英国人，同时相信他们有些怪僻，因此不论他们的话多么荒谬也可以不予计较；至于对法国人，那是出于喜爱，也是为了革命感激他们。现在这种优待只适用于英国人了，法国人已落到了人老珠黄不值钱的地步，尽管他们一直没有发觉自己的魅力正在减少，已不足以迷惑别人了。

从前，对法国以外的一切一无所知，陈词滥调的发言，表面华丽的装饰品，哭哭啼啼的感伤情调，盛气凌人的刺耳声音，夸张的字眼等等，都是可以原谅的，现在却不允许了。

德国人扶正眼镜，拍拍法国人的肩膀，说道：

"唉，我亲爱的、非常亲爱的朋友，用这些老生常谈代替对事物的分析、观察和理解是不成的，这些话我们早已背熟了，你们已

---

① 罗伯斯庇尔创立的共和国宗教的主神。1794 年 5 月由国民议会用法令颁布确定，并规定 6 月 8 日为"最高存在节"，罗伯斯庇尔本人担任最高祭司。

向我们反复讲了三十年，正是它们妨碍你们看到现状。"

"但是不论怎么样，"文学家说，显然想结束谈话，"亲爱的哲学家，你们还是在普鲁士的专制政权面前低下了头；我完全理解，对于你们，这是手段，普鲁士的统治只是一个阶段……"

"这正是我们与你们的不同，"德国人打断了他的话，"我们走的是一条困难的道路，我们一面憎恨它，一面向必要性低头，同时保持着自己的目标；而你们仿佛已完成了航程，到达了得救的港口，对于你们，这不是阶段，而是结局——何况大多数人爱好这种状况。"

"这是死胡同，死胡同。"文学家闷闷不乐地说，改变了话题。

不幸他提到了朱尔·法夫尔[1]在科学院的演讲。这惹怒了另一个德国人，他忿忿地说道：

"算了，这只是空洞的漂亮辞藻，您居然喜欢这种废话？虚伪，违背科学，违背一切真理；谁也不会对着苍白的库辛[2]念两小时这种颂词。关他什么事，要他来保卫官方的唯灵论？你们以为，这种反对派立场能拯救你们吗？这只是些修辞家和诡辩家，而且这演说和答谢的整个过程多么滑稽，似乎对前辈必须这么歌颂一番，这全是中世纪卖弄空洞辞藻的玩意儿。"

"啊，好啦！您忘记了传统和习惯……"

我有些可怜文学家……

_____

[1] 法夫尔（1809—1880），法国政治活动家，1867年当选为法兰西学士院院士时，发表了对前辈哲学家库辛的颂词，内容充满了对唯物主义和社会主义的攻击。
[2] 库辛（1792—1867），法国哲学和历史学家，当时最著名的折中主义思想家。

5. 光点

　　然而在但以理们的背后也出现了一些光点，它们暗淡，遥远，但仍在同一个巴黎。我们谈的是拉丁区，学生和教师退守的阿文蒂尼山①，这些人忠于 1789 年的伟大传统和百科全书派，忠于山岳派和社会运动。他们那里保存着第一次革命的《福音书》，诵读着 18 世纪的《使徒行传》和教父的书信；他们熟知马克·迪弗莱斯所不了解的伟大问题，像最初几世纪的修士们幻想上帝之国一样，幻想着未来的"人类乐园"。

　　志士仁人们不断从这个拉丁区的小巷子里，从这些简陋的房屋的四层楼上，走去参加斗争和宣传，然后牺牲（大部分是精神上瓦解，小部分是肉体的死亡）在那个异端的地区，即塞纳河的对岸。②

　　客观真理在他们一边，一切正义和符合实际的理解在他们一边，但仅此而已。"真理迟早将战胜一切"。但我们想，这是很久以后的事，而且也不一定。自古以来，对大多数人而言，真理是可望而不可即的，或者是不受欢迎的。为了使理性受到欢迎，阿纳卡西斯·克洛斯③必须使它变成漂亮的女演员，赤身露体站在大众面前。我们要对人们发生作用，就必须看到他们的梦，而且比他们自己看得更清楚，而不是像证明几何图形一样向他们证明我们的思想。

---

① 罗马的七山之一，在纪元前五世纪罗马共和国初期平民与贵族的斗争中，平民常撤退到这里，以此为据点与贵族周旋。
② 拉丁区在塞纳河西岸，而巴黎的主要活动区是在东岸。
③ 1793 年，在法国革命的高潮中，巴黎于 11 月 10 日举行了理性节的庆祝活动，由歌剧院的女演员扮演"理性女神"，身披代表国旗的三色衣衫。理性节的倡议人之一便是阿纳卡西斯·克洛斯。

拉丁区让我们想起中世纪的卡尔都西会或卡马尔多利会①，这些修士怀着对博爱、仁慈的信念，主要是对上帝之国即将降临的信念，离开热闹的市区，走进了深山。这时在它们的墙外，骑士们和佣兵们正在烧杀抢掠，鞭打农奴，奸淫妇女……但随后到来的却是另一个时代，那里既没有博爱，也没有基督的再临②；接着这也过去了，但卡尔都西修士们和卡马尔多利修士们依然保持着自己的信念。风俗温和一些了，抢劫的方式变了，强奸有了代价，掠夺按照法令条例进行了；然而上帝之国仍没有到来，不过它是必然要到来的（卡尔都西修士们这么相信），预兆已越来越清楚，越直接；信念使修士们不致绝望。

每逢残缺不全的自由遭到毁灭性的打击，每逢社会堕落一步，每逢倒退加深一步，拉丁区都要抬起头来，在自己家中小声唱《马赛曲》，把制帽戴端正，说道："这是必然的。他们终将走上绝路……这越快越好。"拉丁区相信自己的航向，勇敢地绘制"真理之国"的图样，要与"现实之国"展开针锋相对的斗争。

可是皮埃尔·勒鲁相信约伯！

维·雨果相信博爱的博览会！

---

① 天主教的两个修会，均设在山谷中，提倡苦修。

② 按基督教的说法，基督再临便是黄金时代的开始，见《新约全书·帖撒罗尼迦前书》第四章第十五节。

6. 出兵之后 ①

"神父，现在是您的事了！"

（腓力二世对宗教法庭庭长说。）

《唐·卡洛斯》②

这句话正是我要向俾斯麦说的。③ 梨子熟了，没有这位大人，事情就办不了。公爵，不必客气！

对发生的一切，我并不奇怪，我也没有权利奇怪——我早已在大喊："当心，当心！……"我只是警告，这是难受的。它既不是对抗，也不是屈服。一个人可能知道得很清楚，如果痛风症发作了，他会疼痛；此外，他也可能预感到它会发作，但没法防止它；尽管这样，它发作时，他照样会疼痛。

我可怜那些我所爱的人。

我可怜那个国家，我亲眼看到了它的第一次觉醒，而现在我看到它在遭受蹂躏和侮辱。

我可怜这个马泽帕④，他挣脱了一个王国的桎梏，却落进了另一个王国的手掌。

我可怜自己，因为我说对了，我预见了事物的轮廓，仿佛我因

---

① 1867 年，加里波第为解放罗马，统一意大利，再次进攻罗马，教皇已岌岌可危，拿破仑三世乃于 10 月底出兵意大利，帮助教皇对抗加里波第，导致了加里波第的失败。

② 席勒的剧本《唐·卡洛斯》，引文见该剧最后一场。

③ 指拿破仑三世的出兵罗马为普鲁士的崛起创造了条件。

④ 马泽帕（约 1644—1709），乌克兰哥萨克首领，因反对彼得一世，在北方战争中带领哥萨克投奔瑞典国王查理十二世。这里是指意大利摆脱了奥地利，却投靠了拿破仑三世。

此参与了这件事。我对自己生气，正如孩子由于晴雨计预告了暴风雨，破坏了他的散步计划，感到生气一样。

意大利像一个家庭，那里刚发生了罪恶的阴谋，可怕的灾难降临了，暴露了罪恶的秘密；那里刽子手的屠刀曾横行一时，有的人被送到苦役犯的船上……大家义愤填膺，无辜的人感到羞愧；准备奋起反抗。大家为无力的复仇愿望感到痛苦，无能为力的憎恨折磨着他们，削弱了他们。

也许，出路就在附近，但是靠理性不能看到它们；它们取决于偶然条件，取决于外部环境，蕴藏在国境以外。意大利的命运不在它自己手里。这是最难以忍受的一种耻辱，使人不得不想起不久前的亡国地位，那种正在逐渐消失的、自己不能掌握自己命运的软弱感。

相隔不过二十年！

二十年前的 12 月底，我在罗马写完了《来自彼岸》的第一篇文章[1]，违背它的精神，卷进了 1848 年的浪潮中。我那时正是精力最充沛的时期，贪婪地注视着形势的发展。在我的生活中，还没有发生过一件留下永恒的深沉创伤的灾祸，内部还没有过良心的谴责，外部还没有受到恶毒的诬蔑。我怀着毫无根据的轻松心情，凭无限的自信，张足满帆，迎着风浪愉快地划去。但是我们不得不把帆一张张收拢了！……

加里波第第一次被捕时[2]，我在巴黎。法国人不相信他们的军

---

[1] 《来自彼岸》的第一篇《暴风雨前》写于 1847 年 12 月底，在这里赫尔岑表现了面对现实的冷静的思考精神，与一位浪漫主义理想家展开了争论。

[2] 加里波第于 1867 年 9 月率领红衫军逼近教皇领地时，意大利王国政府根据拿破仑三世的要求，把加里波第逮捕后，押回了卡普雷拉岛。

队会入侵。当时我遇到过社会各阶层的人。顽固不化的反动分子和教士们大叫大喊，要求干涉，但并不信以为真。在火车上，我遇到了一个著名的法国学者，与我告别时，他说道："我亲爱的北方哈姆雷特，您的幻想是这么构造的，您只看到黑暗的一面，因此您看不到与意大利打仗是不可能的；政府知道得很清楚，为教皇打仗会使思想界的人一致反对它，要知道，我们终究是经历过1789 年的法国。"最早的消息，我不是读到的，是看到的，那就是从土伦派往契维塔的军舰。① 另一个法国人对我说："这是军事调动。事情永远不会发展到打仗，而且我们也不需要沾染意大利人的血。"

但事实却是需要。拉丁区的几个年轻人提出了抗议，他们被关进了拘留所，就法国而言，事情到此已结束了。

多谢国王的优柔寡断和内阁的阴谋诡计，惊魂不定的、鲜血淋漓的意大利一再让步。但是张牙舞爪的法国陶醉在胜利中，它得寸进尺，不可阻挡；除了血的行动，还运用了强硬的语言。

这些强硬的语言在帝国赢得了一片赞美，最凶恶的敌人也向它伸出了手——正统派方面以波旁王朝的老辩护士贝里耶 ② 为代表，奥尔良派方面以路易－菲力普时代的老费加罗 ③ 梯也尔为代表，都与它握手言欢了。

---

① 根据拿破仑三世的部署，法国军队集中在土伦，由轮船运至意大利的契维塔韦基亚，然后于 10 月 30 日开进罗马。

② 贝里耶（1790—1868），法国律师和政治家，波旁王朝的拥护者。1863 年后进入立法议会，支持拿破仑三世出兵意大利。

③ 指狡猾的奴仆，出自博马舍的喜剧《费加罗的婚礼》。奥尔良派的梯也尔也在立法议会中支持拿破仑三世对付意大利的活动。

我认为鲁埃①的话是历史的自白。在这以后，谁还不认识法国，他一定生来就是个盲人。

俾斯麦伯爵，现在要看您的了！

你们，马志尼和加里波第，上帝的最后的侍者，最后的莫希干人，放下你们的手休息吧。现在不需要你们了。你们已做完你们的事。现在把你们的位置让给愚昧和血腥的杀戮吧，欧洲将在这屠杀中灭亡，或者葬送在反动的逆流中。你们和你们那百把个共和主义者，你们的志愿兵，你们那两三箱走私的武器，能干什么呢？现在，已有千万人来自这儿，千万人来自那里，他们都带着针发枪和其他杀人武器。现在将血流成河，血流成海，尸积如山……到处是疾病，饥馑，大火，废墟。

啊！保守主义先生们，你们甚至不喜欢二月那样的苍白的共和制度，不喜欢糖果店老板拉马丁带给你们的太甜的民主制度②。你们也不喜欢禁欲主义的马志尼，英雄主义的加里波第。你们只喜欢秩序。

那么让你们得到七年战争，三十年战争吧……

你们怕社会革命，那么让你们得到芬尼亚人③的火药桶和导火线吧。

究竟谁是傻瓜呢？

1867 年 12 月 31 日于热那亚

---

① 鲁埃（1814—1884），法国当时的外交大臣，拿破仑三世的亲信。他在立法议会上回答反对派的质问时声称，法国决不允许意大利占有罗马，"玷辱法国和天主教的荣誉"。

② 指拉马丁在担任法兰西第二共和国临时政府首脑时向人民所作的各种甜蜜的诺言。

③ "芬尼亚人"又称"爱尔兰共和兄弟会"，系爱尔兰民族主义秘密团体，其成员亦称芬尼亚人，他们为争取爱尔兰的民族独立，采用过各种恐怖手段。

旧信选编

（《往事与随想》附录）

> 啊，多少个水手和船长消失了，
>
> 他们高高兴兴踏上遥远的旅途，
>
> 走向了这黑暗的地平线……
>
> 多少人无声无息地消逝了……①

维·雨果

　　我怀着一颗颤抖的心，一种痛苦的欢悦，那神经质的、也许还是近乎恐怖的欢悦，望着那些人的信，这些人是我年轻时见过，或者虽未见过，但由于他们的言论、他们的作品而爱过的，但现在他们都不在了。

　　不久前，我在《雅典娜》上读到卡拉姆津的信，在《图书杂志》上读到普希金的信时②，又体验了一次那种感情。整整好几天，他们一直在我眼前，不仅他们，还有他们那个时代，他们的全部处

---

① 引自雨果的诗《海洋之夜》。

② 《雅典娜》和《图书杂志》都是在俄国出版的刊物，它们于 1858 年分别发表了卡拉姆津和普希金的一些书信。

境，在我想起它们的时候，读到它们的时候，都随着这些信一起复活了——还有 1812 年和 1825 年，亚历山大皇帝，当时的书籍和服装，也在我的眼前出现了。

这些信像在冰雪下度过了冬季的枯叶，令人想起另一个夏季，它那炎热的或温暖的夜晚，那一去不复返的日子，你仿佛又看到了那枝叶茂盛的栎树，看到风怎样把叶子吹到地上，尽管现在栎树已不再在你的头顶喧闹，也不会再像书中那样以它的全部力量使你感到压抑了。信中那形形色色的内容，那无拘无束的轻松语调，那日常的琐事，把写信的人又唤回到我们眼前。

可惜我保存的信不多。我的生活把我吹到了不同的海岸上，不同的土层中，我与许多人发生了关系，但是三次警察的袭击（一次在莫斯科，两次在巴黎）教育了我，我不再保留任何信件。1852 年我离开意大利时，打算穿过压制一切的帝国，我销毁了不少我所宝贵的信件，但仿佛为了补偿这一点，我在伦敦又收到了我留在莫斯科的几札旧信。

从 1825 年起，飞速发展的形势越来越牵涉到每一个人，最后把大家汇集到了共同利益的洪流中。新信仰的建立，热烈的友谊，引起了繁忙的通信，它的发展逐渐演化成了不断扩大的内心自白……一切反映在、残留在信上，而且都是匆匆写下的，也就是没有经过粉饰和美化，一切沉积在那儿，保存在那儿，像变成化石的软体动物，似乎要在将来的最后审判中作证，或者为自己不公正的命运提出指责："难道盛年的我竟是这样？"[1]——仿佛人的衰老是一种罪过。

---

[1] 引自《叶夫根尼·奥涅金》中的《奥涅金的旅行》。

但我首先要编选的，不是一生中这年轻的、抒情的时期的信件。那留到以后吧。现在我要发表的是十几封信，写信的大多是知名的、我们所爱戴或尊重的人。

伊斯坎德尔

1859 年 3 月 1 日

尼古拉·阿列克谢耶维奇·波列沃伊[①]的信

您知道我一向多么爱您和尊重您，因此我说我收到了您的信，心里有多么高兴，您一定相信，我的话是真诚的。这好消息对我说来真是宝贵的收获，多谢上帝，您安然无恙，没有气馁，您还在继续从事您的工作，有时也可以与您交换一些意见。振奋精神，亚历山大·伊万诺维奇！时间对一切是最宝贵的药物。我们还会见面，还会像从前那样怀着对人类无私的爱讨论哲学问题。现在首先要请您原谅，我收到您的来信后没有立即回信，请不要责怪我。原因在于我的彼得堡之行，这是我几乎没有料到、也没有打算过的，它占去了我差不多一个月的时间，后来又忙于一大堆琐事，加上我回来后身体一直不好；您不会相信，从我们分别以后，我在精神和物质方面经历的各种麻烦和不愉快有多少。莫斯科叫我这么讨厌，也许我会终于决定完全离开它；最低限度，今年夏天从六月起我要住在彼得堡。如果必要，我不得不继续从事我的活动，那么我就得在彼得堡把它继续下去——彼得堡像一个年轻的美人正在发育成长，取代在各方面日益衰老和虚弱的莫斯科。但将来究竟怎样，只有上帝知道，现在我还在莫斯科，不论什么时候，您想到什么，欢迎您写

[①] 俄国作家，《莫斯科电讯》的编辑。

信给我。如果您想与出版界和读者建立什么联系，我乐意作您的中介人。您那篇谈霍夫曼①的文章，我收到了。我觉得，您对他的评价是适当的、正确的，但是如果您想发表这篇文章，那么请接受我友好的劝告：它在文字上还太粗糙，需要作些修改，同时，在送审前，应该删除一些语句。如果不进行这些修改，除了它们会给我们带来不愉快（哪怕这只是刊物的事）以外，我得问，这些语句有什么意义？问题在于实质，不在于表达方式。如果您相信我，我愿意为您代劳，从政治和文字上负责对您的文章作一些修正，然后把它交给任何一份刊物都行。但未经您的许可，我不便对它作任何改动，当然，在未经修正前，我认为不宜把它交给别人。请您相信，我把您当作兄弟一样，希望您一切顺利，我深信，您目前的处境不会长久，只要您在各方面小心一些即可。我想，您目前也许正处在委屈和愤慨的状态，但是我们谁在生活道路上没有经历过坎坷和不幸呢？多谢上帝，但愿我们只是在青年时期感受到这种沉重的痛苦。以后我们对周围一切的看法和态度，会发生多大的变化啊！伟大的上帝！我亲自体验过，也仍在体验着这一切，而我还只有四十岁。在二十岁和四十岁之间，一个人的观点和理解会截然不同，距离极大。令兄告诉我，您在研究地理和统计学②，这是好事！可惜在历史方面，您那个地方还是一片空白。关于它只能说：人们生活着，至于谁生活着，为了什么生活，只有上帝知道。然而，如果有什么有趣的发现，请告诉我。我对俄国历史是深感兴趣的。如果您愿意，我可以讲给您听许多历史轶事。历史正是现在所需要的。看

---

① 霍夫曼（1776—1822），德国作家，在俄国有较大影响。赫尔岑在流放时期写了一篇评论他的文章《霍夫曼》。

② 指赫尔岑流放时期在维亚特卡省统计委员会从事的工作。

来，我们的整个文学都在倒退。我现在的通信处是：莫斯科诺文斯基镇库特林区九受难者教区萨福诺夫院子。恭候回音，并向您致以最尊敬、最忠诚的问候。

尼·波列沃伊 ①

1836 年 2 月 25 日于莫斯科

选自维萨里昂·格里戈里耶维奇·别林斯基的信 ②

（一）

亲爱的赫尔岑，我早已非常想跟你谈谈，谈谈这，谈谈那，谈谈你的《关于研究自然的信》③，谈谈你的短文《论偏爱》④，谈谈你优秀的中篇小说⑤——它显示了你新的才能，在我看来这是超过了你一切旧的才能的（除了你关于哥白尼和雅罗波尔克·沃江斯基等

---

① 这里提到的那篇文章登载在《望远镜》最后几期中的一期上。它引起了我与波列沃伊的争执。凯切尔根本不知道我已把它寄给波列沃伊，便在《望远镜》上登出了它；为了审慎起见，没有用我的姓名，用了"伊斯坎德尔"，这是我在一篇不准备发表的文章上随便写上的名字。我那时在维亚特卡。

波列沃伊对我很生气，没有了解事实，便写信给我说，严肃的作者不会一稿两投。我复信道，严肃的人还应该有另一些习惯，例如，先了解事实真相，然后才吵架。通信便到此终止了。1840 年在彼得堡，他托瓦季姆·帕谢克转告我，为这种事"生气是可耻的"。但那时我根本不再为《霍夫曼》的事生气，这已是《巴拉沙·西比利亚奇卡》等等的时期了。——作者注

《巴拉沙·西比利亚奇卡》是波列沃伊写的剧本，1840 年在彼得堡上演，它标志着波列沃伊开始转向反动和保守立场。

② 我得预先声明，别林斯基的信和格拉诺夫斯基的信中有极大一部分，我认为是不应该发表的。——作者注

③ 赫尔岑的《关于研究自然的信》的前六篇当时已在《祖国纪事》上发表。

④ 赫尔岑当时写的一篇短文，后收入《任性与深思》的第三篇，作为该篇的一节（第 4 节）。

⑤ 指赫尔岑的小说《谁之罪》。

等的小品文）①——谈谈你的才能的真正方向和意义，还谈谈其他许多事。但是一直没有机会，没有时间。然而我始终在等着你，有一次由于赫尔茨先生②的到来，我还空欢喜了一场，因为我以为通报的是赫尔岑先生要见我。最近我听说，你打算走了，不是明年春天，就是明年秋天。那么其余一切以后再说吧，现在我写信给你，不是要谈你，而是谈我自己，谈我本人的事。首先，请你伸出手来，保证这儿所写的一切在得到允许以前，必须在你和你的朋友们之间严格保守秘密。

事情是这样的，我现在已决定脱离《祖国纪事》。这心愿早已存在，但我一直想通过巧妙的方式来付诸实现，这是我的幻想，事实证明它不比马尼罗夫先生③的幻想高明多少，只是痴心妄想。现在我看清楚了，这一切都是废话，必须采取更普通更困难的、但也是更实际的措施。但首先是理由，其次才谈得到措施……杂志的定期性工作像吸血鬼一样吮吸着我的生命力。通常一个月中的两个星期，我得拼命地紧张地工作，写得手指麻木，连笔也握不住。另外两个礼拜，我像经历了两周的酒神节刚才清醒，便无所事事地游荡，连小说也懒得读。我的头脑，特别是记忆力衰退了，好像被压在堆积如山的俄国语言文学的垃圾和尘土下了。很清楚，我的健康损坏了。但是我并不厌恶工作，那篇长文《谈科利佐夫的生平和作品》是我在病中写的，我工作得很愉快。有个时候，我几乎在三

---

① 指赫尔岑当时写的两篇小品文：《〈莫斯科人〉谈哥白尼》和《〈莫斯科人〉与宇宙》，后者是以雅罗波尔克·沃江斯基的名义写的，而沃江斯基是影射当时的莫斯科大学教授博江斯基的。

② 当时莫斯科大学的教授。

③ 《死魂灵》中的地主，一个梦想家。

周中写下了整整一本可以付印的书，这工作对我是甜蜜的，我为此感到愉快，欣慰，心情舒畅。因此，对我有害的、不能忍受的，只是定期的杂志工作，它使我头脑僵化，健康恶化，性情烦躁，何况我本来抑郁不乐，常常要为一些小事生气；但不是例行公事式的工作，却是我所喜爱的，对我有益的。这是第一个，也是首要的原因……

到复活节，我要出版一本大型的不定期丛刊①。陀思妥耶夫斯基给了我一篇小说。屠格涅夫给了我一篇小说和一首长诗。涅克拉索夫给了我一篇诗体幽默作品（《家》，在这方面他是个老手），帕纳耶夫②是一篇小说；这已经有五篇了，第六篇我自己写；我还打算向迈科夫③要一首诗。现在我向你提出，请你给我一篇小说或者一篇真实的故事！④如果除此以外你还能给我点轻松的、幽默的、适合报刊的东西，不论是有关生活、俄罗斯文学或两者兼而有之的东西，我都欢迎！当然，我要的不仅是轻松的作品，因此我也请格拉诺夫斯基写一篇历史文章，只要内容具有普遍兴趣，又以文学笔调出之即可。不论如何，请转告青年教授卡韦林⑤，他是否可以提供这类文章。他寄给了我他的讲稿的第一部分（我为此对他非常感谢），它写得好极了，它的基本观点是俄国历史具有自己的民族特色，与西欧历史的个性截然不同，这是个天才的见解，他的阐述也引人入胜。如

---

① 别林斯基离开《祖国纪事》后筹备出版的大型不定期丛刊，定名为《利维坦》，后因故未能成功，全部稿件移交给了《现代人》。

② 俄国的一个编辑和回忆录作者。

③ 迈科夫（1821—1897），俄国纯艺术派诗人。

④ 赫尔岑为别林斯基的丛刊准备了《偷东西的喜鹊》和《克鲁波夫医生》两篇小说，后来都发表在《现代人》上。

⑤ 俄国历史学家，莫斯科大学教授。

果他能给我一篇文章，根据他的讲稿简单扼要地阐明这个思想，那么我真不知道该怎么感谢他了。我自己也预备写一篇文章，谈谈现代诗歌的意义。[①] 这样，我就有了小说，幽默作品，诗歌，以及内容严肃的文章，可以出一本很好的丛刊了。现在谈谈你的小说。你在写《谁之罪》的下篇吗？如果它像上篇那么好，那是很了不起的；但是哪怕你在写另一部新作，而且写得更好，我也还是宁可看到《谁之罪》的下篇。安年科夫[②] 定于 1 月 8 日动身。他在柏林会与库德里亚夫采夫[③] 碰头，也许他也会给我一篇小说。安年科夫可能会寄给我旅途随笔之类的东西。我打算与奥利兴[④] 出版科利佐夫的诗；他负责出版，利润对分，不过这是将来的事，到夏季再说。到复活节我可以完成俄国文学史的第一部分[⑤]。只要能度过开头的一段时间，我知道，以后就会好一些；我的工作可以轻松、愉快一些，而收入即使不能增加，至少不致减少。与你握手，并盼立即赐复。

维·别

1846 年 1 月 2 日于圣彼得堡

（二）

亲爱的赫尔岑，你的立即复信使我无限感谢，这正是我翘首以待的。按照你的想法做吧。但是对你的新小说我恐怕指望不大了。

---

① 这篇文章没有写成，后来写的是《1846 年俄国文学一瞥》。

② 俄国文学评论家。

③ 库德里亚夫采夫（1816—1858），莫斯科大学教授，写过小说。

④ 彼得堡的出版商。

⑤ 别林斯基从 1841 年起即考虑写《俄国文学批评史》，但未完成，写成的各章后来分别发表。

丛刊必须在复活节前出版，时间不多了。现在已准备送审。我们的审查官不多，他们要管的事又太多，因此处理原稿总是拖拖拉拉；可以供你写新小说的时间看来很短，甚至没有。同时，丢下旧的不去完成，另写新的，会把两者都搞坏。

关于博特金①谈西班牙的信，没什么要说的；当然，你们寄来好了。安年科夫在八日走了，带走了我最后的欢乐，以致现在我的生活几乎已没有欢乐可言……

唉，兄弟们，我的健康不妙——很糟！有时各种无聊的念头都会钻进我的头脑，例如，留下妻子和女儿无衣无食，多么可怕等等。在去年秋天得病以前，跟现在相比，我真可算得大力士了。现在我在椅子上转个身都会累得喘不出气。

半年、甚至四个月的出国疗养，也许还能使我渡过危机，安然无恙地活上五六年。②贫穷不是罪恶，可是比罪恶更坏。穷人是不值钱的，他应该学会自己鄙视自己，他像贱民，甚至没有权利得到阳光。杂志的工作和彼得堡的气候葬送了我。

1846 年 1 月 14 日于圣彼得堡

（三）

你真叫我说不出的高兴，我没有理由再担心丛刊没有你的作品了，因为你把《偷东西的喜鹊》完成了，会及时寄给我。然而我还是难过和惋惜我不能得到《谁之罪》。这样的小说（如果第二部和

---

① 俄国文学评论家，他的《西班牙来信》1847 年发表于《现代人》上。

② 1846 年别林斯基出国疗养的希望没有实现。1847 年夏他在萨尔茨堡（属今奥地利）矿泉地治疗了两个月，1848 年 5 月便去世了。

第三部不比第一部差的话）是难得有的，它将在丛刊中成为压卷之作，与陀思妥耶夫斯基的小说《剃掉的络腮胡子》一起赢得读者的赞赏，这是丛刊的出版者不仅在醒时，甚至在梦中也不敢指望的事。好像有个小鬼在用这篇小说逗我，尽管与它分开了，我还是不能忘记它，总在编织一些美梦，如：我重新刊载它的第一部并发表其余部分，以此开始我的丛刊……这样，丛刊赢得的热烈彩声一定会超过（1）小偷，(2) 傻瓜，(3) 恶棍……①

卡韦林的文章会很好，对此我深信不疑。它的思想（一部分也包括卡韦林阐述这思想的风格）我是知道的，这已足以使我对这篇文章抱有不同寻常的期望了。

然而，不要以为我不重视你的《偷东西的喜鹊》；我相信，它是优美而充满机智的，按照你的风格而言，这也一定是一篇引人入胜的作品；但是在《谁之罪》以后，不论你拿出什么作品，只要是不如它的，你都会成为无辜的罪人。如果我不把作为人的价值看得与你作为作家的价值同样大，或者甚至更大，我也会像波将金在《旅长》上演后对冯维辛说的一样②对你说："赫尔岑，你可以死了！"但是波将金错了，冯维辛没有死，他还写出了《纨绔子弟》。我不想犯错误，我相信，在《谁之罪》以后，你写的作品仍会使大家不禁要说："他是对的，他早已应该写小说了！"这是你应得的荣誉，尽管是句笑话，你是当之无愧的。

你写道："格拉诺夫斯基可以寄上他的讲稿"，既然可以，为什

---

① 原稿上写有："波戈金——小偷，舍维尔科——傻瓜，阿克萨科夫——小丑"。这几人都编过杂志。

② 波将金是俄国陆军元帅。丹尼斯·冯维辛（1745—1792），俄国剧作家，写有著名喜剧《旅长》等。1770 年《旅长》上演，轰动一时，据说波将金看完戏后，对冯维辛说道："丹尼斯，你可以死了！你不会写出更好的作品了！"

么不寄？原因在哪里？收到了索洛维约夫①的文章，我不胜高兴，请你代我谢谢他。

1846 年 2 月 6 日于圣彼得堡

（四）

你写道，我脱离杂志，你不知道应该高兴还是不高兴。我可以肯定地回答你：应该高兴；问题不仅在于健康，在于生活，也在于我的智力。要知道，我的头脑正在一天天变得迟钝。记性坏了，脑子给俄国书报弄得乱糟糟的，可是手还得不停地写，对一切发表些老生常谈，官样文章。涅克拉索夫的《在大路上》非常出色，他还写了几篇这么好的作品，而且会写得更多；但他说，这是因为他没有替杂志做苦工。我理解这一点。休息和自由不能教会我写诗，但能像过去一样给我提供条件，让我好好写作。你不了解这种处境。没有《祖国纪事》我也能生活，也许还会生活得更好，这是很清楚的。我头脑中有不少计划和设想，如果我忙于别的事，它们就永无实现之日；我现在有了名声，这已经够了。

你的《偷东西的喜鹊》带有传奇性质，但叙事手法高超，给人以深刻的印象。对话是美妙的，充满犀利的智慧。我只担心一点：全部禁止发表。我得设法疏通，尽管心中很少把握。医生的笔记②的构思是出色的，我相信你会成功地处理这题材。《丹尼尔·加利茨基》③是一篇切实的、引人入胜的论文。关于卡韦林的文章没什么说的，这是杰作。这样，你们这些懒散而不认真工作的莫斯科人，

---

① 索洛维约夫（1820—1879），俄国历史学家。

② 指赫尔岑的小说《克鲁波夫医生》。

③ 指索洛维约夫的论文《加利茨王丹尼尔·罗曼诺维奇》。

结果比我们彼得堡的快速作家贡献更大。谢谢你们！

至于我的丛刊究竟是大象还是利维坦①，那么是这样的。丛刊的成功根本不能依靠《在大路上》那样的诗篇。《穷人》②，这是另一回事，那是因为人们早已在议论它了。人们先得买书，然后才读书；在我们这里，先读后买的人是很少的，而且这些人也不会买丛刊。请相信我，在《彼得堡文集》的购买者中，很多人只是因为喜欢《读巴黎的娱乐活动》③这篇文章。我不能冒险，我必须有确实把握，能一举成功，必须像俗话所说的能把庄家的钱赢光。一本丛刊刚售出，忽然第二本又出现了，买书的人已经不信任它。你得给他们新东西，他们不喜欢重复，可是我除了你和米·谢④，还是那些老名字。只有丛刊销售得差不多了，卡韦林的文章才能帮助它终于成功，首先，它的题目只能叫人害怕，大家会说："这是谈学问，枯燥无味！"这样，我只能把希望寄托在大部分小说上，寄托在书的不可思议的厚度上。相信我吧，我不会错，你们莫斯科人在一定程度上都是理想主义者，你们能够写好书，编好书，但无法打开销路，在这方面你们得摘下帽子，恭恭敬敬向我们请教。

我只知道一本书对彼得堡和莫斯科甚至是不用做广告的，那就是《死魂灵》第二部。但这样的书全俄国只有一本！

可怜的亚济科夫⑤遇到了可怕的不幸——他的萨沙死了，这是

---

① 《圣经》中的海上大怪兽，见《诗篇》等（在那里一般译为鳄鱼）。

② 陀思妥耶夫斯基的小说，它与《在大路上》等均发表在涅克拉索夫1846年编印的《彼得堡文集》上。

③ 帕纳耶夫的文章，也登载在《彼得堡文集》上。

④ 即米·谢·谢普金，俄国著名演员，他为别林斯基的文集写了一篇关于童年时代的回忆录。

⑤ 亚济科夫（1803—1846），俄国诗人，普希金的朋友，早年曾接近雷列耶夫等，中年后脱离进步立场逐渐没落。

个出色的孩子。可怜的母亲几乎发疯，乳汁仿佛冲进了她的头脑，她已有些语无伦次。两岁的孩子死了，这是多么可怕的事！我的女儿才八个月，可我已经在想："如果你注定要死，为什么不在半年前死去！"母亲生孩子多么不容易，教他走路多么不容易，让他出牙齿又多么不容易，还有喉炎、麻疹、猩红热、百日咳、腹泻、便秘等等，死亡始终在与生命争夺他，如果生命胜利了，那么孩子就会随着时间的推移成为文官或武官，小姐和太太。忙忙碌碌就为这个！多么可笑和可怕！生活充满可怕的笑料。可怜的亚济科夫！

如果我不去国外，就不离开这儿。我早已失去了热烈的希望，因此很容易放弃一切办不到的要求。我很想与米·谢一起前往克里米亚和敖德萨；但是我的家在彼得堡，我不能丢下它一个夏天，可是让它去加普萨尔，便得增加一倍开支。

不过我还在考虑。倘若你在 4 月来，那就再好没有了。

1846 年 2 月 19 日于圣彼得堡

（五）

我收到了卡韦林的文章的最后部分，《克鲁波夫医生的笔记》，米·谢的片断回忆，最后，还有梅利古诺夫①的文章。一切都很好，一切完美无缺。卡韦林的文章是俄国史学史划时代的著作，是对我国历史作哲学研究的开始。他对伊凡雷帝的看法令我兴奋不已。我出于某种本能，对伊凡雷帝一直保持着良好的印象，但是我没有足够的知识来证明我的观点。②

---

① 俄国文学家。
② 在卡韦林的文章中，伊凡雷帝被表现为一个反对世袭贵族、保护平民的人。

《克鲁波夫医生的笔记》是一篇杰作，此外我暂时还不能说什么。关于你的才能，见面时我有不少话要对你说，你的才能是不可小看的，如果你一年写不满一本书，你应该为你懒惰的手指被绞死。米·谢的片断是美妙的。读它时，我好像在听作者谈话，那么娓娓动人，又那么才华横溢。我非常喜欢梅利古诺夫的文章，我为它非常感激他。我尤其喜欢前半篇，还有那个红光满面的老将军，他把苏沃洛夫、拿破仑、威灵敦和库图佐夫都称作小家伙。总之，这篇文章中包含不少回忆录的意味，你读着它仿佛已置身于另一个美好的时代中，使你不由得静静地思索。你在信上提到了卢利耶①的文章，这不坏；最好请格拉诺夫斯基也写点什么。纯文学的东西，我现在已很多了，不想再要，因此要是还有两篇学术性文章，那是很好的。我的丛刊将取名为"利维坦"，预定在秋季出版，但必须在日内送审，立即付印才成。

关于跟米·谢旅行的事，我大概会去。钱已讲好，一旦到手，我马上写信通知你。我把家人送往加普萨尔，那儿的别墅气候条件好，对妻子的医疗也极有利。不论白天黑夜，我仿佛看到，一辆旅行马车已停在米·谢的院子中，这不是索洛古布的那种旅行马车②。我们像圣徒一样！坐上马车，向南行驶四千俄里，一路上睡觉，吃饭，喝酒，欣赏两旁的风景，什么心事也没有，不用写文章，甚至不必为书评栏读一本俄国书——这对我比穆罕默德的天堂更好，也用不到仙女，让她们统统滚蛋吧！

我必须知道，米·谢究竟打算什么时候动身，以便作好充分

---

① 卢利耶（1814—1858），莫斯科大学的动物学教授，曾由赫尔岑推荐，于1847年参加《现代人》的工作。
② 索洛古布作品中的旅行马车是一种老式马车，既慢又不舒服。

准备。到时候丛刊能印好十五页即可，其余没有我也成（我会把它托付给一个可靠的人），等我回来，书已印成，我便在 10 月把它发出。[①]

你好，尼古拉·普拉托诺维奇，你的回来终于不再是神话了[②]。我对你很生气，要狠狠骂你，至于为什么，请你问赫尔岑。现在我希望尽快看到你的飒爽英姿，并用勒阿第列尔香槟酒为你干杯，我的兄弟，这是多么好的酒啊！向萨京和你们所有的人问好。

1846 年 3 月 20 日于圣彼得堡

（六）

昨天已在给你写信，预备今天写完，但现在我把它扔在一边重新写，因为收到了你的信，这是我期待已久的。我承认，我已开始感到不安，担心我的南方之行（那是我梦中也在想望的）又要横生枝节了。这次旅行可能给我带来的利益，何必你多说呢？我自己完全明白这一点，这不仅仅是为了健康，也是为了生命。道路、空气、气候、懒散、合法的闲暇，无忧无虑，新鲜事物，这一切加上米·谢这样的旅伴，单单想到这事，我就觉得精神一振。我的医生（很好的医生，虽然不是克鲁波夫）对我说，根据病情，这种旅行比一切药物和一切治疗都好。那么，米·谢的旅行决定了，我现在也知道，我什么时候可以动身了。除非发生什么没有预料到的意外事故，我不会改变主意；为了防备万一，我得日内即去驿站预订座位。昨天我就是这么写信给你的，以便你尽早通知我，米·谢究

---

① 这本丛刊始终没有出版，别林斯基放弃了它，用它支持了《现代人》。——作者注

② 指奥加辽夫在 1846 年 3 月初回到俄国。

627

竟去不去，以及动身的确切日期。正因为这样，你今天的信使我高兴极了，我再也不能偷懒，得马上坐下来写回信，尽管图奇科夫①星期二便走。你能给我五百卢布，这也是你的信使我特别高兴的地方。只是这些钱你不必寄来，可以等我到了莫斯科给我，这简单一些，也少些麻烦。这样，我的钱够我和我的家度过夏天了；也许还够我回到彼得堡花一个月，至于以后，那以后再说吧，一切听其自然！我们这些人是贱货，即穷人，不过不是骗子，有时我们还是相信机会、依靠运气的好。此外没有别的法子，如果这种作风可以害人，那么它有时也可以救人。

好吧，我的兄弟，多谢你给了我《谁之罪》的插曲②。它使我终于相信，你是我国文学中一个伟大人物，不是一知半解者，也不是偶然涉猎者，不是无事可做才干这个的。你不是诗人，解释这一点是可笑的；但是要知道，伏尔泰不仅在《亨利亚德》中，而且在《老实人》中，也不是诗人，然而他的《老实人》可以与许多伟大艺术作品一起流传千古，至于许多并不伟大的作品，那么它不仅超过它们，而且还会继续超过它们。艺术气质使智慧融化在天资中，融化在创造性幻想中，因此作为诗人，在自己的创作中，这种人是大智大慧，非常聪明的，可是作为一般的人，他们却是无知的，几乎是愚昧的（如普希金和果戈理）。你的天性主要是思维型的，理智型的，因此相反，天资和幻想融化在活跃而强烈的思维能力中，这思维能力的核心是人道主义倾向，它不是外来的，不是强加的，

---

① 奥加辽夫庄园上的邻居，这时他大概在彼得堡，即将回莫斯科。图奇科夫一家与赫尔岑家有很密切的来往，图奇科夫的第一个女儿是萨京的妻子，第二个女儿后来嫁给了奥加辽夫。

② 指《谁之罪》中关于别尔托夫的几章，后来它成为《谁之罪》上篇的第五至第七章。

而是你的天性所固有的。你的智力太丰富了，丰富得使我不知道，为什么一个人会有这么多的思维活动；你的天资和幻想也很丰富，但不是纯粹的、独立的天分，那种全凭自身形成的、把智力作为低等的、从属于它的因素加以利用的天分，不，你的天分（只有鬼才知道）从你的气质而言，是一种变种，或者螟蛉子，正如智慧之于艺术气质一样。我无法讲得更清楚，但我相信，你会比我更理解这一点（如果你还没有思考过这问题），你能向我说得更清楚而明确，使我不禁喊道："对了，就是这么回事！"有的智慧纯粹是思辨性的，对于它，思维几乎纯粹是数学，具有这种智力的人，如果从事诗歌，他们写的东西往往是寓意作品，越是聪明，越显得晦涩难懂。枯燥的、哪怕是潮湿而温暖的智慧与平庸相结合，产生的也只是石块和木柴，就像瑞亚用来代替孩子拿给克洛诺斯的东西一样。①但是在你身上，你既有活跃而强烈的智慧，又有一种特殊的天分，至于它是什么构成的，我说不清，但问题在于我比你愚昧好多倍，而艺术（如果我没弄错的话）对我比对你渊源更深；我的幻想压倒了智力，从这一点看，这方面的那种独特天分在我身上，应该比在你那里多一些（从一件事便可知道，如你读康德的书，黑格尔的现象学和逻辑学，简直不费吹灰之力，可是我有时连读你那些哲学文章也觉得头痛），而我这种独特的天分却不多不少，正好符合需要，足以理解、评价和爱好你的天分。这种天分与艺术天分一样，也是必要的、有益的。如果你在十年中能写出三四本书，内容充实一些，规模大一些，你就是我国文学中的大人物，不仅会进入俄国

---

① 瑞亚是希腊神话中众神的母亲，克洛诺斯的妻子，克洛诺斯因怕自己的儿子推翻他，把他们全都吃掉，但瑞亚生下宙斯，把他藏了起来，用布包了石头塞给克洛诺斯吃，保全了宙斯的性命。

文学史，而且会进入卡拉姆津的历史中。你可以对当代生活发生强大的、良好的影响。你有自己的特色，模仿它正如模仿真正的艺术作品一样，是困难的。你可以像果戈理小说中的"鼻子"①一样说："我就是我自己！"切实的思想和它们的天才的、生动的体现是了不起的事，但只有在这一切与作者的个性不可分割地联系在一起，像火漆上盖的印与这个印本身一样关系紧密时，才是那样。你的成功便取决于这一点。你的一切都是独特的，一切都是自己的，连缺点也不例外。但正因为这样，你的缺点往往变成了优点。例如，你个性强烈，喜欢讲挖苦话，这应该说属于你个人的缺点，但是在你的小说中，这类表现却往往十分出色。写吧，老弟，尽量写得多一些，这不是为了自己，是为了事业；你的这种天分，如果让它湮没无闻，你是完全应该受到谴责的。

最后，我告诉你一个消息：我和涅克拉索夫已拿到 4 月 26 日驿车的车票。

维·别

1846 年 4 月 6 日于圣彼得堡

（七）

昨天我收到了你的信，亲爱的赫尔岑，为此我对你非常感谢。关于第一点②，我完全相信你，只是你别忘了预先安排一下，免得在路上我们错过见面的机会。

我的旅途印象③其实根本谈不上是旅途印象，正如你那些《研

---

① 见果戈理的小说《鼻子》。

② 即上次信中提到的赫尔岑给别林斯基的五百卢布。

③ 指别林斯基打算写的一些文章，但后来没有写成。

究自然的信》根本不是对大自然的研究一样。你也知道，我们在路上所看到的，所获得的印象，有多少是可以形诸笔墨的。因此，我的旅途印象只是文章的框架，或者更确切地说，只是借用这名称。这方面的内容大多只限于恶劣的天气，以及更加恶劣的道路而已。

我要写的是：一，关于俄国的戏剧，它的状况糟糕的原因，以及舞台艺术在俄国迅速而彻底没落的原因。这方面我要说的话，有许多是别人和我都已讲过的，但应该对这问题作详尽的考察。米·谢在卡卢加，在哈尔科夫，都演出过，目前在敖德萨演出，也许还要在尼古拉耶夫、塞瓦斯托波尔、辛菲罗波尔，以及鬼知道什么地方演出。我看了不少戏，既看排练，也看演出，在演员中挤来挤去。除此以外，米·谢还热心地为我解释，提供事实，因此一切显得新鲜，深刻。

二，在哈尔科夫，我读了《莫斯科文集》①。萨马林②的文章显得聪明，尖刻，甚至咄咄逼人，尽管作者是从温和与恭顺③这些不值得称道的原则出发，而且涉及了我在《祖国纪事》上的文章。但他多么聪明而尖刻地抨击了索洛古勃的贵族色彩！这使我相信，斯拉夫主义者也可以成为一个聪明的、有才能的、实事求是的人。然而霍米亚科夫……我让他来触犯我试试——我会叫他知道我的厉害！

三，我还没拜读先科夫斯基④的谩骂，但他给我的文章提供了新材料，我很感激他。

---

① 斯拉夫主义者的刊物，这里是指 1846 年出的第一集。
② 萨马林和霍米亚科夫都是斯拉夫主义者，萨马林在《莫斯科文集》上的文章谈到了索洛古勃的《旅行马车》，涉及别林斯基对该书的评论。
③ 斯拉夫主义者认为，俄罗斯民族的基本特点是温和与恭顺。
④ 《读书文库》的编者，他在《读书文库》上批评了别林斯基。

由此可见，我的文章是报刊上的小品文，杂拌儿，拉拉杂杂什么都有，只是搀了一些论辩性的热情而已。

在卡卢加我遇到了伊·阿克萨科夫。这是个很好的小伙子！斯拉夫主义者，可是这么出色，好像从来没有当过斯拉夫主义者。一般说来，我碰到了胡说八道的谬论总会想，在斯拉夫主义者中间确实也有正派的人。我想到这一点不免难过，但是真理先于一切！

我的健康有了好转。我精神好些了，身体明显强壮了，但是咳嗽照旧，似乎还不肯离开我。从6月25日起，敖德萨天气热了，但从30日起又凉爽了一些，不过仍很暖和，以致夜间穿了夏季的衣服还得出汗。我正开始读但丁的书，那就是说，洗海水澡①，血流向胸口，整个早晨我得咯血，医生吩咐暂时停止洗澡。

有一件事很糟。我收到妻子的最后两封信是在哈尔科夫，是5月22日和27日寄的，在两封信中，她都抱怨她心情不愉快，还在发烧；可从那以后直至目前，我没再收到她一个字，不知她现在怎样，真叫我担忧！否则现在什么也不做，我可以很愉快。

索科洛夫②是个好小伙子，但是沾染了外省的感伤主义；因此你在信上对他只字不提，几乎使他痛哭流涕。啊，外省，多么可怕的东西！敖德萨比其他一切省城还好一些呢，这可以称得是俄国的第三大都会，一个迷人的城市，但这只是对过·路·人·而言。长期住在这儿会闷死。

请向纳塔利娅·亚历山德罗夫娜问好。为什么你不在信上谈谈，现在奥加辽夫在哪里喝酒，萨京又在哪里奉承女人？向我们所

---

① 舍维廖夫的诗："在海水中洗澡就像读但丁的诗。"——作者注
② 敖德萨的一个官员，曾在莫斯科大学读书，爱好文学。

有的朋友问好。你怎么从未提过科尔什①的一句新俏皮话？代我向他一家人问候，但不要对玛丽亚·费奥多罗夫娜②说，我为了得不到家里人的消息，心里很不安，否则她也许会认为我是一个有罪的丈夫，她有了这种看法，那是比科尔什最恶毒的俏皮话更糟糕的。再见。如果你不太懒，那就写信给我吧。

维·别

1846 年 7 月 4 日于敖德萨

（八）

你好，亲爱的赫尔岑，我现在是在天涯海角给你写信，为的是让你知道我们还活在这个明朗的世界上，尽管我们不论在哪里都觉得世界是黑暗的。进入克里米亚草原后，我们看到了三种新奇的生物：克里米亚山羊，克里米亚骆驼和克里米亚鞑靼人。我认为，这是同一种族的不同类别，同一族生物中的三个不同支系：他们的面貌有许多共同之处。尽管他们讲的不是同一种语言，彼此还是比较容易理解的。他们都是坚定的斯拉夫主义者。但是，唉！哪怕在鞑靼人那里，真正的、根本的、东方宗法制斯拉夫主义的特点，也在狡猾的西欧的影响下有些摇摇欲坠了。鞑靼人大部分头上披着长发，可是胡子却剃光了③！只有山羊和骆驼还保持着科托希欣④时代祖先的神圣习俗——它们没有自己的观点，充分的自由和强大的

---

① 赫尔岑小组的成员，曾任《莫斯科新闻》编辑。

② 科尔什的姐姐。

③ 彼得大帝改革前的俄国，男人都留长胡子。

④ 科托希欣（约 1630—1667），俄国莫斯科罗斯时代的官员。这里所谓"科托希欣时代"指彼得大帝改革前的俄国。

理性在它们看来都比瘟疫更可怕，它们又无限尊重自己的长亲，即鞑靼人，不论他把自己领往何处都可以，却不允许自己问他一声，为什么他不比它们聪明，却可以任意把它们从一个地方赶往另一个地方。总之，它们已彻底掌握恭顺与温和的原则，在这方面他们发出的声音可能比舍维廖夫及全体可敬的斯拉夫主义弟兄们发出的更为悦耳动听。

尽管那样，辛菲罗波尔由于自己的地理位置，是一个非常可爱的小城市；它不在山上，但山是从它开始的，从这里可以望见查特尔山。从灰土蔽天、空空荡荡、给太阳烤干的诺沃罗西亚草原来到这里，仿佛进入了一个新天地，可惜我的痔疮大发作，从上月24日起便开始折磨我，现在才略好一些。

这封信的真正目的，是要你们回想一下《布凯尼翁》或《布凯利翁》①那本戏，萨京在巴黎看过戏，还向米·谢推荐过，认为戏中角色对他非常合适。他早已在考虑自己的纪念演出，想及早知道，在这件事上，你们能给他多少帮助。

不！我不是一个旅行家，特别在草原上。你写一封信回家，要过一个半月才收到回信，这简直像充军到了澳大利亚！

等你读到这信时，我大概在回莫斯科的路上了。直到现在，8月份的《祖国纪事》和《读书文库》还没寄到辛菲罗波尔。再见，请代向我们所有的朋友问好，我还是非常想见到大家，越快越好。

维·别

1846 年 9 月 6 日于辛菲罗波尔

---

① 指法国剧作者贝亚尔和迪蒙诺埃尔写的剧本《布凯龙寻父记》。

又，我不知道，我是否能带着健康的身体回来，但一定会带着一大把胡子回来——老兄，在这儿胡子长得快极了。

选自季莫费·尼古拉耶维奇·格拉诺夫斯基的信

（一）

你看了这信也许会说："又是浪漫主义。"随你怎么说吧，赫尔岑。我依旧是个不可救药的浪漫主义者。今天我需要与你谈谈。夜这么美好；两点钟前，丽莎①给我弹了莫扎特的乐曲，我心里觉得这么温暖，这已好久没有了。后来又读了你的《克鲁波夫》！

以前我已听你读过它，但它给我的印象不深，不知为什么。在《现代人》上，它删节了不少地方，但我读得津津有味。你可知道，这是地道的天才作品？我已好久没有领略过它给我的这种乐趣了。伏尔泰当年曾这么嬉笑怒骂，那含有多少温情和诗意；它使我想起你，想起我们在波克罗夫村和乡下家中②度过的日子，克鲁波夫扫除了我心头的烦恼，我对你感到的不快。我仿佛又听到了你的笑声，又看到你焕发了你全部美好的青春活力。为什么要给自己戴上资产阶级的假面具，这不是你在法国深恶痛绝的吗？③ 我对你

① 格拉诺夫斯基的妻子。

② 格拉诺夫斯基提到的家，是我父亲死前我们一起住过的。——作者注

③ 这责备指什么，我始终不明白，只得说这是在我出国前女人们的说长道短造成的，关于这一点，我曾稍稍提到过，见 1858 年《北极星》上的《往事与随想》。——作者注

    按：1858 年《北极星》上发表的那部分《往事与随想》，即第四卷第三十二章。

的大部分信没有回答，因为它们在我心中引起了不好的反应。它们隐藏着一种责备，一种令人不快的隐蔽想法，只是有时难免暴露而已。科尔什好像也有同样的感觉，虽然我们没有交谈过这一点。你从前对朋友的嘲笑不会使人生气，因为那是善意的俏皮话；但你信上的嘲笑却伤害了自尊心，影响了更生动和高尚的感情。如果你对我们不满，直截了当给我们写一封责骂的信，不是更好吗？但是你却在给塔季扬娜·阿列克谢耶夫娜①的信上旁敲侧击等等，这可不好。你最后一些日子就足以充分证明，索科洛沃村的争吵没有留下痕迹，大家仍保持着对你的爱和忠诚。科尔什在孩子病时仍可以说笑和戏谑，但在送走你时却哭了。难道你不珍惜这些并不廉价的眼泪吗？为什么要一再提出可笑的指责，说什么缺乏真诚的爱以及冷漠等等？我们没有写信给你，但难道你从巴黎发出的信是必须回答的吗？我不想跟你争论"布尔乔亚"的真正意义——我在讲坛上已讲得够多了。我是一个极端重视个人的人，那就是说我尊重自己的私人关系，而对你的这些关系最近已变得不太轻松。伸出手来吧，亲爱的！克鲁波夫医生的笔记万岁，它对我不仅是艺术作品，也是来自你的信。从那里我又听到了你的声音，看到了你的容貌。

我焦急地等着"马利尼街来信"②，也等待着你的来信。

请向纳塔利娅·亚历山德罗夫娜代致热烈的问候。什么时候才能再看到你们，我的朋友们？希望你们幸福，再见！克鲁波夫再好没有了！向玛丽亚·费奥多罗夫娜问好。

1847 年于莫斯科

---

① 即阿斯特拉科娃，数学教师阿斯特拉科夫的妻子，一个女作家。
② 即《法意书简》的第一部分。

（二）

　　我的朋友们，X① 答应转交这些信，因此我可以谈谈，不必担心邮政检查。我们的境况变得一天不如一天了。西欧的任何运动都会在我们这里引起新的限制措施。告密已司空见惯。三个月中对我进行了两次调查。但与普遍的灾难及压迫相比，我个人的安危还算不得什么。大学面临着关闭的危险，只是眼前实行的还限于下列措施：提高学费，制定法律减少学生人数，根据这法律，任何一所俄国大学的自费生不得超过三百人。这样，大学生的入学得停止两年。在我们这里也许得等到 1852 年，因为莫斯科大学已有学生一千四百名，必须减少一千二百人，才有权招收一百名新生。这种措施连不懂教育的人也会大声反对，因为它剥夺了他们的孩子在这几年内获得大学文凭的权利。贵族学院停办了，其余的学校也面临着同样的命运，例如，皇村学校和法律学堂便是这样。大学也在所难免。专制制度大声宣告，它不能与教育和睦相处。武备学堂制定了新的教学大纲。编制这份大纲的军事教育家会使耶稣会士也相形见绌。神父应向武备学堂学生灌输一种思想，这就是：基督的伟大主要在于服从政府。他被说成了服从命令、遵守法律的模范。历史教员必须揭示古代世界虚有其表的美德，阐明历史学家一无所知的罗马帝国的伟大——看来它只有一个不足之处：缺乏遗传性。甚至舞蹈教师也得进行道德说教。可就在这时，彼得堡却一下子发现了三个秘密团体，其中不少是从军官学校出身的军官。关于文学已没什么好说的。

　　有些事简直会叫人气得发疯。别林斯基很幸福，他及时死了。

---

① 原信上写的是科舍廖夫，此人是俄国的新闻记者和社会活动家。

许多正直的人陷入了绝望,用麻木的平静对待一切。这个世界什么时候崩溃呢!我决定不提出辞呈,等待命运替我作出安排。有良心的人还能做些事,让他们自己把我撵走吧……

你不了解我为什么写到钱,这不是某个人的事,这涉及我们所有的人,涉及活动的可能性。我们的处境都千钧一发,每个人的前途不是退职便是去维亚特卡,甚至更远。杂志已几乎绝迹。必须给读者提供书籍,好的书籍,又较易通过审查的;我们的读者不少,其余没什么好做的,可是读什么呢?对这一切可能性都需要资金,那样我们才能有恃无恐,有备无患,它是我们共同的、也是个人的事业……这资金不可能丢失,因为有我们大家,以及它的使用方法作担保。目前它可以银行存款的方式放着,一旦什么人有重大需要,马上可以支付,要出版什么书,也有了办法。此外,弗罗洛夫①与我在计划写一本通史。

戈洛赫瓦斯托夫②在这种事态面前害怕了,提出了辞职,还没有人接替他。以后会怎样,谁也不知道。斯特罗戈诺夫③已完全失宠。对当局说来,这些人都是自由派,连戈洛赫瓦斯托夫也不例外。大概会对彼得堡首先开刀。农奴解放问题给搁在一边了;对工厂工人也采取了措施,实行了严格的监视。人们怨声载道,但是对抗的力量在哪里?困难啊,赫尔岑,活人是找不到出路的!

季·格

1849 年于莫斯科

---

① 弗罗洛夫(1828—1867),俄国文学家,曾参与《祖国纪事》的工作。

② 当时莫斯科学区总监,赫尔岑的表兄。

③ 此人曾任莫斯科学区总监,在莫斯科大学中起用了不少进步学者。

（三）

　　昨天我们得到了伊·帕·加拉霍夫① 逝世的消息。正直的人又少了一个。前几天在莫斯科传出了你去世的谣言。人家把这话告诉我，我差点放声大笑。这还没有成为事实，不过为什么你不能死呢？要知道这并不比别的事不可思议，不过目前还好，你还活着。我还可以怀着依恋的心情想念你。关于你已死的谣言，是你给叶戈尔·伊万诺维奇② 的信引起的，你在信上谈到伊·屠③ 传染了霍乱，人家把你们混为一谈了。加拉霍夫死前给你的信谈过许多事，你是否可以找出一些最有趣的信给弗罗洛夫。这是他对你的要求。

　　跟你们两人握手，也拥抱你们的孩子。我不想再教他们历史，这不值得。他们知道的已经够了，这毫无用处的东西，太蠢了。今年夏季很好，我为冬季准备了不少活动。我打算少想些问题，少绞些脑汁，我身体很健康，但心灵恐怕很难恢复健康。再一次与你们握手。

你们的格拉诺夫斯基

1849 年于离莫斯科

二十俄里的伊林斯科村

（四）

　　我的朋友们，利用这机会与你们匆匆谈几句。一个好心的德国人愿意把我的信捎给你们，他过几小时就得动身。

　　除了梅利古诺夫讲的一些零星消息以外，我们对你们几乎一无

---

① 赫尔岑小组的成员。

② 赫尔岑的哥哥。

③ 即屠格涅夫。

所知，你们从西班牙回来了吗？今年打算住在哪里？……

　　……如果你这儿的朋友可以去拜访你，他们一定会去，而且会给你带去不少你所不认识的人。不仅我们，你的老朋友们，对你仍怀有充满友情的回忆。我不得不把你留在我这儿的相片全部（除了巴黎的一幅）分给各个年轻人。也有坏蛋在咒骂你，但那都是没有头脑、心地不良的人。

　　你的书寄到了[①]。我读了它们，既高兴，又感到痛苦。你有这么大的天才，可是你不得不与我们隔绝，用别国的语言讲话，这对俄国是多么大的损失。但是从另一方面看，我不能同意你对历史和人的看法。它也许可以为海瑙[②]这类人开脱罪责。对于你在文章中所表现的这种人类，对于这种贫乏而无效的发展，是不需要高尚的英雄人物的。每个政府都可以根据你的观点惩办革命者，因为他们的揭竿而起是无益的，不能带来任何效果。

　　直到现在你所写的一切都充满了智慧，但是它们流露了一种厌倦情绪，这与生动活泼向前发展的形势是脱节的。你太孤独了。我可以毫不夸大地说，你是一个杰出的作家，你有条件成为伟大的作家，但是你的天才中一切曾经在俄国活跃过的、足以引起大家同情的东西，在外国的土地上似乎消失了。你现在是为少数人，那可以理解你的思想、不致为此感到屈辱的少数人在写作。我的几个熟人很快就要出国，他们会给你捎来我的长信[③]，我要在那里详细说明一

① 指《来自彼岸》和《法意书简》的德文本。

② 海瑙（1786—1853），奥地利将军。1848 至 1849 年曾在意大利和匈牙利等地残酷镇压民族解放运动，是一个极端反动分子。

③ 1851 年末，格拉诺夫斯基给我写了一封很长的信，它是在巴黎交给我母亲的，后来随着她 11 月 16 日的遇难而一起沉入海底了。——作者注

切，也可能还要谈谈你的两本书。

我有过去参观伦敦博览会的机会，但它只是一闪而过，很快消失了。

我们大家都问候你们。丽莎病得很重。紧握你们俩的手。

季·格于 1851 年春

（五）

自从上次听到你生动的谈话到现在，又几年过去了。复信是不可能的。你这儿所有的朋友头上都笼罩着乌云，它刚散开一点。但前途还是难以乐观，虽然生活轻松了一些。

你写的东西，有些也几经曲折，极端秘密地传到了我们这儿。你的朋友们怀着爱和忧虑，贪婪地阅读了它们。我们过去共同的青年时代，我们没有实现的希望，在它们的字里行间依然隐约可辨。我们有过不少抱负，可是命运给予我们的是什么呢？这里最令人不满的是《尤里节》①。为什么你要向彼得扔石块？他是根本不应该受到你这种指责的，因为你引用了不准确的事实。我们越是生活得久，彼得的形象在我们眼前便越是高大。你与俄国隔开了，对它生疏了，它对你已不再这么亲切，这么可以理解。你看到了西欧的罪恶，便倾向斯拉夫人，准备向他们伸出手去。你要是生活在这儿，你的话就会不同了。但必须怀有强烈的信念与爱，才能对斯拉夫种族中最强大有力的因素的发展前途保持一定的希望。我们的水手和士兵在克里米亚慷慨就义；可是在这儿大家却不知道怎么生活。

---

① 赫尔岑的一本小册子。尤里节在俄旧历 11 月 26 日，在此前后各一周，农奴有权从一个封建主那里转到另一个封建主家中。但赫尔岑并未在这篇文章中攻击彼得大帝，对彼得提出指责的是另一本小册子《领过洗礼的私有财产》。

关于你的作品还有一句话。如果你希望影响我们的观点，就不要发表索科洛夫斯基的诗歌那样的东西。① 它会使许多人感到不快，这些人本来是可以同意书中的观点，对它表示满意的。总之，应该多多想到你的读者，提防不准确的事实，在这方面你常常难免失策。

但是公事谈得够了，现在谈谈私事。我们的希望又苏醒了，也许什么时候又可与你见面，紧紧地、兄弟般的握手了。也许过一年吧。从我们分手以来，我们经历了多么大的变化，多么深重的忧患和损失啊……

……对你说什么呢？在你朋友的圈子中，大家还保存着对你的鲜明回忆。当时机到来，现在分离的我们重又聚首时，你的名字在我们中间会谈论得比所有别的人多。我们会在哪里见到你呢？……但愿不在这里！

你的格于 1854 年

彼得·雅科夫列维奇·恰达耶夫的信 ②

听说您还记得我，还爱着我。谢谢您。我也常常想到您，从心灵和思想上为世界的形势迫使我们不得不分开、也许永远分开，感到惋惜。如果您能与欧洲的某个民族结为一体，用它的语言讲您心中要讲的一切，那么您还是幸福的。我觉得，最好您能运用自如地掌握法语。这事相当容易，有许多优秀的范例可以借鉴，此外，任

---

① 见《监狱与流放》。——作者注

　按：这是指 1854 年出版的《监狱与流放》的单行本。

② 显然是由于赫尔岑在《俄国革命思想的发展》中对恰达耶夫作了恰如其分的评价，恰达耶夫为此给他写了此信。

何别的语言都无法这么恰当地表现当代的事物。然而，放弃祖国的语言毕竟是不好受的，何况您对它运用得这么生动熟练。不论怎样，我深信，您不会一事不做，闭上嘴巴，这是最重要的。在我们的时代，作为一个俄国人却不如科托希欣，那太可耻了。

我为您那几行著名的话感谢您。也许，您不久就得对这个人再讲几句话了，当然，您不会讲人云亦云的话，您表达的是共同的思想。这个人注定要成为一个例子，说明他的死不是由于那种促使人奋起反抗的压迫，而是由于那种使人不得不委曲求全、忍气吞声的力量，如果我讲得不错，那么正因为这样，它是比前者危害更大的。请不要认为这只是一句陈词滥调。也许我讲得不太合适。

我大概已不久于人世，看不到人间的种种变化了，但我真心相信死后的世界，我深信，我还可以从那儿像现在这么爱您，像现在这么怀着对您的爱看到您。再见。

1851 年 7 月 26 日于莫斯科

选自皮·约·蒲鲁东的信 [1]

（一）

您遭到不幸的消息传到了我们这儿 [2]，我们为此深感悲痛。我们所有的朋友委托我，代表他们向您表示衷心的同情，真诚的关切，以及对您始终不渝的爱。

这样看来，我们不仅要作为有思想的人，为这些思想承受内心

---

[1] 蒲鲁东以前的两封信，一封写于 1849 年 8 月 23 日，另一封写于 1849 年 9 月 15 日，寄自孔斯耶尔热里监狱，它们的主要内容已写入《往事与随想》正文中。——作者注（按：这是指第五卷第四十一章。）

[2] 指 1851 年 11 月 16 日轮船失事的消息。——作者注

的痛苦，不仅要作为一个人，一个公民，感受良心的不安……而且灾难还会一个接一个跟踪我们，使我们作为儿子的感情受到损害……从另一方面看，灾祸也像幸运一样，总是彼此联结在一起的，当您进一步仔细审视时，它们的联系就很清楚，您会看到，正是那驱使我们关进监狱、走上流放之路的压迫力量，在用饥饿和疾病从另一方面折磨我们。

二十年前，我的兄弟，一个年轻的士兵，自杀了——他的连长是个骗子，他不愿给他当帮手，他便想尽办法折磨他，弄得他只得一死了事。我的父母很早死了，生活把他们折腾得筋疲力尽，他们一辈子辛辛苦苦，还得应付苛捐杂税，忍受所谓衙门的一切欺压。

一个农民，儿子给抓去当兵，家产给捐税等等盘剥一空，天天生活在水深火热中，找不到出路，您则注定了要在各国到处奔波，过颠沛流离的生活，终于使一部分人葬身海底，您与那个农民之间有什么不同呢？

我出生在农民的家庭，我完全知道，我们有多少家人，包括父亲方面的和母亲方面的，陷入了家破人亡的绝望的深渊，一辈子忍受着新老奴隶制度的各种蹂躏。您可以相信，这一切内心的痛苦记忆，在我投入斗争的时候，都曾对我发生过重要作用。您遭遇的不幸，加深了我的创伤，使它比任何时候更疼痛了；这种安慰尽管于事无补，徒然令人伤心，但是这新的仇恨（损害）将永远不会从我灾难的记录中消失。

让我们更紧密地团结起来，更好地度过这些苦难的岁月，与我们的敌人斗争到底；让我们用我们的力量，我们的言论，扩大和加强这愤怒的一代，对于这一代人，我们是不能靠爱和家庭生活使他们得到幸福的。

　　我自己也是父亲，而且快第二次当父亲了。我的妻子用自己的乳汁养活了孩子，我亲眼看到了他的成长。我知道，父爱是怎么样一种难以分割的感情，它每时每刻都在内心反复不断地培育下成长。在两年中，我总是感到，把我们与这个小家伙联系在一起的纽带是如何牢固，不可割断，好像它本身就包含着我们的生命的开始和终结，原因和目的。由此您可以理解，您的不幸在我心头引起了什么反应。

　　我为我们的巴枯宁痛哭的眼泪还没有干①，突然又得到了这轮船失事的消息。我从未想到会出这种事，前几天写信给夏尔－埃德蒙②时谈到您，我还出于一贯的讽刺挖苦拿您开玩笑。但今天这灾难使我悲痛万分，啊，凭我们流过的眼泪和血，我有权向压迫力量要求清算一切……啊，这么多的灾难，我简直不敢希望生前能得到偿还，只能像赞美诗作者一样呼号：谁能按照你给予我们的，让你得到你应该得到的，他便是有福的！

　　是的，赫尔岑，巴枯宁，我爱你们，你们始终在我的心中，尽管许多人认为这是一颗铁石般的心。在俄国人，在哥萨克（请原谅我用这说法）（?!）那里，我找到了更多的良心，更多的决心和毅力。而我们这些退化的叫喊者今天在暴力面前摇尾乞怜，明天如果掌握了权力，又会变成残忍的迫害者。

　　然而一切在崩溃，沉积，一切在颤动和准备战斗，浪在升高，眼看就会淹没反动势力的最后一个避难所。在乡村中，在原野上，

---

① 关于巴枯宁在施吕瑟尔堡监狱去世的谣言，当时传遍了全欧洲。——作者注
② 波兰革命者霍耶茨基的笔名。

到处出现了可怕的复仇，无形的敌人在烧毁粮仓，砍倒森林的大树，消灭野禽，发出威胁，有时还在步兵的刺刀和骑兵的军刀面前实施这种威胁。

啊，我的朋友们！快拭干你们个人不幸的眼泪吧，时间即将到来，如果理性不能最终把它推迟，如果它不能给人间带来平静，但它一旦到来，您将看到的事物会使您的心像石块一样坚硬，您将对自身的灾难再也无所感觉！握您的手。

皮·约·蒲鲁东

1851 年 11 月 27 日于圣佩拉吉 [①]

又，我正打算封上这信时，米什莱也来通知我。他已知道您的不幸。我们又一起悲叹了一会儿。我与他谈到了许多关于俄国和波兰的事，还谈到了耶稣会士，谈到了革命和您的小册子。[②] 从欧洲的一头到另一头，一切有良心的人都能彼此理解……但是要提防一些特殊的小团体（阴谋集团）和伪装的预言家……

（二）

您 14 日的信直到 18 日才转到我这儿，当时我正忙于工作，手头堆着不少事。我无法更早给您回信。

利用这不多的空闲，我得衷心感谢您，在您着手您的《俄国评论》[③]时没有忘记我。我想，我们的观点是一致的；我们是互相联系在一起的，我们有共同的希望和同样的憧憬。从欧洲的一边到另一

---

① 巴黎的监狱，当时蒲鲁东因抨击路易 - 拿破仑，被判了三年徒刑。

② 《俄国和社会主义——给米什莱的信》。——作者注

③ 指《北极星》。

边，同样的思想像闪电一样照亮着一切自由的心灵。不必交谈，不必通信，我们所希望的或不希望的是一样的——我们彼此是合作者。我现在无法给您写文章，但今天不能，明天会可能，不论如何，不论我活着还是死去，我希望成为《俄罗斯之星》的名誉编者之一。①

我们的景况非常困难！现在您的目光依然停留在政府身上，我却相反，我注意的是被统治者。在抨击压迫者的专制之前，是不是应该先抨击解放者的专制？您看见过什么比人民的代言人更容易走向暴政的吗？您有时不觉得，受难者的偏执精神正如迫害者的狂暴作风一样讨厌吗？专制主义之所以难以根除，正在于它依靠的是自己的对抗者——我得说，自己的竞争者的内在情绪，因此真心热爱自由的作家，真正的革命之友，往往不知道应该把自己的打击指向哪里——指向压迫者一伙，还是指向被压迫者的背信弃义。

您是否相信，例如，俄国的专制统治仅仅是依靠暴力，依靠皇朝的阴谋诡计维持的？……您认为，它在俄罗斯民族的内心深处有没有隐蔽的基础，秘密的根源？②您是我认识的最坦率的朋友之一，我得问您，那些给欧洲的民主主义承认或推举为自己的领袖的人，您看到他们的弄虚作假，他们的马基雅弗利主义，难道不会愤怒，

---

① 信上这段话曾刊载在《北极星》第一集上。——作者注

　　按：这是蒲鲁东收到赫尔岑邀请他和其他进步人士（雨果，马志尼，米什莱，路易·勃朗）做《北极星》的特约撰稿人的信后给赫尔岑的复信。

② 这个观点，以及下面几段中提到的关于沙皇的进步作用，东方可以成为人类的救星等等思想，都是赫尔岑所不能接受的，他在回信中简单地谈到了这一点，只是出于对蒲鲁东的尊敬，没有与他展开论争。这说明当时赫尔岑与蒲鲁东的思想差距已很大，正因为这样，他没有在《北极星》上全文发表这封信。

不会失望吗？您会说，在敌人面前不应该分裂；但是，亲爱的赫尔岑，对自由而言，是分裂还是背叛更可怕？

我在西欧看到的情形，使我有权推测，将来在我所不知道的东方会发生什么，尽管不论在哪个经纬度上，人还是那么些人。四年来我发现，在毁灭性的事例之后，疯狂的专制主义情绪就会笼罩所有的心灵；群众昨天还被宣布为具有无限的权力，几乎与神明差不多，今天对群众的蔑视却成了普遍观念；把自由作为座右铭的人们现在已在对它发出诅咒；从社会革命诞生之日起一直向它顶礼膜拜的伪君子们，今天却向它发出了嘲笑，把它献给了死神。最后，您可知道，这些昨天被战胜的人，想为自己的失败向谁发泄怨恨？向暴政，向特权，向迷信？不，向人民（平民阶层），向哲学，向革命……

相信我吧，我的人民！我与他们能有什么共同之处呢？让我们像贝特朗·迪·盖克兰和奥利维埃·德·克利松一样结成联盟①，为了自由哪怕反对一切生者和死者也在所不惜。我们要支持解放的事业，不论它来自哪里，以什么方式出现，我们要无情地战斗，反对一切偏见，哪怕它们来自我们的同志和弟兄。如果报纸讲的是真的，那么亚历山大二世正准备把波兰应得的权利归还它②，仿佛他要实行您的纲领，亲爱的赫尔岑，而这是在西欧为了土耳其与他作战，反对革命的时期。应该把棕榈枝给谁呢？是给高高站在自由的讲坛上、公然轻蔑地对待匈牙利和波兰的英国贵族，还是给开始重

---

① 盖克兰（约1320—1380），法国民族英雄，百年战争初期杰出的军事领袖。他知道，法国当时无法对抗英国，因此避免与英国决战，至1370年，布列塔尼军事领袖克利松与英军统帅失和，倒向法军一边，盖克兰乃与克利松联合，在利摩日与英军展开激战，取得胜利。

② 那时的谣言！——作者注

建波兰的俄国皇帝？是给诅咒波兰起义的罗马教皇，还是给号召它复兴的异端的沙皇？

仿佛自由又从东方，那野蛮的东方升起了，正从这片奴隶和游牧的野人的国土上向我们发出它的精神生活的光芒，而这是在西方已被市民的利己主义和雅各宾党人的荒谬行径所扼杀了的，这光芒射来时正是粗暴的物质主义比瘟疫和霰弹更凶恶地吞食我们的时候。但我们不幸的军队和俄罗斯民族却在人民和宗教这些崇高感情的吸引下，在对野蛮的憎恨，也许还在对沙皇所许诺的自由的向往中投入了战斗。

历史充满了这些矛盾。

我们那些临危不惧、视死如归的士兵们，他们会给我们带来高尚感情和广阔视野的原生质吗？我不知道。铁的纪律已把他们与西方割断；军营精神，渺小的建立功勋的热情，深入了他们的灵魂——也许，他们回来时仍与去时一样，只是教皇和皇帝、罗马和12月2日①的士兵。

但是"炮灰"没有完成的事，作家的笔可以完成。从黑海、第聂伯河、维斯瓦河的岸边，自由的思想将会前来羞辱革命的故土。它要唤醒关于7月14日、8月10日、5月31日、1830年和1848年的回忆②。到那时全世界将知道，在克里米亚可望告捷的法国（对我那些扰攘不休的同胞，我不得不作出这个假定）是否也能执教育和进步的牛耳……

---

① 路易·波拿巴发动政变的日子。

② 1789年7月14日——法国第一次资产阶级大革命爆发；1792年8月10日——巴黎人民起义废除了君主专制制度；1793年5月31日——雅各宾党建立了革命民主专政；1830年——七月革命；1848年——二月革命。

再见，亲爱的朋友。注意，不要接触和卷入我们的派别纠纷，这是我对您的唯一忠告，但愿它成为您成功的保证。

皮·约·蒲鲁东

1855 年 7 月 23 日于巴黎昂弗路 83 号

托马斯·卡莱尔的信

亲爱的先生：

您关于俄国的革命基础和因素的演说稿，[①]已经拜读，它包含许多雄伟的精神和有力的才华，它那悲壮严肃的语调，这是读者不可能不看到，也不可能不予以重视的，不论他们对您的纲领，对您关于俄国和世界的预言，持什么态度。

至于我，我承认，我从来不相信，现在（如果这是可能的）比以前更加不相信，普遍选举权有多大意义，不论它以什么形态出现。如果它能带来什么好的结果，那也只是像某些不治之症中的暂时缓解。在我看来，沙皇制度，甚至大土耳其主义，比纯粹的无政府主义（它是在议会辩论、出版自由和计算票数中发展起来的）还好得多（不幸我是这么看）。腓特烈大帝有一次说过："啊，我亲爱的苏尔泽[②]，他不了解这个该死的民族。"在这一点上他讲出了可悲的真理。

我始终尊重您那个辽阔的祖国，它像上天生下的一个不可理

---

① 1855 年 2 月 26 日在圣马丁会堂的发言。——作者注

　按：这是赫尔岑把发言稿寄给卡莱尔后，卡莱尔给他的回信。赫尔岑把它用俄文发表在《北极星》上，英文原件已失传。

② 苏尔泽（1720—1779），瑞士哲学家，1763 年起在柏林任利德学院院长。

解、不可捉摸的大孩子，它的内在意义还不清楚，但是显然，在我们这个时代，这意义还不会实现；它具有首屈一指的天赋，那使它的力量远远压倒其他国家的天赋（这是一切民族和一切生物不可缺少的，在它们面临危险时不得不有所表现的）便是服从的天赋，它在别的地方已不再流行，尤其是现在。我毫不怀疑，缺少这天赋，或迟或早将受到纤毫不爽的惩罚，带来彻底崩溃的后果。这就是我对这些革命时代的悲观信念。

尽管我们的见解不同，如果您进城时能到舍间谈谈，我将十分欢迎；我自己也希望在我前往郊外时有机会到乔姆利大院拜访您，与您谈谈各种问题。

真心祝您安好和愉快……

托·卡莱尔

1855 年 4 月 13 日

于切尔西蔡纳路 5 号

我给托马斯·卡莱尔的回信如下：[①]

"您在信中提到了一些我所关心的问题，请允许我就它们谈几句。

"我从来不是普遍选举权的热烈拥护者。它像一切形式一样，不是必然与某一内容联系在一起的，它可以好，也可以坏，可以产生幸运的结果，也可以产生完全荒谬的结果。社会主义不属于数学

---

① 这封信在原书中是以附注的形式出现的，在译文中因考虑到它的内容比较重要，特将它移入正文。在这信中，赫尔岑针对卡莱尔的所谓"服从的天赋"，提出了革命的"斗争的天赋"，这是具有积极意义的。

上的加减法，不在于票数的多少，尽管票数能代表合法的数量上的优势。社会主义试图揭示最符合自然的社会制度的规律，并力求按照当前的历史条件行事。

"'无政府状态'，'服从的天赋'——这一切十分模糊，还需要作进一步的规定。如果无政府状态是指没有秩序，恣意妄为，破坏事物之间相互依存的关系，与理智决裂，那么社会主义比君主主义更需要与它进行斗争……

"与我们的良心一致的服从的天赋，这是美德。但是斗争的天赋要求我们不服从违背良心的事，这同样也是美德！

"大自然在我们眼里表现为最巨大的、和谐的无政府状态，正因为这样，在自然界一切都有条不紊，自行运转。不言而喻，在这意义上的无政府状态不是指没有秩序，随心所欲，杂乱无章。在思想上承认无政府状态，并非表示它已脱离逻辑而独立，但问题在于：我不会由于服从才说 $2 \times 2 = 4$。宗教却完全相反，它与君主制度一样，不仅要求理解的天赋，还要求听从和信仰的天赋。

"没有斗争和反抗的天赋，世界便会落到日本的地位上，既谈不到历史，也没有发展……

"使徒保罗说：'一切权力来自上帝。'可是他自己却是罗马帝国的一个叛逆的公民，他辱骂过以弗所的狄安娜[1]，还是奔波在阿皮亚大道[2]上的鼓动家和共产论者（主张均分财产的人），他之所以被罗马皇帝处死，就是因为在他身上服从的天赋没有得到足够的发展。

---

[1] 见《新约·使徒行传》第十九章。狄安娜在《圣经》中译为亚底米（阿耳忒弥斯）。
[2] 古意大利的一条大道，从罗马通往意大利东南部的布林迪西，保罗曾在这一带传教。

"您作为思想家，想必会宽恕我提出自己的观点来反驳您，尽管我知道，我的力量与您相比是软弱的。

　　"只要我来到伦敦，我一定会登门拜访，并向卡莱尔夫人表示敬意。我也非常欢迎能在我偏僻的里士满乡下见到您，以便在当面交谈中继续我们的争论。

1855 年 4 月 14 日于里士满乔姆利大院"

图书在版编目（CIP）数据

往事与随想 / (俄罗斯) 赫尔岑著 ; 项星耀译 . ——
成都 : 四川人民出版社 , 2017.12（2019.5 重印）
ISBN 978-7-220-10514-2

Ⅰ.①往… Ⅱ.①赫… ②项… Ⅲ.①回忆录—俄罗
斯—现代 Ⅳ.① I512.55

中国版本图书馆 CIP 数据核字 (2017) 第 271247 号

WANGSHI YU SUIXIANG

往事与随想

[俄] 赫尔岑　著

项星耀　译

选题策划	后浪出版公司
出版统筹	吴兴元
编辑统筹	梅天明
责任编辑	唐　婧
特约编辑	朱　岳　孙皖豫
装帧制造	墨白空间·陈威伸
营销推广	ONEBOOK

出版发行	四川人民出版社（成都槐树街 2 号）
网　址	http://www.scpph.com
E－mail	scrmcbs@sina.com
印　刷	北京盛通印刷股份有限公司
成品尺寸	148mm×210mm
印　张	59.25
字　数	1280 千
版　次	2018 年 9 月第 1 版
印　次	2019 年 5 月第 4 次
书　号	978-7-220-10514-2
定　价	280.00 元